Marie Louise Fischer
Die Frauen vom Schloß

Marie Louise Fischer

Die Frauen vom Schloß

Roman

Marie Louise Fischer: Die Frauen vom Schloß
Lizenzausgabe für die Naumann & Göbel Verlags-
gesellschaft mbH, Köln

Gesamtherstellung: Naumann & Göbel Verlagsgesellschaft mbH

ISBN: 978-3-625-20987-4
www.naumann-goebel.de

Der Herbstregen trommelte auf das Dach der mächtigen alten Reisekutsche und rann in stetigen Bächen die kleinen Fenster herab.

Die Damen – Elisabeth von Deinharting, ihre sechzehnjährige Stieftochter Auguste und die junge Immigrantin Antoinette de Beaujeux, die seit der Französischen Revolution in Bayern hängengeblieben war – kuschelten sich eng aneinander. In ihren sehr offenherzigen Balltoiletten aus pastellfarbigem Chiffon, hoch unter dem Busen tailliert, wie es der Mode entsprach, waren sie für dieses Wetter allzu leicht angezogen. Daran änderten auch die Seidentücher nichts, die sich Elisabeth und Antoinette um die Schultern gelegt hatten. Auguste hatte davon nichts wissen wollen. Sie war so stolz auf ihr erstes »erwachsenes« Ballkleid, daß sie es mit nichts hatte kaschieren mögen; zu prachtvoll brachte es ihre glatten, wohl gerundeten Arme, den Ansatz ihres festen kleinen Busens und ihren langen, leicht gebogenen Hals zur Geltung.

»Mon premier bal!« seufzte sie mit verklärtem Lächeln. »Je suis très excitée!«

Man schrieb das Jahr 1804, und wie es der Sitte der gehobenen Stände in Bayern entsprach, benutzte man die französische Sprache, auch wenn man unter sich war.

Antoinette schlang lächelnd den Arm um die Schultern der Jüngeren. »Es ist der erste Ball, zu dem unsere gute Afra einlädt! Denken Sie nur einmal daran, wie aufgeregt sie erst sein muß.«

Elisabeth von Deinharting zog ihr Tuch fester um die schmalen Schultern. »Ich halte es nach wie vor für einen Fehler.« »Du kannst nicht vergessen, daß sie als Tochter eines Dorfwirts zur Welt gekommen ist?« – Ihr Mann, der Hofmarksherr Anselm von Deinharting, fragte es lächelnd; er hatte sich längst an ihren Snobismus gewöhnt, und es tat seiner zärtlichen Bewunderung für sie keinen Abbruch. Heute, in dem fließenden lichtgrauen Kleid, dessen Farbe der ihrer Augen entsprach, mit dem von Antoinette sehr kunstvoll frisierten, jetzt ganz natürlich wirkenden blonden Haar, das selbst im Regenlicht schimmerte, schien sie ihm ganz besonders reizvoll.

»Niemand wird es je vergessen«, erklärte sie entschieden. »Aber sie ist doch jetzt eine Baronin Lingen«, sagte Auguste naiv, »und sie lebt auf einem Schloß.«

»Das ihr Vater ihr gekauft hat … und wir alle wissen, daß das Geld dazu aus nicht sehr sauberen Quellen stammt.«

Anselm von Deinharting streckte seine große braune Hand aus, um die kleine schmale Elisabeths zu berühren, die sich in dem Seidentuch versteckte wie ein Vögelchen, das sich fürchtet. »Ich muß mich über dich wundern, Elisabeth«, scherzte er, »seit wann sprichst du über Geld? Und was weißt du von den Geschäften des dicken Schwaiger?«

Elisabeth wurde bewußt, daß ihre Bemerkung undamenhaft gewesen war, und eine rote Welle flutete vom Ansatz ihres weißen Busens bis in das helle Gesicht. »Excusez moi ... ich weiß wirklich nicht, wie ich darauf kam.«

»Du brauchst dich nicht zu entschuldigen«, beruhigte sie ihr Mann, »im Gegenteil ... ich freue mich stets, wenn ich einen Ansatz von Realitätssinn bei dir entdecke.«

»Nun jedenfalls ...« Doktor Friedrich König, Arzt und Forscher, den es vor Jahren nach Deinharting verschlagen hatte, bemühte sich, seine langen Beine einigermaßen bequem unterzubringen, » ›non olet‹, wie schon die alten Römer sehr weise vom Geld zu sagen pflegten. Ganz egal, wie er es erworben hat, der Wirt kann sich beglückwünschen, daß er genügend davon besitzt ... und seine Tochter, daß sie es ausgeben darf.« – Ursprünglich hatte er reiten wollen, aber da das Wetter von gestern auf heute umgeschlagen war, hatte er das Angebot angenommen, ihn nach Schloß Karpfing, Afra von Lingens Besitz, zu kutschieren.

»Ich finde Ihre Einstellung ...« Elisabeth reckte das Kinn vor und suchte nach Worten. »... zumindest nicht gerade vornehm.« Seit er aufgehört hatte, ihr den Hof zu machen, hatte sie begonnen, ihn zu kritisieren.

Ihn kümmerte es nicht. »Was kann man bei meiner Herkunft anderes erwarten?« neckte er sie. »Ich habe mich immer frank und frei dazu bekannt, daß mein Vater über den Posten eines Gerichtsschreibers nicht hinaus gekommen ist. Und wie meine Großmutter zu dem Geld gelangt ist, das sie mir vererbt hat, könnte ich beim besten Willen nicht sagen.«

»Geld«, sagte der Hofmarksherr nachdenklich, »viel Geld, meine ich, stammt immer aus unsauberen Quellen. Mit Ehre und Anstand kann man es sich nicht erwerben. Entschuldigen Sie, Frédéric, das habe ich natürlich nicht persönlich gemeint. An Ihrer Integrität besteht selbstverständlich nicht der geringste Zweifel.«

»Verstehe schon, mon bon ami, ich bin ja auch nur der Erbe. Ich selber, fürchte ich, wäre ganz außerstande, etwas zu verdienen. Um so froher bin ich, daß ich es nicht brauche und ungetrübt meinen Neigungen und Forschungen leben kann.«

»Geld!« sagte Elisabeth verächtlich. »Was ist das für ein Thema! Und zu diesem Anlaß!«

»Verzeih, meine Liebe!« Anselm von Deinharting verstärkte den Druck auf ihre schmale Hand. »Du selber warst es, die es angeschnitten hat!«

»Ich habe mich dafür entschuldigt.«

»Nun, auf alle Fälle«, meinte Auguste, Sehnsucht in der Stimme, »hat Afra einen hübschen Mann, und er muß sie sehr liebhaben, daß er sie geheiratet hat.«

»Gewiß doch«, sagte Anselm von Deinharting so rasch, als müßte er fürchten, daß einer der anderen eine skeptische Bemerkung machen könnte, »Afra und Felix von Lingen sind ein sehr schönes Paar.« Liebevoll betrachtete er seine Tochter; je älter sie wurde, desto mehr erinnerte sie ihn an Caroline, seine verstorbene erste Frau. Auguste hatte das gleiche glatte, goldrote Haar, die gleiche empfindliche Haut, den gleichen leidenschaftlichen Glanz in den braunen Augen und den vollen Mund, dessen Winkel sich so leicht verzogen – lächelnd, schmollend oder auch hart.

»Mit einem schöneren Damenflor als wir«, sagte Friedrich König, als könnte er die Gedanken des Freundes lesen, »wird wohl niemand auf dem Ball aufwarten können.«

In der Tat schienen die drei, was ihr Aussehen betraf, miteinander zu wetteifern: die blutjunge Auguste, Elisabeth, in deren Gesicht sich schon die ersten zarten Falten gegraben hatten und es noch feiner und durchgeistigter erscheinen ließen, und Antoinette, deren runde blaue, stets ernsthaft und beherzt blickende Augen in einem so reizvollen Gegensatz zu ihrem kastanienbraunen, natürlich gelockten und geschickt frisiertem Haar standen.

»Danke«, sagte sie vergnügt, »wir können uns aber auch mit unseren Kavalieren durchaus blicken lassen!«

Das war nicht zu leugnen, und die beiden Herren verzichteten auch auf eine solche Koketterie. Der Hofmarksherr, obwohl schon über fünfzig – zu seiner Zeit ein Greisenalter –, hatte sich die aufrechte Haltung seiner jungen Jahre bewahrt. Breit in den Schultern, mit kräftigen Beinen und Armen und einem mächtigen Kopf, an dem alles ausgeprägt war, als hätte die Natur sich Mühe gegeben, mit ihm etwas ganz Besonderes zu schaffen, wirkte er immer noch ungemein männlich. In sein braunes, dichtes Haar hatten sich erst vereinzelt weiße Fäden gemischt, die ihn nicht älter machten, sondern seine Stärke gleichsam noch zu betonen schienen. Im Gegensatz zu ihm wirkte Friedrich König, der geborene Preuße, schlank, schmal, blond, fast unscheinbar, wären da nicht der Zug von Humor um seine Lippen gewesen und die Lachfältchen um seine Augen, aus denen mehr als Intelligenz, ja, beinahe Weisheit sprach.

»Wer wohl sonst noch alles kommt?« fragte Auguste.

»Sicher wird ein hübscher junger Mann für dich dabei sein!« neckte der Vater sie.

Elisabeth sah ihn kopfschüttelnd an. »Du solltest keine zu großen Erwartungen in ihr erwecken, mon cher! Ich bin sicher, die gute Afra hat nur Leute eingeladen, die sie bei uns kennengelernt hat ...«

Antoinette warf sich sofort für die Freundin in die Bresche. »Was blieb ihr denn anderes übrig?«

»Das sollte kein Tadel sein, meine liebe Antoinette. Afras schwierige Situation ist mir durchaus bewußt. Ich wollte Gustel nur klarmachen, daß sie kein neues Gesicht auf diesem Ball erwarten darf.«

»Wie schade!« Auguste tat einen tiefen Seufzer. »Dann hätten wir eigentlich gar nicht zu fahren brauchen.«

»Eine kleine Abwechslung tut immer gut«, meinte Elisabeth. »Und außerdem sind wir es Afra schuldig!« fügte Antoinette hinzu.

»Schuldig? Wie soll ich das verstehen?« fragte Elisabeth sofort.

»Verzeihen Sie, ma tante ...« Obwohl Antoinette mit der Hofmarksherrin nicht verwandt war, brauchte sie seit Jahren diese vertraute Anrede, während Anselm von Deinharting für sie »Monsieur« war. »... verzeihen Sie, ich habe mich falsch ausgedrückt. Natürlich schulden die Deinhartinger Afra nichts, und Afra den Deinhartingern alles. Aber da ja Sie und Monsieur es waren, die das Mädchen aus der Enge ihrer dumpfen Welt befreit haben, nehme ich an, daß es Ihnen auch selbstverständlich erscheint, sie jetzt, da sie ihr Ziel fast erreicht hat, weiter zu unterstützen.«

Der Hofmarksherr lächelte ihr zu. »Was für eine gescheite kleine Ansprache! Aber ich fürchte, Antoinette, Sie überschätzen die Rolle, die wir im Leben dieser jungen Person gespielt haben. Sie hat sich recht eigentlich selber am Schopf aus ihren beschränkten Lebensumständen gezogen. Wir waren nichts als eine Stufe, die sie zum Aufstieg benutzt hat.«

Unter derlei Gesprächen rollte die Kutsche gemächlich durch den Abend. Der Bauernweg, auch bei trockenem Wetter schlecht genug – tiefe Rinnen und Furchen hatten sich in ihm ausgeprägt –, war durch den strömenden Regen vollkommen aufgeweicht, so daß die Hufe der Pferde in ihm versanken und die Räder sich nur schwer und mit schmatzenden und glucksenden Geräuschen aus ihm lösten.

»Papa, bitte, sagen Sie Peter doch, er soll etwas schneller fahren!« drängte Auguste.

Anselm von Deinharting schüttelte sachte den Kopf. »Bei dem Wetter? Lieber nicht, ma petite. Peter weiß schon, was er den Rössern und dem Gefährt zumuten darf.«

»Aber wir werden zu spät kommen!« klagte Auguste. Antoinette drückte ihr beruhigend die Hand. »Sicher nicht, Liebes … seien Sie unbesorgt, wir verpassen nichts.«

In eben diesem Augenblick stand Afra von Lingen auf der Höhe der prachtvoll geschwungenen Doppeltreppe, die aus der Eingangshalle ihres Schlosses hinaufführte. Die Türen des Ballsaals hinter ihr waren weit geöffnet, alle Leuchter mit brennenden Kerzen bestückt, livrierte Bedienstete in elegantem Grau bildeten ein Spalier – aber noch kein Gast war zu sehen. Afra hielt sich sehr gerade, den Kopf hoch erhoben, das Kinn vorgestreckt. Ihr schwarzes, störrisches Haar war mit viel Mühe gebändigt und aufgedreht worden, so daß es ihr jetzt, am Hinterkopf hochgesteckt, in langen Korkenzieherlocken auf die nackten, gepuderten Schultern fiel. In ihren schrägstehenden schwarzen Augen stand ein leidenschaftliches Funkeln; sie hatte die Lippen zusammen gepreßt, und ihre Nüstern blähten sich. Sie war sehr schön, sehr gepflegt, und dennoch strahlte ihr ganzes Wesen eine entschlossene Tüchtigkeit aus, die nicht zu einer Dame ihrer Zeit passen wollte. Das leuchtendrote Kleid, das sie aus Paris hatte kommen lassen, konnte nicht darüber hinwegtäuschen, daß ihr die Tracht einer jungen Bäuerin besser gestanden hätte. Tatsächlich war sie so etwas wie eine Bäuerin geworden. Unfähig, sich wie andere Standespersonen es zu tun pflegten, mit Unterhaltung, Handarbeiten, Musik und Gesellschaftsspielen die Zeit zu vertreiben, hatte sie die Verwaltung der kleinen Landwirtschaft, die zu Schloß Karpfing gehörte, selbst übernommen, vielmehr hatte sie sie ihrem Gatten, dessen Laxheit sie entnervt hatte, förmlich aus den Händen gerissen. Er stand zu ihrer Seite, ein wenig hinter ihr, hübsch und elegant mit seinem blonden, leicht gelockten Haar und den verträumten blauen Augen unter den langen, seidigen Wimpern. Obwohl er schon Ende zwanzig war, wirkte er noch immer wie ein großer Junge, ein Mensch, der sich weigerte, erwachsen zu werden. Nur seine leicht herabgezogenen Mundwinkel verrieten, daß er mit seinem Leben nicht zufrieden war. »Ich habe es dir von Anfang an gesagt, meine Liebe«, sagte er jetzt, »dieser Ball war ein Fehler!«

Sie fuhr zu ihm herum. »Mußt du mir immer alles verleiden?«

»Ich ... dir?« Gelassen hielt er ihrem funkelnden Blick stand. »Nicht im geringsten. Du weißt, ich gönne dir jeden Spaß ... nur fürchte ich, dies wird keiner für dich werden.«

»Und warum, wenn ich fragen darf?«

Er lächelte sein seltsam freudloses, fast boshaftes Lächeln. »Weißt du das nicht selber?«

»Weil Beata abgesagt hat? Na und! Sie ist schon wieder ...« Gerade noch rechtzeitig besann sie sich darauf, daß sie eine Dame sein wollte und verbesserte sich: »Sie fühlt sich nicht wohl, und ihr Gatte will sie nicht verlassen. Ähnlich steht's mit den Hollbergs. Die Gräfin leidet an der Gicht ... und die Breetzens und Rückersbachs hatte ich ohnehin nur pro forma eingeladen ...«

»Absagen, Absagen, Absagen!« Felix von Lingen fand, während er das böse Wort wiederholte, eine kleine Melodie dazu.

Brüsk wandte sie ihm den Rücken zu. »Du bist unerträglich!« »Du irrst dich, ma chère ... es ist die Wahrheit, die du nicht ertragen kannst!«

»Was für eine Wahrheit?« fauchte sie, ohne ihn anzusehen und heftig den Fächer bewegend. »Deine Wahrheit. Für die bedanke ich mich. Ich habe im Leben noch alles erreicht, was ich wollte ... und du? Was kannst du von dir sagen?«

»Ich habe eine schöne Frau ... und mein Auskommen!« sagte er mit bitterem Spott.

»Ach, hör auf!« Mehr zu sich selber fügte sie hinzu: »Die Kaltenbachs kommen bestimmt ... und die Amertingens.« Sie schlug sich mit dem zusammengeklappten Fächer in das Innere ihrer linken Hand. »Sie haben nicht abgesagt. Sie müssen kommen!«

Wie aufs Stichwort wurde das Schloßtor geöffnet, die Kerzen flackerten, und ein schlanker bayerischer Offizier in blauer Paradeuniform, Knöpfe und Leder auf spiegelnden Hochglanz poliert, kam mit weit ausholenden elastischen Schritten, den Helm in der Hand, die Treppe hinauf.

Afras Spannung löste sich, lächelnd kam sie ihm entgegen. »Hauptmann Wessel ... wie schön!«

Er zog ihre bräunliche, ein wenig zu kräftige Hand an die Lippen. »Bedaure außerordentlich, gnädigste Baronin ...«

Mit einem Ruck entriß sie ihm ihre Hand. »Wie? Was gibt es zu bedauern?«

»Daß ich an Ihrer fête nicht teilnehmen kann. Bin für heute abend zu einem Bankett in Taufbeuern zitiert worden. General Wrede ist auf Visite. Zu schade, gnädigste Baronin ... aber da kann man nichts machen.«

Afra war weiß um die Lippen geworden. »Und das sagen Sie mir jetzt erst?!«

Er sah ihr ins Gesicht, blanke Unverschämtheit in den hellen Augen. »So ist's nun mal beim Militär, man muß immer auf das Unvorhergesehene gefaßt sein, gnädigste Baronin ...« Er verbeugte sich formell. »Wenn Sie mich also entschuldigen wollen ...« Mit einer lässigen Verbeugung zu Felix von Lingen hin sagte er nur: »Baron ...«, wandte sich ab und enteilte so schnell, wie er gekommen war.

»Ein Affront!« Afra war wütend. »Das werde ich dem Kerl nie verzeihen!«

»Aber vielleicht hat er ja die Wahrheit gesagt ...«

»Unsinn. Zumindest hat er es schon früher gewußt. Er hat mich demütigen wollen. Hast du denn nicht bemerkt, wie frech er mich fixiert hat!? Du mußt dich mit ihm duellieren!«

Felix von Lingen verzog die Lippen. »Du vergißt, daß ich nicht mehr satisfaktionsfähig bin ... seit ich dich geheiratet habe.« »Seit du wegen Spielschulden den Dienst in der kaiserlichen Armee hast quittieren müssen. Aber fangen wir nicht wieder mit diesem Thema an. Das dürfte zwischen uns doch abgehandelt sein. Jedenfalls: Daran, daß Wessel bei uns einquartiert ist, kann ich nichts ändern, aber speisen wird er fortan allein!«

Felix von Lingen zupfte sich nachdenklich am Ohrläppchen. »Ich glaube, seine Aversion ... seine Abneigung, richtet sich gar nicht gegen dich, Afra ... du siehst das falsch. Sondern gegen mich. Ich bin in seinen Augen ein Unwürdiger.«

»Dabei ist er nicht einmal von Adel!«

»Aber ein Kriegsheld.«

Impulsiv wandte sie sich ihm zu. »Laß es gut sein, mein Junge. Du hast deine Haut oft genug zu Markte getragen.«

»Weiß Gott!«

Sie sahen sich in die Augen, und für Sekunden war das alte, liebevoll-kameradschaftliche Verhältnis zwischen ihnen wiederhergestellt.

Erst am Flackern der Kerzen merkten sie, daß das Schloßtor abermals geöffnet wurde.

»Hofmarksherr Anselm von Deinharting und Familie!« verkündete Johann, der älteste der Diener, der für diesen Abend die Rolle des Majordomus übernommen hatte – so hofherrschaftlich ging es auf Schloß Karpfing nicht zu, daß er im Sommer nicht auch bei der Landwirtschaft mit hätte zupacken müssen; aber er sah stattlich aus mit seinem weißen Haar, dem glattrasierten, von zahllosen Falten durchfurchten Gesicht, das dennoch von jugendlich frischer Farbe war.

»Laß die Musik aufspielen!« bat Afra ihren Mann und eilte auch schon die Treppe hinunter, den Freunden entgegen, elastisch wie ein junges Mädchen, obwohl ihre Taille nach der Geburt des kleinen Maximilian ein wenig von ihrer Biegsamkeit verloren hatte.

Die Deinhartings waren unter großen »Parapluies«, wie man Regenschirme damals zu nennen pflegte, einigermaßen trocken in das Schloß geleitet worden. Dennoch glänzte auf Antoinettes Wangen ein Regentropfen wie eine Träne, und Auguste betrachtete mißbilligend ihre Seidenschuhe, die einen Spritzer abbekommen hatten.

»Wie schön, daß Sie gekommen sind!« Afra hätte sie am liebsten alle der Reihe nach umarmt, aber sie zwang sich zur Zurückhaltung, weil sie wußte, daß eine solche Vertraulichkeit weder ihrer Rolle noch ihren Beziehungen zu den anderen entsprochen hätte.

»Was für ein Wetter!« Anselm von Deinharting gab Hut und Stock an einen der Diener, schüttelte sich und nahm Elisabeth das Schultertuch ab; Friedrich König bemühte sich um Antoinette.

»Nun, wir haben Herbst«, erinnerte Afra mit Haltung.

»Sind wir die Letzten?« Auguste zupfte ihr Kleid zurecht. »Der dumme Peter ist wieder einmal so langsam gefahren, und Papa wollte nicht …«

Afra fiel ihr ins Wort. »Ach, wichtig ist doch nur, daß Sie da sind! Sie sehen bezaubernd aus, Auguste … von der kleinen Gustel ist nichts mehr geblieben!«

»Ich hoffe nur, Sie haben auch Tänzer für mich!« erwiderte Auguste unbefangen.

Afra überhörte diese Bemerkung. »Bleiben wir nicht hier unten, wo es zieht!«

Auch Felix von Lingen war inzwischen zur Begrüßung gekommen.

»Führ du Mademoiselle Auguste«, bat Afra ihn.

Lächelnd reichte er dem jungen Mädchen den Arm, ihm folgten Elisabeth und der Hofmarksherr.

Afra hielt Antoinette, die an der Seite Friedrich Königs hatte hinaufsteigen wollen, zurück.

»Ist etwas nicht in Ordnung?« fragte Antoinette sofort. Afra mochte sich nicht so schnell bloßstellen. »Du meinst mit den Vorbereitungen? Oh, nein, es hat alles geklappt.« Die beiden gleichaltrigen Freundinnen duzten sich wie in den vergangenen Jahren.

»Aber irgend etwas stimmt doch nicht, ma chère! Ich kenne dich zu gut, du kannst mir nichts verbergen. Wenn du deine Nasenflügel auf diese Art blähst …«

Afra hatte sich überwunden. »Ach was, du wirst es ja ohnehin gleich merken … ihr alle!« Sie wollte leichthin sprechen, aber der Hals war ihr wie zugeschnürt. »Ihr seid die ersten!«

»Aber Afra, wenn weiter nichts ist!«

»Ich erwarte mit Sicherheit die Kaltenbachs und die von Amertingens.« Afras Stimme brach. »Alle anderen haben abgesagt!«

»Du weißt, Emanuel konnte sein Korps nicht verlassen.«

»Ihm nehme ich es ja auch gar nicht übel«, sagte Afra mühsam.

»Nimm es nicht so schwer!« Antoinette berührte beschwichtigend ihren Arm. »Dann wird es eben ein Ball in kleinem Kreise … etwas Netteres kann ich mir gar nicht denken!« Sie eilte so behende die freie linke Treppe hinauf, daß sie noch vor Elisabeth und ihrem Gatten oben war. »Denken Sie sich, es wird ein Ball im ganz intimen Kreis!« verkündete sie mit gut gespielter Heiterkeit. »Nur wir, die Kaltenbachs und die von Amertingens.«

Auguste konnte ihre Enttäuschung nicht verbergen. »Aber mit wem soll ich denn dann tanzen?«

»Auguste, bitte!« sagte Elisabeth, die die Situation sofort erfaßt hatte, tadelnd. »Führ dich nicht auf wie ein ungezogenes Kind.«

»Ich werde mit Ihnen tanzen, wenn Sie gestatten«, erbot sich Felix von Lingen vergnügt.

»Ach Sie, Sie sind ...« Auguste stockte.

»Was bin ich?« Felix von Lingen war ernst geworden.

»Ein verheirateter Mann«, sagte Auguste errötend.

Er begriff, daß sie wirklich nichts anderes gemeint hatte, und brach in ein erleichtertes Lachen aus.

Anselm von Deinharting ging Afra entgegen, die, ganz gegen ihre Art, den Kopf gesenkt hielt; die Last der Enttäuschung und Erniedrigung beugte ihr den Nacken.

»Wir werden also, wie ich höre«, sagte der Hofmarksherr, »ganz entre nous sein. Meine Gattin und ich sind sehr erleichtert. Sie wissen ja, wie sehr wir Menschenansammlungen und lärmende Veranstaltungen hassen.«

Sie blickte ihn von unten herauf an. »Sie waren immer sehr gut zu mir.«

»Sagen wir lieber ... ich habe immer große Stücke auf Sie gehalten!« Galant bot er seiner Frau den rechten, Afra den linken Arm und führte die Damen in den Ballsaal.

Es war ein schöner, rechteckig geschnittener Raum, der durch die reichen Stuckaturen, die die Ecken ausfüllten, oval wirkte.

Auch an der Decke und den Wänden gab es jene Stuckaturen, wie sie für die ausgehende Barock- und beginnende Rokokozeit bezeichnend sind, dazwischen altersdunkle Ölgemälde, die Allegorien aus der griechischen Sagenwelt darstellten. Die Wandleuchter, die die Kerzen trugen, stammten aus eben jener Zeit, während Afra das Mobiliar ganz modern gewählt hatte. Die wenigen Kommoden, Abstelltische und Stühle, die an den Wänden standen, waren von gradliniger Strenge, zum Teil mit Einlegearbeiten verziert, die altrömische und altägyptische Elemente zeigten. Die Mitte des mit schönem Parkett ausgestatteten Saals war ganz frei gehalten worden und dort, wo sich eine Schar von festlich gestimmten Menschen hätte tummeln sollen, fühlte Afra sich zwischen ihren wenigen Gästen recht verloren.

Bedienstete – viel zu viele, denn Afra hatte sich für diesen großen Tag einen Teil des Deinhartinger Personals ausgeliehen – boten Getränke und kleine Leckerbissen an.

Die Damen griffen zu, aber Anselm von Deinharting betrachtete den goldgelben Likör mit Unbehagen.

Afra begriff sofort. »Ich glaube, ich habe auch für Sie das Richtige, Monsieur!« Sie winkte einen jungen Diener herbei, der dem Hofmarksherrn einen klaren Obstler einschenkte.

Er trank mit Behagen. »Alle Achtung! Der ist gut!«

»Kein Wunder!« Afras Lächeln war schwach. »Er stammt aus der Deinhartinger Brennerei.«

»Bravo, meine Liebe, Sie haben Geschmack.« Er beäugte die bunt verzierten winzigen Stückchen sauren Fischs und Fleischgelees, die Afra selber ihm anbot. »Sehr verlockend ... aber ich hoffe, wir kriegen auch noch etwas Handfestes zu essen?«

»Aber ja!« versicherte Antoinette. »Es ist ein Ball mit Souper, nicht wahr, Afra?«

Anselm von Deinharting zog seine schwere goldene Uhr. »Es ist gleich zehn ... worauf warten wir denn noch?«

»Auf die anderen«, sagte Afra mit gepreßter Stimme.

»Da bin ich aber ganz und gar dagegen! Sie haben noch einen jungen Hausstand, meine Liebe, deshalb sei es Ihnen verziehen. Aber eine Mahlzeit muß pünktlich auf den Tisch, sonst vergrämt's die Köchin und verschmort's den Braten ... stimmt's nicht, Elisabeth?«

»Absolut. Margarethe Meyr würde es mir nie verzeihen, wenn ich einmal nicht pünktlich servieren lassen würde.«

»Aber wäre es nicht eine grobe Unhöflichkeit, wenn wir ...«
»Keineswegs! Unhöflich ist nur der unpünktliche Gast ... geben wir ihnen also noch zehn Minuten, und dann zu Tisch.«

»Wie Sie meinen, Monsieur!« Unversehens war Afra aus der Rolle der Hausherrin in die der Untergebenen geraten, in der sie einstmals als geduldete Mitschülerin und spätere Hauslehrerin auf Schloß Deinharting gelebt hatte.

Friedrich König beobachtete diesen Vorgang nicht ohne Amüsement.

Anselm von Deinharting warf Elisabeth einen fragenden Blick zu, und sie gab ihm ein zustimmendes Zeichen mit den Augen. Er räusperte sich. »Im übrigen kenne ich unsere lieben Freunde länger als Sie! Sie sind nicht gerade die Zuverlässigsten. Ich halte es durchaus für möglich ...«

Die Wahrheit, die sie sich nicht hatte eingestehen wollen, traf Afra wie ein Schlag. »... daß sie nicht kommen!?«

»Ja.«

»Aber sie haben nicht abgesagt!«

»Mag sein, daß sie sogar vorhatten, Ihrer Einladung zu folgen ... aber dann, dieses Wetter!«

Verstört und hilfesuchend blickte Afra zu Antoinette hin. »Kann man das denn so einfach machen? Ich meine ... ist das ... comme il faut?«

»Nein, es gehört sich bestimmt nicht«, versicherte Antoinette rasch, »es ist ein Zeichen des immer stärker werdenden Verfalls der guten Sitten.«

»Dieser Erscheinung begegnet man doch neuerdings auf Schritt und Tritt«, stimmte Elisabeth ihr zu, »es ist tief bedauerlich, aber es ist so. Wenn die Kaltenbachs und die Amertingens wirklich ohne Entschuldigung ausbleiben sollten ... ich sage ausdrücklich wenn, denn im Gegensatz zu meinem Mann kann ich es mir nicht vorstellen ... so müßten sie sich wirklich schämen.«

»Ich!?« rief Afra tief betroffen. »Sie meinen ... ich ...« Das Ende des Satzes blieb ihr buchstäblich im Halse stecken.

»Aber, meine Liebe, Sie verstehen mich falsch!« berichtigte Elisabeth rasch. »Genau das Gegenteil habe ich ausdrücken wollen! Sie ... die Amertingens und Kaltenbachs müßten sich schämen ob ihrer Ungezogenheit ... nicht Sie, liebe Afra, Sie trifft nicht der geringste Tadel.« Sie griff zu einem der Geleehäppchen und betrachtete es zwischen spitzen Fingern. »Hübsch gemacht, übrigens! Würden Sie mir das Rezept verraten?« Es war der Versuch, das Gespräch in eine harmlosere Bahn zu bringen, denn alle Anwesenden wußten selbstredend, daß all die Absagen und das Ausbleiben der Gäste eben doch eine Herabsetzung Afras bedeuteten. Wenn die Deinhartinger einluden, konnte ihnen so etwas nicht passieren.

Afra hatte nicht genug gesellschaftlichen Schliff, um Elisabeths gute Absicht zu durchschauen und das Rettungsseil zu ergreifen.

»Das Rezept?« wiederholte sie statt dessen töricht. »Aber, gnädige Frau, das hat Margarethe Meyr doch ganz bestimmt selber. Meine Köchin hat ja bei ihr gelernt.«

»Ach so? Daran habe ich mich im Moment gar nicht erinnert. Dann jedenfalls müssen wir die gute Margarethe bitten, uns recht bald einmal auch so etwas Delikates zu bereiten.«

»Aber ... es ist genügend davon da!« beteuerte Afra. »Sie können ...« Erschrocken unterbrach sie sich. »Mitnehmen, so viel Sie wollen«, hätte sie beinahe gesagt, begriff aber noch gerade rechtzeitig, daß dieser Vorschlag unmöglich gewesen wäre, ein »faux-pas«, wie man damals zu sagen pflegte ... »... davon essen, bis sie sie nicht mehr sehen können«, vollendete sie schwach und dachte mit Schaudern daran, daß sie, ihr Mann, ihr kleiner Sohn und das Gesinde noch tagelang die in allzu großer Zahl bereiteten Geleehäppchen würden essen müssen.

Elisabeth hatte den Happen verschluckt und wischte sich die Fingerspitzen mit einem Tuch aus Genfer Spitze ab. »Ich danke Ihnen, aber ich möchte mir den Appetit auf das Souper nicht verderben.«

Dann wußte niemand mehr etwas zu sagen.

»Wie geht es dem Kleinen?« fragte Antoinette, um die Stille, die nur von den Klängen des kleinen Orchesters am anderen Ende des Raumes ausgefüllt war, zu brechen; die Frage an sich war ganz überflüssig, denn sie war noch am vergangenen Nachmittag auf Schloß Karpfing gewesen, um der Freundin bei den Vorbereitungen zum Ball zu helfen.

»Er ist gesund ... Gott sei's gedankt.«

»Könnten wir ihn sehen?« fragte Elisabeth.

»Nein, nein, heute nicht. Maximilian schläft natürlich längst.«

Wieder trat eine peinliche Stille ein.

Auguste raffte sich zu einer Bemerkung auf. »Sie haben ein wunderschönes Kleid, Baronin! Die Farbe wäre natürlich nichts für mich, aber ich wünschte mir wirklich, Mademoiselle Puché würde auch einmal so gut für mich arbeiten.«

Afra konnte sich nicht enthalten, ihren großen Trumpf auszuspielen. »Ich habe es eigens aus Paris kommen lassen!«

Elisabeth zog die dünnen blonden Augenbrauen hoch; wenn sie sich auch alle Mühe gab, Afra gegenüber Gerechtigkeit zu üben, so nahm sie doch auch immer wieder Anstoß an ihrem unpassenden Benehmen. Wie lächerlich und anmaßend, mit einem Kleid aus Paris zu protzen – dazu noch in ihrer Situation! Antoinette quittierte Afras Erklärung mit einem nachsichtigen Lächeln, und die Herren reagierten belustigt.

Nur Auguste war beeindruckt. »Eine Kreation aus Paris! Oh, würde Papa mir doch auch einmal eine Toilette aus Paris schenken ... ein einziges Mal!«

»Du bist hübsch genug, Gustel«, erklärte ihr Vater schmunzelnd, »auch in den Kleidern des guten Fräulein Pucher.«

»Nennen Sie mich nicht ›Gustel‹, Sie wissen, wie ich das hasse. Ich bin schließlich kein Kind mehr! Und Mademoiselle Puché würde sehr ärgerlich werden, wenn sie hören könnte, daß Sie sie Pucher nennen.«

Die anderen – außer Afra, die ganz benommen war – lachten. »Aber mein liebes Kind«, sagte Anselm von Deinharting, »jeder weiß doch, daß die gute Mademoiselle ihren Namen höchst eigenwillig französisiert hat. Der Guten ist anscheinend noch gar nicht aufgefallen, daß dies heutzutage, da nicht mehr der alte Adel, sondern von unten heraufgespülte Abenteurer ...«

Elisabeth unterbrach ihn. »Bitte, mon cher, keine Politik!«

Er entschuldigte sich sofort, blickte dabei Afra an, konnte aber nicht feststellen, ob sie seine Bemerkung auch auf sich bezogen hatte, und zog abermals seine Uhr.

»Sie sollten jetzt aber wirklich zu Tisch bitten!«

»Sie meinen ... die anderen kommen nicht mehr?«

»Ich bin dessen gewiß«, erklärte er mit Entschiedenheit.

Afra verlor die Fassung. »Das werden sie mir büßen!« schrie sie, nun gar nicht mehr Baronin, sondern das, was sie wirklich war: ein Mädchen aus dem Volk. »Denen zahl ich's heim! Mich so zu brüskieren! Diese verdammte hochnäsige Bande, was bildet die sich denn eigentlich ein?! Was glauben die, wer sie sind? Ein Dreck sind die, jawohl. Ich schwör's euch, die werden noch vor mir kriechen!«

Während dieses Ausbruchs erblaßte Elisabeth, wich unwillkürlich zurück und hielt ihr Spitzentüchlein vor die Nase, als müßte sie einen schlechten Geruch abwehren. Sofort war Anselm von Deinharting bei ihr und stellte sich vor sie, um ihr den Anblick der tobenden jungen Frau zu ersparen; dabei sprach er beruhigend auf sie ein.

Antoinette packte Afra bei den Armen und schüttelte sie leicht. »Afra, komm zu dir, ich bitte dich! Weißt du denn nicht mehr, wo du bist? Du darfst dich nicht so gehen lassen.«

Afra riß sich los und funkelte sie aus ihren schwarzen, schräggestellten Augen so wild an, daß selbst die beherzte Antoinette erschrak. »Die sind nicht besser als ich!« tobte Afra. »Niemand ist besser als ...«

»Das mag schon sein«, ließ Friedrich König sich hören, »aber sie können sich besser benehmen.« Er sagte es mit großer Ruhe und nicht einmal laut. Doch Afra verstummte sofort und wirbelte zu ihm herum.

»Wenn man vornehm sein will«, fuhr Friedrich König gelassen fort, »muß man auch eine Niederlage mit guter Haltung einstekken können. Das ist das A und O des feinen Benehmens.«

»Wie kommen Sie dazu, mich zu belehren?« versuchte Afra zurückzuschlagen; aber ihre Wildheit war schon gebrochen.

»Weil Sie es nötig haben. Wenn Sie mit Ihrem Gatten allein sind, können Sie sich von mir aus aufführen wie Sie wollen, obwohl es auch dann nicht gut wäre ... im Hinblick auf das Glück Ihrer Ehe, die Achtung Ihres Gesindes und die Erziehung Ihres Sohnes. Aber sich bei einem gesellschaftlichen Anlaß so gehen zu lassen, ist wirklich indiskutabel.«

Afras eben noch vor Zorn gerötetes Gesicht war so blaß geworden, daß ihre Haut, die bei aller Pflege einen bräunlichen Ton behalten hatte, fast grünlich schien.

»Bring mich nach Hause, Anselm!« bat Elisabeth.

»Sie können von Glück sagen«, fuhr Friedrich König in herzlicherem Ton fort, »daß Sie unter Freunden sind, Baronin, unter Menschen, die für die Schwächen anderer Verständnis haben ... nicht wahr, Elisabeth?« Friedrich König nahm Afra bei der Hand und trat mit ihr auf die Hofmarksherrin zu.

Anselm von Deinharting machte ihnen Platz. »Bitte, Elisabeth!«

Aber das unbeherrschte Verhalten der jungen Frau hatte die streng erzogene Elisabeth so verstört, daß sie vergeblich nach Worten rang.

Da stürzte Afra auf sie zu, erfaßte ihre Hand und bedeckte sie mit Küssen. »Gnädige Frau, ich bitte Sie ... verzeihen Sie mir!«

Ihre Zerknirschung war für Elisabeth fast so unangenehm wie der vorausgegangene Wutausbruch. Hilfesuchend sah sie ihren Mann an, begegnete dem eindringlich beschwörenden Blick seiner warmen braunen Augen und überwand sich. »Aber sicher, Afra«, sagte sie rasch, »es ist ja nichts weiter geschehen. Jeder von uns kann einmal die Fassung verlieren.«

Anselm von Deinharting bot ihr seinen Arm. »Wohl gesprochen, meine Teuerste, aber jetzt ... zu Tisch, zu Tisch!«

Es wurde kein vergnügliches Mahl; das hatte auch niemand erwartet. Bei allem guten Willen konnte keiner der Anwesenden vergessen, wie hemmungslos Afra ihrer Enttäuschung Luft gemacht hatte. Die Gedecke für die Kaltenbachs und Amertingens – es waren elf an der Zahl, denn die gutsherrlichen Nachbarn waren zusammen mit ihren erwachsenen und halb erwachsenen Kindern eingeladen worden – standen unbenutzt auf der reich geschmückten riesigen Tafel, eine unübersehbare Erinnerung an den Schlag, der dem gesellschaftlichen Ehrgeiz der Hausherrin versetzt worden war.

Die heitere Musik, die zum Essen aufgespielt wurde, hatte etwas Gespenstisches.

Afra saß in starrer Haltung da und brachte nur mit äußerster Anstrengung hie und da ein Wort über die Lippen. Auch ihr Mann unternahm keine Anstrengung, eine Unterhaltung in Gang zu bringen. Aber er gab sich gelassen. Sein Lächeln zeigte, daß ihn die ungute Situation kalt ließ, ja, vielleicht sogar höchlichst amüsierte. Afra merkte es nicht. Sie brauchte alle Kraft dazu, sich nicht von dem Wirbel ihrer Gefühle fortreißen zu lassen; noch immer kochte der Zorn in ihr, und noch immer glomm ein kleiner Funke Hoffnung, daß die ausgebliebenen Gäste doch noch eintreffen könnten – einer ihrer Wagen konnte im Schlamm stecken geblieben, eine Achse konnte gebrochen sein, kurzum, für eine Verspätung hätte es unzählige Gründe und Entschuldigungen geben können.

Leben in das festliche Souper brachten nur die Deinhartings, kräftig unterstützt von Antoinette und Friedrich König. Es war nicht so, daß der Hofmarksherr die Unterhaltung an sich riß; bevor er sprach, hatte es keine gegeben. Er war der Mittelpunkt der kleinen Gesellschaft, genauso wie er es auf Schloß Deinharting zu sein pflegte. Nicht viel hätte gefehlt und er hätte es übernommen, eigenhändig die Teller zu füllen, aber davon nahm er denn doch Abstand. Elisabeth, noch immer leicht geschockt, war zu sehr Dame, um sich etwas anmerken zu lassen, und Augustes naive Lebenserwartung hatte schon wieder über die Enttäuschung gesiegt.

Das Essen war fast wie auf Schloß Deinharting, Margarethe Meyrs Schule war unverkennbar, nur erreichte die junge Notburga eben doch noch nicht ganz die Höhe der Meisterin. Die Wildpasteten waren nicht ganz so delikat, die Bouillon nicht ganz so klar und kräftig, der Fisch nicht so weiß und fest im Fleisch, der Braten zwar außen gut gebräunt, innen jedoch nicht mehr rosig – und das, obwohl Afra es sich nicht hatte nehmen lassen, sich selber an den Herd zu stellen, was sie natürlich um keinen Preis der Welt hätte zugeben mögen.

Dennoch lobten die Männer das Essen, die Männer und auch Auguste, die noch den Heißhunger der Jugend hatte, langten kräftig zu, während Elisabeth und Antoinette nur kosteten. Felix von Lingen aß mit großem Gleichmut, Afra dagegen brachte kaum einen Bissen herunter. Der Wein war, wie es sich für eine Wirtstochter gehörte, von hoher Qualität. Besonders der trockene Weißwein, den ihr Vater unter Schwierigkeiten aus der Champagne hatte kommen lassen, löste bei Anselm von Deinharting Begeisterung aus.

Jetzt endlich öffnete Afra den Mund und sagte gepreßt: »Ich werde Ihnen eine Kiste schicken lassen.«

Daraufhin entstand Stille am Tisch. Alle empfanden nur zu deutlich, daß Afra eine solche gönnerhafte Geste dem Hofmarksherrn gegenüber nicht zustand, schon gar nicht in der trockenen Form, in der sie gemacht worden war.

Das Schweigen wurde Afra bewußt, und sie schrak auf. »Habe ich wieder etwas falsch gemacht?« fragte sie verstört.

»Nein, gar nicht«, versicherte Anselm von Deinharting rasch, »ich nehme Ihr Angebot dankend an, Baronin.« – Er nannte sie selten mit ihrem erheirateten Titel; jetzt tat er es, um Öl auf ihre Wunden zu gießen.

Das mousse au chocolat, das zum Dessert gereicht wurde, ließ nichts zu wünschen übrig. Die Damen konnten nicht widerstehen, ihr Schälchen auszulöffeln – außer Afra, der es bitter schmeckte, obwohl sie es selber zubereitet hatte.

Danach gab es Käse – Afra hatte es an nichts fehlen lassen wollen –, dem aber nur die Herren zusprachen.

Afra mußte sich eingestehen, daß keiner der Gäste, die sie noch erwartet hatte, kommen würde. Sie erhob sich und sagte mühsam die lange vorher zurecht gelegten Worte auf: »Zum Kaffee sollten wir, glaube ich, die Herren verlassen … für uns wäre es die beste Gelegenheit, uns ein wenig frisch zu machen.«

Die Damen folgten ihr. Kaum waren die Herren allein, ergriff Anselm von Deinharting die Initiative. »Mache Er die Türen zum Ballsaal zu, Ludwig«, verlangte er von einem der Bediensteten, der zu jenen Leuten gehörte, die von Deinharting ausgeliehen waren, »ich kann das Gedudel nicht mehr hören ... und sieh Er zu, daß endlich die Gedecke abgeräumt werden ... alle, auch die unbenutzten.« Dann erst wurde ihm bewußt, daß er sich Rechte anmaßte, die ihm nicht zustanden. »Sie haben doch nichts dagegen, Baron?« fragte er.

»Aber nicht das mindeste«, war die lächelnde Antwort. »Dann würde ich vorschlagen, Sie kommen hier zu mir ans Tischende, damit wir uns unterhalten können. Rücken Sie, bitte, zusammen, meine Herren.«

Während des Soupers hatten alle, Afras ausgeklügelter Tischordnung folgend, weit auseinander gesessen. Jetzt kamen Friedrich König und Felix von Lingen bereitwillig Anselm von Deinhartings Wunsch nach. Aber dadurch wurde es immer noch nicht gemütlich in dem großen, wie der Ballsaal mit reichen Stuckaturen versehenen Raum. Es lag wohl auch an den sehr schönen modernen Möbeln, mit denen Afra sich eingerichtet hatte. Es herrschte nicht das unkonventionelle Durcheinander verschiedener Stilarten aus drei Jahrhunderten, aus denen man unbekümmert die schönsten Stücke behalten und nebeneinander gestellt hatte wie auf Deinharting. Afra hätte sich zwar auch bei der Auflösung der Klostergemeinschaften in Bayern billig mit gutem alten Mobiliar versorgen können, und ihr Vater, der alte Schwaiger, hatte ihr das auch schmackhaft zu machen versucht. Aber sie hatte sich dagegen gewehrt, gerade weil es billig gewesen wäre und weil sie sich nicht genügend Geschmack zutraute. So war ihre Einrichtung zwar stilvoll und elegant, aber ganz und gar unpersönlich ausgefallen.

Während die Bediensteten noch geschäftig hin und her liefen, begann Friedrich König, sich seine Pfeife zu stopfen. Felix von Lingen reichte Zigarren – aber es war nur eine Geste, da er nur zu gut wußte, daß der Hofmarksherr nicht rauchte – und zündete sich dann selber eine an. Bis zum Kaffee fielen zunächst nur belanglose Worte. Anselm von Deinharting ließ sich über das Wetter, die Ernte, die Teuerung, den Mangel an Arbeitskräften aus. Friedrich König hörte interessiert zu, warf auch hin und wieder ein Wort dazwischen. Aber der Hausherr blieb stumm, hatte wieder sein maliziöses Lächeln aufgesetzt.

Der Hofmarksherr unternahm einen Vorstoß. »Mir scheint, alles, was ich sage, interessiert Sie nicht, Baron!«

Felix von Lingen zuckte die Achseln. »Warum sollte es auch?«

»Sie sind Schloßbesitzer und Gutsherr ...«

»Weder das eine noch das andere, lieber verehrter Hofmarksherr! Hier gibt es nur eine Besitzerin«, erklärte er mit der Betonung auf dem letzten Wort, »ich hatte nur die Ehre, einer gewissen Afra Schwaiger meinen Namen zu geben.«

Anselm von Deinharting hätte darauf manches zu sagen gewußt, etwa, daß ihr Vater die Ehre gehabt hatte, seine Spielschulden zu zahlen, aber er wollte keinen Unfrieden aufkommen lassen. »Aber das kann Sie doch nicht daran hindern, sich für die Zeitläufte zu interessieren.«

»Für die schon. Ich würde gern sehen, wie es weiter geht, das ist ja der einzige Spaß, den man hat. Aber die Ertragslage der Landwirtschaft ist für mich völlig belanglos. Darüber sprechen Sie besser mit meiner Frau, sie pflegt sich höchstpersönlich darum zu kümmern.«

»Ich meine, Sie hätten allen Grund, stolz auf sie zu sein«, warf Friedrich König ein.

»Auf ihre Dummheit? Einer Dame von Stand fiele so etwas nicht ein ... und gerade das will sie doch sein.«

Ein livrierter Diener servierte den Kaffee, Anselm von Deinharting erbat einen Obstler, um, als er gebracht wurde, die Flasche gleich stehen zu lassen.

»Das Gespräch scheint sich persönlichen Dingen zuzuwenden, es wäre wohl besser, Sie schickten die Dienerschaft fort«, schlug er vor.

»Ganz wie Sie wünschen!« Felix von Lingen gab entsprechende Anweisungen.

Als sie allein waren, sagte Anselm von Deinharting, während er in dem Mokkatäßchen rührte, das winzig im Vergleich zu seiner riesigen Hand war: »Ich bin völlig der Ansicht meines Freundes: Ich finde, daß unserer Afra die Rolle der Gutsfrau und Schloßherrin sehr gut zu Gesicht steht. Ich wünschte von Herzen, eine meiner Töchter hätte nur ein wenig von ihrer Tüchtigkeit.«

»Wünschten Sie es auch von Ihrer Gattin?« fragte Felix von Lingen lächelnd und nicht im mindesten beeindruckt.

Der Hofmarksherr mußte nachdenken. »Sie ist anders ... bei ihr wäre es mir unvorstellbar.«

»Weil sie eine wirkliche Dame ... weil sie von uraltem Adel ist! Da haben Sie den Unterschied.«

»Mir scheint das aberwitzig«, erklärte Anselm von Deinharting, »jeder Adelstitel ist doch einmal für besondere Verdienste oder zumindest eine gewisse Bravour verliehen worden ... Mein Urahn erhielt ihn, weil er in der Schlacht gegen die Türken Max Emanuel, dem blauen Kurfürsten, das Leben rettete ... Aber kaum hat ein Geschlecht ihn, so richtet sich seine ganze Anstrengung darauf, sein Leben fortan dem Müßiggang zu weihen.«

»Sagen Sie lieber: plebejische Arbeiten zu vermeiden.«

»Aber ich kann es nicht plebejisch finden, wenn eine Frau im Haushalt die Hände rührt oder sich, besser noch, mit der Verwaltung eines Gutes befaßt ... Plebejisch sind in meinen Augen nur Handel und Geldgeschäfte.«

Felix von Lingen führte behutsam die Zigarre, deren Asche einen hübschen langen Kegel bildete, zum Munde. »Sie dürfen solche Ansichten äußern, verehrter Hofmarksherr, Ihre und die Stellung Ihrer Gattin in der Gesellschaft ist unanfechtbar. Um uns hier auf Schloß Karpfing steht's anders. Was sind wir denn? Ich, ein kaiserlicher Offizier, der seinen Abschied nehmen mußte ... und meine Frau eine Gastwirtstochter, die hoch hinaus will.« Sein Lächeln verzerrte sich. »Wir hätten kein Kind haben dürfen.«

»Da bin ich nun ganz und gar nicht Ihrer Meinung«, widersprach Friedrich König energisch, »der Junge ist ein echter Maximilian von Lingen. Ich wette, niemand wird später fragen, woher sein Adel stammt.«

»Sehr richtig!« stimmte Anselm von Deinharting zu. »In einer Zeit wie dieser, wo ein hergelaufener Korse sich selber zum Kaiser machen kann ... für mich ist das so unerhört, daß ich es noch immer nicht begreife ... und einen neuen Adel gleichsam aus dem Boden stampft!«

»Ja, das war ein seltsames Ende einer großen Revolution!« Friedrich König stocherte in seiner Pfeife. »Statt des alten Königsgeschlechts gibt's nun einen neuen Kaiser ... und einen neuen Adel. Sie dürfen mir glauben, daß ich mich als Bürgerlicher dabei immer wohler in meiner Haut fühle.«

»Dann seien Sie nur nie Napoleon zu Diensten«, scherzte der Hofmarksherr, »er könnte rasch einen Baron aus Ihnen machen.«

»Ja, es ist merkwürdig. Haben Sie eigentlich bedacht, daß dieser Griff Bonapartes nach der Kaiserkrone eine größere Revolution zur Folge haben wird und haben muß als die eigentliche Revolution?«

»Sie rüttelt an der Vorstellung des Gottesgnadentums, das meinen Sie wohl?« fragte Anselm von Deinharting.

Friedrich König schenkte ihm einen herzlichen Blick. »Sie legen den Finger auf den entscheidenden Punkt. Bisher hat man die Völker in dem Glauben lassen können, daß die Herrschaft ihnen von Gott gegeben sei. Er hat die Könige erwählt ... und manche von ihnen haben sich wohl auch aufrichtig für von Gott auserwählt gehalten ... und die Könige machten ihre Fürsten, Grafen, Barone und Hofmarksherren, kurzum alle, denen sich die Völker zu unterwerfen hatten. Wollten sie Gott gehorchen, so mußten sie denen gehorchen, die Er über sie gesetzt hatte. Damit wird's nun bald vorbei sein.«

Felix von Lingen beugte sich vor. »Sie glauben an Revolution?«

»Ja, aber wir werden sie wohl nicht mehr erleben. Wenn der Mensch schon recht lange braucht, um zu einer Erkenntnis durchzustoßen, so sind die Völker in ihrem Denken noch wesentlich schwerfälliger. Ich schätze, es werden Jahrzehnte vergehen ... vielleicht sogar ein Jahrhundert.«

»Da kann ich Ihnen nicht recht geben«, widersprach Felix von Lingen. »Nur weil Napoleon an der von Gott gewollten Ordnung zu rütteln wagt! Es gibt noch einen anderen, einen echten Kaiser!«

»Sie denken an den Ihren, an Franz II., nicht wahr? Da muß ich Ihnen sagen: zum Kaiser von Österreich hat er sich ja auch selber gemacht. Und warum? Weil er spürte, daß das Heilige Römische Reich Deutscher Nation kurz davor steht, auseinander zu brechen und es nur noch eine Frage der Zeit ist, wann ihm der andere Kaiser, der französische, den Todesstoß geben wird. Dann wird das Reich des guten Franz nur noch in Österreich liegen, aber immerhin wird er sich weiter Kaiser nennen können.«

»So etwas«, sagte Felix von Lingen, »würde bei mir zu Hause in Wien niemand auszusprechen ... ja, nicht einmal zu denken wagen.«

»Zum Glück sind wir im Kurfürstentum Bayern«, erinnerte Friedrich König.

»Und wie steht Bayern da?« fragte Anselm von Deinharting.

»Nun, es hat doch im Reichsdeputationshauptschluß recht gut abgeschnitten.« Friedrich König begann an den Fingern aufzuzählen: »Die Hochstifte Freising, Passau, Brixen und Trient, Würzburg, Bamberg, Eichstätt, Ebrach und Langheim ...«

»Das war eine Folge der Säkularisation.«

»Mag sein, was es will, aber es war ein Gewinn für Bayern! Dazu: die Güter und Hoheitsrechte der unzähligen aufgehobenen Güter und Klöster!«

»Dem Reichsdeputationsausschuß verdanken wir wohl eher die Reichsstädte Dinkelsbühl, Kaufbeuern, Kempten, Memmingen, Nördlingen, Ulm, Augsburg, Lindau ...«

»Nicht zu vergessen die Markschaft Burgau!«

»Jedenfalls ein hübsches Stück von Schwaben! Man kann wohl sagen, das ganze Territorium zwischen Iller und Lech.«

»Und in Franken die Reichsstädte Rothenburg, Schweinfurt, Weissenburg und Windsheim ...«

Es war, als wollten die beiden Herren sich gegenseitig überbieten.

»Und all diesen hübschen Zugewinn bemüht sich Freund Montgelas nun in eine einheitliche Form zu pressen!« Felix von Lingens Lächeln war zynischer denn je. »Ich verstehe nicht recht, worüber Sie sich Sorgen machen! Bayern wächst, blüht und gedeiht. Es hat einen Herrscher, der sein Volk liebt ... so hört man es doch immer wieder ... und in Montgelas einen Staatsmann, der weiß, was er will, und es auch durchführt. Zudem steht er nicht alleine da, sondern wird vom Freiherrn von Zentner und anderen Beamten tatkräftig unterstützt. Ich meine, Bayern kann sich glücklich preisen.«

Anselm von Deinharting schenkte sich einen zweiten Obstler ein. »Jedenfalls sind wir die kaiserliche Besatzung losgeworden! In diesem Punkt hat Max Joseph Österreich die Zähne gezeigt.«

»Ja, weil er Napoleon hinter sich wußte«, sagte Friedrich König, »ansonsten klammert er sich immer noch an seine unselige Neutralität!«

»Was kann er anderes tun?«

»Sich entscheiden«, sagte Friedrich König, »so oder so. Entweder stellt er seine Truppen den Kaiserlichen zur Verfügung ...«

»... und macht damit Bayern zu einer österreichischen Provinz, denn darauf wollte das Haus Habsburg ja schon seit Jahrhunderten hinaus!« warf Anselm von Deinharting ein.

»... oder er paktiert mit den Franzosen!« fuhr Friedrich König fort.

»Und Sie meinen, Napoleon würde Bayern die Selbständigkeit lassen?«

»Ich weiß es nicht«, mußte Friedrich König zugeben.

Felix von Lingen lachte. »Entschuldigen Sie, meine Herren, aber mir scheint, wir sind schon die rechten Politiker ... Wenn wir nicht einmal Entscheidungen treffen können, obwohl wir nicht die Verantwortung haben, wie sollen's dann die in München?«

Anselm von Deinharting seufzte tief. »Hoffen wir, daß sie weiter blicken als wir ...«

Musik klang auf, und unwillkürlich blickten die Herren zu der breiten Doppeltür, die den Speiseraum mit dem Ballsaal verband. Auguste hatte sie zur Hälfte geöffnet und war herein geschlüpft. Jetzt stand sie lächelnd auf der Schwelle und genoß die Aufmerksamkeit, die sie erregte; sie spürte sehr wohl, daß sie gefiel.

»Ich komme als ambassadrice«, verkündete sie, »die Damen schicken mich. Da dies nun doch ein Ball ist, möchten wir Sie bitten, die Musik zu nutzen!«

Anselm von Deinharting stand auf, ging zu ihr hin und zupfte sie am Ohrläppchen. »Ich möchte wetten, daß du in erster Linie deine eigene Botschafterin bist.«

»Und ... ist das schlimm?«

»Es gehört sich nicht, die Herren zum Tanz zu bitten. Ein braves Mädchen muß warten können.«

Auguste blickte zu Felix von Lingen und Friedrich König hin, die sich jetzt ebenfalls, aber recht gemächlich, erhoben.

»Oh, bei Ihnen könnte das dauern, bis die Musiker ihre Instrumente zusammenpacken!« erwiderte sie keck. »Wenn Sie erst einmal in eines Ihrer sonderbaren Gespräche vertieft sind ...«

Felix von Lingen ergriff galant ihre Partei. »Ich bin Ihnen von Herzen dankbar, Mademoiselle, daß Sie mich von diesen sonderbaren Gesprächen, wie Sie so hübsch sagten, erlöst haben! Tanzen wir also!« Er reichte ihr den Arm.

Anselm von Deinharting und Friedrich König verständigten sich mit einem kurzen Blick, während sie den beiden folgten.

Afra hatte die Musiker bis in die frühen Morgenstunden engagiert, denn es hatte ein prachtvoller Ball werden sollen, so recht geeignet, Gemüter und Zungen in Bewegung zu setzen und Jahre hin unvergessen zu bleiben. Aber die Deinhartinger bestanden darauf, noch vor zwei Uhr nach Hause zu fahren. Sie hatten sich zwar durchaus amüsiert, die Musik und die delikaten Erfrischungen genossen, aber ein wirkliches Fest hatte es doch nicht werden wollen. Obwohl die

Herren ihr Bestes taten, fehlte es an Tänzern. Wäre wenigstens noch eine Dame mehr anwesend gewesen, so hätte, bei gerader Zahl, keine bei einer der kunstvoll durchgeführten Françaisen, Menuetts, Quadrillen und Polonaisen zuschauen müssen. Auguste hatte das Recht ihrer Jugend voll ausgenutzt und keinen Tanz ausgelassen. Elisabeth und Antoinette verstanden es lächelnd, gelassen und in guter Haltung zu pausieren. Aber Afra, die die Enttäuschung ohnehin verdüstert hatte, wirkte, wenn sie dieser Situation ausgesetzt war, mit den zusammengepreßten Lippen, den geblähten Nasenflügeln und den funkelnden schwarzen Augen wie eine lebendige Drohung. Sie vermittelte ihren Gästen, wenn sie einander zulächelten, sich ein fröhliches Wort zuriefen und auch ein wenig kokettierten, das nicht eben angenehme Gefühl, sich zynisch zu verhalten, obwohl sie sich in Wahrheit ja nur darum bemühten, Afras Ball zu retten. Auf der viel zu großen Fläche und umgeben von viel zuviel Dienerschaft fühlten sie sich ohnehin ziemlich verloren.

Nur Auguste rief: »Schade!«, als Anselm von Deinharting das Zeichen zum Aufbruch gab; die anderen waren eher erlöst. Afra war zu stolz, um sie um längeres Verbleiben zu bitten. Sie wurde von den Damen geküßt, die ihr für die »fête merveilleuse« dankten. Die Herren verabschiedeten sich mit tadellosen Verbeugungen. Die Gastgeber blieben auf der Empore stehen, während die Deinhartinger unten ihre Tücher, Stöcke und Hüte in Empfang nahmen. Nur Antoinette winkte noch einmal nach oben, ließ aber die Hand sofort wieder sinken, als sie den Ausdruck auf Afras Gesicht wahrnahm. Sie sah aus, als wollte sie einen Mord begehen.

Draußen war schon die Kutsche vorgefahren. Es hatte aufgehört zu regnen. Vereinzelte Wolken schwammen rasch über einen weißen Mond. Die Deinhartinger stiegen mit Hilfe des Dieners Ludwig ein.

»Hol Er Baptist«, befahl Anselm von Deinharting ihm, »ich nehme euch beide gleich mit nach Hause. Ihr könnt hinten aufsitzen.«

»Aber wir sollten doch noch beim Aufräumen helfen!« wagte Ludwig zu widersprechen.

»Tu Er, was ich Ihm sage! Es wird nicht soviel aufzuräumen geben. Die Livreen schicken wir demnächst zurück.«

Es dauerte nicht lange, so war auch der andere Deinhartinger Bedienstete zur Stelle, und die Kutsche rumpelte davon.

Auf der Empore im Schloß wandte Afra sich ihrem Mann zu. »Das werden sie mir büßen!« stieß sie heraus.

Er lächelte. »Was du auch immer für Dinge sagst! Ja, ja, ich weiß, du bist einen weiten Weg gegangen, aber nie wirst du es dahin bringen, dich an der Gesellschaft deines Landes zu rächen. Wie stellst du dir das auch vor?«

Afra hatte die Hände so kräftig geballt, daß ihre Knöchel weiß geworden waren. »Ich werde es, weil ich es will.«

»Nun, erst einmal mußt du in sie hinein kommen, in die gute Gesellschaft ... und wenn dir das gelingt, wirst du sicher nicht mehr das Bedürfnis haben, dich zu rächen.«

»Wie wenig du mich kennst.«

»Ich kenne die Welt. Wenn die Gesellschaft dich akzeptiert ... und ich schließe durchaus nicht aus, daß das eines schönen Tages geschehen könnte ... dann wirst du eine Dame geworden sein, und Damen, meine liebe Afra, können auch mit Haltung eine Niederlage einstecken. Aber so weit bist du eben längst noch nicht. Dein ganzes Verhalten am heutigen Abend hat es gezeigt. Das war sehr schlechter Stil, meine Liebe.«

»Das ist nicht wahr!« protestierte sie heftig. »Ich habe durchaus Haltung bewiesen.«

»Findest du?« Sein Lächeln wurde fast mitleidig. »Von deinem Ausbruch ganz abgesehen, mit dem du die gute Hofmarksherrin einer Ohnmacht nahegebracht hast, hingst du wie eine Gewitterwolke über der von dir selbst inszenierten Veranstaltung.«

»Das sagst du, um mich noch mehr zu kränken!«

Er wurde, selten genug, ganz ernst. »Nein, Afra, ich versuche dir zu helfen. Glaub mir, wir können von Glück sagen, daß unsere gutsherrlichen Nachbarn nicht gekommen sind. Der Ball wäre auch dann ein Mißerfolg geworden. Du bist solchen Dingen noch nicht gewachsen ... ein Kleid aus Paris und ein Haufen Dienerschaft nutzen da gar nichts.«

»Und du genau so wenig!« fauchte sie ihn an; sie war sich bewußt, daß sie ihm diesmal unrecht tat, aber sie mußte ihrer Erbitterung Luft machen. »Ich möchte nur wissen, zu was du nutze bist.«

Jetzt war sein vieldeutiges, boshaftes Lächeln wieder da. »Nun, immerhin habe ich dich zur Baronin Lingen gemacht!«

Sie wandte ihm brüsk den Rücken. »Das soll wohl etwas sein.«

»Für eine Gastwirtstochter ganz gewiß. Ich nehme an, du wirst jetzt das Personal dirigieren wollen? Dann erlaube, bitte, daß ich mich zurückziehe.« Er verbeugte sich ironisch vor ihrem Rücken »Dein ergebener Steigbügelhalter!«

Sie fuhr herum, eine neue Beleidigung schon auf der Zunge, denn sie konnte es nur schwer vertragen, nicht das letzte Wort zu haben, und ihre Wut war noch längst nicht abgekühlt; aber er war schon entschlüpft. So mußte denn die Dienerschaft ihren Zorn über sich ergehen lassen.

In der rumpelnden Kutsche, eingeklemmt zwischen Elisabeth und Antoinette, bemerkte Auguste fröhlich: »Das war doch einmal etwas anderes! Aber im Grunde kam's mir recht gespenstisch vor.«

»Bitte, Gustel!« tadelte Elisabeth. »Du weißt, es gehört sich nicht, die Leute zu kritisieren ... und schon gar nicht solche, deren Gastfreundschaft man gerade genossen hat.«

Das junge Mädchen gähnte herzhaft, durchaus nicht betroffen. »Sie können sagen, was Sie wollen ... mir kommt Afra als Baronin immer noch recht komisch vor. Für mich ist und bleibt sie die Mademoiselle, die mir das Lesen und Schreiben beigebracht hat.«

»Was für ein Glück für dich, daß wir anderen ein wenig wendiger sind«, neckte der Hofmarksherr sie, »sonst wärst du für uns immer noch das kleine Mädchen, das aufs Töpfchen gesetzt werden muß!«

»Papa!«

»Ihr Vater hat schon recht«, meinte Antoinette, »es gibt auf dieser Welt keine bleibenden Werte, und selbst die gesellschaftlichen Stellungen, die so fest gefügt erscheinen, verändern sich ständig.«

»Mag sein«, gab Auguste zu, »aber eine Dame von Stand wird Afra in meinen Augen nie sein. Sie ist doch nur ...«

»Sei still, ich bitte dich!« fiel Elisabeth ihr ins Wort.

»Dann akzeptieren Sie mich wohl auch nicht, Auguste?« fragte Friedrich König scherzend.

»Sie sind ein studierter Herr, das ist etwas anderes!« Das junge Mädchen wurde nachdenklich. »Und dennoch, seien Sie mir nicht böse, heiraten würde ich Sie nie!«

»Auguste!« rief Elisabeth mahnend. »Was sind das für Redensarten.«

»Lassen Sie sie nur«, sagte Friedrich König beschwichtigend, »so bin ich davor gewarnt, mich in das Fräulein zu verlieben.«

Auguste war froh, daß niemand im Dunkel der Kutsche bemerken konnte, daß sie errötete.

»Wir alle müssen umdenken«, meinte der Hofmarksherr, »wir leben in einer neuen Zeit, in der die Herkunft nicht mehr ausschlaggebend ist, sondern das Können. Die wichtigsten Ämter im Staat werden mehr und mehr mit Bürgerlichen besetzt ...« Sofort unterbrach er sich. »Entschuldige, Elisabeth, ich wollte nicht ins Politisieren kommen.«

Ihre kleine Hand schlüpfte in die seine, und er spürte den Druck ihrer Finger durch das dünne Kalbsleder ihrer Handschuhe. »Der Wert eines Menschen«, sagte sie, »liegt wohl in seinem Inneren, und doch ... Ihr dürft mich nicht für altmodisch oder hochmütig halten ... für mich wird's immer einen Unterschied zwischen einer Dame von Stand und einer Gastwirtstochter geben.«

»Sehen Sie, Mama!« rief Auguste triumphierend. »Genau das wollte ich sagen! Es war eine Keckheit von Afra, zu einem Ball einzuladen, und sie hat's verdient, daß niemand außer uns gekommen ist!«

»Ich glaube«, meinte Antoinette nachdenklich, »es kommt darauf an, worin man den Wert eines Menschen sieht ... in seiner Tapferkeit oder seiner Klugheit, in seiner Ernsthaftigkeit oder seinem Humor, in seiner Tüchtigkeit oder seiner Vornehmheit! Erst wenn man da Prioritäten setzt, kann man ...«

Elisabeth unterbrach sie. »Antoinette, ich bitte Sie! Es ist spät, mir schwirrt der Kopf! Strapazieren Sie mich nicht auch noch mit Ihren Sophistereien!«

Antoinette entschuldigte sich sofort, und danach wagte niemand mehr etwas zu sagen. Jeder hing seinen eigenen Gedanken und Träumen nach, und es mag sehr wohl möglich sein, daß der eine oder andere dabei ein wenig einnickte.

Als die Kutsche vor dem Dragonerhaus hielt, um Friedrich König abzusetzen, gab es keinen feierlichen Abschied mehr, sondern nur ein paar gemurmelte Worte hin und her.

Der Hofmarksherr zog Elisabeth, die noch immer seine Hand hielt, zu sich hinüber. »Komm zu mir! Hier hast du es bequemer!« Er legte den Arm um sie, und sie kuschelte ihren Kopf an seine Brust. Sie atmete gleichmäßig, und er saß, ohne sich zu rühren, um sie nur ja nicht zu stören.

Jedoch als die Kutsche in den Hof von Schloß Deinharting einfuhr – deutlich veränderte sich das Geräusch der rollenden Räder auf dem mit Natursteinen ausgelegten Hof –, waren alle wach, spätestens, als der Wagen mit einem Ruck hielt und die Insassen gegeneinander schleuderte.

»Wir sind da!« rief Auguste. »Na endlich«, sagte der Hofmarksherr.

Elisabeth hatte sich von ihrem Mann gelöst, und behutsam hob er sie von dem hohen Tritt der Kutsche. Ludwig und Baptist waren hinten abgesprungen und halfen Antoinette und Auguste hinaus. Die Meute schlug heftig an, rasselnd wurde das Tor geöffnet, und Henriette Striegel, Elisabeths ältliche Zofe, erschien, einen Kerzenleuchter in der Hand.

»Sie hätten nicht aufzubleiben brauchen, Henriette«, sagte Elisabeth schnell.

»Aber ich muß der gnädigen Frau doch beim Auskleiden helfen!« Henriette hatte schon geschlafen, und das graue Haar hing ihr in einem dünnen Zopf über die Schulter.

»Doch nicht, wenn ...« wollte Elisabeth widersprechen. Anselm von Deinharting küßte sie auf die Schläfe. »Laß dich ruhig ein wenig verwöhnen!«

»Aber das hätte ich doch auch ...« erbot sich Antoinette.

»Sie«, sagte der Hofmarksherr und führte seine Frau über die Schwelle, »müssen morgen früh zeitig auf sein.«

Elisabeth schauderte ein wenig, nicht weil die Nacht so kalt, sondern weil sie so müde war. »Kommst du noch zu mir?« raunte sie ihrem Mann zu.

»Es ist schon spät!«

»Oh, bitte, nur für ein paar Minuten!«

Er lächelte auf sie herab. »Wenn du mich so bittest, kann ich dir natürlich nicht widerstehen.«

»Nicht daß du denkst ...« Sie errötete heiß.

»Ich denke schon richtig«, neckte er sie.

Eigentlich war auch er müde gewesen und überzeugt, sich seinen Schlaf redlich verdient zu haben. Aber das Glück, daß Elisabeth ihn begehrte, überwog bei weitem. Die Erinnerung an die Zeit, da sie sich von ihm zurückgezogen und nicht einmal der Andeutung einer Zärtlichkeit zugänglich gewesen war, würde er nie ganz verwinden können. Deshalb genoß er jetzt ihr Vertrauen und ihre Bereitschaft zur Hingabe wie ein immer wieder köstliches und unverhofftes Geschenk. Tatsächlich hatte er längst aufgehört sie zu begehren, als sie zu ihm gefunden hatte, und jetzt wurde er immer wieder überrascht von ihrer spät erblühten Sinnlichkeit.

Antoinette schlich sich auf Zehenspitzen, eine Kerze in der Hand, die sie an Henriette Striegels Leuchter entzündet hatte, in das einfache Zimmer, das sie immer noch mit Thomas teilte, dem Sohn des Hofmarksherrn, der als ihr Bruder galt. Aber so lautlos sie sich auch auszog, der Junge, vor einem halben Jahr zehn geworden, erwachte doch.

»Bist du's, Tonette?« murmelte er.

Sie trat zu ihm und fuhr ihm zärtlich durch die pechschwarzen Locken. »Schlaf weiter, mon cher, die Nacht ist nur noch kurz.«

Aber er rieb sich die Augen mit den Fäusten, um vollends wach zu werden. »War's schön auf dem Ball?«

»Sehr schön.« Sie verschwand hinter dem Paravent, um sich auszuziehen.

»Mit wem hast du getanzt?«

»Mit Monsieur, mit Onkel Frédéric und mit Herrn von Lingen.«

»Mit sonst niemandem?«

»Nein.«

»Warum hat denn sonst niemand mit dir getanzt?«

»Weil sonst niemand da war. Es war nur ein kleiner Ball, weißt du.« Antoinette stand jetzt im Hemd da, goß Wasser in eine Schüssel und wusch sich Gesicht und Hände.

»Da bin ich aber froh«, sagte der Junge aufseufzend. Antoinette rubbelte sich mit einem der rauhen, von den Mägden gewebten Tüchern ab. Sie stellte keine Frage.

Dennoch fuhr Thomas fort: »Ich mag nicht, wenn du mit fremden Männern tanzt.«

»Eifersüchtig?«

»Nein«, behauptete Thomas, und er fügte hinzu: »Aber was soll ich denn machen, wenn einer dich mir wegschnappt?«

Antoinette löste das braune Haar, das in natürlichen Locken auf ihre Schultern fiel, und bürstete es durch. »Nur keine Sorge, ich lasse mich schon nicht wegschnappen. Und wer sollte sich auch um mich bemühen? Ich bin ja schon eine alte Jungfer.«

»Stimmt gar nicht. Du bist die Schönste von allen.«

Antoinette legte die Bürste aus der Hand, nahm die Kerze und beugte sich noch einmal mit einem herzlichen Lächeln zu dem Jungen. »Danke für das Kompliment! Aber jetzt wird sofort geschlafen ... wir beide müssen morgen früh in die Schule.« Sie gab ihm noch einen Kuß, ging zu ihrem Bett, das ein gutes Stück entfernt stand, löschte die Flamme ihrer Kerze und schlüpfte unter die Decke.

»Ich hab' dich lieb!« sagte Thomas undeutlich.

»Ich dich auch«, gab Antoinette zurück.

Sie lag ganz still, und bald hörte sie, wie seine Atemzüge wieder gleichmäßiger wurden. Sie selber konnte nicht so bald einschlafen. Bei der Erinnerung an Afras mißglückten Ball zog sich ihr vor Mitleid das Herz zusammen. Mit soviel Entschlossenheit und Kühnheit hatte Afra auf dem Weg nach oben jedes Hindernis überwunden, und doch mußte sie immer wieder schmerzliche Niederlagen und Enttäuschungen erleben. Antoinette war glücklich, nicht in Afras Haut zu stecken, auch nicht in der von Auguste, die soviel vom Leben erwartete. Hätte sie mit Beata tauschen mögen, Augustes älterer Schwester, die mit dem einzigen Mann verheiratet war, der je ihr eigenes Herz hatte anrühren können, dem Kunstmaler Ignatz von Müllern? Es wurde ihr warm, wenn sie an ihn dachte, und doch, sie wußte nur zu gut, daß Beatas Ehe mit ihm unglücklich geworden war. Vielleicht lag es nur daran, daß er die falsche Frau geheiratet hatte, vielleicht aber hatte er, ganz gefangen von seiner Kunst, überhaupt nicht das Talent, eine Frau glücklich zu machen. Dennoch, während ihr schon die Lider schwer wurden, sah Antoinette ihn vor sich: seine lachenden braunen Augen, sein weiches Haar, die schönen Hände. Wie gerne wäre sie jetzt an seiner Seite gelegen. Jedes Unglück hätte sie auf sich genommen, um mit ihm leben zu können.

Aber es hatte nicht sollen sein, und sie wußte, daß sie die Kraft besaß, sich damit abzufinden.

Elisabeth war nicht sogleich auf ihr Zimmer gegangen, sondern hatte sich erst vergewissert, ob Christine, ihre Jüngstgeborene, ruhig schlief. Begleitet von Henriette Striegel, die ihr leuchtete, betrat sie die schlichte Kammer – in jener Zeit wurde um die Kinder, die fast so zahlreich starben, wie sie zur Welt kamen, keine Umstände gemacht –, in der das Kind untergebracht war.

Der Kopf der Kleinen lag seitlich auf dem Kissen, die Fäustchen hatten sich entspannt, und der rosige Mund war leicht geöffnet. Bei jedem Atemzug bewegte sich eine Strähne ihres sehr feinen, aschblonden Haares.

»Der kleine Engel«, sagte Henriette Striegel.

Einmal mehr überraschte es Elisabeth, in diesem Kind, das sie ungewollt von einem Fremden empfangen hatte, so sehr sich selber wiederzufinden. Es war, als habe der Vater bei diesem Kind gar keine Rolle gespielt, als habe sie es nicht nur selbst geboren, sondern auch aus sich selber gezeugt. Alles an Christine glich ihr: die gerade kleine Nase, der hübsch geformte schmale Mund und die Form der Hände und der Nägel. Sogar die Farbe der Augen, die sie jetzt geschlossen hielt, glich der Elisabeths: es war das gleiche klare Grau.

Elisabeth liebte diese Tochter, wenn auch mit einem kleinen Abstand, der sie beruhigte. Es war nicht die gleiche exaltierte, bedingungslose Liebe, die sie Maximilian, ihrem Erstgeborenen, entgegengebracht hatte, über dessen Tod sie dann fast verzweifelt war.

In ihrer mütterlichen Liebe zu Christine war Freundschaft und neugierige Erwartung darauf, wie sich dieses unerwünschte Kind entwickeln würde. In jener schweren Zeit, da sie mit ihm schwanger gewesen war, hatte sie gefürchtet, es hassen und verabscheuen zu müssen. Aber als die Schwarzböckin, Hebamme und Kräuterfrau in der Hofmark Deinharting, es ihr nach dem ersten Schrei an die Brust gelegt hatte, waren Mitleid und Sympathie für das winzige, verschrumpelte, Wärme und Schutz suchende Wesen in ihr aufgestiegen. Heute überkam sie sogar ein Gefühl tiefer Dankbarkeit beim Anblick des Kindes: Christine war es, die sie endlich aufgebrochen und für die Liebe ihres Mannes reif gemacht hatte.

Als vor drei Jahren ein Namensvetter ihres verstorbenen Söhnchens, ein anderer Maximilian, sehr geliebter Sohn des Kurfürsten und seiner Gattin, als Zweijähriger mitten im Fasching von einer heimtückischen Krankheit dahingerafft worden war, hatte man es ihr zunächst nicht zu sagen gewagt, weil man gefürchtet hatte, alte Wunden aufzureißen. Zur Überraschung ihrer Umgebung war sie aber, als sie es endlich doch erfuhr, ganz gelassen geblieben, hatte nur Caroline, die arme Mutter, bedauert und ihr gewünscht, daß sie dem Schicksalsschlag tapferer standhalten würde als sie selber.

Heute war sie so weit, daß sie ihren eigenen Zusammenbruch und die darauf folgende völlige Verkrampfung nicht mehr nachempfinden konnte. Die Erinnerung an die Qual der letzten Tage ihres Sohnes war verblaßt. Wenn sie jetzt an ihn dachte, sah sie ihn in einem weiten, strahlend hellen Raum mit anderen lichten Gestalten spielen, und der Blick, mit dem er sie aus weiter Ferne ansah, war kindlich und wissend zugleich. Sie war überzeugt, nach ihrem Tod wieder mit ihm vereint zu werden. Doch sie sehnte sich diesem Ende nicht entgegen, wünschte vielmehr die Zeit rückgängig machen zu können. Es tat ihr leid um all die Liebe, die sie zurückgestoßen, die Zärtlichkeit, die sie verschmäht, und die Leidenschaft, gegen die sie sich gesträubt hatte.

Wenn sie an die mädchenhafte, furchtsame, frigide Frau dachte, die sie einmal gewesen war, dann mit Bedauern und fast mit Verständnislosigkeit. Sie begriff nicht mehr, wie sie so viele Jahre starr, abweisend und ohne die Wärme, die ihr die Liebe ihres Mannes gab, hatte leben können.

Nun, da sie das Schlimmste ertragen hatte, was einer Frau geschehen kann, war ihr ein Lebensmut erwachsen, an dem es ihr früher gemangelt hatte. Von Herzen wünschte sie sich, ihrem Mann ein Kind zu schenken: einen Sohn nach seinem Bilde.

Sie wollte Christine nicht stören, und doch konnte sie sich nicht enthalten, sich niederzubeugen und ihr einen Kuß auf die hohe, kindlich gerundete Stirn zu drücken.

Die Wimpern des Kindes flatterten ein wenig, seine Mundwinkel verzogen sich zu der Andeutung eines Lächelns, als träume es einen glücklichen Traum. Aber es erwachte nicht.

Dagegen schlug Parbleu die Augen auf, der stichelhaarige Vorstehhund, der es sich auf dem Fußende des Bettes bequem gemacht hatte. Er sprang herunter, dehnte sich, erst die Vorderpfoten, dann die Hinterbeine weit von sich gestreckt, gähnte mit weit aufgerissenem Maul und kam dann schwanzwedelnd auf Elisabeth zu.

»Ja, du Guter«, sagte Elisabeth, »jetzt sind wir alle wieder zu Hause!« Sie strich ihm kurz über den struppigen Kopf. »Bitte, führen Sie ihn noch in den Hof!« befahl sie der Zofe.

»Aber, gnädige Frau, ich wollte doch …«

Elisabeth lächelte in das alte vertraute Gesicht. »Gewiß, Henriette, Sie dürfen mir erst aus dem Kleid helfen, aber dann kümmern Sie sich um den Hund.«

Parbleu folgte ihnen über den steinernen Flur, während die Kerzen in Henriette Striegels Leuchter unruhige Lichter auf das hohe gotische Netzgewölbe der Decke warfen. In Elisabeths weißgoldenem Schlafzimmer schnupperte er in den Ecken.

»Beeilen Sie sich, Henriette«, drängte Elisabeth mit einem Lächeln, »bevor ein Unglück geschieht ...«

Aber die alten, von Arthritis verkrümmten Finger der Zofe waren der Aufgabe so rasch nicht gewachsen.

»Also, wirklich, Henriette, gehen Sie jetzt lieber mit dem Hund, ich schaffe es schon allein! Und lassen Sie mir den Leuchter, eine Kerze genügt fürs Treppenhaus!«

Die Zofe ließ widerwillig von ihren Bemühungen ab. »Soll ich dann gleich noch einmal nach Ihnen sehen?« fragte sie.

»Danke, nein, ich brauche Sie heute nicht mehr. Führen Sie den Hund hinunter, und damit ist's genug.«

Als sie allein war, gab sich Elisabeth keine Mühe, aus ihrem Kleid zu schlüpfen. Sie trat zuerst an den Kamin und breitete die weißen schmalen Hände über dem Feuer aus, das Henriette vorsorglich für sie entzündet hatte. Die Hände wurden rosig im Feuerschein, und sie gab sich der Illusion hin, sie seien durchsichtig geworden.

Erst nachdem sie sich erwärmt hatte, drehte sie die Arme auf den Rücken und versuchte die Schließen ihres Kleides zu öffnen. Aber bald ließ sie wieder davon ab, streifte die Schuhe von den Füßen und setzte sich vor den großen, in einen reichgeschnitzten goldenen Holzrahmen eingelassenen Spiegel, um sich das Haar zu bürsten.

So fand sie ihr Gatte, als er, barfuß, in einen rotseidenen Hausmantel gehüllt, durch das sogenannte Ankleidezimmer, das aber, da es dem Zweck diente, ihre Toiletten aufzubewahren, eher ein Schrankzimmer war, eintrat.

Sie bot einen hübschen Anblick, wie sie da im halbgeöffneten Kleid, das ihr ohnehin weitherziges Dekollete noch tiefer hatte gleiten lassen, vor dem Spiegel saß. Immer noch überraschte es ihn, wie sehr die spröde Elisabeth sich nach Christines Geburt – oder schon nach ihrer Vergewaltigung, er wußte es nicht, weil er sie in der Zeit ihrer Schwangerschaft nicht berührt hatte – gewandelt hatte.

»Noch nicht im Bett!« stellte er mit lächelndem Tadel fest und küßte sie auf die weiße zarte Schulter, die nach ihrem Körper und dem aus Rosenblättern gewonnenen Parfüm duftete, das sie so liebte.

»Henriette Striegel wird immer ungeschickter«, klagte sie mit bewußter Koketterie, »du mußt mir aus dem Kleid helfen …«

»Ich werd's versuchen!« Er nestelte an den Verschlüssen. »Aber ich bin nicht immer bei der Hand. Ich fürchte, du wirst dir eine jüngere Zofe suchen müssen.«

»Und wohin dann mit Henriette?«

»Sie könnte sich um Christine kümmern. Ihre Kinderfrau ist doch nur ein Bauernmädchen, die sie nichts lehren kann.«

»Aber die dicke Anna ist geschickt und gesund … nein, wirklich, ich möchte Christine der Striegel nicht anvertrauen. Dann behalte ich sie lieber selber.« Sie wandte ihm den Kopf zu. »Kommst du zurecht?«

»Besser als ich gedacht hatte!« Er hatte die letzte Öse geöffnet. »So, nun bist du frei.« Das trägerlose Abendkleid, das unter dem Busen tailliert war, glitt Elisabeth bis auf die Hüften. Als sie sich erhob, fiel es auf den vom Alter verdunkelten Parkettboden. Sie widerstand dem Impuls, sich zu bücken und es aufzuheben, denn das war nicht der Moment, wo sie pedantisch erscheinen wollte. Statt dessen trat sie einen Schritt vor, während er zurückwich – um sie zu betrachten oder auch aus einer gewissen Scheu heraus. Die Jugendlichkeit der Mägde, die sich von ihm hatten lieben lassen, hatte ihn nie gestört, weil es eine robuste, vitale Jugendlichkeit gewesen war. Die nicht mehr ganz junge Elisabeth dagegen wirkte so zart und schmal, wie sie jetzt vor ihm stand, daß er kaum wagte, sie zu berühren. Ihre Haut, die nie einem Sonnenstrahl ausgesetzt wurde, war sehr hell, fast weiß, nur vom Schein des Feuers leicht gerötet, und aus ihren klaren grauen Augen blickte, trotz allem, was sie erlebt hatte, immer noch Unschuld. Ihre Liebe zu ihm war rein.

»Du bist wunderschön«, sagte er voller Andacht, »du bist das Kostbarste, was ich besitze.«

Sie streckte die schlanken weißen Arme nach ihm aus; ein Lächeln spielte um ihre Lippen. »Aber ich bin nicht zerbrechlich!«

Da hob er sie hoch und trug sie zu dem breiten, reich vergoldeten Bett. Behutsam erkundete er, immer wieder überwältigt davon, daß sie jetzt wirklich ihm gehörte, ihren schmalen Leib, während ihre Hände in seinem dichten braunen, von Silberfäden durchzogenen Haar wühlten.

Als er sie nahm, drängte sie sich ihm entgegen.

Am nächsten Morgen ritt Antoinette, begleitet von Thomas, schon früh ins Dorf, um Unterricht zu geben. Sie sah darin eine ihr selbstverständlich gewordene Pflicht, aber es war durchaus nicht so selbstverständlich dazu gekommen.

Im Jahr 1802 hatte der bayerische Kurfürst Max Joseph die Einführung der allgemeinen Schulpflicht angeordnet, ein Jahr später die Sonntagsschulpflicht. Aber vorerst stand dieses neue Gesetz vielerorts nur auf dem Papier. Zwar wurden an den Universitäten Würzburg, Erlangen und Landshut fleißig Lehrer ausgebildet, aber es würde noch dauern, bis auch das letzte bayerische Dorf mit einer Lehrkraft versorgt war.

So oft der Hofmarksherr auch vorsprach, so heftig er seinen alten Freund, den nun allmächtig gewordenen Minister Montgelas, mit Briefen bedrängte, hatte er bisher doch keinen Lehrer für Deinharting bekommen können. Da es ihm aber sehr am Herzen lag, daß seine Hofmarkskinder etwas lernten – er war sicher, daß sie dadurch ihre Lebensumstände würden verbessern können –, hatte er sich entschlossen, auf eigene Faust vorzugehen. Ein Gehöft mitten im Dorf, auf dem nur noch eine alte Frau saß, wurde aufgelassen, das Land an die Nachbarn verteilt, das Untergeschoß wurde zu einer großen Schulstube umgebaut. Die alte Frau – im Dorf die Pongratzin genannt – war zwar nicht mehr kräftig genug, ihr Land zu bestellen, aber immerhin noch in der Lage, den Schulraum sauberzuhalten und den Ofen anzuheizen. Sie war es zufrieden, daß sich ihr Schicksal so gestaltet hatte, denn längst hatte sie aufgehört, Gutes vom Leben zu erwarten. Drei ihrer Kinder waren früh verstorben, der Älteste mit achtzehn in den Kriegswirren gefallen, der zweite in eben diesem Alter vom Hufschlag eines Pferdes am Kopf getroffen, und dann war auch noch der Mann gestorben, frühzeitig genug, um nicht miterleben zu müssen, daß die Tochter verkommen und mit einem Trupp Kaiserlicher fortgezogen war.

So war also das Problem der Pongratzin, aber nicht das des Unterrichts gelöst, denn noch während des Umbaues hatte man nicht gewußt, wer ihn geben sollte. Eines hatte festgestanden: Pfarrer Reiter kam als Lehrer nicht in Frage. Schon vor Jahren hatte der Hofmarksherr einen Unterrichtsversuch mit ihm unternommen, der kläglich gescheitert war: Der feinsinnige Mann hatte sich keinen Respekt verschaffen können, in der Schulstube – damals noch im Pfarrhaus – war es drunter und drüber gegangen, bis endlich auch der letzte Schüler ausgeblieben war – zur großen Erleichterung des guten alten Herrn, der sich jetzt schon weidlich damit gestraft sah, sonntags die Dorfkinder Religion lehren zu müssen.

Anselm von Deinharting hatte fest damit gerechnet, Theo Mayr, den Sohn des Vogts, wenigstens vorübergehend für den Posten des Lehrers gewinnen zu können. Theo hatte in München das Gymnasium besucht, studierte jetzt und unterrichtete zeitweilig die Schloßkinder. Zur Überraschung des Hofmarksherrn hatte er sich standhaft geweigert, diesen Posten anzunehmen, obwohl der Lohn, der ihm geboten wurde, großzügig war. Er wollte, so hatte er gesagt, nicht jahrelang gelernt und gehungert haben, um als Dorflehrer in Deinharting zu enden, hatte auch nicht einsehen wollen, warum Anselm von Deinharting es so eilig hatte, die Kinder etwas lernen zu lassen.

Nach einer heftigen Auseinandersetzung hinter den dicken Mauern des Richterzimmers hatte der Hofmarksherr einsehen müssen: Theo wollte gar nicht, daß die Dorfkinder sich Wissen aneigneten. Wie ein Schiffbrüchiger, der sich selber einen Platz im Rettungsboot erobert hatte, war er erbarmungslos bereit, anderen Ertrinkenden mit dem Ruder auf die Hände zu schlagen, um sie nicht zu sich zu lassen. Anselm von Deinharting sagte ihm das auf den Kopf zu. Ohne Wirkung. Theo hatte nur stumm mit den Achseln gezuckt.

Da hatte Antoinette sich angeboten, den Unterricht zu übernehmen. Elisabeth und Auguste waren bei der bloßen Vorstellung entsetzt gewesen.

Nur weil er keine andere Möglichkeit sah, das Projekt in die Tat umzusetzen, hatte Anselm von Deinharting endlich zugestimmt. Es schien ihm äußerst zweifelhaft, daß es, bei all ihrer Ernsthaftigkeit und Tüchtigkeit, der zarten Comtesse gelingen sollte, die wilden und gänzlich ungehobelten Dorfkinder zu zügeln.

Aber sie hatte es geschafft, nicht, wie es damals auch an den Gymnasien noch üblich war, mit autoritärer Strenge, mit »Tatzen«,

»Watschen« und Stockhieben, sondern mit Verständnis, Ruhe und großer Selbstsicherheit.

Zur Hilfe kam ihr dabei, daß sie, obwohl eine Fremde, im Dorf sehr beliebt war. Als sie in den Kinderjahren zusammen mit Afra im einfachen Bauernkittel durch Wald und Feld gestreift war, hatte sie mit ihren großen blauen Augen, der zarten Haut, den zierlichen Händen und Füßen und dem natürlich gelockten Haar auf die Leute wie eine verkleidete Prinzessin gewirkt. Dennoch hatte ihr holpriges Deutsch ihnen ihr gegenüber ein angenehmes Gefühl der Überlegenheit gegeben, ihr deutliches Bemühen zu lernen – es gab auch damals noch genügend Adelige, die ihre Muttersprache grundsätzlich nur zu Mitteilungen an die Dienstboten und nicht einmal dazu benutzten, sonst aber das Französische bevorzugten – hatte ihnen geschmeichelt. Immer hatte sie jeden freundlich gegrüßt und war selbst dem einfachsten Austragsbauern mit einer so aufmerksamen Bescheidenheit begegnet, als wäre er ihresgleichen. So kam es, daß man in Deinharting zwar immer noch etwas Besonderes in ihr sah, aber etwas besonders Kostbares. Die Bauersleute spürten wohl, daß ihre vornehme Art der Elisabeths näher kam, als das bei Beata und Auguste der Fall war. Aber sie hatte Elisabeth noch etwas voraus. Die Hofmarksherrin kümmerte sich zwar um die Sorgen und Nöte des Volkes, brachte warme Suppen und kühle Erfrischungen in die Krankenstuben und hatte auch schon manchem von der Sense, einem Biß oder Stein Verletzten einen Verband angelegt. Aber sie tat das nur mit Überwindung und weil sie es für ihre Christenpflicht hielt.

Dadurch machte sie die Leute befangen. Niemand vermißte es sehr, als sie diese karitativen Unternehmungen seit ihrer letzten Schwangerschaft merklich eingeschränkt hatte.

Antoinette hatte niemals versucht, ihr im Samariterdienst nachzueifern. Aber sie war auch keine so große Ästhetin wie Elisabeth. Ihr machte es nichts aus, wenn ein Bauer nach Schweiß oder Schlimmerem stank, wenn eine Stube ungelüftet oder der Schädel eines Kindes mit Grind bedeckt war. Ihr schienen solche Dinge unwichtig. Jedem Menschen brachte sie die gleiche Achtung und das gleiche Interesse entgegen. Deshalb liebten die Bauern sie.

Aber das war nicht der einzige Grund, warum sie imstande war, mit den Dorfkindern fertig zu werden. Zwar bestand Schulpflicht, aber natürlich konnte niemand verpflichtet werden oder sich verpflichtet fühlen, den Unterricht Antoinettes zu besuchen. Er war und blieb, wie man es auch drehen und wenden wollte, ein, wenn auch gut gemeintes, Provisorium. So waren die ganz groben Klötze, die um nichts in der Welt gehobelt werden wollten, nach den ersten Stunden für immer aus der Schulstube verschwunden oder gar nicht erst gekommen. Überhaupt hielten sich die Dreizehn-, Vierzehnjährigen allesamt für zu alt, um noch etwas zu lernen. Den Grundstock der Schüler hatten zu Anfang die Fünfjährigen gebildet, die noch zu klein waren, in Haus und Hof mitzuhelfen und beaufsichtigt werden mußten. Sie waren Antoinette bis heute, nach zwei Jahren Lehrzeit, bis auf ganz wenige Ausnahmen erhalten geblieben. Sie war sehr froh darüber und sah darin einen Erfolg ihrer Lehrtätigkeit. Andere Fünfjährige waren inzwischen nachgerückt, und natürlich gab es auch lernbegierige Acht- bis Zwölfjährige, aber die Schulklasse war doch altersmäßig wie eine Pyramide zusammengesetzt, die nach oben immer spitzer wurde.

Jedenfalls war man im Dorf inzwischen daran gewöhnt, Antoinette mit Thomas jeden Morgen in aller Herrgottsfrühe je nach dem Wetter zur Schule reiten oder fahren zu sehen.

Auch nach dem Ball bei Afra hatte Antoinette ihre Müdigkeit überwunden. Sie hatte den Kopf etwas länger als sonst in kaltes Wasser getaucht und hastiger als sonst gefrühstückt. Da der Himmel noch bedeckt war, hatte Peter Stuffer, der Pferdeknecht, vorgeschlagen, den Einspänner zu nehmen. Aber Thomas, der leidenschaftlich gern ritt, hatte gebeten, sein Pferd, die Haflingerstute Nora, satteln zu dürfen, und Antoinette hatte es ihm nicht verwehren mögen.

Wenig später waren die beiden aufgesessen, Antoinette, wie es sich gehörte, im Damensattel. Nun ritten sie vorsichtig über den mit Natursteinen gepflasterten Teil des Schloßhofes, auf dem die Hufe klapperten, und den Berg hinunter, dann im scharfen Galopp die schnurgerade Lindenallee auf das Dorf zu. Thomas genoß den wilden Ritt und Antoinette hielt ihn für nötig, weil sie es richtig fand, stets vor den Kindern in der Schule zu sein.

Aber an diesem Morgen gelang es ihr nicht. Der kleine Gotthardt Seipl war schon vor ihr gekommen und stand frierend, von einem Bein auf das andere tretend, vor dem Haus. Obwohl zehn Jahre alt, hatte er die Statur eines Siebenjährigen. Seine Winzigkeit war einer der Gründe, warum sein Vater, Flickschuster in Deinharting, besonderen Wert darauf legte, daß der Junge die Schule regelmäßig besuchte. Vielleicht hatte er auch erkannt, daß der Kleine einen hellen Kopf hatte. Antoinette mochte ihn sehr, auch deshalb, weil er dazu beitrug, Leben in den Unterricht zu bringen. Sie mußte sich ständig beherrschen, um ihm ihre Sympathie nicht so deutlich zu zeigen, daß es den anderen Kindern auffallen mußte. Obwohl es ihr nie jemand gesagt hatte, wußte sie, wie wichtig es war, alle Schüler gleich zu behandeln und die plumpen Bemühungen der Unbegabten genau so herzlich zu loben wie die Leistungen der Intelligenten.

»Grüß dich, Gotthardt!« rief sie freundlich, während sie sich vom Pferd schwang. »Habe ich mich verspätet?« Sie warf einen Blick auf die Uhr unter der Zwiebelkuppel des Kirchturms. »Aber nein!« stellte sie erleichtert fest. »Du kommst wieder einmal zu früh.«

Auch Thomas war inzwischen abgestiegen. Er nahm beide Pferde am Zügel und führte sie um das alte Bauernhaus herum in den Stall, wo er sie absattelte.

Antoinette schloß, dicht gefolgt von Gotthardt, die Haustür auf, hinter der – da die Trennungswände zur Küche und Stube entfernt worden waren – gleich das große Schulzimmer lag. Am Ende des Raumes führte eine Treppe zu der Wohnung der Pongratzin hinauf – architektonisch störend, aber sowohl Lehrerin als auch Kinder hatten sich an den Anblick gewöhnt, und die Alte pflegte den Aufgang nur selten während der Unterrichtsstunden zu benutzen. Der Ofen, der sich im ehemaligen Küchentrakt befand, bullerte so kräftig, daß Antoinette darauf verzichtete, nachzulegen. Er wurde mit Holz und Reisig aus dem Gemeindewald gespeist, das die Kinder selber sammelten. Antoinette und der kleine Gotthardt zogen ihre Jacken aus und hängten sie an die hölzernen Kleiderhaken, die entlang der Wand angebracht waren. Dann öffnete Antoinette die Hintertür, um Thomas hereinzulassen. Gleichzeitig kamen andere Schüler herein und suchten ihre Plätze auf. Thomas gab Antoinette die Büchertasche, die er von ihrem Pferd geschnallt hatte.

Die Schulstube war sehr einfach eingerichtet. Tische aus Fichtenholz, die nicht einmal eine Ablage hatten, standen neben- und hintereinander, und zu jedem gab es drei Stühle. Alle Tische und Stühle waren gleichgroß, so daß die Kleinen ihre Füße baumeln lassen mußten und die Großen Mühe hatten, ihre Knie unterzubringen. Mit dem Lehrerpult aber hatte der Tischler sich Mühe gegeben, Eiche als Material gewählt und sogar eine geschnitzte Schmuckleiste angebracht.

Links neben dem Pult gab es eine große Tafel.

Als die Glocke des Kirchturms die volle Stunde schlug, überblickte Antoinette mit freundlichem Lächeln die Kinderschar, die vor ihr Platz genommen hatte, die Kleinen vorne, die Großen hinten. Eigentlich hätte sie jetzt beginnen sollen, aber sie wartete noch, um Irmingard Zeit zum Platznehmen zu lassen. Das ledige Kind einer Magd und, wie es im Dorf hieß, des Bauern, bei dem ihre Mutter arbeitete, kam erfahrungsgemäß zu spät.

Da war sie auch schon. Sie stürmte in die Klasse, nahm sich kaum Zeit, ihr armseliges Jäckchen auszuziehen und rutschte auf ihren Platz. »Bitte entschuldigen Sie, Mademoiselle!«

Antoinette lächelte ihr zu. »Schon gut, Irmingard.« – Sie wußte, daß Irmingard sich den Schulbesuch immer wieder neu erkämpfen mußte. Ihre Mutter sah nichts als Firlefanz darin, und auch der Bauer, für den das Kind eine zwar geringe, aber kostenlose Arbeitskraft war, duldete den Schulbesuch nur widerwillig. Doch Irmingard wußte, was sie wollte: lernen und etwas werden.

Antoinette wurde durch sie immer wieder an Afra erinnert, als sie sie kennengelernt hatte, obwohl sie ihr gar nicht ähnlich sah. Irmingard war zarthäutig, sommersprossig, grünäugig und rotblond. Aber sie hatte die gleiche Entschlossenheit Ernsthaftigkeit und Zielstrebigkeit wie Afra.

Antoinette begann mit dem Unterricht. Es war wenig genug, was sie die Kinder lehren konnte: die Grundkenntnisse des Rechnens, Lesens und Schreibens. Über geschichtliche Vorgänge durfte sie nicht sprechen, weil die ins Politische hätten führen können. Der Hofmarksherr, der Antoinettes sehr demokratische Ansichten ahnte – über Politik zu reden galt bei den Damen jener Zeit als unziemlich –, hatte ihr dringend davon abgeraten.

Mit dem Rechnen taten sich die Kinder verhältnismäßig leicht, wenn Antoinette auch mit den Älteren noch nicht über das kleine Einmaleins hinausgekommen war. Auch mit dem Malen der Buchstaben auf den Schiefertafeln ging es nicht übel, manchen, die sonst gar nichts konnten, machte es sogar Spaß. Aber die Schriftsprache fiel allen, sogar dem klugen Gotthardt und der eifrigen

Irmingard, schwer. Bis sie in die Schule kamen, hatten sie nur die bayerische Mundart gekannt, und es irritierte sie, daß in der Hochsprache nun alles ganz anders buchstabiert und ausgesprochen wurde. Ihr Glück war es, daß sie in Antoinette, die zusammen mit ihnen Rechtschrift und Grammatik noch einmal von Grund auf lernte, eine überaus geduldige Lehrerin hatten. Sie sagte den Kindern jedes einzelne Wort sehr deutlich vor, ließ es von jedem in der Klasse – der Unterricht wurde unregelmäßig von dreißig bis vierzig Kindern besucht – genauso deutlich nachsprechen, wobei sie immer wieder verbessernd eingriff. Dann erst durfte sich, wer wollte – meist waren es natürlich Gotthardt oder Irmingard – im Buchstabieren versuchen. Danach schrieb sie die Aufgabe auf die Tafel und ließ sie abschreiben.

So kamen sie nur langsam voran, aber Antoinette hatte das Gefühl, ihren Schülern ein gutes Fundament zu geben. Doch mehr als einmal stieß sie auf empörten Widerspruch.

So sprang an diesem Vormittag Sepp, der Sohn des Pferdeknechts, auf, warf seinen Griffel mit soviel Schwung auf die Tafel, daß er zerbrach, und empörte sich im breitesten Bayerisch: »Bei uns hot's alleweil Topfen g'heißen! Warum buchstabieren S' uns jetzt ›Quark‹?« Er sprach das fremde Wort so komisch aus, daß alle anderen in Gelächter ausbrachen.

Sepp ließ sich wieder auf seinen Stuhl plumpsen. »Dös versteh i nedda.« Sein blondes Haar war struppig wie das des Vaters und stand, obwohl die Mutter es ihm jeden Morgen mit viel Wasser glättete, in alle Richtungen ab.

Geduldig erklärte Antoinette: »›Topfen‹, Sepp, ist das bayerische und übrigens auch österreichische Wort für Weichkäse. Du kannst und sollst es weiter benutzen, wenn du Bayerisch sprichst. Wahrscheinlich gibt es in anderen Ländern noch andere Bezeichnungen für den gleichen Käse. Aber im Hochdeutschen heißt's eben Quark.«

»Dös gefällt mir nedda«, beharrte Sepp auf seinem Standpunkt.

»Die Sprache«, dozierte Antoinette, »ist ein Mittel, mit dem die Menschen sich ausdrücken … und so paßt die bayerische Sprache recht gut zum bayerischen Volkscharakter. Ihr solltet sie nur ja nicht vergessen. Aber so lange ihr nur Bayerisch sprecht, können nur Bayern euch verstehen. Aber Bayern ist ein deutsches Land, und wenn ihr schon nicht Französisch, Russisch oder Englisch lernen könnt, dann doch wenigstens Deutsch, damit ihr euch mit euren eigenen Landsleuten verständigen könnt.«

»I bin allweil nur a Boar gewest«, beharrte Sepp bockig.

Antoinette blieb geduldig. »Sieh mal, Sepp, ich bin in Paris geboren, also bin ich Pariserin … aber auch Französin! Genau so ist das hier. Ihr alle seid Bayern, aber auch Deutsche … andere sind Schwaben oder Pfälzer, aber ebenfalls Deutsche, und nur deshalb konnten sie jetzt auch Bayern werden …« Antoinette wurde es bewußt, daß dieser Diskurs über die deutsche Sprache sie unversehens ins Politische zu führen drohte. Ihr wurde der Unterschied zwischen den französischen Provinzen und den deutschen Landen klar, die sie so unbedacht miteinander verglichen hatte, obwohl diese seit jeher von Paris aus regiert worden waren, während in jenen anderen Hoheiten und Fürstlichkeiten selbständig waren. Tatsächlich war es nur die Sprache, die die deutschen Lande miteinander verband. Aber wenn man den Begriff so weit ziehen wollte, gehörte dann nicht auch das Kernland der Habsburger dazu und der deutschsprachige Teil der Schweiz- und war Holländisch eine eigene Sprache oder auch nur ein deutscher Dialekt? Ein Deutschland, wie sie es den Kindern hatte nahebringen wollen, hatte es in Wahrheit nie gegeben. Nur eines war sicher: Würde man aufhören, die deutsche Hochsprache zu pflegen, so mußte der Zwiespalt zwischen den deutschen Völkern unüberwindlich werden und jedes einzelne zur Bedeutungslosigkeit herabsinken.

Antoinette hatte sich auf ein Gebiet begeben, auf dem sie sich nicht mehr zurechtfand. Die Kinder starrten sie an, die einen im leidenschaftlichen Versuch zu begreifen, die meisten jedoch in stumpfer Verständnislosigkeit.

Rasch änderte sie die Argumentation: »Kurzum, wenn man Bücher lesen und verstehen will, muß man Hochdeutsch können …«

»Mog i nedda …« murmelte Sepp.

»Aber unser guter Kurfürst wünscht, daß du es lernst!« konterte Antoinette. »Also weiter im Text …«

Sie kam nicht dazu, im Unterricht fortzufahren, denn es wurde kräftig gegen die Außentür gepocht. Thomas sprang auf, um zu öffnen. Es war Friedrich König, der Einlaß begehrt hatte. »Bonjour, Thomas«, grüßte er, »bonjour, Antoinette …« und sagte dann, an die Klasse gewandt, wie er es in Bayern gelernt hatte: »Gott zum Gruße, liebe Kinder!«

Sie blickten ihn nur an, stumm und mißtrauisch.

Antoinette lächelte ihm zu. »Wollt ihr den Gruß des Herrn Doktors nicht erwidern? Sprecht mir nach: ›Grüß Gott, Herr Doktor!‹« Sie hob die Hand. »Also …«

Die meisten sprachen die Begrüßung nach, aber undeutlich und unrhythmisch, andere hüllten sich gänzlich in Schweigen.

Antoinette ließ es nicht durchgehen. »Jetzt noch einmal …« befahl sie, »alle zusammen und schön deutlich!«

Ihre Schüler gehorchten.

»Na, seht ihr, ihr könnt es doch.«

Friedrich König war inzwischen nach vorne geschritten.

»Was führt Sie zu uns, Frédéric?« fragte Antoinette; unwillkürlich verfiel sie ins Französische, nicht nur, damit die Kinder sie nicht verstehen konnten, sondern weil es für sie die gewohnte Umgangssprache war.

»Ich freue mich, Sie nach der gestrigen Nacht so wohlauf zu sehen!« erwiderte er, ebenfalls auf Französisch.

»Um mir das zu sagen, sind Sie wohl nicht eigens ins Schulhaus gekommen!«

»Nun, die Wahrheit ist: Ich bin heute morgen nicht eben zur Arbeit aufgelegt, und so habe ich mich entschlossen, nach Taufbeuern zu fahren. Ich dachte mir, daß ich für Sie oder Ihre Kinder etwas mitbringen könnte.«

Antoinette lachte. »Für meine Kinder! Wie komisch das klingt!«

Friedrich König zog eine Grimasse. »Für Ihre Schüler, meine ich natürlich.«

»Ich habe Sie schon richtig verstanden! Es ist sehr lieb, daß Sie fragen. Ja, wir brauchen drei neue Schiefertafeln und … sagen wir … dreißig Griffel. Wer weiß, wann wir wieder so ein Angebot erhalten werden.« Sie wandte sich der Klasse zu: »Zeigt alle mal eure Tafeln her …«

Die Kinder taten, wie ihnen geheißen, und sie ging durch die Reihen und begutachtete die Schiefertafeln. »Deine hat schon wieder einen Sprung, Sepp, du solltest nicht so wüst damit umgehen … und deine ist arg zerkratzt, Irmingard …« Sie wandte sich an Friedrich König. »Fünf neue Tafeln, Frédéric! Würden Sie das Geld für uns auslegen?«

»Gern. Ich weiß ja, wo ich es mir holen kann.«

In Deinharting herrschte Lehrmittelfreiheit, denn der Hofmarksherr wußte wohl, daß keiner der Bauern bereit sein würde, auch nur einen Heller für den Schulbesuch auszugeben. Deshalb hatte er die ohnehin sehr geringen Unkosten auf die eigene Kappe genommen. Andererseits wußte Antoinette aber auch, daß Doktor König das Geld nie von Anselm von Deinharting zurückverlangen würde. Ihre Frage war eine reine Höflichkeitsfloskel gewesen.

»Merci bien, Frédéric!« Sie reichte ihm die Hand, wandte sich dann an die Klasse und sagte, in ihrem sehr deutlichen, aber immer noch etwas bemühten Deutsch: »Der Herr Doktor hat sich erboten, uns Tafeln und Griffel aus Kaufbeuern mitzubringen. Wir wollen uns dafür bei ihm bedanken. Sprecht mir nach: Vielen Dank, Herr Doktor!«

Die Kinder gehorchten, aber Antoinette war nicht zufrieden und ließ den Dank noch einmal wiederholen.

»So war's besser!«

»Sie haben ja einen Drill in Ihrer Klasse wie auf dem preußischen Kasernenhof!« scherzte Friedrich König.

»Ich muß versuchen, mich durchzusetzen.«

»Sie versuchen es nicht nur, allem Anschein nach ist es Ihnen schon prächtig gelungen! Au revoir, Antoinette! Wahrscheinlich komme ich heute abend nach dem Essen aufs Schloß.«

»Warum nicht bestimmt? Und warum nicht zum Essen? Ich bin sicher, alle würden sich freuen!« Antoinette fühlte sich nach den Jahren, die sie in halb dienender, halb familiärer und dank ihrer Herkunft als Comtesse de Beaujeux immer noch überlegenen Stellung auf Schloß Deinharting verbracht hatte, so sicher, daß sie es keineswegs als eine Keckheit empfand, aus eigenem Antrieb eine Einladung auszusprechen.

»Wenn Sie mich so herzlich auffordern, komme ich gerne!«

»Ich werde Bescheid sagen.« Zur Klasse sagte sie: »Der Herr Doktor will sich verabschieden. Wir sagen laut und deutlich alle zusammen: ›Auf Wie-der-se-hen, Herr Dok-tor!‹«

Die Kinder wiederholten es mit ihr, Friedrich König zog den Hut und ging davon.

Als die Tür hinter ihm zugefallen war und alle noch unwillkürlich auf das Abfahren des Wagens lauschten, klang eine helle Stimme unüberhörbar in die Stille hinein: »Der Hexer!«

»Wer hat das gesagt?« fragte Antoinette rasch.

Sie bekam keine Antwort.

»Wer das gesagt hat, möchte ich wissen?« wiederholte sie in schärferem Ton.

Der kleine Gotthardt hob die Hand.

»Du, Gotthardt?« fragte Antoinette entgeistert.

»Nein, ich habe es nicht gesagt, Mademoiselle ...« Nicht nur die Kinder, sondern auch die Erwachsenen in Deinharting pflegten die junge Französin so zu nennen.

Gotthardt zögerte ein wenig, dann platzte er heraus: »Aber jeder im Dorf weiß doch, daß er einer ist.«

»Ist das wirklich so?« fragte Antoinette erschrocken.

Die Kinder wagten nicht zu bejahen, widersprachen aber auch nicht.

»Das ist Unsinn«, sagte Antoinette, »ich kenne Doktor König sehr gut. Er ist ein kluger und gütiger Mann und ein Freund des Hofmarksherrn.«

Gotthardt war tapfer genug, seinen Standpunkt, der wohl der der Klasse und des ganzen Dorfes war, zu verteidigen: »Er macht Tiere tot, aber er ißt sie nicht einmal.«

Irmingard unterstützte ihn, wobei sie glühend rot wurde: »Er schneidet ihnen bei lebendigem Leibe die Herzen heraus ... die braucht er für seine Zaubereien.«

Antoinette konnte es nicht fassen, daß ausgerechnet die Kinder, die sie für die Klügsten in der Klasse gehalten hatte, ihr mit solch einem abergläubischen Unfug kamen. »Aber das ist einfach nicht wahr! Ja, es stimmt, daß er mit Tieren experimentiert, aber nur, um später Krankheiten von Menschen besser heilen zu können. Er will verhindern, daß die Menschen krank werden. Das ist aber nicht mit Zauberei verbunden, überhaupt kann kein Mensch zaubern ...«

»Doch«, widersprach Irmingard, »die Schwarzböckin kann's auch, das sagt meine Mutter! Aber sie geht wenigstens in die Kirche.«

»Der Doktor nie«, ergänzte Gotthardt.

Antoinette hob beide Hände. »Ruhe! Jetzt laßt, bitte, mich einmal reden. Doktor König geht nicht zur Kirche, weil er kein Katholik ist. Aber er ist ein Christ wie ihr und ich. Er ist ein Protestant. Nein, sagt jetzt nichts, hört zu! Vor langer Zeit ... es sind jetzt ungefähr zweihundertfünfzig Jahre her ... waren Mißstände in der katholischen Kirche eingerissen. Doch, die hat es gegeben, fragt den Herrn Pfarrer! Der Papst wollte einen prächtigen Dom in Rom errichten lassen, dazu brauchte er viel Geld. Er schickte Boten zum Sammeln aus. Sie sollten den Leuten sagen, daß es ihnen im Himmel hoch angerechnet werden würde, wenn sie Geld für den Dom stifteten ... daß ihnen und den Verstorbenen die Sünden nachgelassen würden. Das war an sich nicht so schlimm, denn gute Taten zählen ja auch vor Gott ...« Sie konnte sich nicht enthalten hinzuzufügen: »... glauben wir jedenfalls.« Denn sie selber war sich gar nicht so sicher, was wirklich vor Gott zählte.

Die Kinder, die es lieber hatten, Geschichten erzählt zu bekommen als zu lernen, lauschten gespannt.

»Natürlich wollten diese Geldsammler sich hervortun«, fuhr Antoinette fort, »jeder wollte möglichst viel Geld nach Rom bringen. So kamen sie darauf, die Dinge zu vereinfachen. Sie verkauften sogenannte Ablaßzettel-Zettel also, für die man einen Nachlaß der Sünden erkaufen konnte. Einer dieser Leute, er hieß Tetzel, dachte sich sogar einen Spruch aus, der hieß: ›Wenn das Geld im Kasten klingt, die Seele aus dem Fegefeuer in den Himmel springt!‹ – Das klang nun ganz so, als könnte man sich die ewige Seligkeit mit Geld erwerben, versteht ihr?« Die Kinder nickten.

»Da gab es zur gleichen Zeit an der Universität Wittenberg in Sachsen einen sehr frommen Mann. Er war ein Mönch, aber da er nicht nur fromm, sondern auch klug war, durfte er an der Universität von Wittenberg auch die Studenten lehren. Ihn regte diese Art der Geldsammlerei auf, und besonders der Tetzel war ihm ein großes Ärgernis. Immer wieder merkte er auch im Beichtstuhl, daß Tetzels Spruch die Menschen verwirrte. Viele glaubten, sie müßten kein anständiges Leben mehr führen, keine christliche Nächstenliebe mehr üben, es genügte, wenn sie tüchtig zahlten, um in den Himmel zu kommen. Andere waren verzweifelt, weil sie kein Geld für den Papst übrig hatten. Sie bildeten sich ein, deshalb kämen sie in die Hölle. Martin Luther wollte mit den anderen Professoren in Wittenberg, seinen Kollegen also, über diese Dinge reden. Damals war es in der Universitätsstadt Sitte, wenn man sich über irgendwelche Dinge auseinandersetzen wollte, seine Meinung an der Kirchentür anzuschlagen. Also faßte er seine Meinung über den Verkauf des Ablasses in fünfundneunzig Punkten zusammen …«

Gotthardt riß die Augen auf und platzte heraus: »So viele?« Antoinette lächelte ihm zu. »Ja, Luther war eben ein kluger Kopf, ein scharfer Denker. Er verstand es, Probleme auseinanderzunehmen, sie von allen Seiten zu betrachten und wieder zusammenzusetzen. Nun denn, er schlug seine fünfundneunzig Thesen, so heißen sie in den Geschichtsbüchern, zum käuflichen Ablaß an der Kirchentür an, und war ganz überrascht, als daraufhin ein gewaltiger Wirbel entstand. Eine ganze Menge Leute waren nämlich wie er der Meinung, daß man einen Nachlaß der Sünden nicht einfach kaufen könne. Es entstand ein solcher Aufruhr, daß der Papst in Rom auf den Mönch aus Wittenberg aufmerksam wurde. Luther mußte sich in Augsburg vor einem Gesandten des Papstes verantworten. Er aber wollte seine Behauptungen nicht widerrufen.«

Die junge Lehrerin machte eine Pause, um das, was sie den Kindern klarmachen wollte, tiefer in ihre Köpfe eindringen zu lassen.

»Er war überzeugt, daß das, was er glaubte, richtig war, und daß der Papst und seine Berater im Irrtum wären. Er meinte, daß man Gott mehr gehorchen müßte als den Menschen.« Gotthardt reckte den Arm. »Aber der Papst ist der Stellvertreter Gottes auf Erden.«

»Ganz richtig. Wir als Katholiken glauben, daß Luther hätte widerrufen müssen. Es stimmt, daß das mit den Verkäufen von Ablässen damals nicht richtig war. Aber diesen Irrtum hat die Kirche ja mittlerweile überwunden. Bestimmt haben auch viele geistliche Herren in Rom schon damals gewußt, daß es so nicht weitergehen durfte. Aber sie konnten sich nicht überwinden, auf Luthers Mahnungen zu hören, und er konnte nicht widerrufen. Er war ein Mann, der zu dem stand, was er dachte und glaubte. Auch als man ihm eindringlich vor Augen hielt, daß es dadurch zu einer Spaltung der Kirche kommen könnte, gab er nicht nach. ›Hier stehe ich, ich kann nicht anders‹, sagte er, ›Gott helfe mir. Amen.‹« Nach einer kleinen Pause fügte sie hinzu: »Auch wenn wir seine Einstellung für falsch halten: Er konnte wohl wirklich nicht anders.«

»Man hätte ihn verbrennen sollen«, sagte eines der Mädchen, ohne sich zu melden.

Antoinette versuchte nicht herauszubekommen, wer es gewesen war, denn sie wollte es gar nicht wissen, so sehr hatte sie dieses Urteil aus Kindermund erschreckt. »Oh, daran hat man gedacht«, erklärte sie so gelassen wie möglich, »aber es gab Fürsten, die von Anfang an auf Luthers Seite standen und ihm Schutz boten. Andere bekannten sich später zu ihm und seiner reformierten Kirche, sie wurden Protestanten. So kam es, daß nicht nur in den deutschen Landen, sondern in ganz Europa zwei christliche Kirchen entstanden. Die Leute mußten den Glauben ihrer Fürsten annehmen. Manche taten es freiwillig, andere nur gezwungen, und wer sich weigerte, mußte auswandern und all sein Hab und Gut wurde beschlagnahmt. Schreckliche Tragödien haben sich da abgespielt. Schon deshalb darf man einem Protestanten nicht vorwerfen, daß er Protestant ist. Die wenigsten sind es ja freiwillig geworden. Sie mußten sich nach ihren Herrschern richten. Das war Gesetz.«

»Aber wenn der Doktor wollte«, sagte Irmingard sehr logisch, »könnte er doch wieder Katholik werden … oder nicht?«

»Ja, schon. Aber weißt du, der Mensch hängt an dem Glauben, in dem er erzogen worden ist.«

»Dann hat er aber bei uns nichts zu suchen.«

Allmählich begann Antoinette die Fassung zu verlieren. »Tut er euch denn etwas? Warum seid ihr so gegen ihn?«

Sie bekam keine Antwort.

»Jedenfalls ist unser guter Kurfürst anderer Ansicht als ihr. Er duldet die Protestanten in München und will ihnen Bürgerrechte einräumen. Sogar einen eigenen Prediger sollen sie haben. Seine Gattin, eure Kurfürstin, ist ja selber Protestantin, und keiner von euch wird doch wohl leugnen wollen, daß sie eine gute und edle Frau ist.«

Sepp gab sich nicht zufrieden. »Aber sie ist nicht von da«, sagte er, »und der Kurfürst auch nicht.«

»Die bayerischen Herrscher sind seit langer, langer Zeit nicht von hier gewesen. Zweifelst du etwa daran, daß sie trotzdem von Gott berufen sind, uns zu regieren?«

Das wagte Sepp denn doch nicht.

Thomas meldete sich.

Antoinette erteilte ihm das Wort, ohne ihm zuzulächeln; sie war stets beinahe ängstlich darauf bedacht, ihn nicht vorzuziehen, um ihm, der ohnehin eine Sonderstellung einnahm, bei seinen Mitschülern keinen Nachteil einzuhandeln.

»Sie sagten ...« In der Schule pflegte Thomas sie in dieser feierlichen Form anzureden. »... daß Luther die Kirche reformiert hat. Was heißt das?«

»Er hat sie umgestaltet.«

»Aber wie?«

»Er hat die Ablässe abgeschafft, die Beichte ...«

»Warum?«

»Er war der Meinung, daß jeder Mensch direkt zu Gott sprechen könnte ... auch zu Hause in seiner Stube. Daß es genügte, wenn er seine Sorgen vor Gott beichtete und bereute. Dann hat er alle Skulpturen und Gemälde aus den Kirchen entfernen lassen, dabei sind wunderbare Kunstschätze zerstört worden.«

»Das ist abscheulich! Er hätte bestimmt auch die heilige Mutter Gottes aus Wesenbronn kaputtmachen lassen!« Irmingard war aufgesprungen. »Aber der Hofmarksherr hat sie gerettet.«

»Ja, das hat er. Unser Hofmarksherr ist ein guter Mensch.«

»Aber was wollte er, der Luther?« bohrte Thomas weiter.

»Ich bin keine Protestantin. Vielleicht sprichst du mit dem Doktor darüber oder auch mit unserem Pfarrer, denn er hat Religion studiert. Sie beide werden es dir besser erklären können.«

»Er muß ein grausliger Mann gewesen sein«, behauptete einer der größeren Jungen, »man hätte ihn aburteilen und hinrichten sollen, dann wäre all das Unheil nicht passiert.«

»Du meinst also, es sei das beste, jemanden, der eine unliebsame Ansicht vertritt, zu töten?« fragte Antoinette mit einer Ironie, die zu fein war, als daß der Schüler sie hätte bemerken können. »Damit stehst du nicht allein da. Es kam nach der Spaltung der Kirche zu schrecklichen Kriegen, weil jeder glaubte, seinen eigenen Glauben mit der Waffe in der Hand verteidigen zu müssen oder dem Andersdenkenden mit Gewalt aufzuzwingen. Diese Religionskriege haben dreißig Jahre lang gedauert ... dreißig Jahre, stellt euch das nur vor, ein ganzes Menschenleben. Danach war über die Hälfte der Bevölkerung umgebracht, das Land verwüstet und die Städte zerstört.«

Der Junge beharrte auf seiner Meinung. »Man hätte den Kerl fei zeitig hin machen müssen.«

»Es hätte nichts genutzt, Kaspar. Die Zeit war reif für eine große religiöse Auseinandersetzung. Wenn es Luther nicht gewesen wäre, wäre es ein anderer geworden. Man hat ihm nach dem Leben getrachtet, doch offensichtlich hat Gott nicht gewollt, daß er umkam. Auch die katholische Kirche verdankt Luther viel. Sie ist durch ihn zu tieferen Einsichten gekommen. Übrigens ist es auch Luther gewesen, der die hochdeutsche Sprache gestaltet hat, die ihr alle hier mit soviel Eifer lernt.«

»Pfui Teifi!« sagte Kaspar unbelehrbar.

»So, jetzt aber genug davon«, schloß Antoinette das Thema ab, »wie wär's, wenn wir auf den Hof gingen, um ein bißchen frische Luft zu schöpfen?«

Die Stellung des kleinen Thomas in der Schule war schwierig. Zwischen ihm und seinen Altersgenossen entwickelte sich keine kameradschaftliche Beziehung. Er war so deutlich anders als sie, und er lebte im Schloß. Am liebsten hätte er sich in der Pause an Antoinettes Seite gehalten. Aber er verbot es sich. Das Treiben in der Schule war für ihn – im Gegensatz zum Leben im Schloß das »wirkliche« Leben. In diesem wirklichen Leben wollte und mußte er sich behaupten.

Er war jetzt zehn, und zu seiner Gruppe gehörten noch drei Jungen: Kaspar, Hansi und Schorschi. Der rotschopfige Kaspar war der Sohn eines Bauern, der gerade erst durch ein Dekret Max Josephs aus der Leibeigenschaft entlassen worden war. Aber da er dem Hofmarksherrn und dessen Agnaten eine Ablösesumme zahlen mußte, hatte sich das Verhältnis zwischen ihm und seinem Herrn dadurch noch nicht geändert: Es würde noch Jahre dauern, bis er das Geld aufgebracht haben würde. Schorschis und Hansis Väter waren Lehnsbauern. Aber alle drei hatten unter der milden und gelassenen Führung des jetzigen Hofmarksherrn ein starkes Selbstbewußtsein entwickelt. Zwar waren sie es gewohnt, ihre Abgaben, die Scheffel Getreide, die jungen Hähne, das Obst und Geschlachtete, ins Schloß zu liefern, aber es war ihnen kaum mehr bewußt, daß sie es tun mußten. Sie zahlten fast mit dem Gefühl, Almosen zu geben und sahen ihre Ehre darin, das auserlesenste Obst, das schönste Stück Fleisch und die blanksten Taler zu liefern, als könnten sie ihr eigenes Ansehen dadurch erhöhen.

Entsprechend war der Stolz ihrer Söhne. Man hatte sie zwar Achtung vor dem Hofmarksherrn gelehrt, aber in der Haltung ihrer Vater schwang ein unausgesprochenes: »Der soll uns nur kommen« mit. So waren auch die Jungen, besonders wenn sie Erstgeborene und somit erbberechtigt waren, sehr selbstbewußt und fühlten sich, obwohl sie es nicht waren, als Besitzende. Wäre Thomas zart und verhätschelt gewesen, hätte er sich wohl herumstoßen und hänseln lassen müssen. Aber er war nicht nur klüger, sondern auch größer und stärker als sie. So ließen sie ihn denn in Ruhe, hielten immer ein wenig Abstand.

Sepp gegenüber waren sie dagegen voll Verachtung. Sein Vater war das ledige Kind einer Magd gewesen, dessen Erzeuger niemand, außer seiner Mutter, die im Kindbett gestorben war, gekannt hatte. Im Dorf herumgestoßen, als unnützer Esser von Hof zu Hof geschickt, war es ein Wunder gewesen, daß er die ersten Kinderjahre überlebt hatte. Mit zehn hatte er im Schloß Unterschlupf gefunden und nach und nach gelernt, die Pferde zu betreuen. Bis heute war er nichts als ein Knecht und würde es bis ans Ende seiner Tage bleiben. So war Sepp in den Augen der Bauernjungen ein Niemand.

Aber gerade das stachelte ihn an, sich hervorzutun. »Die Mademoiselle ko viel sagen«, behauptete er herausfordernd, »i woaß, daß der Doktor a Hexer is!«

Kaspar, Hansi und Schorschi sahen ihn nur, die Hände in den Hosentaschen, abschätzend an. Kaspar grinste.

Doch Thomas, der ein wenig abseits stand, mochte das nicht auf dem Freund des Schlosses sitzen lassen. »Halt's Mäu!« rief er. »Du spinnst ja!«

»I woaß, was i woaß!« beharrte Sepp. »Dem g'hört in die Stub'n geschissen.«

Die anderen, außer Thomas, lachten.

»Scho recht«, sagte Kaspar, »tu's, bal du di traust.«

»Dös werd' i!« Sepp triumphierte, weil er solchen Anklang gefunden hatte. »Ihr werd's sehen!«

Thomas trat auf ihn zu; in seinen schwarzen Augen war ein gefährliches Funkeln. »Dös wirst du nicht!«

Unter anderen Umständen hätte Sepp jetzt einen Rückzieher gemacht. Er war sich seiner gesellschaftlichen und körperlichen Unterlegenheit Thomas gegenüber bewußt. Zwar ein Jahr älter, war er doch einen guten Kopf kürzer als Thomas, zäh genug, zu überleben, doch schmalbrüstig und schlecht ernährt, während Thomas breit in den Schultern und von kräftigem Wuchs war. Aber hier vor den Augen der Bauernjungen, um deren Gunst er sich bemühte, gelang es ihm, seinen Fluchtinstinkt zu unterdrücken.

»Dös woaß an jeder, daß du zu ihm hältst«, sagte er, wobei er sich unwillkürlich duckte, um einem möglichen Schlag auszuweichen, »bist ja selber so eine Teufelsbrut.«

Thomas wurde blaß unter der braunen Haut, aber er beherrschte sich. »Ich könnte dich zusammenschlagen«, sagte er, »aber an einem wie dir mache ich mir die Hände nicht schmutzig.« Er wandte sich ab.

Sepp, erleichtert, so glimpflich davongekommen zu sein, wich einige Schritte zurück. Die anderen waren enttäuscht, daß es nicht zu einer Rauferei gekommen war.

»Ja, dazu ist sich der Herr zu fein!« stichelte Kaspar.

Thomas, die Hände in den Taschen zu Fäusten geballt, sah ihm mit seinen brennenden Augen ins Gesicht. »Ich schlage keinen, der schwächer ist als ich. Das wäre feige.«

»Warum versuchst du es dann nicht mit mir?«

»Du hast mir ja nichts getan.«

Antoinette, die auf und ab über den Hof spazierte, merkte genau, daß sich in der Gruppe der größeren Jungen etwas zusammenbraute, aber sie wollte nicht schlichtend eingreifen. Sie hielt es für besser, die Kinder ihre Konflikte allein austragen zu lassen.

Statt ihrer rief Gotthardt Seipl: »Hört doch auf damit! Gebt a Ruh'!«

Aber Kaspar ließ sich nicht zurückhalten. »Soll i sagen, wos i von dir denk?«

Thomas starrte ihn schweigend an.

»Daß der Seppl recht hat! A Teufelsbrut bist, im Dragonerhaus geworfen, a Bankert ...«

Thomas schlug zu. Seine Faust traf Kaspar mitten auf die Nase. Es lag so viel Kraft in diesem Hieb, daß der Junge ein paar Schritte rückwärts taumelte, und, da ihm Gotthardt ein Bein stellte, stolperte und auf dem Misthaufen landete. Hansi wollte die Ehre seines Freundes rächen und stürzte sich auf Thomas, Sepp kam ihm zu Hilfe. Es gab eine Rauferei, die von den Umstehenden begeistert angefeuert wurde.

Antoinette hatte Mühe, so zu tun, als merke sie nichts. Sie verzog sich in den Stall, um nach den Pferden zu sehen. Liebend gern wäre sie dazwischen gefahren, um Thomas zu helfen. Aber sie wollte, daß er schon jetzt lernte, mit den Schwierigkeiten des Lebens fertig zu werden.

Tatsächlich bedurfte Thomas keiner Hilfe. Zwar hatten Hansi und Sepp frühzeitig gelernt zu arbeiten, aber Thomas, der schon als kleiner Junge mit dem Reiten begonnen hatte und inzwischen auch Fechtunterricht bekam, war stärker. Er konnte sich beider Angreifer erwehren und warf sie schließlich zu Boden.

Kaspar, durch heftiges Nasenbluten gehindert, konnte sich nicht noch einmal in die Schlacht stürzen. Die anderen betrachteten Thomas mit achtungsvoller Scheu.

Als Antoinette die Kinder zum Unterricht in die Schulstube zurückrief, hatte Thomas zumindest die Gewißheit, daß sich sobald niemand mehr mit ihm anlegen würde.

Als Anselm von Deinharting beim Abendessen die Suppe – eine klare, goldgelbe Fleischbrühe, in der Leberknödel schwammen – austeilte, gewahrte er einen gewaltigen blauen Fleck auf dem linken Jochbein seines kleinen Sohnes.

»Bist du gefallen?« fragte er auf französisch, wie es im Familienkreis üblich war. »Oder hast du dich gestoßen?«

»Nein, Monsieur«, erwiderte Thomas.

Da dies zwar eine wahrheitsgemäße Antwort, aber keine Erklärung war, beeilte Antoinette sich hinzuzufügen: »Er ist in eine Rauferei geraten, Monsieur!«

»Rauferei?« Anselm von Deinhartings Gesicht nahm einen Ausdruck an, als habe er nicht recht verstanden; er hielt den gefüllten Suppenteller in der Hand.

»In der Schule«, sagte Antoinette, »die anderen Buben haben ihn wohl herausgefordert.«

»Ein Junge von Stand rauft sich nicht«, entschied der Hofmarksherr und gab den Teller Baptist, der um den Tisch herum ging, um ihn vor Thomas hinzustellen.

»Guten Appetit!« wünschte Elisabeth in versöhnlichem Ton; aber auch ihr gelang es nicht, die beklemmende Situation zu überspielen.

Baptist und Babette standen kerzengerade in ihren schon etwas abgetragenen Alltagslivreen nahe der Tür zur Anrichte. Die anderen löffelten, die Lider gesenkt, schweigend ihre Suppe. Nur Friedrich König, zu Elisabeths Linken sitzend, blickte interessiert von Thomas zu Anselm von Deinharting.

Der Junge starrte den Hofmarksherrn aus seinen schwarzen, funkelnden Augen an. »Ja, bin ich denn von Stand?« platzte er heraus.

Bei dieser kühnen, nichts desto weniger aber nur zu berechtigten Frage ließen alle die Löffel sinken und sahen ihn an.

Anselm von Deinharting kämpfte um eine Antwort. Gern hätte er gesagt: »Ja, denn du bist mein Sohn.« Aber er fürchtete durch ein solches Bekenntnis Elisabeth zu verletzen und ihr so spät erworbenes Vertrauen zu verlieren. Unwillkürlich sah er sie von der Seite an, folgte den Linien ihres empfindsamen Profils und fragte sich zum hundertstenmal, wieviel sie wissen mochte, verfluchte sich, weil er nicht die Kraft besaß, offen mit ihr zu reden und schwor sich, es bei nächster Gelegenheit zu tun.

»Du gehörst zum Schloß, das solltest du wissen«, sagte er, spürte selber, daß es lahm klang und setzte hinzu: »Und ich will nicht, daß du dich mit irgendwelchen Bauernlümmeln prügelst.«

Damit war das Thema für ihn beendet.

Nicht so für Thomas. »Warum nicht?« fragte er, die brennenden Augen fest auf das Gesicht des Hofmarksherrn gerichtet.

»Weil ...« Anselm von Deinharting wußte nicht sogleich eine Antwort. »... weil du dich mit ihnen damit auf die gleiche Stufe stellst«, erklärte er endlich, »sie verlieren den Respekt vor dir.«

»Ich glaube, sie haben erst jetzt Respekt vor mir bekommen!«

Es war etwas ganz und gar Ungewohntes, daß irgend jemand dem Hofmarksherrn so offen zu widersprechen wagte. Alle blickten von Thomas zu Anselm von Deinharting – Antoinette nicht ohne Stolz, Friedrich König amüsiert, Elisabeth und Auguste erschrocken. Babette und Baptist standen regungslos, als wären sie unfähig zu sehen und zu hören. Jeder im Speisesaal erwartete, daß jetzt ein Donnerwetter losbrechen würde.

Aber Anselm von Deinharting schwieg. Wieder einmal empfand er schmerzhaft die Unsicherheit der Beziehung zu seinem jüngsten Sohn und mochte sich auch nicht auf ein Urteil versteifen, dessen Fragwürdigkeit ihm bewußt geworden war. In seiner eigenen Kindheit war er niemals dem Umgang mit Jugendlichen eines anderen Standes ausgesetzt gewesen, und so wußte er nicht aus Erfahrung, welches Verhalten ihnen gegenüber richtig war.

Er wandte sich seiner Suppe zu, und alle anderen taten es ihm nach. Obwohl niemand laut aufatmete, war die Erleichterung doch fast greifbar zu spüren.

Es wurde, wie immer, tüchtig gegessen. Es gab einen Karpfen, der in der Frühe noch im Deinhartinger Weiher geschwommen war, Leber aus eigener Schlachtung, gebacken und paniert, und als Abschluß Johannisbeergelee mit Schlagsahne. Selbst Anselm von Deinharting und Friedrich König sprachen dieser Köstlichkeit zu.

Als Elisabeth die Tafel aufhob, ging Thomas von einem zum anderen, um, wie Antoinette es ihn gelehrt hatte, mit einer höflichen Verbeugung gute Nacht zu wünschen. Christine lag längst in den Federn, und auch für ihn war es jetzt Zeit, zu Bett zu gehen. Anselm von Deinhartings etwas unbehaglich prüfendem Blick hielt er dabei ohne mit der Wimper zu zucken stand, Elisabeth, die ihm durchs Haar strich, lächelte er zu.

Zu Doktor König sagte er: »Onkel Frédéric, ich würde Sie gerne etwas fragen ...«

Friedrich König verstand sofort. »Unter vier Wangen?«

Röte schoß in die braunen Augen des Jungen. »Ja, bitte!«

»Ich komme zu dir, wenn du im Bett liegst«, versprach der Doktor.

Thomas schoß davon, und die Erwachsenen gingen in die im gleichen Stock gelegene sogenannte untere Erkerstube hinüber, um dort den immer teurer werdenden Kaffee zu genießen. In dem Marmorkamin prasselte ein kräftiges Feuer, und zu den steiflehnigen Renaissancesesseln hatte man einige weitere neue, im Empirestil geschnitzte gestellt, deren Gobelinüberzüge von Elisabeth gestickt worden waren. Sie alle zeigten auf der Lehne das Deinhartinger Wappen, Herz und Amboß im Feld.

Friedrich König zog, noch ehe sie Platz genommen hatten, Elisabeths Hand an seine Lippen. »Ich danke Ihnen, daß Sie mich so gastlich aufgenommen haben ... obwohl ich eigentlich gar nicht eingeladen war.«

Elisabeth zog ihre Hand rasch, fast unwillig, zurück. »Ich denke, Antoinette tat es in meinem Namen.«

»War es eine Keckheit von mir?« fragte Antoinette.

Elisabeth lächelte ihr beruhigend zu – obwohl sie ihre Handlungsweise zuerst als recht anmaßend empfunden hatte, wollte sie sich das doch nicht anmerken lassen, weil ihr zuviel an einem guten Verhältnis zu der jungen Französin lag. »Aber nein, Antoinette, Sie tun doch immer das Richtige!«

»Danke, ma tante! Ich dachte, eine gute Mahlzeit wäre ein billiges Entgelt für die Griffel und Tafeln, die meine Kinder brauchen ... Denn daß Onkel Frédéric kein Geld dafür nehmen will, ist mir nur zu gewiß.«

»Und wenn doch?« fragte Friedrich König lächelnd.

»Oh, ja, gerne! Um so häufiger darf ich Sie um eine Gefälligkeit bitten! Wieviel haben Sie ausgelegt?«

Er winkte ab. »Lassen wir das, es war nur ein Scherz!«

Baptist brachte das silberne Tablett mit dem Kaffeegeschirr herein und stellte es auf dem Marmortisch ab, dessen Platte von Löwenköpfen gestützt wurde. Während er die Tassen und Teller, Kannen und Kännchen ordnete, nahm Elisabeth Platz. Antoinette, Auguste und Doktor König folgten ihrem Beispiel, während Anselm von Deinharting eine grüne, bauchige Flasche aus dem breiten Renaissanceschrank holte, dessen Türen mit eingelegten Holzarbeiten geschmückt waren, die Bilder aus der Odyssee zeigten.

»Frédéric, halten Sie mit?« fragte er, die Flasche hochhaltend.

»Gern!«

Anselm von Deinharting goß zwei Gläser voll und nutzte die Gelegenheit, da Elisabeth den Kaffee einschenkte, sein eigenes Glas gleich zu leeren und noch einmal zu füllen. Friedrich König hätte sich gerne seine Pfeife angezündet, aber die Anwesenheit der Damen verbot es ihm.

»Da wir schon von Keckheit sprechen«, sagte der Hofmarksherr mit Nachdruck, während er sich zu den anderen setzte, »ich finde, Sie sollten mäßigend auf Thomas einwirken, Antoinette.«

Sie setzte zu einer Verteidigung an.

Aber Elisabeth kam ihr zuvor. »Du verurteilst an ihm, was du bei Emanuel vermißt hast.«

Diese Anschuldigung war so direkt, daß sie ihn aus der Fassung brachte. »Tu ich das? Tu ich das wirklich?«

»Ja«, bestätigte Elisabeth ruhig und verrührte sorgsam den Honig, den man aus Gründen der Sparsamkeit statt Rohrzucker verwendete, in ihrem Täßchen, »erinnerst du dich denn nicht? Nun, inzwischen hat Emanuel ja gelernt, seinen Mann zu stehen. Aber als er ein Bub war, fandest du ihn zu weich, zu langweilig und duckmäuserisch ... Eigenschaften, die man Thomas nun wirklich nicht vorwerfen kann.«

Antoinette warf ihr einen dankbaren Blick zu.

»Wie waren Sie selber denn als Junge?« fragte Friedrich König.

»Wohl recht wild, jedoch … ich hätte niemals in einem solchen Ton mit meinem Vater zu sprechen gewagt.«

»Berücksichtige: Thomas sieht in dir ja auch nicht den Vater«, gab Elisabeth zu bedenken.

Antoinette sah den Hofmarksherrn erwartungsvoll an, denn sie fand, daß es das Stichwort wäre, sich zu seinem Sohn zu bekennen. Er spürte ihren Blick, wußte, was sie hoffte, und konnte sich dennoch nicht überwinden. Er entschuldigte sich vor sich selber damit, daß ein solches Bekenntnis Augustes unschuldiges Gemüt verletzen könnte.

»Um so weniger dürfte er es sich herausnehmen, mir so unumwunden zu widersprechen«, erklärte er nur.

Friedrich König erhob sich. »Na, dann will ich mal nach dem kleinen Übeltäter sehen!« verkündete er und verbeugte sich vor Elisabeth: »Entschuldigen Sie mich, bitte.«

»Sie wollen ihn zur Rede stellen?«

»Keineswegs. Seine Erziehung ist mir ja nicht anvertraut. Wenn Sie mich aber fragen, so würde ich sagen, daß ich es falsch fände, seine Versuche, sich selbst zu behaupten, schon im Keim zu ersticken.«

Er verließ den Raum. Antoinette machte Anstalten, ihn zu begleiten, unterließ es dann aber doch.

Thomas war inzwischen zu Bett gegangen. Die Kerze, die ihm bei der abendlichen Wäsche geleuchtet hatte, war jedoch noch nicht gelöscht. Der Junge lag, die Hände hinter dem Kopf verschränkt, und starrte auf das Spiel von Licht und Schatten.

Als Friedrich König eintrat, wandte er sich ihm sofort zu und stützte sich auf den Ellbogen.

»Bleib unter deinem Federbett, Thomas«, mahnte der Arzt, »du wirst dich sonst noch erkälten.«

Es war ziemlich kalt in dem Zimmer, das, mit alten, ausrangierten Möbeln sehr einfach ausgestattet, Antoinette und Thomas nur zum Schlafen diente. Es mußte schon bittere Winterkälte herrschen, damit ein Feuer in dem schönen grün-weißen Kachelofen angezündet wurde. Antoinette hatte aus einem Rest leuchtendroter Lyoner Seide Vorhänge für die beiden kleinen Fenster genäht. Aber viel trugen sie zur Wohnlichkeit auch nicht bei. Das barocke Doppelbett, in dem sie und Thomas nächtigten, war in der Mitte auseinandergesägt worden, und jede Hälfte stand an einer anderen Wand, um der Moral Genüge zu tun. Außerdem gab es zwei verschieden hohe und nicht zu den Betten passende Nachttische, einen Stuhl, in dessen Lehne eine Speiche gebrochen war, eine Waschkommode und einen schäbigen Schrank, der besser in eine Dienstbotenkammer gepaßt hätte.

Friedrich König, der aus den mit zahllosen Kerzen bestückten, von prasselndem Feuer erwärmten eleganten Wohnräumen der Deinhartinger gekommen war, hatte das Gefühl, den Blick hinter eine glänzende Fassade zu tun.

Er stellte die Kerze, die ihm den Weg durch das dunkle Treppenhaus gewiesen hatte, neben die des Jungen, sagte: »So ist es doch gleich heller!« und zog sich den Stuhl neben das Bett. »Darf ich rauchen?« fragte er, als er sich setzte.

»Ja, natürlich.«

Doch der junge Gelehrte zog zwar die Pfeife aus der Tasche, zögerte aber noch. »Wird es die Comtesse auch nicht stören?«

»Die ist nicht so.«

»Du hast sie wohl sehr lieb?«

Thomas nickte nur.

»Also … was hast du auf dem Herzen?« Friedrich König holte einen Lederbeutel mit Tabak aus der anderen Hosentasche und begann geschickt seine Pfeife zu stopfen.

»Was war mit Luther?« platzte Thomas heraus.

»Mit Luther?« wiederholte Friedrich König erstaunt. »Wie kommst du auf Luther?«

»Antoinette hat uns von ihm erzählt. Weil die anderen in der Schule glauben, daß Sie kein Christ sind.«

»Das verstehe ich schon.« Friedrich König begriff den Zusammenhang besser, als Thomas ahnte, denn er wußte sehr wohl, daß man in Deinharting, obwohl er im Notfalls stets bereit war zu helfen, immer noch Vorbehalte gegen ihn hatte. »Aber dann weißt du doch alles.«

»Nein. Antoinette weiß es selber nicht. Sie hat gesagt, ich sollte Sie fragen. Weil Sie doch Protestant sind, mußten Sie's wissen.« Thomas richtete sich nun doch auf, seine Wangen glühten und seine Augen blitzten. »Natürlich war es falsch, daß diese Leute einen Nachlaß der Sünden verkauft haben, nur damit der Papst in Rom sich einen Dom bauen konnte. Klar, daß Luther wütend darüber war. Aber warum mußte er dann gleich eine neue Kirche gründen?!«

Friedrich König hatte den Pfeifenkopf fest gestopft, jetzt hielt er ihn schräg gegen die längere der beiden Kerzen, versuchte den Tabak zum Glühen zu bringen, indem er Luft einsog, und gewann so Zeit zum Nachdenken. »Während der verschiedenen Verhandlungen gegen ihn«, sagte er dann vorsichtig, »wurde ihm klar, daß zwischen den Lehrsätzen der katholischen Kirche und seiner Überzeugung grundsätzliche Gegensätze klafften.«

Thomas schwieg erwartungsvoll, und Friedrich König begriff, daß er sich mit einer solchen Antwort nicht zufriedengeben würde. »Ihr Katholiken glaubt doch, daß man durch Frömmigkeit und gute Taten Gottes Liebe gewinnen kann?«

Thomas nickte.

»Siehst du, das hat Luther auch versucht. Um der Liebe Gottes willen wollte er vollkommen sein. Aber es gelang ihm nicht, weil das keinem Menschen gelingen kann. Jeder von uns, selbst der beste, ist bösen Anfechtungen ausgesetzt. Es überfällt einen Neid, Haß, Geiz oder Wut. Das hast du bestimmt auch schon erlebt. Nun, als Katholik beichtet man es, bereut und nimmt einen neuen Anlauf, sich zu bessern, was einem natürlich nie gelingt. Luther wollte sich damit nicht zufriedengeben. Er glaubte, mit seinen Sünden nicht vor Gott bestehen zu können, von ihm verworfen zu sein. Deshalb war er ganz verzweifelt, Jahre hindurch.«

»Weil Gott ihn nicht liebte?«

»Ja, das war es, was ihm zusetzte. Er litt, grübelte und kämpfte, bis er allmählich zu einer ganz neuen religiösen Erkenntnis gelangte. Jeder Mensch ist unwürdig. Die Liebe Gottes ist ein Geschenk und kein Verdienst. Wir müssen nicht alle unsere bösen Gedanken ausrotten und uns dauernd gute Taten ausdenken. Wir brauchen nur Gottes Liebe als ein unverdientes Geschenk in Demut anzunehmen.«

»Aber wenn einen Gott nun nicht liebt?« fragte Thomas. »Liebt er wirklich jeden?«

»Jeden, der bereit ist, seine Liebe anzunehmen.«

»Glauben Sie das auch wirklich?«

Friedrich König stocherte in seiner Pfeife. »Ich dachte, du wolltest wissen, was Luther in Gegensatz zu der katholischen Kirche gebracht hat.«

»Jetzt möchte ich wissen, was Sie glauben!«

»Nun ... und was glaubst du?«

Die Antwort ließ einige Zeit auf sich warten. »Ich habe Angst«, gestand Thomas dann. »Wenn ich an Gott denke, dann ... dann sehe ich immer den Hofmarksherrn vor mir. Er ist der ... der größte Mann, den ich kenne. Und immer habe ich mich so bemüht, es ihm recht zu machen. Aber er liebt mich nicht. Er beachtet mich nicht einmal.«

Die kindliche Qual rührte Friedrich Königs Herz an; er streckte die Hand aus und streichelte die heiße Wange. »Nun, dann wollen wir erst einmal feststellen: Wie Gott auch immer sein mag, wie der Hofmarksherr ist er nicht. Er kommt dir nur so mächtig vor, weil du ein kleiner Junge bist, und er ist ein alter Mann. Er ist mein Freund, das weißt du, und trotzdem sage ich dir ganz offen, daß er eine Menge Fehler hat und daß er viele gemacht hat. Aber das hindert mich nicht, sein Freund zu sein. Siehst du, so ist das mit der Freundschaft und auch mit der Liebe. Zuneigung wird nicht nach Verdienst ausgeteilt. Vielleicht also hat Luther wirklich recht, was Gottes Liebe betrifft.«

»Glauben Sie es?« fragte Thomas noch einmal.

Friedrich König seufzte. »Ich glaube, daß wir Menschen viel zu unbedeutend sind, um etwas über Gott zu wissen ... all unser Glaube ist doch wohl nur Hoffnung, Sehnsucht und Suche nach Ihm. Am besten, du verläßt dich auf Gottes Liebe, versuchst aber gleichzeitig auch ein guter Junge zu sein. Dann kann nichts schiefgehen.« Er wedelte mit der Hand den Rauch fort, damit er Thomas nicht in die Augen stieg. »Und was den Hofmarksherrn betrifft: Ich kann dir nicht sagen, ob er dich liebt oder nicht. Man kann nicht in die Seele eines anderen Menschen sehen. Wenn er es aber nicht tut, dann ist es sein Fehler, nicht deiner. Mach dir also nichts draus.«

»Das ist schwer.«

»Das Leben ist nun einmal schwer, mein Junge ... Wer dir etwas anderes erzählt, lügt dich an.«

»Das sagt Antoinette auch immer.«

»Ja, die kluge Antoinette!« Friedrich König stand auf und ging zum Fenster. »Jetzt aber gut zugedeckt, ich lasse frische Luft herein.« Er öffnete das Fenster und klopfte seine Pfeife auf dem Sims aus.

Der Zug ließ die Kerzen flackern. Thomas zog sich das Federbett bis unter das Kinn. Friedrich König sah zum Himmel auf, an dem kein Stern zu sehen war. Der Mond leuchtete schwach hinter dem Gewölk. Er fröstelte und schloß das Fenster wieder.

Noch einmal trat er an das Bett des Jungen, um den Kerzenleuchter zu nehmen, mit dem er gekommen war. »Gute Nacht, Thomas, es ist Zeit zu schlafen!«

»Gute Nacht, Onkel Frédéric!«

In der Tür drehte sich der Doktor noch einmal um. »Und wenn du wieder einmal etwas auf dem Herzen hast … ich bin immer für dich zu sprechen. Jederzeit.«

»Danke, Onkel Frédéric!«

Allein gelassen, richtete Thomas sich auf und blies die Kerze auf seinem Nachttisch aus. Dann aber lag er noch lange wach im Dunkel. Alles, was ihm Friedrich König erzählt hatte, ging ihm im Kopf herum. Die Welt war für ihn schwer zu verstehen und noch schwerer seine eigene Stellung in dieser Welt.

Ob es stimmte, was Luther geglaubt hatte? Daß Gott den Menschen liebte, wenn er nur bereit war, diese Liebe anzunehmen? Wie gerne wäre er dazu bereit. Wie gerne würde er jede Liebe annehmen. Aber wer liebte ihn schon. Antoinette, ja, und Auguste vielleicht, aber eigentlich dachte sie nur an sich; und Tante Elisabeth war freundlich zu ihm, freundlicher als in seiner frühen Kindheit, das spürte er wohl. Aber hatte sie ihn wirklich lieb? Nein, sie liebte wohl nur den Hofmarksherrn, für ihn und Auguste und auch Antoinette blieb da nur wenig übrig. Und der Hofmarksherr liebte auch nur sie, und er mochte Antoinette, das merkte man, und in Friedrich König sah er einen Freund. Aber ihn, Thomas, liebte er nicht, so sehr er auch darum gekämpft hatte. Er übersah ihn.

Warum erfüllte ihn das nur mit einem so großen Schmerz? Monsieur, wie er den Hofmarksherrn zu nennen gewohnt war, kümmerte sich doch auch nur sehr wenig um Auguste, neckte sie höchstens bisweilen, und Auguste, die doch seine Tochter war, wäre nie auf den Gedanken gekommen, sich um seine Liebe zu bemühen. Zu der kleinen Christine war er zärtlich, aber es kam nie vor, daß er sich länger mit ihr beschäftigte, und Tante Elisabeth war stets fast ängstlich bemüht, ihn gegen die Belästigungen, die das Dasein eines kleinen Kindes mit sich brachte, gegen Geschrei, Quengelei und Ausgelassenheit, abzuschirmen. So hatte Christine es sich schon angewöhnt, dem Hofmarksherrn aus dem Weg zu gehen, nie lief sie unbefangen zu ihm hin, und wenn er ins Zimmer trat, drückte sie sich scheu an ihre Mutter.

War er, Thomas, denn der einzige, der erwartete, von dem großen Mann geliebt zu werden? So war es wohl. Sein Herz war erfüllt von glühender Bewunderung für ihn, und bis zu dem letzten Gespräch mit Friedrich König war er überzeugt gewesen, daß es an ihm liegen mußte, daß der Hofmarksherr ihn so selten beachtete und, wenn er ihn ansah, nicht mit liebevollem Stolz, sondern mit einem prüfenden, skeptischen, fast mißtrauischen Blick.

»Wenn er dich nicht liebt, so ist es sein Fehler, nicht deiner«, hatte der Doktor gesagt.

Ob das die Wahrheit war? Friedrich König war klug, daran bestand kein Zweifel. Sein Wort war ein Trost, wenn auch nur ein schwacher, für Thomas' Leid. So war er doch nicht schlimm oder häßlich, wie er manchmal unter dem Blick des Hofmarksherrn glaubte.

Dann konnte Gott ihn doch lieben.

Sich in diese sehnsüchtig erhoffte Liebe stürzend, legte Thomas die Handflächen gegeneinander und begann das »Vaterunser« zu sprechen, wie Pfarrer Reiter es ihn auf lateinisch gelehrt hatte.

Schon viele hundertmal hatte er es mechanisch aufgesagt, aber diesmal betete er voller Inbrunst und rang darum, Satz für Satz in seiner vollen Bedeutung zu verstehen.

Als er laut in die Dunkelheit hinein gesagt hatte: »Et ne nos inducas in tentationem«, stutzte er.

Wenn Gott ein Vater war, wie Pfarrer Reiter sagte, wie konnte man da annehmen, daß er seine Kinder in Versuchung führte?

Nicht einmal der Hofmarksherr würde das tun. Nie würde er einen Joachimsthaler scheinbar achtlos auf den Boden legen, um dann, wenn Thomas ihn an sich nehmen wollte – was er allerdings nie tun würde – hervorzukommen und ihn zu demütigen. Nie würde er ihn mit einer verbotenen Näscherei in Versuchung führen. Nie würde er zulassen, daß sein Pferdchen gesattelt wurde und unternehmungslustig unter seinem Fenster wieherte, wenn er arbeiten mußte. Nie, nie, nie. Weder der Hofmarksherr noch Elisabeth, Antoinette, Friedrich König oder Pfarrer Reiter wären dazu fähig. Und Gott sollte dazu imstande sein?

In kindlicher Bedenkenlosigkeit entschloß sich Thomas, in dieser Nacht das Vaterunser umzudichten. Er sah keine Sünde darin, denn er war sicher, daß es nicht wirklich so heißen konnte. »Du führst uns nicht in Versuchung, sondern erlöst uns von dem Bösen!« Wieviel tröstlicher das klang.

Er sagte das Gebet noch einmal von Anfang an auf, es mühsam übersetzend – wenn Luther das gedurft hatte, durfte er es wohl auch –, und fand noch andere Zeilen ausbesserungswürdig.

»Panem nostrum quotidianum da nobis hodie!« – das paßte nicht, wenn man es abends sagte. Er wollte ja heute nacht gar nicht essen. Eigentlich mußte es dann doch heißen: »Unser tägliches Brot gib uns morgen«, oder – und diese Formulierung gefiel ihm noch besser: »Unser tägliches Brot hast du uns heute gegeben«, ja, das war ein Dank an Gott und keine Forderung. Auch das »Et dimitte nobis debita nostra« wandelte er optimistisch um und sagte laut: »Du vergibst uns unsere Schuld, wie auch wir vergeben unseren Schuldigern!«

Während er so an seiner ganz persönlichen Übersetzung der heiligen Worte arbeitete, war er durchdrungen von der wundervollen Gewißheit, von Gott angenommen zu sein. Was konnte ihm die Lieblosigkeit des Hofmarksherrn noch anhaben, wenn er einen Vater im Himmel hatte, der ihn liebte und seine Hand über ihn hielt! Die Tränen, die ihm über die Wangen in die Mundwinkel liefen, schmeckten salzig und wirkten erlösend. Es waren die letzten, die er über sein schmerzliches Verhältnis zu Anselm von Deinharting vergoß.

Es war Mitte Oktober geworden, als Anselm von Deinharting endlich wieder Post aus München empfing. Der dicke Schwaiger, Wirt und Posthalter zugleich, übergab sie ihm katzbuckelnd, nachdem er sich zuvor mit übertriebenem Eifer die Hände an der großen grünen Schürze abgewischt hatte, die sich um seinen dicken Bauch spannte. Es waren zwei Briefe, wie der Hofmarksherr feststellte: der eine, von seinem Schwager Graf Hollberg stammend, war an ihn gerichtet, der andere von seiner Tochter Beata an seine Frau. Er betrachtete sie nur flüchtig, bevor er sie in seine Satteltasche steckte.

Der Wirt wollte ihn in die Gaststube komplimentieren, aber der Hofmarksherr winkte ab. Er wollte ohne Zeitverlust an die Lektüre seiner Briefe kommen, und er hatte es sich seit geraumer Zeit angewöhnt, jede Neuigkeit sofort mit Friedrich König zu teilen.

So konnte ihn jetzt auch das gute Deinhartinger Bier nicht reizen. Überdies fürchtete er, der dicke Schwaiger würde ihn in ein Gespräch über die schweren Zeiten verwickeln wollen. Dabei konnte es gar nicht so schlimm kommen, als daß der Wirt nicht doch noch Kapital aus der Situation zu ziehen verstünde.

So stieg der Hofmarksherr denn nicht einmal ab, sondern ritt gleich weiter die Dorfstraße hinunter, in aufrechter Haltung, wie verwachsen mit Saturn, einem kräftigen, blank gestriegelten Apfelschimmel. Bruna, seine Stute, hatte begonnen, Alterserscheinungen zu zeigen und bekam jetzt auf dem Gutshof ihr Gnadenbrot. Den Vogt, der dort regierte, ärgerte es. Für ihn war ein altes Pferd nichts als ein unnützer Fresser. Anselm von Deinharting indes konnte sich nicht überwinden, dem Tier seine langen und treuen Dienste mit dem Tod zu vergelten. Das war einer der wenigen Punkte, in denen er seine Ansicht dem Vogt gegenüber mit Entschiedenheit durchgesetzt hatte.

Während er so dahinritt – sehr ruhig und im Schritt, um die Hühner nicht zu scheuchen und mehr Staub aufzuwirbeln als unvermeidbar –, fragte er sich zum wiederholten Male, ob er in dieser Frage auch wirklich im Recht oder nur einfach sentimental war und dem Vogt nicht besser nachgegeben hätte. Die Ernte war nicht gut gewesen, und die Bevölkerung mußte über den Winter und das Frühjahr gebracht werden. Es herrschte Not im Land. War es richtig, ein altes Pferd zu füttern, wenn die Kinder darbten?

Mit einer Kopfbewegung, als müßte er eine Fliege verscheuchen, schüttelte er den unangenehmen Gedanken von sich ab. Noch war es nicht so weit, daß einer seiner Leute hungern mußte. Wenn die Vorräte knapp wurden, konnte man immer noch umdenken. Einen schönen Sommer auf freier Weide hatte Bruna jetzt jedenfalls verbracht.

Obwohl tief in Gedanken versunken, erwiderte der Hofmarksherr doch jeden Gruß der Bauersleute, die, da die Feldarbeit vollbracht war, sich damit beschäftigten, beschädigtes Gerät zu richten, Zäune zu flicken und die Löcher in den Dächern zu stopfen, damit sie dem Winterregen standhielten.

Es war ein schöner Tag mit einem Himmel von sommerlicher Bläue, der aber, da er um den Herbst wußte, Anselm von Deinharting mit einem Anflug von Melancholie berührte. Aber diese

Melancholie war verbunden mit einer gesunden Lebenslust. Schon erwachte die Vorfreude auf eine Tasse starken Kaffees und ein Glas Obstler in ihm, die ihm sein Freund Friedrich König gleich vorsetzen würde.

Saturn schlug ganz von sich aus den Weg zum Dragonerhaus ein, denn er hatte die Gewohnheiten seines Herrn schnell begriffen. Anselm von Deinharting mußte darüber lächeln und tätschelte ihm den Hals. Das bäuerliche Haus mit dem tief gezogenen Schindeldach und dem reichgeschnitzten Balkon wirkte, da der Deinhartinger Wald, der ihm den Hintergrund bot, sich bunt verfärbt hatte, besonders heimelig. Auf der Wiese leuchteten die letzten Herbstzeitlosen, und aus dem Kamin quoll Rauch.

Längst brachte der Anblick des Dragonerhauses bei Anselm von Deinharting keine Erinnerung mehr an eine Geliebte zum Erwachen, die er vor Jahren hier untergebracht hatte. Es war jetzt für ihn nur noch das Haus, in dem Doktor König arbeitete und experimentierte.

Er saß ab, hielt Umschau nach der Magd, verzichtete aber, da sie sich nicht sehen ließ, darauf, sie zu rufen. Eigenhändig band er Saturn an dem eisernen Ring neben der Haustür an und nahm dann den Brief seines Schwagers aus der Satteltasche. Er klopfte an eines der kleinen Fenster, das darauf sogleich, wenn auch etwas umständlich, geöffnet wurde.

Friedrich Königs Kopf wurde sichtbar; der junge Doktor lächelte vergnügt, als er den Freund erkannte. »Nur hereinspaziert, mon ami! Ich werde gleich Anweisung geben, das Kaffeewasser aufzusetzen!«

Es war genau so, wie Anselm von Deinharting es erwartet hatte, und sein Herz wurde warm bei diesem Empfang. Er öffnete die Haustür, durchschritt den düsteren Flur und trat in die Wohnstube, die Friedrich König in ein Laboratorium verwandelt hatte. Roh gezimmerte Regale zogen sich an den gekalkten Wänden entlang, auf denen so zahllose Gläser, Flaschen und Phiolen standen, daß ihr Anblick den Hofmarksherrn immer wieder in ein bewunderndes Staunen versetzte. Wie einer, der hier zu Hause war, durchschritt er das Zimmer und ging hinüber in den Schlaf- und Wohnraum. Alles war ganz wie immer: auf dem Boden und auf den Fensterbänken stapelten sich Bücher, zerlesene und noch nicht aufgeschnittene. Einmal mehr wunderte sich der Hofmarksherr, wie sich jemand in dieser Unordnung zurechtfinden konnte. Aber Friedrich König schien es zu vermögen.

Er trat ein, ehe der Hofmarksherr noch Platz genommen hatte, und die beiden Männer begrüßten sich mit einem kräftigen Händedruck.

»Ich habe Nachricht aus München«, verkündete der Hofmarksherr.

»Interessante?«

»Das werden wir gleich sehen.«

Sie ließen sich in den bequemen, reichlich abgenutzten Sesseln nieder.

Ohne suchen zu müssen, fischte Friedrich König einen Brieföffner aus einem seiner Bücher. Anselm von Deinharting schnitt damit den Umschlag auf, der mit dem Hollbergschen Wappen gesiegelt war.

Der junge Gelehrte, der in Hemdsärmeln war, begann indes sich eine Pfeife zu stopfen. »Wenn ich bedenke, daß Ihre Besuche und eine kurze Nahrungsaufnahme die einzigen Unterbrechungen in meinem Tagewerk sind …« bemerkte er.

Anselm von Deinharting, der den großen Bogen, bedeckt mit der winzigen, kalligraphisch schönen Schrift seines Schwagers schon herausgezogen hatte, ließ ihn sinken. »Wie kommen Sie voran?«

»Mir scheint, ich bin nahe daran, den Erreger von Flecktyphus zu identifizieren …« Energisch abwehrend hob er die Hand, mit der er eben noch beschäftigt gewesen war, seine Pfeife zu stopfen; ein paar Krümel fielen auf seine ohnehin durch Flecken verunzierte Hose. »Gratulieren Sie mir nicht, das wäre verfrüht! Nicht zu zählen, wie oft ich mich getäuscht habe.«

»Aber Sie versuchen's immer wieder?«

Die Fältchen um Friedrich Königs grüne, schräg stehende Augen kräuselten sich, als er lächelte. »Anders wäre kein Fortschritt möglich.«

»Ich glaube, ich hätte die Hoffnung schon aufgegeben.«

»Niemand lebt ohne Hoffnung, und sei es die auf den Tod. Aber wir wollen nicht ins Philosophieren kommen.« Friedrich König entzündete einen Kienspan am Ofenfeuer und brachte mit ihm den Tabak in seiner Pfeife zum Glühen. »Lesen Sie, bitte.« Doch Anselm von Deinharting sollte nicht gleich dazu kommen, denn jetzt brachte Barbara auf einem silbernen Tablett eine Meißner Kaffeekanne – eines der wenigen Besitztümer, an denen Friedrich König hing –, Tassen, eine Schale mit zerstoßenem Zucker und ein großes Glas Zwetschgenschnaps herein.

Noch bevor sie es abstellte, versuchte sie sich in etwas Ähnlichem wie einem Knicks, bei dem das Geschirr gefährlich ins Wanken geriet. »Gott zum Gruß, gnädiger Herr.« Sie war durch Unterstützung des Hofmarksherrn ganz entgegen der Sitte der Zeit, die es mittellosen Leute nicht erlaubte zu heiraten, die Frau Peter Stuffers, des Pferdeknechts, geworden, und das vergaß sie ihm nie.

»Grüß dich, Barb!« erwiderte Anselm von Deinharting. »Wie geht's immer?«

»Danke, gnädiger Herr, man hat sein Auskommen.«

»Ja, das hast du wohl. Und was machen die Kinder?«

»Der Sepp ist eine richtige Plage«, bekannte sie nicht ohne mütterlichen Stolz, »aber das Lisel geht mir schon zur Hand.«

»Erzieh sie gut, Barb, dann kann sie später auf dem Schloß dienen.«

»Das werde ich, Herr.« So flink sie es vermochte, deckte die junge Frau den Tisch. Obwohl die tägliche Arbeit, die sie zu verrichten hatte, nicht schwer war – sie besorgte neben dem Haushalt des Doktors ihren eigenen und zog in einem großen Garten Gemüse –, wirkte sie doch verbraucht. Eine rasche Folge von Schwangerschaften, aus denen ihr nur zwei Kinder geblieben waren, hatten an ihrer Gesundheit gezehrt. Sie schenkte Kaffee ein, überblickte noch einmal den Tisch, um sich zu vergewissern, ob sie auch nichts vergessen hatte.

Die Männer warteten, bis sie wieder hinausgegangen war. Anselm von Deinharting tat sich etwas Zucker in den Kaffee, goß die Hälfte des Schnapses hinzu und nahm mit großem Genuß einen Schluck. Friedrich König lehnte sich behaglich zurück.

»Nun denn … wohlan!« Anselm von Deinharting hielt sich den Brief seines Schwagers auf Armeslänge vor die Augen – wenn seine Augen beim Weitblick auch noch nicht nachgelassen hatten, machten sie ihm doch in letzter Zeit beim Lesen Schwierigkeiten – und begann, die Anrede weglassend: »Es ist schade, daß Sie und Ihre Lieben sich so lange nicht in unserer guten Landeshauptstadt haben blicken lassen. Glauben Sie mir, ein Besuch würde sich lohnen. München wächst in einem Ausmaß, wie man es vor Jahren noch nicht für möglich gehalten hätte. Die Preise für Grund und Boden ziehen an – ich wollte, ich könnte über ein Stück Land verfügen. Nun ja, wir haben unser Haus in der Theatinerstraße, aber das können und wollen wir selbstredend nicht verkaufen.

Daß unser Kurfürst am Rand des Hofgartens eine Kaserne und einen Paradeplatz hat anlegen lassen, wissen Sie. Die Kritik der Bürger darüber ist noch nicht verstummt, aber ihn scheint es nicht zu kümmern. Die kurfürstliche Familie ist, nachdem sie den Sommer in Nymphenburg verbracht hat, für den Winter nach München zurückgekehrt, wo man ihr im Kaiser- und Schimmelsaal der Residenz eine Wohnung eingebaut hat. Aber dieser Umbau läßt sich nicht vergleichen mit dem anspruchsvollen Unterfangen Minister Salaberts – jenes Salaberts, der nach Heymanns Tod als einziger Freund des Kurfürsten aus alten Zeiten zu nennen ist. Er hat sich im Garten des aufgelassenen Theatinerklosters ein mächtiges Palais errichten lassen, das mit seinen hohen, bis zum Dach reichenden Säulen an der Vorderfront dem Prunk eines griechischen Tempels nachzueifern scheint. Täglich sammelt sich Volk davor, um es zu bewundern – aber immer wieder wird auch die Frage laut, wie es ihm hat gelingen können, im Staatsdienst ein solches Vermögen zu erraffen. Aber uns steht es nicht zu, die, welche uns regieren, zu kritisieren.« Anselm von Deinharting lachte auf.

»Der alte Fuchs«, sagte Friedrich König.

Anselm von Deinharting las weiter. »Nun aber zu etwas anderem, das Sie sicher interessieren dürfte. Es handelt sich um die anstehende Landvermessung. Ich will weit ausholen, da ich nicht weiß, wie gut Sie orientiert sind. Wahrscheinlich werden Sie sich erinnern, daß Napoleon nach der Schlacht bei Hohenlinden ungeduldig eine militärisch-topographische Karte Bayerns verlangte. Da die kurfürstliche Regierung eine solche jedoch nicht vorzuweisen hatte, gründete er unter seinem Generaladjutanten d'Abencourt in Nymphenburg die ›Commission des Routes‹, die in aller Eile die bereits existierenden kartographischen Produkte zu einer Karte zusammenfaßte. Als die Franzosen München verließen, nahmen sie das Werk zwar mit, forderten aber die Regierung auf, eine übersichtliche und in den Details stimmende Karte von Bayern zu schaffen.

Nun pflegt zwar unser guter Kurfürst nicht unbedingt nach der Pfeife des Korsen zu tanzen, dessen Vasall er ja nicht ist – oder sagen wir besser: noch nicht ist –, aber in diesem Fall fiel der Wunsch des Kaisers mit eigenen Bedürfnissen zusammen. Sie wissen, daß er ganz hinter Montgelas steht, der mit rücksichtsloser Energie dabei ist, einen modernen bayerischen Staat zu zimmern und zu hämmern. Wichtigste Voraussetzung für das Gelingen des Unternehmens ist eine Neuordnung der Steuern und besonders der Grundsteuern. Der Kurfürst kann sich ja nicht für alle Zeiten von dem Juden Seeligmann, der sich seit neuestem Baron Eichstädt nennen darf, finanzieren lassen.«

Der Hofmarksherr ließ abermals das Blatt sinken, diesmal blickte er jedoch tief bedrückt. »Da kommen neue Lasten auf mich zu.«

»Lassen Sie sie nur kommen«, tröstete der Freund, »die Vermessung eines Landes ist ein riesiges Werk ... wer weiß, ob wir die Vollendung noch erleben!«

»So leicht kann ich das nicht abtun! Nun auch das noch, nachdem uns schon alle Steuerprivilegien genommen sind! Wovon sollen Elisabeth und die Kinder leben!? Ich habe ja wenigstens meine richterliche Pflegschaft ... aber Montgelas hat mir versichert, daß in Zukunft niemand mehr Bezüge aus einem Amt erhält, das er nicht wirklich ausübt. Das Schlimmste daran ist, daß ich es sogar für richtig halte.«

»Elisabeth wird bestimmt versorgt werden, und am Essen und Trinken wird's auch nicht fehlen.«

»Aber Geld! Wo soll das Geld herkommen! Wenn man schon mich betrügt ... der Wirt ist nicht ehrlich und der Vogt auch nicht, das weiß ich seit langem ... wie wird man dann erst Elisabeth übers Ohr hauen!«

»Sie sollten die beiden zur Verantwortung ziehen und sie, wenn es nicht anders geht, davon jagen«, riet Friedrich König. »Ja, das sollte ich wohl.«

Nach einem schweren Seufzer las Anselm von Deinharting weiter: »So gründete Max denn achtzehnhunderteins das Topographische Institut, dem diese Aufgabe übertragen wurde. Noch in seinem Gründungsjahr wurde ihm ein ›Bureau de catastre‹ angeschlossen, das zusätzlich Katastervermessungen durchführen sollte, denn eine gerechte Besteuerung des Bodens kann ja nur auf genauer Ertragsermittlung basieren.

Nun versuchte man sich in Vermessungen auf alle möglichen Arten, die ich Ihnen gar nicht zu schildern versuche, weil ich zuwenig davon verstehe. Jedenfalls wurde erst einmal eine sogenannte bayerische Grundlinie vom Dorf Oberföhring nach Erding gezogen, deren Ausgangspunkt durch eine steinerne Pyramide mitten auf freiem Feld gekennzeichnet wurde; der Grundstein dazu wurde in Anwesenheit des edlen Montgelas persönlich gelegt. Aber danach ließen die Erfolge auf sich warten. Was man sich einhandelte, war die Empörung der Bevölkerung, die in dem Vermessungswerk nichts Gutes sah und mit Recht, da es ja doch auf höhere Steuern hinausläuft, und Klagen über schlimme Flurschäden – auch die mit Recht, da die Vermesser sich durch Soldaten schützen lassen mußten, mit denen zusammen sie in schönster Harmonie Felder und Wiesen zertrampelten. Konflikte zwischen Grundbesitzern und Vermessern sollen mancherorts sogar mit Pistolen ausgetragen worden sein – und zu allem kam man immer wieder nur zu ungenauen Ergebnissen. Die Vermessung der Stadt Landsberg zum Beispiel ist, wie ich aus sicherer Quelle weiß, ein vollkommener Fehlschlag gewesen.

Nun aber, lieber Freund, ist eine Erfindung gemacht worden, die man das Meßtischverfahren nennt, das sich im Landgerichtsbezirk Dachau aufs beste bewährt hat. So läßt man denn alle anderen Methoden fallen und wendet sich ganz diesem Meßtischverfahren zu – und wer, raten Sie, spielt bei dieser entscheidenden Wendung eine bedeutende Rolle: Ihr alter Freund Josef Utzschneider!«

»Utzschneider!« Anselm von Deinharting wiederholte den Namen, staunend und voll unverhohlener Bewunderung. »Wer hätte gedacht, daß Utzschneider in Bayern noch einmal etwas werden würde! Ehrlich gestanden, ich hatte das Optische Institut, das er gegründet hat, bisher für eine Art … Spielerei gehalten.«

»Sie hatten ihn mir immer als einen starken Charakter geschildert!«

»Ein starker Charakter … das ist er auch, oh, ja! Erinnern Sie sich an seine Umtriebe gegen das Herrscherhaus, in die er auch meinen Ältesten hineingezogen hatte?!«

»Sie sind mir unvergeßlich, obwohl … hineingezogen ist wohl nicht der rechte Ausdruck. Der junge Anselm hatte die gleichen Ideen von Demokratie und Volksherrschaft, bevor er auf Utzschneider traf!«

Anselm von Deinharting seufzte. »Ich selber war es, der ihm ein Empfehlungsschreiben an den alten Freund in München mitgab. Wie hätte ich auch glauben können, daß er von den Träumen unserer Jugend nicht längst geheilt sein könnte.«

»Wie Sie selber.«

»Ja, wie ich. Mit zunehmendem Alter müßte der Mensch doch zur Vernunft kommen.«

»Ist nicht das, was Sie Vernunft nennen, recht eigentlich Resignation?«

»Mag sein«, gab der Hofmarksherr nach einigem Nachdenken zu, »möglich, daß ich resigniert habe. Als ich merkte, daß mein jugendlicher Idealismus ausgenutzt worden war, habe ich mich auf das Schloß meiner Väter zurückgezogen. Mir schien das ganz selbstverständlich. Aber Utzschneider, dem es genauso gegangen ist, hat sich nicht beirren lassen. Er hat weiter gekämpft.«

»Ja, ich weiß«, sagte Friedrich König, »er ist nicht davor zurückgeschreckt, eine Verschwörung gegen den Kurfürsten ins Leben zu rufen ... damals, als Max Joseph vor den Franzosen fliehen mußte.«

»Und danach, als der Kurfürst ihn in seiner Güte im Amt beließ ... obwohl er um diese Verschwörung gewußt haben muß ...«

»Ich nenne es nicht Güte«, widersprach Friedrich König, »sondern Diplomatie. Er war gut beraten, als er keinen der Verschwörer verfolgte. So verhinderte er das Ausbreiten des Gedankens, daß ein Herrscher überhaupt absetzbar sei.«

»Aber das hat uns doch schon die Französische Revolution gelehrt!«

»Sie vergessen, lieber Freund«, sagte Friedrich König lächelnd, »daß Frankreich für einen rechten Bayern in weiter Ferne liegt. Daran, daß hier etwas Ähnliches passieren könnte, haben die wenigsten gedacht ... nur eine Handvoll, eben der Kreis um Utzschneider, hat versucht, es dahin zu bringen.« Fürsorglich goß er seinem Gast eine zweite Tasse Kaffee ein.

Anselm von Deinharting tat Zucker und Schnaps dazu und rührte um. »Durch ihre Umtriebe habe ich meinen ältesten Sohn verloren«, sagte er mit Bitterkeit.

»Nun, wie es sich jetzt herausstellt, hätte Anselm nicht nach Amerika auswandern müssen, sondern ebensogut bleiben können«, berichtigte Friedrich König. »Für Utzschneider hat die Verschwörung, bei der er der Rädelsführer war, ja keine Folgen gehabt. Wieviel weniger dann für Ihren Sohn! Wir wissen ja, daß Utzschneider nicht wegen seiner Teilnahme an jener Verschwörung entlassen worden ist, sondern weil er in seiner amtlichen Eigenschaft als Referendar in Landschaftssachen und Kommissar beim landschaftlichen Schuldentilgungswerk die Bewilligung dringend notwendiger Gelder verweigert hat.«

»Das eben nenne ich einen starken Charakter! Hätte er nicht, als der Kurfürst nach München zurückkam und die Verschwörung platzte, voll schlechten Gewissens sein müssen? Nein, er blieb im Amt und wagte auch noch, ganz offiziell Max Joseph und dem mächtigen Montgelas Widerstand zu leisten!«

»Schon damals dachte ich, daß wir noch von ihm hören würden.«

»Während ich glaubte, daß er jetzt endgültig einen Schritt zu weit gegangen wäre!« Anselm von Deinharting blickte den Freund an. »Was ist los mit mir, Frédéric, sagen Sie es mir ehrlich! Wie kommt es, daß meine Jugendfreunde ... ich nenne nur Montgelas und Utzschneider ... immer noch mitten im Geschehen stecken, nein, mehr noch, die Entwicklung selber mitbestimmen ... während ich meine Tage und Jahre hier selbstgenügsam auf Deinharting verbringe?«

»Sie haben zuviel Skrupel«, sagte Friedrich König gelassen, »bevor Sie handeln, bedenken Sie zuerst das Für und Wider, und weil Sie immer auch Verständnis für die Bedürfnisse und Argumente der anderen haben, fällt Ihnen entscheidendes Handeln schwer.«

»Manchmal glaube ich, daß ich mein Leben vertan habe.«

»Das ist nicht wahr. Sie haben sich in einen kleinen Kreis zurückgezogen, einen Kreis, den Sie überschauen können, in Ihre Hofmark, und hier, unter Ihren Bauern, haben Sie viel Gutes gewirkt. Kaum anderswo konnte der Schritt aus der Leibeigenschaft so reibungslos vollzogen werden, eben weil Sie Ihre Leute die Sklaverei, in der sie gehalten wurden, schon gar nicht mehr haben spüren lassen. Kaum anderswo schaffen die Bauern es so leicht, sich aus dem Lehnsverhältnis zu lösen ... weil Sie Ihnen Selbstvertrauen gegeben haben.«

»Ihre Worte tun mir wohl, mein Freund, und doch bleibt das Gefühl zurück, daß ich zuwenig tue ... zuwenig getan habe. Mein

Leben vergeht mit langwierigen Rechnereien, die ich hasse, mit Ausritten, Jagden … nicht einmal von der Landwirtschaft verstehe ich etwas! Da ist mir der kleinste Bauer über.«

»Dennoch sind Sie ein Vater für alle, der Mann, zu dem sie kommen können, wenn sie in Schwierigkeiten geraten. Ich habe mich umgehört … nicht gerade einfach für mich, denn für die Leute hier bin und bleibe ich ein Fremder. Sie lehnen mich ab, sei's drum. Aber ich weiß, daß keiner hier in Ihrer Hofmark sich je wirklich verlassen fühlt. Man rechnet damit, daß in jeder Not auf dem Schloß Hilfe zu finden ist.«

»Und so soll es auch bleiben«, sagte Anselm von Deinharting und nahm den Brief wieder auf, »wollen wir doch einmal sehen, was der gute Utzschneider nun wirklich mit dem neuen Vermessungsverfahren zu tun hat. Ein großer Verwaltungsmann ist er zwar immer gewesen, aber von technischen Dingen hat er, soviel ich weiß, so wenig verstanden wie ich … aha!« Er überflog die Zeilen. »Aha! Zusammen mit Professor Ulrich Schiegg hat er das Prinzip des modernen Katasters entwickelt, das über die Dreiecksmessung unmittelbar mit der Landvermessung verbunden ist, und durch diese genaue Katasterkarte wird nun auch die topographische Aufnahme eine sichere Grundlage bekommen.« Er hob den Blick. »Utzschneider und Schiegg halten sich dabei an die Geometrie, denke ich! Winkelmessung?«

»So wird es sein.«

»Wozu mußte Anselm auswandern?« brach es aus dem Hofmarksherrn. »Er arbeitete ja im Katasteramt … er hätte an dieser neuen Entwicklung teilnehmen können! Was für Perspektiven hätten sich ihm eröffnet!«

»Vielleicht kommt er zurück.«

»Das ist es, worauf ich hoffe.«

»Seine Auslandserfahrungen werden dann sicher seine Karriere fördern.«

Anselm von Deinharting beugte sich vor. »Ist es meine Schuld, daß er fort ist?«

»Gewiß nicht. Wie hätten Sie ihn halten können?!«

»Ich hätte beim Kurfürsten und bei Montgelas seinetwegen vorsprechen sollen … ich wollte es ja auch, aber …«

»Machen Sie sich keine Vorwürfe. Es war sicher nicht nur die fehlgeschlagene Verschwörung, wegen der es ihn fortgetrieben hat, sondern ein allgemeines Unbehagen. Nennen wir es eine Europamüdigkeit.«

»Müdigkeit in so jungen Jahren? Was ist nicht in Ordnung mit uns Deinhartings? Anselm ist fort und Emanuel … nun, er hat sich herausgemacht, seit er in der bayerischen Armee ist, und dennoch …«

»Sie haben noch einen Sohn«, erinnerte Friedrich König.

Aber das war kein Thema, über das Anselm von Deinharting sprechen mochte. »Sehen wir, was der gute Hollberg uns sonst noch zu berichten hat!« wich er aus und las weiter: »Es tun sich also große Dinge, mein Freund. Ich kann Ihnen wirklich nur raten, bald einmal in die Hauptstadt zu kommen. Politisch steht übrigens immer noch alles auf des Messers Schneide. Max klammert sich an seine Neutralität, obwohl alle Welt weiß, daß er sich so oder so wird entscheiden müssen. In einer Zeit wie dieser kann kein Land und schon gar nicht Bayern, das mitten zwischen den verfeindeten Mächten liegt, sich aus den Auseinandersetzungen heraushalten.

Im übrigen bedaure ich, daß ich in diesem Herbst nicht an den Jagden teilnehmen kann, besonders, da meiner guten Sophie ein schönes Stück Wild für die Küche durchaus willkommen wäre. Ansonsten geht es uns gut …« Anselm von Deinharting blickte auf. »Jetzt kommt privater Kram, der Sie nicht interessieren wird.«

»Sonst nichts?«

»Warten Sie, hier folgt ein Postscriptum, bei dem meinem guten Schwager anscheinend die Lust zum Schreiben vergangen ist, es ist nur schwer zu entziffern.« Er hielt sich das Blatt noch weiter von den Augen: »So, ich glaube, jetzt hab' ich's heraus: ›Wußten Sie übrigens schon, daß die Judenweiber nicht mehr nach Augsburg zur Entbindung fahren müssen, sondern hier in München niederkommen dürfen? Und daß es ihren Männern erlaubt ist, Gottesdienste abzuhalten? So wird es wohl nicht mehr lange dauern, bis wir eine Synagoge bekommen. Eine protestantische Kirche soll ja auch schon geplant sein!‹« Anselm von Deinharting fügte hinzu: »Das scheint dem alten Fuchs nicht zu schmecken.«

»Und manchem anderen wohl auch nicht!« stimmte Friedrich König zu. »Und dennoch sollten wir wohl froh sein, daß ein neuer Wind weht, der alte Vorurteile hinweg fegt.«

»Wenn nur kein Sturm daraus wird!«

Aus dem hübschen kleinen Zwiebelturm der Deinhartinger Kirche ertönte schon das Mittagsläuten, als Anselm von Deinharting über die Dorfstraße zurück ritt. Gewöhnlich benutzte er für den Heimritt den anderen Weg durch den Wald und die Felder, aber da sein Besuch länger gedauert hatte als sonst, hoffte er, Antoinette und Thomas nach Hause begleiten zu können.

Schon von weitem sah er vor der Schule einen kleinen Menschenauflauf, der allerdings auseinanderstob, als er, ungeachtet des Staubs und der Aufregung, die er unter dem Hühnervolk anrichtete, Saturn traben ließ. So erkannte er rasch, was das Volk angezogen hatte: Thomas stand, die rechte Faust geballt, in der Linken den Zügel seines Pferdchens haltend, mit blitzenden Augen, offensichtlich entschlossen, sich gegen den Angriff von zwei etwas größeren Buben zu wehren, die im Begriff waren, sich auf ihn zu stürzen, aber sich doch nicht recht trauten. Anselm von Deinharting bemerkte, daß der eine struppiges blondes Haar hatte, der andere rothaarig war. Es dauerte nur wenige Augenblicke, dann nahmen auch sie das Herannahen des Hofmarksherrn wahr und schlugen sich in die Büsche. Thomas schwang sich sofort aufs Pferd.

Anselm von Deinharting war so verärgert, daß er sich nicht einmal die Zeit nahm zu grüßen. »Was soll dieser Unfug?« herrschte er Thomas an: »Habe ich dir nicht verboten zu raufen?«

Thomas verzichtete auf jeden Versuch sich zu verteidigen. »Ja, Monsieur«, sagte er nur, aber der Blick seiner schwarzen Augen blieb unerschrocken, ja, herausfordernd.

Der Hofmarksherr wandte sich Antoinette zu. »Warum haben Sie nicht eingegriffen?! Sie sind mir verantwortlich für Thomas! Dafür, daß Sitte und Ordnung in der Schule herrscht! Weichen Sie mir nicht aus! Ich verlange eine Erklärung!«

Antoinette hatte Anselm von Deinharting noch nie so wütend gesehen; die blaue Ader an seiner Schläfe pochte gefährlich, und seine meist so gütig blickenden braunen Augen schleuderten geradezu Blitze.

Dennoch ließ sie sich nicht einschüchtern. »Wir erregen Aufsehen, Monsieur«, sagte sie ruhig.

»Das ist mir egal!« brüllte er, wurde sich aber gleichzeitig bewußt, daß einiges Bauernvolk, Kinder und kaiserliche Soldaten die Szene, wenn auch von weitem, so doch mit großem Interesse beobachteten.

»Sollte es aber nicht!« widersprach Antoinette. »Wenn der Hofmarksherr vor aller Welt die Beherrschung verliert, so verliert er dadurch sehr viel mehr an Respekt, als wenn Thomas sich seiner Feinde mit Fäusten erwehrt.«

Anselm von Deinharting wurde ruhiger, nicht so sehr, weil sie ihn mit seinem eigenen Argument geschlagen, sondern weil Sie den für eine gebürtige Französin immer wieder schwierigen Buchstaben »h« in »Hofmarksherr« und »Beherrschung« so mühsam ausgesprochen hatte wie in ihren Kindertagen. »Sie sind sehr keck«, grollte er.

»Reite voraus, Thomas!« befahl Antoinette und brachte ihre hübsche kleine Stute mit einer eleganten Wendung auf der Vorhand neben den mächtigen Apfelschimmel. »Ich werde Ihnen die Situation erklären.« Sie griff Saturn in die Zügel, bis Thomas so weit davongeritten war, daß er sie nicht mehr hören konnte.

»Erklärungen nutzen nichts«, wehrte der Hofmarksherr ab, »ich weiß, was ich mit eigenen Augen gesehen habe: Es wäre zu einer Rauferei gekommen, wenn ich nicht dazwischengefahren wäre.«

»Wohl kaum«, entgegnete Antoinette gelassen, »sie möchten ihn zwar zusammenschlagen, aber sie trauen sich nicht. Sie haben sich schon zu oft blutige Nasen bei ihm geholt.«

»Aber warum? Was haben sie gegen ihn?«

»Ist das nicht eine Frage, die Sie sich bei einigem Nachdenken selber beantworten könnten? Er ist anders als sie, besser gekleidet, erzogen, besser ernährt, unterrichtet, mutiger und intelligenter ...«

»Aber das sind doch nur Gründe, einen Menschen zu achten.«

»Nein, Monsieur«, widersprach Antoinette, »es können auch Gründe sein, einen Mitmenschen zu beneiden oder zu hassen. Zudem: Sie können Thomas nicht einordnen. Wäre er ein Deinharting, so würden sie es als gegeben akzeptieren, daß er ihnen überlegen ist. Wer aber ist ein Thomas Beaujeux für sie?«

»Er ist mein Sohn.«

»Ja, so steht's im Kirchenbuch. Aber das wissen die Buben nicht und ihre Eltern auch nicht. Sie haben keinen Zugang zum Kirchenbuch, selbst wenn sie lesen könnten. So ist seine Herkunft bis heute ein Geheimnis geblieben.«

»Machen Sie mir einen Vorwurf daraus?«

»Ja, Monsieur«, erwiderte Antoinette unumwunden und sah ihn aus ihren runden braunen Augen ernsthaft forschend an. »Tun Sie's nicht selber?«

Sie hatten den Gasthof erreicht und waren um die Kirche und den Pfarrhof in die Lindenallee eingeritten, die von hier aus schnurgerade zum Schloß führte. Unwillkürlich trieb Anselm von Deinharting sein Pferd an, um dem Gespräch ein Ende zu machen.

Aber Antoinette blieb an seiner Seite. »Es muß etwas geschehen, Monsieur«, drängte sie. »Schlimm genug, daß die Welt nicht weiß, wer sein Vater ist ... schlimmer noch, Thomas selber weiß es nicht. Sie müssen sich zu ihm bekennen.«

»Das habe ich seit langem gewollt«, er merkte, daß er sich in die Verteidigung treiben ließ, »ich hatte sogar vor, ihm meinen Namen zu geben, und ich werde es auch tun, wenn ich erst das Einverständnis meiner anderen Söhne eingeholt habe. Sie wissen es nicht, Antoinette, aber ich habe sogar schon mit Montgelas darüber gesprochen ...«

»Sehr gut«, sagte sie freundlich, aber nicht beeindruckt, »aber bis es so weit ist, kann es noch Jahre dauern, nicht wahr? Und daß Sie ihm Ihren Namen geben, ist gar nicht nötig ... wichtig ist nur, daß er endlich erfährt, wer er ist.«

»Das kann ich nicht finden. Er hat alles, was er braucht, wird gehalten wie alle anderen Kinder ...«

»Sie fürchten, mit Elisabeth darüber zu sprechen, nicht wahr?«

»Ich will sie nicht verletzen«, gab er zu.

»Aber meinen Sie denn nicht, daß sie es längst wissen muß?«

»Mag sein. Aber darüber zu sprechen, ist etwas anderes. Ein ausgesprochenes Wort ist wie ein Block. Es läßt sich nicht mehr aus der Welt schaffen.«

»Gerade deshalb ist es ja so wichtig. Das müssen Sie jetzt für Thomas tun.«

»Sie wissen selber, wie empfindlich meine Frau ist ...«

»Hat sie nicht auch etwas an Ihnen gutzumachen?« Antoinette war sich ihrer Kühnheit durchaus bewußt, als sie jetzt auf die außereheliche Geburt der kleinen Christine anspielte, der Anselm von Deinharting seinen Namen gegeben hatte; aber sie war bereit, auch das letzte für Thomas zu wagen.

Der mächtige Kopf des Hofmarksherrn lief dunkel an, schien gleichsam zu schwellen. »Sie muten mir zu, kleinliche Rache zu nehmen?«

»Klarheit zu schaffen.«

»Ich lasse mir von Ihnen keine Vorhaltungen machen! Noch bin ich Herr meiner eigenen Entschlüsse und in meinem Hause!«

»Ja, das sind Sie!« Antoinette warf den Kopf so schwungvoll in den Nacken, daß ihr Hut fast zu Boden geflogen wäre. »Sie können tun, was Sie für richtig halten. Aber das gleiche müssen Sie mir auch zugestehen. Wenn Sie es nicht tun wollen, so werde ich eben Thomas sagen, was er wissen muß. Daran wenigstens werden Sie mich nicht hindern.«

Sie schlug ihrer Stute die Hacken in die Seite, daß sie davonpreschte. Thomas folgte, als sie ihn erreichte, ihrem Beispiel, und Anselm von Deinharting blieb, im wahrsten Sinne des Wortes, nur das Nachsehen.

Es war das erste Mal in all den Jahren, in denen Antoinette auf Deinharting lebte, daß sie gegen ihn aufbegehrt hatte. Es traf ihn tief, da er im Grunde seines Herzens wußte, daß sie recht hatte. Aber seine Liebe zu Thomas, der so anders war als seine anderen Kinder, war nicht stark genug, sein mißtrauisches Unbehagen ihm gegenüber zu überwinden. Er brachte es nicht über sich, die Harmonie, die endlich zwischen ihm und Elisabeth eingekehrt war, zu gefährden. Auch schien der gesamte Familienfrieden ihm eine Sache des Gleichgewichts zu sein. Jetzt herrschte dieser Friede auf Deinharting. Wenn Thomas sich als das fühlen durfte, was er war, sein von ihm anerkannter Sohn, würden sich die Gewichte verschieben. Für ihn war es nicht abzusehen, wie sich danach die Verhältnisse gestalten würden. Bestimmt jedoch würde es für die behütete, in sexuellen Dingen ganz unwissende Auguste nicht gut sein zu erfahren, daß er ein außereheliches Kind gezeugt hatte. Zudem bereitete die Vorstellung ihm Unbehagen, daß Thomas, wenn er ihn Vater nennen durfte, noch kecker, noch herausfordernder auftreten würde.

So tief war Anselm von Deinharting in seine Grübeleien verstrickt, daß er nicht einmal einen Blick für das stolze kleine Felsenschloß hatte, das sich mit seinem geschindelten Dach von dem blauen Herbsthimmel abhob.

Nach dem Mittagessen überreichte Anselm von Deinharting seiner Frau den zweiten Brief, der heute aus München gekommen war.

Elisabeth freute sich. »Von Beata!« rief sie. »Wie es ihr wohl gehen mag?«

»Lesen Sie, ma tante!« bat Antoinette.

»Ja, lesen Sie!« echote die kleine Christine.

Alle, auch Parbleu, folgten Elisabeth in das untere Erkerzimmer, wo sie und Anselm von Deinharting ihren Kaffee einzunehmen pflegten. Antoinette und Auguste bekamen nur an Feiertagen ein Täßchen des immer teurer werdenden Getränkes. Alle blickten Elisabeth erwartungsvoll an, als sie den Umschlag öffnete. Christine stand dicht an sie geschmiegt und blickte so verständig auf den mit großen, eckigen Buchstaben bedeckten Bogen, als könnte sie lesen. Thomas lehnte an der tiefen Fensternische.

Elisabeth zögerte. Sie hätte das Schreiben viel lieber erst für sich allein gelesen. Aber sie hatte längst aufgehört, sich gegen die Deinhartinger Sitte aufzulehnen, die es jedem erlaubte, intensiv an den Angelegenheiten der anderen teilzunehmen. Auch mußte Beata ja wissen, daß ihre Briefe im Familienkreis vorgelesen wurden. So durfte Elisabeth davon ausgehen, daß sie nichts schrieb, das nicht für die Ohren Anselm von Deinhartings oder der Kinder bestimmt sein konnte.

»Der Sommer ist endgültig vorüber, es will Winter werden«, las sie, »die kurfürstliche Familie ist aus Nymphenburg zurückgekehrt ...«

Wie sehr sich in München doch alles um den Hof dreht! dachte Anselm von Deinharting.

»... und das gesellschaftliche Leben nimmt einen Aufschwung. Ich bedaure sehr, daß ich auch diesen Winter nicht daran teilhaben kann, da mein Zustand es nicht erlaubt. Doch ich fühle mich den Umständen entsprechend ganz leidlich. Auch hoffe ich sehr, daß Ignatz mit Eintritt der kalten Jahreszeit häuslicher werden wird. Daß es ihn im Sommer zu den Isarauen, der Schweigerstiege und anderen hübschen Plätzen um München gezogen hat, kann ich verstehen. Er ist ja ständig auf der Suche nach neuen sujets. Aber jetzt muß es damit vorbei sein. Ich erhoffe mir einen behaglichen Winter.

Herzlich gern würde ich euch alle bald wiedersehen. Da mir aber eine Reise unmöglich ist, wünschte ich, ihr kämt nach München. Ich denke oft an Deinharting. Warum schickt ihr mir nicht Auguste? Sie ist doch alt genug für den Eintritt in die Gesellschaft. Meine Wohnung ist, wie ihr wißt, geräumig. Sie könnte ein eigenes Zimmer bei mir haben. Ach, schickt sie mir, ja, bitte?«

»Oh, ja!« rief Auguste dazwischen. »Lassen Sie mich fahren, bitte! Das wäre doch einmal etwas anderes!«

Ihr Vater winkte ab. »Erst einmal wollen wir doch hören, was deine Schwester uns sonst noch zu erzählen hat!«

Baptist trug das Kaffeegeschirr herein und ordnete es auf dem roten Marmortisch vor dem Kamin.

Elisabeth ließ sich durch seine Anwesenheit nicht stören. »Lieserl und Sopherl gedeihen«, las sie, »obwohl sie mich durch plötzlich auftretende Kinderkrankheiten immer wieder in Angst und Schrecken versetzen. Einmal sind es die Zähne, ein andermal ist es der Magen, dann wieder stößt sich eines eine Beule. Ignatz nimmt alles leicht.« Elisabeth stutzte, denn es folgte ein Satz, der kräftig durchgestrichen war; sie entzifferte, ohne laut zu lesen: »Manchmal denke ich, es würde ihn nicht einmal aufregen, wenn eines der Kleinen ...« Sie hob den Kopf. »Oh, mein Gott!«

»Ja«, sagte Antoinette, »arme Beata.«

»Warum sagen Sie das?« rief Auguste. »Sie hat einen hübschen Mann, lebt in der Stadt und hat ihr Auskommen!« Etwas nachdenklicher fügte sie hinzu: »Freilich ist es nicht sehr angenehm, jedes Jahr ein Kind zu bekommen!«

»Ich glaube, Auguste«, wies ihre Stiefmutter sie scharf zurecht, »dies ist kein Thema.«

Auguste errötete. »Entschuldigen Sie, Mama.«

»Objektiv gesehen«, meinte Antoinette, »gibt es wirklich nichts, über das sie klagen könnte. Sie hat einen hübschen Mann, wie Auguste mit Recht sagt, ihr Zustand und die Krankheiten der Kleinen sind ganz normal ... aber sie scheint sich dennoch nicht wohl zu fühlen.«

»Ob ich einmal mit ihrem Mann sprechen sollte?« fragte Anselm von Deinharting unbehaglich, obwohl es ihn innerlich schauderte, wenn er daran dachte, seinem Schwiegersohn Vorhaltungen machen zu sollen, nur weil er seine Arbeit wichtiger nahm als seine junge Frau.

»Wozu?« fragte Elisabeth. »Sie werden sich arrangieren müssen. Beata hat sich die Ehe als einen Himmel ohne Wolken vorgestellt. Das Erwachen mußte kommen.«

»Niemals hätte sie einen Künstler heiraten sollen, daran liegt's!« rief Auguste. »Ignatz ist reizend, aber er denkt doch immer nur an seine Kunst. Das hätte sie wissen müssen. Er hat ja noch nicht einmal getanzt, sondern auch auf den Bällen nur skizziert. Nicht wahr, so war es doch? So habt ihr es mir erzählt. Und ein Mann, der im Brautstand nicht tanzt, wird in der Ehe erst recht den eigenen Kopf aufsetzen.«

Anselm von Deinharting war zu dem mächtigen Renaissanceschrank getreten, in dessen Türen mit hellem und dunklem Holz Szenen aus der Odyssee eingelegt waren, hatte ihn geöffnet und nahm eine bauchige Flasche aus grünem Glas heraus. »Du scheinst ja über mächtig viel Erfahrung zu verfügen«, neckte er seine Tochter.

»Es ist doch nicht schwer, eins und eins zusammenzuzählen!« verteidigte sich Auguste, abermals errötend. »Beata hätte einen ganz anderen Mann gebraucht ... einen wie Sie, Papa!«

Die rückhaltlose Bewunderung seiner Tochter tat Anselm von Deinharting wohl. »Merci, chérie!« Er zwinkerte ihr zu. »Aber ich glaube gar nicht, daß es so leicht ist, mit mir zu leben.« Er sah Elisabeth an.

Aber Auguste war rascher mit einer Erklärung bei der Hand. »Oh, doch, Papa!« rief sie. »Zum ersten haben Sie keinen Beruf, der Sie am Hof festhält, beim Militär, oder Sie wie Ignatz durch Wald und Feld streifen läßt ...«

Schmunzelnd goß sich Anselm von Deinharting einen Obstler ein. »Du willst sagen: Meine größte Tugend besteht darin, daß ich meistenteils zu Hause bin?«

»Wie Sie das sagen, klingt es ganz falsch«, maulte Auguste.

Elisabeth nahm seine Hand. »Ich weiß schon, was sie ausdrükken will. Du bist wirklich ein guter Ehemann, Anselm, voll Geduld und Verständnis, kein anderer hätte wohl soviel Langmut gezeigt wie du ... und ein guter Vater bist du auch. Für uns alle bist du wie ein Fels in der Brandung.« Sie sah Widerspruch in den Augen des kleinen Thomas aufblitzen und fügte sehr nachdrücklich hinzu: »Auch für dich, Thomas!«

Thomas war drauf und dran, etwas zu sagen, vielleicht sogar zu widersprechen, aber vorsichtshalber blickte er vorher zu Antoinette hin, die energisch den Kopf schüttelte. So zog er es denn vor zu schweigen.

Anselm von Deinharting beugte sich zu seiner Frau hinab und küßte sie auf die Stirn. »Du weißt, was du mir bedeutest.«

Sie lächelte zu ihm auf. »Soll ich weiter lesen?«

»Schreibt sie denn noch etwas?«

»Ja. Über die Magd, die wir ihr geschickt haben.« Elisabeth las vor: »Marei ist nicht sehr geschickt, aber guten Willens. Sie wagt sich immer noch nicht auf die Straßen der großen Stadt, aber das schadet nichts. Wir sprechen oft von Deinharting, und manchmal weinen wir zusammen vor Heimweh. Aber macht Euch keine Sorgen um mich. Das sind alberne Tränen, und sie tun wohl. Ich hoffe Euch bald wiederzusehen und noch baldiger einen Brief von Euch zu kriegen, in dem Ihr mir mitteilt, wann Auguste eintreffen wird!«

»Sie rechnet fest damit, daß ich komme!« rief Auguste. »Bitte, bitte, laßt mich fahren!«

»Allein? Nein, das ist unmöglich«, entschied Elisabeth.

»Dann kommt Ihr eben mit!«

»Nein, Auguste«, entgegnete ihr Vater, »eine solche Reise wäre zu kostspielig. Ich kenne das schon. Vorerst müßtet ihr neue Kleider bekommen ...«

»Nein, Papa, wirklich nicht!« Auguste sah an sich herunter und stellte fest, daß das einfache Hauskleid, das sie trug, mehrfach umgearbeitet und verlängert, wirklich nur noch im Kreise der Familie vorzuweisen war. »Wenn ich allein reisen darf, wird es natürlich billiger«, gab sie ein wenig kleinlaut zu.

»Was zieht dich denn eigentlich so nach München?« fragte ihr Vater.

»Alles! Es ist so langweilig hier! Was gibt es denn schon an Unterhaltungen? Scharaden und Theaterspiele, Jagden und Spaziergänge ...«

»Oh, vergessen Sie nicht, Sie haben jeden Tag Gelegenheit auszureiten«, warf Antoinette ein.

»Was nutzt mir das ohne passende Begleitung! Wie schön wäre es, wenn wir alle zusammen verreisten!«

»Ein für allemal, daraus wird nichts«, entschied Anselm von Deinharting.

»Dann lassen Sie wenigstens mich nach München!« flehte Auguste. »Wie soll ich hier denn je einen Mann finden?!«

»Aber, Auguste«, sagte Elisabeth, »das hat doch noch Zeit! Oder gefällt es dir nicht mehr bei uns?«

»Ich bin sechzehn, Mama!« Auguste, deren leibliche Mutter früh gestorben war, hatte sich daran gewöhnt, in Elisabeth ihre Mutter zu sehen.

»Reichlich jung, um sich unter das Ehejoch zu beugen«, meinte der Vater.

»Aber nein! Bedenken Sie doch ... wenn ich diesen Winter eine passende Partie finde, wird es doch wohl noch ein Jahr bis zur Hochzeit dauern, und wenn nicht ...« Tränen stiegen in Augustes schöne Augen. »Ich will nicht wie Antoinette auf Deinharting versauern.«

»Schäm dich, Auguste!« tadelte Elisabeth. »Wie kannst du nur so etwas sagen. Das war sehr ungezogen und taktlos von dir. Fi donc!«

Antoinette lachte. »Lassen Sie nur, ma tante! Ich kann mir weit schlechtere Plätze zum Leben vorstellen als Deinharting.«

»Das ist es ja gerade!« beharrte Auguste. »Immer sind Sie so, Tonette. Heiter und mit allem zufrieden, und merken gar nicht, wie Sie darüber alt werden. Das soll mir nicht passieren.«

»Wird es ja auch nicht«, sagte Elisabeth beruhigend, »sei nur nicht so ungeduldig!«

»Aber die Jahre fliegen dahin!«

»Im Winter werden wir einen Ball geben ...«

Auguste fiel Elisabeth ins Wort. »Einen Ball! Was nutzt mir das schon! Ich weiß ohnehin, wer uns besuchen wird! Es sind ja immer dieselben Gesichter: die Hollbergs mit Töchtern und Schwiegersöhnen, Afra mit ihrem Baron, die Amertingens mit ihren Kindern ...«

»... unter denen zwei erwachsene Söhne sind!« ergänzte Antoinette.

»Die in mir immer noch das Kind sehen, weil sie mich schon als Kind gekannt haben!«

»Vielleicht könntest du sie durch damenhaftes Benehmen davon überzeugen, daß du erwachsen geworden bist!« sagte der Vater neckend.

»Aber die sind beide fad, und das wissen Sie ganz genau!« Thomas, der der Unterhaltung interessiert gefolgt war, löste sich vom Fenster. »Entschuldigen Sie mich jetzt«, bat er, »aber ich muß zu meiner Lateinstunde!«

Elisabeth, die seine Anwesenheit vergessen hatte, zuckte leicht zusammen. »Oh, ja, natürlich, du mußt gehen ... und, bitte, nimm Christine mit, bring sie zu Anna!« Sie schob das kleine Mädchen zu Thomas hin. »Allez, allez!« Als die beiden das Zimmer verlassen hatten, eng gefolgt von Parbleu, bemerkte sie vorwurfsvoll: »Das war nicht gerade die geeignete Unterhaltung in Anwesenheit von Kindern!«

»Was habe ich denn schon gesagt!?« verteidigte Auguste sich. »Daß Mädchen heiraten, muß ja sogar Christine schon wissen.«

»Ein anständiges Mädchen kann sich eine Ehe erhoffen, sie kann sie sich wünschen oder auch erwarten ... aber es ist äußerst ungehörig, mit einer solchen Vehemenz darauf zu drängen. Ja, es ist sogar ...« Elisabeth zögerte, bevor sie das Wort aussprach, »... unanständig!«

»Unanständig?« wiederholte Auguste, blankes Unverständnis in den klaren braunen Augen. »Wenn ich einen Mann, Kinder, einen eigenen Haushalt haben ... wenn ich das Leben einer erwachsenen Frau führen will?«

Anselm von Deinharting räusperte sich. »Deine Stiefmutter stößt sich wahrscheinlich an deinem ›Her mit einem Mann, wer immer er sei‹!«

»Aber das habe ich doch nie gesagt! Natürlich muß er eine passende Partie sein, und er muß mir gefallen, und von Stand sein, und auch reich. Ich bin durchaus nicht bereit, den ersten besten zu wählen. Aber wie lerne ich die Männer kennen, unter denen ich wählen kann? Die Amertingens sind fad, und der junge Graf Kaltenbach bildet sich wer weiß was ein ... und außerdem interessieren sie sich durchaus nicht für mich.«

»Vielleicht solltest du etwas liebenswürdiger zu ihnen sein«, schlug Elisabeth vor, schalt sich aber dabei selbst eine Heuchlerin, weil sie sehr wohl wußte, wie Auguste sich bemühte, Eindruck zu machen.

»Oh, Mama, das bin ich!« rief das junge Mädchen denn auch sogleich. »Als sie zuletzt zur Jagd hier waren, da habe ich gelächelt und gelächelt, bis ich schon dachte, die Zähne müßten mir aus dem Mund fallen! Aber was hat es genutzt? Die Amertinger haben mich behandelt wie ihre kleine Schwester, und Kaltenbach hat mich übersehen. Übrigens heißt es ja auch, er will sich demnächst verloben.«

Elisabeth mußte zugeben, daß Augustes Beziehungen zu den jungen Herren ihrer Kreise so waren, wie sie sie beschrieben hatte; sie blickte ihren Mann an, in der Hoffnung, daß er die Lösung des Problems finden würde.

»Trotzdem besteht kein Grund zur Panik«, erklärte Anselm von Deinharting, »du bist ein sehr schönes Mädchen, das wird dir der Spiegel sagen …«

»Aber was nutzt mir das, Papa! Was nutzt mir meine Schönheit, wenn ich sie niemandem zeigen darf?«

»… aber du bist bei weitem noch nicht reif für den Ehestand«, fuhr er ungerührt fort. »Du bist zu stürmisch, zu unausgeglichen, schreckst nicht davor zurück, deinem Vater ins Wort zu fallen. Das ist ein Benehmen, für das sich kein Mann wird erwärmen können.«

»Oh, ich weiß mich schon zusammenzunehmen, wenn es darauf ankommt!«

»Das ist nicht genug«, sagte Elisabeth, »dein Vater meint – und mir geht es nicht anders –, daß es dir noch an ausgeglichener Gemütsart fehlt.«

»Ihr möchtet wohl, daß ich so werde wie Antoinette? Das wäre bequem für euch, ich weiß.« Auguste biß sich auf die Lippen, um nicht noch mehr zu sagen, nämlich, daß sie sich nicht so ausnutzen lassen wollte, wie Antoinette; gerade noch rechtzeitig wurde ihr bewußt, daß es nicht klug war, mit Beleidigungen um sich zu werfen, wenn man eine Forderung durchsetzen wollte. »Oh, bitte, Papa«, sagte sie schmeichelnd, in völlig verändertem Ton, »mein gutes, bestes Papachen … gönnen Sie mir doch einen Besuch bei Beata!«

»Ich könnte es dir erlauben …«, begann er nachdenklich.

»Oh, so tun Sie's doch! Ach, bitte, lieber, bester Papa, Sie erlauben es, nicht wahr?!«

»… aber es wäre nicht recht von mir.«

»Nicht recht?«

»So laß mich doch erst einmal ausreden. Beata führt kein großes Haus, das weißt du. Sie kann diesen Winter auch nicht am Gesellschaftsleben teilnehmen, wie sie selber schreibt, ergo kann sie dich auch nicht in die Gesellschaft einführen. Dies ist auch gar nicht ihr Plan. Sie lädt dich zu sich, um mit dir plaudern, vielleicht auch, um sich bei dir ausweinen zu können. Ist es wirklich das, was du willst? In dumpfer städtischer Stube hocken und deine kränkliche Schwester trösten und unterhalten?«

»So muß es ja nicht kommen«, widersprach Auguste.

»Doch«, sagte Elisabeth, »dein Vater hat ganz recht. Ich habe Beatas Brief genau so verstanden.«

»Gewiß würden wir doch auch spazieren gehen!«

Anselm von Deinhartings Gesicht zeigte einen Ausdruck, der zwischen Verärgerung und Belustigung schwankte. »Du schließt es also nicht aus, deinen künftigen Ehemann auf der Straße kennenzulernen!«

Jetzt war es mit Augustes Beherrschung zu Ende. »Wie gemein Sie sind!« schrie sie und sprang auf. »Und wie wenig Sie mich verstehen!« Sie stürzte aus dem Zimmer.

»Ich werde versuchen, sie zu beruhigen«, erbot sich Antoinette.

»Sie soll sich nur austoben«, meinte Anselm von Deinharting. »Es tobt sich besser, wenn man dabei Publikum hat«, sagte Antoinette lächelnd. »Entschuldigen Sie mich, bitte.« Sie stand auf und ging.

Anselm von Deinharting schenkte sich noch einmal einen Schnaps ein. »Ich fürchte, ich muß dich um Verzeihung bitten, Elisabeth. Meine Töchter sind schrecklich. Mit Beata war es ja schon schwer. Aber Auguste …«

»Dabei war sie immer so ein besonders braves Kind! Aber jetzt ist sie in einem schwierigen Alter, Anselm, wir müssen Geduld mit ihr haben. Es sind die Jahre, in denen ein junges Mädchen unruhig wird. Wer weiß, was wir noch mit Christine erleben.«

»Warst du denn auch so?« Er sah sie prüfend an.

»Nein.«

»Das hätte mich auch gewundert.«

»Aber du weißt, ich hatte drei ältere Schwestern, die alle drei auf der Jagd nach einem Mann waren, und meine Mutter hat sie dabei nach Kräften unterstützt. Da herrschte manchmal eine Hysterie im Haus, wie du sie dir gar nicht vorstellen kannst. Ein abschreckenderes Beispiel läßt sich nicht denken. Dagegen war Augustes Ausbruch der eines Lämmchens.« Elisabeth hob den Deckel der Kaffeekanne und warf einen Blick hinein. »Möchtest du noch?« fragte sie.

Er schüttelte den Kopf. »Trink du nur!«

Der Inhalt der Kanne ergab gerade noch eine halbe Tasse; Elisabeth achtete darauf, daß nur ja kein Tröpfchen zurückblieb. »Sie erinnert mich immer mehr an meine erste Frau«, sagte Anselm von Deinharting, »auch sie war eine Schönheit. Auguste hat das gleiche glänzende, schwere kupferrote Haar, die zarte Haut, die großen braunen Augen. Merkwürdigerweise hatte Caroline tatsächlich

Schwierigkeiten, eine passende Partie zu finden. Sie war nicht mehr ganz taufrisch, als ich sie heiratete, schon über zwanzig.«

»Was war an ihr auszusetzen?«

»Eigentlich nichts. Sie war ein starker Charakter, sehr heftig. Vielleicht war es das, wovor die Männer sich scheuten. Sie war keine fügsame Frau.«

Elisabeth streichelte seine Hand. »Aber du hast sie dann doch genommen.«

Aber nur, weil sie sehr reich war, hätte er beinahe gesagt, verbiß es sich aber, um Elisabeth nicht zu beunruhigen.

Er sah voraus, daß es nicht leicht sein würde, Auguste unter die Haube zu bringen, denn im Gegensatz zu Beata besaß sie kein eigenes Vermögen.

Antoinette fand Auguste, wie sie erwartet hatte, auf ihrem Zimmer. Es war das gleiche Zimmer, das die Tochter des Schloßherrn früher zusammen mit Beata bewohnt hatte, sogar das zweite Bett stand noch darin. Der Raum war wahllos eingerichtet, machte den Eindruck eines Kinderzimmers, in das man nur strapazierfähige und wenig wertvolle Möbel gestellt hatte. Nur die Zimmerdecke, die das Ölbild der Mutter Gottes mit Kind auf einer Wolke, umgeben von zahlreichen Stukkaturen, zeigte, war prachtvoll.

Auguste stand, mit dem Rücken zur Tür, die Stirn gegen die Fensterscheibe gepreßt. »Laissez-moi tranquille!« fauchte sie, als Antoinette sie ansprach.

Antoinette ließ sich nicht einschüchtern. »Ich soll Sie in Ruhe lassen?« fragte sie freundlich. »Aber sind Sie denn in Ruhe? Mir scheint eher, Sie sind auf das äußerste aufgebracht?«

Auguste fuhr herum. »Habe ich nicht allen Grund dazu?!«

»Darüber wollte ich eben mit Ihnen sprechen.« Antoinette trat näher und nahm die Hand des jungen Mädchens. »Auguste, ma chérie, glauben Sie denn allen Ernstes, daß Ihre Eltern etwas anderes wünschen als Ihr Glück?«

»Ja, das glaube ich! Ich glaube, daß ich ihnen von Herzen gleichgültig bin!«

»Wie können Sie so etwas Unsinniges auch nur denken!«

»Aber es ist wahr! Papa und Mama sind nur füreinander auf der Welt! Wir anderen dürfen sie nur umkreisen … existieren sozusagen an der Peripherie! Sagen Sie mir doch nicht, daß Sie das nicht auch schon bemerkt haben.«

»Sie sollten glücklich darüber sein, daß Ihre Eltern sich so lieb haben ...«

»Und was bleibt für mich?! Hie und da ein Lächeln, ein Wort der Sympathie, ein guter Happen zu essen, ein kleines Geschenk ... Aber das ist nicht genug, Tonette! Ich bin mehr als Parbleu, ich bin ein Mensch, ich verlange Liebe und Beachtung!«

Antoinette wußte, daß Augustes Vorwürfe nicht unberechtigt waren, dennoch sagte sie: »Ihre Mama hat Sie doch immer besonders lieb gehabt!«

»Ja, so lange ich noch das brave kleine Mädchen war, das zu ihr aufsah, keine Ansprüche stellte und alles mit sich machen ließ!«

»Sie hat Sie auch heute noch lieb, Gustel ... und Ihr Papa auch.«

»Warum tun sie dann nichts für mich? Warum sorgen sie nicht für meine Zukunft?«

»Weil sie Sie nicht so bald verlieren wollen.«

»Als wenn ihnen soviel an mir gelegen wäre!«

»Doch, das ist es, Gustel!«

»Dann sehen Sie sich doch nur um, wie ich hier hause.« Auguste machte eine wegwerfende Gebärde, die alle Möbel des Zimmers, die altertümlichen Betten, die Waschkommode mit der gesprungenen Marmorplatte und den Sessel, dessen Bezug und Polsterung durch springende Kinderfüßchen ruiniert waren, umfaßte.

»Gerade eben, als ich eintrat, dachte ich, daß man eine junge Dame hübscher equipieren sollte! Ich werde mit Ihrer Mama darüber sprechen.«

»Lassen Sie nur. Man würde es mir am Ende vorhalten, um mich noch fester an Deinharting zu binden. Aber ich will fort!«

Jetzt war Antoinette betroffen. »Sind Sie denn nicht ein bißchen glücklich hier?«

»Ich langweile mich zu Tode! Was ist denn hier schon los? Hie und da mal eine Jagd, sonntags die Messe, Pfarrer Reiter und Doktor König zu Besuch, wenn es hoch kommt die Nachbarn, alberne Scharaden und Theaterspiele, mit denen wir uns die Zeit zu vertreiben suchen ... soll das das Leben sein?«

Antoinette unterließ den Versuch, Auguste von den Annehmlichkeiten des Landlebens zu überzeugen oder sie darauf hinzuweisen, daß es zahllose Möglichkeiten für sie gab, sich nützlich zu machen und dadurch zu zerstreuen.

Statt dessen sagte sie: »Wenn es so um Sie steht, mein armes Kind, sehe ich ein, daß Sie eine Abwechslung bitter nötig haben.«

Augustes Stirn glättete sich. »Sie sehen es ein?«

»Ja, und ich werde meinen ganzen Einfluß geltend machen, damit es doch noch zu einer Reise kommt.«

»Ach, Tonette! Tonette!« Auguste faßte die Ältere bei den Schultern und wirbelte sie im Kreis herum. »Ich habe es ja immer gewußt ... Sie sind doch die Allerbeste!«

»Ich habe Sie lieb, ma petite, das müssen Sie doch wissen!« Antoinette küßte das schöne Mädchen auf beide Wangen. »Aber etwas müssen Sie mir auch versprechen ...«

»Alles, was Sie verlangen!«

»Sie müssen versuchen, sich zu beherrschen. Ich bitte Sie um Ihretwillen. Mit einer Szene wie der heutigen erreichen Sie gar nichts ... weder bei Ihren Eltern noch später bei Ihrem Mann.«

»Ach, wenn ich ihn erst hätte!«

Antoinette mußte lächeln. »Lernen Sie derweil, wie man Männer behandelt ... mit Sanftmut und ... vielleicht ... mit ein bißchen Koketterie. Probieren Sie es bei Ihrem Vater aus.«

Antoinette verstand das Drängen des jungen Mädchens, denn sie vermochte es, sich in andere Menschen hineinzudenken. Dennoch nahm es sie wunder, wie jemand, der annähernd in den gleichen Verhältnissen lebte wie sie selber, es fertig brachte, sich zu langweilen.

Ihr reichte der Tag nicht aus. Da war die Schule – in der auch Auguste hätte unterrichten können, und sei es nur in Handarbeit –, da waren die vielen kleinen Dienstleistungen für Elisabeth, mit denen auch Auguste sich hätte beliebt machen können, da gab es immer wieder etwas zu nähen und zu putzen. Im Sommer versorgte Antoinette den Kräutergarten, und im Winter begrüßte sie jede Gelegenheit, bei der sie in der Küche helfen konnte, um so der tüchtigen Margarethe Meyr etwas abzuschauen – gerade Auguste hätte es wohl angestanden, ihre Kochkenntnisse zu vertiefen.

Wie gern hätte Antoinette zudem Klavier spielen gelernt, aber dazu fehlte die Zeit. Aus demselben Grund kam sie seltener dazu, als sie gewünscht hätte, ein gutes Buch zu lesen. Immer wurde sie hin und her gerissen zwischen ihren zahlreichen Verpflichtungen und Zerstreuungen – und Auguste langweilte sich!

Antoinette bedauerte auch, daß sie so selten dazu kam, mit Christine zu plaudern und zu spielen. Die Kleine war die meiste Zeit bei ihrer Kinderfrau und drang täglich nur für kurze Zeit in die Welt der anderen Schloßbewohner vor. Das entsprach den Sitten der Zeit, in der man sich von den Kindern, die gewöhnlich zahlreich vorhanden waren, nicht belästigen lassen wollte und sie möglichst weit abschob. Aber Antoinette fand, daß Christine, Augustes jüngste Schwester – in Wahrheit Stiefschwester – ihr im Alter so weit voraus war, mehr Zuwendung gebraucht hätte.

Dennoch kam sie kaum dazu, sich um die Kleine zu kümmern, denn wenn sie einmal von ihren zahllosen Pflichten entlastet war, dann war da immer noch Thomas, der ihrer Liebe und Betreuung bedurfte.

Ihre schönste Stunde war der frühe Sonntagnachmittag, wenn die anderen nach dem schweren Essen in ihren Zimmern der Ruhe pflegten. Dann saßen Antoinette und Thomas zusammen, in der warmen Jahreszeit im Schloßgarten, dessen hohe Mauern bis in den Herbst hinein die Sonnenstrahlen einfingen.

Inzwischen aber wurde es November, und Winterstürme tobten um das Haus. Jeden Morgen hoffte Thomas, daß es schneien würde. Statt dessen strömte kalter Regen von einem trostlos grauen Himmel, der allzu selten aufriß, und nicht einmal der höchste Gipfel der fernen Berge zeigte eine weiße Haube. Antoinette und Thomas hatten das Reiten aufgeben müssen, sie fuhren jetzt mit der kleinen Kutsche in die Schule, und zum Lateinunterricht bei Pfarrer Reiter mußte der Junge laufen.

Dennoch waren sie in der Hoffnung auf den Winter, der ja kommen mußte, und die zu erwartenden Feiertage ganz vergnügt. Die frühen Sonntagnachmittage gehörten ihnen, und wenn sie sich auch nicht mehr im Freien aufhalten konnten, so machten sie es sich doch drinnen recht gemütlich. Wenn der prachtvolle blauweiße Porzellanofen eingeheizt war, hielten sie sich am liebsten im oberen Erkerzimmer auf, der zu anderen Stunden der bevorzugte Aufenthalt der Schloßherrin war. Antoinette und Thomas liebten wie sie das Stuckrelief an der Decke, das die Mutter Gottes in einem von einer Heilig-Geist-Taube gezogenen Muschelwagen zeigte. Es störte sie auch nicht, daß nahe dem Fenster der große, mit einem weitmaschigen Gewebe bespannte Holzrahmen stand, an dem Elisabeth ihre kunstvollen Gobelins zu sticken pflegte, im Gegenteil, der Rahmen und mehr noch die gebündelten Garne in ihren mannigfachen farbigen Schattierungen verstärkten noch den Eindruck des Heimeligen.

Wenn das Feuer bullerte, die Äpfel auf dem Ofen brutzelnd ihren süßen Duft verströmten und Thomas und Antoinette eng umschlungen auf dem gepolsterten Bänkchen saßen, das sie möglichst nahe an die Wärme gerückt hatten, dann gingen ihnen die Herzen auf und des Plauderns war kein Ende.

Immer wieder wollte Thomas die Geschichte des kleinen Franzosen hören, der sich selber zum Kaiser gemacht hatte. Antoinette, die seine Napoleonverehrung nicht teilte, verstand doch, daß es für den Jungen ein hinreißendes Märchen war, das sich in seiner Zeit und in der Wirklichkeit abgespielt hatte.

»Napoleon Bonaparte, so hieß er eigentlich«, erzählte Antoinette, »wurde im Jahre siebzehnhundertneunundsechzig auf Korsika geboren ... Korsika, das ist eine Insel im Mittelmeer, deren Einwohner, die Korsen, man eigentlich eher zu Italien als zu Frankreich rechnen könnte. Korsika wurde immer wieder von anderen Völkern erobert, bis es endlich um dreizehnhundert an die Republik Genua fiel. Aber die Korsen wollten immer nur Korsen sein, und deshalb kam es zu zahlreichen Aufständen. Aus diesem Grund verkaufte Genua die Insel eines Tages an Frankreich, und zu Frankreich gehört sie heute noch.«

»Dann ist Napoleon eigentlich gar kein Franzose?« fragte Thomas.

»Doch! Da Korsika schon so viele hundert Jahre zu Frankreich gehört, kann man schon sagen, daß er Franzose ist, und er fühlt sich ja auch selber so. Zwar hat er als junger Mann im Freiheitskampf für seine korsische Heimat gestanden, aber später schloß er sich Frankreich an. Er war auf französischen Militärschulen in Brienne und Paris erzogen worden, und hatte es da zum Artillerieleutnant gebracht.«

»Ist das was Großes?«

»Das möchte ich nicht sagen. Emanuel ist ja auch Leutnant, wenn auch nicht bei der Artillerie – da muß man sehr gut in Mathematik sein–, so doch bei den Grenadieren, und ich glaube nicht, daß wir ihn einen großen Mann nennen müssen. Nun, jedenfalls schloß er sich mit Begeisterung der Französischen Revolution an …«

»Die uns aus Frankreich vertrieben hat!«

»Mich, Herzchen«, verbesserte Antoinette, »du warst damals noch gar nicht auf der Welt! Aber von der Französischen Revolution habe ich dir schon so oft erzählt, das will ich nicht wiederholen. Jedenfalls wurde Napoleon Brigadegeneral, das ist schon was Hohes, und schlug einen royalistischen Aufstand in Paris nieder. Danach führte er einen Feldzug nach Italien durch. Siebzehnhundertachtundneunzig machte er sich dann daran, Ägypten zu erobern. Das gelang ihm zwar nicht, aber als er ein Jahr später überraschend zurückkam, stürzte er die Directorialregierung …«

»Aber wie«, fragte Thomas mit glühenden Wangen, »wie macht man so etwas?«

Das war eine Frage, über die Antoinette nachdenken mußte. »Ja, weißt du«, sagte sie endlich, »das französische Volk war Jahrhunderte-, ja, jahrtausendelang – wie übrigens auch alle anderen Völker in Europa – von einem Alleinherrscher regiert worden, von seinem König. Die Militärs waren es gewohnt, rasche und präzise Befehle zu bekommen. Aber nach der Französischen Revolution herrschte das Volk … nicht gerade das ganze Volk, aber eine Gruppe von Volksvertretern. Die konnten sich natürlich nicht so im Handumdrehen einigen, was geschehen sollte, und so erfolgte vor jeder Entscheidung erst ein langes Hin und Her, Diskussionen, Auseinandersetzungen, verstehst du, und daran konnten sich die Soldaten nicht gewöhnen. Deshalb unterstützten sie Napoleon. Sie waren froh, daß einer kam, der sagte: ›Ich weiß, wie es gemacht wird! Was ich sage, hat zu geschehen und basta!‹«

»Aha«, sagte Thomas.

»Napoleon machte sich zum Ersten Konsul, es gab noch zwei andere, die mit ihm zusammen den Umsturz bewirkt hatten, aber die zogen sich dann gleich wieder zurück, und hatte er jetzt praktisch die Alleinherrschaft in den zehn Jahren. Daß er sich damit nicht begnügen würde, machte er allen Leuten, die Augen im Kopf hatten, gleich klar: Er zog nämlich in die Tuilerien ein, wo vormals die Könige residiert hatten. Er hatte die Macht, und er wollte an der Macht bleiben. Er nutzte sie, um im Inneren Frankreichs ein neues Ordnungssystem zu schaffen.«

»Tut das nicht auch Montgelas in Bayern?«

»Ja, das stimmt«, sagte Antoinette überrascht, »wo hast du das aufgeschnappt?«

»Weiß nicht.«

»Der Unterschied ist nur der, daß Montgelas diese neue Ordnung unter unserem angestammten Herrscher schafft und nicht ohne ihn! Du weißt, unser Kurfürst beruft sich darauf, daß er von Gott eingesetzt ist ...«

»Ist er das?« fragte Thomas rasch.

»Wir alle sind von Gott an unseren Platz gestellt, du und ich, der Hofmarksherr, unser Kurfürst und auch Napoleon«, erklärte Antoinette diplomatisch, »aber Napoleon hat Frankreich nicht geerbt wie Max Joseph Bayern, sondern hat sich vom Volk wählen lassen – zum lebenslänglichen Konsul ...«

»Ja, und dann hat er sich selber zum Kaiser gemacht!«

»... und das liegt erst ein Jahr zurück. Am achtzehnten Mai achtzehnhundertvier hat er sich als Kaiser der Franzosen ausrufen lassen, und im Dezember mußte ihn Papst Pius VII. zum Kaiser salben ...«

»Napoleon ist also mächtiger als der Papst?!«

»Es sieht ganz so aus. Der Papst hat keine Soldaten und überhaupt keine weltliche Macht, mit der er sich wehren könnte. Aber das Ende der Geschichte ist noch nicht geschrieben.«

»Napoleon wird immer siegreich bleiben!« rief Thomas begeistert.

»Glaubst du? Dessen bin ich nicht so sicher.«

»Wieso denn nicht?«

»Nun, meinst du nicht auch, daß Gott dem Papst helfen wird?«

»Aber bisher hat er es nicht getan.«

»Ja, bisher. Doch da gibt es einen Spruch: Gottes Mühlen mahlen langsam, mahlen aber trefflich fein.«

»Glaubst du daran?«

»Ja, Thomas. Und noch etwas. Du weißt, ich habe in der Revolution Haus und Hof und alles verloren, und trotzdem ... es hat mir Eindruck gemacht, daß das Volk sich selbst regieren wollte. Das habe ich verstanden. Soviel Blut und Tränen sind vergossen worden, um dieses Ziel zu erreichen. Und dann kommt einer und schickt die Volksvertreter einfach nach Hause und sagt: ›Ich bin es, der jetzt befehlen wird!‹ Nein, Thomas, das gefällt mir nicht.«

»Weil du ein Mädchen bist!«

»Mag schon sein.«

»Erzähl weiter! Wie war es, als Napoleon sich und seiner Gemahlin die Krone selbst aufs Haupt gesetzt hat?«

»Nun eben, das hat er getan, du weißt es ja längst.«

»Wie sah er aus?«

»Er trat in einem etwas modernisierten römischen Gewand mit einem Schmuck auf, an dem die Biene dargestellt war, die er sich selbst als Wahrzeichen gewählt hat. Josephine erschien in einem reichbestickten Kleid mit Überwurf und Schleppe. Auch die anderen Damen waren antik gekleidet. Es war ein prächtiges Bild, wie du dir vorstellen kannst.«

»Oh, Tonette«, sagte Thomas verträumt, »es muß herrlich sein, einen solchen Lebensweg zu machen ... so hoch aufzusteigen! Das ist viel besser, als gleich oben zu sein! Ich würde viel lieber ein Napoleon sein als ein Königssohn.«

Antoinette strich ihm durch das schwarze, dicht gelockte Haar. »Nun, ein Königssohn bist du nicht, aber ein Napoleon kannst du immerhin werden! Obwohl ich nicht glaube, daß unser Jahrhundert zwei dieser Art verträgt.«

Thomas sah sie mit weit offenen Augen an. »Tonette, wer bin ich? Warum sagt mir das niemand? Ich weiß nur, daß du meine Schwester bist.«

Da war die Frage heraus, auf die Antoinette seit langem gefaßt gewesen war.

»Thomas, mein Liebling, ich hätte längst mit dir darüber geredet«, sagte sie sanft, »aber du warst noch zu klein ... nicht klug genug, alles zu verstehen ...«

»Aber jetzt bin ich groß!«

Antoinette mußte lächeln, obwohl ihr das Herz schwer war. »So groß denn doch wieder nicht!«

»Bitte, erzähl mir alles!«

»Du brauchst mich nicht zu drängen, chéri, ich bin ohnehin dazu entschlossen. Ich weiß nur nicht recht, wie ich es anfangen soll. Beginnen wir bei der Französischen Revolution.« Antoinette schlug die Beine übereinander und stützte das Kinn in die Hand. »Als sie ausbrach, war ich noch ein kleines Mädchen.

Aber ich begriff schon, was vor sich ging. Mein Vater starb unter der Guillotine ... und meine Mutter im Gefängnis.«

»Wie kann das sein? Deine Mutter ist doch ...«

»Laß mich erzählen und hör zu! Meine Eltern waren tot, unser Stadtpalais in Paris war beschlagnahmt und auf unserem Landgut hausten die aufständischen Bauern. Ich war ganz allein auf der Welt. Es gab nur einen Menschen, der sich um mich kümmerte: Lucille Dubois, die Zofe meiner Mutter. Sie hatte auch ihren kostbaren Schmuck an sich bringen und vor den Revolutionären verstecken können. Wir flohen zusammen und kamen endlich nach Deinharting.«

»Und dann?«

»Lucille hatte sich, nicht erst hier, sondern gleich, nachdem wir über die Grenze gekommen waren, nachdem wir französisches Gebiet verlassen hatten, als meine Mutter ausgegeben – als Marquise de Beaujeux! Aber das darfst du niemandem erzählen, hörst du? Das weiß nicht einmal der Hofmarksherr!«

»Warum? Ich meine, warum hat sie sich als jemand ausgegeben, der sie nicht war?«

»Sie hoffte, in den Wirren der Zeit ihr Glück zu finden, einen reichen Herrn von Stand zu finden, der sie heiratete. Du darfst nicht schlecht von ihr denken, Thomas, sie wollte einfach nach oben. Sie war – eine Abenteurerin, eine Glücksjägerin, ja, das kann man sagen, aber ich hatte sie sehr lieb. Ich weiß nicht, was ich nach dem Tod meiner Eltern ohne sie angefangen hätte.«

»Weiter!«

Antoinette fiel es nicht leicht, über Vorgänge zu sprechen, die sie bisher noch keinem Menschen enthüllt hatte, nicht einmal Afra. »Als wir in Deinharting eintrafen, war Lucille krank«, erzählte sie. »Wir hatten kein Geld mehr, und wenn nicht der Hofmarksherr sich um uns gekümmert hätte, wüßte ich nicht, wie es mit uns weiter gegangen wäre.«

»Aha«, sagte Thomas.

Doch Antoinette bezweifelte, daß er wirklich verstand, was sie ihm klarmachen wollte. »Zwischen Lucille und dem Hofmarksherrn«, sagte sie zögernd, »kam es zu einer großen Liebe. Wir hatten zuerst im Gasthof gewohnt, aber er richtete uns das Dragonerhaus ein.«

»Wo jetzt Doktor König wohnt?«

»Ja. Aber damals sah es dort anders aus, weißt du, eleganter ... wo er sein Labor hat, hatten wir unser Wohnzimmer, und der Raum, in dem er haust, war unser Speisezimmer, wir schliefen oben!« Sie nahm die Hand des Jungen und hielt sie ganz fest. »Dort bist du zur Welt gekommen.«

»Aber«, sagte Thomas, »aber ... sie waren doch nicht verheiratet!«

»Nein«, erklärte Antoinette mit fester Stimme, »man braucht nicht verheiratet zu sein, um Kinder zu bekommen.«

»Nicht?«

»Nein, Thomas ... aber daß du zu niemandem darüber sprichst, hörst du? Heiraten, das ist eine Sitte und ein Gesetz, ein kirchliches und weltliches. Zwei Menschen versprechen einander, ein ganzes Leben zusammen zu bleiben. Aber um ein Kind zu zeugen, braucht man kein ganzes Leben. Es genügt, wenn man sich sehr – zueinander hingezogen fühlt.« Ganz gegen die Sitte der Zeit fand sie es richtig, Thomas die Wahrheit über die natürlichen Vorgänge des Lebens zu sagen. »Du hast doch sicher schon einmal gesehen, wie zwei Hunde aneinander hingen ...«

»Ja. Aber Sepp hat gesagt: ›Guck nicht hin, das ist ... das ist ...‹«

»Da hat er recht gehabt. Das ist kein Vorgang, bei dem man zuschauen soll. Nun, bei den Menschen ist es gar nicht so sehr anders als bei den Hunden. Sie bevorzugen andere Stellungen, aber ... der Mann dringt in die Frau ein, und dabei kann ein Kind gezeugt werden.«

»So bin ich ...?«

»Ob die Eltern verheiratet sind oder nicht, der Vorgang ist derselbe. Wichtig ist nicht einmal, ob Liebe mit im Spiel ist. Wenn Menschen verheiratet sind, tun sie es oft nur aus Gewohnheit. Aber du kannst ganz sicher sein, daß dein Vater und deine Mutter einander sehr geliebt haben. Das weiß ich genau.« »Sie haben mich haben wollen?« fragte Thomas.

Antoinette zwang sich, ehrlich zu sein. »Das wohl nicht. Siehst du, sie konnten ja nicht heiraten. Der Hofmarksherr war schon vermählt. Er wollte sich freimachen und Lucille zur Frau nehmen, soviel ist sicher. Aber die Umstände waren dagegen. Was hätte denn auch aus Tante Elisabeth werden sollen?!«

»Er hat mich nicht haben wollen!«

»Gott wollte dich, Thomas, deshalb bist du zur Welt gekommen.«

»Warum?«

»Vielleicht, weil er etwas Besonderes mit dir vorhat. Warte es nur ab. Eines Tages wirst du es wissen.«

»Aber wo ist diese Frau jetzt hin? Und warum hat sie mich allein gelassen?«

»Sie mußte fort, weil ... sie begriff, daß der Hofmarksherr sie nie heiraten würde. Dich hat sie hier gelassen, uns beide, weil sie nicht wußte, wie ihr Schicksal sich gestalten würde.« Antoinette holte tief Atem. »Und weil sie sicher war, daß der Hofmarksherr sich unserer annehmen würde.«

»Aber warum hat er nie ... nie gesagt, daß er mein Vater ist?«

»Tante Elisabeths wegen. Er wollte – er will sie nicht verletzen. Aber ich bin sicher, daß sie es ohnehin weiß.«

Thomas schwieg lange, und Antoinette überließ ihn seinen Gedanken.

»Dann heiße ich also eigentlich gar nicht Beaujeux?« fragte er endlich.

»Was kommt es schon darauf an. Unter diesem Namen bist du jedenfalls ins Kirchenbuch eingetragen, so darfst du ihn auch getrost tragen. Übrigens steht da auch, daß der Hofmarksherr dein Vater ist.«

»Und du bist also gar nicht meine Schwester?«

»Nein, Thomas. Aber ich habe dich sehr lieb. Ich habe dich immer lieb gehabt, schon als du auf die Welt kamst. Wir haben uns doch beide lieb, nicht wahr? Dazu brauchen wir nicht verwandt zu sein. Wir haben uns viel lieber als Geschwister. Denk doch mal: Anselm hat seine Familie einfach verlassen und ist ausgewandert, und kümmert sich Emanuel etwa besonders um Beata oder Auguste oder Christine? Um sich liebzuhaben, braucht man nicht verwandt zu sein.«

»Ja, das ist wahr.«

»Na, siehst du.«

Thomas rieb sich das Kinn. »Dann bin ich also wirklich ein Bankert, wie Sepp dauernd sagt?«

»Bankert ist ein Schimpfwort, Thomas, und Sepp ist ein ganz schlimmer Bub, auf den solltest du gar nicht hören. Du bist ein Kind der Liebe, und das ist etwas sehr viel Besseres als ein Kind, das eben ... nur so gezeugt worden ist. Du mußt doch die Kraft spüren, die in dir wohnt.«

»Ja, manchmal denke ich ... ich könnte große Dinge tun.«

»Das wirst du, mein Liebling!« Sie fuhr ihm mit allen fünf Fingern durch das Haar. »Aber versprich mir erst einmal, daß du niemandem verraten wirst, was ich dir erzählt habe. Auguste weiß noch nicht, woher die Kinder kommen, und der Hofmarksherr ahnt nicht, daß Lucille nicht meine Mutter war ...«

Thomas sah sie aus großen Augen an. »Warum hast du es ihm nie erzählt?«

»Weil ... er ist ein kluger Mann, aber er hegt doch ... gewisse Vorurteile. Eine Marquise de Beaujeux ist in seinen Augen etwas Besonderes, eine Lucille Dubois dagegen nicht mehr als irgendein Bauernmädchen.«

»Es ist ja auch ein Unterschied.«

»Nein, Thomas, ich glaube nicht an diesen Unterschied. Ich habe viel von der Welt gesehen, und ich versichere dir: der adlige Name besagt gar nichts. Unter den Adligen findest du auch Schufte und Feiglinge, schlimmes Pack ... und unter den einfachen Menschen edle und kluge Leute.«

»Wie Doktor König.«

»Ja, das ist ein guter Mann.« Sie nahm das Gesicht des Jungen in beide Hände und sah ihn prüfend an. »Thomas, hätte ich dir das alles besser nicht erzählen sollen? Bist du jetzt unglücklich?« Im gleichen Atemzug fügte sie hinzu: »Was für törichte Fragen! Als wenn sich etwas rückgängig machen ließe!«

»Ich bin froh, daß du es mir gesagt hast, Tonette! Nur ... Monsieur hätte es mir auch schon sagen können, ich hätte es gewiß nicht verpetzt.«

»Da bin ich ganz deiner Meinung«, gab Antoinette offen zu, »aber wir wollen doch versuchen, ihn zu verstehen. Er muß Rücksichten nehmen.«

»Auf die anderen, ja«, sagte Thomas mit unkindlicher Bitterkeit, »aber nicht auf mich.«

»Er hat dich trotzdem lieb.«

Thomas schüttelte energisch den Kopf. »Nein, Tonette, er schaut mich immer an wie ... ja, wie ein nettes Hündchen, von dem er aber nicht weiß, ob es nicht im nächsten Augenblick zubeißen wird.«

Antoinette widersprach nicht. »Er hat ein schlechtes Gewissen dir gegenüber.«

»Meinst du?«

»Ganz sicher. Er muß ja ein schlechtes Gewissen haben. Er weiß, daß du sein Sohn bist, daß du ein Anrecht auf Anerkennung hast, aber er wagt nicht, sie dir zu geben, und durch deine Tüchtigkeit und Anständigkeit verstärkst du noch sein schlechtes Gewissen.«

»Das ist aber kompliziert.«

»So sind nun einmal die Beziehungen der Menschen untereinander. Mein Verhältnis zu Lucille war nicht einfach, und ist es auch nicht Elisabeth gegenüber. Aber das macht nichts. Man muß immer die guten Gefühle für seine Mitmenschen verstärken und die schlechten – nein, nicht unterdrücken, man sollte sie sich schon einmal vor Augen führen, aber nicht so wichtig nehmen.«

Thomas seufzte schwer. »Für Monsieur habe ich im Moment gar keine guten Gefühle.«

»Das kann ich verstehen. Du mußt erst Abstand gewinnen. Weißt du was? Wir bleiben heute nicht hier, wir reißen aus.«

»Für immer?« fragte Thomas hoffnungsvoll.

»Das denn doch nicht. Wo sollten wir auch hin? Aber wir reiten aus. Wir besuchen Afra. Wenn die anderen aufwachen, sind wir einfach nicht da. Hast du Lust?«

Thomas sprang auf. »Oh, ja!«

»Dann wollen wir uns schnell umziehen.«

Antoinette war schneller fertig als Thomas und sagte: »Ich laufe schon hinunter und kümmere mich um die Pferde!«

In der Küche gab sich das Gesinde der sonntagnachmittäglichen Ruhe hin. »Wenn jemand nach uns fragt«, rief Antoinette im Hinauseilen, »Thomas und ich reiten nach Schloß Karpfing!«

Margarethe Meyr, die, den Kopf auf der Tischplatte, eingeschlummert war, fuhr hoch: »Wie? Was?«

»Mademoiselle reitet aus!« erklärte Baptist.

»Bei dem Wetter?!«

»Was macht das schon!« entgegnete Antoinette. »Man soll nicht mit dem Essen auf uns warten. Wir werden wohl erst zur Nacht zurück sein!«

Im Stall fand sie Peter, der einem verletzten Pferd den Knöchel einrieb.

»Bitte, Peter, sattele für mich und Thomas!« befahl Antoinette.

»Sehr wohl, Mademoiselle!«

Einer plötzlichen Eingebung folgend fügte Antoinette hinzu: »Ich bin froh, daß du Sepp regelmäßig zur Schule schickst. Er ist kein Dummkopf, er macht Fortschritte.«

»Danke, Mademoiselle«, sagte Peter, und väterlicher Stolz hellte sein verwittertes Gesicht auf.

»Aber er legt sich mit Thomas an. Er nennt ihn einen Bankert. Ich glaube, das sollte unterbleiben.«

Peters Gesicht verdüsterte sich sofort wieder. »Das wird's, Mademoiselle, verläßlich!«

Als Antoinette und Thomas davonritten, sah Peter ihnen nach, bis sie das Schloß umrundet hatten und die Hufe ihrer Pferde auf dem gepflasterten Teil des Hofes klapperten. Dann fuhr er sich durch sein dichtes blondes, in Wirbeln auseinander strebendes Haar, drehte sich um und trat in die Geschirrkammer. Sein Blick glitt prüfend über die einfachen Peitschen – die mit den kostbaren Griffen wurden im unteren Flur des Schlosses aufbewahrt –, wählte eine dünne aus biegsamem geflochtenen Leder, ließ sie prüfend durch die Luft sausen, sperrte den Stall mit dem riesigen Querbalken ab und ging davon. Obwohl im Sattel besser noch als zu Fuß, wagte er nur mit besonderer Erlaubnis sich eines der Pferde auszuleihen, oder wenn er es sehr eilig hatte. Das aber war an diesem ruhigen, unfreundlichen Novembernachmittag nicht der Fall.

So marschierte er denn, die Peitsche schwingend, über den Feldweg zum Dragonerhaus, in dessen Beihaus seine Frau mit den Kindern wohnte. Er traf Barbara und die Kinder friedlich vereint in der Küche an, wo sie sich an frischem Hefegebäck gütlich taten, das sie in Milch tunkten.

Seine Frau sprang sofort auf. »Magst aan Zopf?«

Er schüttelte abwehrend den Kopf.

»Aan Kaffee?« Sie trat auf den Herd zu, auf dem in einem Topf das dunkle Gebräu brodelte, das sie Kaffee zu nennen liebte, weil sie zu seiner Bereitung neben der bei den einfachen Leuten üblichen gekeimten und gerösteten Gerste den Kaffeesatz aus Doktor Königs Küche benutzte.

Aber ohne sie zu beachten winkte Peter seinem Sohn zu. »Kimm!«

Angstvoll, aber gehorsam stand Sepp auf, ließ seine Vesper bedauernd zurück und näherte sich seinem Vater. Der drehte sich stumm um und verließ die Küche.

»Aber, Peter, was willst?« rief Barbara erschrocken. »Was hat der Bub ang'richtet?« Ihr Mann würdigte sie keiner Antwort, sondern stieg, gefolgt von dem zitternden Jungen, die Treppe hinab. Im Untergeschoß des Hauses befand sich die Waschküche, ein kahler großer Raum mit gestampftem Lehmboden und gekalkten Wänden.

»Hose abi!« befahl der Vater.

»Aber, Pappa, ich ...« Sepp umklammerte den Hosenbund. Mit einer einzigen Bewegung riß ihm der Vater die Hose herunter, so daß die beinernen Knöpfe auf den Boden sprangen. Dann legte er den Jungen über einen großen, umgedrehten Zuber, drückte ihm mit der linken Hand den Nacken nieder und schlug, weit ausholend, auf das entblößte Hinterteil.

Zwischen jedem Hieb sagte er, höchst eindrucksvoll skandierend: »Das ... ist ... da ... für ... daß ... du ... den ... Tho ... mas ... ge ... är ... gert ... hast! Hör ... ich ... das ... noch ... ein ... mal ... schlag ... ich ... dich ... tot!«

Zuerst hatte Sepp versucht, die Zähne aufeinander zu beißen, aber als die Schläge immer wieder auf die frischen Striemen trafen, war es mit seiner männlichen Haltung vorbei. Er heulte laut auf.

Oben in der Küche weinte die kleine Elisabeth vor Schrecke und Sympathie mit.

Die Mutter nahm sie in die Arme und hielt ihr die Ohren zu. »Darfst net weinen, Lisei«, versuchte sie sich und das Kind zu beruhigen, »der Vadder schlagt ihm nur, weil er bös gewest ... mein kloans Zuckerpüppei wird nie an Hieb kriagen!«

Endlich verstummten das Sausen der Peitsche, das Klatschen der Schläge.

Barbara stellte die Kleine auf die Beine. »Hier bleibst und brav bist!« Sie selber eilte die Treppe hinunter.

Sie kam dazu, wie Peter die Peitsche mit einem alten Fetzen abwischte. »Mach noch mal furt«, sagte er gelassen und ohne es für nötig zu halten, eine Erklärung abzugeben; er warf den Fetzen achtlos zu Boden und stapfte krummbeinig hinaus.

Sepp wälzte sich heulend auf den Bauch, betastete mit den Händen sein Hinterteil und schrie, als er an die Striemen rührte, nur noch lauter auf. Doktor König erschien im Türrahmen. »Eine böse Bescherung!« sagte er. »Bleib so, wie du bist, Sepp ... ich bin gleich wieder da!«

Barbara war ganz fassungslos, konnte zunächst kein Wort hervorbringen und rang nur stumm die Hände.

Friedrich König kam mit einem Fläschchen Alkohol zurück, das er, wie es hierzulande der Brauch war, im vergangenen Jahr mit getrockneter Arnika versetzt und später geklärt hatte. »Jetzt tut's noch einmal recht weh, Sepp«, warnte er, »aber es muß sein, damit es nicht eitert!«

Der Junge schrie wie am Spieß, als der Doktor die brennende Flüssigkeit in seine Wunden träufelte.

»Es ist gleich vorbei«, tröstete er.

Jetzt endlich fand Barbara die Sprache wieder. »Weshalb war der Vadder denn so bös'?« fragte sie.

»Der Thomas ist schuld! Der hat mich verklagt! Der Hundsfott!«

»Das hat er sicher nicht«, widersprach Doktor König energisch, »ich war dabei, als der Hofmarksherr ihn gefragt hat, weil er so lädiert war, aber er hat niemanden angeklagt.«

»Du hast den Thomas geschlagen?« fragte Barbara tief erschrokken. »Das hast du getan?«

»Er hat ja angefangen!«

»Das ist doch einerlei! Er ... er gehört aufs Schloß, er ... er ist ...« Unsicher blickte sie Friedrich König an.

»Sagen Sie es ihm nur!«

»... er ist der Sohn des Hofmarksherrn!«

Sepp erhob sich auf die Knie und starrte mit halb offenem Mund und recht blödem Ausdruck von seiner Mutter zu dem Doktor.

»Und angefangen, Sepp, hat er sicher auch nicht«, fügte dieser hinzu, »ich kenne ihn recht gut. Du mußt ihn schwer herausgefordert haben, bevor er die Faust gegen dich erhoben hat.«

Sepp kam auf die Füße. »Ich hab' nur gesagt, was wahr ist«, maulte er. »Und was ist wahr?« forschte seine Mutter.

»Daß er ein Bankert ist, das weiß doch ...« Er kam nicht dazu auszusprechen.

Obwohl er genug gezüchtigt war, konnte seine Mutter sich nicht enthalten, ihm kräftig ins Gesicht zu schlagen. »Da hast'!« rief sie. »Daß du dich net schämen tust! Und so was wie dich habe ich zur Welt gebracht!«

Sepps Tränen begannen wieder zu rinnen, diesmal nicht vor Schmerz, sondern aus dem bitteren Gefühl heraus, völlig unverstanden zu sein. Wie er da halbnackt, mit brennenden Schmerzen und frierend, in dem ungeheizten Raum stand, bot er ein wahres Bild des Jammers.

Friedrich König versuchte zu vermitteln. »Deine Eltern, Sepp«, erklärte er, »lieben und verehren den Hofmarksherrn, und das zu Recht, denn er ist ja der größte Mann weit und breit. Wir alle sind von ihm abhängig, aber das nutzt er nicht aus. Niemand wird ihm je eine Ungerechtigkeit nachsagen können. Und weil Thomas sein Sohn ist, ist er eben auch etwas Besonderes.«

»Selbst wärst ein Bankert geworden, wenn der Hofmarksherr nicht gewesen wäre, längst gestorben und verdorben wärst!« fuhr seine Mutter ihn erbittert an. »Wir hatten kein Geld, dein Vater und ich! Woaßt, was dös hoaßt? Ka Geld haben in dieser Zeit? Nie hätten wir heiraten dürfen. Die zu Haus haben mich vor die Tür gesetzt, als du unterwegs warst. Und recht haben's gehabt, denn sakrisch dumm sind wir beide gewest. Dein Vadder hätt' immer im Schloß sein Auskommen g'habt. Aber wir beide, du und ich, verkommen wären wir. Mit Schimpf und Schand hätt' man uns aus dem Dorf gejagt. Und wie hätt' eine wie ich ein Auskommen finden sollen, noch dazu mit einem Pamperl wie dir!«

Vor Erschütterung versiegten dem Sepp jetzt die Tränen. »Er hat dir Arbeit im Dragonerhaus gegeben?« fragte Friedrich König.

»Arbeit … ach, das war's ja nicht. Das Geld war das Wichtigste. Er hat uns Geld gegeben, daß wir heiraten konnten, das Dach über den Kopf und die Arbeit dazu.«

Friedrich König wußte, daß man in Bayern nicht heiraten konnte, wenn man mittellos war, weil die Gemeinden verhindern wollten, daß arme Leute, arbeitsunfähig geworden, ihnen samt ihren Kindern zur Last fallen könnten. Aber daß der Hofmarksherr so viel für seinen Pferdeknecht getan hatte, erfuhr er erst jetzt, und er dachte, daß es zu ihm paßte.

»Du hast also wirklich Grund, ihm dankbar zu sein.«

»Und dieser Depp, der damische, erst recht! Scham di! Die Schläg' hast dir verdient!« Sie nahm die Hose auf, sammelte die abgesprungenen Knöpfe ein und verließ den Ort der Exekution.

»Was hast du denn gegen Thomas?« fragte Friedrich König. »Er ist doch ein netter Junge!«

»Hochnäsig ist er.«

»Das kommt dir sicher nur so vor. Versuch's doch mal mit Freundlichkeit.«

»In den Arsch kriechen werd' ich ihm!« Mit soviel Würde wie es ihm sein Zustand erlaubte, folgte Sepp seiner Mutter. Friedrich König lachte. Wenn die Bestrafung des Jungen für sein Empfinden auch entschieden zu drastisch ausgefallen war, so fand er doch, daß der Junge eine Belehrung verdient hatte. Ganz gewiß würde Thomas in Zukunft sich wegen blauer Flecken oder Schrammen nicht mehr vor seinem Vater rechtfertigen müssen.

Seit Mariä Lichtmeß hatte Margarethe Meyr zwei neue Gehilfinnen, Töchter von Bauern, die in der Lage waren, die Köchin dafür zu bezahlen, daß sie bei ihr lernen durften. Da sie kaum jemals aus dem Bereich der Küche herauskamen, fanden sie bei der Herrschaft keine Beachtung. Die eine, Bertel, war ein scheues kleines Ding mit mausgrauem, glanzlosem Haar, die andere, Kreszenz, das gerade Gegenteil: eine üppige ländliche Schönheit.

Ludwig, der die niederen Dienste auf dem Schloß ausübte – er hatte die schweren Töpfe zu schrubben, die Schuhe und das Silber zu putzen –, versuchte erst mit Kreszenz, dann mit Bertel anzubandeln, blitzte aber bei beiden ab. Die Mädchen sahen in ihm, obwohl er jung und stark war und die Aussicht hatte, auf Baptists Posten vorzurücken, keine passende Partie. Ihm zuliebe eine Sünde zu begehen, lockte sie noch weniger. Zudem waren beide schon versprochen.

Aber während sich Bertel fleißig, zäh und sehr realistisch auf ihre Aufgabe als Bäuerin vorbereitete und außer einem gelegentlichen Wort des Spottes nichts für Ludwig übrig hatte, machte Kreszenz ihm doch immer wieder schöne Augen. Er ließ es sich gern gefallen, nutzte auch die Gelegenheit, ihr einen Kuß aufzudrücken, wenn er auch bald herausfand, daß ihr Interesse in Wahrheit nicht ihm, sondern dem Hofmarksherrn galt. So viel wie möglich wollte sie über ihn, den großen, von Gerüchten umschwirrten Mann herausbringen, und da der junge Diener auch nur gelegentlich mit ihm in Berührung kam, erfand er, was Kreszenz wissen wollte. Mochte Margarethe Meyr auch noch so oft dazwischen fahren: das Geklatsche und Getratsche zwischen den beiden wollte kein Ende nehmen.

Jetzt in der kalten Jahreszeit, wenn Anselm von Deinharting häufig durchnäßt und verfroren von einem Ausritt zum Gut oder einer Jagd heimkehrte, kam er durch den Hintereingang und befahl Ludwig, ihm heißes Wasser für ein Bad in sein Schlafzimmer zu bringen. Kreszenz, die sich vorstellen konnte, daß dieses Bad in früheren Jahren den Mägden Gelegenheit gegeben hatte, sich ihrem Herrn zu nähern, bedrängte Ludwig, sie statt seiner das Wasser bringen zu lassen.

Ludwig sträubte sich lange, um so für Kreszenz interessant zu bleiben, aber auch, weil er es nicht wagte, sich einem Befehl zu widersetzen. Doch Kreszenz ließ nicht locker. Mit immer größeren Versprechungen verstand sie es, ihn kirre zu machen. »Was ist schon dabei, ob ich gehe oder du?« meinte sie. »Die Hauptsache ist, daß der Herr zu seinem Bad kommt!«

»Es ist doch ein Unterschied.«

»Aber doch nur ein klitzekleiner!« Sie drängte sich eng an ihn. »Für den ich dir was Großes geben würde!«

»Darf ich in deine Kammer kommen?« raunte er und schlang den Arm um ihre Taille.

»Ich schlaf' doch mit der Bertel zusammen!«

»Die schicken wir einfach fort!«

»Ja, wenn dir das gelingt ...« meinte Kreszenz lockend und innerlich schon fest entschlossen, Bertel so zu bearbeiten, daß sie auf keinen Fall weich würde.

Die Gelegenheit war günstig. Es war Sonntag morgen, und die Köchin und Bertel waren zur Frühmesse ins Dorf gegangen, weil sie sich später, wenn die Messe auf dem Schloß abgehalten wurde, um den Braten kümmern wollten. So waren Kreszenz und Ludwig allein in der Küche gewesen, als der Hausherr zurückgekommen war – er hatte zusammen mit seinen Forstleuten einen marodierenden Soldaten aufgestöbert, festgenommen und ihn zur Feldgendarmerie nach Taufbeuern geschickt. Dann hatte er, Kreszenz nur mit einem flüchtigen Blick streifend, Ludwig gebeten, ihm ein Bad zu bereiten.

Jetzt nahm sie dem Diener den schon gefüllten Eimer aus der Hand. »Laß mich, ich bitt' dich!«

»Was hast du schon davon?«

»Gar nichts! Ich möcht's halt nur!«

»Das ist doch narrisch!«

»Narrisch oder nicht ... ich tu's!«

Kopfschüttelnd ließ Ludwig es zu, daß sie die beiden Eimer aus der Küche schleppte. Er dachte sich, daß er dabei nichts zu verlieren, sondern höchstens etwas zu gewinnen hätte. Aber ein ungutes Gefühl blieb ihm doch, und weil es ihm im Magen flatterte, dachte er, daß es vielleicht Hunger wäre, und füllte sich einen Napf mit kräftiger Rindssuppe, die zu jeder Tageszeit auf dem Herd stand.

Als Kreszenz in das Schlafzimmer des Hofmarksherrn trat, wurden ihre Augen groß.

Anselm von Deinharting hatte schon sein Hemd ausgezogen – es war, trotz der Kälte, die draußen herrschte, verschwitzt, denn der Fußmarsch durchs Unterholz, in dem man vom Pferd hatte steigen müssen, war anstrengend gewesen –, auch Stiefel und Strümpfe hatte er abgestreift und stand jetzt barfuß, nur noch von der eng anliegenden, bis zu den Knöcheln reichenden Hose aus grünem Tuch bekleidet, mitten in seinem Schlafzimmer, den Rücken zur Tür gewandt. Sie glaubte, niemals kräftigere Schultern gesehen zu haben. Nur die braune Mannesgestalt an der Zimmerdecke – sie stellte Vulcanus dar, den römischen Gott des Feuers, aber das wußte sie natürlich nicht – kam ihm gleich.

Baptist hatte schon die kupferne Wanne aufgestellt und war dabei, frische Kleidung für seinen Herrn herauszulegen. »Steh nicht herum, dumme Dirn«, sagte er mißbilligend, »sondern gieß ein! Du glaubst doch wohl nicht, daß dem Herrn mit zwei Kübeln gedient ist? Also eil dich!«

Überrascht drehte der Hofmarksherr sich zu ihr um. »Warum du, Dirn? Hatte ich nicht Ludwig befohlen ...«

»Ludwig muß das Silber putzen, und damit er zur Zeit fertig wird ...« Sie wurde glühendrot, während sie diese Lüge vorbrachte; es war nicht schwer, sie zu durchschauen.

»Warst wohl neugierig, Dirn?«

»Nein, ach nein!« wehrte sie sich, aber der begehrliche Blick ihrer blanken Augen verriet sie. »Ihr seid so stark, Herr«, platzte sie heraus, »ich möcht' mich fürchten.«

Er trat nahe an sie heran und legte ihr zwei Finger unter das Kinn. »Du siehst nicht aus wie eine, die Angst hat!«

Kreszenz schlug die Augen nieder; ein zitterndes Lächeln spielte um ihre Lippen. Ihr gesunder Geruch stieg ihm in die Nase. Urplötzlich stieg ein starkes Verlangen in ihm auf.

Baptist spürte die Spannung, die in der Stille lag. »Soll ich gehen, Herr?« fragte er.

Diese Worte brachten Anselm von Deinharting zur Besinnung; er zog seine Hand zurück, als hätte er sich die Finger verbrannt. »Aber nein, tu Er, was ich Ihm gesagt habe!« Er trat zurück und versuchte, durch tiefes, gleichmäßiges Atemholen seine Erregung zu bekämpfen.

»Mach endlich!« fuhr Baptist mit der ganzen Verachtung des höhergestellten Bediensteten die Magd an. »Worauf wartest du?«

Anselm von Deinharting konnte die Augen nicht von ihr lassen, und es war auch wirklich ein sehenswerter Anblick, wie sie sich jetzt vorbeugte und das Wasser in die Wanne goß. Die Mode der Zeit hatte sich auch in der Tracht niedergeschlagen. Die Taille von Kreszenz' Dirndlkleid lag unter ihren Brüsten, die in der Bewegung herauszuschlüpfen drohten.

Als sie sich aufrichtete, suchte ihr Blick keck den ihres Herrn, und sie las aus seinen Augen den Eindruck, den sie auf ihn gemacht hatte.

»Ich bin gleich zurück«, versprach sie.

»Ja, und beeil dich!« sagte Baptist. »Sonst ist das erste Wasser kalt, bevor das nächste kommt!«

»Schick Ludwig«, befahl Anselm von Deinharting mit rauher Stimme, »du kannst ihn beim Silberputzen ablösen.«

Kreszenz versuchte gar nicht ihre Enttäuschung zu verbergen. »Aber, Herr, ich ...«

»Tu, was dir gesagt wird!« herrschte Baptist sie an.

Sie war noch nicht bereit aufzugeben. »Der Herr will mich nicht um sich haben?«

»Du sagst es.«

Kreszenz zuckte die Achseln; beleidigt war sie nicht, denn es war doch ein prickelndes kleines Abenteuer gewesen, und sie zweifelte nicht daran, daß sie gefallen hatte. »Nun, der Herr weiß ja, wo ich zu finden bin!« Sie zog ab.

»Diese Weiber«, schimpfte Baptist halblaut, »daß sie nie Ruhe geben können.«

Anselm von Deinharting hatte ihn gut verstanden, aber seine Frage war mehr an sich selbst gerichtet: »Können wir's denn?!«

»Aber der gnädige Herr hat sie doch fortgeschickt!«

»Schwer genug ist es mir gefallen, glaub Er mir!« Er hatte indessen sein Beinkleid abgestreift und warf es dem Diener zu. Nahe dem riesigen Kachelofen stellte er sich auf, das grobe graue Badetuch um die Lenden geschlungen und wartete, bis die Wanne gefüllt war. Das ging schnell genug vor sich, denn Ludwig, der ein schlechtes Gewissen hatte und eine Rüge erwartete, lief mit Feuereifer treppauf und treppab.

Währenddessen dachte Anselm von Deinharting über das nach, was ihm soeben geschehen war. Es hatte ihn angenehm berührt, gab er sich zu, denn manchmal in den letzten Jahren hatte es ihm scheinen wollen, daß er sehr ruhig, zu ruhig geworden war. Er liebte Elisabeth von ganzem Herzen, und doch, kam es ihm vor, hätte er wie Vater und Tochter mit ihr zusammen leben können. Nie überfiel ihn ein so jähes Begehren, wie er es für Kreszenz empfunden hatte. Wenn Elisabeth nicht immer wieder mit lockender Zärtlichkeit auf ihn zugekommen wäre, hätten sich ihre Beziehungen vielleicht schon völlig abgekühlt.

Er hatte sich schon manchmal gefragt, woran das wohl liegen mochte. Vielleicht lag es daran, daß sie sich ihm so viele Jahre entzogen hatte, vielleicht auch daran, daß sie eine Dame war und blieb, empfindlich und kompliziert in ihren Gefühlen. Es war ihm selbstverständlich, stets zärtliche Rücksicht auf sie zu nehmen, wie Kreszenz sie bestimmt nicht erwartet hätte. Warum hatte er sie dann fortgeschickt? Früher war es ihm doch ganz natürlich, jedes Mädchen zu nehmen, das ihm gefiel, und besonders jede, die ihn begehrte. Er sah auch nach wie vor nichts Schlechtes darin, wenn er auch vorsichtshalber nie zu Pfarrer Reiter beichten gegangen war, sondern bei seinen seltenen Besuchen in München. Dort hatte er sich sagen lassen, daß er ein großer Sünder sei, hatte auch kurz fast ein Gefühl der Reue empfunden, war aber nie zu dem Vorsatz durchgestoßen, sich zu ändern. Für ihn war ein erotisches Abenteuer immer etwas durchaus Natürliches gewesen, gerade dann, wenn es nicht mit tiefen Gefühlen verbunden war, die zu Verstrickungen führen konnten.

Aber er wußte, daß Elisabeth die Dinge nicht so sehen konnte wie er. Sie hatten zwar nie darüber gesprochen und nie hatte sie ihm seine Amouren vorgehalten, die sie doch geahnt haben mußte. Aber er war sicher, daß es sie tief verletzen würde, wenn sie jetzt erfahren müßte, daß er mit einer anderen das erlebte, was für sie die Erfüllung ihrer Liebe bedeutete. Vielleicht würde sie sich dadurch in den Schmutz gezogen fühlen, vielleicht aber auch glauben, daß sie ihm als Frau nicht genügte – wie hätte er ihr erklären können, daß sein Begehren für eine andere nichts mit seinen Gefühlen für sie zu tun hatte.

Anselm von Deinharting seufzte. Nein, er war kein bedenkenloser junger Mann mehr. Nichts würde ihn dazu bringen, die späte Harmonie seines Lebens zu zerstören.

Als er dann seinen starken Körper im heißen Wasser mit einer Wurzelbürste und schwarzer Seife bearbeitete, glaubte er, damit jeden Gedanken an die Herausforderung loszuwerden. Nachdem Baptist ihn zum Schluß noch mit einem Eimer mit eiskaltem Brunnenwasser übergossen hatte, fühlte er sich an Körper und Seele gereinigt.

Aber es blieb nicht dabei. Das Verlangen nach dem jungen, gesunden Körper des Bauernmädchens war nicht so leicht loszuwerden. Immer wieder überfiel es ihn, manchmal sogar, wenn er Elisabeth in den Armen hielt.

Auch zu früheren Zeiten hatte er das Schloß häufig durch den Hintereingang betreten, der durch die Küche führte. Jetzt konnte er es nicht mehr unbefangen tun. Schon wenn er durch die Lindenallee ritt, dachte er daran, daß er Kreszenz gleich auf die unverfänglichste Weise sehen konnte. Sogleich verbot er es sich und benutzte das Haupttor. Dann wieder kam ein Tag, wo er glaubte, über alles hinwegzusein und sich dem Anblick des Mädchens aussetzen zu können. Wenn er sie dann aber in der Küche werken sah, glühend, mit zerzaustem Haar, die grobe Leinenschürze vorgebunden, war er sogleich wieder hingerissen.

Sie war das erste Mädchen, das er sich verbot, und noch nie hatte ihm eine so zugesetzt wie sie. Sie ließ die Arbeit aus den Händen gleiten und blickte ihn an, unfähig, ein Wort hervorzubringen und ganz hilflos in ihrem Verlangen, das erst nur ein Spiel gewesen, jetzt aber zu einem Zwang geworden war, aus dem sie sich nicht mehr befreien konnte.

Dann war es gut, daß Margarethe Meyr die Anwesenheit des Herrn wahrnahm, um ihre Klagen darüber vorzubringen, daß der Vogt zuwenig Fleisch und Mehl schickte, die Hühner der Bauern zu mager seien, der Rohrzucker und die Kaffeebohnen auch immer teurer würden, und daß sie, wenn es so weiter ginge, den herrschaftlichen Tisch mit nichts anderem als Mehlsuppe und Kartoffeln beschicken könnte.

Ihr Gejammer brachte den Hofmarksherrn auf den Boden der Wirklichkeit zurück. Er riß sich zusammen, drückte mit einem Scherz ihrer bewährten Kochkunst seine Anerkennung aus, auf die sie abzielte. Margarethe Meyr bemerkte bei alldem nichts von der Spannung, die in der Luft lag, hatte sich wohl auch nie um die Liebschaften des Herrn gekümmert. Ihr war nur wichtig, was auf dem Herd brodelte, und darüber hinaus das Heil ihrer Seele, für das sie fleißig betete und zur Messe ging. Die kleine Bertel dagegen spürte wohl, daß etwas zwischen Anselm von Deinharting und der schönen Kreszenz vor sich ging. Ihr scharfer, prüfender Blick war es, der ihn zumeist in die Flucht trieb.

Nach einer solchen Begegnung schwor er sich, die Küche nicht wieder zu betreten, bis er sich stark genug fühlte, der Versuchung zu widerstehen.

Eines Abends saßen er und Elisabeth im unteren Erkerzimmer zusammen. Sie waren allein, denn Antoinette probte mit Auguste und den Kindern im Musikzimmer eine Aufführung für den Heiligen Abend. Es sollte die Geburt Christi gespielt werden, wobei Thomas die Rolle des Josef, der kleinen Christine die fast stumme der Maria zufallen sollte. Antoinette wollte die Hirten auf dem Felde darstellen und Auguste – sehr unlustig, denn sie fühlte sich über solche Spiele hoch erhaben – den Verkündigungsengel. Es sollte eine Überraschung für die Eltern werden, die bei all dem Getuschel und den Heimlichkeiten natürlich längst ahnten, daß etwas vorbereitet wurde.

Es war inzwischen Mitte Dezember geworden, aber der Schnee ließ immer noch auf sich warten. Ein eisig-kalter Regen trommelte gegen die Fensterscheiben. Das machte es drinnen im Erkerzimmer erst recht gemütlich. In dem roten Marmorkamin loderte ein prächtiges Feuer, und alle Kerzen brannten. Auf dem Tisch standen Gläser, eine Flasche Wein und eine Schale mit köstlichem Gebäck – Zimtsterne, Mandelkuchen und sogenannte Spanische Eier –, die die ständigen Unkenrufe der Köchin Lügen straften.

Anselm von Deinharting stocherte in den Flammen, während Elisabeth den neuesten Roman von Jean Paul las. Aber nach einer Weile spürte sie, daß ihr die Augen zu schmerzen begannen, auch konnte sie sich nicht recht auf die Abenteuer des Advokaten Siebenkäs konzentrieren.

So ließ sie das Buch sinken. »Wenn man nur wüßte, wie das Wetter wird! Es wäre doch schön, wenn wir zu Silvester einen Ball geben könnten. Aber solange die Wege wie jetzt sind, dürfen wir niemandem die Fahrt zumuten.«

Er reagierte gar nicht darauf, sondern schien angelegentlich damit beschäftigt, einen Klotz, der von dem sorgfältig angelegten Aufbau gerutscht war, in die Flammen zurückzuschieben.

»Was meinst du, Anselm?« fragte sie.

Aber sie bekam immer noch keine Antwort.

»Anselm!«Jetzt erhob Elisabeth die Stimme. »Was ist mit dir? Du hörst mir ja gar nicht zu! Anselm!«

Endlich wandte er sich ihr zu. »Du hast etwas gesagt?«

»Ja, eine ganze Menge sogar! Das mußt du doch gehört haben!«

»Entschuldige, chérie, ich dachte, du läsest ... da habe ich meine Gedanken wohl spazieren lassen.«

»Woran hast du gedacht?«

Er lächelte ein wenig verzerrt. »Stell dir vor, ich habe es schon wieder vergessen.«

»Du bist etwas ... sonderbar in letzter Zeit.«

»Das klingt nicht gerade liebevoll«, erwiderte er.

»Ich wollte dich nicht kränken, gewiß nicht, aber manchmal kommt es mir vor, als ... als wärest du gar nicht mehr bei uns.«

Er ergriff ihre Hand. »Gewiß bin ich das, Liebling, in jeder Minute!«

»Bedrückt es dich, daß wir so lange nichts mehr von Anselm gehört haben?«

»An Anselm denke ich kaum noch«, bekannte er nachdenklich. »Es ist schwer zu erklären. Sein Entschluß, die Heimat zu verlassen, hat in mir eine Wunde aufgerissen, mit der man nicht leben kann. Entweder sie heilt, oder man stirbt daran. Es scheint, daß sie bei mir geheilt ist. Ich kann ihm nicht ewig nachtrauern, Elisabeth.«

»Wie gut ich dich verstehe. Mir ist es mit Maximilian ganz ähnlich ergangen. Zuerst denkt man, es wird nie wieder eine Freude, nie wieder auch nur einen Augenblick des Friedens geben. Man leidet entsetzlich. Aber heute kann ich ohne ihn leben ... wie du ohne Anselm.«

Er drückte ihre Hand noch inniger. »Ich bin froh, daß es jetzt so zwischen uns ist ... daß wir über alles miteinander sprechen können.« Aber schon während er es sagte, wußte er, daß dies nicht die Wahrheit war; niemals würde er auch nur den Versuch wagen, ihr seine Gefühle für das Bauernmädchen erklären zu wollen.

»Über alles?« wiederholte sie. »Ich weiß nicht, Anselm, es gibt doch zwischen Männern und Frauen eine Kluft, eine Differenz der Gefühle … wir empfinden anders, glaube ich.«

»Eine andere Art von Liebe?«

»Ja, auch das.«

»Wenn es nur Liebe ist«, sagte er.

»Ja, das ist es, Anselm, und doch kann ich dir bei so vielem nicht folgen. Ich habe kein Interesse für Politik, kein Verständnis für den Krieg, keinen Sinn für heldische Gebärden und Eroberungen …«

Er lächelte. »Ich wußte gar nicht, daß ich ein so martialischer Mann bin!«

»Das bist du nicht, Anselm, aber doch nicht ganz so friedfertig, wie du glaubst. Du bist ein Mann, und ich spüre oft, daß etwas von der Lust am Kämpfen auch in dir lodert, ob nun in Diskussionen oder auch mit der Waffe in der Hand. Du könntest töten … ja, du hast getötet …«

»Und du glaubst, daß das einer Frau ganz unmöglich wäre!? Denke dir, du wärest allein mit den Kindern und feindliche Soldaten drängten ins Schloß. Würdest du da nicht auch schießen, wenn du eine Waffe hättest?«

»Ich weiß es nicht … ja, vielleicht doch!« gab Elisabeth zu, doch rasch erklärte sie: »Aber es wäre etwas anderes.«

»Meine kleine Sophistin!«

»Spotte nur! Vielleicht kann ich mich nicht richtig ausdrücken, aber ich empfinde, daß wir Frauen anders sind. Uns genügt ein kleiner Kreis von Menschen, und wir sind zufrieden, wenn es nur unseren Lieben gut geht. Ihr jedoch … nun will ich versuchen, genauer zu sein, also sage ich nicht mehr ihr, sondern du! Du, Anselm, interessierst dich für Philosophie, Politik, neue Entwicklungen …«

»Was ist verkehrt daran?«

»Nichts. Ich weiß auch gar nicht, wie wir darauf kamen. Ach ja, ich wollte dir klarmachen, daß Frau und Mann einander nie ganz verstehen können.« Sie hatte sich in Eifer geredet, ihre blassen Wangen waren vom Licht des Feuers rosig überhaucht, die grauen Augen leuchteten, und ihr Haar schimmerte wie Seide. Er war froh, daß sie ihm gehörte. »Nun, dann sagen wir, daß wir uns so gut verstehen, wie es zwischen zwei Lebewesen verschiedenen Geschlechts, verschiedener Herkunft und Lebenserfahrung möglich sein kann.«

»Anderer Empfindungs- und Denkart«, fügte sie hinzu.

»Willst du eine Mauer um dich aufrichten?«

Die Frage erschreckte sie. »Nein, Anselm, das nie wieder ... es war ja nur ein Gespräch.« Sie fing sich wieder und lächelte. »Das ist auch so etwas. Mit einer anderen Frau könnte ich stundenlang über Nichtigkeiten sprechen ... über unsere Toiletten, darüber, wie wir sie nach der neuesten Mode ändern wollen, über Schönheitspflege, unsere Kinder, über die Kleider, den Teint und das Benehmen anderer Frauen, die wir kennen! Dir dürfte ich mit solchen Dingen gar nicht kommen ...«

»Ich bin dankbar, daß du es nicht tust!« Er küßte ihre Fingerspitzen.

»Aber das ist doch selbstverständlich.« Sie lachte auf. »Ich würde doch nie riskieren, dich zu Tode zu langweilen.«

»War es das, was du mir eben erzählen wolltest, als ich dir ungezogenerweise nicht zuhörte?«

»Nein, nein ...«

»Was dann?« Er leerte sein Glas.

»Warte, laß mich nachdenken!« Sie steckte ein »Spanisches Ei« in den Mund, ein Gebäck, das Margarethe Meyr aus einem Viertelpfund feingestoßenen Zucker, Orangenblütenwasser und dem steif geschlagenen Schnee von zwölf Eiern herzustellen pflegte und das fast auf der Zunge zerging. »Ah, ich weiß es wieder! Ich überlegte, daß wir zu Silvester einen Ball geben könnten ... wenn man nur wüßte, wie das Wetter wird.«

»Schwer zu sagen, bevor der erste Frost ...« Er unterbrach sich. »Elisabeth, ich weiß etwas Besseres! Wir warten ab, bis die Straßen fest sind, dann reisen wir nach München!«

»Aber du sagtest doch ... ich dachte, wir könnten nicht ...«

»Ich habe es mir anders überlegt. Ein paar Monate Stadtluft werden uns bestimmt guttun.«

»Wie wird Auguste sich freuen!« Elisabeth klatschte in die Hände. »Wir nehmen sie doch mit?« fügte sie ein wenig ängstlich hinzu.

»Sie würde es uns nie verzeihen, wenn wir sie zu Hause ließen«, sagte er schmunzelnd.

»Aber leider brauchen wir wirklich neue Kleider! Manches läßt sich zwar umarbeiten, doch einiges ...«

»Mach dir deswegen keine Sorgen. Ich werde es schon einrichten.«

Impulsiv lief sie zu ihm hin, setzte sich auf seinen Schoß und umschlang seinen Hals. »Du Bester!« – Sie dachte dabei an ihr Elternhaus, wo über Geld zwar nie gesprochen werden durfte, sie und ihre Schwestern aber dennoch gewußt hatten, daß der ewige Streit ihrer Eltern um nichts anderes gegangen war.

Ihre leichte Last bedrückte ihn nicht, und er zog sie eng an sich. Aber er fühlte sich beschämt, denn er hatte die Reise nach München ja nicht beschlossen, um ihr und Auguste eine Freude zu machen, sondern um der Versuchung zu entfliehen.

Sie waren einander sehr nahe, doch ohne die Schranke, die zwischen ihnen stand, niederreißen zu können.

Das Weihnachtsfest verlief harmonisch. Auguste war durch die Aussicht auf einen Besuch in München bester Laune. Emanuel, der als Leutnant bei den bayerischen Grenadieren in Augsburg stand, hatte Urlaub und verbrachte die Feiertage zu Hause. Wie bestellt begann es am Heiligen Abend zu schneien, und die Aufführung der jungen Leute wurde ein großer Erfolg, wenn auch Elisabeth und Anselm von Deinharting nicht recht wußten, ob sie dazu lachen oder weinen sollten, denn die kleine Christine war als Mutter Gottes, ihre hölzerne Puppe im Arm, ungemein rührend und komisch zugleich.

Um Mitternacht lag der Schnee schon so hoch, daß man die Schlitten anspannen konnte, um zur Kirche zu fahren. Die Messe, der die Deinhartinger zusammen mit der ganzen Gemeinde beiwohnten, wurde mit besonderer Andacht gefeiert. Vor dem Muttergottesbild, das der Hofmarksherr aus dem säkularisierten Kloster gerettet hatte, brannten zahlreiche Kerzen.

Der erste Feiertag wurde still im Kreise der Familie verbracht; die Mahlzeiten waren, wie es sich versteht, schwer und besonders schmackhaft. Es gab Kaisersuppe, Karpfen blau mit Meerrettichsahne, junge Gänse in schwarzer Sauce und als Dessert Quittengelee, zum Abendessen Forellen auf polnische Art, Rebhühner in Gelee, Schokoladencreme, und dazwischen Mengen von Gebäck: Gewürzkuchen, Zimtsterne, Mandelkuchen, Zitronenbrot und natürlich Margarethes Spezialität, die Spanischen Eier. Das schwere Essen, die Getränke – auch die Kinder bekamen ein wenig Punsch – und die stark geheizten Öfen machten alle so müde und träge, daß es Antoinette nur mit Mühe gelang, die Kinder zu einer Schneeballschlacht zu bewegen.

Am zweiten Feiertag kamen Afra und ihr Baron zu Besuch. Sie brachten Geschenke, die unangemessen teuer waren – goldene Berloques in verschiedenen Ausführungen. Von den erwachsenen Deinhartingern wurden sie mit nachsichtiger Höflichkeit, von den unverwöhnten Kindern mit lautem Jubel entgegengenommen wurden. Wieder gab es ein ebenso köstliches wie schweres Essen, und die jungen Leute wiederholten am Nachmittag zu Ehren der Gäste ihre Aufführung.

Dann zog der Alltag und mit ihm die Pucherin auf Schloß Deinharting ein. Es begann das große Schneidern, Ändern und Sticheln. Auguste und Antoinette, deren Schule in der Zeit zwischen Weihnachten und Neujahr geschlossen war, legten fleißig mit Hand an, und da der Hofmarksherr einige Goldstücke hatte springen lassen, entstanden prächtige Toiletten für die Damen. Er selber entschied, daß sein alter, selten getragener Frack gut genug für München sei und er nicht vorhabe, dort als Modegeck aufzutreten. Die Damen waren so sehr mit ihrer eigenen Garderobe beschäftigt, daß sie gar nicht darauf bestanden, ihn neu einzukleiden. Doch machte sich Antoinette daran, seine Anzüge mit Terpentinöl, Löschpapier und Seifenspiritus zu reinigen, eine Arbeit, die den ganzen Tag in Anspruch nahm. Sie wusch seine Hemden, bügelte sie und schichtete sie zwischen Papier sorgfältig in die große Reisetruhe.

Unversehens kam der Hofmarksherr, als Antoinette so beschäftigt war, in sein Schlafzimmer. »Wenn ich dich nicht hätte!« sagte er; obwohl sie erwachsen war, konnte er sich nur schwer angewöhnen, sie zu siezen.

Antoinette richtete sich lächelnd auf. »Oh, dann blieben Ihnen immer noch Ihre Gattin und Auguste!«

»Die so mit dem Herrichten ihres eigenen Krams beschäftigt sind, daß sie keinen Gedanken an meine Garderobe verschwenden.«

»Das ist nicht wahr! Ma tante bat mich …«

Er lächelte. »Tat sie das wirklich?!«

Antoinette beharrte nicht auf ihrer Lüge. »Sie hätte es gewiß getan, wenn ich mich nicht erboten hätte.«

»Mag sein. Aber es bleibt dabei, daß ich ohne dich recht verloren wäre.«

»Es bliebe Ihnen ja immer noch Kreszenz!« rutschte es ihr heraus.

Sein Gesicht verdüsterte sich.

Sie schlug sich auf den Mund. »Oh, pardon, ich wollte nicht ...«

Er trat, fast drohend, auf sie zu, sie um mehr als zwei Köpfe überragend. »Was weißt du?«

Sie wich keinen Zoll zurück, stand vor ihm, hoch aufgerichtet, und sah ihm furchtlos ins Gesicht. »Nichts. Weil es nichts zu wissen gibt.«

»Warum sagst du dann so etwas?«

»Ich tat es nicht mit Absicht, Monsieur.«

»Aber du tatest es.«

»Kreszenz ist eine schöne Person und ... sie ist ganz hingerissen von Monsieur.« In Antoinettes Wangen bildeten sich Grübchen, als sie lächelte. »Sie wäre glücklich, wenn sie für Monsieur werken dürfte ... Aber Margarethe Meyr läßt sie nicht aus der Küche.«

»Woher weißt du das?«

»Es ist leicht zu merken.« Antoinette richtete den Kopf noch ein wenig höher auf. »Auch, daß Monsieur ihr nicht abgeneigt sind!« Rasch fügte sie hinzu: »Wie könnten Sie auch! Sie ist wirklich ein schönes Frauenzimmer.«

Er war bestürzt. »Dann wissen es alle?«

»Nein, nein!«

»Aber wenn du sagst ...«

»Die meisten, Monsieur, haben keine Augen für das, was um sie herum vorgeht! Auguste denkt nur an ihre Zukunft, Margarethe Meyr nur an die Bereitung der Mahlzeiten und ... bitte, halten Sie mich nicht für vorwitzig ... Ihrer Gattin ist es nicht gegeben, das Leben so zu sehen, wie es ist. Also bliebe nur die Bertel ... ja, und ich glaube, sie ahnt, was vor sich geht.«

Die Ader an seiner Schläfe hatte zu pochen begonnen. »Aber es passiert durchaus nichts!«

»Ich weiß«, sagte Antoinette gelassen, »und das ehrt Sie, Monsieur.«

Er ließ sich auf das weiß-goldene, von einem brokatenen Himmel überzogene Bett sinken. »Manchmal bist du mir unheimlich, ma petite.«

Sie lächelte ohne Koketterie und blickte ihn aus ihren großen blauen Augen ernsthaft an. »Nur weil ich bemerke, was um mich vorgeht?«

»Du weißt soviel über die menschlichen Schwächen.«

»Und über die menschlichen Stärken, Monsieur!«

»Meine Frau würde das nie verstehen.«

»Wohl nicht«, sagte Antoinette nachdenklich, »weil man sie immer vor der Wirklichkeit behütet hat. Ich aber bin früh ins Leben hinausgestoßen worden. Aber ich glaube nicht, daß das ein Nachteil war. Auch Thomas soll nicht in einer Scheinwelt aufwachsen.« Sie sammelte all ihren Mut und sagte: »Ich habe ihm alles erzählt.«

»Was?«

»Daß er ein Kind der Liebe ist ... und Sie sein Vater sind!«

»Das war zu früh, Tonette, viel zu früh!«

»Ich meine nicht. Er hat es sehr verständig aufgenommen.«

»Und was denkt er jetzt von mir?«

»Daß Sie Ihre Gattin mehr lieben als ihn ... und das ist ja wohl auch die Wahrheit.«

»Ich kann Elisabeth nicht verletzen.«

»Das habe ich ihm erklärt.«

Er schlug mit einer ganz untheatralischen Geste die Hand vor die Stirn. »Ach, Antoinette, warum ist alles so schwer?«

»Es ist gar nicht schwer, Monsieur, nur ein wenig kompliziert. Ihre Gattin ist für Sie der wichtigste Mensch auf der Welt. Wer könnte Ihnen daraus einen Vorwurf machen? Ihretwegen wagen Sie nicht, sich zu Thomas zu bekennen, und ihretwegen fliehen Sie nach München.«

»Bist du uns böse, daß wir dich nicht mitnehmen?« Er schlang den Arm um sie und zog sie wie ein Kind leicht an sich.

»Nein, warum sollte ich? Thomas und Christine brauchen mich ja, und dann die Schule ...« Sie ließ es bei dieser Andeutung bewenden.

»Wir haben dich all die Jahre recht ausgenutzt, nicht wahr?«

»Sie haben mir eine neue Heimat gegeben.«

»Essen, Trinken, Kleidung und ein Dach über dem Kopf ... wieviel mehr haben wir von dir bekommen! Deine Heiterkeit, dein

Verständnis, deine Güte und, glaub nicht, daß ich das nicht weiß, ohne dich bestünde meine Ehe nicht mehr. Ich bin froh, daß ich einmal Gelegenheit habe, dir zu sagen, wie dankbar ich dir bin!«

Sie strich ihm durch das dichte braune Haar, in dem sich schon die ersten Silberfäden zeigten. »Lieb von Ihnen, Monsieur.«

»Sag mir, gibt es irgendeinen Wunsch, den ich dir erfüllen kann?«

»Nein, Monsieur.«

»Wenn wir dich auch nicht mit nach München nehmen können ... abgesehen von allem anderen ist auch deine Herkunft im heutigen Bayern nicht gerade ... wie soll ich mich ausdrücken ...«

»Gar nicht, Monsieur. Ich weiß Bescheid. Als Französin altadliger Abkunft würde meine Anwesenheit in der Landeshauptstadt einer Regierung, die mit den Neufranken liebäugelt, nur unbequem sein.«

Erstaunt gab er sie frei. »Woher weißt du das?«

Sie lachte. »Lieber Monsieur, das pfeifen doch die Spatzen von den Dächern.«

»Seit wann befassen Mädchen sich mit Politik?«

»Warum halten Sie uns Frauen für so dumm?«

»Nicht dumm, anders! Sie leben in einer Welt der schönen Empfindungen ...«

Sie unterbrach ihn. »Wer hat Ihnen das weisgemacht? Ihre Gattin?«

»Alle Frauen, mit denen ich bisher in Berührung gekommen bin.«

»Das kann nicht sein. Die haben Ihnen oder Sie haben sich selber etwas vorgemacht. Auch wir Frauen sind vernunftbegabte Wesen, wenn auch die Gesellschaft uns wenig Gelegenheit gibt, unseren Verstand zu entwickeln.«

»Das sind reichlich unschickliche Worte.« Er stand auf. Sie lächelte unbefangen zu ihm auf. »Deshalb spreche ich sie ja auch im Beisein anderer nicht aus. Übrigens dachte ich, Sie müßten wissen, daß ich mich für die Vorgänge und Zustände auf dieser Welt interessiere. Wenn ich mich recht erinnere, haben Sie mich schon als Kind dafür getadelt und mir geboten, den Mund zu halten!«

Ihm war es unbehaglich bei diesem Gespräch, das seine hergebrachten Anschauungen erschütterte; er trat an eines der Fenster, sah zu den schneebedeckten Bergen hinüber, deren Gipfel sich klar gegen den blauen Winterhimmel abhoben, und rang sich dann doch noch zu einer Entgegnung durch. »Unter den Kindern«, sagte er, ohne sich umzudrehen, »hat es wohl immer Mädchen gegeben, die versucht haben, es den Buben gleichzutun.«

»Bis Mütter, Tanten und Gouvernanten es ihnen austrieben!« gab sie unbeeindruckt zurück.

»Nein, bis ihre Weiblichkeit erblühte!«

»Ja, die holde Weiblichkeit.« Antoinettes Lachen klang durchaus nicht bitter, sondern recht vergnügt. »Drehen Sie sich um, Monsieur, schauen Sie mich an!«

Er tat es mit gerunzelter Stirn.

»Wollen Sie etwa behaupten«, fragte sie ohne Koketterie, »es fehle mir an Weiblichkeit?«

Das konnte er nun wirklich nicht. In ihrem schönen Gesicht mit den tiefblauen Augen, deren Farbe einen so hübschen Gegensatz zu ihrem kastanienbraunen Haar bildete, das ihr in natürlichen Locken in die Stirn und den Nacken fiel, lag nicht die Spur von männlicher Härte. Obwohl ihr Körperbau zierlich war – Hände und Füße waren klein, der Hals schlank und die Taille schmal –, hatte sie doch einen festen, wohlgerundeten Busen, der durch die Mode der Zeit noch besonders betont wurde.

Seine Stirn glättete sich. »Du bist sehr schön!«

Sie bedankte sich mit einem Knicks. »Und durch und durch Frau, das müssen Sie zugeben. Dennoch mag ich meinen Verstand nicht verkümmern lassen.«

»Ich will es dir nicht verwehren, nur … es wird es dir erschweren, einen Ehemann zu finden.«

»Ich will ja gar keinen.«

»Überleg dir, was du sagst!«

»Glauben Sie nicht, daß dies eine Frage ist, über die jedes Mädchen, ob sie nun klug oder dumm ist, nie genug nachdenken kann? Es ist mir ernst: Ich mag nicht heiraten.«

»Und ich wollte mich eben erbieten, mich in München für dich umzuschauen!«

»Das ist sehr gütig von Ihnen, aber ganz unnötig. Kümmern Sie sich lieber um einen Mann für Auguste.« Über Antoinettes Gesicht fiel ein Schatten von Besorgnis. »Sie hegt so hohe Erwartungen.«

»Wir haben Zeit genug, sie unter die Haube zu bringen, aber für dich wird es eilig …«

»Sagen Sie lieber: es ist zu spät. Ich bin mit meinen zweiundzwanzig Jahren schon ein altes Mädchen. Aber ich fühle mich recht wohl dabei.«

»Aber warum, Tonette, warum?«

»Ich war einmal im Leben sehr verliebt ... in einen Mann, den ich nicht bekommen konnte. Heute bin ich froh, daß er mir versagt blieb.« Sie biß sich auf die Lippen. »Ich mißtraue den Leidenschaften.«

»Was sagst du da?« fragte er betroffen.

»Sie müßten mich doch verstehen, Monsieur! Fliehen Sie denn nicht auch gerade jetzt vor einer Leidenschaft?«

»Die ohne Liebe ist.«

»Sie sehen das so klar, weil Sie ein Mann von großer Erfahrung sind. Aber junge Menschen verwechseln das nur zu leicht. Wenn derjenige, den man begehrt, von Stand ist und ein hübsches Gesicht hat, so glaubt man gleich an Liebe. Um so jämmerlicher ist das Erwachen.«

Anselm von Deinharting dachte nach. »Darin kann ich dir nicht einmal widersprechen. Aber da du ja doch auf deinen Verstand baust, wie wäre es dann mit einer Vernunftehe?«

»Wollen Sie mich loswerden?«

»Gewiß nicht!« sagte er fast erschrocken. »Du bist der gute Geist dieses Hauses.«

»Sehen Sie, und gerade das möchte ich bleiben.« Sie lief zu ihm hin und gab ihm einen leichten Kuß auf die Wange. »Hier habe ich Menschen um mich, die mich brauchen. Warum sollte ich mir eine andere Familie suchen? Glauben Sie mir, ich bin es zufrieden, eine alte Jungfer zu werden. Wenn nur Thomas sein Schicksal meistert.«

Er verstand ihre brennende Sorge um den Jungen. »Sobald sich eine Gelegenheit ergibt, werde ich mit Elisabeth ...«

Sie legte ihm den Zeigefinger auf den Mund. »Pst! Versprechen Sie mir nichts, was Sie nicht halten können!«

Er faßte ihre Hand und küßte die Fingerspitzen. »Verzeih mir meine Schwäche!«

»Ich versteh sie ja! Und, keine Sorge, von mir wird Elisabeth es nie erfahren!« Damit riß sie sich los und eilte aus dem Zimmer.

Silvester wurde in diesem Jahr auf Schloß Deinharting ohne Aufwand gefeiert. Natürlich wurde groß aufgetischt – das hätte

Margarethe sich um keinen Preis nehmen lassen –, aber es gab weder einen Ball noch Gäste mit Ausnahme von Doktor König, der fast schon als Familienmitglied betrachtet wurde. Christine wurde gleich nach dem Abendessen nach oben gebracht und Thomas, obwohl er behauptete, durchaus noch nicht müde zu sein, um zehn Uhr ins Bett geschickt. Danach saß man noch zwanglos und gemütlich, wenn auch nicht, wie gewöhnlich, im unteren Erkerzimmer, sondern in dem etwas festlicheren Rahmen des Musikzimmers zusammen. Die Damen waren recht alltäglich gekleidet, denn Elisabeth und Auguste hatten ihre schönsten Roben schon für die Reise verpackt, und Antoinette, die das Einfache liebte, hatte sie nicht übertrumpfen mögen. Auch Anselm von Deinharting trug seinen gewöhnlichen braunen Rock. Nur Friedrich König war im Frack erschienen, anders war es nicht möglich gewesen, denn Rock und Beinkleider, die er gewöhnlich trug, waren bei seinen Experimenten so sehr zu Schaden gekommen, daß er sie außer Haus nicht mehr anziehen konnte.

Die Damen und Friedrich König labten sich an einem Punsch, der auf dem üppig verzierten Kachelofen warm gehalten wurde; Margarethe Meyr hatte das Getränk aus dem Abgeriebenen und dem Saft von zwölf Zitronen und zwei Apfelsinen, zweieinhalb Pfund Zucker, drei Liter kochendem Wasser und einem Liter Arrak bereitet. Dem Hausherrn war es zu süß, er hätte einen guten, schweren Rotwein vorgezogen.

Die Stimmung war gedämpft. Man sah der Zukunft eher in banger Erwartung als in froher Hoffnung entgegen. Nur Auguste strahlte, nun, da ihr Herzenswunsch bald in Erfüllung gehen sollte. Aber niemand mochte recht auf ihr Geplauder über Bälle, Redouten und Opernbesuche eingehen.

»Werde ich auch bei Hofe vorgestellt werden, Papa?«

»Ich fürchte, der Kurfürst hat momentan andere Sorgen, als junge Damen vom Land zu empfangen.«

»Ach, bitte, Papa, machen Sie's doch möglich!«

»Man wird sehen!«

»Es wird sehr einsam für Sie werden, Tonette«, meinte Elisabeth.

»Ich habe ja die Kinder und die Schule! Darf ich gelegentlich Afra einladen?«

»Sooft Sie wollen. Sie sind ja ein erwachsenes Mädchen. Schalten und walten Sie, wie Sie es für richtig halten.«

»Danke, ma tante.«

»Und was wird aus mir?« fragte Doktor König.

»Ich glaube, ma tante wird nichts dagegen haben, wenn Sie Ihre sonntäglichen Besuche auch in ihrer Abwesenheit fortsetzen.«

»Gewiß nicht«, bestätigte Elisabeth.

»Ich wäre auch gern bereit, zu Ihrem Schutze vorübergehend ganz ins Schloß zu ziehen.«

»Sehr lieb von Ihnen, Frédéric!« bedankte sich Antoinette. »Aber da wir momentan Frieden im Lande haben, ganz unnötig.«

»Und auch sehr unziemlich!« sagte Elisabeth mit einer gewissen Schärfe.

»Aber wieso denn? Das haben wir früher doch auch einige Male arrangiert«, widersprach Doktor König.

»Da war Antoinette noch ein Kind. Heute würde Ihre ständige Anwesenheit ihren Ruf gefährden.«

Doktor König lachte nur. »Oje, da habe ich wohl wieder etwas ganz Verkehrtes gesagt!«

»Es war ja gut gemeint!« tröstete Antoinette ihn. »Aber es ist wirklich unmöglich, zumal Henriette Striegel mit nach München reist.«

»Dann ist mir alles klar. Ohne unsere altbewährte Anstandsdame sind wir natürlich verloren.«

Auguste nahm diese Bemerkung ganz ernst. »Aber wir brauchen Henriette! Sie erwarten doch nicht etwa, daß wir uns allein zum Ball ankleiden!?«

Friedrich König lachte.

Antoinette warf ihm einen verweisenden Blick zu. »Schon gut, Gustel! Natürlich wissen wir, daß Sie in München eine Zofe brauchen, während wir eine Anstandsdame sehr wohl entbehren können.« Aber sie fragte sich, wie dieses verwöhnte Kind wohl mit den Härten des Lebens fertig werden würde.

Elisabeth stand auf und trat ans Spinett.

»Ja, bitte, ma tante, spielen Sie!« rief Antoinette sofort.

»Das ist eine gute Idee«, meinte auch der Hofmarksherr.

Elisabeth stellte einen der Leuchter auf das Instrument, blätterte in ihren Noten und nahm dann Platz. Sie intonierte eine Fuge von Bach; Antoinette und Friedrich König lauschten ihr mit Genuß, Anselm von Deinharting mit wachsender Liebe. Elisabeth war so schön, wie sie da, sehr gerade und wach und doch in sich versunken, am Spinett saß und ihre schmalen Hände über die Tasten gleiten ließ, daß es ihn hinriß. Kreszenz und ihre bäuerlichen Reize waren in diesem Moment vergessen.

Nur Auguste, die unmusikalisch war, begann sich bald zu langweilen. Leise stand sie auf. Sie wollte noch einmal den Inhalt der Reisetruhe nachprüfen, um festzustellen, ob sie auch nichts vergessen hatte.

Erst als die Glocken und Böllerschüsse vom Dorf her den Jahreswechsel ankündigten, fand sie wieder zu den anderen. Man trank sich zu und wünschte sich ein gutes neues Jahr. Als Antoinette Friedrich König, wie allen anderen, die Wange zum Kuß reichte, hielt er sie ein wenig fester, als nötig gewesen wäre. Sie löste sich ohne Verlegenheit aus seiner Umarmung.

Auguste wäre am liebsten schon am nächsten Morgen abgereist, aber das war unmöglich, denn Neujahr war ein Feiertag. Wie üblich, zelebrierte Pfarrer Reiter die Messe um elf Uhr in der Schloßkirche, und wie ebenfalls üblich wurde danach ein schweres Essen eingenommen, an dem der Pfarrer teilnahm. Friedrich König war zwar eingeladen worden, hatte aber abgelehnt, weil er die Gastfreundschaft der Deinhartings nicht über Gebühr beanspruchen wollte. Außerdem wollte er seinen Entschluß wahr machen, das neue Jahr, entgegen allen Gepflogenheiten, mit Arbeit zu beginnen.

Die nächsten Tage vergingen mit dem Warten auf günstiges Reisewetter. Es schneite ununterbrochen. Antoinette und Thomas fuhren mit dem Pferdeschlitten zur Schule. Ihnen machte das Spaß. Sie klopften sich den Schnee von der Kleidung und wärmten sich am Ofen. Aber für eine längere Reise war keiner der Deinhartinger Schlitten geeignet. Sie waren allesamt offen, nicht groß genug, und zudem wußte man nicht, wie die Straßenverhältnisse sein würden, wenn man, nach dem Fasching, zurückkehren würde. So hieß es also, obwohl Auguste ihre Ungeduld kaum noch bändigen konnte, abwarten, bis der Schnee sich gesetzt hatte und Frost eintrat.

Das war endlich, am fünften Tag nach Neujahr, der Fall, und obwohl man spät aufgestanden war, wurde entschieden, noch am gleichen Tag nach München abzureisen. Auguste drängte. Jede Stunde, die sie länger als nötig in Deinharting blieb, schien ihr ein Versäumnis.

Peter hatte Zeit genug gehabt, die große, gutgefederte Reisekutsche gründlich zu säubern, das Leder zu wachsen und die Messingteile zu polieren. Koffer, Kisten und Truhen waren gepackt und brauchten nur noch aufgeladen zu werden. Huber, der Kutscher, der die meiste Zeit des Jahres beim Vogt auf dem Gut arbeitete, hatte schon seit Tagen über dem Stall geschlafen und war zur Stelle.

Während Elisabeth, Auguste und Anselm von Deinharting ein frühes improvisiertes Mittagessen einnahmen, wurden die letzten Vorbereitungen getroffen. Margarethe und die Mägde luden Körbe mit Lebensmitteln auf, die als Proviant für die Fahrt, aber auch zur Bestückung der gräflich Hollbergschen Küche dienen sollten: ein abgehäutetes und ausgenommenes Reh, das der Schloßherr noch nach den Feiertagen geschossen hatte, geräucherte Rinderzungen, Ochsenfilets, die duftenden braunen Brote, die Margarethe im Ofen auf dem Hof zu backen pflegte, pfundschwere Butterkugeln, Flaschen mit Saft und Wein, ausgesuchte Winteräpfel, Gläser mit Eingemachtem, ein gebratener Puter und tellergroße Kuchen.

Margarethe Meyr hatte es so gut gemeint, daß der Hofmarksherr mit einem Blick feststellte: Für ihn war kein Platz mehr im Inneren der Kutsche. So ließ er die Damen einsteigen, Elisabeth und Auguste mit bodenlangen Mänteln, Pelzmützen, Muffe und Wildlederhandschuhen angetan, Henriette Striegel in einem dikken gestrickten Tuch, wie es ihrer dienenden Stellung entsprach, auf dem grauen Haar aber einen kleinen Hut, der ihr, wie sie meinte, ihrer Herkunft als Beamtentochter nach zustand. Elisabeth betrachtete diesen Hut mit Mißbilligung, wollte ihre Zofe aber nicht gleich zu Beginn der Reise tadeln und unterdrückte daher eine Bemerkung. Anselm von Deinharting war es gar nicht unlieb, daß er sich neben den Kutscher auf den Bock schwingen mußte. Stundenlang in Damengesellschaft eingesperrt zu sein, wäre ihm entschieden lästig gewesen.

Margarethe Meyr, Bertel und Kreszenz standen vor der Küchentür, während dieser Aufbruch vor sich ging; sie hielten ihre Hände wegen der Kälte unter der Schürze verborgen, aber um nichts in der Welt hätten sie sich das Ereignis entgehen lassen. Peter Stuffer sprach auf die Pferde ein, als könnten sie ihn verstehen. Anna, die Kindermagd, hielt Christine auf dem Arm, obwohl die Kleine, inzwischen drei Jahre alt, sehr gut auf ihren eigenen Beinen stehen und gehen konnte. Aber instinktiv versuchte Anna ihr bei der Abreise ihrer Mutter ein Gefühl von Geborgenheit zu vermitteln. Christine weinte nicht, steckte nur den Daumen in den Mund und blickte ernsthaft und aufmerksam aus ihren klaren grauen Augen.

»Reich mir la petite noch einmal«, rief Elisabeth der Magd zu, »damit ich ihr ein Bussi geben kann!«

Aber im Dunkel der Kutsche wurde es Christine unheimlich, und sie begann zu strampeln.

»Wie schade, daß wir Antoinette und Thomas nicht Lebewohl sagen konnten!« meinte Auguste, obwohl sie durchaus nicht willens gewesen wäre, die Abreise deswegen auch nur für wenige Minuten zu verzögern.

Die schöne Kreszenz blickte mit brennenden Augen zu Anselm von Deinharting auf, und der war sich, nun, da die Rösser angespannt waren, seiner so sicher, daß er fröhlich hinunter grüßen konnte.

Huber, sehr würdig in seiner Livree mit dem gelben Band um den blauen, zylinderartigen Hut, knallte mit der Peitsche, Peter trat beiseite, die Pferde zogen an, und die Räder der Kutsche rollten über den hartgefrorenen Schnee. Elisabeth und Auguste ließen ihre Spitzentüchlein flattern, und das Gesinde winkte ihnen nach, bis Elisabeth befahl, das Fenster zu schließen.

Die Kutsche rollte den Schloßberg hinunter und die schnurgerade Allee entlang, in der die kahlen Linden ihre schneebeladenen Äste in den hellen Winterhimmel streckten. Schon von weitem entdeckte Anselm von Deinharting den einspännigen Schlitten mit Antoinette und Thomas, der ihnen entgegenkam.

Sie fuhren aneinander vorbei und winkten sich zu. Aber niemand dachte daran anzuhalten. Es war alles gesagt und geregelt.

Gegen Abend des nächsten Tages erreichten die Deinhartings die Isar. Da der Schnee die Furchen und Schlaglöcher der Landstraßen ausgeglichen hatte, waren sie schnell vorangekommen und verhältnismäßig wenig durchgerüttelt worden. Der Hofmarksherr hatte darauf bestanden, daß auch die Damen von Zeit zu Zeit ausstiegen und ein Stück zu Fuß gingen, und so befanden sich alle bei guter Gesundheit.

Die Straße hier, in der Nähe der Stadt, war stark befahren und sehr schlecht. Die Räder der Kutschen hatten den Schnee in einen schwärzlichen Brei verwandelt, der das Vorwärtskommen ungemein erschwerte. Deshalb entschied Anselm von Deinharting, nicht, wie sie es gewöhnlich taten, über die alte Ludwigsbrücke und das aufgelassene Isartor zu fahren, sondern sich westwärts weiter rechts der Isar zu halten.

Auguste erhob Einspruch, aber das nutzte ihr nichts. Der Vater wies sie darauf hin, daß es besser war, eine Viertelstunde später als geplant am Ziel einzutreffen, statt zu riskieren, daß man im Schlamm steckenblieb.

Im flotten Trab erreichten sie die Pagerie, ein riesiges, aber schlichtes Gebäude, in dem bis zu vierhundert Knaben von Stand erzogen wurden. Anselm von Deinharting dachte flüchtig an Thomas und wie gut es für ihn wäre, hier aufzuwachsen. Aber da dies nach Lage der Dinge nicht möglich war, versuchte er den Gedanken zu verscheuchen. Doch er spürte, daß ein Schatten über seine Stimmung gefallen war, und mußte sich sehr bemühen, es die Damen nicht merken zu lassen.

Sie rumpelten über die alte hölzerne Brücke, und nun konnte Auguste es vor Ungeduld kaum noch aushalten. Am liebsten wäre sie gelaufen, aber dazu war die Beschaffenheit der Straße auch hier nicht angetan. Da sie noch nicht zur Innenstadt gehörte, war sie nur spärlich beleuchtet, und Huber und seine Pferde mußten sich ihren Weg beim Licht der Kutscherlampen suchen. Er führte am Groggenauertor vorbei, einem einfachen zinnenbekrönten Bau, dessen Umrisse kaum zu erkennen waren. In der Bevölkerung wurde es auch Kosttor genannt, weil in seiner Nähe die Speisung der Stadtarmen aus der Ridlerschen Reichen Almosenstiftung stattfand. Von diesem Punkt an waren in regelmäßigen Abständen Laternen aufgestellt.

Anselm von Deinharting klopfte mit dem Peitschenstiel an das Kutschfenster, um Auguste den Neuturm und das alte Münzgebäude zu zeigen, das unter Albrecht V. erbaut worden war und als Kunstkammer verwendet wurde. Aber Auguste stand der Sinn durchaus nicht nach städtebaulichen Besonderheiten. Dennoch beugte sie sich weit aus der Kutsche und entdeckte so, als sie den Hofgraben überquerten, fast im gleichen Augenblick wie ihr Vater das Cuvilliéstheater und die Residenz, die beide im Kerzenglanz erstrahlten.

»Endlich!« rief sie. »Endlich!«

»Endlich – was?« fragte Elisabeth.

»Wir sind da! Sehen Sie nur, Mama ... das muß die Residenz sein!«

Elisabeth seufzte leicht. »Wann wirst du endlich lernen, dich zu zügeln.«

Der Wagen hielt mit einem Ruck, und die Damen wurden gegeneinander und gegen die Essenskörbe geworfen.

»Was ist passiert?« rief Auguste zum Fenster hinaus.

»Wir müssen einen anderen Weg suchen«, erklärte Anselm von Deinharting.

»Nein, oh, nein ... nicht, wo wir schon so nahe am Ziel sind!«

»Bitte, Auguste«, mahnte Elisabeth, »dein Vater wird seine Gründe haben ... und schließe endlich das Fenster, es ist schon eiskalt geworden.«

Auguste gehorchte maulend.

Der Wagenschlag wurde geöffnet. »Wenn ihr wollt, könnt ihr aussteigen«, sagte Anselm von Deinharting, »für Fußgänger sind Bretter gelegt, aber mit der Kutsche ist kein Weiterkommen.«

»Das begreife ich nicht«, erklärte Elisabeth, ließ sich aber willig hinaushelfen.

Auguste folgte flink, Henriette Striegel recht mühsam ihrem Beispiel. Während Huber Pferd und Wagen wendete, blieben sie alle erst einmal stehen und starrten auf die Baustelle, die sich vor der Residenz erstreckte und die jetzt, tief eingeschneit, einer Mondlandschaft glich. Das alte Franziskanerkloster, das vormals hier gestanden hatte, war niedergerissen worden. Nur noch geringe Teile der Grundmauern waren zu sehen. Gleichzeitig hatte man begonnen, den Friedhof der Franziskaner aufzuheben, auf dem zahlreiche Patrizier der Stadt ihre letzte Ruhe gefunden hatten. Bei diesen Arbeiten war man vom Einbruch des Winters überrascht worden, so daß nur noch ein Teil der Umfassungsmauer stand, allenthalben Erdhaufen sich erhoben und Schächte klafften.

Unwillkürlich bekreuzigte sich Elisabeth. »Was für ein Frevel!«

»Der Kurfürst ist nun einmal für Neuerungen«, meinte Anselm von Deinharting sehr viel gleichmütiger.

»Aber deshalb kann man doch keine Gräber zerstören!«

Er nahm ihren Arm. »Wie du siehst, kann man doch, meine Liebe. Nimm es nicht zu tragisch. Die hier liegen, spüren längst nichts mehr.«

Auguste hatte mit der Schuhspitze im Schnee gestochert und war auf etwas Hartes gestoßen; jetzt wollte sie sich bücken, um es aufzuheben.

»Tu es nicht!« sagte Elisabeth rasch. »Eine Dame hebt nichts von der Straße auf, und wer weiß, es könnte ja ein Knochen sein.«

Auguste schauderte. »Laßt uns gehen«, bat sie.

Sie balancierten über die Bretter bis zur Perusastraße, wo sie endlich Pflaster unter den Füßen spürten. Auguste hatte sich dabei immer wieder umgeblickt, denn der Anblick der Zerstörung vor dem Hintergrund der strahlenden Gebäude schien ihr zu wunderlich. In wenigen Minuten hatten sie das Gräflich-Hollbergsche Stadthaus erreicht und klingelten an der Pforte. Obwohl der Grund hier in der Innenstadt schon immer teuer gewesen war, lag das Haus breit hingelagert zwischen den wesentlich schmaleren Nachbarn. Dennoch hatte es nicht allzuviel Raum, denn es war, auf italienische Manier und von einem italienischen Architekten, um einen mit Arkaden umbauten Innenhof errichtet worden, in den eine Toreinfahrt mündete. So glich es fast einem Palais.

Es dauerte nicht lange, und ein livrierter Diener öffnete. Da er den Hofmarksherrn und seine Frau kannte, nahm er ihnen sogleich Mäntel, Muffe, Mützen und Handschuhe ab und war noch nicht damit fertig, als Sophie Gräfin Hollberg auf dem Treppenabsatz erschien.

»Wie? Was?« rief sie statt einer Begrüßung. »Ihr kommt zu Fuß? Soll das etwa heißen, ihr seid in einer Herberge abgestiegen?!«

»Natürlich nicht, Sophie, beruhige dich!« erwiderte ihr Bruder. »Wir wären nur beim Friedhof der Franziskaner fast steckengeblieben ...« Weiter kam er nicht.

»Ich verstehe, ich verstehe ...« Sophie huschte die Stufen herunter, fast so behende wie ein junges Mädchen, obwohl sie schon die Sechzig erreicht hatte. »Das ist wirklich ein Schandfleck für die Stadt, aber wenn er erst fertig ist, soll er prachtvoll werden!« Sie reichte ihrem Bruder die weiche, gepuderte Wange zum Kuß, die sich wie zerknittertes Pergament anfühlte.

»Wer?« fragte Auguste.

»Der Platz natürlich.« Sophie ließ sich von Elisabeth küssen, hielt sie dann mit beiden Armen von sich, um sie prüfend zu mustern. »Immer noch entzückend«, sagte sie dann – sie gebrauchte das Wort »ravissant«, und sie sagte es eher neidvoll als bewundernd.

»Sie halten sich aber auch sehr gut«, gab Elisabeth zurück. »Das ist der Unterschied: Solange man jung ist, ist man schön, älter geworden, hält man sich gerade noch.«

Elisabeth hatte den Eindruck, als wäre Sophie auf ein größeres Kompliment aus, aber sie mochte nicht lügen. Ihrer Meinung nach war die Schwägerin nie schön gewesen. In der Jugend waren ihr durch eine Krankheit die Haare ausgefallen, und seitdem glich ihr wimpern- und brauenloses Gesicht einem Vogelköpfchen. Sophie blickte Elisabeth prüfend, fast herausfordernd an, aber da die andere ihrem Blick standhielt, gab sie endlich auf und wandte sich Auguste zu, die sie artig küßte.

»Und nun zu dir, ma petite ... nein, du bist keine Kleine mehr! Was für ein wunderschönes großes Mädchen ist aus dem grauen Mäuschen geworden! Du bist gewiß nach München gekommen, um eine Partie zu machen? Das war gescheit von dir. Mit Glück und Beziehungen ...«

»Ein bißchen Diskretion, meine liebe Sophie«, bemerkte Anselm von Deinharting, »könnte nicht schaden.«

Auguste hatte sich dunkelrot verfärbt.

»Verzeih mir, mon frère ... aber in meinen Jahren verliert die Affektation ihren Reiz.«

»In deinen Jahren?« Der Hofmarksherr lachte. »Seit ich dich kenne, hast du nie viel davon gehalten. Du wußtest immer, was du wolltest, und hast es erreicht.«

»Und was ist schlimm daran?«

»Daß du dabei sehr häufig die Gefühle deiner Mitmenschen verletzt hast.«

»Deine etwa?«

»Oh, ja, liebe Sophie. Ich werde nie vergessen, wie du mich in der Kinderzeit unter der Fuchtel hattest.«

»Wie kann man nur so nachtragend sein!« Sie gab ihm mit ihrem geschnitzten Elfenbeinfächer einen leichten Schlag auf die Wange. »Habe ich nicht auch eine Menge für dich getan? Ich habe dir eine Frau verschafft ...«

»Ich bitte dich, Sophie!«

Sophie tat ahnungslos. »Darf über Caroline nicht mehr gesprochen werden? Immerhin hat sie dir gesunde Söhne geboren …«

Jetzt mischte Elisabeth sich ein. »Ich habe ihre Kinder wie die meinen aufgezogen, und das wissen Sie! Überdies habe ich selber keinen sehnlicheren Wunsch, als meinem Gatten einen Sohn zu schenken.«

»Dann kann ich Ihnen nur raten, sich damit zu beeilen, denn die Jüngste sind Sie, trotz Ihres blühenden Aussehens, ja auch nicht mehr.«

»Wie boshaft, Sophie!« Anselm von Deinharting schüttelte den Kopf. »Merkwürdig, wenn wir getrennt sind, vergesse ich immer, wie du bist. Deine Briefe sind liebevoll und geistreich, aber wenn ich dir gegenüberstehe … ich wünschte, wir wären nicht gekommen.«

»Ach, wirklich?« fragte sie unbeeindruckt. »Aber ich nehme doch an, daß du einen guten Grund für die Reise hattest.«

Mit dieser Bemerkung traf sie den Nagel so sehr auf den Kopf, daß ihm keine Antwort einfiel.

Statt seiner brauste Auguste auf, da sie Sophies Behauptung mit Recht auf sich bezog. »Wenn Sie glauben, daß Sie mich unter die Haube bringen sollen, dann irren Sie, ma tante!«

Sophie betrachtete sie vom Kopf bis zu den Füßen und stieß ein langgezogenes: »So?« aus.

»Jawohl!« bestätigte Auguste. »Und ich werde auch gar nicht bei Ihnen wohnen, sondern bei Beata!«

»Das ist unmöglich!« Jetzt, zum erstenmal, zeigte sich Sophie wirklich betroffen.

»Aber wieso denn?« fragte Auguste.

»Dir das klarzumachen, braucht möglicherweise Zeit! Also laßt uns nicht länger hier herumstehen. Gehen wir hinauf in den Salon!«

Alle – außer Henriette Striegel, die sich mit beleidigtem Gesicht in die ihr zugewiesene Dienstbotenstube unter dem Dach zurückzog – folgten ihr willig, denn es war ihnen im zugigen, ungeheizten Treppenhaus kälter geworden als auf der Fahrt. Als sie in den Salon traten, zog Anselm von Deinharting unwillkürlich den Kopf ein, obwohl der Türrahmen zu hoch war, als daß er sich daran hätte stoßen können. Aber die Zimmerdecke war so viel niedriger als die in Deinharting, alle Dimensionen waren kleiner, so daß er sich hier anfangs immer wie ein Riese im Zwergenland vorkam. In dem schönen italienischen Ofen bullerte ein Feuer, und Sophie ließ von dem Diener, der ihnen gefolgt war, sämtliche Kerzen anzünden.

»Ihr seid sicher hungrig«, sagte sie, »was kann ich euch anbieten?« Und im gleichen Augenblick gab sie sich selber die Antwort: »Serviere Er Kuchen und Likör, Stephan!« befahl sie dem Diener.

»Bitte nicht«, wehrte Elisabeth ab, »wir haben unterwegs gegessen und können es bis zum Diner aushalten.«

»Mir kannst du einen Obstler einschenken«, sagte Anselm von Deinharting, als wäre er hier zu Hause, »und den Damen darfst du einen Glühwein bereiten lassen, der wird ihnen guttun.« Sophie hatte schon eine spitze Bemerkung über diese selbstherrlichen Anordnungen auf der Zunge, aber da hörte sie die Kutsche in den Hof einfahren, ergriff einen der Leuchter und lief so eilig auf die Galerie hinaus, daß ihre Haubenbänder flatterten.

Elisabeth beschloß, die Gelegenheit zu nutzen und sich frisch zu machen. Auguste wollte der Tante nach in den Hof hinunter, um sich gleich zu Beata fahren zu lassen.

»Das wäre unhöflich«, entschied Anselm von Deinharting, »erst einmal müssen wir die Argumente anhören ...«

»Aber ich will nicht!«

»Steck nur nicht wieder deinen Dickkopf auf!« mahnte er.

»Tu ich ja gar nicht, ich will nur ...«

»Komm mit mir, Gustel«, bat Elisabeth liebevoll, »es wird sich schon alles regeln!«

Als Sophie zurückkam, war sie wie umgewandelt. Der reiche Schatz an Naturalien, den die Deinhartinger mitgebracht hatten, brachte sie in die beste Stimmung.

Sie stellte sich auf die Zehenspitzen und versuchte, ihren großen Bruder auf die Wange zu küssen, wobei sie aber nur seinen Hals erwischte. »Ich gestehe, daß ich immer etwas gegen das Landleben gehabt habe«, bekannte sie lächelnd, »aber was das Essen und Trinken betrifft, so seid ihr doch viel besser daran als wir Städter.«

»Wir hatten eine schlechte Ernte dieses Jahr.«

»Wem sagst du das! Wer bekommt denn eine schlechte Ernte stärker zu spüren als wir Städter? Ihr Landleute profitiert ja nur davon. Ihr behaltet zurück, was ihr selber braucht, und das andere verkauft ihr zu Preisen, die für gewöhnliche Leute nicht mehr erschwinglich sind.«

»Ganz so ist es nun auch nicht! Wenn der Bauer das Vieh nicht durch den Winter füttern kann ...«

»... schlachtet er es eben«, fiel Sophie ihm ins Wort, »und die Familie hat für Wochen ausgesorgt.«

»Ich will mich nicht mit dir streiten ...«

»Ich doch auch nicht! Ich will dir nur zeigen, wie dankbar ich bin.« Sie lief auch zu Elisabeth, die gerade wieder eintrat, und küßte sie herzlich. »Tausend Dank, ma chère! Ich habe euer Gepäck schon auf die Zimmer bringen lassen.«

»Meines doch wohl nicht«, sagte Auguste kampfeslustig, die hinter Elisabeth eingetreten war.

»Aber ja doch, meine Liebe, ich habe dir das Zimmer zugedacht, in dem früher meine Tochter Isolde ihr kleines Reich hatte.«

»Ich werde nicht hierbleiben.« Auguste stampfte mit dem Fuß auf.

»Dieses herrliche Temperament!« Sophie lächelte. »Ganz wie ihre große Schwester! Das haben sie beide von Caroline geerbt, nicht wahr? Aber du solltest langsam Erfahrung darin haben, es zu zügeln, lieber Anselm!«

»Wenn Auguste Ihnen schlecht erzogen scheint, dann geben Sie mir die Schuld«, sagte Elisabeth sanft.

»Oh, nein, meine Liebe, das werde ich nicht tun. Ein Lamm wird nie imstande sein, ein Löwenjunges zu bändigen. Aber setzen wir uns doch. Ich habe Anweisung gegeben, den Wein zu bereiten.«

Der Diener brachte eine Flasche und ein Glas aus der anliegenden Bibliothek und stellte beides neben den Hofmarksherrn.

»Sie können uns jetzt allein lassen, Stephan«, sagte die Gräfin, »ich werde klingeln, wenn ich etwas brauche.« Der Diener verließ mit einer Verbeugung rückwärts das Zimmer.

»Sie haben gutes Personal«, stellte Elisabeth fest.

»Ist Anton nicht zu Hause?« fragte Anselm von Deinharting. »Nein, oh, nein«, wehrte Sophie ab, »kommt mir nicht so! Zuerst einmal werden wir über Auguste und ihren Aufenthalt in München sprechen!«

»Beata erwartet mich!« rief Auguste.

»Heute abend?« fragte Sophie.

Darauf konnte Auguste keine Antwort geben, denn so genau war ihr Besuch nicht geplant gewesen.

»Nun gut, dann werde ich Stephan schicken!« sagte Sophie und griff nach dem reichbesticken Band, das als Klingelschnur diente.

»Papa ... Mama, so stehen Sie mir doch bei!« flehte Auguste. Aber es kam ihr keine Hilfe.

»Du solltest dich nicht aufführen wie ein ungebärdiges Kind«, sagte Elisabeth statt dessen, »sondern Tante Sophie für ihre Gastfreundschaft dankbar sein.«

Der Ausdruck von Belustigung auf Anselm von Deinhartings Gesicht zeigte deutlich, daß er nicht bereit war, sich in diese weibliche Auseinandersetzung einzumischen.

Sophie hatte geläutet, und der Diener erschien; er trug ein Tablett mit Tassen und eine Karaffe mit dem Glühwein, der aus geröstetem Zucker und erhitztem Rotwein zubereitet war, den die Köchin mit Zimt, Nelken und Muskatnuß gewürzt hatte.

»Gehen Sie sofort zu Madame von Müllern«, befahl Sophie ihm, »Sie wissen, wo sie wohnt. Melden Sie ihr, daß sie nicht zu warten braucht. Mademoiselle Auguste hat in meinem Haus Quartier bezogen.«

»Sehr wohl, Madame«, sagte der Diener, sah die Gräfin aber fragend an.

»Sie servieren natürlich erst.«

Der Diener schenkte ein, verteilte die Tassen und zog sich dann zurück.

Auguste begriff, daß sie geschlagen war, aber sie war außerstande, nun einfach in guter Haltung nachzugeben. »Aber warum nur, warum?« fragte sie.

»Erst einmal: ›Im Tal‹ ist keine Adresse.«

»Wieso nicht?«

»Dort wohnen vorwiegend Handwerker und kleine Ladenbesitzer.«

»Und Beata!«

»Dagegen ist nichts einzuwenden. Sie hat das Haus geerbt, überdies ist sie mit einem Künstler verheiratet, und sie hat, soviel ich weiß, nie versucht, eine Rolle in der Gesellschaft zu spielen. Hätte sie das vor, müßte sie ihre Wohnung wohl wechseln.«

»Aber sie ist doch so hübsch«, wandte Auguste ein.

»Das ändert nichts daran, daß sie in der falschen Gegend liegt. Wenn ein Kavalier dich fragen würde, wo du wohnst – und das wird sicher mehr als einmal der Fall sein –, und du müßtest zur Antwort geben: ›Bei meiner Schwester im Tal‹, würdest du Gefahr laufen, als kleiner Leute Kind eingestuft zu werden.«

»Aber ich werde doch mit Mama und Papa ausgehen!«

»Das ist der zweite Punkt, der dagegen spricht, daß du bei Beata wohnst. Das Cuvilliéstheater, die Residenz und, wenn du dich einmal gutbürgerlich amüsieren willst, das Kalteneggerbräu liegen ganz in der Nähe. Möchtest du deinen Eltern wirklich zumuten, daß sie jedesmal, wenn sie nach Hause wollen, den Umweg zum ›Tal‹ einschlagen?!«

»Ich kann sehr wohl alleine gehen!« Auguste nippte an dem heißen Gebräu.

»Ein junges Mädchen nachts allein auf den Straßen!? Das kann doch nicht dein Ernst sein!«

Darauf wußte Auguste nichts zu sagen.

Sophie fuhr fort: »Außerdem brauchst du eine Zofe! Und einen Raum, in dem du deine Verehrer empfangen kannst. All dies hat dir Beata nicht zu bieten.«

Jetzt ergriff Anselm von Deinharting das Wort. »Schon gut, Sophie. Du hast uns alle überzeugt. Auguste ist dir für deine Gastfreundschaft dankbar … nicht wahr, Auguste?«

»Ja, Tante Sophie«, sagte Auguste, die sich jetzt geschlagen gab.

»Ich wußte übrigens gar nicht, daß ihr Schwestern so sehr aneinander hängt!« sagte Sophie.

Auguste war außerstande zu erklären, daß sie sich von einem Aufenthalt im Hause ihrer verheirateten Schwester einen Hauch von Freiheit erhofft hatte, denn sie wußte, daß schon die Andeutung eines solchen Wunsches alle gegen sie aufbringen würde.

»Doch, ich habe Beata sehr lieb«, sagte sie statt dessen.

»Du kannst sie täglich besuchen, wenn du willst.«

»Gewiß, dagegen ist nichts einzuwenden.« Anselm von Deinharting erhob sich. »Du entschuldigst uns, Sophie. Ich glaube, es ist an der Zeit, daß wir uns zum Diner umziehen. Noch einmal: Wo steckt dein Mann?«

»Er ist bei Hofe. Aber er wird rechtzeitig zum Essen zurück sein.«

Elisabeth und Anselm von Deinharting bewohnten, wie es bei ihren Besuchen in München üblich war, ein Schlafzimmer, dessen Blick zu dem hübschen, ringsum mit Arkaden geschmückten Hof hinausging. Aber in der warmen Jahreszeit konnte man die Fenster nicht öffnen, weil der Misthaufen vor den Pferdeställen, auf den auch die Kübel mit der menschlichen Notdurft geschüttet wurden, zu sehr stank; jetzt im Winter wäre zuviel Kälte in den ohnehin nur schwach beheizten Raum gedrungen.

Das Zimmer, in dessen Mitte ein Doppelbett stand, war für städtische Verhältnisse groß, verglichen mit den Deinhartinger Räumlichkeiten wirkte es jedoch beengend. Anselm von Deinharting überfiel ein jäher Anflug von Heimweh, als er es betrat. Er sehnte sich nach seinem eigenen Schlafzimmer mit den prachtvollen Stukkaturen an der hohen Decke und seinem breiten, mit rotem Brokat überdachten Bett, nach der kupfernen Badewanne – nein, das war es nicht. Er litt darunter, daß er im Haus seiner Schwester, weder bei Tag noch bei Nacht, einen Raum für sich hatte.

Elisabeth merkte es nicht; sie war recht heiter. »Ich bin froh, daß Sophie ihren Kopf durchgesetzt hat«, sagte sie, während sie sich umsah und feststellte, daß Henriette Striegel schon ausgepackt und eingeräumt hatte. »Mir hat die Idee, daß Auguste bei Beata wohnen sollte, nie behagt. Ein junges Mädchen und eine jungverheiratete Frau ... das wollte mir nicht gefallen.«

»Wahrscheinlich hast du recht!« Er half ihr bei den Knöpfen ihres Kleides.

Lächelnd blickte sie über die Schulter zu ihm auf. »Ist es nicht hübsch, einmal ganz eng beieinander zu hausen?«

Er drückte einen zarten Kuß auf ihr rosiges Ohr. »Früher mochtest du das gar nicht.«

»Bitte, erinnere mich nicht an früher! Wenn ich daran denke, dann kommt es mir vor, als wäre ich allzu lange ein Kind gewesen.«

»Aber ein süßes Kind«, sagte er lächelnd.

Sie drehte sich vollends zu ihm um und blickte ihn ernsthaft aus ihren klaren grauen Augen an. »Soll ich dir etwas verraten? Etwas, das ich dir noch nie gesagt habe?«

»Du weißt, daß ich neugierig bin!«

»Oh, nein, das bist du nicht! Du interessierst dich für Politik … und den Fortschritt, aber sehr wenig für das, was in den Herzen der Deinen vor sich geht.«

»Soll das ein Vorwurf sein?«

»Nein, Anselm. Ich liebe dich ja. Ich liebe dich so, wie du bist.« Er zog sie an seine breite Brust. »Dann ist es ja gut.«

»Trotzdem möchte ich dir sagen … ob du es nun wissen willst oder nicht: Es macht mich oft traurig, wenn du mich nachts verläßt.«

Er überlegte, ob sie jetzt von ihm erwartete, daß er ihr vorschlug, wieder zu den Gewohnheiten ihrer ersten Ehejahre zurückzukehren, konnte sich aber nicht dazu überwinden.

»Ich schlafe so gern in deinen Armen ein«, gestand sie.

»Nun, und warte ich nicht meist, bis du eingeschlafen bist?«

»Aber wenn ich aufwache, bin ich allein.«

»Das wärst du immer! Du weißt, daß ich sehr viel früher aufzustehen pflege als du. Ich würde dich nur stören. So kannst du richtig ausschlafen und dann in aller Ruhe im Bett frühstücken, wie du es liebst … während ich schon längst über alle Berge bin.«

»Du hast ja recht.« Sie bereute schon, daß sie sich so weit vorgewagt hatte. »Aber dies hier ist doch eine nette Abwechslung, nicht wahr?« Sie schlug die Augen nieder. »Wir werden uns … wieder ganz nahe sein.«

Er war beglückt über ihre Bereitschaft und Liebe. Nur zu gut erinnerte er sich an die Zeit, da sie ihn ständig abgewehrt, sich in seiner Gegenwart verkrampft hatte und nicht verbergen konnte, daß sic seine Nähe nur schwer ertrug. Wenn man ihm damals gesagt hätte, daß sie eines Tages die zärtlichste und hingebungsvollste Frau sein würde, er hätte es nicht für möglich gehalten.

Jetzt spürte er, daß er doch nicht so glücklich war, wie er es hätte sein sollen. Er wußte nicht, woran es lag. War er zu alt, um überhaupt noch unbefangen glücklich zu sein? Dauerten ihre Beziehungen schon zu lange? Bedurfte er zu sehr der Abwechslung? Seiner Freiheit?

Es kostete ihn Überwindung, in leichtem und herzlichem Ton zu sprechen. »Wir werden tun, als wären wir eben erst verheiratet«, scherzte er.

»Ja, das wollen wir!«

Sie stellte sich auf die Zehen, und er küßte sie, erst zärtlich, dann mit zunehmender Leidenschaft.

Endlich drängte sie ihn von sich. »Aber doch nicht jetzt! Wir müssen uns umziehen ... Henriette kann jeden Augenblick hereinkommen.«

Er schämte sich seiner Erleichterung.

Am nächsten Morgen verließen die Deinhartinger bald nach dem Frühstück das Haus und begaben sich auf den Weg ins »Tal«, um Beata zu besuchen. Sie ließen Pferd und Kutsche, wo sie waren, und gingen zu Fuß.

Das war damals in München allgemein üblich. Natürlich fuhren die Postkutschen – deren Betrieb inzwischen nicht mehr den Fürsten von Thurn und Taxis unterstand, sondern verstaatlicht worden war – durch die Stadt, die Bauern aus der Umgebung rumpelten mit ihren Fuhren des Morgens zum Schrannenmarkt am Marienplatz und zum Viktualienmarkt hinter dem Ruffiniturm und fuhren am Nachmittag wieder ihren Dörfern zu. Es gab auch durchreisende Privatkutschen, und es war üblich, bei der Residenz vorzufahren. Aber die Münchner liebten es, die Wege in der Innenstadt, auch über den ehemaligen Befestigungsring zwischen Sendlinger-, Karls-, Isar- und Kosttor hinaus, zu Fuß zu bewältigen. Gerade diese Eigenheit gab der Stadt ihr ruhiges und gemütliches Gepräge. Fußgänger beherrschten das Straßenbild, und anstatt daß sie sich von den Fuhrwerken scheuchen ließen, kamen diese nur im Schrittempo zwischen den sorglos flanierenden Menschen voran. Selbst der Kurfürst pflegte seine Landeshauptstadt auf seinen stämmigen Beinen zu durchstreifen, nicht etwa verkleidet wie Harun al-Raschid, sondern allen kenntlich in seinem französisch-blauen Rock, das goldene Flinserl im linken Ohr. Mit Vorliebe betrachtete er auf dem Schrannenmarkt das zum Verkauf ausgelegte Geflügel und kritisierte es in seiner pfälzischen Mundart. Das brachte ihm manch derbes Wort von den Bauern ein, worüber er herzlich lachen konnte. Wenige Schritte weiter, in der Weinstraße, betrat er ungeniert das Gasthaus »Zum Goldenen Hahn« und ließ sich für klingende Münze ein Krügel Bier einschenken, streifte den Schaum mit den Fingern ab und leerte es mit sichtlichem Genuß.

Es gab Menschen – wie etwa Anton Graf Hollberg, der seinen Gästen am Abend zuvor von den Streifzügen des regierenden Herrschers berichtet hatte –, die sein Benehmen schockierend und unwürdig fanden. Aber eine solche Kritik kam nur aus den Reihen der Adligen, die ohnehin verbittert waren, daß er sie ihrer althergebrachten Sonderrechte beraubt hatte. Es hieß auch, Caroline, seine schöne Gemahlin, hätte würdevolle Zurückhaltung lieber an ihm gesehen. Die breite Bevölkerung Münchens und der umliegenden Dörfer aber dachte anders: Sie liebte ihren Fürsten, der niemals seinen Stand hervorkehrte, sondern glücklich war, wenn sie ihn als einen der Ihren anerkannten.

Während sie die Theatinerstraße hinunterschritten, dachte Anselm von Deinharting, was für ein Wahnsinn es von seinem Sohn gewesen war, nach französischem Vorbild einen solchen Herrscher absetzen zu wollen, um eine Demokratie auf bayerischem Boden zu begründen.

Als könnte Auguste seine Gedanken lesen, fragte sie; »Ob wir dem Kurfürsten wohl begegnen werden?« Sie hatte ihre Eltern bisher noch nie nach München begleiten dürfen, und die vielen Menschen erregten sie.

»Das müßte schon ein großer Zufall sein«, meinte Elisabeth. »Ich werde dafür sorgen, daß du bei Hofe vorgestellt wirst«, versprach der Vater.

»Aber das wäre nicht dasselbe!«

»Gewiß nicht«, stimmte Anselm von Deinharting zu, »aber ich muß dir sagen, die Vorstellung, dem Kurfürsten hier mir nichts, dir nichts in die Arme zu laufen, wäre mir persönlich alles andere als angenehm.«

»Das verstehe ich nicht!« sagte Auguste.

»Am Hofe, weißt du, herrscht die Etikette. Sie macht den Umgang mit den hohen Herrschaften leichter. Wenn ich den Kurfürsten hier träfe, müßte ich ihn grüßen. Ganz sicher würde er auch gleich erkennen, daß ich von Stand bin. Ob er sich aber meines Namens erinnern würde? Das bezweifle ich. Es käme also unbedingt zu einer Peinlichkeit.«

Auguste konnte das nicht einsehen. »Und ich würde Thomas und Antoinette so gern erzählen können, wir hätten Max Joseph auf der Straße getroffen! Und wie Afra mich erst beneiden würde!«

Unterdessen waren sie die Theatinerstraße entlanggegangen, bis sie in die Weinstraße überging.

»Sieh mal rechts, in diesem schmalen Haus wohnt Herr von Lipowski«, sagte Anselm von Deinharting, um seine Tochter abzulenken.

»Wer ist denn das?«

»Der Stadtkommandant von München! Und jetzt kommen wir gleich ans Bäck-Eck. Ein schönes, altes Haus, nicht wahr? Früher hat es einmal zum Gotteshaus Unserer Lieben Frau gehört, aber so um sechzehnhundert ist es von den Kirchenpröpsten an einen Münchner Bürger und Bäcker verkauft worden, und seitdem ist es ein Bäckerhaus geblieben.«

»Ach, ich beneide Beata! Wie lustig muß es sein, in so einer großen Stadt zu leben!«

Sie erreichten den Marienplatz, und Anselm von Deinharting machte sie auf das Greifeneck aufmerksam, dem der mystische, in Stein gehauene Vogel seinen Namen gegeben hatte, auf das Haus, in dem die Landschaft, die Vertretung der Stände, zu tagen pflegte, und auf die Mariensäule, die zur Erinnerung an die großen Pestepidemien im 17. Jahrhundert und zum Dank für den Sieg des Katholizismus über die Reformation in Bayern errichtet worden war.

Aber Augustes Interesse galt mehr dem Menschengewimmel, den Hausfrauen mit ihren goldenen Riegelhauben am Hinterkopf und den großen Körben über dem Arm, den jungen Burschen, die trotz der schneidenden Kälte nur mit lodenen Jankern bekleidet waren, die Hände tief in den Taschen und die Schultern zusammengezogen, und den vielen Livrierten, die offensichtlich zu Botengängen unterwegs waren. Zu dieser Tageszeit waren nur wenige Menschen von Stand auf der Straße, Damen und Herren, die, wie sie selber, zu einer Visite aufgebrochen waren, und fast immer wurden sie gegrüßt, denn Elisabeth und Anselm von Deinharting waren den meisten Menschen ihrer Gesellschaftsschicht zumindest vom Sehen bekannt.

Vor dem Alten Rathaus zog ein junger Mann grüßend den Hut und verhielt, ganz offensichtlich betroffen von Augustes Schönheit, den Schritt. Anselm von Deinharting mußte sich erst besinnen, wen er vor sich hatte, erkannte dann aber den Sohn eines alten Freundes. »Michael von Weber!« rief er. »Wie geht es, junger Mann? Was tun und treiben Sie?«

»Ich arbeite in der Landvermessung.«

»Ah! Darüber weiß ich ziemlich gut Bescheid.« Die Männer schüttelten sich die Hände. »Seit neuestem ist das Meßtischverfahren eingeführt, nicht wahr?«

»Ja, und seitdem kommen wir recht gut weiter!« bestätigte der junge Mann, konnte aber seinen Blick nicht von Auguste lassen.

Anselm von Deinharting wandte sich an die Damen. »Darf ich euch einen Freund vorstellen? Eigentlich den Sohn eines Freundes? Das ist Michael von Weber, sein Vater war der Geheime Rat Kaspar von Weber.«

Elisabeth reichte ihm die Hand, und Auguste folgte ihrem Beispiel.

»Meine Gattin ... meine Tochter ...«

»Ich bin überaus erfreut!« Der junge Mann wirkte nicht gerade attraktiv, jedenfalls im Augenblick nicht. Sein Gesicht, ohnehin von Pockennarben entstellt, war blau gefroren, und er hatte den Kragen seines viel zu dünnen Mantels aufgeschlagen. Aber er war groß und gerade gewachsen, und aus seinen blauen Augen sprachen Intelligenz, Humor und Ehrlichkeit.

»Wir wollen unserer Tochter die Landeshauptstadt zeigen«, erklärte Anselm von Deinharting.

»Oh, das ist charmant!« rief Michael von Weber. »Wenn Sie mir das gnädige Fräulein einmal anvertrauen wollten!« Er hielt die Augen fest auf Auguste gerichtet. »Vielleicht könnten wir zusammen eine Schlittenpartie unternehmen?«

»Oh, ja ... ja, gerne ...«, hauchte Auguste.

»Für dergleichen«, entschied der Vater, »ist es momentan entschieden zu kalt. Aber wir werden in den nächsten Wochen auf den meisten Bällen und Redouten sein.«

»Dann sehen wir uns ja ganz bestimmt!« erklärte der junge Mann enthusiastisch.

»Daran zweifle ich nicht«, erklärte der Hofmarksherr lächelnd, »München ist wohl kaum der Platz, an dem man sich leicht aus den Augen verlieren könnte.«

Man verabschiedete sich und ging weiter.

»Du solltest nicht so begeistert zustimmen, wenn ein junger Mann dir eine Verabredung vorschlägt«, tadelte Elisabeth.

»Warum denn nicht?« verteidigte sich Auguste. »Er war doch sympathisch!«

»Das allein genügt nicht.«

Anselm von Deinharting drückte den Arm seiner Frau. »Lassen wir es gut sein. Immerhin hat Gustel ihre Straßenbekanntschaft gemacht!«

»Oh, Papa, wie können Sie so etwas sagen! Das war ja keine Straßenbekanntschaft! Sie ... Sie haben ihn doch gekannt!« »Aber du warst entschieden reizvoller für ihn als ich«, neckte der Vater sie weiter.

Auguste verzichtete auf eine Widerrede. Sie ging wie auf Wolken. Ihr Besuch in München ließ sich noch besser an, als sie erhofft hatte. Wenn Michael von Weber auch nicht gerade der Mann ihrer Träume war, so war er doch offensichtlich ganz hingerissen von ihr. Einen Verehrer hatte sie also schon. Die anderen würden wohl folgen. Sie war so versponnen in ihre Träume und Hoffnungen, daß die Erklärungen Anselm von Deinhartings, falls sie sie überhaupt erreichten, zum einen Ohr hinein- und zum anderen wieder hinausgingen.

»Sieh mal hier ... linker Hand«, sagte er, »das ist das sogenannte Meth-Eck. Früher war es eine Brauerei, aber seit Beginn des vorigen Jahrhunderts wird hier Wachszieherei und Lebzelterei ausgeübt ...«

»Vielleicht sollten wir den Kindern etwas als Mitbringsel kaufen!« schlug Elisabeth vor.

»Ja, aber erst vor unserer Abreise. Und hier, auf der gleichen Seite, siehst du das Bäckerbruderschaftshaus!«

»Was ist denn das?« fragte Auguste, die es für angebracht hielt, Interesse vorzutäuschen.

Anselm von Deinharting blieb stehen. »Da, schaut euch einmal das Fresko an! Es stellt dar, wie der Kaiser den Bäckern den Freibrief überreicht. Sie hatten ihm nämlich ...«

»Wem?« fragte Auguste.

»Ludwig, dem Bayern! Die Bäckersknechte hatten ihm in der Schlacht bei Ampfing dreizehnhundertzweiundzwanzig das Leben gerettet.«

»Das ist aber lange her.«

»Gerade das ist ja das Reizvolle. München ist sicher nicht die bedeutendste Stadt Europas, aber sie steckt voller Geschichte. Siehst du, jetzt sind wir schon beim Khidler-Haus.«

»Was ist denn das?« – »Hier hat Johann Georg Khidler gewohnt«, erklärte Elisabeth, »das stimmt doch, Anselm?«

»Ganz richtig!« Er zog sie zärtlich an sich.

»Müßte ich den kennen?« fragte Auguste.

»Eigentlich ja. Du hast doch sicher vom Aufstand der Münchner Bürger vor hundert Jahren gegen die österreichische Besatzung gehört? Khidler war zusammen mit Senser und Jäger einer der Hauptanführer. Er, der Hallmaierbräu und der Hofkoch Sebastian Engelhardt hatten sich nach dem Zusammenbruch des Unternehmens in das Franziskanerkloster geflüchtet, in das Gebäude, das man gerade dem Erdboden gleichmachen läßt. Das Versteck wurde verraten und Khidler ausgeliefert, nachdem der Prior dem österreichischen Kommandanten das Versprechen abgenommen hatte, Khidler nach seiner Vernehmung wieder in das Kloster einzuliefern. Aber natürlich hielten sich die Österreicher nicht daran. Khidler wurde im Januar siebzehnhundertsechs öffentlich hingerichtet.«

Auguste erschauderte. »Warum erzählen Sie uns so etwas?«

»Weil man die Vergangenheit nicht vergessen sollte, und zur bayerischen Vergangenheit gehört nun einmal der Sendlinger Aufstand und seine blutige Niederschlagung durch die Österreicher.«

»Waren die Deinhartinger daran beteiligt? An dem Aufstand, meine ich?« fragte Auguste.

»Keineswegs, sosehr ich es auch wünschte.«

»Daß Sie sich über so etwas noch aufregen können!« Auguste setzte ihr erwachsenstes Gesicht auf. »Tut mir leid, Papa, für mich sind das alte Geschichten. Mich würde es viel mehr interessieren, wie es Beata geht!«

»Das wirst du bald genug erfahren, wir sind ja gleich bei ihrem Haus.«

Rasch gingen sie weiter, die »Im Tal« genannte, breite Straße hinunter, die zum Isartor führte. Da sie eine Ausfallstraße zum Süden hin war, gab es hier verhältnismäßig viele Fahrzeuge, dennoch behaupteten die Fußgänger das Feld und wichen erst zur Seite, wenn sie den schnaubenden Atem der Pferde schon im Nakken spürten. Es war dies keine Wohngegend, sondern zu beiden Seiten lagen Geschäfte, Bäckereien, Fleischereien, vor allem aber so viele Schreinereien, kleine und größere, daß man sich nur schwer vorstellen konnte, woher sie alle ihren Verdienst beziehen konnten.

Auch im Erdgeschoß des Hauses, das Beata von ihrer Großmutter mütterlicherseits geerbt und nach ihrer Eheschließung zusammen mit ihrem Mann bezogen hatte, lag eine Schreinerwerkstätte. Der Geruch von abgelagertem Holz stieg ihnen angenehm in die Nase, als sie die ziemlich düstere Treppe zum ersten Stock hinaufstiegen. Sosehr sich Auguste auch für das Stadtleben begeistert hatte, insgeheim empfand sie diese Art zu hausen doch als recht plebejisch und war froh, daß sie bei Tante Sophie abgestiegen war.

Anselm von Deinharting klopfte an die Wohnungstür, die ihnen auch sogleich geöffnet wurde – von Marei, einer jungen Bauerntochter aus Deinharting, deren rundes Gesicht bei ihrem Anblick erstrahlte.

»Gnädiger Herr!« rief sie, und es hätte nicht viel gefehlt, daß sie Anselm von Deinharting die Hände geküßt hätte, »gnädige Frau … gnädiges Fräulein! Daß Sie wirklich gekommen sind! Oh, da wird sich die gnädige Frau aber freuen!« Natürlich hatte sie deutsch gesprochen, denn eine andere Sprache beherrschte sie nicht.

»Nur nicht übertreiben, Marei«, sagte der Hofmarksherr und runzelte die Stirn, »so gnädig sind wir alle gar nicht! Warum sagst du nicht einfach ›Monsieur‹, ›Madame‹ und ›Mademoiselle‹?«

»Weil mich die gnädige Frau gelehrt hat …«

»Laß das, Anselm!« mahnte Elisabeth. »Beata ist erwachsen, und es ist ihr Haushalt.«

»Ganz gewiß!« stimmte Marei naiv zu und half den Deinhartings, sich aus ihrem Überzeug zu schälen. »Aber wie wird sie sich freuen!« Mit ernsthaftem Gesicht fügte sie hinzu: »Sie hat oft Heimweh nach Deinharting.«

Der Hofmarksherr kniff sie in die Wange. »Und wie steht es mit dir?«

»Manchmal ist's mir schon recht schwer«, bekannte das Mädchen, »aber ich weiß ja, übers Jahr geht's wieder heim.«

»Wie dumm du bist!« meinte Auguste. »Das Leben in der Stadt ist doch viel lustiger als in Deinharting.«

»Aber Deinharting ist die Heimat, gnädiges Fräulein!« widersprach Marei beherzt.

Die Unterhaltung hatte in einem kleinen Raum stattgefunden, halb Diele, halb Hausflur, der sein Licht nur durch ein einziges, sehr hohes Fenster empfing. Jetzt ging eine der Türen auf, und Beata erschien auf der Schwelle, eine in die Breite gegangene Gestalt, die sich fast unförmig von dem hellen Hintergrund abhob.

»Was für ein Lärm …«, begann sie anklagend, um dann sofort den Ton zu wechseln und freudig auszurufen: »Ihr seid es!« Sie flog ihrem Vater und der Stiefmutter in die Arme und blickte Auguste prüfend an, bevor sie sie auf die Wange küßte. »Hübsch bist du geworden, Kleine«, stellte sie mit unverhohlenem Neid fest und fügte mit gezwungener Munterkeit hinzu: »Aber kommt doch herein! Ich bin ja so froh, euch zu sehen! Bitte, Marei, bring Gläser!«

Das Wohnzimmer, in das sie ihre Gäste führte, war ein – für städtische Verhältnisse – großer Raum, der noch weiter wirkte, weil die Decke sehr niedrig war; Anselm von Deinharting hätte sie leicht berühren können. Die Holzbohlen des Bodens waren glänzend poliert und die Wände weiß gekalkt. Zur Straße hin gab es zwei kleine Fenster. In dieses freundliche, vom kalten Winterlicht durchflutete Zimmer hätte eine bürgerlich-einfache, vielleicht sogar altväterliche Ausstattung sehr gut gepaßt, aber Beata hatte sich für Möbel im Empirestil entschieden, wie sie zur Zeit in Mode waren. Die Wirkung dieser sehr schlanken, anspruchsvollen Möbel mit ihren gedrechselten Säulen und den schwarzen Einlegearbeiten wurde von der niederen Decke geradezu erdrückt. Die kleinen anmutigen Ölgemälde, Landschaften, spielende Kinder, ein über einen Feldweg spazierendes Liebespaar darstellend – Arbeiten des Hausherrn –, gaben dem Zimmer eine freundliche Note.

»Wie elegant du eingerichtet bist!« zwang sich Elisabeth zu sagen.

»Ich bin gar nicht zufrieden!« klagte Beata. »Zu gerne hätte ich eine französische Seidentapete, die zu meinen Möbeln paßt! Aber Ignatz ist nicht zu überzeugen. Er sagt immer, ich müsse mich daran gewöhnen, nicht mehr in einem Schloß zu leben ... und seine Gemälde kämen besser auf einem weißen Hintergrund zur Geltung.«

»Womit er wohl auch recht hat«, meinte der Hofmarksherr trocken.

»Oh!« sagte Beata betroffen. »Ich hatte so gehofft, Sie würden mit ihm reden!«

»Bestimmt nicht, meine Liebe. Weder ich noch meine Frau werden sich im guten oder bösen in deine Ehe einmischen. Wo steckt er übrigens ... unser Schwiegersohn?«

»Er ist zum Großhesseloher See hinausgelaufen!« Beata preßte für Sekunden die Lippen zusammen. »Um die Schlittschuhläufer zu skizzieren.«

»Bei dieser Kälte!?« fragte Elisabeth ungläubig.

»Die Witterung macht ihm nichts aus ... wenn er nur zeichnen kann.«

Auguste war an eines der Fenster getreten und spielte mit dem gelbseidenen Vorhang. »Vielleicht hättest du ihn begleiten sollen.«

»Aber dann hättet ihr mich ja nicht angetroffen!«

»Das wäre schade gewesen, aber ich meine einfach, du solltest dir mehr Bewegung machen. Du bist dick geworden.«

Tatsächlich war Beata schon wieder in Umständen, aber das merkte das unaufgeklärte junge Mädchen nicht. Trotzdem hatte Auguste recht: Beata war aus der Form geraten. Ihre Arme und Beine waren dick, ihr Gesicht aufgedunsen und verquollen, die Augen unter den weizenblonden Wimpern blickten trübe, und ihr ehemals so dichtes Haar war ausgegangen und hatte seinen Glanz verloren.

Dennoch tadelte Elisabeth rasch: »Pfui, Auguste, so etwas sagt man nicht!«

»Aber wenn es doch wahr ist!«

Beata brach in Tränen aus.

Auguste lief zu ihr hin und umschlang sie. »Um Gottes willen, weine doch nicht! Ich habe dich gewiß nicht kränken wollen!«

»Aber ich weiß, daß ich häßlich geworden bin!«

Marei, die ein Tablett mit Gläsern hereinbrachte, blieb bestürzt auf der Schwelle stehen.

Elisabeth schob Auguste sanft zur Seite. »Da siehst du, was du angerichtet hast!« Sie umschlang Beata und drückte sie auf einen der Stühle. »Tränen machen rote Augen, mein Kind, und sie nutzen nichts!«

Beata schluckte krampfhaft und versuchte sich zu beherrschen.

»So ist es schon besser!« Elisabeth trocknete ihr mit ihrem Spitzentaschentuch die Wangen.

»Stell das Tablett auf den Tisch, Marei!« befahl Anselm von Deinharting der Magd. »Habt ihr einen Obstler im Haus?«

»Aber ja, gnä...« Sich an seine Mahnung erinnernd, verbesserte sie sich: »Monsieur!«

»So ist es recht. Dann hol die Flasche.«

Marei öffnete den Schrank, dessen Strenge noch durch ein Relief mit altägyptischen Motiven betont wurde, und holte zwei Flaschen heraus, eine, die den klaren Obstbranntwein enthielt, eine andere mit einer grünen Flüssigkeit. »Auch den Likör?« fragte sie.

»Ja, bitte.« Anselm von Deinharting nahm ihr die Flasche ab, schenkte ein Glas voll und reichte es Beata. »Da, trink, dann wird dir gleich besser werden!«

Beata rümpfte die Nase. »Aber doch nicht ...«

»Zier dich nicht, du kannst jetzt einen kräftigen Schluck vertragen!«

Beata gehorchte und schüttelte sich.

»Trink aus!« sagte der Vater und schenkte sich selber ein.

Marei bediente währenddessen Elisabeth mit dem Likör, den Auguste ablehnte.

Der Hofmarksherr hob sein Glas. »Trinken wir also auf dein Glück, Tochter!«

»Ich kann es brauchen«, sagte Beata mit einem tiefen Seufzer.

Elisabeth hatte auf einer Sitzbank Platz genommen und reichte ihrem Mann die Hand, um ihn neben sich zu ziehen. »Es ist bestimmt nur dein Zustand, mein Liebes«, sagte sie, »er macht überempfindlich.«

»Aber sehe ich denn nicht wirklich grauenhaft aus?«

»Du wirst bald wieder hübsch und schlank sein.« Nach einem Seitenblick auf Auguste, die, verwirrt und unglücklich über das, was sie angerichtet hatte, dastand, wechselte sie das Thema. »Wo sind die Kinder? Ich hoffe doch, sie werden uns begrüßen.«

»Ach ja, natürlich. Wie dumm ich bin, daß ich nicht selber daran gedacht habe! Bitte, Marei, bring Lieserl und Sopherl herein!«

»Mit der Kinderfrau?«

»Nein, die brauchen wir wohl nicht!« Als Marei hinausgegangen war, fragte sie: »Und wie geht es in Deinharting?«

Worauf Elisabeth und Auguste gleichzeitig zu erzählen begannen, Auguste dann aber verstummte und die Erklärungen der Mutter überließ, obwohl sie ihr allzu beschönigend erschienen.

So erzählte Elisabeth nichts von der gesellschaftlichen Blamage, die Afra, Baronin Lingen, erlitten hatte, sondern nur, daß sie ein »reizendes kleines Fest« gegeben hätte, und diesem Grundton entsprachen alle ihre Berichte. Auguste machte das ungeduldig, während Anselm von Deinharting lächelnd lauschte und den Takt seiner Frau bewunderte. Natürlich erzählte sie auch, daß das Schulehalten Antoinette anscheinend Freude machte und Thomas im öffentlichen Unterricht vorwärtskam.

»So kommt er mit Kindern seines Alters zusammen!« sagte sie.

Da platzte Beata, sich immer noch die verschwollenen Augen tupfend, heraus: »Wollt Ihr ihn denn nicht endlich weggeben?«

»Warum sollten wir?« entgegnete Elisabeth. »Er ist doch Antoinettes Bruder.«

»Aber von dunkler Herkunft und ... ein Fremder!«

»Er ist mir ans Herz gewachsen«, erklärte Elisabeth schlicht.

Anselm von Deinharting hätte sie dafür küssen mögen. Zum abertausendstenmal erwog er, ihr seine Vaterschaft zu gestehen, und zum abertausendstenmal siegten die Zweifel. Sie mochte Thomas, weil sie seine Mutter nicht gehaßt, sondern nur verachtet und bemitleidet hatte. Wenn sie die Gewißheit erhielt, daß er sein Sohn war, würden ihre Gefühle womöglich umschlagen.

»Ich verstehe gar nicht, was du gegen Thomas hast«, sagte Auguste in seine Gedanken hinein, »er ist doch ein guter Junge, ich habe ihn immer liebgehabt.«

»Ja, ich weiß, ihr beide habt viel zusammengesteckt, aber das ändert nichts daran ...«

»Beata«, erklärte Elisabeth mit Nachdruck, »dein Vater hat dir eben versichert, daß wir uns nicht in deine Ehe einmischen werden. Genauso erwarten wir aber auch von dir, daß du uns unsere Angelegenheiten so abwickeln läßt, wie wir es für richtig halten.«

»Entschuldigen Sie, bitte, ich wollte ja nur ...« Beata drehte das feuchte Tüchlein zu einer Rolle.

»Schon gut«, wehrte Anselm von Deinharting ab, »das Thema ist erledigt.«

Marei schob Beatas Töchter ins Zimmer. Die kleine Elisabeth war drei, Sophie zwei Jahre alt – ein Jahr nach ihrer Geburt hatte Beata ein Kind verloren. Die beiden Mädchen hielten sich eng an Marei und blieben verschüchtert auf der Schwelle stehen, die kleine Elisabeth den Schürzenzipfel in der Hand, Sophie den Daumen im Mund.

»Sie sind herzig!« sagte Elisabeth, stand auf und kniete hin, um sich kleiner zu machen. »Lieserl ... Sopherl ... kommt her! Ihr werdet euch doch nicht vor eurer Großmutter fürchten!«

Die Kinder lösten sich von Marei und stolperten in Elisabeths Arme. Sie drückte sie zärtlich an sich.

Anselm von Deinharting rührte die kleine Gruppe. »Du bist eine recht junge Großmutter, Elisabeth«, scherzte er.

»Ich werde bald genug weiße Haare haben und ein Spitzenhäubchen tragen«, gab sie zurück, »du kannst es wohl gar nicht mehr erwarten?« Sie richtete sich, die Kinder in den Armen, auf. »Gebt eurem Großvater ein Küßchen!«

Aber die Mädchen hatten Angst vor dem großen Mann, wendeten sich ab und verbargen ihre Gesichter an Elisabeths Brust.

»Mir scheint, du hast da rechte Zimperliesen zur Welt gebracht«, sagte Anselm von Deinharting.

»Es ist nur natürlich, daß sie vor Ihnen scheuen«, verteidigte Beata ihre Kinder, »als ich klein war, hatte ich auch Angst vor Ihnen ... und sie sehen Sie so selten.«

»Aber mir werdet ihr doch ein Busserl geben?« Schmeichelnd fuhr Auguste den Kindern mit dem Zeigefinger über die Wangen.

Doch nur die kleine Elisabeth riskierte einen Blick, nach dem sie sich gleich wieder abwandte.

»Wollt ihr nicht wissen, was wir euch mitgebracht haben?« lockte Auguste; sie griff in den kleinen Sack mit gedörrtem Obst und hielt Elisabeth einen Apfelschnitz lockend vor die Nase.

Das kleine Mädchen griff zu.

»Nun, was sagt man?« mahnte Beata.

»Merci«, stieß Elisabeth hervor.

Jetzt meldete sich Sophie. »Ich auch merci«, sagte sie aus ihrem sicheren Versteck in Elisabeths Armen.

Man lachte.

Auguste drückte der Kleinen einen Apfelschnitz in die Hand und gab das Säckchen an Marei weiter, die es knicksend in Empfang nahm.

Elisabeth stellte die Kinder wieder auf die Füße. »So, nun lauft!«

Erleichtert stürzten sie zu Marei, die sie aus dem Zimmer brachte.

»Waren wir auch so?« fragte Auguste.

»Nein«, sagte Elisabeth, »ein bißchen schüchtern vielleicht ... aber nicht so!«

»Sie sehen so selten fremde Menschen!« sagte Beata.

»Warum eigentlich?« fragte ihr Vater und schenkte sich zum zweitenmal ein. »Bekommt ihr denn nie Besuch?«

Beata schlug die Augen nieder. »Früher brachte Ignatz oft seine Freunde mit – seine Kumpane –, aber sie brachten so viel Lärm und Schmutz, eine solche Unruhe ...«

»Eine Freundin hast du also in München nicht gefunden?« fragte Elisabeth weiter. »Ein junges Ehepaar, mit dem ihr verkehren könntet?«

»Wie sollte ich denn!«

»Nun, ich an deiner Stelle«, sagte Auguste, »würde fleißig ausgehen, alle Bälle besuchen …«

»In meinem Zustand?«

»In einen solchen Zustand würde ich gar nicht erst kommen«, behauptete Auguste keck.

»Du verstehst davon nichts«, sagte Beata, »gar nichts.« »Ihr werdet euch doch wohl nicht zanken!« mahnte Elisabeth. »Mama, oh, Mama!« Aufschluchzend sank Beata ihr in die Arme.

Elisabeth klopfte ihr beruhigend auf den Rücken und blickte über sie hinweg ihren Mann an. »Wir werden dich wieder besuchen«, versprach sie, »ein andermal, wenn du dich wohler fühlst. Wir bleiben über den Fasching in München.«

Anselm von Deinharting hatte den Wink verstanden und war aufgestanden. Auguste folgte seinem Beispiel. Elisabeth löste sich sanft von Beata.

»Ihr wollt wirklich schon gehen?« fragte die junge Frau unglücklich.

»Es geht auf Mittag zu«, erklärte Elisabeth, »du kennst Tante Sophie! Sie hat es nicht gern, wenn man ihr den Tagesplan durcheinanderbringt.«

»Ich kann euch nicht zum Essen dabehalten«, entschuldigte sich Beata, »ich bin nicht vorbereitet …«

»Aber das wissen wir doch! Wir sind heute auch nur gekommen, damit du weißt, daß wir da sind! Wir werden dich noch oft besuchen. Bitte, wein nicht mehr! Durch Tränen läßt sich kein Problem lösen.«

In diesem Augenblick stürmte Ignatz von Müllern herein. »Ich habe Hunger!« rief er und konnte den Satz nicht zurücknehmen, auch als er, noch während er sprach, sah, daß Besuch da war. Er trug derbe Stiefel, einen kurzen Überrock mit einem Pelzkragen und eine Skizzenmappe unter dem Arm. Die wollene Mütze mit den Ohrenklappen hatte er sich beim Eintritt ins Zimmer vom Kopf gerissen, so daß sich das Gewirr seiner braunen Locken frei um das Gesicht ringeln konnte. Seine Hände waren bis zu den Gelenken hinauf blau gefroren, aber sein Antlitz zeigte eine frische, gesunde Röte, und seine Augen glänzten. Er wirkte um Jahre jünger als seine Frau. »Ihr?!« rief er. »Die Deinhartinger in München! Das ist eine Freude!« Er blickte von Anselm von Deinharting zu

Elisabeth und von ihr zu Auguste, und es war deutlich, daß er Antoinette vermißte, aber er verbiß sich die Frage nach ihr. »Wie lange können Sie bleiben?«

Anselm von Deinharting schüttelte ihm die Hand. »Wir wollen erst nach Aschermittwoch zurück!«

»Wunderbar! Dann darf ich die Damen malen? Elisabeth hat doch schon vor langem versprochen, mir zu einem Porträt zu sitzen und Auguste ...«, er wandte sich dem jungen Mädchen zu, »... wie schön Sie geworden sind! Diese Farben ... ich weiß nicht, wo ich sie hernehmen soll!«

Auguste errötete, aber sie konnte ein geschmeicheltes Lächeln nicht unterdrücken; seine unverhohlene Bewunderung war ihr durchaus nicht unangenehm.

»Solange ich meine Damen noch lebendig um mich habe«, erklärte Anselm von Deinharting, »brauche ich sie nicht in Öl.«

»Es stimmt, daß ich es Ihnen versprochen habe«, sagte Elisabeth, »aber jetzt möchte ich es doch nicht mehr.«

»Warum nicht? Sie sind so schön!«

»Vielleicht bin ich es bald nicht mehr, Ignatz, und es würde mich deprimieren, dann immer ein Bildnis vergangener Reize vor Augen zu haben.«

»Es liegt Ihnen also nichts daran, daß die Nachwelt erfährt ...«

Elisabeth fiel ihm lächelnd ins Wort. »Nicht das geringste, Ignatz.«

»Und wie steht es mit Ihnen, Auguste?« Er sah sie bewundernd an und wandte sich dann ihrem Vater zu. »Sie werden sie bald nicht mehr immer um sich haben, dafür möchte ich mich verbürgen! Dann werden Sie froh sein, ihre Schönheit wenigstens im Bild vor sich zu haben.«

»Mein lieber Junge, ich muß dir ehrlich sagen: Die Schönheit seiner Töchter ist für einen Vater nicht so interessant. Ich beurteile die Mädchen anders, von ihrem Charakter, ihrer Art, ihren Fähigkeiten her. Da du selber Vater bist: Wie betrachtest du deine Töchter?«

Über diese Frage schien Ignatz von Müllern nachdenken zu müssen. »Sie sind noch sehr klein«, sagte er endlich und fügte, wie entschuldigend, hinzu: »Aber ich habe sie schon oft skizziert! Wenn sie sich unbeobachtet fühlen, sind sie entzückende Objekte.«

»Objekte … ja«, sagte Beata voller Bitterkeit.

»Aber ich habe jetzt doch nur als Maler gesprochen!«

»Bist du denn je etwas anderes?!«

»Ja doch«, entgegnete er recht gleichmütig, »ich bin dein Mann, der Vater meiner kleinen Mädchen … ein Freund meiner Freunde … Hausvater …«

»Hausvater!« Aus Beatas Mund klang es wie Hohn.

»Du bist mein Schwiegersohn«, kam Anselm von Deinharting ihm zu Hilfe.

»Und mein Schwager!« fügte Auguste hinzu. »Ein sehr reizender Schwager noch dazu!«

Lächelnd wollte er nach ihrer Hand greifen.

Aber sie zog sie rasch zurück. »Uihh, sind Sie kalt!«

»Nur meine Gliedmaßen!« gab er zurück. »Wollen Sie mir nicht doch sitzen, schöne Schwägerin?«

»Ich werde keine Zeit dazu haben. Aber wenn Sie uns im Frühjahr in Deinharting besuchen würden! Dort ist so selten etwas los. Ach ja, kommt doch alle! Es wäre auch für die Kleinen gut, Beata!«

»Darüber werden wir noch ausführlich sprechen!« sagte Elisabeth. »Aber jetzt muß Schluß sein. Wir dürfen Sophie nicht mit dem Essen warten lassen … und Sie haben ja auch Hunger, Ignatz!« Sie trieb zur Eile an.

Wieder auf der Straße, schritten sie eine Weile schweigend nebeneinanderher.

»Beata hat sich sehr verändert«, sagte Auguste endlich, als sie den Marienplatz schon erreicht hatten, »ich finde, sie läßt sich gehen.«

»Man sollte sich kein voreiliges Urteil bilden«, meinte Elisabeth.

»Als ich ein Kind war, habe ich sie eine Zeitlang bewundert. Sie war« – Auguste suchte nach dem richtigen Wort –, »die ganz große Schwester für mich, schon so erwachsen, selbstsicher und schön. Und jetzt! Wenn man einen hübschen Mann heiratet, muß man doch sehen, daß man selber hübsch bleibt.«

»Davon verstehst du noch nichts«, sagte Elisabeth.

»Sie sind doch auch für Vater hübsch geblieben!«

»Das ist kein Thema, Auguste, und schon gar keins, das man auf der Straße abhandeln könnte.«

Auguste wollte nicht aufgeben. »Aber findet Ihr nicht auch, daß Beata schrecklich aussah?« – Wörtlich sagte sie »épouvantable«, ein

Ausdruck, der in nächster Nähe zu Vogelscheuche oder Schreckgespenst stand.

»Du übertreibst«, sagte Elisabeth denn auch.

»Sagen Sie doch auch etwas, Papa!«

»Manche Frauen verblühen eben schnell«, meinte Anselm von Deinharting diplomatisch.

Von diesem Gesichtspunkt hatte Auguste die Sache noch nicht betrachtet. »Ja, das stimmt!« sagte sie. »Und er ist so jung geblieben … fast jünger geworden, seit ich ihn letztes Mal sah! Das ist doch ungerecht!«

»Beata ist in einem schlechten Zustand«, meinte Elisabeth beschwichtigend, »aber sie wird sich erholen und wieder so hübsch und jung wie früher werden. Jetzt will ich kein Wort mehr über sie hören.«

Aber als sie nach dem Essen mit ihrem Mann allein war, war sie es, die sagte: »Ich mache mir Sorgen um Beata!«

»Sinnlos. Wir können nichts für sie tun.«

»Aber hat dir ihr Anblick nicht auch das Herz zerrissen?«

»Ja. Es scheint, sie lebt in einer Hölle. Aber sie selber ist es, die tüchtig einheizt.«

»Hast du gemerkt, wie Ignatz bei der Begrüßung über uns weggesehen hat? Ich bin sicher, er hat Antoinette gesucht.«

»Ja, sie hat es ihm angetan. Aber eines Tages wird auch das vorbei sein.«

Elisabeth schüttelte den Kopf. »Ich bin nicht so sicher. Eine Liebe, die sich vor den Enttäuschungen des Alltags bewahren kann, hat Beständigkeit.«

»Es wäre gut, wenn auch Antoinette heiraten würde«, meinte ihr Mann und wußte, noch während er es aussprach, daß er es nicht wirklich wollte; Antoinette bedeutete ihm viel.

Das Leben, das Antoinette indessen mit Thomas und Christine auf Deinharting führte, war ruhig und beschaulich. Täglich, außer sonntags, fuhr sie mit Thomas im Schlitten ins Dorf, und schon diese Fahrt, die sie dick eingemummt unternahmen, war für beide immer wieder ein neuer Spaß. Antoinette ließ den Jungen kutschieren, und während er sich diesem Vergnügen hingab, dachte sie mit leiser Wehmut daran, daß diese Fahrten später einmal eine unvergeßliche Erinnerung für sie sein würden: die schneidend kalte Luft, das Glitzern der frühen Wintersonne auf dem hartgefrorenen Schnee, die langen blauen Schatten, das Geläut der Schlittenglocken, der Fahrtwind im Gesicht und das Gefühl der Harmonie mit dem Gefährten an ihrer Seite.

Seit Sepp Stuffer von seinem Vater ins Gebet genommen worden war – was Thomas allerdings nicht ahnte –, hatte die Schule und der Umgang mit den Kameraden ihren Schrecken für ihn verloren. Es waren nicht so sehr die Prügel, die Eindruck auf Sepp gemacht hatten; es galt dazumal bei arm und reich, hoch und nieder als selbstverständlich, daß Kinder für Ungezogenheiten und Missetaten geschlagen wurden, Prügel waren fester Bestand der Erziehung und wurden entsprechend gleichmütig hingenommen.

Daß Anselm von Deinharting sich nie hatte überwinden können, gegen eines seiner Kinder die Hand zu erheben oder auch nur einem der wechselnden Hauslehrer die Erlaubnis dazu zu geben, rechnete er sich übrigens nicht als Tugend, sondern als Schwäche an. Er hegte eine heftige Abneigung gegen jegliche Gewalttätigkeit und schon gar, wenn sie gegenüber Schwächeren ausgeübt wurde. Aber manchmal dachte er, daß der junge Anselm die Heimat vielleicht nicht verlassen hätte und Emanuels Entwicklung günstiger verlaufen wäre, wenn er strenger gewesen wäre.

Für Peter Stuffer jedoch, den Pferdeknecht, gab es dergleichen Skrupel nicht. Er schlug seinen Sohn, wann immer es ihm nötig schien, und Sepp nahm es hin wie Sonne, Wind und Regen. Was seine Haltung so bestimmend verändert hatte, war die Tatsache, daß Thomas der Sohn des Hofmarksherrn war. Natürlich hatte er sie nicht für sich behalten, sondern sie an die anderen Raufbolde aus dem Dorf weitergegeben. Das hatte zur Folge, daß die Jungen Thomas als über ihnen stehend anerkannten und ihm fortan mit Respekt entgegenkamen.

Da er der Sohn des Hofmarksherrn war, nahmen sie es hin, daß er mutiger, stärker, geschickter war als sie selber, denn auch für die Bauern war der Hofmarksherr der bedeutendste Mensch, den sie kannten.

Obwohl die Leibeigenschaft abgeschafft worden war und er sie nicht mehr fronen lassen durfte – was er ohnehin nie getan hatte –, waren sich doch alle Bewohner Deinhartings bewußt, daß es sein Land war, auf dem sie ackerten und eggten, seine Wiesen, auf denen ihre Kühe weideten und sein Boden, auf dem ihre Häuser standen. Jährlich mußten ihm Abgaben in Naturalien und Geld gezahlt werden. Niemand konnte erben, ohne den Pachtvertrag zu erneuern, und wenn eine Familie ausstarb, fielen Haus und Grund an ihn zurück.

Aber der Hofmarksherr war es auch, der sie gegen Überfälle und Plünderungen schützte, und er war es, der die niedere Gerichtsbarkeit in seinem Land ausübte. Kein Bauer in Deinharting wäre auf den Gedanken gekommen, sich wegen eines Zwistes mit einem Nachbarn, der Festlegung der Aussteuer einer Tochter oder des Ausgedinges der Eltern an einen Advokaten in Taufbeuern zu wenden. Man ging zum Hofmarksherrn, trug ihm die strittige Frage vor und beugte sich, wenn auch zuweilen murrend, seiner Entscheidung.

Den Kurfürsten und seine Minister kannten die Deinhartinger nicht, sie lebten in der großen Stadt, zwei Tagereisen entfernt. Für seine Untergebenen war der Hofmarksherr der Fürst, der Herrscher und Beschützer. Daß man ihn hintergehen konnte – und noch mehr hätte hintergehen können, wenn Margarethe Meyr nicht darauf geachtet hätte, daß das Mehl unvermischt in ihre Küche kam, die Hähnchen jung waren und das Geschlachtete frisch –, legte man ihm nicht als Schwäche aus. Er war zu groß, als daß er sich mit den Kleinigkeiten des alltäglichen Lebens hätte befassen mögen, das verstanden alle.

Die Bauern achteten den Hofmarksherrn, wenn sie auch oft über das Gewicht der Abgaben murrten, das sich besonders in schweren Zeiten drückend bemerkbar machte. Aber niemandem war je der Gedanke gekommen, daß er ihnen allen nicht weit überlegen wäre, und seit er während der Säkularisierung die wundertätige Madonna aus dem Kloster Wesenbronn in die Dorfkirche gerettet hatte, war sein Ansehen noch gestiegen.

Ein Hauch von diesem Ansehen fiel jetzt auch auf Thomas. Er beschützte ihn vor Gemeinheiten und Angriffen, verhinderte allerdings auch, daß die anderen Jungen ihn als ihresgleichen ansahen. Das aber hatte Thomas auch nie erwartet. Zwar wünschte er es sich sehnlich, so sehr, daß er es nicht einmal Antoinette anvertraute, aber er wußte auch, daß es nicht sein konnte. Er spürte, daß er anders war, ein Außenseiter. Nie unternahm er auch nur den Versuch sich anzubiedern, sondern er nahm es auf sich, die Rolle zu spielen, die ihm das Schicksal zugewiesen hatte. Er war es schon zufrieden, daß die Feindschaft, die ihn anfangs traf, wie durch ein Wunder verschwunden war.

Sein Herz war von Dank für Gott erfüllt.

So kutschierte er des Morgens vergnügt zur Schule, versorgte Pferd und Schlitten und genoß dann die Wärme des Schulzimmers, in dem das Öfchen schon bullerte und Antoinette ihn mit einem liebevollen Lächeln empfing. Während des Unterrichts gab sie acht, ihn niemals vorzuziehen, und so durfte er sich wenigstens für Stunden in der Illusion wiegen, ein Junge wie alle anderen zu sein, wenn er auch nie das Bewußtsein dafür verlor, daß er es nicht war.

Mittags wurde das Pferd dann wieder vor den Schlitten gespannt, und fröhlich ging die Fahrt zurück zum Schloß, wo die kleine Christine und eine gute Mahlzeit auf sie warteten.

Antoinette fand sich gut zurecht in der Rolle der vertretenden Schloßherrin. Da sie selber etwas vom Kochen verstand, kam sie sehr gut mit der zur Selbstherrlichkeit neigenden Margarethe Meyr aus. Der Dienerschaft ließ sie keine Nachlässigkeit durchgehen, achtete darauf, daß Tischdecken, Servietten, Geschirr, Gläser und Besteck makellos waren, auch wenn nur sie und die Kinder zu Tisch saßen. Da die Bediensteten jetzt weniger zu tun hatten, gab sie die Anordnung, Schlafzimmer und Ankleidezimmer, aber auch selten benutzte Räume wie den Ballsaal besonders gründlich zu putzen, selber unterzog sie Vorhänge, Decken und Deckchen einer besonderen Inspektion, wobei sie, je nach Art der Flecken, mit Spiritus, Eidotter oder Weingeist vorging; die zahlreichen Kerzentropfen beseitigte sie mit Hilfe von Löschpapier und Bügeleisen. Auch trieb sie die Leute dazu an, die steinernen Gänge mit Wurzelbürsten zu bearbeiten und die hölzernen Böden der Säle zu spänen. Kurzum: Sie setzte ihren ganzen Stolz darein, das Schloß während der Abwesenheit seiner Besitzer zu neuem Glanz zu bringen.

Die größte Freude aber machte es ihr, daß sie sich nunmehr um Christine kümmern konnte. Sie erzählte der Kleinen Geschichten, zeigte ihr, wie man mit Schere und Papier hübsche Dinge anfertigen konnte, und lehrte sie Französisch, indem sie einfache kleine Dialoge mit ihr hielt.

An manchen Abenden kam Doktor König zu Besuch, und dann spielten sie, wenn Thomas zu Bett gegangen war, Bezigue oder

Tricktrack zusammen. Sonntags zelebrierte Pfarrer Reiter wie stets die Messe in der Schloßkapelle und blieb zum Mittagessen, an dem auch der junge Gelehrte teilnahm.

Es waren geruhsame Tage, nur unterbrochen von Berichten aus der großen Stadt, und dennoch gab es eine Sorge, die Antoinette zusetzte, und über die sie mit niemandem sprechen mochte. Da sie ständig Ohren und Augen offenhielt, war ihr die Spannung zwischen dem Hofmarksherrn und der schönen Kreszenz nicht entgangen. Sie hatte ja auch seinen plötzlichen Entschluß zur Abreise nach München mit ihr in Zusammenhang gebracht. Elisabeth und Anselm von Deinharting waren ihr, nach Thomas, die liebsten Menschen auf der Welt, und obwohl sie sich immer wieder sagte, daß sie nicht dazu berufen war, konnte sie nicht gegen den Wunsch an, ihre Ehe gegen jede Gefährdung abzuschirmen. Je länger sie darüber nachdachte, desto richtiger schien es ihr, daß Kreszenz ging. Doch obwohl sie während der Abwesenheit der Herrschaft den Haushalt selbständig führen durfte und die Bediensteten ihr widerspruchslos gehorchten, besaß sie nicht die Vollmacht, einen von ihnen zu entlassen oder eine neue Kraft einzustellen.

Es blieb ihr also nichts anderes übrig, als Margarethe Meyr ins Vertrauen zu ziehen.

An einem Freitagnachmittag, als Christine ihr Mittagsschläfchen hielt und Thomas zum Lateinunterricht bei Pfarrer Reiter gegangen war, ließ sie die Köchin zu sich ins untere Erkerzimmer kommen, um den Küchenzettel für den Sonntag zu besprechen. Margarethe Meyr folgte dieser Aufforderung, die ihr von Babette überbracht worden war, nur unwillig, denn sie liebte es nicht, Treppen zu steigen, und war es gewohnt, daß man sich zu ihr herab in die Küche bemühte, wenn man etwas von ihr wollte. Ihr breites, glänzendes Gesicht war mürrisch verzogen, als sie, Schiefertafel und Griffel in der Hand, eintrat.

Antoinette, die auf einem der hochlehnigen Stühle vor dem lodernden Kaminfeuer saß, lächelte ihr begütigend zu. »Schließ die Tür, Margarethe«, sagte sie, »und setz dich zu mir. Ich muß mit dir unter vier Augen sprechen.« Sie stand auf und trat an den mächtigen Renaissanceschrank mit den Szenen aus der Odyssee. »Trinkst du einen Likör mit mir?«

Nun war es für die Alte jederzeit leicht, an ein Gläschen zu kommen. Um ihre Speisen zu verbessern, hielt sie sich ständig einen Vorrat an Arrak und Franzbranntwein in der Küche, bereitete auch selber je nach der Jahreszeit Schlehenwein und andere Weine und Getränke aus Zitronen, Quitten, Maulbeeren, Erdbeeren, Himbeeren oder Pomeranzenblüten, zu deren Herstellung gewöhnlicher Branntwein gehörte. Aber von der Herrschaft aufgefordert zu werden, war denn doch etwas anderes, und so ließ sie sich geschmeichelt auf einem Sessel nieder.

Antoinette schenkte zwei Gläser ein und setzte sich der Köchin gegenüber. Antoinette suchte nach einem Anfang, um ihr Anliegen vorzubringen, aber Margarethe Meyr kam ihr zuvor.

»Feinhuber«, sagte sie, »hat mir in der vergangenen Woche Wildenten gebracht ... wissen Sie, wann der Herr zurückkommt, Mademoiselle?«

»Erst nach dem Fasching.«

»Dann kann ich sie nicht aufheben. Wie wäre es, wenn ich als Vorspeise ein feines Miroton daraus machen würde?«

»Das klingt gut«, stimmte Antoinette zu, »wir alle mögen deine Mirotons. Ich werde mich selber am Sonntagmorgen in die Küche stellen, um zuzusehen, wie du es bereitest.«

»Das ist recht einfach. Mademoiselle würde es rasch lernen.« Im Gefühl ihrer Wichtigkeit wurde Margarethe Meyrs Stimme lauter. »Ich löse das Fleisch von drei gebratenen Wildenten ab und stoße es im Mörser klein. Danach schwitze ich fünf in Scheiben geschnittene Zwiebeln in Butter, lasse sie trocken werden und hacke sie recht klein. Das alles kann natürlich schon am Sonnabend geschehen.«

»Ruf mich, wenn du damit beginnst!« bat Antoinette, die mit ihren Gedanken durchaus nicht bei der Kocherei war.

»Am Sonntagmorgen«, fuhr Margarethe Meyr fort, »rühre ich ein gutes Stück Butter mit vier Eidottern und drei ganzen Eiern tüchtig durch und mische die kleingehackten Zwiebeln und das zerstoßene Entenfleisch darunter ...«

»Das müßtest du mir einmal aufschreiben!«

Die Köchin ließ sich nicht unterbrechen. »Dann kommen feingehackte Sardellen, Semmelbrösel, Schalotten, Muskatnuß, Pfeffer, zwei Löffel Bratensaft und ein Glas Rotwein dazu. Das alles zusammen muß gut durchgerührt werden ... aber das kann die Kreszenz ... dann wird es in weißes Papier gefüllt und im nicht zu heißen Ofen gar gebacken. Zur Sauce nehme ich kräftige Brühe, Trüffeln ...«

Antoinette beeilte sich, um das Stichwort nicht zu verpassen. »Wie bist du mit der Kreszenz zufrieden?«

»Die scheut keine Arbeit. Da fehlt nichts.«

»Und sie ist schön!«

Dafür hatte Margarethe Meyr kein Auge. »Kräftig ist's halt.«

»Kräftig, gesund und schön. Sie ...«, es kostete Antoinette ungeheure Überwindung, mit jemandem aus dem Personal vertraulich zu sprechen, »... sie heizt dem Hofmarksherrn ein.«

»So, tut sie das«, sagte die Köchin gleichmütig, »nun, man erwartet von unsereinem, daß er weder Augen noch Ohren hat. Aber dumm bin ich nicht. Der Hofmarksherr hat schon immer heißes Blut gehabt.«

»Er liebt seine Frau.«

»Was hat das mit dem zu tun?«

»Er will sie nicht verletzen. Deshalb ist er geflohen.«

»Geflohen?« wiederholte die Alte verständnislos.

»Ja, nach München. Und er wird nur ungern heimkehren, so lange Kreszenz auf dem Schloß ist.«

»Aber die Dirn tut ihm doch nichts!«

»Red doch nicht so, als wüßtest du nicht, wie's auf der Welt zugeht. Sie macht ihm schöne Augen, und er quält sich, ihr zu widerstehen.«

»Eine schöne Qual ist das! Der sollte mal meine Krampfadern haben ... wissen Sie, was es heißt, Mademoiselle, zwölf Stunden am Tag auf schmerzenden Beinen zu stehen?«

»Das muß entsetzlich sein, Margarethe ... aber ich glaube, es ist auch für einen Mann sehr schwer, sich zu beherrschen, wenn ihm ein Frauenzimmer gefällt.«

»Drum hat er es früher auch nie getan.«

»Da hast du ganz recht«, sagte Antoinette, »aber früher stand es auch anders um seine Ehe. Ich bitte dich, zwing mich nicht, dir das alles zu erklären. Es schickt sich nicht, daß wir die intimsten Angelegenheiten der Herrschaft miteinander durchsprechen, spürst du das nicht?«

»Ich hab' nicht davon angefangen, und ich weiß auch gar nicht, was Sie von mir wollen.«

Antoinette entschloß sich, reinen Tisch zu machen. »Daß du die Kreszenz zu Lichtmeß entläßt und dir eine andere Küchenhilfe suchst.«

»Dazu brauche ich die Genehmigung der gnädigen Frau«, erklärte die Köchin spröde.

»Nun tu doch nicht so! Du hast schon häufig recht selbstherrlich gehandelt …«

»Mag sein. Aber dafür bin ich stets gerügt worden, und ich bin zu alt …«

»Margarethe!« Antoinette nahm die alte Frau bei den Händen. »Warum willst du mir nicht den Gefallen tun? Warum willst du Kreszenz nicht entlassen?«

»Weil sie eine tüchtige Kraft ist!«

»Aber sie gefährdet das Glück dieses Hauses.«

Margarethe Meyr leerte ihr Glas. »Dieses Haus, Mademoiselle, hat schon ganz andere Stürme überstanden.«

»Das Haus ja«, erwiderte Antoinette, sie aus ihren großen blauen Augen fixierend, »nicht aber sein Glück.«

»Glück!? Davon versteh ich nichts … und Sie wohl auch nicht viel, Fräulein.«

Antoinette lächelte. »Oh, doch, Margarethe! Wenn ich Thomas so gesund und gerade heranwachsen sehe, macht es mich glücklich. Und ich glaube, für dich kann schon ein gelungenes Miroton Glück bedeuten! Es muß nicht immer die Liebe sein.«

Die Köchin seufzte. »Die Kreszenz ist mir gut zur Hand gegangen!«

»Das glaube ich dir ja, und ich mag sie. Ich will auch nicht, daß du dich im bösen von ihr trennst, aber fort muß sie. Zu Lichtmeß muß sie aus dem Haus.«

»Was soll ich ihr nur sagen?«

»Daß sie genug gelernt hat, um eine gute Bauernküche zu führen … daß Jüngere auf ihren Platz drängen! Es wird dir schon das Richtige einfallen. Du kannst auch durchblicken lassen, daß ihre Dreistigkeit mir mißfällt. Das nehme ich auf mich. Sie wird gewiß nicht den Mut haben, bei irgend jemandem Beschwerde darüber zu führen.« Antoinette hielt es für richtig, das Thema zu beenden. »Und jetzt zum Sonntagsessen. Mit dem Miroton bin ich einverstanden. Aber sollten wir nicht doch vorher eine Suppe geben?«

»Das versteht sich! Der Weyrer-Bauer hat mir ein steinaltes Huhn gebracht …«

Antoinette verstand sofort. »Ah, eine Suppe à la Reine!«

»Ja! Mit Rindfleisch, Kalbfleisch, Hammelfleisch und Wurzelwerk gekocht, gibt auch ein altes Huhn noch eine gute Suppe.«

Sie verhandelten weiter, eifrig und in schöner Einigkeit. Weil Margarethe Meyr wußte, daß Antoinette etwas vom Kochen verstand und sich für die Küche interessierte, zeigte sie sich nicht so rechthaberisch wie zuweilen Elisabeth gegenüber, die sie zwar als Dame und Herrin des Hauses respektierte, in wirtschaftlichen Dingen jedoch für unfähig hielt – was nicht allzu entfernt von der Wahrheit war.

Mariä Lichtmeß nahte.

In Bayern bedeutete dieser Tag das Ende der Weihnachtszeit. Die Krippen wurden abgebaut, und das Arbeiten bei Licht hörte auf. Zudem pflegte an diesem Tag das Gesinde seinen Lohn und oft auch ein Kleidungsstück zu empfangen. Manche wurden entlassen, andere, unzufrieden, wechselten den Arbeitgeber. Auch ausstehender Zins wurde fällig.

Kein Wunder also, daß sich zu Lichtmeß die Wirtshäuser füllten, denn auch die Armen hatten endlich einmal Geld in der Tasche, das zum Feiern verlockte. Andere, die ihren Arbeitsplatz verloren hatten, hofften, im Wirtshaus jemandem zu begegnen, der sie einstellen würde. Denn auch die Bauern und Handwerker ließen die Arbeit ruhen.

So war es Brauch gewesen seit altersher. Jetzt aber, nach den Erlässen des Ministers Montgelas, gehörte Lichtmeß zu den sogenannten »herabgewürdigten« Feiertagen. Er war verboten worden, genau wie das Gewitterläuten, der Feldumritt mit dem Allerheiligsten und die Anwendung des Exorzismus.

Antoinette suchte Pfarrer Reiter in seinem Häuschen neben der Kirche auf, um sich einen Rat zu holen.

Er begrüßte sie, die sein Beichtkind war, herzlich und führte sie in seinen mit Büchern nicht nur theologischer Art, sondern vor allem mit kunstgeschichtlichen Werken vollgestopften Arbeitsraum. Es roch ein wenig muffig, denn der Pfarrer pflegte aus dem Kampf mit seiner Magd, die immer wieder versuchte, das kleine Fenster zu öffnen, als Sieger hervorzugehen. Auch durfte sie keines seiner Bücher je in die Hand nehmen, und so hatte sich auf den alten Schwarten Staub angesammelt. Auf einem einfachen Holztisch lagen Papiere, die mit der zierlichen, gut lesbaren Schrift des alten Herrn bedeckt waren; er war dabei, ein Werk über die Wandlung des Barock zum Rokoko in Bayern zu verfassen. Über der Tür hing ein sehr schönes holzgeschnitztes Kruzifix.

»Kommen Sie, mein liebes Kind!« Der alte Herr half Antoinette aus dem Mantel und räumte dann einige Bücher von einem wackligen Sessel mit zerschlissenem Seidenpolster. »Was darf ich Ihnen anbieten?«

Antoinette hauchte auf ihre Fingerspitzen, um sie zu erwärmen. »Danke, nein, gar nichts.« Sie wußte wohl, daß die Küche des Pfarrers sehr bescheiden war und die Kochkenntnisse seiner Magd gering; ihm machte das nichts aus, denn er lebte asketisch und sprach auch den reichen Mahlzeiten im Schloß immer nur höchst mäßig zu.

Pfarrer Reiter setzte sich auf seinen gewohnten Platz hinter dem Holztisch. »Haben Sie Nachrichten aus München?«

»Bis jetzt noch nicht. Aber ich werde heute schreiben. Darf ich einen Gruß von Ihnen hinzufügen?«

»Das wäre mir sehr angenehm.«

»Herr Pfarrer ...«, Antoinette beugte sich ein wenig vor und sah ihn aus ihren blauen Augen eindringlich an, »... ich brauche Ihren Rat.«

Die dünne, pergamentartige Haut des Pfarrers überzog sich mit einer feinen Röte. »Sie wissen, ich würde alles für Sie tun, Antoinette, aber ich fürchte, für ein junges Mädchen bin ich ein schlechter Ratgeber.«

Es dauerte einen Augenblick, bis Antoinette verstanden hatte; dann lachte sie hellauf. »Aber, Herr Pfarrer, nicht doch! Keine Angst, ich bin nicht verliebt!«

»Nun, ich dachte ...« Pfarrer Reiter war verwirrt und wirkte mit dem etwas zerzausten weißen Haar und den großen verträumten Augen mehr denn je wie ein altes Kind.

»Sie dachten falsch«, erklärte Antoinette mit Entschiedenheit, »ich suche einen Rat, der gänzlich in Ihre Kompetenz fällt: Soll ich an Mariä Lichtmeß Schule halten oder nicht?«

»Die Antwort darauf finden Sie im Neuen Testament. Der Feiertag ist von Staats wegen aufgehoben, also: Gebet dem Kaiser, was des Kaisers ist.«

Antoinette war nicht so leicht zu überzeugen. »Aber kann ein kirchlicher Feiertag überhaupt vom Staat aufgehoben werden?«

»Sie sehen das, glaube ich, falsch, mein liebes Kind. Ich weiß nicht, ob unser Kurfürst und sein Minister fromme Männer sind, ich nehme eher an, daß sie sich zu den aufgeklärten Köpfen zählen. Dennoch wollen sie das Volk ja nicht daran hindern, die Kirche zu besuchen, sondern es geht vielmehr darum, es vom Saufen und Nichtstun abzuhalten. Die Feiertage und Wallfahrten wollten ja in den vergangenen Jahren kein Ende nehmen, und immer dienten sie auch zum Anlaß von Ausschweifungen, ganz davon abgesehen, daß die Arbeit viel zu häufig liegenblieb.«

»Aber es ist doch Brauch!«

»Ja, ich verstehe Sie, Antoinette. Um manchen Brauch ist es gewiß schade, doch da die meisten aus der heidnischen Zeit stammen und die Jahrtausende des Christentums überlebt haben, werden sie wohl auch stärker sein als ein staatlicher Erlaß. Viel Heidentum, mein Kind, hat sich in unseren Glauben eingeschlichen und dort kräftig Wurzeln geschlagen. Die Bauern wollen sich nicht in Demut in den Willen Gottes fügen, sondern sie beschwören ihn, ihr Helfer gegen Unwetter und körperliche Unbill zu sein, reiche Ernten zu schenken – möglichst besser als die des Nachbarn – und gesundes Vieh. Nicht einer denkt hier anders. Nur aus Aberglauben – um Gott in den irdischen Angelegenheiten auf ihrer Seite zu haben, besuchen sie die Messen und nehmen das Abendmahl.«

Antoinette hatte den milden alten Herrn noch nie so erregt gesehen. »Sie können eben nicht wie die Lilien auf dem Felde leben und darauf vertrauen, daß Gott sie doch ernährt«, verteidigte sie die Bauern. »Sie müssen schwer arbeiten, um sich und ihre Familien zu ernähren, sie müssen geizen und eine harte Hand haben.«

»Das weiß ich ja alles, aber dennoch ...«

»Niemand ist so abhängig von der Unbill des Wetters wie der Bauer, so den Launen der Natur ausgeliefert ... wen kann es da wundern, daß er sich an den stärksten Bundesgenossen, an Gott, klammert?«

»Es wundert mich ja auch nicht, Antoinette.« Pfarrer Reiter war wieder ruhiger geworden. »Es ist menschliche Schwäche. Was ich Ihnen klarmachen will, ist eigentlich nur, daß es nicht das Christentum ist, das durch die Münchner Erlässe getroffen worden ist, sondern der Aberglaube, der es zu überwuchern drohte. Gewitterläuten, Feldumritt mit dem Allerheiligsten, Exorzismus! Wer mag solchen Auswüchsen nachtrauern?«

»Nun, manches finde ich ja auch gut an den Erlässen ... etwa, daß fortan den unehelichen Leichen wie den ehelichen die geweihte Erde erlaubt sein soll.«

»Antoinette!« Der Pfarrer errötete abermals.

Sie blickte ihn ganz unschuldig an. »Was habe ich denn gesagt?«

»Sie haben da ein Thema berührt, über das eine junge Dame nicht sprechen, ja, von dem sie nicht einmal wissen sollte.«

»Reden Sie nicht wie Elisabeth! Ich bin nicht behütet und umhegt aufgewachsen, sondern ein Kind der Französischen Revolution. Andere Frauen mögen es schicklich finden, blind durch die Welt zu gehen. Mir scheint es besser und auch christlicher, die Augen offenzuhalten und zu helfen, wo man helfen kann.«

Der Pfarrer seufzte. »Das klingt nach dem Anbruch einer neuen Zeit!«

»Sie ist längst da! Wenn Sie sich nicht hinter Ihren Büchern verstecken würden, wüßten Sie es.« Antoinette merkte, daß sie unversehens zu scharf geworden war, und lächelte den Pfarrer begütigend an. »Seien Sie mir nicht böse! Ich wollte Sie gewiß nicht schockieren, aber es ist schwer, immer mit der eigenen Meinung hinter dem Berg halten zu müssen. Ihnen gegenüber glaubte ich offen sein zu dürfen.«

»Damit hatten Sie ganz recht. Ich bin es wohl, der umlernen muß.«

Antoinette lehnte sich zurück. »Sie meinen also, ich sollte an Lichtmeß Schule halten?«

»Unbedingt.«

»Aber wenn die Mehrzahl den Tag zum Anlaß nimmt, um zu schwänzen? Oder von den Eltern zurückgehalten wird?«

»Dazu kann ich Ihnen wahrhaftig keinen Rat geben, Antoinette. Wir beide wissen, daß Sie mit den Kindern besser zurechtkommen als ich. Ich kann Ihnen nur sagen, wie ich es halten würde: Ich werde an Lichtmeß eine Festpredigt halten und die Kerzen weihen, aber schon in der Frühe, so daß niemand Anlaß hat, an diesem Tag die Arbeit ruhen zu lassen.«

Antoinette stand auf. »Ich danke Ihnen, Herr Pfarrer ... ein Stückchen haben Sie mir ja doch weitergeholfen.«

Am nächsten Morgen wandte sich Antoinette, kurz vor Schulschluß, an ihre Klasse. »Wißt ihr, was morgen für ein Tag ist?« fragte sie.

Sofort schnellten Finger hoch. »Der zweite Februar!« – »Mariä Lichtmeß!«

»Sehr richtig! Und wer kann mir sagen, was dieses Fest bedeutet?«

»Daß man nicht mehr bei Licht arbeiten muß!«

»Auch das ist richtig. Aber es hat noch eine tiefere Bedeutung. Wer weiß die?«

Der kleine Gotthardt meldete sich. »Christus wurde in den Tempel gebracht.«

»Ja, das stimmt. Wie alt war er denn da?«

Auf diese Frage mußte auch Gotthardt passen.

»Ihr müßt einmal im Sonntagsschulunterricht den Herrn Pfarrer danach fragen!« sagte Antoinette. »Der Apostel Lukas erzählt uns diese Begebenheit. Maria und Josef brachten den kleinen Christus in den Tempel, um ihn Gott zu zeigen und ein Dankesopfer zu bringen, wie es damals üblich war: ein Paar junge Tauben. Sie taten das vierzig Tage nach seiner Geburt ... und da er am vierundzwanzigsten Dezember nach unserer Zeitrechnung geboren ist, fand der Besuch im Tempel also am zweiten Februar statt.«

»Aber was hat das mit dem Licht zu tun?« fragte Irmingard, aufmerksam wie immer.

»Das wollte ich euch gerade erzählen. Es gab einen Mann in Jerusalem, der war so alt, daß er nur noch auf seinen Tod wartete. Täglich kam er in den Tempel, denn längst hatte er zu arbeiten aufgehört und nutzte seine Zeit nur noch zum Beten. Er hieß Simeon. Und weil er nun so fromm war, empfing er eine Botschaft des Heiligen Geistes. Der sagte ihm, er würde nicht sterben, bevor er Christus gesehen hätte ...«

»Hat denn der Heilige Geist richtig zu ihm gesprochen?« wollte Sepp Stuffer wissen.

»Mit Worten, meinst du? Nein, ich glaube nicht. Ich denke, Simeon nahm diese Botschaft nur in seinem Herzen auf. Aber genau kann ich dir das auch nicht sagen, denn ich bin nicht so fromm, daß sich der Heilige Geist bei mir melden würde.«

Mit dieser Bemerkung erntete sie ein kleines, befreites Gelächter.

»Jedenfalls erkannte Simeon in dem Kind Jesus den Heiland. Er nahm ihn auf seine Arme, lobte Gott und nannte den Kleinen ›ein Licht zu erleuchten die Heiden‹ ...«

»Deshalb die Lichter!« rief Gotthardt.

»Ja, deshalb die Kerzenweihe und die Lichterprozession. Ihr seht also, Mariä Lichtmeß ist ein sehr schöner und wichtiger Feiertag ...«

»Aber jetzt ist er doch herabgewürdigt!« sagte Thomas.

Antoinette schenkte ihm ein kleines Lächeln. »Unser Kurfürst ist der Meinung, daß wir zu viele Feste feiern. Deshalb soll heuer an Mariä Lichtmeß wie an einem gewöhnlichen Wochentag gearbeitet werden. Pfarrer Reiter hat die Messe, die Kerzenweihe und die Lichterprozession auf sieben Uhr in der Frühe angesetzt ...«

»Müssen wir danach zur Schule?« fragte Kaspar.

»Nein, ihr müßt nicht. Aber ich würde mich freuen, wenn ihr kämt. Wir wollen morgen nicht lernen, sondern Geschichten erzählen, singen und spielen. Und denkt daran: Wer erst zur Kirche geht und dann in die Schule kommt, gehorcht Gott *und* dem Kurfürsten!«

Antoinettes Appell bewirkte, daß sich am nächsten Morgen alle Kinder außer Hansi und Schorschi, die so faul waren, daß sie ohnehin kaum etwas vom Unterricht profitierten, in der Schulstube einfanden. Die meisten waren feiertäglich angezogen. Antoinette machte ihr Versprechen wahr, und der Vormittag verflog rasch. Allerdings stellte sie fest, daß es sehr viel anstrengender war, die Schüler zu unterhalten und doch dafür zu sorgen, daß sie nicht über die Stränge schlugen, als sie zu lehren.

Als sie endlich mittags in den Schlitten steigen konnte, war sie erschöpft.

»C'est ça!« sagte sie erleichtert – sobald Antoinette und Thomas allein waren, sprachen sie französisch miteinander.

»Von mir aus hätte es noch weitergehen können!« meinte Thomas, die Zügel in der Hand.

»Ja, von dir aus!« Zärtlich zog sie ihm die wollene Mütze tiefer über die Ohren.

Thomas ließ die Pferde antraben, aber kurz darauf fragte er mit gerunzelter Stirn: »Was ist denn da vorne los?«

Im gleichen Augenblick hatte auch Antoinette die hin und her wogende Menschenmenge auf dem Dorfplatz zwischen dem Gasthof »Zur Post« und der Kirche wahrgenommen. »Fahr Schritt!« sagte sie.

Thomas hielt die Pferde zurück. Die Menschen, denen sie sich näherten, lösten sich in Gruppen und Grüppchen auf. Sie gestikulierten erregt und hoben auch wohl drohend die Fäuste. Ohne ihre

Worte zu verstehen, merkte man, wie zornig und erbittert sie waren.

Auch Pfarrer Reiter war anwesend; er hatte sich auf die oberste Stufe der kleinen Treppe gestellt, die zur Pfarrhaustür führte, und rief: »Was soll der Aufruhr?! Ihr werdet euch noch ernstliche Schwierigkeiten bereiten! Die Gendarmen waren im Recht, ich habe euch den kurfürstlichen Erlaß in der Kirche verlesen ...« Aber seine Worte verhallten.

»Der Kurfürst kann uns am Arsch lecken!« rief einer der Knechte.

»Wir ziehen auf Minka!« brüllte ein anderer. »Wir werden's deana schon zoagn!«

Antoinette und Thomas waren nun nahe herangekommen; sie hatten das sonst so ruhige Volk noch nie so aufgebracht erlebt.

Ein kräftiger Kerl packte eines der Pferde bei der Trense. »Ihr dürft das nicht zulassen, Mademoiselle! Das nicht!«

Das Pferd stieg hoch vor Schmerz.

»Laß den Gaul los!« rief Antoinette. »Aber sofort!«

Um ihren Befehl zu unterstreichen, hob Thomas unerschrocken die Peitsche. Die Leute wurden ruhiger und wichen zurück.

»Was ist geschehen?« fragte Antoinette; ihre Augen glitten von einem zum anderen und blieben dann an dem Wirt hängen, der, finster blickend, die fetten Arme übereinander geschlagen, aus dem Fenster des Wirtshauses blickte. »Erzähl Er es mir, Schwaiger!« befahl sie.

»Die Kerle haben mir das Haus geschlossen! Geschlossen und versiegelt! Da ... sehen Sie nur!« Er wies mit dem Daumen zur Tür. »Das Kurfürstlich-Bayerische Siegel!«

»Das darf der Hofmarksherr nicht zulassen!« brüllte der Mann, der das Pferd an der Trense gerissen hatte. »Die haben uns alle vor die Tür gesetzt! Gerempelt und gestoßen haben sie uns!«

»Ihr wußtet, daß heute nicht gefeiert werden durfte!« sagte Antoinette.

»Hätte ich deshalb meine Stube nicht öffnen sollen?« fragte der Wirt. »Ist es meine Schuld, wenn die Leute eine Maß trinken wollen?«

»Ihr hättet sie ermahnen sollen.«

»Warum ich?!«

»Dann hättet Ihr keinen Schaden genommen.«

»Aber Mariä Lichtmeß war immer Feiertag!« rief einer aus der Menge. »Warum soll es nun mit einmal anders sein? Wir gehen auf Minka!«

Antoinette war aufgestanden, um sich besser Gehör zu verschaffen. »Marschiert ruhig nach München, wenn ihr glaubt, damit den Kurfürsten zu schrecken. Aber erreichen werdet ihr nichts. Der Kurfürst hat Soldaten, die euch verprügeln und aus der Stadt treiben werden.« Sie entdeckte Kreszenz, ein rotes Seidentuch um das schwarze Haar und ein wollenes Tuch um die Schultern, inmitten der Menge, die zumeist aus Männern bestand. »Und was tust du hier, Dirn?«

»'s ist Mariä Lichtmeß.«

»Aber nicht für dich! Erzähl mir nicht, daß du dich nach Arbeit umschauen wolltest, dein Vater hat Arbeit genug für dich. Warum bist du nicht gleich vom Schloß nach Haus gegangen?«

Kreszenz, die die Aufmerksamkeit aller auf sich gerichtet sah, wurde verlegen, zog mit der Schuhspitze Kreise im Schnee und antwortete nicht.

»Hast wohl gehofft, einem feschen Mannsbild zu begegnen?« fragte Antoinette.

Die Spannung löste sich in Gelächter auf.

»Nein, das nicht ... bestimmt nicht!« verteidigte sich Kreszenz.

»Was denn? Warst neugierig?«

»Wollte bloß auch mal einen freien Tag haben.«

»Das verstehe ich. Aber ein schönes Mädchen wie du gehört nicht in eine Wirtsstube. Such du dir deine Unterhaltung lieber im ...«, sie holte Atem, um das seltsame Wort mit dem für sie immer noch nicht ganz einfachen H am Anfang richtig auszusprechen, »... Heimgarten!« – Unter Heimgarten verstand man in Bayern ein gemütliches Beisammensein von Nachbarn in der Stube oder Küche.

Sie wandte sich an die anderen. »Und ihr, nehmt das Verbot des altehrwürdigen Feiertages nicht zu tragisch. Rebelliert nicht, denn das wäre sinnlos. Die da oben sind allemal stärker.«

»Aber Recht bleibt Recht«, murrte einer.

»Da stimme ich dir zu!« bekannte Antoinette. »Ihr könnt auch sicher sein, daß das Recht sich durchsetzen wird. Mariä Lichtmeß wird Feiertag bleiben, solange ihr ihn feiert, er wird ein Abschnitt im Jahr sein, solange ihr euer Gesinde an diesem Tag entlohnt, und es schadet gar nichts, wenn ihr für eine Weile auf das Saufen am frühen Vormittag verzichtet!«

Ihre energischen Worte wirkten; die Leute gingen auseinander.

»Und wer kommt für meinen Schaden auf?« grollte der Wirt. Antoinette blickte ihn fest an. »Wie ich Ihn kenne, wird Er ihn wohl auf den Hofmarksherrn abzuwälzen verstehen!«

Der dicke Schwaiger duckte sich ein wenig und verzog das Gesicht, erwiderte aber nichts.

Abschiednehmend winkte Antoinette dem Pfarrer zu, Thomas ließ die Pferde anziehen, und weiter ging die Fahrt.

»Wie hast du das gemeint?« fragte Thomas, als sie schon in die Lindenallee eingebogen waren. »Das, was du dem Wirt gesagt hast?«

»Die Brauerei gehört Monsieur, und mit ihm muß der Wirt abrechnen. Alle wissen aber, daß er dabei nicht ehrlich ist. Sonst hätte er Afra wohl kaum ein Schloß und Landgut kaufen können.«

»Alle wissen das? Auch Monsieur?«

»Ich denke schon.«

»Warum läßt er sich das dann gefallen? Warum tut er nichts dagegen?«

»Weil er ein großer Herr ist, weißt du. Es liegt ihm nicht, um Geld zu feilschen.«

»Ich würde mir das nicht gefallen lassen.«

»Da hast du ganz recht.«

»Meinst du, dann kann ich kein großer Herr werden?«

»Wichtig ist nur, daß man sich im Leben durchsetzt, ohne den andern mehr Leid zuzufügen, als sich nun einmal nicht vermeiden läßt. Darauf kommt es an. Daß man die eigenen Interessen wahrt, ohne die der anderen mit Füßen zu treten.«

»Aber wenn Monsieur weiß, daß der Wirt ihn betrügt und es zuläßt, dann … dann betrügt er doch eigentlich auch!«

»Aber nein, er gewinnt ja nichts dabei!« widersprach Antoinette, besann sich dann und verbesserte sich: »Mit seinem Verhalten hilft Monsieur dem Wirt nicht gerade, ehrlich zu sein, insofern hast du recht!«

So miteinander plaudernd, fuhren sie, warm verpackt, in ihrem Schlitten, dessen Kufen über den leicht gefrorenen Schnee glitten, auf das festgefügte Schloß zu, das ihnen Heimat geworden war.

Es war ein Freitagvormittag, als Elisabeth den Brief Antoinettes im Kreise der Familie vorlas. Die Deinhartinger hatten am Abend zuvor einen Ball besucht, waren sehr spät zu Bett gekommen, hatten daher auf ein Frühstück verzichtet und nahmen nur eine Tasse Kaffee in der Bibliothek des Hauses zu sich, um munter zu werden. Anselm von Deinharting würzte ihn sich, wie gewohnt, mit einem Obstler.

Auch Sophie und Anton Graf Hollberg waren anwesend, nahmen aber nichts zu sich. Im Gegensatz zu ihr, die ein bequemes Hauskleid trug und der die Haube schief auf dem Kopf saß, verkörperte er im bestickten Frack, unter den Knien gebundenen Hosen, Rüschenhemd und gepuderter Perücke den Kavalier vergangener Zeit, von der er sich nicht losreißen mochte.

Antoinettes Brief, der über die kleinen Geschehnisse des dörflichen Alltags berichtete, das Befinden der Kinder und Dinge des Haushaltes, war reizend geschrieben, aber im Grunde voller Nichtigkeiten. Er war noch vor dem Aufruhr verfaßt worden, über den Antoinette aber auch später nichts verlauten ließ, um die Deinhartinger nicht zu beunruhigen.

Elisabeth stutzte keinen Augenblick, als sie las: »Kreszenz verläßt uns zu Lichtmeß. Margarethe Meyr hat statt ihrer die Evi vom Müller eingestellt ...«

Anselm von Deinharting hatte Mühe, sich eine jähe Erleichterung nicht anmerken zu lassen, die aber auch mit einem Gefühl des Verlustes verbunden war: Nun würde er nie mehr diese kecken Schwarzbeeraugen fühlen, nie mehr den heißen Wunsch empfinden, den vollen Mund mit einem Kuß zu schließen und die dralle junge Person in seine Arme zu reißen.

Niemand bemerkte seine Erregung.

Elisabeth las weiter. »Ich bin froh, daß alles zu Hause seinen guten Weg geht«, sagte sie, als sie das Blatt sinken ließ.

»Ist sie nicht ein wenig ... wie soll ich sagen ...«, stichelte Sophie, »anmaßend, eure gute Antoinette? Tut gerade so, als wäre sie die Herrin auf Schloß Deinharting?«

»Weil sie ein Großreinemachen veranstaltet?« Elisabeth lachte. »Das hat sie doch nur veranlaßt, damit die Bediensteten sich nicht ans Nichtstun gewöhnen.«

Sophie ließ sich nicht so leicht umstimmen. »Mir wäre es nicht recht ...«, begann sie, kam aber nicht weiter.

Auguste fiel ihr ins Wort. »Es ist doch ganz egal, was auf Deinharting geschieht! Sagen Sie mir lieber, was ich heute abend anziehen soll! Jetzt habe ich jede meiner Toiletten schon dreimal getragen!« – »Es kommt doch nicht auf das Kleid an, chérie!« meinte Elisabeth.

»Oh, doch! Zu Anfang hatte ich mehr Kavaliere als es Tänze gab und jetzt ...« Auguste stockte, denn es widerstrebte ihr auszusprechen, was sie sich selber noch nicht eingestehen mochte: Ihre Anziehungskraft auf die jungen Herren der Münchner Gesellschaft schien nach anfänglichen Erfolgen nachzulassen. Während sie sich bei anderen Mädchen drängten, um in die Tanzkarten eingetragen zu werden, kamen sie oft erst zu ihr, nachdem sie sich bei den begehrten Schönen einen Korb geholt hatten. Auguste merkte es wohl, und auch, daß ihr Lächeln sich verkrampfte und ihre Haltung starr wurde.

»Ich werde dir ein hübsches weißes fichu leihen«, erklärte Sophie. »Wenn du das zu deiner robe rosé trägst ...«

Auguste war aufgesprungen und stampfte mit dem Fuß auf. »Am liebsten würde ich gar nicht mehr ausgehen!«

»Mir wäre es ganz recht, wenn wir heute abend einmal zu Hause blieben«, erklärte der Hofmarksherr.

»Vous êtes infame!« schrie Auguste voller Wut, was zu deutsch soviel heißt wie: »Sie sind gemein!«

»Und du bist sehr, sehr ungezogen!« wies Elisabeth sie zurecht. »Ich finde es gar nicht verwunderlich, daß eine junge Dame, die ihr Temperament nicht zügeln kann, nur wenig Anklang findet.«

Auguste stürzte aus dem Zimmer.

»Sie ist nicht glücklich, la petite«, sagte Sophie, »aber was sie durchmacht, ist eine ganz gewöhnliche Erfahrung. Jahr für Jahr betreten junge Mädchen strahlend und voller Erwartung das Parkett der Gesellschaft und sind dann bitter enttäuscht, daß sie nicht im Mittelpunkt stehen.«

»Leid und Enttäuschung bleiben keinem Menschen erspart«, meinte Elisabeth.

»Ja und sie veredeln den Charakter«, fügte Sophie hinzu.

Die Herren schwiegen, denn sie kannten den Grund von Augustes gesellschaftlichem Mißerfolg nur zu gut: Die jungen Herren hatten Erkundigungen eingezogen und in Erfahrung gebracht, daß Auguste zwar eine großzügige Aussteuer, aber keinerlei Mitgift zu erwarten hatte. Nur eine große, leidenschaftliche Liebe hätte sich über dieses Problem hinweggesetzt, aber eine solche Stärke der

Gefühle war, wie zu allen Zeiten, rar und konnte von einer sechzehnjährigen Schönen wohl kaum erweckt werden.

Auch Sophie wußte das, wollte aber nicht darüber sprechen, denn, obwohl sie sehr wohl zu rechnen verstand, hielt sie es für unschicklich, über Geld zu reden und gar in einem solchen Zusammenhang.

Elisabeth ahnte es zumindest, wenn sie auch die romantischen Vorstellungen ihrer Jugend noch nicht ganz verloren hatte. Sie hielt es für richtiger, auf ein Wunder zu hoffen, als mit Auguste offen über ihre Aussichten zu sprechen.

So blieb Auguste mit ihrer Verwirrung allein. Zum Mittagessen blieb sie in ihrem Zimmer, aber als man beim Kaffee im Salon saß, erschien sie, trotzig, verlegen und mit verweinten Augen.

»Ich möchte doch auf den Ball gehen«, bekannte sie mühsam.

Anselm von Deinharting, der sich auf einen gemütlichen Abend und eine Partie Piquet gefreut hatte, wollte schon erwidern, daß er nicht daran dächte, nach ihrer Pfeife zu tanzen. Doch Elisabeth brachte ihn mit einer Handbewegung zum Schweigen. »Das ist sehr vernünftig von dir, chérie«, sagte sie. »Wir sind ja nach München gekommen, um uns zu amüsieren, und so sollten wir es auch tun.«

Auguste war an der Tür stehengeblieben. »Wenn Sie mir also wirklich Ihr weißes fichu leihen wollen, Tante Sophie ...«

»Aber ja doch! Das Halstuch ist aus Brüsseler Spitze und wird dir entzückend zu Gesicht stehen. Morgen können wir auch die Schneiderin kommen lassen, damit sie deine Kleider umarbeitet ...«

»Oh, ja!«

»Dein Vater wird sicher nichts dagegen haben, wenn wir einen neuen Stoff ...«, begann Elisabeth zaghaft.

»Tut nur, was ihr für richtig haltet!« sagte er grimmig.

»Aber mit deinen Kleidern muß auch etwas geschehen!« beharrte Sophie und stellte die Kaffeetasse aus der Hand. »Wollen wir sie uns doch einmal anschauen.«

Die Damen verließen den Salon.

»Eine Schande!« stieß Anselm von Deinharting aus, als er mit seinem Schwager allein war. »Es war immer so«, entgegnete Graf Hollberg, »Geld drängt nun einmal zu Geld, und wo nichts ist, kommt auch nichts dazu.«

»Aber ein junger Mann braucht sich niemals einer solchen Situation auszusetzen! Er braucht nicht zu werben, wo keine Hoffnung besteht. Von einem Mädchen wird erwartet, daß sie sich wie eine Ware präsentiert.«

»Vielleicht hat sie ja Glück«, meinte der Schwager begütigend, »sie ist sehr schön. Wenn das Auge eines Kenners auf sie fällt ...«

»... wird er es sie ihr ganzes Leben lang spüren lassen.«

»Sie sind zu pessimistisch, Anselm.«

»Ich sehe die Dinge nur so, wie sie sind.«

»Warum haben Sie Auguste dann überhaupt erlaubt, sich auf den Heiratsmarkt zu begeben? Warum haben Sie nicht mit ihr und Elisabeth über das Problem gesprochen?«

»Kann man das denn?« Anselm von Deinharting stand auf und begann den kleinen Raum zu durchmessen. »Kann man mit Frauen offen reden? Sie leben doch in einer anderen Welt!«

»Sophie sieht das Leben ziemlich realistisch.« Anton Graf Hollberg lachte auf. »Nun ja, sie hat drei Töchter unter die Haube bringen müssen, ohne mich dabei zum armen Mann zu machen. Das heilt von Illusionen.«

In ihren ersten Tagen in München hatte Auguste alle Veranstaltungen in freudiger Erwartung besucht. Die Säle, in denen sich der Hof, der Adel und sehr häufig auch die bürgerliche Gesellschaft trafen, schienen ihr prachtvoll, die Menschen überaus elegant, gewandt und herzlich. Sie fühlte sich aus der dörflichen Atmosphäre, aus der sie kam, in eine ganz andere Welt emporgehoben und hoffte nicht nur, nein, war sicher, daß im nächsten Augenblick ein Wunder geschehen und ihr die große Liebe bringen würde.

Inzwischen sah alles anders aus. Die Säle waren zwar noch groß, aber, da sie von unzähligen Menschen besucht wurden, keineswegs so gepflegt wie die auf Schloß Deinharting. Allenthalben waren Spuren von Kerzenwachs auf dem Boden und Ruß an den Stukkaturen zu erkennen. Das Parkett war an manchen Stellen schwarz von den vielen Sohlen, die darüberglitten. Die Leute waren, wenn man sie näher betrachtete, auch nicht besser als die, die auf Deinharting verkehrten. Mit ihrer Eleganz war es nicht weit her, und ihre Herzlichkeit schien Auguste nur noch Heuchelei.

Sie kannte inzwischen alle ledigen jungen Herren. Es gab keinen, mit dem sie nicht mindestens einmal getanzt und der ihr nicht Komplimente ins Ohr geflüstert hätte.

Aber dabei war es denn auch geblieben. Auguste verstand nicht, wieso niemand sich für sie erwärmen konnte. Sie beobachtete die anderen Mädchen, krampfhaft bemüht, sich von Vorurteilen freizuhalten. Das Ergebnis war immer wieder das gleiche: keine war schöner als sie. Wie kam es dann aber, daß die Kavaliere sie immer zuletzt aufforderten? Auguste begriff es nicht. Aber sie fühlte die Demütigung.

Sie verließ das Gräflich-Hollbergsche Stadthaus längst nicht mehr in froher Erwartung, sondern mußte sich dazu zwingen, sich ins gesellschaftliche Leben zu stürzen. Sie wollte das Glück erzwingen, die Niederlage nicht einstecken, die ihr zugedacht schien.

An diesem Abend ging es zum Hofballhaus in der Prannerstraße, in dem dienstags und donnerstags eine Redoute stattzufinden pflegte, an der der Hof teilnahm, auf der aber auch jeder Münchner Bürger, so er Lust und Geld dazu hatte, erscheinen konnte.

Es ging lustig und ungezwungen zu, und Auguste brauchte sich durchaus nicht als Mauerblümchen zu fühlen, denn es gab genügend Bürgersöhne, die sich um einen Tanz mit ihr rissen, wenn auch nur, um später damit zu prahlen oder davon zu träumen, eine solche Schönheit im Arm gehalten zu haben: Als Ehekandidaten kamen sie nicht in Frage.

Elisabeth fühlte sich in diesem Treiben nicht sehr wohl. Sie schützte Migräne vor, um nicht mit »Krethi und Plethi« tanzen zu müssen. Anselm von Deinharting blieb an ihrer Seite, und beide beobachteten Auguste besorgt.

Das junge Mädchen hielt sich sehr gerade, ihr Lächeln wirkte verkrampft, und das unruhige Spiel der Hände verriet ihre Nervosität. Ihre Miene löste sich, als sich ein schlanker, hochgewachsener junger Mann vor ihr verbeugte.

»Michael von Weber!« sagte Anselm von Deinharting. »Mir scheint, er gefällt ihr!«

»Er ist ja auch sympathisch«, stimmte Elisabeth zu.

Tatsächlich erwärmte der Anblick des pockennarbigen Gesichtes mit den treuherzigen blauen Augen Augustes Herz. Sie reichte ihm die Hand, und er führte sie in den Kreis der aufgestellten Paare.

»Wie fühlen Sie sich in München, gnädiges Fräulein?« fragte er. »Sicher haben Sie viel erlebt.«

»Es war nicht so arg.«

»Nein? Aber Sie werden doch die Stadt besichtigt haben? Die vielen Sehenswürdigkeiten.«

»Oh, ja, wenn Sie das meinen.«

»Woran könnte ich denn sonst gedacht haben?« neckte er sie. Röte stieg Auguste aus dem Dekolleté bis in die zarte Stirn hinauf.

»Wie bezaubernd Sie doch sind!« sagte er. »Keine Münchnerin könnte so entzückend erröten.«

»Damit wollen Sie mir wohl zu verstehen geben, daß Sie mich für eine Landpomeranze halten?«

»Das habe ich niemals gedacht. In meinen Augen sind Sie die vollkommenste Frau, der ich je begegnet bin.«

Nach den Klängen der Musik und zu den Anweisungen des Zeremonienmeisters begannen sie die schwierigen Figuren, Wendungen, Verbeugungen und den Wechsel der Partner durchzuführen. Auguste fühlte sich plötzlich besser. Sie hatte also doch eine Eroberung gemacht, sagte sie sich, wenn auch Michael von Weber nicht gerade das war, was man einen guten Fang nennen konnte. Aber wahrscheinlich war es vernünftiger, sich auf ihn zu konzentrieren, anstatt allen möglichen Männern schöne Augen zu machen, die offensichtlich gar nicht an ihr interessiert waren.

Sie wunderte sich über sich selber, daß sie, die mit so hohen Erwartungen nach München gekommen war, jetzt so berechnend sein konnte. Aber die Welt schien ihr entzaubert.

Nun bot das Hofballhaus, das Mitte des 17. Jahrhunderts aus einem Kornstadel in ein »Comoedihaus« umgebaut und später als erste Hofoper Deutschlands fertiggestellt worden war, auch nicht eben Räumlichkeiten, die das Herz eines jungen Mädchens höher schlagen lassen konnten. Sein einziger Vorteil und seine Anziehungskraft auf die Münchner Gesellschaft bestand darin, daß es sehr groß war und – bei Aufführungen – zahlreichen Besuchern Platz bot, bei den Redouten noch mehr Tänzern und Zuschauern.

Da »man« wußte, daß man hier mit dem »Volk« zusammenkam, hatte man vorgezogen, sich schlicht zu kleiden und keinen Aufwand zu treiben. So war ein Spezereihändler kaum von einem Höfling zu unterscheiden oder vielleicht nur dadurch, daß seine goldene Uhrkette dicker war. Hätten die Münchner Bürgerfrauen auf ihre Riegelhauben verzichtet, die sie sich kokett auf den Hinterkopf gesteckt hatten, so hätten sie es mit jeder adligen Dame aufnehmen können; sie konnten es ohnehin, denn Schönheit und Liebreiz sind nicht an einen Stand gebunden.

Das erkannte Auguste erst an diesem Abend, denn anders als auf dem Land, wo die Schloßfrauen sich pflegten und dem süßen Nichtstun hingaben, während die Bauern und ihr Gesinde sich krumm schufteten, gab es hier eine Mittelschicht, das Bürgertum, das durchaus auf Ansehen und Aussehen hielt.

Dieses Verwischen der Grenzen, die sie als naturgegeben angesehen hatte, verwirrte Auguste. Sie mußte sich eingestehen, daß selbst der Kurfürst, der mit seiner Gattin und den beiden erwachsenen Kindern aus erster Ehe, Auguste und Ludwig, von einer Loge aus das Treiben beobachtete, nicht anders als jeder normale Bürger aussah. Selbst sein Ohrring war nichts Außergewöhnliches; Auguste kannte genügend Fuhrleute, Bauern und Feldaufseher, die den gleichen Schmuck trugen. Ihr Vater und ihre Stiefmutter wirkten entschieden vornehmer als das Kurfürstenpaar.

Während des Tanzes konnte sie nur hin und wieder ein flüchtiges Wort mit Michael von Weber wechseln.

Doch als er sie zu ihrem Platz zurückbrachte, hatte sie sich entschlossen, ihn zu ermutigen. »Ich würde gern wieder einmal eislaufen!«

»Das können Sie auch hier in München! Auf dem Großhesseloher See, im Englischen Garten.«

»Ja, ich weiß ...« Sie ließ den Satz erwartungsvoll ausklingen.

Wollte er nicht ausgesprochen unhöflich sein, konnte er nicht anders, als eine Verabredung vorschlagen. »Wenn es Ihnen recht ist, gnädiges Fräulein, hole ich Sie Sonntag nach der Kirche ab?«

»Ich werde in die Frühmesse gehen, damit wir den Tag recht nutzen können!« versprach sie.

Er beugte sich über ihre Hand.

Am liebsten wäre Auguste am nächsten Vormittag überhaupt nicht in die Kirche gegangen, sondern hätte sich statt dessen auf das Eislaufen vorbereitet. Aber diesen Wunsch wagte sie nicht einmal zu äußern, und es hätte auch keinen Sinn gehabt, da ihre Eltern es nicht zugelassen haben würden.

Aber sie machte ihren Entschluß wahr und besuchte – obwohl es am Abend zuvor wieder einmal recht spät geworden war – die Frühmesse. Zum Glück waren es nur wenige Schritte bis zur nahegelegenen Theatinerkirche. Da Elisabeth nicht so früh hatte aufstehen wollen, wurde Auguste von Tante Sophies Köchin, einer kräftigen jungen Person namens Agathe, begleitet. Während diese laut sang, betete, respondierte und dabei unter halbgeschlossenen Augenlidern nach Verehrern Ausschau hielt, wobei sie die Bediensteten übersah, denn sie war fest entschlossen, die Frau eines Handwerkers zu werden, hatte Auguste Mühe, überhaupt wach zu bleiben. Wie betäubt ließ sie die von Kindheit an gewohnte Zeremonie über sich ergehen, nahm auch das Abendmahl, da sie am Tag zuvor gebeichtet hatte – hätte sie dem Pfarrer doch etwas von Liebe, Leidenschaft und Sünde anvertrauen können! –, und wurde erst ganz wach, als sie sich mit der Menge wieder auf die Straße drängte. Die Luft in der Kirche war klamm und kalt gewesen, bis sie sich von den Ausdünstungen der Gläubigen ein wenig erwärmt hatte; draußen aber war sie schneidend kalt. Ein eisiger Nordwind fegte durch die Häuserzeilen.

»Kommen Sie mit in die Küche«, schlug Agathe vor, »dann koch ich uns eine schöne Schokolade.«

»Ich … ich werde abgeholt«, sagte Auguste.

»Von einem Verehrer?« fragte Agathe neugierig.

»Von einem jungen Herrn! Er ist mir eigentlich gleichgültig, aber ich möchte …«

»Stärken Sie sich auf alle Fälle erst mit einer Schokolade. So früh am Sonntagmorgen kriecht kein junger Herr aus den Federn, und außerdem schadet es ihm gar nichts, wenn Sie ihn warten lassen.«

»Meinst du?« fragte Auguste unsicher.

»Verlassen Sie sich nur auf mich, Fräulein, ich weiß Bescheid!«

Durch den von Arkaden umzogenen Hof betraten sie die im Erdgeschoß gelegene Küche. Agathe nahm im Vorbeigehen den mit Semmeln gefüllten Leinenbeutel herein, die jeden Morgen, ob Alltag oder Feiertag, geliefert wurden; niemand kümmerte es, daß die Bäcker, ihre Gesellen und Lehrlinge Morgen für Morgen in aller Herrgottsfrühe aus den Federn mußten.

Die Küche, die im Vergleich zu der auf Schloß Deinharting klein war, wurde von dem Herdfeuer erleuchtet, das Agathe vor dem Kirchgang angezündet hatte. Jetzt legte sie nach, steckte eine Kerze an und setzte Milch auf.

»Machen Sie es sich kommod, Fräulein«, sagte sie freundlich. Auguste hatte den Muff abgestreift und hielt die Hände ans Feuer. »Ich muß mich noch schönmachen.«

»Wie? Was?« rief Agathe. »Sie sind schön!«

Auguste sah sie an. »Meinst du das ehrlich?«

»Aber ja doch! Schauen Sie denn nie in den Spiegel?! Sie sind das schönste Fräulein, das zur Zeit zu finden ist.«

Auguste war nahe daran, der jungen Köchin ihren Kummer anzuvertrauen. Diese Anwandlung erschreckte sie. Wie tief war sie gesunken, daß sie mit dem Gedanken spielen konnte, bei einer Bediensteten Rat zu suchen.

»Mir ist nicht gut!« gestand sie.

»Das kommt nur vom frühen Aufstehen und dem Kirchengehen mit leerem Magen! Ich werde Ihnen eine Semmel mit viel Butter streichen, eine Scheibe von dem guten Deinhartinger Schinken drauf … und wenn Sie das gegessen haben, werden Sie sich selber nicht mehr wiedererkennen.«

»Ich weiß nicht, ob das hilft«, sagte Auguste zaghaft.

»Dann weiß ich noch was Besseres. Ich werde uns ein Tröpfchen Rum in die Schokolade tun!«

»Das vertrage ich nicht!«

»Probieren Sie's erst!«

Die Köchin behielt recht. Nach dem Genuß eines Schinkenbrötchens und einer Tasse Kakao mit Rum fühlte Auguste sich wieder vergnügt und lebenslustig. Sie verstand gar nicht mehr, wie sie so verzagt hatte sein können. Sie erwartete doch einen Verehrer, sie würde ein paar nette Stunden mit ihm verbringen und danach zum Mittagessen bei Beata sein. Es bestand also wirklich kein Anlaß, den Kopf hängen zu lassen.

In ihrem Zimmer betrachtete Auguste sich lange und prüfend im Spiegel. Agathe hatte recht. Sie war schön. Ihr rotes Haar war herrlich, die Haut glatt und rein und das Weiß ihrer grünen Augen so klar, wie es nur sein konnte. Sicher hätte sie noch besser ausgesehen, wenn ihre Wimpern dunkler, ihre Wangen und ihr hübsch geschwungener Mund röter gewesen wären. Auguste wußte, daß auch Damen der Gesellschaft ihrer natürlichen Schönheit nachzuhelfen pflegten, aber ihr als junges Mädchen verboten sich solche Tricks. Außerdem konnte es unmöglich an mangelnder Schönheit liegen, daß sie nicht umworben wurde.

Ob sie unangenehm roch? Auguste schnupperte an sich selber, konnte aber nichts als den frischen Duft gesunder Haut spüren.

Jedenfalls war sie entschlossen, sich von Kopf bis Fuß zu waschen und umzuziehen. Sie läutete Henriette Striegel, die ihr helfen sollte. Es war inzwischen neun Uhr geworden und mußte schnell gehen.

Als sie dann fertig war und das braune Pelzkäppchen fest auf dem hochgesteckten Haar saß, begann die Zeit des Wartens. Wie eine junge Löwin lief Auguste in ihrem Zimmerchen auf und ab. Sie mochte nicht zu den anderen, die gewiß schon auf waren, hinuntergehen, denn sie schämte sich der eigenen Gefühle und fürchtete, sich lächerlich zu machen. Ihr Zimmer lag nach hinten heraus, und jedesmal, wenn sie am Fenster stehenblieb, sagte sie sich, daß Michael von Weber bestimmt nicht durch den Hof, sondern von der Straße her kommen würde. Dennoch starrte sie immer wieder auf den Misthaufen vor den Ställen. Endlich wurde an ihre Zimmertür gepocht.

Auguste fuhr herum. »Entrez!«

Eine junge Bedienstete kam herein. »Herr von Weber ist unten. Er möchte das gnädige Fräulein abholen.«

»Herr von Weber?« wiederholte Auguste, als wäre sie überrascht – und sie war es auch, denn es war inzwischen elf vorbei, und sie hatte schon nicht mehr mit seinem Kommen gerechnet. »Meinen Mantel, meinen Muff, die Handschuhe! Steh doch nicht so dumm herum, sondern hilf mir!« Wenige Minuten später eilte sie, vollständig angezogen, die Treppe hinunter. »Auguste!« rief Elisabeth ihr aus dem offenen Salon zu.

»Adieu, Mama … ich habe keine Zeit …«

»Aber er ist hier!«

Auguste war schon ein paar Stufen tiefer, als sie die Nachricht aufgenommen hatte und den Schritt verhalten konnte. »Ach so!« sagte sie und kam sich dabei recht töricht vor.

Michael von Weber stand im Salon, in einem pelzgefütterten Mantel, er trug eine Pelzmütze und einen langen gestrickten Schal um den Hals. Nur die Handschuhe hatte er nicht anbehalten. Etwas verlegen blickte er Auguste aus seinen treuherzigen blauen Augen entgegen. Die anderen waren ebenfalls noch zum Ausgang gekleidet, da sie gerade erst aus der Kirche gekommen waren. Das machte den Aufbruch leichter.

Gleich nach der Begrüßung ergriff Auguste des jungen Mannes Hand. »Kommen Sie rasch!« rief sie. »Sie sind spät!« Von ihrer

Familie verabschiedete sie sich mit einer kecken Kußhand. »Au revoir! Je suis retour après-midi!«

Dann zog sie den jungen Mann auch schon mit sich die Treppe zur Haustür hinunter.

»Wie wild sie noch ist«, sagte Elisabeth seufzend und begann, Schal und Hut abzulegen.

» Sie ist glücklich!« Anselm von Deinharting warf dem wartenden Diener Schal und Mütze zu.

»Ihr hättet nicht zulassen dürfen, daß sie allein mit diesem jungen Mann ausfährt«, meinte Tante Sophie.

»Aber ich bitte dich!« protestierte ihr Bruder. »Es ist doch heller Tag, und wir leben nicht mehr im achtzehnten Jahrhundert.«

»Bedauerlicherweise«, behauptete Anton Graf Hollberg, »damals herrschten noch Sitte und Anstand.«

»Ich kann nichts Unanständiges daran finden, wenn ein Mädchen mit einem jungen Mann zum Eislaufen fährt.«

»Bei Ihrer ältesten Tochter«, erinnerte der Graf, »haben Sie noch strenger gedacht!«

»Die Zeiten haben sich geändert, und ich bin älter geworden … nachsichtiger.«

»Sehr zu deinem Nachteil!« behauptete Sophie spitz; auch sie hatte sich, mit Hilfe ihres Mannes, aus ihrem Überwurf geschält und glich jetzt in dem roten, unter dem Busen taillierten Kleid, einer Mode, die für sie äußerst ungünstig war, mehr denn je einer kleinen Tonne.

»Ich hätte sie ja begleitet!« Elisabeth betastete ihre raffiniert schlichte Frisur. »Aber ich habe seit Jahren nicht mehr auf Schlittschuhen gestanden, und beim bloßen Zuschauen würde ich bestimmt erfrieren!«

»Niemand macht dir einen Vorwurf, chérie!« beruhigte sie ihr Mann.

»Ihr hättet sie überhaupt nicht mit diesem jungen Mann ausgehen lassen sollen!« beharrte Sophie. »Ein solcher Umgang verdirbt ihre ohnehin geringen Chancen noch mehr.«

Der Diener hatte die Oberkleidung fortgebracht und servierte jetzt, ohne einen besonderen Befehl erhalten zu haben, Likör und kleine Kuchen, wie es hier üblich war. Anselm von Deinharting schenkte er Obstler ein.

»Danke, Stephan!«

»Er kann sich jetzt zurückziehen!« befahl die Gräfin.

Als sie allein waren, nahm sie das Thema wieder auf. »Wer die beiden zusammen sieht, wird glauben, sie seien ineinander verliebt …«

»Und wenn es so wäre?« fragte Elisabeth. »Er ist zwar kein Beau …«

»Er ist keine Partie!« sagte Sophie scharf. »Ich habe mich nach seinen Verhältnissen erkundigt.«

Ein betroffenes Schweigen entstand.

»Aber warum hast du das nicht schon eher gesagt?« fragte Anselm, der den Schreck zum Anlaß genommen hatte, sein Glas zu leeren.

»Ich wollte nicht wieder die alte Unke sein.«

»Und warum erzählst du es uns dann jetzt?!«

»Damit ihr die Geschichte behutsam abwiegeln könnt.«

»Du lieber Himmel!« Anselm von Deinharting schenkte sich noch einmal ein. »Das wäre vor diesem Rendezvous wohl doch erheblich einfacher gewesen.«

Elisabeth war seiner Meinung, aber sie schwieg, weil sie das immer leicht gespannte Verhältnis zu ihrer Schwägerin nicht unnötig belasten wollte.

Auguste war ahnungslos glücklich. Die Schlittenfahrt freute sie, zumal sie wußte, daß die Kälte ihre Wangen glühen und der Wind ihr kupfernes Haar wehen ließ. Es dauerte nicht lange, und sie hatten die Stadt hinter sich. Vorbei an den Ökonomiegebäuden, den Schweizereien und Mühlen, ging es immer tiefer in den Englischen Garten hinein. Hier draußen lag der Schnee weißer auf den Wegen, und dick bedeckte er die Dächer und die kahlen Zweige. Um die heitere Stimmung vollkommen zu machen, brach jetzt auch noch die Sonne durch und ließ die Schneekristalle aufleuchten.

»Hier ist es fast wie bei uns daheim!« rief Auguste ihrem Kavalier zu. »Nur die Berge fehlen!«

»Sie lieben Deinharting wohl sehr?«

Auf diese Frage wußte Auguste nicht sogleich eine Antwort. In den ersten Tagen in München, die man, da die Ballsaison noch nicht angebrochen war, mit Besuchen und kleinen gesellschaftlichen Veranstaltungen verbrachte, hätte sie nie mehr heimkehren mögen. Inzwischen aber fühlte sie sich so enttäuscht, daß sie sich in die Heimat zurücksehnte. »Es ist schön dort«, sagte sie endlich ausweichend. Um ihn von diesem Thema abzulenken, rief sie: »Sehen Sie doch mal, welch seltsames Paar! Ob der alte Herr wohl auch eislaufen will?«

Es waren an diesem Morgen viele Schlitten auf dem Weg zum See, und einer hatte sie gerade in schlankem Trab überholt. Die Pferde wurden von einem livrierten Kutscher gelenkt, und hinter ihm saß ein graubärtiger Herr, der ein hellblondes junges Mädchen im Arm hielt.

»Das ist der Fürst Ponowsky!« erklärte Michael von Weber.

»Und das Mädchen? Ist sie seine Tochter oder Enkelin?«

»Seine Frau.«

»Oje!« rief Auguste. »Wie kann man einen so alten Mann heiraten!«

»Er ist sehr reich ...« Michael von Weber war ernst geworden.

»Ein reicher alter Mann ist immer noch besser als ein armer junger.«

»So könnte ich nie denken! Bitte, schauen Sie doch nicht so drein! Sie verderben mir ja die ganze Laune.«

»Verzeihen Sie, gnädiges Fräulein, das wollte ich gewiß nicht.«

»Dann lassen Sie es gefälligst bleiben.« Sie kuschelte sich in ihre Ecke. »In Deinharting haben wir auch einen See ... nein, ich will nicht übertreiben, es ist nur ein Weiher. Aus ihm kriegen wir Karpfen für die Küche ... das heißt, wenn die Bauern uns welche übriglassen. Der Papa ist viel zu nachsichtig mit ihnen.«

»Ihr Herr Vater ist eine höchst respektable Persönlichkeit.«

»Das ist er gewiß, und ich habe ihn auch lieb. Aber das ändert nichts daran, daß er den Bauern öfter auf die Finger klopfen könnte. Aber warum erzähle ich Ihnen das überhaupt? Ach ja, ich weiß: Wenn unser Weiher zugefroren ist, dann dürfen wir eislaufen. Zuerst muß nur immer Feinhuber, das ist Vaters Forstgehilfe, die Probe machen, ob das Eis auch wirklich trägt.«

»Sie sind ein erstaunliches Mädchen!«

Das Kompliment beglückte sie, dennoch fragte sie ihn nach dem Grund. Den mochte er ihr nicht nennen. Erstaunlich war sie für ihn, weil sie so munter plauderte. Er war den Umgang mit Mädchen gewohnt, die es – sei es aus Bescheidenheit, Wohlerzogenheit, Schüchternheit, Dummheit oder auch Berechnung – ihren Kavalieren überließen, die Unterhaltung zu führen.

Um ihre Unbefangenheit nicht zu zerstören, sagte er: »Die meisten jungen Damen ziehen die Stubenluft vor, Sie aber werden hier draußen in der freien Natur nur um so schöner.«

Sie strahlte ihn an. »Weil ich eben ein Landkind bin.«

»Das wird es sein.«

Eislaufen wurde in jener Zeit vorwiegend von Schulkindern betrieben. Dennoch tummelten sich auch einige Erwachsene auf dem zugefrorenen See. Die meisten Städter, die an diesem sonnigen Wintersonntag hinausgefahren waren, begnügten sich damit, in dem verschneiten Park spazierenzugehen und zuzuschauen. Für einen Ausritt war es zu kalt.

Michael von Weber half Auguste die Schlittschuhe anzuschrauben; sie waren aus Holz und hatten eiserne Kufen. Er selber benutzte beinerne Schlittschuhe. Auf dem Eis war sie schneller und geschmeidiger als er und alle anderen Schlittschuhläufer. Zuerst lief Auguste Hand in Hand mit ihm, aber das wurde ihr schon bald zu langweilig. Sie löste sich von ihrem Partner und vollführte die Bögen und Schwünge, in denen sie sich als Kind geübt hatte. Er sah ihr zu, voll Bewunderung und Stolz, dem ein leises Gefühl der Angst beigemischt war. Wenn sie stürzte oder sich verletzte, könnte man ihm die Schuld geben. »Geben Sie acht auf sich!« rief er immer wieder. »Attention! Prenez garde!«

Sie genoß seine Besorgnis und lachte ihn aus; seit sie in München war, hatte sie sich noch nie so wunderbar gefühlt.

Dennoch war sie es, die zum Aufbruch mahnte. »Wie spät ist es?« fragte sie. »Ich fürchte, ich muß zurück!« Mit einer kleinen Wendung schoß sie auf Michael von Weber zu, prallte gegen ihn und landete unversehens in seinen Armen.

Er geriet ins Schwanken, klammerte sich an ihr fest, hielt sie aber, sobald er sein Gleichgewicht wiedergefunden hatte, mit gestreckten Armen auf Abstand. »Ja, es ist spät«, keuchte er, »schon der Pferde wegen …«

»Der Pferde wegen!« wiederholte sie lachend. »Sie sind lustig! Ich muß zum Mittagessen bei meiner Schwester sein! Die Pferde stampfen sich schon warm.«

»Aber wenn sie sich erkälten! Sie gehören nicht mir!«

»Kein Grund zur Sorge! Wir machen jetzt ja sowieso Schluß.«

Als er sie losließ, schoß Auguste auf das Ufer zu, stakste über die verschneite Wiese zu einer der Bänke und bemühte sich, ihre Schlittschuhe abzuschrauben.

»Warum lassen Sie das nicht mich machen?« fragte er.

»Weil Sie es doch so eilig haben!«

»Es macht Ihnen Freude, mich zu quälen.«

Sie riß die grünen Augen auf. »Sie zu quälen!? Ich habe noch nie einen Menschen gequält ... und dann Sie, den ich so gern habe!«

Er kniete vor ihr im Schnee, sein pockennarbiges Gesicht war blutübergossen, und die treuherzigen Augen blickten demütig zu ihr auf. »Sie dürfen so etwas nicht sagen, gnädiges Fräulein!«

Sie verstand ihn nicht. »Was? Was habe ich denn gesagt?!«

»Sie sind das wundervollste Mädchen, dem ich je begegnet bin ... aber wir dürfen uns nicht mehr wiedersehen ... ich meine, nicht mehr miteinander ausgehen. Es war schon falsch, daß wir heute ...«

»Warum stottern Sie auf einmal? Und was für einen Unsinn reden Sie da?«

»Es ist kein Unsinn, es ist ... vernünftig. Sie sind ... bezaubernd, und Sie verdienen einen Mann, der Sie auf Händen trägt ... der Ihnen ein Leben bieten kann, wie Sie es gewohnt sind, ein noch besseres! Aber ich bin ein Habenichts ...«

»Sie übertreiben!«

»Bitte, glauben Sie mir, Auguste! Es fällt mir ja so schwer, das zu gestehen! Nicht nur die Pferde sind geliehen und der Wagen ... sogar mein Mantel ... er gehört einem Freund ...«

An seiner Aufrichtigkeit war nicht länger zu zweifeln. »Aber Ihr Vater«, fragte sie, »war er nicht Geheimer Rat?«

»Ja, meine Mutter erhält eine großzügige Pension. Aber sie legt jeden Heller beiseite, um meinen Schwestern eine Aussteuer zu schaffen. Ich habe drei Schwestern, die ich ernähren muß.«

»Sie Ärmster!« sagte sie leichthin, während sie gleichzeitig abgrundtiefe Enttäuschung empfand und zugleich dankbare Erleichterung darüber, daß es ihr gelang, Haltung zu bewahren.

»Eines Tages ... ja, eines Tages«, versprach er sich selber, »werde ich frei sein ... werde auch ich ... aber bis dahin können Jahre vergehen. Ich kann nicht verlangen, daß Sie so lange auf mich warten!«

»Kommen Sie!« drängte sie. »Befreien Sie mich endlich von diesen Dingern und stehen Sie auf! Was Sie sich nur einbilden! Ich habe niemals auch nur daran gedacht, mich an Sie zu binden. Weder heute noch in zehn Jahren. Wie können Sie nur daraus, daß ich mit Ihnen eisgelaufen bin, solche Schlüsse ziehen?!«

»Ich ... ich ... weil Sie sich damit ja schaden, Auguste! Sie schmälern Ihre Chancen, wenn Sie sich mit mir zusammen sehen lassen.«

»Wie klein Sie doch denken, Herr von Weber! Allein deshalb wären Sie niemals eine Partie für mich. Ich mache mir nichts aus dem Geschwätz der Leute.«

»Aber Sie sollten es tun! Sie dürfen nicht so freimütig sein! Man könnte es falsch auslegen.« Er hielt ihre Schlittschuhe in der Hand, kniete aber immer noch vor ihr.

»Du lieber Himmel, müssen Sie jetzt auch noch den Schulmeister herauskehren.« Sie war aufgestanden und stampfte auf.

»C'est insupportable! Langsam beginne ich zu bereuen, daß ich so freundlich zu Ihnen gewesen bin!«

Die Rückfahrt nach München verlief schweigend. Auguste setzte ihr hochmütigstes Gesicht auf. Er verstand, daß sie nicht anders reagieren konnte, und versuchte nicht, sie zu versöhnen.

Als Auguste die Treppe zur Wohnung ihrer Schwester hinaufstieg, hatte sie sich schon wieder gefaßt. Sie konnte sich sogar schon über Michael von Weber lustig machen. Was er sich nur eingebildet hatte! Als hätte sie ihn heiraten wollen! Was hatte er schon für Vorzüge? Ein pockennarbiges Gesicht und treuherzige Augen. Es gehörte schon ein bißchen mehr dazu, um ihr Herz in Wallung zu bringen. Er war nichts, und er hatte nichts. Wie konnte er nur wagen, seine Augen zu ihr zu erheben? In Zukunft würde sie wirklich zurückhaltender sein müssen.

Sie hatte bereits vergessen, daß er der einzige Kavalier auf ihrer Liste gewesen war.

Kaum daß sie den Klopfer betätigte, wurde die Tür von innen aufgerissen. Sie stand der Schwester gegenüber.

»Ach, du bist es!« Beata mußte ihre Enttäuschung meistern. »Na gut, wenigstens bist du pünktlich.«

»Erwartest du denn noch andere Gäste?«

»Nein. Nur meinen Mann. Er hat die schlechte Angewohnheit, sich zu verspäten.«

Erst jetzt begrüßten sich die Schwestern. Beata half Auguste aus dem Mantel – die festgesteckte Pelzkappe behielt sie auf, nur den Muff legte sie ab – und führte sie dann ins Kinderzimmer, wo Auguste kleine feuchte Küsse von ihren Nichten bekam. Danach betraten sie zusammen das allzu aufwendig und modern eingerichtete Wohnzimmer. Beata bot der Schwester Likör und Gebäck an. Aber Auguste, die noch keinen Geschmack an Alkohol gefunden hatte und sich den Appetit zum Mittagessen nicht verderben lassen wollte, lehnte ab. Sie bat nur um ein großes Glas Wasser, und Beata ließ es ihr von Marei bringen.

Unbefangen erzählte Auguste von ihrem letzten Ball und der morgendlichen Ausfahrt und ließ sich nicht dadurch stören, daß Beata nervös war, unentwegt an einem Tüchlein zerrte und nur mit halbem Ohr zuhörte.

»Michael von Weber?« wiederholte sie. »Ja, den kenne ich. Ein netter Junge. Aber ihm fehlen die Mittel zu heiraten.«

»Darf man denn nur mit Männern verkehren, die imstande sind, eine Frau zu ernähren?« brach es aus Auguste. »Muß man denn immer nur ans Heiraten denken?« Freilich tat sie selbst nichts anderes, aber sie wollte es sich nach der heutigen Schlappe nicht eingestehen.

»Nein, das muß man nicht!« erwiderte Beata überraschend. »Wenn ich nur geahnt hätte …« Sie beugte sich vor, legte ihre Hand auf den Arm der Schwester und sagte eindringlich: »Heirate nicht, Auguste! Sei klug und heirate nicht!«

»Aber …«, fragte Auguste verwirrt, »was könnte ich denn sonst machen?«

»Bleib einfach zu Hause auf Deinharting. Stick ein wenig, geh spazieren, unterhalte dich, führ dein Leben weiter wie bisher.«

»Dann würde ich ja une vieille fille werden … eine alte Jungfer!«

»Immer noch besser als eine verheiratete Frau!«

»Aber Beata!« Auguste erschrak, denn sie dachte nichts anderes, als daß ihre Schwester an einer Verwirrung der Sinne litte. »Was ist nur in dich gefahren? Jedes Mädchen möchte doch heiraten … Kinder haben …«

»Ach, wie ahnungslos du doch bist! Du armes Kind! Du kannst dir nicht vorstellen, welch eine Hölle die Ehe ist.«

»Deine Ehe!« behauptete Auguste, die sich ihre Illusionen nicht nehmen lassen wollte.

»Jede ... jedenfalls für die Frau. Sie wird mißbraucht, erniedrigt, gedemütigt ... mit Füßen getreten ...«

Auguste dachte an ihren hübschen, sensiblen Schwager. »Das sollte Ignatz dir angetan haben?«

»Jeder Mann tut es jeder Frau an!«

»Was, Beata? Sag doch! Was ist die Ehe?«

Beata drückte sich ihr mißhandeltes Tüchlein an den Mund. »Das verstehst du doch nicht.«

»Weil mir niemand etwas sagt! Manchmal verstummen alle, wenn ich einen Raum betrete. Es gibt da ein Geheimnis, Beata. Das spüre ich schon lange. Sag es mir! Du bist doch meine Schwester!«

»Du bist noch ein Kind.«

»Längst nicht mehr! Ich werde heiraten, Beata ...«

»Dann wirst du es wissen.«

»Aber warum laßt ihr mich blind und dumm in die Ehe stolpern! Wenn es da ein Geheimnis gibt, warum sagt ihr es mir nicht vorher? Was ist zwischen Mann und Frau? Woher kommen die Kinder?«

»Schon deine Fragen sind unziemlich.«

Auguste packte ihre Schwester an den Schultern und rüttelte sie. »Sag es mir, ich flehe dich an! Es ist ja nicht Neugier, die mich treibt. Ich bin sicher, ich könnte mich den Männern gegenüber ... allen Menschen gegenüber ... viel richtiger verhalten, wenn ich es wüßte. Ich komme mir so dumm vor, Beata. Manchmal fühle ich mich wie eine Fremde in dieser Welt. Ich kann die anderen nicht verstehen, solange ich es nicht weiß.«

Beata ergriff Augustes Hände, die sie umklammerten. »Laß mich frei, du tust mir weh! Ich kann dir nichts sagen ... ich kann es nicht.« Sie stand auf. »Aber jetzt werden wir nicht länger mit dem Essen warten.« Sie riß an der Klingelschnur, und als Marei erschien, befahl sie: »Trag das Essen auf!«

»Aber der gnädige Herr ...«

»Ich weiß, daß er noch nicht da ist! Bildest du dir ein, du mußt mich erst darauf aufmerksam machen?!«

»Nein, gnädige Frau.«

»Dann tu, was ich dir gesagt habe!« Marei verschwand, und Beata nahm Augustes Hand. »Komm, gehen wir nach nebenan. Oder willst du dich erst frisch machen?«

Auguste schüttelte stumm den Kopf.

Das Speisezimmer war kleiner als der Wohnraum und wirkte noch überladener mit allzu schwerem, modischem Mobiliar. Das dritte Gedeck auf dem Tisch ließ die Schwestern keinen Augenblick vergessen, daß der Hausherr fehlte. Schweigend löffelten sie ihre Suppe, Beata appetitlos, Auguste mit dem gesunden Hunger, den ihre Jugend und der Ausflug in den winterlichen Park erregt hatten. Der Fisch wurde in einer köstlich würzigen Sauce angerichtet; dazu gab es Kartoffeln.

»Schmeckt herrlich«, lobte Auguste, »gibst du mir das Rezept?«

»Ich glaube kaum, daß Margarethe Meyr sich herablassen wird, ein neues Rezept auszuprobieren.«

»Wer weiß, vielleicht werde ich schon bald einen eigenen Hausstand haben.«

Beata ließ das Besteck sinken. »Bitte, Auguste, gib es auf ... oder wenigstens: Schieb es hinaus! Die Ehe ist ...« Sie stockte.

»Ja, was ist sie?« stieß Auguste nach; aber das Problem war ihr doch nicht wichtig genug, daß sie darüber den so schmackhaft zubereiteten Fisch vergessen hätte.

Beata beobachtete sie mit Rührung. »Du bist noch so jung ... so unschuldig ...«

Auguste verstand sie falsch. »Würdest du mich als erwachsen betrachten, wenn ich silberne Löffel gestohlen hätte?«

Die Tür wurde aufgerissen, und mit einem Schwall kalter Winterluft stürmte Ignatz von Müllern in das Zimmer. »Ihr seid schon bei Tisch?«

»Du bist schon da?« gab Beata mit verkniffenem Mund zurück.

»Habe ich mich wieder einmal verspätet?« Ignatz von Müllern zog eine goldene Uhr und ließ sie repetieren. »Wahrhaftig, chérie! Es tut mir so leid. Entschuldige!« Er beugte sich über seine Frau und küßte sie auf die Schläfe.

Beata ließ die Liebkosung mit starrem Gesicht über sich ergehen; sie zog die Klingelschnur. »Marei, die Suppe für den gnädigen Herrn!«

Ignatz von Müllern lehnte ab. »Nein, laß nur, ich steige gleich beim Fisch ein! Aber erst muß ich meine bezaubernde junge Schwägerin begrüßen!« Er zog Auguste hoch und faßte sie mit beiden Händen um die schmale Taille. »Sie sehen wunderbar aus ... mit diesem Pelzmützchen auf dem rotgoldenen Haar! Ich muß Sie einfach porträtieren!«

»Ich fürchte, dazu hätte ich nicht die Geduld«, entgegnete Auguste lächelnd.

Obwohl seine Lippen kalt waren, empfand sie bei seinem Kuß auf die Wange eine angenehme Erregung, die ihren ganzen Körper durchrieselte.

»Das Essen wird kalt!« mahnte Beata mit harter Stimme.

Auguste und Ignatz von Müllern trennten sich mit Bedauern. »Kann ich noch eine Portion Hecht haben?« bat Auguste.

»Es gibt noch gefüllte Rinderzunge und englischen Pudding!« sagte Beata.

Aber das kümmerte Auguste nicht; sie ließ sich noch einmal vorlegen.

»Der Fisch ist köstlich«, sagte sie, »und außerdem müssen wir Ignatz doch Gelegenheit geben nachzukommen.«

»Danke, Schwägerin.«

»Wie ich merke, lebt ihr nicht schlecht!« lobte Auguste mit vollem Mund. »Tante Sophies Haushalt kann mit dem euren nicht mithalten.« – »Das ist das Gute, wenn man eine Deinhartingerin geheiratet hat!« Ignatz von Müllern warf seiner Frau einen um Versöhnung bittenden Blick zu.

»Du weißt also, daß ich auf gute Küche Wert lege«, sagte sie kalt, »was dich aber nicht daran hindert, zu spät zu kommen.«

»Ich kann nichts dafür! Mir verfliegt die Zeit zu schnell!«

»Während ich zu Hause sitze und nichts zu tun habe als zu warten.«

»Na, jedenfalls hat dir doch heute Auguste Gesellschaft geleistet.«

»Glaubst du, sie kann mir die Anwesenheit meines Mannes ersetzen?«

»Ach, streitet euch doch nicht!« versuchte Auguste zu vermitteln. »Am Sonntag und noch dazu bei einem so guten Essen! Erzählen Sie uns lieber, wo Sie gewesen sind, Ignatz!«

»Wo denn schon!« sagte Beata. »Im Pschorr-Bräu. Ich kann ihn förmlich da sitzen sehen … groß redend unter lauter Bürgern und übers Maß trinkend.«

»Ich gestehe, daß ich dort war«, sagte Ignatz friedfertig, »aber weder habe ich besonders viel geredet noch mich etwa betrunken, wie du siehst. Ich habe einen Krug Bier getrunken und ein paar Skizzen gemacht … kann es ein unschuldigeres Vergnügen geben?«

»Du bist zu spät zum Essen gekommen … obwohl du wußtest, daß wir einen Gast haben.«

»Um Himmels willen, Beata, mußt du denn dauernd auf Ignatz herumhacken?« Auguste hatte ihren Teller geleert. »Und wenn du es schon mußt, dann schieb doch gefälligst nicht mich vor! Mir hat es nichts ausgemacht, daß dein Mann nicht zu meinem Empfang da war. So konnte ich doch wenigstens ein paar Worte unter vier Augen mit dir wechseln.«

»Wie kommst du dazu, ihn in Schutz zu nehmen!« zischte Beata sie an. »Nur weil er dir schöne Augen macht? Darauf brauchst du dir nichts einzubilden. Das tut er bei jeder!«

Auguste ließ sich durchaus nicht einschüchtern. »Nein, weil ich finde, daß du dich unmöglich benimmst, Beata!« konterte sie. »Ich weiß gar nicht, wo deine gute Erziehung geblieben ist. Hast du jemals erlebt, daß Mama sich so aufgeführt hat? Und du wirst zugeben, daß auch Papa schon mal eine Verspätung unterlaufen ist.«

»Aber niemals hat unser Vater seine Frau vernachlässigt … niemals!«

»Sie hat sich auch nie so gehenlassen«, erwiderte Auguste kühl, »und noch dazu vor dem Personal.« Sie wandte sich an Marei, die gerade die mit Kalbsbries, Trüffeln und Champignons gefüllte Rinderzunge auftrug. »Entschuldige, bitte, Marei. Meine Schwester ist … unpäßlich.«

»Was fällt dir ein, mich vor der Magd zu beschämen?« schrie Beata.

»Ich habe dich nicht beschämt, sondern mich für dich entschuldigt.«

»Empfindest du denn gar nicht, was für eine Anmaßung das ist!?«

»Beata«, sagte ihr Mann beschwörend, »Auguste ist deine Schwester, und sie ist unser Gast! Möchtest du dich nicht ein bißchen zusammennehmen …?«

Beata knüllte ihre Serviette zusammen, stand auf und warf sie auf den Tisch. »Ich! Immer ich! Ich soll an allem schuld sein! Ja, trampelt nur auf mir herum!« Sie stürzte aus dem Zimmer und knallte die Tür hinter sich zu.

Auguste wollte ihr nacheilen.

Ignatz hielt sie zurück. »Lassen Sie sie. Es hat keinen Zweck. Ich habe es oft genug versucht. Wenn sie in diesem Zustand ist, muß sie sich erst einmal austoben.«

»Aber was ist mit ihr, Ignatz? Was hat sie? Nur weil Sie zu spät gekommen sind?«

Er stocherte in seinem Essen. »Unsere Ehe ist, glaube ich, alles in allem kein großer Erfolg.«

»Aber was ist schiefgelaufen, Ignatz? Warum könnt ihr nicht in Frieden zusammen leben? Sie sind doch ein so netter Mensch.«

Er sah sie an und konnte schon wieder lächeln. »Finden Sie?«

»Ja! Sie sind reizend. Wenn Sie nicht der Mann meiner Schwester wären, würde ich Sie auf der Stelle nehmen.«

Er küßte ihre Hand. »Ja, vielleicht ist das das ganze Unglück«, sagte er, »daß Sie noch zu jung waren, als ich auf Freiersfüßen ging.«

»Sie ziehen mich auf!«

»Ein bißchen. Aber die Wahrheit ist: Beata und ich hätten nie heiraten dürfen. Wir passen nicht zusammen.«

»Wie schrecklich!«

»Ja, es ist schlimm. Aber irgendwie kann man sich auch mit dem Unglück arrangieren.«

»Ich könnte das nie.«

»Ich hoffe, Sie werden es nie nötig haben«, sagte er lächelnd.

An diesem Abend wurde im Hollbergschen Stadthaus früh zu Bett gegangen. Auguste war müde, dennoch lag sie noch mit offenen Augen wach, als die Zimmertür vorsichtig geöffnet wurde. Elisabeth trat mit einem Leuchter in der Hand auf die Schwelle und flüsterte ihren Namen.

Auguste richtete sich auf den Ellbogen auf. »Kommen Sie nur herein, Mama!«

Elisabeth zog sich einen Sessel ans Bett. »Wir haben in München so selten Gelegenheit, miteinander zu plaudern.«

»Das stimmt. Wenn Tante Sophie dabei ist, wird immer gleich eine Tratscherei daraus.«

»Sie meint es gut.«

»Aber sie zieht allzu gern über andere Leute her.«

Dem konnte Elisabeth nicht widersprechen. »War es nett bei Beata?«

»Das Essen war vorzüglich … aber, Mama, die beiden kommen nicht miteinander aus! Sie faucht ihn an wegen Geringfügigkeiten … dabei ist er doch so ein lieber Kerl.«

»Ja, das ist er!«

»Wie kommt es dann, daß sie todunglücklich mit ihm geworden ist? Denn das ist sie.«

»Die beiden passen wohl nicht zueinander.«

»Ja, das hat Ignatz mir auch gesagt. Aber ich verstehe das nicht. Er ist doch lieb und wohlerzogen, und sie ... nun, sie setzt zuweilen ihren Dickkopf auf ... aber man kann doch mit ihr leben. Warum vertragen sie sich nicht?«

Elisabeth nahm Augustes Hand. »Das menschliche Zusammenleben wird nicht nur von der Vernunft regiert, die alles viel einfacher machen würde. Manchmal weiß man genau, wie man sich verhalten müßte, was man in einer bestimmten Situation tun oder sagen sollte ... aber dann überkommt einen ein Gefühl, das stärker ist ... Liebe, Haß, Abscheu, Zorn, und schon gerät alles außer Kontrolle. Hast du das noch nie erlebt?«

»So nicht. Und warum sollte Beata ihren Mann verabscheuen? Sie hat ihn doch aus Liebe geheiratet, nicht wahr?«

»Wir wissen ja gar nicht, ob sie ihn verabscheut.«

»Sie sagt ...« Auguste stockte.

»Was sagt sie?«

»Die Ehe sei eine Hölle!« platzte Auguste heraus.

»Dann muß es schlimm um sie stehen.«

»Sie sagt ...«, Auguste bemühte sich, die richtigen Worte zu finden, »... jede Frau würde in der Ehe mißbraucht, erniedrigt, gedemütigt ... mit Füßen getreten!«

»Und das glaubst du?«

Auguste atmete hörbar auf. »Nein, Mama.«

»Darüber bin ich froh. Unverantwortlich von Beata, einem jungen unschuldigen Ding wie dir solche Dinge einzureden.« Elisabeth hatte Auguste beruhigen wollen, aber das Gegenteil damit erreicht; das Mädchen hörte aus ihren Worten erneut die dumpfe Bedrohung durch das Unbekannte heraus.

»Wieso sagen Sie, daß ich unschuldig bin? Auch Beata nannte mich so. Was heißt das?«

»Das ist doch kein Thema, Kind.« Elisabeth begann das Gespräch peinlich zu werden.

»Aber ich will es wissen. Wen außer Ihnen könnte ich danach fragen? Was meint ihr, wenn ihr mich unschuldig nennt?«

Elisabeth wand sich innerlich; sie war froh, daß Auguste bei dem matten Licht der Kerze nicht sehen konnte, wie sie errötete.

»Als unschuldig gelten in unserer Gesellschaft Mädchen bis zu ihrer Verheiratung. So, jetzt weißt du's. Und ich will kein Wort mehr davon hören.«

»Und mit der Heirat ... beginnt die Schuld?«

»Nein, dann beginnt die Ehe. Pflichten und Verantwortungen kommen damit auf uns zu. Schluß damit. Ich habe keine Lust zu einem solchen Gespräch. Es ist unziemlich.«

»Warum sagen Sie mir nicht die Wahrheit? Wie die Ehe wirklich ist?«

»Man kann nicht über die Ehe im allgemeinen sprechen, das ist Unsinn. Ebensogut könntest du fragen: Wie ist die Kindheit? Wie ist das Alter? Die Ehe ist ein Lebensabschnitt. Meine Ehe mit deinem Vater ist jedenfalls sehr glücklich. Das müßtest du doch spüren.«

»Ich spüre nur, daß ihr Geheimnisse vor mir habt.«

»Auguste, du verrennst dich da in etwas! Möchtest du am Ende gar nicht heiraten?«

Auguste dachte noch einmal über Beatas Rat nach und sagte dann: »Ich kann doch nicht ewig Kind bleiben.«

»So siehst du es richtig.« Elisabeth streichelte ihr mit dem Handrücken über die Wange. »Wir werden schon die passende Partie finden. Tante Sophie wird einen Ball íür dich geben.«

»Aber das nutzt doch nichts.«

»Selbstverständlich nutzt das. Sie wird ... Menschen einladen, die du sonst nicht kennenlernen würdest.« Sie überlegte, ob sie hinzufügen sollte: Wir wissen, daß dein Eintritt in die Gesellschaft nicht deinen Erwartungen entsprochen hat, unterdrückte diesen Satz aber doch. Auch ohne daß sie es aussprach, mußte Auguste ihr Mitgefühl spüren. Worte würden sie womöglich nur tiefer verletzen. »Für diese Gelegenheit bekommst du eine neue Robe nach dem dernier cri der französischen Mode. Gleich morgen gehen wir zur Schneiderin.«

Auguste war so jung, daß die Aussicht auf ein neues Kleid sie von ihren Problemen ablenken und ihre Stimmung sofort heben konnte. »Sie sind so lieb zu mir.«

»Aber es ist Papa, dem du das Kleid verdankst, er hat es dir versprochen.«

»Weil Sie es ihm eingeredet haben!«

»Weil er dein Glück wünscht. Und im übrigen ...«, Elisabeth zögerte, denn sie mußte zu dem Punkt kommen, den sie für den heikelsten ihrer nächtlichen Mission hielt, »... was diesen Michael von Weber angeht ...«

»Ja, Mama.«

»Du solltest ihn nicht ermutigen.«

»Aber das tue ich ja gar nicht!«

»Ich weiß, daß es nicht in deiner Absicht lag, aber Vater und ich meinen ... Tante Sophie übrigens auch ... es wäre gut, wenn du in Zukunft Verabredungen mit ihm meiden würdest.« Elisabeth litt darunter, ihrer Stieftochter den einzigen Verehrer ausreden zu müssen. »Gewiß ist er ein netter Junge ...«

»Aber Mama, quälen Sie sich doch nicht! Ich mache mir ja gar nichts aus ihm. Wirklich, er ist mir völlig gleichgültig.«

Elisabeth war überrascht und erleichtert zugleich. »Das wußte ich nicht.«

»Wie konnten Sie auch? Ich mußte ihn ja selber erst einmal etwas näher kennenlernen, um herauszubekommen, daß er im Grunde ganz uninteressant ist.« Auguste sprach leichthin, und nichts von der Enttäuschung, die sie erlebt hatte, war ihr anzumerken. Dennoch fragte Elisabeth besorgt: »Er hat dich doch nicht etwa verletzt?«

»Aber nein, Mama, er verehrt mich zutiefst. Aber das ist ein bißchen wenig, wenn man eine gute Partie machen will.«

Elisabeth stand auf. »Ich bin sehr froh, daß du die Dinge so realistisch siehst. Damit hast du mir einen Stein vom Herzen gewälzt.« Sie drückte Auguste einen Kuß auf die Stirn. »Schlaf gut, mein Liebling.«

»Sie auch, Mama!«

Aber das Gespräch mit ihrer Stiefmutter hatte Auguste nicht beruhigt, sondern erregt. Immer wieder bedachte sie alles, was sie am heutigen Tag erfahren hatte, und grübelte über das Geheimnis des Lebens nach, das sich ihr nicht auftun wollte. Schon das allein war ein Grund zu heiraten.

In ihrer naiven Frömmigkeit schloß sie den Wunsch nach einem reichen,liebevollen und gutaussehenden Ehemann in ihr Nachtgebet ein.

Aber vorerst sollte sich dieser Wunsch nicht erfüllen.

Der nächste Ball in der Residenz war eine einzige Demütigung für Auguste. Daran konnte auch nichts ändern, daß der Kurfürst bei der Begrüßung einige huldvolle Worte für sie fand und Ludwig, sein ältester Sohn, sie zum Tanz aufforderte. Ludwig war erst neunzehn Jahre alt und ein sehr ernsthafter junger Mann. Zu ihrer großen Überraschung führte er die Konversation mit ihr in deutscher Sprache. Als er sie zu den anderen jungen Damen zurückbrachte, konnte sie nicht umhin, ihn nach dem Grund zu fragen.

»Wir leben in einem deutschen Land«, erklärte er ruhig.

Auguste nahm sich vor, ihren Vater danach zu fragen. Aber andere Probleme waren wichtiger. Ihre Tanzkarte war wieder einmal nicht voll geworden. Das bedeutete nun nicht, daß sie bei den Tänzen, für die sich niemand zuvor eingeschrieben hatte, Mauerblümchen war. Aber die Angst davor krampfte ihr Herz zusammen.

Regelmäßig gehörte sie zu den letzten Mädchen, die aufgefordert wurden.

Eine andere junge Dame, die Gräfin Walberg, die in einer ähnlichen Situation war, konnte darüber lachen. »Die Herren scheinen sich an meiner Nase zu stoßen! Wie dumm sie doch sind! Als hätte die Nase irgendeine Bedeutung!« – Allerdings hatte die Natur sie mit einem mächtigen Riechorgan bedacht, das sie gewiß eines Tages zu einer interessanten alten Dame machen würde, in ihrem jungen Gesicht mit den lebhaften grauen Augen aber geradezu entstellend wirkte.

Sie ließ es sich jedoch nicht verdrießen, sondern zog über die Herren, gleich, ob sie sie aufforderten oder ihr die kalte Schulter zeigten, mit beißendem Spott her. »Sehen Sie sich nur diesen bleichsüchtigen Knaben an!« tuschelte sie Auguste hinter dem vorgehaltenen Fächer zu. »Er denkt, sein Bärtchen genügt, um ihn zum Mann zu machen! Und erst Graf Moosach! Er ist nicht älter als dreißig, ich schwöre es Ihnen ... aber dieser Schmerbauch! Der kommt nicht vom guten Essen ... daran spart er allerdings auch nicht ... sondern vom Bier. Es heißt, er trinkt seine zehn Maß pro Tag, und so sieht er ja auch aus. Aber schauen Sie nur, er hält sich für eine stattliche Erscheinung ... wie selbstgefällig er auftritt. Die Française, Graf? Aber selbstverständlich habe ich die Française für Sie freigehalten!«

Diese boshaften Apercus zerstreuten Auguste ein wenig, rangen ihr sogar hin und wieder ein gequältes Lächeln ab. Aber sie fühlte sich einer Situation ausgesetzt, die sie unfähig war zu verstehen. Daß die Riesennase der jungen Gräfin Walberg nicht eben anziehend auf die Männerwelt wirken mußte, war verständlich. Aber warum wurde sie, die schöne Auguste von Deinharting, gemieden? Sie fühlte förmlich, wie ihr Reiz, der keine Bewunderer fand, zunehmend verblich: ihre Lippen wurden schmal, ihr Blick starr und die Haltung verkrampft.

Dabei kam es niemals dazu, daß sie einen Tanz auslassen mußte, denn wenn eine solche Gefahr drohte, sprang der Vater ein. Er war eine stattliche Erscheinung und ein guter Tänzer, und mit seinen Scherzen gelang es ihm jedesmal, sie wenigstens für eine Weile zu entspannen. Aber das Gefühl tiefer Demütigung blieb.

Dennoch mußte sie den Ball bis zum Ende durchstehen, denn es war nicht üblich, die Residenz zu verlassen, bevor die Musiker ihre Instrumente einpackten und die kurfürstliche Familie sich zurückzog.

Auguste war erleichtert, als die Kerzen, die dreimal neu aufgesteckt worden waren, endlich herabgebrannt waren und der Ball sein Ende nahm.

Lakaien hüllten die Gäste in ihre Mäntel, und in einer Gruppe von Bekannten brach man auf, umrundete vorsichtig die riesige Baustelle des aufgelassenen Friedhofes, bog lachend und geräuschvoll in die Perusastraße ein und verabschiedete sich vor dem Gräflich-Hollbergschen Stadthaus.

Niemand fiel auf, daß Auguste während des Heimwegs kein Wort gesprochen hatte.

Der Diener Stephan und Henriette Striegel, die alte Zofe, erwarteten sie, obwohl Mitternacht längst vorüber war, und nahmen ihnen Mäntel, Tücher und Mützen ab.

»Ich würde jetzt gern noch einen Obstler trinken«, sagte der Hofmarksherr.

»Zum Teufel mit meiner Gicht«, rief Graf Hollberg, »ich halte mit.«

»Ich nehme noch ein Likörchen«, entschied sich Sophie.

»Und ich würde für eine Tasse Bouillon dankbar sein!« sagte Elisabeth. »Darf ich, Sophie?«

»Aber das bedarf doch keiner Frage!«

»Dann kümmere dich darum, Henriette!«

»Wir haben das Feuer im Salon in Gang gehalten, Frau Gräfin«, meldete Stephan.

»Sehr gut. Also gehen wir in den Salon.«

Sie begaben sich die Treppe hinauf, gefolgt von dem Diener, der die Kerzen entzündete, bevor er die Getränke servierte.

Elisabeth wärmte sich die Hände am Feuer. »Die Kurfürstin sah blendend aus, nicht wahr?«

»Du kannst es jederzeit mit ihr aufnehmen«, behauptete Anselm von Deinharting.

»Ich komme mir im Vergleich mit ihr recht nichtssagend vor! Sie wirkt so majestätisch.«

»Dafür ist sie die Kurfürstin«, meinte Sophie.

Alle nahmen Platz.

Nur Auguste war stehengeblieben. »Warum reden Sie nicht mit mir?« platzte sie unvermittelt heraus.

»Aber natürlich reden wir auch mit dir«, sagte der Vater, »was sollen wir dir erzählen?«

»Sagen Sie mir gefälligst, warum sich niemand für mich interessiert!« Sie stampfte mit dem Fuß auf. »Habe ich etwa die Beulenpest?!«

Ein kurzes lastendes Schweigen, in dem sich die Augen der Erwachsenen auf Auguste richteten, folgte diesem Ausbruch.

»Es ist schlimmer«, erklärte Tante Sophie gelassen, »du hast kein Geld.«

»Aber Sophie!« rief Elisabeth.

»Laß nur«, winkte Anselm von Deinharting ab, »ich glaube, Auguste hat ein Recht auf unsere Offenheit.«

»Das verstehe ich nicht«, stammelte Auguste.

»Mein liebes Kind, du bist jung, du bist schön und aus gutem Hause und machst zum erstenmal eine Saison in München mit«, erklärte Sophie. »Das bedeutet für die Herren, daß du kein Mädchen bist, mit dem man eine Liebelei beginnen kann. Wäre es anders, mein liebes Kind, würdest du Verehrer genug haben. Aber deine Eltern wollen dich unter die Haube bringen. Du hältst Ausschau nach einer Partie, und das ist etwas ganz anderes.«

»Warum sagen Sie mir das alles?« fragte Auguste verwirrt. »Nun setz dich erst einmal!« Ihr Vater stand auf und drückte sie in einen Sessel. »Deine Tante versucht dir klarzumachen, daß das Heiraten keine so romantische Angelegenheit ist, wie du dir vorzustellen scheinst.«

»Ein junger Mann, der einen Hausstand gründet«, fuhr Tante Sophie fort, »lädt damit eine Menge Verantwortung auf sich: die

Pflicht, für seine Frau zu sorgen, eine passende Wohnung zu mieten, ihr Dienstboten zu halten, sie mit Toiletten zu versorgen, ihr gesellschaftlichen Verkehr möglich zu machen. Dazu kommen die Kosten für die Kinder: Kleidung, Unterhalt und die Ausbildung der Söhne, Mitgift oder wenigstens Aussteuer für die Töchter. Diese Last aber möchte er verständlicherweise nicht alleine tragen, kann es auch in den meisten Fällen gar nicht. Also hält er Umschau nach Mädchen, die Geld mit in die Ehe bringen. Zu denen aber, mein liebes Kind, gehörst du nicht.«

»Es tut mir leid, Gustel«, bestätigte der Hofmarksherr, »aber so ist es.«

»Ich nehme an, du bekommst eine gute Aussteuer ...«, fuhr Sophie fort.

»Wir haben im Herbst begonnen, an ihr zu nähen!« warf Elisabeth ein.

»... aber was ist das im Vergleich zu den Unkosten, die einem Mann durch die Ehe mit einem so schönen und verwöhnten Mädchen wie dir entstehen würden?«

»Die Hofmark«, sagte Anselm von Deinharting, »und meine richterliche Pflegschaft bringen mir gerade so viel ein, daß wir standesgemäß leben können. Aber ein Vermögen für dich abzuzweigen, wäre unmöglich.«

»Aber Beata ...«

»Beata hatte von ihrer Großmutter geerbt ... ein Gut in Niederbayern, das Haus im Tal und Geld auf der Wiener Bank. Wäre das nicht der Fall gewesen, hätte Ignatz von Müllern sie nie genommen«, sagte Sophie nüchtern.

»Müssen Sie so direkt sein, Sophie?« empörte sich Elisabeth. »Sie nehmen Auguste ja alle Illusionen. Ich finde es entsetzlich, über Geld zu sprechen, und schon gar vor den Kindern!«

»Ich verstehe Sie durchaus, meine Liebe, aber ich fürchte, Auguste ist nicht in der Lage, sich Illusionen leisten zu können.«

»Die Männer heiraten also ... wegen Geld?« fragte Auguste erschüttert.

»Sagen wir lieber: Sie heiraten nur ungern ein Mädchen, das nichts mit in die Ehe bringt. Du darfst ihnen das nicht verargen. Eine Familie zu gründen, ist eben teuer.«

»Onkel Anton hat Sie also auch nur ... wegen des Geldes geheiratet?«

»Aber nicht doch!« widersprach der Graf. »Ich war vernarrt in meine kleine Sophie! Ich hätte sie auch ohne einen Heller genommen.«

»Alter Schwindler!« Sie schlug mit dem Fächer nach ihm. »Immerhin habe ich dieses Haus mit in die Ehe gebracht«, sagte sie zu Auguste.

»Jedenfalls hat dein Vater mich nur aus Liebe geheiratet!« Elisabeth stand auf, stützte sich auf die Lehne von Augustes Sessel und legte den Arm um ihre Schultern. »Ich hatte nichts ... nicht einmal eine richtige Aussteuer. Sei nicht traurig, daß du kein reiches Mädchen bist. So weißt du wenigstens, daß niemand dir aus Berechnung den Hof machen wird.«

Ein bitteres Lächeln zuckte um Augustes Mundwinkel. »Sagen Sie besser: So weiß ich jedenfalls, warum mir niemand den Hof macht.«

»Jetzt übertreibst du!« rief Sophie. »Ludwig hat dich zum Tanz aufgefordert!«

»Und Michael von Weber«, erinnerte Elisabeth, »er war für dich entflammt! Er hätte ... wenn er nur könnte ...«

»Aber er kann nicht! Ich will fort, Mama! Lassen Sie uns heim nach Deinharting fahren.«

»Nein, Gustel, du mußt es durchstehen«, erklärte Elisabeth, »die Flucht bringt dir gar nichts. Du weißt – wir alle wissen –, daß es in Deinharting niemanden für dich gibt ...«

»Und hier? Wen gibt es hier!?«

»Das müssen wir eben abwarten. Oder willst du, nur weil du auf Anhieb keinen Erfolg gehabt hast, eine alte Jungfer werden?«

»Mir scheint, je eher ich mich an diesen Gedanken gewöhne, desto besser wird es sein.«

»Das ist lächerlich«, widersprach Sophie, »eine Schönheit wie du!«

»Erzählen Sie mir nichts von meiner Schönheit! Gewiß, ich bin nicht sehr klug, aber so dumm, wie Sie mich einschätzen, auch nicht. Wahrscheinlich würde sich eher jemand meiner erbarmen, wenn ich ein unscheinbares Ding wäre ... eine, von der man erwarten kann, daß sie ein Leben lang dankbar ist, wenn man ihr ein Dach über dem Kopf bietet, jeden Heller dreimal umdreht und wie ein Dienstbote schuftet.«

»So falsch siehst du die Dinge nicht«, sagte Anselm von Deinharting ruhig, »ein Mädchen ohne Vermögen heiratet selbstverständlich leichter, wenn es anspruchslos, dankbar und bescheiden ist. Aber das sind Eigenschaften, die deine Mutter vergeblich versucht hat, dir anzuerziehen.«

»Besser hättet ihr mir schon früher gesagt, wie meine Chancen stehen!«

»Ich glaube, diese gewiß sehr notwendige Unterhaltung sollte in einem ganz anderen Ton stattfinden. Bitte, mäßige dich, Auguste«, mahnte Elisabeth. »Es nutzt dir nichts, wenn du mit groben Worten um dich wirfst. Uns aber verletzt du.«

»Ich will nach Hause!«

»Wobei du vergißt, daß du dich auf Deinharting zu Tode gelangweilt hast!« warf der Hofmarksherr ein.

»Dort muß ich mich wenigstens nicht demütigen lassen!«

»So sicher würde ich da nicht sein. Ein Mädchen, das fortgefahren ist, um unter die Haube zu kommen und ohne Mann zurückkehrt, setzt sich zwangsläufig der Schadenfreude aus.«

Plötzlich wurde Auguste ganz ruhig; sie wirkte sehr zart und zerbrechlich, wie sie da mit weißem Gesicht auf ihrem Sessel saß und von einem zum anderen blickte. »Was soll ich also tun?«

Elisabeth drückte ihren Arm. »Die ganze Sache zuerst einmal überschlafen!«

Henriette trug ein Tablett mit einer Terrine, Suppentassen und Servietten herein.

Elisabeth wechselte den Platz. »Nimm auch einen Löffel Bouillon zu dir«, riet sie, »es wird dir guttun!«

Auguste schüttelte schweigend den Kopf.

»Jedenfalls bleibst du in München bis zu deinem Ball!« bestimmte Sophie. »Die Einladungen sind schon hinausgegangen, und du kannst dich auf mich verlassen: Ich habe mich an die richtigen Leute gewandt.«

»Wer sind das, die richtigen?«

»Vermögende alleinstehende Männer, die sich erlauben können, ein schönes und mittelloses Mädchen zu heiraten. Du wirst verstehen, daß man sie nicht unbedingt auf den öffentlichen Veranstaltungen findet, zumal dann nicht, wenn sie seriös sind.«

Elisabeth sah die Schwägerin über ihren Löffel hinweg lächelnd an. »Das klingt sehr vielversprechend, Sophie!«

»Ihr könnt euch darauf verlassen, ich habe mein möglichstes getan! Also Kopf hoch, Auguste!« Sie wandte sich an den Diener.

»Nein, Stephan, stecken Sie nicht noch einmal Lichter auf, lassen Sie diese ausbrennen. Es ist für uns alle Zeit, schlafen zu gehen.« Sie erhob sich und verabschiedete sich von Elisabeth, Anselm und Auguste mit kleinen Küssen, die an das Picken eines Vogels erinnerten. »Du begleitest mich, Anton!«

Die Deinhartinger blieben allein zurück.

»Warum haben Sie mir das alles nicht schon längst gesagt?« fragte Auguste.

»Das ist wohl verständlich«, sagte Anselm von Deinharting, »man vermeidet peinliche Gespräche ...«

»... Eröffnungen, mit denen man einen Menschen, den man liebt, verletzen könnte«, ergänzte Elisabeth.

»Und es hätte ja auch alles ganz anders kommen können. Du hättest schnell eine passende Partie finden können.«

»Hätte ich das wirklich?« fragte Auguste voller Bitterkeit.

»Mir ist es ja auch geglückt«, sagte Elisabeth, »dabei waren meine Chancen noch geringer. Ich hatte zwei ältere unverheiratete Schwestern, als dein Vater kam. Nur ...« Sie sprach nicht weiter.

»Was ... nur?« drängte Auguste.

»Ich war zu unreif, um zu erkennen, wie groß mein Glück war. Vielleicht hätte es mir damals gutgetan, mich länger auf dem Heiratsmarkt umtun zu müssen.« Sie lächelte Auguste zu. »Du wirst auch glücklich werden. Ich bin ganz sicher. Ich spüre es.«

»Nur seltsam, daß ich durchaus nicht dies Gefühl habe.«

»Das ist nach deinen Erlebnissen in den letzten Tagen und Wochen nur natürlich. Aber laß den Kopf nicht hängen, es wird sich alles fügen.«

Obwohl ihre Erfahrungen in München Auguste tief enttäuscht hatten, war sie doch zu jung und lebenslustig, um wirklich entmutigt zu sein. Da man auf den Bällen und Redouten erfahrungsgemäß doch immer nur die gleichen Menschen traf, verzichteten ihre Eltern darauf, sie weiter dorthin zu führen. Sie nahmen nur noch kleinere private Einladungen an, bei denen sie mit jungen Menschen ihres Alters plaudern konnte, ohne sich um einen Kavalier bemühen zu müssen.

Sooft es sich ergab, besuchten sie Aufführungen im Cuvilliéstheater, von dem die Münchner glaubten, daß es eines der besten Europas war. Die Deinhartinger teilten diese Überzeugung, obwohl sie keine Gelegenheit zum Vergleichen hatten. Alle Erwartungen aber richteten sich auf den bevorstehenden Ball. Auguste bekam dazu ein Kleid aus gelber Seide – eine sehr gewagte Farbe, die sie sich aber zu der reinen Haut und dem kupfernen Haar durchaus erlauben konnte. Der Saal im Gräflich-Hollbergschen Stadthaus, der seit Jahren nicht mehr benutzt worden war, wurde für die große Gelegenheit geputzt. Alle Leuchter wurden auf Hochglanz poliert, sogar die Vorhänge gewaschen. Das geschah nicht im Haus, sondern Sophie und Elisabeth fuhren mit Huber ins Lehel, wo sich die Waschanstalten und Bleichwiesen ausbreiteten. Man vertraute die Vorhänge der Bauer-Anna an, einer altbewährten Kraft. Noch herrschte nicht so viel Betrieb wie in den Frühlingsmonaten, aber vor allem Leib- und Bettwäsche mußten ja auch im Winter einer Reinigung unterzogen werden, und die Frauen, die sich diesen Beruf erwählt hatten – oder vom Schicksal zu ihm gezwungen worden waren –, arbeiteten vom Sonnenaufgang bis zum Sonnenuntergang, mit blauroten Armen und rauhen Händen, für deren Pflege sie nur das scharfe Glycerin kannten.

Die Bauer-Anna hielt Wort: Einen Tag vor dem Ball waren die Vorhänge fertig, duftig und rein. Der Parkettboden war spiegelnd gebohnert, und in allen Leuchtern steckten frische Kerzen.

Das Fest war nicht so großzügig geplant, wie man es in Deinharting gewohnt war. Aber man war ja hier in der Stadt, die Lebensmittel waren teuer und die Hollbergs wegen ihrer Sparsamkeit bekannt. Aber die fünf Musiker, die zum Tanz aufspielten, gehörten zum Opernorchester und waren berühmt.

Sophie hatte bewußt nur einen kleinen Kreis von Menschen eingeladen, denn der Ball war einzig und allein darauf ausgerichtet, Auguste mit einem Mann zusammenzubringen, der sich die Ehe mit einem unbemittelten Mädchen erlauben konnte. So hatte sie Graf Kaltenbach und den Baron von Amertingen, die zum Freundeskreis der Deinhartinger gehörten, übergangen, weil niemand in diesen Familien als passender Umgang für Auguste betrachtet werden konnte.

Eingeladen waren dagegen ihre Töchter Isolde mit ihrem Mann, dem Major Graf Breetzen, Helene mit Freiherrn von Rückersbach und die Jüngste, Natalie, die mit ihrem Gatten, dem Grafen Willmers, in Augsburg lebte. Auch Emanuel kam, sehr gut aussehend in seiner maßgeschneiderten Leutnantsuniform. Sie alle waren dazu bestimmt, vor den fremden Gästen den Glanz und die Bedeutung der Familie zu demonstrieren. Höflichkeitshalber waren auch Beata und Ignatz von Müllern aufgefordert worden, aber Sophie hatte ihre Absage mit Erleichterung zur Kenntnis genommen; die beiden waren nicht gerade ein Paar, das zu einer festen Bindung animierte.

Sophie hatte ihren ganzen Bekanntenkreis nach Personen durchforstet, die als künftige Ehemänner für Auguste in Frage kamen. Viele waren dabei nicht übriggeblieben, denn Voraussetzung war ja, daß die Herren frei und vermögend waren. Aber immerhin hatte sie zwei Witwer aufgetrieben, beide um die Dreißig. Der eine, Eugen Baron Immern, schien von leiser Melancholie umschattet, als hätte er den Tod seiner Frau noch nicht überwunden. Das machte ihn für die Damen anziehend. Der andere, Freiherr von Breetsch, war rundlich und heiter gelaunt, der Typ eines guten Hausvaters.

Beide waren von Auguste entzückt und hofierten sie sehr. Außer der großnasigen Gisela Waldberg, die von ihren Eltern begleitet wurde, war sie das einzige junge Mädchen, und obwohl Sophie auch hoffen mochte, die kleine Waldberg an den Mann zu bringen, hatte sie sie doch in erster Linie eingeladen, um Augustes Schönheit in ein noch helleres Licht zu stellen. Die Comtesse Waldberg merkte es wohl, schien sich aber nichts daraus zu machen und ersetzte durch Schlagfertigkeit und Witz, was ihr an Schönheit abging. Die Herren waren ihr gegenüber höflich, aber ihre Aufmerksamkeit galt doch Auguste.

Die Umworbene konnte sich darüber dennoch nicht freuen. Sie war noch zu jung, um die Wahl des Ehepartners einfach als eine Sache der Vernunft ansehen zu können.

Als Sophie sie in der ersten Tanzpause fragte, welcher der beiden Herren ihr besser gefiele, bekam sie die unlustige Antwort: »Ich weiß es nicht.«

»Aber, Kind, das muß man doch wissen! Sie sind so verschieden. Für wen empfindest du Sympathie?«

»Sie sind beide ganz nett«, meinte Auguste lahm.

»Und du hast sie beide zur Wahl! Ist das nicht wundervoll?«

»Seien Sie mir nicht böse, liebste Tante, aber sie scheinen mir beide … ziemlich alt!«

»Alt? Aber keiner von ihnen ist über dreißig!«

»Das mag ja sein. Aber mir kommen sie alt vor.«

Baron Immern trat auf Auguste zu, um mit ihr zu plaudern, und diskret zog sich Sophie zurück.

Wütend flüsterte sie Elisabeth zu: »Ich kann Ihnen den Vorwurf nicht ersparen, daß Sie Auguste falsch erzogen haben. Ein wenig Dankbarkeit hätte ich doch wohl erwarten können.«

»Sie ist noch ein Kind, und sie befindet sich in einem Zustand der Gemütsverwirrung.«

»Sagen Sie lieber: Sie ist verwöhnt. Jedenfalls habe ich solche Schwierigkeiten mit meinen Töchtern nicht gehabt.«

»Vielleicht liegt es wirklich an mir«, räumte Elisabeth ein, »ich war für die Mutterrolle wohl noch zu jung.«

»Sie hatten ebenfalls nichts als Rosinen ...« Sophie unterbrach sich mitten im Satz. Statt der süßsäuerlichen Miene, mit der sie vor den anderen Gästen ihre Mißstimmung zu verbergen suchte, strahlte ihr rundes, weißgepudertes Gesicht wie ein Vollmond auf.

Ohne Entschuldigung ließ sie Elisabeth stehen und trippelte einem Gast entgegen. »Graf Tannberg! Wie reizend, daß Sie doch noch gekommen sind.« Sie steckte ihm ihre Hand, die gut gepolstert wie ein kleines Kissen war, entgegen.

Er beugte sich wohlerzogen darüber.

Elisabeth hatte es bei seinem Anblick wie ein Blitz durchzuckt: Ja, das war der Mann, den Auguste sich ersehnte.

Egon Graf Tannberg war schlank und breitschultrig, fast so groß wie der Hofmarksherr. Seine großen Augen leuchteten, der Mund war weich geschwungen und stand in einem wohltuenden Gegensatz zu dem sehr ausgeprägt männlichen Kinn. Es tat seinem Aussehen auch keinen Abbruch, daß sein linker Arm schlaff herunter hing und er einen Lederhandschuh trug; es war bekannt, daß er als Junge einen Jagdunfall gehabt hatte, bei dem ihm der Arm gelähmt, die Hand zerfetzt worden war.

Elisabeth riß sich von seinem Anblick los und blickte zu Auguste hinüber, die den jungen Grafen mit leicht geöffnetem Mund anblickte und offensichtlich kein Wort von dem in sich aufnahm, was Baron Immern ihr erzählte.

Die meisten der Anwesenden kannten Graf Tannberg schon von den Tagen seiner Kindheit her, denn seine Familie besaß nicht nur die Grafschaft Tannberg, sondern auch ein Stadthaus in München. Aber in den letzten Jahren hatte der junge Graf sich kaum noch in der Landeshauptstadt blicken lassen, weil er nach dem Tode seines Vaters die Verwaltung der Grafschaft übernommen hatte. Anselm von Deinharting war in seinen Münchner Jahren mit dem alten Grafen Tannberg befreundet gewesen; nur Elisabeth und Auguste waren dem jungen Mann noch nie begegnet.

Sophie stellte ihn vor.

Er blickte Auguste lächelnd in das glühende Gesicht, bevor er sich über ihre Hand beugte. Elisabeth gegenüber wirkte er ein wenig verlegen.

Danach begrüßte er die anderen Anwesenden, um sich von allen Seiten sagen lassen zu müssen, daß es eine gute Idee gewesen war, sich endlich einmal wieder in der Stadt sehen zu lassen, so daß er sich, nachdem er die Runde gemacht hatte, fast schon wieder nach der Ruhe des Landlebens sehnte.

Als die Musik wieder einsetzte, schwankte er, wen er zum Tanz auffordern sollte – in diesem kleinen Kreis hatte man auf Tanzkarten verzichtet; er zögerte, bis Auguste von Baron Immern und Gisela Waldberg vom Freiherrn von Breetsch aufgefordert waren. Dann wandte er sich Elisabeth zu.

Auguste gab es einen Stich. Sie brauchte alle Kraft, um sich damit zu beruhigen, daß der Baron eben schneller gewesen war; er hatte ja auch unmittelbar neben ihr gestanden, während der neue Gast zu ihr hätte hingehen müssen.

Graf Tannberg sagte zu Elisabeth, während sie die kunstvollen Figuren ausführten: »Verzeihen Sie, gnädige Frau, aber ich kann es nicht fassen, daß Sie die Mutter einer so großen Tochter sein sollen.«

»Ich bin die Stiefmutter.«

»Das ist schon eher zu verstehen!« Es schien ihn Überwindung zu kosten, sie anzusehen; immer wieder blickte er an ihr vorbei. »Sie ist eine bezaubernde junge Dame!«

»Sie ist wunderschön, nicht wahr?«

»Ich habe selten ein so schönes Mädchen gesehen.«

»Sie sollten sich den nächsten Tanz nicht entgehen lassen.«

Der junge Graf tanzte gut, trotz seiner Behinderung, er bewegte sich sicher und gewandt, und es machte Elisabeth Freude, ihre Schritte den seinen anzupassen. Es irritierte sie nur, daß ihr Herz so stark dabei klopfte. Wahrscheinlich lag es daran, sagte sie sich, daß sie seit Jahren nicht mehr mit einem Fremden getanzt hatte, sondern immer nur mit ihrem Mann oder einem anderen aus ihrem nächsten Bekanntenkreis. Anders als Auguste wirkte sie viel zu damenhaft, als daß die jungen Bürger auf den offenen Redouten sich an sie herangewagt hätten. So war es kein Wunder, daß dieser Tanz für sie von besonderem Reiz war.

»Bitte, bringen Sie mich zu meinem Mann zurück«, bat sie dann.

»Mit Vergnügen, gnädige Frau.«

Als sie dann wieder neben Anselm von Deinharting stand, hätte sie sich am liebsten an seiner breiten Brust geborgen.

»Du siehst echauffiert aus!« sagte er lächelnd.

»Sollte ich mich frisch machen?«

»Nein, nein, es steht dir gut, wenn nicht jedes Härchen an seinem Platz sitzt. Aber Tannberg hat dich wohl sehr beeindruckt?«

»Beeindruckt? Ich wette, er ist jünger als ich.«

»Was bedeutet das schon? Die Verehrung eines jungen Mannes ist doch für jede Frau anregend.«

»Er verehrt mich ja gar nicht. Weißt du, worüber wir gesprochen haben? Über Auguste. Er sagt, daß er nie ein schöneres Mädchen gesehen hätte.«

»Es wäre ein Segen, wenn daraus eine Verbindung würde.«

»Ihr wird er auch gefallen. Da bin ich ganz sicher.«

Ein neuer Tanz begann, aber Elisabeth und Anselm von Deinharting begnügten sich damit zuzuschauen. In seiner Jugend war er ein glänzender Tänzer gewesen, aber jetzt tanzte er nur noch seinen Damen zuliebe. Ihm selber kam das Drehen, Wenden und Dienern auf dem Parkett recht läppisch vor. Aber er teilte mit seiner Frau das Vergnügen des Beobachtens. Da die meisten der Gäste verheiratet und nicht mehr allzu jugendlich waren, bewegten sich auf der Tanzfläche nur vier Paare: Gisela und Graf Tannberg, Auguste und Freiherr von Breetsch, Natalie Gräfin Willmers und Baron Immern und Graf Willmers mit seiner Schwägerin Helene. Zwar hatte Graf Tannberg diesmal Auguste nicht aufgefordert, aber die kunstvollen Figuren der Quadrille brachten sie miteinander doch immer wieder in Berührung. Niemand im Saal konnte entgehen, ein wie schönes Paar sie waren.

Sophie gesellte sich, einen Teller mit Gebäck tragend, zu Anselm von Deinharting und seiner Frau. »Ich glaube, ihr habt allen Grund, mir dankbar zu sein!«

»Schon allein dafür, daß Sie diesen Ball ausgerichtet haben!« sagte Elisabeth.

Sophie war das zuwenig Anerkennung. »Ihr stellt euch hoffentlich nicht vor, daß es einfach war, den jungen Tannberg aus seiner Höhle zu locken.«

Anselm von Deinharting nahm einem der Diener zwei Gläser Wein ab und reichte eines davon seiner Frau. »Du warst immer schon unübertroffen im Bärenlocken … pardon, Partien stiften.«

»Spotte du nur!« gab Sophie zurück. »Das ist keine geringe Kunst.«

Elisabeth legte den Arm leicht um die runden Schultern der Schwägerin. »Ich kann gar nicht ausdrücken, wie dankbar ich Ihnen bin! Seht nur, wie Auguste glüht! Sie scheint ganz hingerissen.«

»Was wieder einmal nicht gerade von guter Erziehung zeugt!«

»Du lieber Himmel, Sophie, sie ist sechzehn!«

»Wenn man sich reif genug für die Ehe dünkt, sollte man sich auch entsprechend benehmen können.«

»Es ist der erste Ball, der für sie gegeben wurde. Sophie, bitte, freut es Sie denn nicht, daß er ihr so offensichtlich Vergnügen bereitet!?«

»Um die Wahrheit zu sagen … ich fände es passender, wenn ihr Vergnügen nicht ganz so offensichtlich wäre.«

Anselm von Deinharting hielt es an der Zeit, sich einzumischen, bevor es zu einem Streit zwischen den Damen kam. »Sie ist ein wildes Ding, Sophie, das wissen wir auch. Aber du kannst das nicht Elisabeths Erziehung anlasten. Auguste schlägt eben ganz nach ihrer Mutter … erinnere dich nur.«

Sophie verdrehte die Augen. »Der Himmel verschone uns mit einer zweiten Caroline!«

Anselm von Deinharting schmunzelte nur. »Dein Stoßseufzer kommt zu spät! Wir haben sie schon.«

Die Eheleute waren froh, als Sophie sich den anderen Gästen zuwandte.

»War deine erste Frau wirklich so schön wie Auguste?« fragte Elisabeth neugierig.

»In diesem Alter bestimmt. Aber ich habe sie erst kennengelernt, als sie jenseits der Zwanzig war, und da hatten Enttäuschung und Bitterkeit schon einen Stempel in ihr Antlitz geprägt.«

»Wenn das Auguste nur erspart bleibt.«

»Wozu machst du dir Sorgen? Es sieht ja ganz danach aus.«

Graf Tannberg erwies sich als ein sehr wohlerzogener junger Mann.

Er konzentrierte seine Aufmerksamkeit nicht auf die jungen Mädchen, sondern forderte eine der Damen nach der anderen auf, selbst die rundliche Sophie, die als Mutter längst verheirateter Töchter seit Jahren nicht mehr zu einem solchen Vergnügen gekommen war.

Danach verbeugte er sich wieder vor Elisabeth.

»Sehr liebenswürdig von Ihnen«, sagte sie überrascht, »aber ich möchte eigentlich nicht ... sollten Sie sich jetzt nicht lieber der Jugend widmen?«

»Bitte!« Für Sekunden richtete er den Blick seiner glänzenden Augen voll auf sie.

Sie ärgerte und wunderte sich, daß sie errötete und wandte sich hilfesuchend ihrem Mann zu.

»Tanz nur!« sagte Anselm von Deinharting. »Warum solltest du dir das Vergnügen entgehen lassen?« Er sah ihr nicht nach, als sie an der Seite des jungen Grafen zur Tanzfläche ging, sondern wandte sich Graf Hollberg zu, der mit seinen Schwiegersöhnen in ein Gespräch vertieft war.

»Gut, daß Sie kommen«, sagte der Graf, »wir sind wieder einmal in eine Diskussion über die Lage Bayerns vertieft. Breetzen meint, ein Krieg sei unvermeidlich.«

»Meint ihr, daß wir hier unabkömmlich sind?« fragte Freiherr von Rückersbach. »Ich würde zu gern eine Zigarre rauchen.«

»Dann ziehen wir uns doch in die Bibliothek zurück«, schlug Graf Hollberg vor, »ich habe nicht den Eindruck, daß die Damen uns sehr vermissen werden.«

»Ja, der junge Tannberg versteht's«, meinte Major Graf Breetzen.

Die Herren waren froh, einen Anlaß gefunden zu haben, Musik und Tanz für eine Weile auszuweichen. Sie verschwanden unauffällig. Sophie bemerkte es dennoch. »Wie man nur so ungesellig sein kann!« sagte sie zu ihren Töchtern Isolde und Helene, mit denen sie beisammensaß. »Sie sollten sich ein Beispiel an Natalies Gatten nehmen!«

»Vergessen Sie nicht, Mama, er ist einige Jährchen jünger«, verteidigte Isolde ihren Mann, »und wenn man erst einmal fast erwachsene Kinder hat, vergeht einem die Lust an Spiel und Tanz.«

»Mir ist es auch ganz recht so!« sagte Helene. »Ich finde es angenehm, zu trinken und zu naschen, der Musik zu lauschen und der Jugend zuzusehen.«

»Auch wenn sie nicht mehr so ganz blütenzart ist?« fragte ihre Mutter bissig.

»Wen meinen Sie?« erkundigte sich Isolde. »Natalie ... oder Tante Elisabeth?«

»Da Willmers sich auch auf dem Parkett bewegt, hat Natalie wohl ein gutes Recht zu tanzen.«

»Elisabeth ist jünger als sie«, sagte Isolde, »und bei dieser schmeichelnden Beleuchtung könnte sie ohne weiteres als junges Mädchen durchgehen!« Um das Thema zu wechseln, fügte sie hinzu: »Es geht doch nichts über das Licht von Wachskerzen! Was sagt Ihr denn dazu, daß man seit neuestem Öllampen einzuführen versucht? Nur weil sie billiger sind als Bienenwachs, werden sie angepriesen. Dabei stinken sie, pfui! In meinen Haushalt kommt dieses Zeugs jedenfalls nie. Petroleum ... einfach ordinär!«

Aber ihre Mutter hatte ihr gar nicht zugehört. »Wie kokett sie sich dreht und wendet ...«

»Ich bitte Sie, Mama, Sie sehen Gespenster!« sagte Isolde. »Sie schaut Tannberg doch gar nicht an!«

»Er dafür aber sie! Und das ist ja auch der Sinn des Spiels. Kinder, mir könnt ihr nichts vormachen.«

»Meine Töchter sind ja noch nicht so weit«, meinte Helene, »aber ich könnte mir schon vorstellen, daß es Spaß machen muß, einen feschen Schwiegersohn zu bekommen ... besonders wenn die Aufmerksamkeit des eigenen Gatten inzwischen nachgelassen hat.« Hastig fügte sie hinzu: »Ich will mich durchaus nicht beklagen, aber das ist wohl nun einmal der Lauf der Welt.«

»Nun, wenn sich eine Frau über mangelnde Zuwendung ihres Mannes nicht beklagen kann, dann ist es Elisabeth«, bemerkte Sophie bissig. »Über Jahre hinaus war der gute Anselm ja wie vernarrt in sie ... und jetzt behandelt er sie immer noch wie ein Kleinod.«

»Was ihn nicht gehindert hat, sich mit den anderen Herren zu verziehen!« Isolde lächelte ihrer Mutter versöhnlich zu. »Mama, warum sind Sie so bissig? Sie sind Elisabeth gegenüber stets besonders kritisch. Haben Sie sich nie gefragt, ob da nicht schwesterliche Eifersucht im Spiel ist?«

»Ich hätte meinem Bruder eine bessere Frau gewünscht.«

»Aber er hat Elisabeth gewollt, und er hat sie bekommen … und wenn es ihn nicht stört, daß der junge Tannberg sie mit seinen Blicken verschlingt, was soll's uns kümmern?«

Der Ball und die Ballgespräche gingen weiter. Die Herren wahrten den Anstand und kamen nach einer guten halben Stunde, erwärmt von Schnaps und Diskussionen, in den Saal zurück. Es wurde unverdrossen getanzt. Sogar Anselm von Deinharting überwand sich. Er tanzte einmal mit Elisabeth und einmal mit seiner schönen Tochter.

Gegen Ende des Festes wurde Auguste immer stiller und blasser. Der junge Graf gefiel ihr zwar immer noch ausnehmend, aber sie war nicht sicher, ob es ihr gelingen würde, seine Aufmerksamkeit zu fesseln. Er warf ihr zwar hin und wieder ein Scherzwort oder auch ein Kompliment zu, aber immer stärker wurde ihr Gefühl, in seinen Augen noch ein Kind zu sein. Sie konnte sich nicht einmal rühmen, daß er mit ihr am häufigsten getanzt hatte, denn er hatte sie und die junge Comtesse Waldberg ziemlich gleichmäßig behandelt und sich auch um die anderen Damen mit ausgesuchter Höflichkeit bemüht.

So war sie sehr überrascht, als er ihr für den nächsten Tag eine Ausfahrt nach Bogenhausen vorschlug; sie errötete und zögerte mit der Antwort.

Er deutete ihre Verlegenheit falsch. »Natürlich werden wir nicht allein sein, sondern ich werde auch Ihre lieben Eltern auffordern. Ich wollte mir nur zunächst Ihr Einverständnis holen. Aber wenn Sie keine Lust haben …«

»Doch, natürlich möchte ich!«

»Dann sagen wir morgen gegen Mittag? Erst müssen wir uns alle einmal tüchtig ausschlafen, und mittags ist es ja auch am schönsten.«

»Da haben Sie recht!«

»Also … einverstanden?«

Ihr fiel eine der vielen Belehrungen ein, die sie empfangen hatte, und um nur ja einen guten Eindruck zu machen, sagte sie bescheiden: »Wenn Mama und Papa einverstanden sind …«

»Ich werde sie schon überreden!«

Es war weit nach Mitternacht, als die Musiker ihre Instrumente zusammenpackten und die Gäste sich in rascher Reihenfolge verabschiedeten. Die Bediensteten hatten schon seit einiger Zeit verstohlen gegähnt und keine neuen Lichter mehr aufgesteckt.

Sophie machte bis zuletzt die »honneurs«.

»Das war ein schöner Abend, Sophie!« Anselm von Deinharting beugte sich herab und küßte seine Schwester auf die Stirn.

»Danke, Tante Sophie!« sagte Auguste.

»Und jetzt«, sagte ihr Vater, »denke ich, daß wir alle rechtschaffen müde sind.«

»Vielleicht noch einen Obstler zum Abschluß?« schlug Graf Hollberg vor.

»Nichts dergleichen. Mich zieht's in die Federn.«

»Und du hast auch genug getrunken, Anton«, meinte Sophie, »denk an dein Gliederreißen.«

»Wenn ich es einmal nicht habe, muß ich daran denken, wie? Ich möchte wissen, wo da der Sinn liegt!«

Man wünschte sich eine gute Nacht und ging auseinander. Anders als in Deinharting, wurde der Saal nicht noch in der Nacht aufgeräumt und gelüftet, denn die Hollbergs waren sehr viel knapper mit Personal, und hier gab es keine unermüdliche Antoinette.

Henriette Striegel wartete im Schlafzimmer der Deinhartinger; sie hatte während des Balls ein Nickerchen gemacht und war jetzt munter und bereit, ihren Pflichten als Zofe nachzukommen.

»Gehen wir erst zu Auguste«, sagte Elisabeth, »und sehen wir zu, daß wir das Kind ins Bett bekommen.« Sie stellte sich auf die Zehen, um ihren Mann zu küssen. »Du brauchst nicht auf mich zu warten, Liebster! Es kann ein wenig dauern.«

Er verstand, daß sie die Ereignisse des Abends mit ihrer Stieftochter durchsprechen wollte, und sagte lächelnd: »Laß dir nur Zeit!«

Elisabeth ließ sich von ihrer Zofe aus dem hellblauen Kleid helfen, das, schulterfrei und hoch tailliert, ihren Busen zur Geltung gebracht hatte, und zog einen bequemen seidenen Hausmantel über, nahm sich auch noch die Zeit, die engen seidenen Schuhe mit Pantoffeln zu vertauschen, bevor sie, begleitet von Henriette Striegel, hinaufging.

Augustes Zimmer lag unter dem Dach und war mit hübschen, reichverzierten Rokokomöbeln eingerichtet, die nicht mehr dem Geschmack der Zeit entsprachen. Aber Auguste, die in einem Schloß aufgewachsen war, in dem alle möglichen Stilrichtungen ihren Platz gefunden hatten, kümmerte das nicht. Sie war froh, daß der kleine Ofen eingeheizt war, ein Luxus, der ihr zu Hause nicht beschert wurde.

Als Elisabeth und Henriette Striegel eintraten, hatte sie sich schon von ihrem leuchtendgelben Seidenkleid befreit, saß im Mieder vor dem Spiegeltisch und war dabei, ihr kupferrotes Haar zu bürsten.

»Ist etwas?« fragte sie beim Eintritt ihrer Stiefmutter erstaunt, ja, sogar ein wenig ärgerlich.

»Nein, gar nichts! Ich hielt es nur für eine gute Idee, dir ins Bett zu helfen.«

»Sie tun, als wäre ich ein Kleinkind!« sagte Auguste gereizt.

»Im Gegenteil! Ich finde, du bist eine sehr erwachsene junge Dame geworden und müßtest eine eigene Zofe haben! Deshalb möchte ich dir Henriette ausleihen.«

»Ist das Ihr Ernst, Mama?«

»Ganz gewiß. Du hast dich heute nacht wunderbar gehalten.«

Henriette Striegel, die nur Bruchstücke des in französischer Sprache geführten Gespräches verstand, hatte sich darangemacht, das von Auguste achtlos über einen Stuhl geworfene Kleid über einen Bügel zu hängen.

Elisabeth nahm Auguste die Bürste aus der Hand und begann, das Haar des jungen Mädchens mit zarten, doch kräftigen Strichen zu bearbeiten. »Ich bin so glücklich, Gustel.«

»Warum?«

»Nun tu nicht so. Ich bin glücklich für dich! Graf Tannberg ist ein reizender junger Mann ...«

»Er ist nett, das stimmt.«

»Also, ein bißchen mehr Begeisterung könntest du schon zeigen! Er ist entzückend! Seine Manieren sind tadellos, er ist Graf, ist reich ... seine Verhältnisse entsprechen in etwa den unseren, wenn er auch wohl in etwas freizügigerem Stil leben kann ... also, Herz, was begehrst du mehr?«

»Sie tun, als hätte er schon um meine Hand angehalten.«

»Aber ich bitte dich! Das kann man doch nicht nach dem ersten Beisammensein erwarten! Immerhin hat er dich für morgen eingeladen!«

»Liebe Mama, ich bin schon einmal zu einer Schlittenfahrt aufgefordert worden ...«

Elisabeth ließ die Bürste sinken. »Du magst ihn, nicht wahr? Du magst ihn sehr! Aber du hast Angst, es könnte nichts daraus werden.«

Auguste gab es nicht zu, widersprach aber auch nicht.

»Mein armer Liebling, was machst du dir für Kummer!« rief Elisabeth. »Graf Tannberg ist reich! Er ist reicher als dein Vater war, als er um mich freite. Er ist auf nichts weniger angewiesen als auf eine Mitgift. Und ein schöneres Mädchen als dich wird er nicht finden.«

»Er nimmt mich nicht ernst.«

»Er scherzt mit dir, das ist doch nur natürlich! Ihr seid ja beide noch jung ...«

»Wie alt mag er wohl sein?«

»Mitte Zwanzig, denke ich. Vater wird es sicher genau wissen.«

»Und was geschah mit seinem Arm?«

»Ein Jagdunfall. Die Tannbergs sind große Jäger. Er hat schon als Junge mit Waffen hantiert.« Sie wurde besorgt. »Stört dich das etwa?«

»Nein.«

»Im Grunde ist es ein Glück. So braucht er nicht in den Krieg zu ziehen ... falls es dazu kommt.«

»Krieg? Was für ein Krieg?«

»Ich weiß es nicht. Aber die Männer sprechen darüber. Sie meinen, Kaiser Napoleon wird sich mit seinen Eroberungen nicht zufriedengeben. Aber was kümmert das uns? Du hast endlich den Mann fürs Leben gefunden.«

»Ich weiß nicht, Mama.«

»Aber er gefällt dir doch? Eine dumme Frage. Er muß dir gefallen.«

»Ja, schon, Mama ... aber er ist mir so überlegen. Ich komme mir ganz klein neben ihm vor.«

»Das mußt du abschütteln, Gustel, er ist ja nur ein paar Jahre älter als du! Und er verehrt dich!«

»Ich weiß nicht, Mama ...«

Elisabeth nahm ihre Stieftochter in die Arme und küßte sie. »Ach, Liebling, hab doch Vertrauen zu deinem Glück!« Sie sah, daß die Zofe den Krug mit dem heißen Wasser vom Ofen nehmen wollte und sagte: »Nicht doch, Henriette! Auguste sollte erst eine Buttermilchmaske haben, damit sie morgen recht frisch ist!«

»Buttermilch«, wiederholte Henriette Striegel abfällig, denn sie hatte zu nichts weniger Lust, als in die Küche hinabzulaufen und nachher die Treppen wieder hinaufzusteigen.

»Ja, Buttermilch!« beharrte Elisabeth unnachgiebig. »Und gefälligst schnell! Denn ihren Schlaf braucht sie auch!« Sie warf einen Blick unter das Bett. »Den Nachttopf kannst du gleich mit hinunternehmen und leeren.«

Die alte Frau tat, wie geheißen und zog brummend ab.

Elisabeth half ihrer Stieftochter aus den Unterkleidern und den Seidenstrümpfen. Nur in ihrem Hemdchen schlüpfte Auguste dann in das schmale harte Bett.

»Ich bin unsagbar glücklich über diesen Schwiegersohn«, sagte Elisabeth, »Vater hat ihn schon als Jungen gekannt, und gewiß wird er sich mit Emanuel und auch mit Ignatz gut verstehen. Er paßt in unsere Familie.«

»Ich mag ihn ja auch«, gab Auguste zögernd zu.

»Na, siehst du!«

»Ich weiß nur nicht, wie ich ihn an mich … fesseln soll. Ihr sagt immer, ich bin zu wild, zu heftig, zu rechthaberisch.«

»Du könntest etwas sanfter sein.«

»Aber dann bin ich nicht natürlich.«

»Wer erwartet schon von einer Frau, daß sie natürlich ist! Du hast wohl Rousseau gelesen? Etwa die ›Novelle Héloise‹?«

»Ja, Mama«, gab Auguste errötend zu.

Elisabeth hielt es nicht für angebracht, sie in dieser Situation dafür zu tadeln. »Jean-Jacques Rousseau hat große Ideen«, sagte sie statt dessen, »aber mit dem wirklichen Leben haben sie nichts zu tun … oder sagen wir: ins wirkliche Leben lassen sie sich nicht übertragen. Ganz davon abgesehen, daß seine Anschauungen sündhaft sind.«

»Sündhaft? Wie können Sie das sagen, Mama?! Mir schienen sie so rein.«

»Denk doch einmal nach. Rousseau behauptet, daß der ursprüngliche Mensch, der Wilde, ein reines und unschuldiges Wesen sei, das nur durch die Zivilisation verdorben ist …«

»Das sind die Tiere ja auch! Sie tun nichts Böses!«

»Außer daß sie einander auffressen. Nein, Gustel, glaub lieber den Lehren der Kirche als deinem Rousseau. Sie lehrt uns, daß wir alle mit der Erbsünde behaftet sind. Wir wollen das Gute … viele von uns, vielleicht die meisten ... aber in uns steckt unausrottbar auch das Böse.«

Henriette Striegel kam mit einem Krug Buttermilch herein, und Elisabeth rieb die Flüssigkeit auf Augustes Gesicht, Hals und Büste.

»Deshalb finde ich es eben nicht recht, mich Egon nur von meiner besten Seite zu zeigen ...«

»Tu es trotzdem!« sagte Elisabeth lächelnd. »Deine schlechten wird er noch bald genug kennenlernen!« Sie stand auf. »Und jetzt bleib noch zehn Minuten so liegen, ohne zu sprechen! Henriette wird dir danach helfen, dich zu waschen. Ich werde heute nacht allein fertig.« Sie beugte sich über Auguste und küßte sie, weil nur er frei von Buttermilch war, auf den Mund. »Schlaf gut, Liebling! Vor dir liegt eine herrliche Zeit!«

Sie nahm einen der Leuchter und stieg die Treppe hinunter. Entgegen ihrer Erwartung schlief Anselm von Deinharting noch nicht, sondern breitete verlangend die Arme aus, als sie in das Zimmer trat. Da sie selber erregt war, erfüllte sein Verlangen sie mit jäher Freude. Vorbehaltlos gab sie sich ihm hin, dankbar für seine Zärtlichkeit, beglückt von seiner Leidenschaft, doch als er in sie eindrang, schoß es ihr durch den Kopf, wie es wohl sein mochte, einen jungen, schmalen Körper zu spüren, statt dieses kraftvollen alten. Sie haßte sich für diesen Gedanken und verbannte ihn sofort.

Aber als Anselm von Deinharting längst schlief, lag sie noch im Dunkeln und betete voller Reue um Vergebung dieser Gedankensünde.

Anselm von Deinharting nahm an dem Ausflug nach Bogenhausen nicht teil. Er war überzeugt, daß sich seine Damen bei Egon Graf Tannberg in den besten Händen befanden, und nutzte ihre Abwesenheit zu einem langgeplanten Besuch im ehemaligen Jesuitenkolleg in der Neuhauser Straße. Hier hatte man die bayerische Staatsbibliothek eingerichtet, in der sich nach der Säkularisation der Klöster die Bücherschätze eines ganzen Jahrtausende gesammelt hatten.

Christoph von Aretin, der Kustos der Bibliothek, hatte seine Mitarbeiter ausgeschickt, um von den so grob und mißlich behandelten Buchbeständen zu retten, was zu retten war. Karren und Bauernfuhrwerke hatten die zerrissenen und zum Teil angeschimmelten Exemplare in die Stadt gebracht. Jetzt waren alle Säle, Gänge und Kammern bis zur Decke mit Büchern gefüllt. Man hatte sie drei- und vierfach hintereinander gereiht, und dennoch waren mehr als 300 000 Bände auf dem Dachboden geblieben.

Die Akademie der Wissenschaften hatte einige norddeutsche Bibliothekare ins Land geholt, wie denn überhaupt unter Max Joseph eine Menge ausländischer Akademiker, fast lauter Protestanten, mit guter Besoldung nach München berufen worden waren. Die Bibliothekare waren sehr bemüht, den Reichtum zu ordnen, taten sich aber schwer, weil sie bayerischem Schrifttum bisher recht fremd gegenübergestanden hatten. Eine größere Hilfe fand Aretin, der als Preußenfresser mit den Norddeutschen schlecht auskam, in der Zusammenarbeit mit Josef Scherer, einem verkrachten Buchdrucker, der als Orientfahrer auf manches Abenteuer zurückblicken konnte, und mit Josef Docen, einem Osnabrücker, der aber Gnade vor den Augen Aretins fand, da er aus bayerischer Familie stammte; Docen ging völlig auf im Pflegen, Sammeln und Sichten der alten Buchbestände.

Christoph von Aretin hieß Anselm von Deinharting herzlich willkommen – in deutscher Sprache, was dem Hofmarksherrn in dieser Umgebung ganz selbstverständlich erschien. Staunend ging er, begleitet von dem Kustos, durch das mit Büchern gefüllte Haus; es bereitete ihm eine tiefe Freude und Genugtuung, daß doch soviel bayerisches Kulturgut hatte gerettet werden können.

»Und doch ist allzuviel verlorengegangen«, erwiderte von Aretin, als er es aussprach.

»Auch durch meine Schuld«, bekannte der Hofmarksherr, »das wird mir wohl bis an mein Lebensende auf der Seele liegen.«

»Ihre Schuld?« fragte von Aretin erstaunt.

»Ja. Als das Kloster Wesenbronn aufgelassen wurde. Es lag nahe bei Deinharting, eine Zunge Klosterland leckte geradezu in meine Mark hinein. Ich habe sie natürlich bei der Säkularisation aufgekauft. Aber die Bücher, es war ein riesiger Haufen in Leder gebundener Folianten, habe ich im Klosterhof liegenlassen, obwohl ich wußte, daß sie dort dem Wetter und dem Verfall ausgeliefert waren. Um die Wahrheit zu sagen: Ich wußte nichts mit ihnen anzufangen.«

Freiherr von Aretin, mit den Händen auf dem Rücken neben ihm herschreitend, lächelte ihn von der Seite an. »Aber Sie haben die wundertätige Mutter Gottes gerettet und nach Deinharting bringen lassen.«

»Woher wissen Sie?«

»Ach, solche Dinge sprechen sich herum.«

»Ja, das habe ich getan. Es ist merkwürdig, nicht wahr? Obwohl dieses Standbild für mich nichts anderes ist als … eine aufgeputzte Puppe. Ihnen gegenüber darf ich das doch aussprechen?«

»Aber gewiß.«

»Ich glaube nicht im entferntesten, daß ein solches Ding Wunder tun kann, und dennoch … ich konnte nicht ertragen, daß es so mißachtet werden sollte. Ich glaube, ich tat es um meiner Bauern willen.«

»Denen die Bücher natürlich nichts bedeuteten.«

»So wird es gewesen sein. Ich nahm noch das eine oder andere in die Hand. Sie waren in lateinischer Sprache verfaßt, und derer war ich nie ganz mächtig.«

»Was tut's?« Christoph von Aretin zuckte die Schultern. »Viel wichtiger ist doch, Sie sprechen gut bayerisch. Sie werden es nicht glauben, aber es gibt hier in unserer Landeshauptstadt Menschen – hier geboren und aufgewachsen –, die nicht anders als französisch parlieren können.«

»Sie denken an Montgelas? Aber ich versichere Ihnen, er fühlt als Bayer.«

»Um so schlimmer, daß er seine Muttersprache nicht beherrscht. Zum Unglück steht er damit nicht einmal alleine da.«

»Wir haben einen Montgelas dringend gebraucht«, sagte Anselm von Deinharting und meinte es ehrlich.

»Damit er uns die ›Nordlichter‹ ins Land holt?« Freiherr von Aretin änderte den Ton. »Natürlich haben Sie recht, Deinharting. Bayern braucht Montgelas. Das steht ganz außer Frage. Er hat den Staat modernisiert, ihm eine einheitliche Verwaltung geschaffen, eine Menge alter Zöpfe abgeschnitten, die ausgearteten Privilegien des Adels beseitigt … entschuldigen Sie, Deinharting, womöglich sind Sie selber davon betroffen …«

»Nicht ich, meine Söhne. Aber ich denke, es wird gut für sie sein zu wissen, daß sie sich nicht auf ererbten Rechten ausruhen können, sondern etwas leisten müssen.«

»Das ist ein edler Standpunkt.«

»Er ist nur vernünftig, und ich nehme an, daß der größte Teil meiner Standesgenossen ihn teilt. Sonst hätte Montgelas seine Reformen wohl kaum durchsetzen können.«

Christoph von Aretin lachte auf. »Man sieht, daß Sie auf dem Lande leben, mein Freund. Man hat sich murrend und zähneknirschend gefügt und durchaus nicht aus besserer Einsicht. Aber was hätten die Herren denn unternehmen können? Ihren angestammten Herrscher absetzen?«

»Gegen Montgelas intrigieren.«

»Das, lieber Deinharting, ist in reichem Maß geschehen. Aber es blieb gänzlich erfolglos. Mag unser guter Maximilian auch selber kein großes Licht sein ... Sie werden zugeben, daß man ihn sich nur schwer bei der Lektüre eines auch nur halbwegs anspruchsvollen Buches vorstellen kann ..., jedenfalls aber besitzt er die Fähigkeit, einen großen Geist und kühnen Kopf zu erkennen. Schon dadurch wird er in die Geschichte eingehen.«

»Man sagt, daß Montgelas den Kurfürsten völlig beherrscht.«

»Ja, das sagt man. Aber es stimmt nicht. Glauben Sie mir, ich kann mir ein Urteil erlauben ...«

»Daran zweifle ich nicht«, sagte Anselm von Deinharting rasch, denn er war begierig, mehr zu erfahren.

»Es scheint vielmehr«, fuhr von Aretin denn auch fort, »als hätte Montgelas geradezu Angst vor der Kühnheit seiner eigenen Ideen. Er trägt sie dem Kurfürsten vor, reicht sie noch lieber schriftlich ein und – zieht sich dann in die Abgeschiedenheit seines Landhauses zurück, um Max die Qual der Entscheidung zu überlassen. In solchen Situationen kann auch der dringendste Appell ihn nicht an den Hof zwingen. Es ist, als scheute er die Verantwortung.«

»Armer Maximilian.«

»Das denke ich auch oft. Es ist höllisch schwer, die Verantwortung für Geschehnisse zu übernehmen, die man später nicht mehr rückgängig machen kann. Sie tragen daran, daß Sie den Bücherschatz des Klosters nicht gerettet haben ... aber was bedeutet das schon?«

»Für mich sehr viel.«

»Aber nicht für die Allgemeinheit.« Freiherr von Aretin blieb zwischen zwei bis zur Decke mit Büchern bestückten Gestellen stehen. »Wissen Sie, daß ich selber einer der eifrigsten Klosterstürmer war?«

»Das kann ich mir kaum vorstellen«, sagte Anselm von Deinharting erstaunt.

»Aber es ist die Wahrheit. Ich wollte die Säkularisation um jeden Preis. Wobei ich natürlich nicht ahnte, daß der Preis so hoch sein würde. Heute muß ich mich immer wieder fragen, ob es nicht besser gewesen wäre, wenn alle diese Schätze …«, er machte eine weite Handbewegung, »… dort geblieben wären, wo sie gesammelt worden sind. Wir haben Bayern von der Übermacht des geistlichen Einflusses befreien wollen, aber wir haben es dadurch auch ärmer gemacht.«

»Es mußte so kommen. Schon lange vor Maximilian und Montgelas war die Säkularisation immer wieder geplant worden. Sie mußte durchgeführt werden, entweder jetzt oder später.«

»Sie haben recht. Manchmal müssen Köpfe rollen. Und dennoch bleibt auf dem, der das Schwert geführt hat, der Schatten der Schuld.«

»Wenn einer sie abbüßt, dann sind doch Sie es!« behauptete Anselm von Deinharting aufrichtig. »Jeder weiß doch, daß Sie der große Kenner des bayerischen Buchdrucks und der bayerischen Literatur sind.«

»Mag sein. Aber der eigentliche Praktiker in diesem Haus ist ein anderer. Während wir noch geredet, bedauert, Systeme entworfen und wieder verworfen haben, hat er sich unverdrossen und zielbewußt an die Arbeit gemacht …«

Freiherr von Aretin führte Anselm von Deinharting um die Ecke, und da saß, zwischen Stapeln von Büchern, ein rundlicher, freundlicher Mann mit gekreuzten Beinen auf dem Boden. Obwohl er wohlgenährt war, schlotterte ihm der Anzug um die Glieder, als wäre er nicht für ihn zugeschnitten. sondern gebraucht gekauft worden. Aber er schien sich gerade so wohl zu fühlen.

»Das ist Martin Schrettinger«, stellte Christoph von Aretin vor, »Martin … das ist der Hofmarksherr Anselm von Deinharting.«

Martin Schrettinger blickte nur kurz auf und lächelte versonnen, um seine Augen dann gleich wieder auf das Buch zu senken, das er in Händen hielt.

»Ohne ihn«, sagte von Aretin, »wären wir mehr als einmal zusammengebrochen … ja, ich glaube, ich hätte die Flinte ins Korn geworfen. Er hat bereits über dreihunderttausend Druckwerke, die Sie hier finden, in Ordnung gebracht.«

»Aber wie ist das möglich?« rief Anselm von Deinharting. »Wie kann ein Mensch dies vollbringen? Wenn ich bedenke, wieviel

Mühe es mir schon macht, die Übersicht über meine kleine Hofmark nicht zu verlieren!«

»Ich habe mein ganzes Leben nichts anderes getan«, sagte der kleine Mann ohne aufzusehen, »ich war Bibliothekar in Weissenohe.«

»Im Kloster Weissenohe?«

»Ja.«

»Dann sind Sie ...«

»Benediktiner ... dös stimmt!«

Anselm von Deinharting empfand plötzlich Neid auf den unscheinbaren kleinen Mann, dessen Leidenschaft für Bücher einer Berufung glich, die keinen Zweifel an dem Sinn seines Schicksals in ihm aufkommen ließ.

Anselm von Deinharting hatte vor, seinen Damen von dem ungeheuren Werk des Aufbaus einer bayerischen Staatsbibliothek zu erzählen und den Männern, die er dort kennengelernt hatte, aber sie waren so beeindruckt von ihren eigenen Erlebnissen, sprudelten geradezu über, so daß er es, wie es seine Art war, vorzog, zu schweigen und auf eine stille Stunde mit seinem Schwager wartete.

Elisabeth und Auguste konnten nicht genug die Eleganz Egon von Tannbergs rühmen, die Manieren seines Kutschers, an dem gemessen, Huber ein grober Klotz war, die edlen Pferde, den gutgepolsterten Schlitten, den Inhalt des Picknickkorbes, aus dem er ihnen im »Grünen Dach« in Bogenhausen aufgetischt hatte – denn er hatte ihnen nicht zumuten wollen, die Speisen eines gewöhnlichen Dorfgasthofes zu sich zu nehmen. Die Unterhaltung des jungen Grafen war so natürlich und ungezwungen gewesen, dabei von wirklich guter Lebensart, daß beide Damen sich ihm schon rasch ganz vertraut fühlten.

»Er ist entzückend!« rief Auguste immer wieder.

Elisabeth sagte: »Ich hätte mir niemals einen so reizenden Schwiegersohn erhofft! Wenn du ihn erst näher kennenlernst, Anselm ...«

»Er ist ein guter Junge, ich weiß es.«

»Ob ich Antoinette von dieser Bekanntschaft schreiben soll?« fragte Auguste.

»Ja, tu das. Und sende ihr unsere Grüße. In all dem Trubel haben wir, fürchte ich, viel zu selten von uns hören lassen.«

Auguste eilte in ihr Zimmer.

»Ich bin so glücklich!« Elisabeth faßte die Hand ihres Mannes. »Die beiden sind wie geschaffen füreinander.«

»Hoffentlich kommt ihr niemand dazwischen.«

»Wie meinst du das?« fragte Elisabeth erstaunt.

»Nun, der gute Egon wäre – seiner ganzen Art und seinen Lebensumständen nach – für mehr als ein Mädchen der passende Ehekandidat.«

»Wie pessimistisch das klingt! Bitte, Anselm, verdirb Gustel nicht die Freude.«

»Es wäre vielleicht ganz gut, sie auf eine mögliche Enttäuschung vorzubereiten.«

»Aber das ist sie doch ohnehin. Sie ist sich seiner noch ganz und gar nicht sicher.«

»Das ist auch gut so.«

Sie blickte ihn von der Seite an. »Weißt du, Anselm, manchmal kannst du ein rechtes Ungeheuer sein.«

Er nahm diesen Vorwurf gelassen hin, schmunzelte nur darüber.

Aber in den nächsten Tagen sah es ganz so aus, als wären seine Warnungen völlig unberechtigt. Egon von Tannberg kümmerte sich mit Eifer und Beständigkeit um die Deinhartinger Damen. Er führte sie zum Tee, fuhr mit ihnen nach dem winterlich verlassenen Schloß Nymphenburg hinaus, begleitete sie in ein Kammerkonzert und sogar am Sonntagmorgen zum Gottesdienst in die Frauenkirche.

Anselm von Deinharting ließ es geschehen. Er liebte seine Frau und empfand eine große Zuneigung für Auguste, aber es war ihm nicht unangenehm, von der Aufgabe, die Damen begleiten und unterhalten zu müssen, entlastet zu sein. So konnte er Kontakte zu alten Münchner Freunden wieder auffrischen. Er nahm eine Einladung des alles beherrschenden Ministers Montgelas in seinem Landhaus im Dorf Bogenhausen wahr, besuchte Josef von Utzschneider in den Räumen seines jungen Unternehmens und lernte dessen Mitarbeiter, den Astronomen und Mathematiker Professor Ulrich Schiegg, kennen, der das Prinzip des modernen Katasters erfunden hatte. Wenig später machte Utzschneider ihn auch mit dem genialen Optiker Joseph von Fraunhofer und dem hervorragenden Mathematiker und Mechaniker Georg von Reichenbach bekannt, die Utzschneider beide für sein Institut zu gewinnen suchte. Es wurde davon gesprochen, einen Theodoliten zu konstruieren, mit dem die Horizontalwinkel zwischen den Dreieckspunkten mit einer bisher unerreichbaren Genauigkeit gemessen werden könnten. Fraunhofer und Reichenbach schlugen vor, durch die Entwicklung der Kippregel mit Distanzmesser eine optische Entfernungsmessung durchzuführen und das mühsame Aufnahmeverfahren mit der Meßkette abzulösen.

Kurzum, dem Hofmarksherrn bot der Aufenthalt in München anregende Erkenntnisse, und er schrieb so manchen Brief an seinen Freund Friedrich König nach Deinharting. Politisch erkannte er, daß es für Bayern wohl kaum eine andere Möglichkeit geben würde, als sich auf die Seite Napoleons zu schlagen. Von Montgelas hatte er erfahren, daß Cetto, der bayerische Gesandte in Paris, seit langem dazu drängte. Aber Montgelas und Maximilian konnten sich noch nicht zu diesem Schritt entschließen, obwohl beide starke Sympathien für Frankreich empfanden. Die Familie Montgelas stammte väterlicherseits aus Frankreich, genauer gesagt aus Savoyen, und der Kurfürst hatte als junger Mann bei der französischen Armee gedient. Aber beide stimmten in der Furcht überein, daß Bayern von Frankreich geschluckt werden könnte. Sie gehörten auch zu einer anderen Gesellschaftsschicht, zum alten Adel, der mit den neuen Männern, die jetzt in Frankreich an der Macht waren, nichts gemein hatte. Sie schreckten überdies davor zurück, England, das in den vergangenen Jahren die Aufstellung einer schlagkräftigen Armee gegen Napoleon finanziert hatte, untreu zu werden.

Aber Anselm von Deinharting rechnete damit, daß es zu einem Bündnis mit Frankreich kommen würde. England lag jenseits des Kanals, und seine finanzielle Hilfe allein konnte Bayern nicht retten. Österreich, das seit Jahrhunderten nichts anderes im Auge gehabt hatte, als sich Bayern einzuverleiben, war gewiß nicht der richtige Partner – bei einer Niederlage würde es Bayern als erstes preisgeben, bei einem Sieg zur österreichischen Provinz machen. Preußen, das bisher Bayern gegen einen österreichischen Übergriff geschützt hatte, war so schwach und desorganisiert, daß es sich nicht einmal selber helfen konnte.

Das waren Überlegungen, die die Damen nicht interessierten. So ließ er sie nur zu gern ihre eigenen Wege gehen und lauschte mit nachsichtigem Lächeln, wenn sie ihm von ihren Abenteuern berichteten.

Obwohl der März ins Land gezogen war, hielt die winterliche Kälte immer noch an.

»Wir sollten einmal Schlittschuh laufen gehen«, schlug Graf Tannberg eines Abends vor, als er die Damen nach Hause brachte.

Auguste, die sich sogleich an ihr erstes Eislauferlebnis in München erinnerte, zuckte innerlich zusammen und konnte sich keine Zusage abringen.

Er drückte freundschaftlich ihren Arm. »Oder haben Sie sich etwa noch nie aufs Eis getraut?« neckte er sie ahnungslos.

»Auguste ist eine ausgezeichnete Schlittschuhläuferin«, kam Elisabeth ihr zu Hilfe.

»Sie übertreiben, Mama!«

»Also abgemacht! Fahren wir gleich morgen zum See! Wer weiß, wie lange das Eis noch hält.«

»Das ist eine gute Idee«, stimmte Elisabeth zu, »auch wenn Sie bei diesem Vergnügen auf mich verzichten müssen.«

Tannberg blieb unvermittelt stehen. »Aber warum denn? Selbstverständlich kommen Sie mit, Elisabeth, ich wette, Sie schweben über das Eis wie eine Elfe!«

Es war das erste Mal, daß er sie bei ihrem Vornamen nannte; es berührte sie seltsam, aber sie mochte es ihm nicht verwehren. »Sie überschätzen mich, Egon«, wehrte sie ab, »und dann … es wäre unschicklich.«

»Jetzt begreife ich Sie wirklich nicht.«

Sie gab ihm mit dem linken Handschuh, den sie ausgezogen hatte, einen leichten Schlag auf die Wange. »Ich bin kein junges Ding mehr, Egon.«

»Was heißt das? Sie sind kaum älter als ich.«

»Aber Sie sind ein Mann und frei.«

»Wollen Sie damit etwa andeuten, der Hofmarksherr würde Einwände erheben, wenn Sie …«

»Natürlich nicht. Mein Mann ist ungemein verständnisvoll und großzügig.«

»Was ist es also dann?«

»Egon«, sagte sie, »können Sie sich nicht vorstellen, daß ich einfach Angst habe, mich zu blamieren? Fahren Sie mit Auguste zum See, es wird sicher herrlich werden. Und wenn Sie es nicht für richtig halten, mit ihr allein zu sein, werde ich meinen Mann bitten, Sie zu begleiten.«

Auguste fühlte sich bei diesem Gespräch schmerzlich ausgeschlossen; sie preßte die vollen Lippen zusammen, um sich kein heftiges Wort entschlüpfen zu lassen. Die beiden beachteten sie gar nicht.

»Was habe ich Ihnen getan, Elisabeth«, fragte er, sie mit seinen großen leuchtenden Augen fest anblickend, »daß Sie mir dieses Vergnügen mißgönnen?«

Sie spürte einen warmen Schauer, der, vom Herzen ausgehend, ihren ganzen Körper durchdrang. Da war sie wieder, diese vertraute Anrede. Sie hätte sie ihm am liebsten verwehrt. Aber konnte sie denn von ihm verlangen, daß er »Madame« zu ihr sagte? Sie war ja nur wenig älter, möglicherweise sogar gleichaltrig mit ihm, und ihre erwachsenen Stiefsöhne nannten sie auch beim Vornamen, ohne daß es sie je gestört hätte. Nur aus Tannbergs Mund schien es ihr anders zu klingen, fast wie ein Kosewort.

Bemüht, ihrer Stimme so viel Festigkeit zu verleihen wie möglich, sagte sie: »Ich weiß, daß ich Ihnen auf dem Eis nur eine Last sein würde.«

»Das kann ich nicht glauben!«

Sie waren während dieser Auseinandersetzung unter einer Laterne stehengeblieben, jetzt nahm Elisabeth den Arm Augustes und ging weiter.

»Mein lieber Junge«, sagte sie, »allmählich werden Sie ungezogen.«

»Ungezogen!? Ich?!« rief er bestürzt und beeilte sich, den Damen nachzukommen.

»Indem Sie unterstellen, daß ich nicht die Wahrheit sage.«

»Verzeihen Sie, verzeihen Sie mir tausendmal! Sie haben recht, ich vergaß mich. Also wird es nichts mit dem Schlittschuhlaufen. Aber was macht das schon. Überlegen wir uns, was wir sonst unternehmen könnten.«

Elisabeth spürte, wie sehr diese Worte Auguste kränken mußten. Sie empfand ehrliches Mitgefühl mit dem Mädchen, konnte aber nicht verhindern, daß Graf Tannbergs Wunsch, sie bei allen Unternehmungen dabeizuhaben, ihr schmeichelte. Das beschämte sie gleichzeitig.

»Wenn ich aber nun eislaufen möchte?« rief Auguste.

Elisabeth wollte verhindern, daß eine mögliche Absage des jungen Mannes Auguste noch mehr verletzte. »Dann komme ich natürlich mit«, erklärte sie.

»Wunderbar!« rief er. »Ganz exzellent! Dann darf ich Sie gleich morgen abholen?«

An diesem Abend sprachen Elisabeth und Auguste nicht mehr über die Vorzüge des jungen Grafen.

Als Elisabeth in Augustes Zimmer kam, wehrte das Mädchen sofort ab: »Bitte, lassen Sie mich allein, Mama! Ich bin sehr müde.«

»Aber ich wollte dir doch nur ...«

»Ich werde schneller allein fertig.«

»War das nicht ein wunderbarer Abend?«

»Ja, ganz wunderbar, Mama. Aber ich möchte nicht darüber reden.«

Elisabeth trat zu Auguste hin und legte ihr den Arm um die schönen Schultern, wollte sie an sich ziehen. Aber Augustes Körper versteifte sich sofort.

»Gute Nacht, mein Liebling!« Elisabeth küßte sie auf die Wange.

»Wenn Sie, bitte, jetzt gehen möchten?« Augustes Ton war feindselig.

»Wie du wünschst.«

Elisabeth blieb nichts anderes übrig, als sich zurückzuziehen.

Anselm von Deinharting hatte sich einen Krug heißes Wasser ins Schlafzimmer bringen lassen und war dabei, seinen starken braunen Körper mit Seife und einer Wurzelbürste zu bearbeiten. Es hatte eine Zeit gegeben, da Elisabeth diesen Anblick schockierend gefunden hatte. Jetzt aber trat sie ganz unbefangen zu ihm hin und rieb ihr Gesicht an seinem feuchten Rücken.

»Hm, ist etwas?« fragte er, ohne seine Tätigkeit einzustellen, höchstens, daß seine Bewegungen etwas sanfter wurden.

»Ich hab' so wenig von dir, seit wir in München sind.«

»Na, hör mal! In Deinharting hocken wir doch auch nicht dauernd zusammen ... nicht einmal ein gemeinsames Schlafzimmer haben wir dort.«

»Aber zu Hause habe ich meine regelmäßigen Beschäftigungen ... Antoinette und Christine ...«

»Heißt das, daß du nach Hause möchtest?«

Er tunkte seinen Kopf in die Waschschüssel und kam prustend wieder hoch.

»Du weißt, weshalb wir hier sind. Wir können nicht fort, bevor Tannberg sich erklärt hat.«

»Und wann wird es soweit sein?«

»Gerade darüber möchte ich mit dir sprechen. Es wäre besser, wenn du uns begleiten würdest. Morgen, zum Beispiel, will er mit uns zum Großhesseloher See hinaus.«

»Das ist doch großartig! Wie kannst du dann über Mangel an Unterhaltung klagen?«

»Ich möchte, daß du mit dabei bist! Um meinet- und Augustes willen.«

Deinharting begann sich abzutrocknen. »Ich verstehe dich wirklich nicht.«

»Du bist ein Mann, eine Autorität. Wenn du dabei bist, wird ihm klar werden, daß dies für uns eine ernste Angelegenheit ist. Daß er nicht mit uns spielen darf.«

»Tut er das denn?«

Elisabeth zögerte mit der Antwort. Dann sagte sie: »Ja.« Nach einer kleinen Pause fügte sie hinzu: »Und leider habe ich schrecklich wenig Talent zur Kupplerin.«

»Dann nehmt Sophie mit.«

»Sophie auf dem Eis! Bitte, Anselm, komm mit, es ist so wichtig. Nimm den jungen Mann unauffällig unter die Lupe. Es wäre eine schreckliche Enttäuschung für Auguste, falls er keine ernsten Absichten haben sollte.«

»Ohne die würde er sich einem Mädchen wie ihr kaum zu nähern wagen.«

»Anselm, bitte!« Sie bedeckte seine braune, behaarte Brust mit zärtlichen kleinen Küssen.

»Unmöglich, chérie, es tut mir leid. Aber morgen geht es unmöglich. Ich werde ein Gespräch mit Zentner haben. Er ist, wie du vielleicht weißt, nach Montgelas und dem Kurfürsten der wichtigste Mann im Staat.«

»Das glaube ich dir ja. Aber müßte dir Augustes Glück nicht wichtiger sein?«

Er zog sie eng an seinen sauberen, nach Männlichkeit duftenden Körper. »Ich bin sicher, daß es bei dir in den besten Händen liegt. Aber jetzt beeil dich.« Nahe ihrem Ohr flüsterte er: »Ich habe Sehnsucht nach dir.«

»Heute nicht, bitte«, wehrte sie ab, »ich bin zu müde.« Sie hatte ein schlechtes Gewissen, aber alles war besser, als ihn in seinen Armen mit einem anderen zu betrügen.

Noch hielt das Eis, aber die Frühlingssonne hatte es stumpf gemacht. Das Vergnügen, darüber hinzugleiten, war um so größer, als allen bewußt war, daß es bald vorbei sein würde. Wenn die Fläche hie und da knackte, erfolgte ein erschreckter Aufschrei, der fast einem Jauchzer glich. Die Gefahr gab dem harmlosen Zeitvertreib einen besonderen Reiz.

Kinder tummelten sich auf dem zugefrorenen See, Burschen und jugendliche Paare. Es gab Damen, die sich von ihren Kavalieren im Sesselschlitten schieben ließen, aber sie waren selten.

Am Ufer stand ein zerlumpter Alter mit von Schnaps und Kälte stark gerötetem Gesicht, eine wollene Mütze auf dem Kopf, mit Ohrenschützern und Handschuhen, die nur die Fingerkuppen freigaben. Er fiedelte Ländler, Polkas und Walzer, und die Eisläufer paßten sich seinen Rhythmen an und warfen Geld in den neben ihm aufgestellten Hut.

Elisabeth und Egon Graf Tannberg glitten Hand in Hand über das Eis. Noch galt es als unschicklich, sich beim Tanzen in die Arme zu nehmen, und daran dachten sie auch gar nicht. Aber mühelos stimmten sie ihre Bewegungen und Schritte aufeinander und den Klang der Fiedel ab. Elisabeth hatte lange nicht mehr auf Schlittschuhen gestanden, aber sehr rasch hatte sie zu ihrem Können zurückgefunden, und jetzt war ihr, als schwebe sie.

Sie waren ein schönes Paar, der schwarzhaarige junge Mann mit den leuchtenden Augen, und die zarte blonde Frau, und der Gleichklang ihrer Bewegungen war so vollkommen, daß man ihnen unwillkürlich Platz machte. Die anderen Eislauf er wichen zurück und bildeten einen Kreis um das tanzende Paar. Ein paar kleine Buben, die noch kein Auge für diese ungewöhnliche Harmonie hatten und vorbeiflitzen wollten, wurden beim Kragen gepackt und zurückgehalten.

Auguste stand am Rand des Sees, frierend und so unglücklich wie nie zuvor in ihrem Leben. Sie kam sich plump, häßlich und überflüssig vor und war nahe daran, in Tränen auszubrechen.

Aber Elisabeth hatte sie nicht vergessen. Endlos hätte sie weiter über das Eis gleiten mögen, Hand in Hand mit Tannberg, an dessen Verehrung sie nicht länger zweifeln konnte. Dennoch zwang sie sich zu sagen: »Sie dürfen Auguste nicht vernachlässigen!«

»Nur noch diesen Tanz!« bat er.

Aber gerade da machte der Geiger eine Pause, um die Schnapsflasche an die Lippen zu setzen, und Elisabeth nahm alle Kraft zusammen, um sich der Verzauberung zu entziehen. »Es ist genug!« Sie löste ihre Hand aus seinem Griff und glitt auf das Ufer zu.

Das Beifallklatschen der Zuschauer, die sie vorher gar nicht beachtet hatte, war für sie wie eine kalte Dusche; plötzlich hatte sie das Gefühl, sich unpassend benommen zu haben. Das Strahlen in ihren klaren grauen Augen erlosch, und gelassen sagte sie: »Jetzt bist du an der Reihe, Liebes.«

»Ich mag nicht!« erwiderte das Mädchen mürrisch.

»Aber was redest du da! Deinetwegen sind wir doch hergekommen!«

»Mir ist die Lust vergangen.«

Graf Tannberg nahm Auguste bei der Hand. »Kommen Sie! Das dürfen Sie mir nicht antun!«

Sie wollte sich gegen seinen Griff zur Wehr setzen.

»Ich bitte dich, laß dich nicht so gehen!« mahnte Elisabeth. »Man wird schon aufmerksam! Denk an deinen Ruf!«

Widerwillig folgte Auguste Graf Tannberg auf das Eis. Sie war eine gute Eisläuferin, aber vergebens hatte Elisabeth sich bemüht, ihr Ohr und Gemüt für die Musik zu öffnen. So sagten die Geigenklänge Auguste gar nichts, und es gelang ihrem Partner nicht, sie in ihren Rhythmus zu ziehen. Die Erinnerung an Elisabeths beschwingtes Gleiten machte das junge Mädchen noch steifer. Er gab es bald auf, ermunterte sie, mit ihm um die Wette zu laufen, versuchte alles, um sie in gute Laune zu versetzen. Aber Auguste konnte das Gefühl nicht überwinden, im Schatten ihrer Stiefmutter zu stehen. Es half auch nichts, daß Elisabeth, die am Ufer entlanglief, um sich warm zu halten, ablehnte, als Tannberg sie zum Paarlaufen aufforderte.

»Ich will nach Hause!« sagte Auguste.

»Gut, dann fahren wir«, entschied Elisabeth, die einsah, daß der Tag nicht mehr zu retten war.

Unterwegs beachtete sie Graf Tannberg gar nicht, sondern redete auf Auguste ein, die mit mürrisch verzogenem Mund und niedergeschlagenen Augen dasaß. Aber es gelang ihr nicht, sie aufzumuntern und zum Plaudern zu bringen. Auch Tannberg blieb stumm. Zum erstenmal verabschiedete er sich, ohne eine neue Verabredung zu treffen.

Im Hollbergschen Stadthaus angekommen, wollte Auguste sich, nachdem sie abgelegt hatte, gleich auf ihr Zimmer zurückziehen, während Elisabeth in den Salon ging, wo die anderen beisammensaßen.

»Ah, da seid ihr ja!« rief Sophie. »Wo ist Auguste?« Sie erhob sich elastisch trotz ihrer Fülle und eilte ins Treppenhaus.

»Komm doch herein, Auguste! Ich habe euch einen Punsch bereiten lassen.«

»Danke, ich mag keinen Punsch.«

»Natürlich magst du! Du siehst ja ganz verfroren aus!« Sophie faßte ihre Nichte liebevoll um die Taille. »Und außerdem sehne ich mich nach deiner Gesellschaft. Die Herren sprechen wieder einmal nur von Politik.«

»Nun, wie war es?« fragte Anselm von Deinharting, als Auguste widerwillig den Salon betrat. »Sehr glücklich siehst du ja gerade nicht aus.«

»Es war sehr schön«, erklärte Elisabeth an ihrer Stelle.

»Wann, glauben Sie, wird sich der junge Mann erklären?« forschte Sophie. »Ihr müßt ihm deutlich machen, daß ihr am Ende des Faschings abreist.«

»Sie können das bestimmt besser als ich«, sagte Elisabeth, »ich wäre Ihnen dankbar, wenn in Zukunft Sie Auguste begleiten würden.«

»Es gibt keine Zukunft!« Auguste war nahe daran, in Tränen auszubrechen.

Alle starrten sie an.

Graf Hollbergs schmale Lippen verzogen sich zu einem Lächeln. »Soll das heißen, daß du mit dem baldigen Weltuntergang rechnest?«

Auguste stampfte mit dem Fuß auf. »Sie wissen genau, was ich meine!«

Elisabeth hatte sich gesetzt und strich sich den Rock glatt. »Ich glaube«, sagte sie vorsichtig, »Auguste ist enttäuscht, weil Graf Tannberg diesmal kein neuerliches Treffen vorgeschlagen hat. Aber meiner Meinung nach besagt das gar nichts, weil ...«

»Es besagt alles, und Sie wissen das!« rief Auguste. »Sie haben ihm schöne Augen gemacht, und jetzt liebt er Sie ... nur Sie!«

Elisabeth errötete über und über. »Auguste! Das geht zu weit!«

»Aber es ist die Wahrheit!« Auguste sah sich im Kreis um. »Ihr müßt mir glauben.« Es sprach deutlich nicht nur Enttäuschung, sondern auch Rachsucht aus ihr.

»Mein liebes Kind«, sagte Anselm von Deinharting ruhig, »das ist doch nicht weiter erstaunlich. Deine Mutter ist eine sehr schöne, sehr sanfte und sehr liebenswürdige Frau. Jeder Mann, der die Wahl zwischen ihr und einem so unbeherrschten Mädchen wie dir hätte, würde sich für sie entscheiden. Nur hat niemand die Wahl, denn sie ist meine Frau ... und zu haben bist nur du.«

»Dein Vater hat nicht ganz unrecht!« stimmte Sophie schnell gefaßt zu. »Wie oft haben wir alle dir gesagt, daß du lernen mußt, dein Temperament zu zügeln.«

»Ach, als wenn es daran läge!« Auguste riß sich von Sophie los. »Ihr wißt nichts, gar nichts ... ihr ahnt nicht einmal etwas!« Sie stürmte aus dem Salon.

Für Sekunden herrschte betroffenes Schweigen. Graf Hollberg strich sich mit den Fingern über die Lippen, um ein amüsiertes Lächeln zu verbergen. Der Blick aus Sophies wimpernlosen Vogelaugen glitt neugierig zwischen Anselm von Deinharting und Elisabeth hin und her.

Ohne sich dessen bewußt zu sein, rang Elisabeth ihre schlanken Hände. »Anselm, du glaubst doch nicht etwa ...«

Er fiel ihr ins Wort. »Chérie, was könnte ich denn glauben?«

»Daß ich mit diesem ... diesem jungen Mann kokettiert hätte!«

»Du hast noch niemals mit einem Mann kokettiert, soweit ich zurückdenken kann.«

Elisabeths Gesicht wurde blaß, die klaren grauen Augen wirkten plötzlich fast schwarz. Er begriff, daß die unauslöschliche Erinnerung an ihre Vergewaltigung sie überfiel und die immer noch brennende Frage, ob sie selber es nicht gewesen war, die den kaiserlichen Offizier herausgefordert hatte.

Sophie und Anton Graf Hollberg ahnten nichts, denn die Tat war in Deinharting geschehen und nicht einmal gerüchteweise nach München gedrungen. So fanden sie es übertrieben und »dégoutant«, daß Anselm sich vor seiner Frau hinkniete, die braunen Hände um ihre kalten Finger schloß und sie beschwor: »Du bist und warst niemals kokett, Elisabeth! Naiv, ja, arglos, aber das ist keine Sünde, sondern eine Tugend.«

Ihre Augen füllten sich mit Tränen, aber ihre Wangen gewannen wieder Farbe. »Du bist so gut zu mir, Anselm!«

»Ich liebe dich!«

Graf Hollberg räusperte sich. »Schön zu erfahren, daß ihr euch nach fast zehnjähriger Ehe immer noch liebt. Aber ein solcher Ausbruch in der Öffentlichkeit ...«

»... und noch dazu lediglich auf die Anwürfe eines unreifen Mädchens hin ...«, fügte seine Frau hinzu.

Anselm von Deinharting erhob sich und klopfte den Staub von seinen Knien. »Entschuldigt«, sagte er, »ich glaubte mich im Familienkreis.«

»Das bist du ja auch!« rief Sophie.

»Dann verdient mein Verhalten auch keinen Tadel.« Er nahm Elisabeth bei der Hand und zog sie hoch. »Ich glaube, es ist Zeit, daß wir uns zum Diner umkleiden.«

An diesem späten Nachmittag, an dem auch in der Stadt schon ein Hauch von Vorfrühling zu spüren war, gab sie sich ihm voll Zärtlichkeit hin, ohne auch nur einen Gedanken an Tannberg zu verschwenden.

Am Faschingsmontag fand ein Maskenball im Cuvilliéstheater statt.

Auguste trug nur eine schwarze Maske, aber durch ihr schönes kupferfarbenes Haar und das Grün ihrer Augen war sie unverkennbar. Anselm von Deinharting hatte einen schwarzseidenen Domino über den Gesellschaftsanzug gezogen und ebenfalls eine schwarze Maske aufgesetzt; seine hohe, breitschultrige Gestalt und seine kräftige Nase konnte er dadurch nicht verbergen.

Nur Elisabeth konnte hoffen, nicht erkannt zu werden, denn sie trug das malerisch bunte Kostüm einer Zigeunerin, das Sophie vom Dachboden geholt hatte, und ihr blondes Haar verschwand gänzlich unter einem turbanartigen Kopfputz.

Um den Spaß möglichst auszukosten, waren die Deinhartinger – wie die meisten anderen Gäste auch – einzeln im Theater erschienen. Die Bestuhlung des Parketts war fortgeräumt, die Musiker spielten im Orchestergraben, und auch die Bühne war zum Tanzen freigegeben. Der Kurfürst saß mit seiner Familie in der Mittelloge und beobachtete das bunte Treiben von oben. Seine schon fast erwachsenen Kinder, Ludwig und Auguste Amalie, tanzten häufig mit den Damen und Herren des Hofes.

Die herrlichen Rokokostukkaturen bildeten den passenden Rahmen zu diesem Fest. Es gab viele Gäste, die in den Kostümen von einst erschienen waren, die Damen geschnürt und mit riesigen weißen Perücken, die Herren mit unter dem Knie gebundenen Hosen, weißen Zwirnstrümpfen, Schnallenschuhen, das Haar »en queue«, zu einem Zöpfchen gebunden – vielleicht ein Zeichen dafür, daß man in den Kreisen des Adels der »guten alten Zeit« doch noch nachtrauerte. Auch Sophie Gräfin Hollberg hatte sich so kostümiert, und die altmodische Kleidung, die ihre Massen doch in eine gewisse Form brachte, stand ihr besser als die zur Zeit üblichen, lose fallenden und unter dem Busen taillierten Gewänder. Ihr Mann, der sich ohnehin nicht von seiner Perücke und den Kniehosen hatte trennen können, war auch heute so erschienen. Da die Hollbergs sich nicht mehr zum jungen Volk zählten, hatten beide in einem Kreis von Bekannten in einer Loge Platz genommen, unmaskiert, aber mit Lorgnons versehen, um das wirbelnde Hin und Her auf den Tanzflächen besser beobachten zu können.

An diesem Abend hatte die Faschingszeit, die schon am übernächsten Tag um Punkt zwölf Uhr mittags zu Ende war, ihren Höhepunkt erreicht. Weder die Schwierigkeiten der Vergangenheit noch die Gefahr eines nahe bevorstehenden Krieges hatten die Lebensfreude der Münchner beeinträchtigen können.

Selbst Auguste, die immer noch schmollte und sich anfangs sogar geweigert hatte mitzukommen, konnte sich der allgemeinen Ausgelassenheit nicht entziehen. Heute gab es weder Tanzkarten noch andere Formalitäten; fast ununterbrochen wirbelte sie durch Françaisen, Quadrillen und Polonaisen.

Einmal befand sie sich Egon Graf Tannberg gegenüber; er trug die Augenmaske und einen leuchtendroten Domino.

»Sie sind schöner denn je!« rief er ihr zu, die Musik übertönend.

»Aber Sie kennen mich ja gar nicht!« erwiderte Auguste schalkhaft.

»Oh, doch! Ich würde Sie unter hunderttausend Masken herausfinden!«

»Dann nennen Sie meinen Namen!«

»Nicht vor Mitternacht! Man soll den Bann nicht brechen!«

Augustes Herz schlug höher. Ihr schien es, als hätte sie sich die Neigung des jungen Mannes zu ihrer Stiefmutter nur eingebildet. Es war ja auch nichts geschehen. Die beiden hatten auf dem Eis wunderbar miteinander getanzt. Das mußte aber doch nicht heißen, daß er Elisabeth ihr vorzog.

Die Musiker legten eine Pause ein, und Auguste drängte, wie die meisten, in die Gänge und das Foyer hinaus, wo livrierte Diener Getränke, Erfrischungen und Leckerbissen anboten. Sie stieß auf die junge Comtesse Gisela Waldberg, die, obwohl sie sich als Bauernmädchen verkleidet hatte, doch durch ihre eindrucksvolle Nase leicht erkennbar war.

»Ist das eine Nacht!« rief Auguste ihr zu.

»Famos, nicht wahr?« erwiderte Gisela. »Von mir aus könnte es das ganze Jahr Fasching sein. Aber es ist wohl das letzte Mal, daß ich mich richtig amüsieren kann.«

»Aber morgen ist doch noch …«

»Morgen feiere ich Verlobung!« Gisela nahm ein Glas Wein von einem der Tabletts und trank durstig. »Graf Heissenbach hat um mich angehalten.«

»Wahrhaftig?« fragte Auguste nicht gerade taktvoll.

Gisela lachte. »Was dachten Sie? Nur weil ich keine Ballschönheit bin, würde ich sitzenbleiben?«

»Aber nein, es ist mir nur so herausgerutscht … ohne irgend etwas zu denken.«

Gisela nahm ein Stück Kuchen. »Ich bin das einzige Kind meiner Eltern. Mama hat seit meiner Geburt gekränkelt!« Sie biß von ihrem Kuchen ab und sagte mit vollem Mund: »Traurig für sie … aber für mich hat es seine Vorteile.«

Auguste verstand, was sie vor der Saison in München nicht einmal geahnt hatte: Die häßliche Gisela war eine gute Partie, und deshalb hatte für sie niemals die Gefahr bestanden, nicht unter die Haube zu kommen.

»Und das macht Ihnen nichts aus?« fragte Auguste.

»Was?«

»Ich meine, daß … möglicherweise …«, Auguste stammelte vor Verlegenheit und wollte doch unbedingt eine Antwort auf die Frage, die in ihr bohrte, »… daß Graf Heissenbach …«

»Meines Vermögens wegen um mich angehalten haben könnte?« half Gisela ihr.

»Ja«, bestätigte Auguste erleichtert.

»Aber warum denn? Glauben Sie, wenn jemand Sie um Ihrer Schönheit willen wählte, wäre dies eine solidere Grundlage für eine Ehe?«

»Ich will um meiner selbst willen geliebt werden.«

»Aber wer lernt sich denn vor der Ehe schon so gut kennen, um von Liebe reden zu können? Vielleicht, wenn ein Nachbarsbub die passende Partie ist, oder ein Vetter. Aber im allgemeinen ... man ist niemals unter vier Augen allein, zeigt sich ständig von der besten Seite – eigentlich heiratet man einen Fremden.«

»Ist das nicht entsetzlich?!«

»Entsetzlich ist nur, wenn uns überhaupt keiner nimmt!«

In diesem Augenblick sah Auguste, die ihren Blick während der Unterhaltung über die festlich aufgeputzte Menge hatte schweifen lassen, wie Egon Graf Tannberg sich in seinem leuchtendroten Domino zu einer Zigeunerin durchdrängte, in der sie ihre Stiefmutter erkannte. Auch Elisabeth schien zu merken, wer auf sie zukam, denn sie ergriff die Flucht.

Unwillkürlich wollte Auguste ihnen nach.

Gisela legte ihr die Hand auf den Arm. »Niemals einem Mann nachlaufen«, warnte sie, »das ist das Verkehrteste, was man tun kann.«

»Aber ich wollte ja gar nicht ...«

»Schon gut, meine Liebe, vor mir brauchen Sie sich nicht zu entschuldigen, und außer mir hat es ja keiner gemerkt.«

Egon Graf Tannberg erreichte Elisabeth am Ende des gebogenen Ganges, als es für sie kein Weiterkommen als durch die Tür zu den Künstlerzimmern gegeben hätte, die aber an diesem Tag verschlossen war. Vergeblich rüttelte sie an der Klinke, dann entschloß sie sich, da ihr nichts anderes übrigblieb, den Kampf aufzunehmen. Sie drehte sich, die Hände gegen die Tür gepreßt, um und rang sich ein Lächeln ab.

»Es ist das erste Mal in meinem Leben, daß ich mit einem Wildfremden haschen gespielt habe«, behauptete sie, »aber es war lustig.«

Ihre kühne Haltung verwirrte ihn. »Verzeihen Sie, ich dachte ... eine gewisse Ähnlichkeit ...«

»Mit einer Dame, die Sie verehren?« half sie ihm ein.

»Ja, so ist es!« stimmte er erleichtert zu.

Sie löste sich von der Tür. »Es tut mir leid, Sie enttäuschen zu müssen. Ich bin die Dame nicht. Aber ich habe Sie auf einigen Bällen und Redouten gesehen.«

»Ich Sie dann sicher auch!«

»Das möchte ich bezweifeln. Sie hatten nie ein Auge für mich.«

»Was ich mir nie verzeihen werde!«

Sie gab ihm einen leichten Schlag auf die Wange. »Sie Heuchler! Geben Sie doch zu, daß Sie völlig für zwei Damen vom Lande eingenommen sind.«

»Woher wissen Sie?«

Ihr Lächeln vertiefte sich. »Ich könnte Ihnen jetzt sagen, daß ich Zigeunerin bin und deshalb erkenne, was hinter den Dingen steckt. Aber es ist viel einfacher. Ganz München weiß, daß Sie den Damen von Deinharting den Hof machen.«

»Ich dachte nicht ...«

»Sie hätten es wissen müssen. Sie sind ja kein Bub mehr. Ihre offensichtliche Verehrung war für diese Damen geradezu ... kompromittierend.«

Er erschrak. »Wie können Sie das behaupten!«

»Maskenfreiheit erlaubt die Wahrheit. Die eine der Damen ist verheiratet, die andere wird es bald sein ... es ist nicht recht von Ihnen, sie in Schwierigkeiten zu bringen.«

»Das habe ich nicht gewollt«, verteidigte sich der junge Mann bestürzt, »gewiß nicht.«

»Aber Sie haben es getan.« Beruhigend und gleichzeitig warnend fügte sie hinzu: »Noch ist kein Schaden entstanden, aber überlegen Sie in Zukunft jeden Schritt.«

»Die Zukunft! Wenn ich nur wüßte, was sie mir bringt!« Er hielt ihr die offene Hand hin. »Wollen Sie mir nicht die Zukunft deuten?«

Daß er sie nicht erkannte oder sich doch ihrer Identität nicht sicher war, machte Elisabeth kühn. »Warum nicht?«

»Dann kommen Sie!« Er öffnete die Tür einer Loge, sah hinein und fand sie leer. »Hier sind wir ungestört!«

Elisabeth zögerte.

»Bitte!« sagte er. »Meine Geheimnisse sollen auch geheim bleiben.«

Elisabeth blickte sich um. Obwohl sie das Ende des Ganges erreicht hatten, herrschte ringsum Trubel und Heiterkeit. Die Atmosphäre war völlig entspannt. Gewiß hatte sie nichts zu befürchten, wenn sie Tannberg in die Loge begleitete, die zum Parkett hin ganz offen war und deren Schlüssel nur der Beschließer hatte. »Ist es Ihnen ernst?« fragte sie.

Er lächelte auf sie herab. »Wer möchte nicht einen Blick in die Zukunft tun?«

»Dann gehen wir!«

Tannberg wollte sie in dem zur Loge gehörigen Garderobenraum festhalten, aber sie ging entschlossen weiter. »Hier kann ich nichts sehen!«

»Und ich dachte, das zweite Gesicht wäre auch im Dunkeln wirksam.«

Sie nahm auf einem Stuhl dicht an der Brüstung Platz; ein Blick zeigte ihr, daß auch während der Pause das Parkett nicht verlassen war, sondern eine ganze Anzahl von Gästen es vorzogen, hier statt im Foyer zu flanieren. »Setzen Sie sich mir gegenüber«, befahl sie, »und geben Sie mir Ihre Hand!«

Sie hatte es ganz arglos gesagt. Aber als sie seine schmale, langfingrige, aber kräftige Hand in ihrem Schoß hielt, durchfuhr sie ein gewaltiger geheimnisvoller Impuls. Ihr Innerstes zog sich zusammen, der Herzschlag schien auszusetzen, und ihr Atem stockte.

»Nun, was sehen Sie?« fragte er.

Sie versuchte sich mit dem Gedanken zu beruhigen, daß er wenigstens nichts von ihrer Erregung spürte. »Sie waren ein von Ihren Eltern sehr geliebtes und verwöhntes Kind ...«

»Man braucht nicht in meine Hand zu sehen, um das zu wissen!«

»Nein, Sie haben recht. Sie kennen Ihre Vergangenheit – warum sollten Sie sich dafür interessieren?«

»Ich will die Zukunft wissen!«

Sie bog seine Fingerkuppen mit der linken Hand zurück und verfolgte mit der rechten seine Linien. »Es gibt zwei Damen, für die Sie sich interessieren ...«

»Das haben Sie mir schon gesagt!«

»Deshalb ist es doch wahr. Lassen Sie mich sehen. Sie werden der Jüngeren einen Antrag machen – schon morgen oder übermorgen.«

Tannberg entriß ihr seine Hand. »Das ist nicht wahr!«

»Doch. Das Mädchen ist sehr schön, wohlerzogen und stammt aus einer hochgeachteten Familie ...«

»Aber ich liebe ihre Mutter!«

»Das dürfen Sie nicht sagen!« Elisabeth sprang auf und flüchtete zum Ausgang hin.

»Aber es ist die Wahrheit!« Er war so schnell wie sie und hielt sie in dem düsteren kleinen Garderobenraum in den Armen. »Elisabeth!«

»Ich bin es nicht!«

»Ich liebe Sie!«

»Lassen Sie mich los! Sie verwechseln mich!«

Aber als er sie küßte, war es um ihre Fassung geschehen. Sie lag in seinen Armen und konnte nicht anders, als seinen Kuß zu erwidern.

»Elisabeth«, flehte er, »lassen Sie uns fliehen!«

»Es gibt für uns keinen Weg.«

»Aber wir lieben uns doch!«

»Sie müssen Auguste heiraten – bitte! Auguste liebt Sie genauso ...« Sie verbesserte sich: »Liebt Sie mehr als ich. Sie wird Ihnen eine gute Frau sein.«

»Elisabeth! Ich kann nicht ohne Sie leben!«

»Sie müssen es.« Elisabeth zitterte am ganzen Körper. »Ich muß es ja auch!«

»Mein Engel! Mein angebeteter Engel!«

Sie sehnte sich unendlich danach, in seinen Armen zu liegen, von ihm gehalten, getröstet und gestreichelt zu werden. Aber sie brachte die Kraft auf, ihn von sich zu stoßen. »Wenn Sie auch nur einen Funken Achtung vor mir haben, dann gehen Sie! Verlassen Sie mich! Sofort! Oder wollen Sie mich bis ans Ende meiner Tage unglücklich machen?!«

»Elisabeth!«

»Gehen Sie auf der Stelle!«

Sein Gesicht war verzerrt vor Schmerz. Aber er verbeugte sich und ließ sie allein.

Für Sekunden schloß Elisabeth die Augen, erschöpft wie von einer gewaltigen körperlichen Anstrengung. Dann raffte sie sich zusammen. Die Musik konnte jeden Augenblick wieder einsetzen, und man durfte sie hier nicht finden – nicht in diesem Zustand völliger Aufgelöstheit. Sie trat vor den kleinen Spiegel, der vor der roten Seidentapete hing, rückte ihren Turban zurecht und zwang eine Maske des Gleichmuts auf ihr von Leidenschaft gezeichnetes Gesicht.

Dann trat sie auf den Gang hinaus, gerade als die Musiker ihre Instrumente wieder zu stimmen begannen. Aber sie konnte und wollte nicht länger mit den Fröhlichen feiern. Gegen den Strom der Gäste drängte sie zum Ausgang, ließ sich ihren Umhang geben und schritt in die kühle Nacht hinaus.

Es war ihr, als sei sie am Ende aller Dinge angekommen.

Als Elisabeth am nächsten Morgen erwachte, war sie erfüllt von Verzweiflung und einer tiefen Unlust aufzustehen. Auch als Anselm von Deinharting die Vorhänge aufgezogen hatte, blieb sie mit geschlossenen Augen liegen.

Er setzte sich auf den Rand des Bettes und nahm ihre Hand. »Wir sind schon zu lange in der Stadt, wie?«

Sie deutete ein Nicken an.

»Halt nur noch zwei Tage durch. Spätestens am Donnerstag fahren wir zurück. Zum Teufel mit dem jungen Tannberg! Er muß doch wissen, daß wir nur den Fasching über hier sind.«

»Ich möchte heute im Bett bleiben«, flüsterte Elisabeth.

»Eine gute Idee. Dann hast du bis zum Abend wieder Kräfte gesammelt.«

»Ich möchte heute abend nicht zur Redoute.«

»Meinst du nicht, ich hätte auch längst genug? Wir tun es doch nur Augustes wegen.«

Tränen begannen Elisabeth unter den geschlossenen Lidern hervorzurinnen; sie konnte es nicht verhindern. Ihre Mundwinkel zuckten.

Er küßte ihr die salzigen Tropfen zärtlich fort. »Na, na, na, so schlimm ist es doch auch wieder nicht!«

»Mein Kopf tut so weh«, sagte sie schwach.

»Ich werde Henriette in die Engel-Apotheke schicken.« Er betrachtete sie, wie sie da vor ihm lag, sehr blaß, die zarte Haut schon von den ersten Fältchen gezeichnet, das blonde Haar feucht und verklebt, und sein Herz war voller Liebe. »Jetzt ruhe dich erst einmal aus. Was wünschst du zum Frühstück?«

»Nichts.«

»Dann warten wir einfach ab, bis du wieder Appetit hast.«

Er wusch sich, wobei er sich bemühte, so leise wie möglich zu sein. Dabei überfiel ihn unversehens die Sehnsucht nach seinem geräumigen Schlafzimmer in Deinharting, in dem er tun und lassen konnte, was er wollte. Trotz aller Liebe engte es ihn ein, ständig Rücksicht auf seine Frau nehmen zu müssen.

Als er in das Speisezimmer trat, erwartete ihn eine Überraschung.

»Sie haben Besuch«, erklärte Graf Hollberg und sah ihn über die Morgenzeitung hinweg an.

»Graf Tannberg«, sagte Sophie eilig, weil sie die gute Neuigkeit unbedingt selber verkünden wollte, »er ist ganz bestimmt gekommen, weil er um Auguste anhalten will ...«

»Doch wohl nicht vor dem Frühstück!« protestierte Anselm von Deinharting.

Sein Schwager warf einen Blick auf den Marmorsims mit der Pendule. »Es ist zehn Uhr.«

»Aber er muß doch wissen, daß jeder Mensch in diesen Tagen spät ins Bett kommt!«

»Du mußt mit ihm sprechen«, drängte Sophie, »er wartet in der Bibliothek.«

»Dort kann er ruhig noch ein wenig bleiben!« Der Hofmarksherr nahm Platz. »Er hat das arme Mädchen lange genug zappeln lassen.« In aller Ruhe schenkte er sich eine Tasse Kaffee ein und tat einen Würfel Zucker und einen Schuß Obstler aus der Karaffe vor seinem Gedeck hinzu.

Graf Hollberg hatte sich schon wieder in seine Zeitung vertieft.

Sophie schauderte. »Daß du so früh schon trinken kannst!«

Er lächelte sie gutmütig an. »Wann wirst du dich daran gewöhnt haben!? Der erste Schluck des Morgens schmeckt am besten.« Er bestrich ein Stück Brot mit Butter und legte eine Scheibe des gutgeräucherten Deinhartinger Schinkens darauf.

»Ob ich Elisabeth rasch Bescheid sagen sollte?« erbot sich Sophie.

»Ihr ist nicht gut, sie will im Bett bleiben.«

»Aber das kann sie doch nicht ... an einem solchen Tag ...«

»Ich habe versprochen, Henriette um ein Pulver in die Apotheke zu schicken. Wenn du das veranlassen würdest, Sophie.«

Sophie erhob sich. »Und du bist wirklich der Meinung ...«

»... daß sie noch eine Weile schlafen sollte. Ja.«

»Und was ist mit Auguste?«

»Die holen wir, wenn er sich erklärt hat. Wer weiß, vielleicht hat er ja etwas ganz anderes auf dem Herzen. Eine Enttäuschung sollten wir ihr unbedingt ersparen.«

Aufgeregt trippelte Sophie aus dem Zimmer.

Graf Hollberg ließ für einen Augenblick die Zeitung sinken und zwinkerte seinem Schwager zu. »Bei Verlobungen, Hochzeiten und Beerdigungen ist sie in ihrem Element.«

»Ja, und alles soll nach ihrem Kopf gehen.« Gemächlich aß Anselm von Deinharting seine Schnitte auf, trank den Kaffee aus, wischte sich den Mund und begab sich in die Bibliothek.

»Viel Glück!« rief ihm sein Schwager nach.

Wenn Anselm von Deinharting noch Zweifel an dem Anliegen des jungen Mannes gehabt hatte, so verschwanden sie bei dessen Anblick unverzüglich. Graf Tannberg war betont korrekt gekleidet, ein wenig zu feierlich für diese frühe Stunde: Er trug einen doppelreihig geknöpften Frack, aus dessen Ausschnitt eine weiße Halsbinde hervorlugte. Weiß waren auch die sehr eng anliegenden Hosen, die in wadenhohen, vorne spitz zulaufenden Stiefeln steckten. Offensichtlich war er zu nervös gewesen, um Platz zu nehmen und war in dem kleinen, bis zur Decke mit Büchern gefüllten Zimmer auf und ab gegangen.

Als Anselm von Deinharting eintrat, blieb Graf Tannberg stehen. Sein Gesicht war bleicher als sonst, und tiefe Schatten lagen unter den Augen.

»Guten Morgen, Herr von Deinharting«, stammelte er, »ich … entschuldigen Sie die Störung …«

Anselm von Deinharting versuchte es ihm so leicht wie möglich zu machen. »Guten Morgen, mein lieber Junge, es gibt nichts, wofür Sie sich entschuldigen müßten. Ich freue mich über Ihren Besuch.« Er zog an der Klingelschnur.

Stephan erschien.

»Bringen Sie mir, bitte, die Karaffe aus dem Speisezimmer und zwei Gläser.« Zu Tannberg sagte er: »Nehmen wir erst einmal einen Schluck.«

»Verzeihen Sie, aber ich trinke nie so früh am Tag.«

»Sagen Sie lieber: Sie haben es noch nie versucht.«

Stephan brachte das Gewünschte auf einem Silbertablett, und der Hofmarksherr gab ihm einen Wink einzuschenken.

»Setzen wir uns doch.« Anselm von Deinharting nahm in einem der beiden Sessel am Kamin Platz.

Egon Graf Tannberg setzte sich ihm gegenüber. Er wagte auch nicht, das ihm angebotene Glas abzulehnen. Anselm von Deinharting trank ihm zu, und der junge Mann nippte.

»Nicht so ängstlich! Hinunter damit!«

Tannbergs eben noch blasses Gesicht bekam Farbe.

»Nun einmal ehrlich: Fühlen Sie sich jetzt nicht besser?«

»Doch«, gab er zu.

»Das ist ein ganz reiner Obstler, er wird auf meinem Gut in Deinharting gebrannt.«

»Ja, er ist gut und – ziemlich stark.«

Anselm von Deinharting fand, daß die Einleitung lange genug gedauert hatte. »Aber ich nehme an, Sie sind nicht gekommen, um mit mir über Branntwein zu sprechen …«

»Nein, ich …«Egon Graf Tannberg stand auf. »Ich möchte Sie um die Hand Ihrer Tochter Auguste bitten, Herr von Deinharting! Was meine persönlichen Verhältnisse betrifft …«

»… so weiß ich, daß sie in Ordnung sind. Sparen Sie sich darüber jedes Wort!«

»Aber …«

»Was für ein Aber ist bei der Sache?« fragte Anselm von Deinharting.

»Ich dachte, daß Sie einen Einwand haben würden!«

»Wie sollte ich? Sie sind ein anständiger, angesehener, vermögender junger Mann aus bester Familie. Selbstverständlich sind Sie mir als Schwiegersohn herzlich willkommen.«

Anselm von Deinharting wunderte sich ein wenig, daß die Spannung des jungen Mannes immer noch nicht nachzulassen schien.

So sagte er denn: »Es wird Ihnen, so hoffe ich, nichts ausmachen, daß ich Auguste keine Mitgift geben kann …«

»Nein, nein. Das wäre ganz unnötig.«

»Beneidenswerter Mann, so etwas sagen zu können.« Anselm von Deinharting zog an der Klingelschnur. »Na, dann werde ich wohl Auguste holen lassen.«

Tannberg schluckte schwer. »Die gnädige Frau …«

»… fühlt sich nicht recht wohl. Ich halte es für richtig, sie schlafen zu lassen. Dann wird sie heute abend wieder frisch sein, wenn wir Verlobung feiern.«

»Dann ist es also – nichts Ernstliches?«

»Nein. Meine Frau ist sehr zart. Jeder Windhauch bläst sie um. Diese Sorgen werden Sie mit Auguste jedenfalls nicht haben. Sie ist kräftig und gesund wie ein Füllen.« Er klingelte, und als Stephan erschien, befahl er: »Bitten Sie die Frau Gräfin zu uns in die Bibliothek!«

Als Sophie die Neuigkeit erfahren hatte, nahm sie die Gelegenheit wahr, die Wangen des neuen Familienmitgliedes mit ihren feuchten kleinen Küssen zu bedecken. »Mein lieber Junge! Welch eine Freude!«

»Es ist mir eine große Ehre!« erwiderte Tannberg steif.

»Sie Schmeichler!«

Anselm von Deinharting legte sich ins Mittel. »Sei so gut, Sophie, sag Auguste Bescheid und hol sie herunter.«

»Die Kleine wird jubeln!« Gewandt bewegte Sophie ihre Massen aus dem Zimmer.

»Sie müssen schon entschuldigen«, sagte Anselm von Deinharting, »in Heiratsangelegenheiten ist die gute Sophie stets reichlich enthusiastisch.«

»Das kann man doch verstehen.«

Anselm von Deinharting hätte gern noch ein Glas Obstler zu sich genommen, wollte aber in den Augen des jungen Mannes nicht als Trinker dastehen, fand auch selber, daß zwei Gläser für den Vormittag genug waren.

»Haben Sie eine ältere Schwester?« fragte er.

»Nein«, war die einsilbige Antwort.

»Dann können Sie von Glück sagen. Meine hat mich, als wir noch Kinder waren, ganz schön schikaniert.«

»Ich habe nur einen jüngeren Bruder.«

»Was tut er?«

»Er ist Offizier.«

»Wie mein Sohn Emanuel. Na, Sie werden unsere ganze Familie ja bald kennenlernen.«

»Darauf freue ich mich.«

Die Unterhaltung war mühsam, und beide Männer lauschten, während sie miteinander sprachen, angespannt auf jedes Geräusch außerhalb des Zimmers, in der Hoffnung, daß Sophie zurückkäme und Auguste mitbrächte.

Es schien eine Ewigkeit zu vergehen, in der nichts geschah. Anselm von Deinharting versuchte, seine Tochter zu entschuldigen. »Wahrscheinlich will sie sich besonders schön machen«, sagte er, »Sie wissen ja, wie junge Mädchen sind.«

»Nein«, gab Egon Graf Tannberg zur Antwort.

»Was wollen Sie damit sagen?« Anselm von Deinharting betrachtete ihn irritiert.

»Ich hatte bisher nicht viel Umgang mit ihnen.«

»In Ihrem Alter sollten Sie doch schon einige Erfahrungen haben.«

»Nicht mit Damen von Stand.« Der junge Mann errötete bei diesem Bekenntnis.

»Frauen sind Frauen.« Anselm von Deinharting zuckte die Achseln. »So groß ist der Unterschied gar nicht.«

Eine Pause entstand, in der sich die beiden nichts mehr zu sagen wußten. Anselm von Deinharting dachte über seine letzte Bemerkung nach und kam zu der Überzeugung, daß sie nicht zutraf. Der Unterschied zwischen der sensiblen Elisabeth und den vielen einfachen Mädchen, die ihm im Laufe seines Lebens Glück geschenkt hatten, war gewaltig. Aber er sah keinen Anlaß, seine unzutreffende Behauptung dem jungen Mann gegenüber zurückzunehmen.

»Was halten Sie von der politischen Lage?« fragte er statt dessen.

»Napoleon wird sich nicht mit dem linken Rheinufer zufriedengeben.«

»Sicher nicht.«

»Die deutschen Lande müßten sich gegen ihn zusammenschließen.«

»Werden sie das aber auch tun?«

»Sie müssen es, wenn sie nicht untergehen wollen.«

Anselm von Deinharting dachte, daß der junge Mann die Situation ein wenig zu einfach sah. Die deutschen Lande – dabei dachte Tannberg wahrscheinlich an die Hauptmächte: Österreich, Preußen, Sachsen und Bayern – waren ja kein Staat, sondern hatten in der Vergangenheit immer wieder Schwierigkeiten gehabt, untereinander ein Gleichgewicht der Macht auszubalancieren. Er zweifelte sehr daran, daß der Druck durch die voranstrebenden Neufranken genügte, sie zusammenzuschweißen. Aber er mochte sich nicht mit dem um so viel jüngeren Mann, den er zudem noch bei guter Laune halten wollte, auf eine Diskussion einlassen. So sagte er weder ja noch nein und atmete auf, als Sophie endlich hereinhuschte.

Ihr Lächeln war strahlend, aber auf ihren Wangen zeichneten sich rote Flecken ab. »Kommst du, bitte?« forderte sie ihren Bruder auf und fügte zu Graf Tannberg gewandt mit einem verschwörerischen Augenzwinkern hinzu: »Entschuldigen Sie uns, bitte. Es dauert nur eine Sekunde.«

Anselm von Deinharting folgte ihr in das ungeheizte Treppenhaus hinaus. »Was soll das?«

Sie schloß die Tür der Bibliothek hinter sich und lehnte sich mit dem Rücken dagegen, als wollte sie den Bruder am Davonlaufen hindern. »Sie will nicht.«

»Was soll das heißen?«

»Sie weigert sich, den Antrag anzunehmen.«

»Aber warum, in Dreiteufelsnamen?«

»Fluch nicht, damit versündigst du dich und machst die Situation auch nicht besser. Du kennst mich doch. Ich habe auf sie eingeredet wie auf einen kranken Gaul. Aber ich habe nichts aus ihr herausgebracht. Jetzt bist du an der Reihe. Ich werde indessen Graf Tannberg unterhalten. Sprich ein Machtwort.« Sie wollte die Tür öffnen. Er hielt Sophie an der Schulter zurück. »Laß dir nichts anmerken.«

»Du kennst mich doch«, sagte sie und verschwand in der Bibliothek.

Er mußte ihr recht geben. Sophie mochte eitel, töricht, geschwätzig, herrschsüchtig und indiskret sein, aber in Krisensituationen war sie die Selbstbeherrschung in Person.

Henriette Striegel kam aus den Küchenräumen herauf; sie trug ein silbernes Tablett mit einem Glas Wasser, einem Löffel und zwei kleine Kuverts mit Pulver.

Anselm von Deinharting hielt sie auf. »Du willst zur gnädigen Frau? Gib her. Ich werde das selber machen.«

»Aber wenn die gnädige Frau Hilfe braucht ...«

»Werde ich dich selbstverständlich rufen lassen. Geh jetzt auf dein Zimmer oder – besser noch – sieh zu, wie du dich nützlich machen kannst.«

»Ich werde zu Fräulein Auguste ...«

»Gut. Hilf ihr, sich schön zu machen.«

Als Anselm von Deinharting das Schlafzimmer betrat, fand er es verdunkelt. Elisabeth mußte aufgestanden sein und die Vorhänge wieder vorgezogen haben, aber sie schlief nicht. Er merkte es sofort an ihrem unruhigen Atem. »Bitte nicht«, wehrte sie ab, als er den Vorhang einen Spaltbreit zurückschob.

»Ich bringe dir deine Medizin, Elisabeth«, erklärte er mit fester Stimme, »und im Finsteren kannst du sie nicht einnehmen.«

»Ich brauche keine Medizin. Wenn ihr mich nur in Ruhe lassen würdet!«

»Das können wir leider nicht.« Anselm von Deinharting hatte das Tablett auf ihrem Nachttisch abgestellt, setzte sich auf den Bettrand, öffnete die Tütchen, ließ ihren Inhalt in das Wasserglas rieseln und verrührte es sorgfältig. »Es ist etwas geschehen. Bitte, trink.« Er stützte ihren Kopf und hielt ihr das Glas an die Lippen.

Sie nahm einen Schluck und verzog das Gesicht. »Bitter.«

»Sei froh, wenn du im Leben nichts Bittereres kosten mußt.«

»Was ist passiert?« Sie sah zu ihm auf; ihre Augen waren rot und verquollen.

»Trink erst!« Er zwang sie, das Glas zu leeren und erzählte dann. »Ich könnte Auguste natürlich zwingen, diesen Antrag anzunehmen«, schloß er.

»Ja, das könntest du.«

»Aber es widerstrebt mir.«

»Auch meine Eltern haben mich zur Ehe gezwungen … und ist sie nicht doch noch …« Sie stockte, denn in ihrer augenblicklichen Verfassung schien es ihr wie Heuchelei, von einer guten Ehe zu sprechen.

»Wenn ich das seinerzeit gewußt hätte, ich hätte den Antrag zurückgezogen. Und sei ehrlich, Elisabeth: Wieviel Jahre des Leids hat es dich gekostet, bis du an der Sicherheit meiner Liebe dein Genügen fandest?«

»Rede doch nicht so!« protestierte sie und mußte doch zugeben, daß er nicht ganz unrecht hatte.

»Wein nicht wieder!«bat er. »Das macht deine Kopfschmerzen nur noch schlimmer!« Er stand auf und begann, auf dem schmalen Streifen zwischen dem Fußende der Betten und der Wand hin und her zu gehen, die Hände auf dem Rücken. »Ich bringe es jedenfalls nicht über mich, sie zu zwingen.«

»Aber es ist eine so gute Partie! Und auch gegen seine Person kann es doch keinen Einwand geben!«

Er blieb am Fenster stehen und sah Elisabeth ernst an. »Willst du ihr das nicht selber sagen?«

»Ich? Ich bin nicht in der Verfassung … ich …«

»Ich weiß, daß es dir nicht gutgeht, Elisabeth. Aber es wäre so wichtig. Natürlich könnte ich auch selber mit ihr reden. Nur fürchte ich, ich könnte den richtigen Ton nicht treffen. Was verstehe ich denn schon von den Gefühlen eines so blutjungen Mädchens? Du stehst ihr näher, Elisabeth, hast ihr immer viel näher gestanden als ich.

Elisabeth war nahe daran abzulehnen. Sie fühlte sich sterbenselend, und bei dem bloßen Gedanken, mit Auguste zu sprechen und ihr den Mann, zu dem es sie selber hinzog, als Gatten zu empfehlen, wurde ihr dunkel vor den Augen. Aber sie begriff, daß sie keine Wahl hatte. Auguste war zwei Jahre alt gewesen, als sie die Mutterstelle bei ihr übernommen hatte, und sie durfte sich jetzt nicht aus Schwäche ihrer Verantwortung entziehen.

»Du hast recht. Ich muß es tun.« Mühsam setzte sie sich auf, doch das Zimmer drehte sich vor ihren Augen.

»Soll ich Henriette rufen?«

»Nein. Ich zieh nur mein Negligé über.« Sie tastete mit den nackten Füßen nach den Pantöffelchen. »Hinunterzukommen brauche ich doch nicht?« In ihren Augen stand Panik.

»Nicht bevor du dich erholt hast«, sagte Deinharting sanft; er ahnte wohl, was Elisabeth und Auguste so aus der Fassung gebracht hatte, aber er nahm es gelassen auf und maß der Sache nicht mehr Bedeutung bei als ein Erwachsener einem Streit unter Kindern.

Er reichte ihr den zartblauen seidenen Mantel und hüllte sie ein. Ohne einen Blick in den Spiegel zu werfen, schüttelte sie ihr blondes Haar zurecht.

»Es wird halb so schlimm werden«, sagte er ermutigend, »ich bin überzeugt, im Grunde will Auguste ihn heiraten. Sie hat nur wieder einmal ihren Dickkopf.«

Das Lächeln, mit dem sie ihm zu danken versuchte, war herzzerreißend.

Henriette Striegel stand vor Augustes Kammer. »Sie hat mich fortgejagt«, sagte sie verstört, »sie will niemanden sehen!«

»Mich wird sie schon anhören müssen!« Elisabeth drückte die Klinke nieder.

Die Tür war abgeschlossen.

»Laß mich herein! Sofort!«

Von drinnen kam kein Laut.

»Wenn du nicht sofort öffnest, lasse ich das Schloß aufbrechen. Willst du einen Skandal?!« – Bewußt griff Elisabeth zu dieser Drohung; dabei war ihr klar, daß es sicher noch einen anderen Schlüssel im Haus gab, mit dem sich das einfache Schloß hätte öffnen lassen.

Sie drückte noch einmal auf die Klinke, und jetzt gab die Tür nach. Auguste stand am Fenster. Sie trug ein einfaches hellgrünes Hauskleid mit einem runden, kleinen Ausschnitt und Puffärmeln; es war unter dem Busen mit einem glänzenden Band tailliert und fiel weit und fließend zu Boden. Ihr einziger Schmuck war eine enganliegende Korallenkette. Obwohl sie die vollen Lippen zusammenpreßte, ihre Nasenflügel bebten und die grünen Augen verweint waren, sah sie reizend aus.

»Auguste ...« Elisabeth trat einen Schritt auf sie zu.

»Was wollen Sie?!« Auguste verbarg die Hände hinter dem Rücken.

»Dich zur Vernunft bringen!«

»Ich war nie vernünftiger als heute!«

Elisabeth setzte sich auf den einzigen Stuhl. »Komm her zu mir!« bat sie.

Aber Auguste blieb, wo sie war, ja, sie wich noch einen kleinen Schritt zurück, bis ihre Hüfte das Fensterbrett berührte.

»Du bist doch nach München gekommen, um eine Partie zu machen, und nun, da sie sich dir anbietet ...«

»Egon liebt mich nicht.«

»Das hat auch niemand behauptet«, sagte Elisabeth ruhig, »Liebe hat ja nicht unbedingt etwas mit Ehe zu tun.«

»Ich kann keinen Mann heiraten, der mich nicht liebt.«

»Du hast in der Ehe die beste Möglichkeit, seine Liebe zu gewinnen.«

»Nein, die habe ich nicht, und Sie wissen auch genau, warum.«

Elisabeth errötete; es fiel ihr unendlich schwer, ehrlich zu sein. »Weil er mich verehrt? Glaubst du, er täte es noch, wenn er mich so sähe?« Sie wirkte erbarmungswürdig, und sie wußte es.

»Doch, er täte es«, behauptete Auguste, »denn Liebe macht ja bekanntlich blind.«

»Nicht Liebe, nur Verliebtheit. Es mag sein, daß er jetzt wirklich in mich verliebt ist. Aber ich bin älter als er. In zwei Jahren bin ich fünfunddreißig, eine Matrone. Wer wird mich da noch ansehen?«

»Sie werden immer Verehrer haben.«

»Auguste, bitte, sieh doch nur einmal in den Spiegel ... sieh, wie schön du bist.«

»Trotzdem kann ich nicht mit Ihnen konkurrieren.« Heftig stieß sie hervor: »Weil ich nicht so verlogen bin wie Sie!«

»Auguste!« rief Elisabeth entsetzt.

»Ach, geben Sie doch zu, daß Ihr sanftes Getue Lüge ist. Sie spielen die Heilige, Schutzbedürftige, die Gütige, Sanfte ... nur damit die Männer Sie anbeten! Wie Sie das nur durchhalten können.«

»Jetzt tust du mir unrecht.«

»Gewiß nicht. Ich sehe genau, mit welchen Methoden Sie die Männer um den Finger wickeln.«

»Die Männer!« Trotz ihrer Verstörtheit mußte Elisabeth fast lachen. »Wer sind sie überhaupt?«

»Vater, Friedrich König, Egon Tannberg ... Von den kaiserlichen Offizieren, die in Deinharting waren, will ich ganz schweigen.«

Die Erinnerung an ihr Erlebnis mit Graf Trautmannsdorf überfiel Elisabeth, und sie wurde totenblaß.

»Vielleicht hast du recht«, sagte sie, den Blick gesenkt, »vielleicht bin ich wirklich schlecht. Um so leichter kannst du ...«

»Ach, hören Sie doch auf mit dem Theater!« fiel Auguste ihr heftig ins Wort. »Ich bin kein Kind mehr, mir können Sie nichts vormachen. Wenn ich daran denke, wie sehr ich Sie bewundert habe ...« Sie brach ab und lachte verächtlich auf.

»Eines wirst du mir doch wohl glauben, Auguste: daß ich niemals die Absicht hatte, dir Graf Tannberg abspenstig zu machen.«

»Warum waren Sie dann immer dabei? Warum haben Sie sich nicht zurückgezogen, als Sie merken mußten, daß Sie ihm nicht gleichgültig waren?«

»Ich habe deinen Vater gebeten ...«

»Ach was! Es hätte sich schon jemand finden lassen, uns zu begleiten ... und sei es Henriette.«

Zuerst schwieg Elisabeth zu diesem Vorwurf, dann bekannte sie mit großer Überwindung: »Du hast recht. Aber ich habe nie gedacht, daß es so weit kommen könnte. Zuerst dachte ich nur, wie reizend es wäre, einen Schwiegersohn zu haben, der mich auch ein bißchen verehrte. So etwas tut gut, wenn man älter wird, weißt du. Ich habe wohl, ohne es zu wollen, mit dem

Feuer gespielt.« Mit veränderter Stimme fügte sie hinzu: »Aber das kann doch für dich kein Grund sein, seinen Antrag abzulehnen. Wenn er dich nicht haben wollte, warum wäre er dann gekommen?!«

»Um die Verbindung zu Ihnen aufrechtzuerhalten.«

»Wie oft werden wir uns denn noch sehen, wenn du erst verheiratet bist? Wie selten sehen wir Beata, und sie wohnt immerhin in München?«

Auguste schwieg.

»Ich weiß, daß ich mich falsch verhalten habe«, sagte Elisabeth, »aber ...«

»Lassen Sie mich bloß mit dieser verlogenen Demut in Ruhe!« Auguste hielt sich die Ohren zu.

Elisabeth trat auf sie zu und drückte ihr mit sanfter Gewalt die Hände hinunter. »Ich würde für ihn als Ehefrau nie in Frage kommen. Nur darauf kommt es an. Er hat um deine Hand angehalten. Nur du kannst ihn glücklich machen. Du kannst doch nicht so verrannt sein, ihn zurückzustoßen?«

»Wie ich Sie hasse!« sagte Auguste fast unhörbar.

»Das gestehe ich dir zu. Aber nicht, daß du dich und ihn unglücklich machst. Geh wenigstens hinunter und sprich mit ihm. Hör dir an, was er zu sagen hat.«

Sie spürte, daß Auguste unsicher wurde, und fuhr fort: »Damit vergibst du dir doch nichts! Laß ihn wenigstens zu Worte kommen. Es ist doch unsinnig, wenn wir beide, über seinen Kopf hinweg, über sein weiteres Leben verhandeln.«

»Kann ich ... ganz allein mit ihm sprechen?« fragte Auguste.

»Wenn das dein Wunsch ist – ich glaube nicht, daß dagegen etwas einzuwenden ist.«

»Warum auch«, sagte Auguste mit bitterem Spott, »es ist wohl kaum zu erwarten, daß er sich in wilder Leidenschaft auf mich stürzen wird.«

Elisabeth ging nicht darauf ein. »Ich sage jetzt deinem Vater Bescheid. Er wird sehr glücklich sein. Und, Auguste, du brauchst dich nicht umzuziehen. Du siehst reizend aus, so wie du bist.«

»Danke.« Augustes Stimme war noch immer voller Feindseligkeit.

Elisabeth konnte dem Bedürfnis nicht widerstehen, sich zu verteidigen und um Verständnis zu werben. »Das zwischen Egon und mir war vielleicht eine kleine Romanze. Aber eine Ehe ist etwas ganz anderes. Um eine gute Ehe zu führen, genügt es nicht, verliebt zu sein. Dazu gehören zwei Menschen, die zueinander passen, von ihrer Herkunft, Bildung, Erziehung und ihrem Temperament her. Genau das trifft auf dich und Tannberg zu. Die Liebe kommt dann ganz von selber. Ich weiß, daß ihr sehr glücklich miteinander werden könnt. Sonst würde ich dir nicht zu dieser Verbindung raten.«

Auguste war nicht traurig; sie war wütend. Egon Graf Tannberg hatte ihr zwar, als sie ihn kennenlernte, sehr gut gefallen und ihr Anlaß zu süßen Träumen gegeben. Aber seine harmlosen Neckereien hatten schon bald ihre innere Abwehr geweckt, die durch sein offensichtliches Interesse an ihrer Stiefmutter noch verstärkt wurde. Sie wollte sich nicht verletzen lassen, und so hatte sie die für ihn aufkeimenden Gefühle erstickt.

Sie redete sich ein, daß sie sich gar nichts aus ihm machte. Er war ja nichts Besonderes, nur ein verwöhnter und sehr von sich eingenommener junger Mann, weiter nichts. Daß er vermögend war und aus gutem Hause stammte, war nicht sein Verdienst. Aber er verfügte nicht über die geringste Menschenkenntnis, sonst hätte er nicht ausgerechnet auf ihre junge Stiefmutter hereinfallen können. Ein Krüppel war er auch noch.

Mit solchen Überlegungen wappnete Auguste ihr Herz, auf dessen Grund immer noch die schwache Hoffnung glomm, daß er mit Elisabeth nur sein Spiel getrieben haben könnte, in Wahrheit aber sie, Auguste, liebte.

Mit einem Blick stellte sie fest, daß sie zwar aufgebracht, aber hübsch aussah – daran, daß ihre schönen grünen Augen gerötet waren, ließ sich nichts ändern. Sie überlegte, ob sie sich umziehen sollte – gerade weil Elisabeth ihr davon abgeraten hatte.

Aber sie wollte Tannberg durch ein elegantes Kleid nicht zuviel der Ehre erweisen. Wenn sie so einfach und häuslich, wie sie jetzt gekleidet war, vor ihm erschien, mußte er den Eindruck gewinnen, daß sie sich nicht allzuviel aus ihm machte, und das war ihr gerade recht.

Sie fuhr nur kurz mit der Bürste über ihr glattes, kupferfarbenes Haar. Dann verließ sie das Zimmer und schritt, hocherhobenen Hauptes, die Treppen hinunter.

Anselm von Deinharting erwartete sie vor der Bibliothek. Voll väterlichen Stolzes blickte er ihr entgegen. Er fand – obwohl er wußte, daß diese Empfindung irrational war, denn Töchter mußten nun einmal verheiratet werden –, daß sie ein prachtvolles Geschöpf und viel zu schade für den jungen Tannberg, ja, für jeden Mann auf dieser Welt war.

»Entscheide dich, wie du magst«, sagte er zu seiner eigenen Überraschung, »wir werden dich zu nichts drängen.«

Diese verständnisvollen Worte kamen für Auguste völlig unerwartet; sie blickte ihren Vater aus großen Augen an.

»Es ist mein Ernst!« versicherte er. »Wenn du lieber eine alte Jungfer, statt einer Gräfin Tannberg werden willst, soll es mir recht sein.«

Sie zögerte, schon einen Schritt vor der Tür zur Bibliothek. »Sie meinen, daß dies meine einzige Chance ist?«

Er war sich bewußt, daß in diesem Augenblick ein nachdrückliches Wort von ihm genügt hätte, sie in die Ehe zu treiben. Aber er vermochte es nicht auszusprechen. Er empfand zuviel Mitleid mit ihr – mit allen Frauen dieser Welt.

So sagte er denn beruhigend: »Um das Leben wäre es schlecht bestellt, wenn jeder nur eine einzige Chance hätte. Entscheide nach deinem Herzen, Liebling.«

Sie reckte sich auf die Zehen und drückte ihm einen Kuß auf die Wange. »Danke, Papa!«

Er öffnete ihr die Tür zur Bibliothek und winkte seine Schwester hinaus. »Komm, Sophie, wir wollen die jungen Leute allein lassen!«

»Aber, Anselm, wäre es nicht schicklicher ...«, protestierte sie.

»Komm, komm, altes Mädchen!« drängte er.

Sie stand auf und trat auf ihn zu, konnte aber ihren Blick nicht von den jungen Leuten lassen, die sich in starrer Haltung gegenüberstanden.

Er zog sie hinaus und schloß die Tür hinter sich. »Erzähl mir nichts von Schicklichkeit«, neckte er sie, »in Wahrheit willst du doch nur aus Neugier dabeisein.«

»Eine solche Bemerkung sieht dir ähnlich«, konterte sie entrüstet, »in meiner Jugend hätte es so etwas jedenfalls nicht gegeben.«

»Deine Jugend liegt ja auch schon ziemlich lang zurück.«

»Wie galant du doch bist!« In hochmütiger Haltung, die, da Sophie klein und dick war, recht komisch wirkte, rauschte sie an ihm vorbei und ließ ihn stehen.

Anselm von Deinharting lachte.

Wieder einmal fragte seine Schwester sich, warum sie sich die Bürde dieses Besuches aufgeladen hatte, und gab sich die Antwort, viel zu gutmütig zu sein.

Daß die Deinhartinger Leben ins Haus brachten und ihre Würste, Schinken und geräucherten Rinderzungen den Küchenzettel wesentlich bereicherten, daran dachte sie in ihrer Verärgerung nicht.

Auguste und Egon Graf Tannberg standen sich immer noch wortlos gegenüber.

Das junge Mädchen war es nicht gewohnt, eine Unterhaltung einzuleiten, aber jetzt zwang sie sich dazu.

»Meine Stiefmutter ...«, begann sie. Bis zu diesem Konflikt wäre es ihr nie in den Sinn gekommen, Elisabeth als Stiefmutter zu bezeichnen, sie hatte von ihr immer nur zärtlich als »maman« gesprochen.

»Meine Stiefmutter hat mir gesagt, daß Sie um meine Hand angehalten haben.«

»Ja.« Der junge Mann schluckte. »Bitte, Auguste, werden Sie meine Frau!«

»Warum?«

»Ich verstehe Sie nicht! Es gibt unzählige gute Gründe für ein junges Mädchen, zu heiraten.«

»Danach habe ich Sie nicht gefragt. Ich möchte wissen, warum Sie mich heiraten wollen!«

Er biß sich auf die Lippen. »Sie sind schön, wohlerzogen ...«

»Ich weiß, wie ich bin. Sagen Sie mir, warum Sie mich zur Frau haben wollen.«

»Für mich ist die Zeit gekommen, in den Ehestand zu treten ...«

»Warum aber mit mir? Sie lieben mich doch gar nicht.«

»Ich glaube nicht, daß Liebe die beste Grundlage für eine Ehe ist.«

»Da haben Sie möglicherweise recht. Dennoch ist es doch wohl nicht richtig, mit dem Bild einer anderen im Herzen zu heiraten.«

Sein gutgeschnittenes Gesicht verzerrte sich leicht. »Was wollen Sie damit sagen?«

»Als wenn Sie das nicht wüßten! Muß ich es wirklich aussprechen?!«

»Sie tun mir unrecht!«

»Ihnen und meiner Stiefmutter, nicht wahr?«

»Zwischen uns ist nichts vorgefallen.«

»Nichts außer Blicken, Seufzern, Berührungen ...« Sie erinnerte sich an die vergangene Nacht, in der sie beobachtet hatte, wie die beiden zusammen in einer Loge verschwunden waren, sah ihn prüfend an und fügte hinzu: »Vielleicht auch Küsse?«

Er wurde noch förmlicher und zog den linken Fuß, den er bisher leicht vorgestellt hatte, zurück. »Sie gehen entschieden zu weit!«

»Weil ich annehme, daß Sie und meine Stiefmutter zu weit gegangen sind?«

»Wenn Sie ein Mann wären, müßte ich Sie zum Duell fordern!«

»Und wenn Sie ein Mann wären, würden Sie mir mit einem klaren Ja oder Nein antworten. Lieben Sie meine Stiefmutter?«

»Dazu kann ich nichts sagen.«

»Also ja. Sie lieben sie also, und dennoch wollen Sie mich heiraten. Um ein Mitglied unserer Familie zu werden? Weil Sie hoffen, ihr durch diese Heirat näherzukommen? Vielleicht sogar Gelegenheit zu finden, mit ihr allein zu sein?«

»Auguste!«

»Seien Sie doch nicht so entsetzt! Da Sie in mir Ihre künftige Frau sehen, sollten Sie doch offen zu mir sein.«

Sein Gesicht hatte sich gerötet. »Nun gut, wenn Sie es denn wissen wollen ... ich habe um Ihre Hand gebeten, trotz meiner Neigung zu Ihrer Stiefmutter, von der ich weiß, daß sie auf ewig unerfüllt bleiben muß. Ich habe es als meine Pflicht angesehen, nachdem ich Ihnen in den letzten Wochen in aller Öffentlichkeit den Hof gemacht habe.«

»Um meiner Stiefmutter nahe zu sein!«

»Nun hören Sie doch endlich auf damit! Ich bitte Sie, meine Frau zu werden. Daran ist doch nichts Unehrenhaftes. Nicht einmal eine Geliebte wäre ja ein Hinderungsgrund, sich zu verehelichen.«

Auguste rümpfte die Nase. »Ich muß schon sagen, Graf Tannberg, Ihre moralischen Absichten sind mehr als lax.«

»Wir reden nicht über Moral, sondern über die Ehe.« Allmählich begann der junge Mann die Fassung zu verlieren. »Auguste, wollen Sie meine Frau werden, ja oder nein? Ich kann Ihnen versichern, daß Sie meine ganze Achtung besitzen. An meiner Seite würden Sie Ihr Leben fortführen können, wie Sie es gewohnt sind. Sie würden nichts zu vermissen brauchen ... ich würde Ihnen Ihre Wünsche von den Augen ablesen ...«

Sie fiel ihm ins Wort. »... und vielleicht würden Sie nach einiger Zeit, wenn ich nur recht brav bin, sogar eine gewisse Zuneigung für mich empfinden.«

»Auguste!«

»Sie sind nicht sehr geistreich«, sagte sie hochnäsig, »immer wieder fällt Ihnen nichts anderes ein als mein Name. Ich weiß, wie ich heiße.«

»So glauben Sie mir doch ... ich werde alles daransetzen, Sie glücklich zu machen!« Er streckte ihr die gesunde Hand entgegen.

Sie ergriff sie nicht, doch der Anblick seiner verkrüppelten Hand im Lederhandschuh, die leblos herabhing, rührte sie.

Dennoch sagte sie: »Ich will nicht aus Gnade und Barmherzigkeit geheiratet werden. Seien Sie doch ehrlich: Sie beten meine Stiefmutter an, und für mich empfinden Sie nichts.« Sie machte eine kleine Pause und hatte die leise Hoffnung, daß er ihr widersprechen würde.

Er tat es nicht, sondern ließ die ausgestreckte Hand sinken und wandte den Blick zu Boden.

Sie straffte die Schultern. »Ihr Antrag hat mich sehr geehrt, Graf Tannberg, aber ich hoffe, daß Sie verstehen, warum ich ihn ablehnen muß. Leben Sie wohl.«

Er hob die Augen, und jetzt, da sie für ihn unerreichbar geworden war, schien es ihm plötzlich falsch, sie vernachlässigt zu haben. Sie war nicht mehr das kleine Mädchen, das man necken konnte, sondern eine stolze, schöne Frau.

Ein besseres Trostpflaster für ihre verwundete Eitelkeit als das in seinen Augen aufleuchtende Begehren hätte es nicht geben können. Sie wandte sich um und ließ ihn stehen.

Elisabeth erschien nicht zum Mittagessen. Auguste, immer noch in ihrem Hauskleid, stocherte in den Speisen. Anselm von Deinharting und Anton Graf Hollberg aßen schweigend, hin und wieder einen Blick wechselnd.

Sophie redete, während sie Bissen auf Bissen in ihren schmallippigen Mund schob, unentwegt auf Auguste ein. »Wie konntest du nur? – Einen solchen Antrag abzulehnen? – Was glaubst du denn, wer du bist? – Tausende von vernünftigen Mädchen hätten Gott auf den Knien gedankt! – Wenn du wüßtest, wieviel Mühe es mich gekostet hat, dieses Arrangement überhaupt zustande zu bringen! – Und du sagst einfach: ›Danke, nein!‹«

Bis zum Ende des Hauptgangs ließ Anselm von Deinharting sie gewähren, dann erklärte er energisch: »Nun aber genug, Sophie! Auguste hat deine Vorwürfe gewiß verdient, aber einmal muß Schluß sein!«

»Ein solcher Eklat! Ich werde bis an mein Lebensende nicht darüber hinwegkommen!«

»Nun übertreib aber nicht! Ich bin sicher: Bei Augustes Hochzeit werden wir alle über diese dumme Geschichte lachen.«

Sophie verstand ihn nicht. »Hochzeit? Ist denn eine Hochzeit geplant?«

»Jedes Mädchen plant seine Hochzeit, nicht wahr?« meinte ihr Mann.

»Auguste ist ja gerade erst sechzehn«, unterstrich Anselm von Deinharting, »also ist es noch nicht so brandeilig. Sie hat noch das ganze Leben vor sich und damit auch das Recht, einen Mann abzulehnen, der ihr nicht paßt.«

Sophie ließ die Gabel sinken. »Wenn ich nur verstehen könnte, was sie an Graf Tannberg auszusetzen hat!«

»Darüber muß sie uns keine Rechenschaft ablegen. Ich respektiere ihre Entscheidung, und so bleibt dir wohl nichts anderes übrig, als es auch zu tun.«

Graf Hollberg lächelte in sich hinein, denn es freute ihn immer, wenn seine Frau zurechtgewiesen wurde, da er selber nicht dazu in der Lage war.

»Ein schöner Vater bist du!« maulte Sophie, schwieg und dachte nach. »Nun, ein Gutes hat die Sache doch«, sagte sie endlich, »Auguste hat ihren Antrag gehabt, und dadurch ist sie im Wert gestiegen. Sie hat ihn abgelehnt, das macht sie interessant.«

Auguste schob ihren Teller zurück. »Sie reden über mich, als wäre ich eine Ware!«

»So ähnlich ist es ja auch«, erwiderte Sophie gelassen, »ein Mädchen, das auf den Heiratsmarkt kommt, muß losgeschlagen werden, je schneller, desto besser, und gerade darum ist es so schade …«

»Bitte, meine Liebe«, fiel Graf Hollberg ihr ins Wort, »du weißt, daß so etwas nicht gern gehört wird.«

»Aber ihr müßt zugeben, daß ich mich darauf verstehe«, sagte Sophie hartnäckig, »und ihr könnt mir glauben: Schon in der zweiten Saison halbieren sich die Heiratschancen.« Unter dem drohenden Blick ihres Bruders wurde sie unsicher. »Aber, wie gesagt, Auguste hat ihren Antrag gehabt. Sie war es, die ihn abgelehnt hat. Das ist immerhin schon etwas.«

»Und wie sollten die Leute es erfahren?« fragte Anselm von Deinharting.

»Ihr müßt es verbreiten. Heute abend auf dem Hofball!«

»Elisabeth und ich wollten früh zu Bett gehen, damit wir morgen zeitig nach Deinharting aufbrechen können.«

»Das kommt nun wirklich nicht in Frage!«

»Aber Sophie«, sagte Graf Hollberg, ein Lächeln hinter der vorgehaltenen Hand verbergend, »ich dachte immer, niemand sei so gut dazu imstande, eine Nachricht in Windeseile in ganz München zu verbreiten wie du.«

Sophie wandte sich ihrem Mann zu. »In diesem Fall stehe ich den Dingen zu nahe, Anton. Du als Hofmann solltest das wissen. Man würde mir nicht unbedingt glauben, könnte annehmen, ich verbreite eine Erfindung, um Augustes Chancen zu heben.« Sie blickte Anselm an. »Nein, nur ihr selber, du, Elisabeth und Auguste könnt das glaubhaft machen.«

»Stehen wir den Dingen etwa nicht nahe?«

»Noch näher, das ist der Vorteil. Euch würde niemand zutrauen, mit frecher Stirn zu lügen, wenn Graf Tannberg sich sang- und klanglos zurückgezogen hätte. Er wird heute gewiß nicht auf dem Ball sein. Da er ständig in eurer Begleitung zu sehen war, wird man euch nach ihm fragen, und das gibt euch Gelegenheit, die Sache klarzustellen.«

»Und kannst du mir auch verraten, wie ich irgend jemandem erklären kann, daß Auguste den Antrag abgelehnt hat?«

»Nichts einfacher als das. Behaupte einfach, sie sei kapriziös, was ja auch stimmt ... Sag, daß du einfach nicht verstehst, was in so einem Mädchenkopf vor sich geht.«

Auguste war errötet und saß mit gesenkten Augen da, damit nur ja niemand merkte, wie sie die Vorstellung genoß, Gisela Waldberg gegenüber so ganz nebenbei die Geschichte erzählen zu können.

»Hm«, meinte Anselm von Deinharting, »allmählich scheint mir, daß dein Vorschlag gar nicht so dumm ist.«

»Na, siehst du. Verlaß dich nur auf mich. Du hast dich in dein Deinharting zurückgezogen und läßt Gott einen guten Mann sein. Aber ich weiß, wie man sich in dieser Welt verhalten muß, wenn man sich behaupten will.«

Auf Deinharting hatte Antoinette Gäste zu einer bescheidenen Faschingsfeier eingeladen; Afra und Felix von Lingen mit ihrem kleinen Maximilian. Sie hatte keinen der großen Säle öffnen, sondern den großen Eßtisch im Speisezimmer, dem sogenannten kleinen Saal, nach hinten rücken und die Stühle an die Wand stellen lassen, so daß Platz genug für Tanz und Spiele blieb. Auf dem Tisch hatte sie Platten mit Kuchen, belegten Broten, Schüsseln mit Gelees und Kompott, Krüge mit Limonade und Weinflaschen aufbauen lassen, die von den Dienern angeboten werden sollten.

Thomas hatte ihr geholfen, bunte Girlanden anzufertigen – Christine hatte staunend zugeschaut und mit den bunten Schnipseln gespielt, die jetzt von der Decke herabhingen.

Alles sah festlich und hübsch aus, und Antoinette und die Kinder freuten sich auf den Nachmittag. Es war ihr sogar gelungen, einen Bauernburschen aus dem Dorf zu finden, der das kleine Fest mit Musik auf seiner Zither verschönen sollte.

Antoinette hatte auch den Stuffer Sepp, Irmingard und Gotthardt eingeladen. Um drei Uhr sollte es losgehen, aber die Dorfkinder hatten es vor Aufregung nicht aushalten können und erschienen eine halbe Stunde zu früh.

Antoinette lachte darüber. »Na, ihr seid aber pünktlich!« Da sie damit gerechnet hatte, daß die drei kein Kostüm haben würden, hatte sie aus buntem Papier Mützen gefertigt: Gotthardt bekam einen hohen Zaubererhut, Sepp einen Zweispitz und Irmingard ein rotes Käppchen. Jetzt erst hatte auch Antoinette die Gelegenheit, sich, Thomas und Christine die Kopfbedeckungen aufzusetzen, mit denen sie die Gäste hatten empfangen wollen. Für sich und Christine hatte sie rote Türkenmützen mit langen schwarzen Troddeln gebastelt, für Thomas den gleichen Zweispitz, den auch Sepp trug, nur mit einer anderen Kokarde.

Zunächst blieben die Dorfkinder befangen und waren von der Pracht des Speisezimmers ganz überwältigt. Sie bestaunten den ovalen Tisch mit seinen zwölf geschwungenen vergoldeten Beinen und den dazu passenden Sesseln.

Nicht satt sehen konnten sie sich an dem Deckenbild, das in einem Rahmen von reicher italienischer Stukkatur einen Himmel zeigte, der mit Putten, weißen, üppigen Frauengestalten und rötlichbraunen, fast nackten Männern belebt war. Antoinette versuchte die Kinder zum Spielen anzuregen, aber sie standen, die Köpfe in den Nacken gelegt, und starrten nach oben.

»Gefällt es euch?« fragte sie.

»Dös is a Sauerei!« platzte Sepp heraus.

Die beiden anderen erschraken ob soviel Frechheit und wurden rot; sie mochten ähnliches gedacht haben, waren aber doch von der Schönheit und Heiterkeit des Bildes überwältigt.

»Das ist Kunst«, erklärte Antoinette lächelnd, »und wirkliche Kunst kann niemals unanständig sein.«

»Das Gemälde ist sehr schön«, sagte Thomas, Besitzerstolz in der Stimme.

Für Christine war das Deckenbild so selbstverständlich, daß sie es nicht der Mühe wert fand, auch nur einen Blick darauf zu werfen. »Wann spielen wir endlich?« fragte sie und zupfte Antoinette am Rock.

»Kriegen wir nicht zuerst was zu essen?« fragte Sepp und blinzelte begehrlich zu den aufgebauten Speisen hinüber.

»Nein«, erklärte Antoinette entschieden, »gegessen wird erst, wenn alle da sind! Aber wir können gleich einmal mit ›Blindekuh‹ beginnen.«

Sie spielten »Blindekuh« und »Die Reise nach Jerusalem«, wobei Antoinette stets Christine an der Hand mitziehen mußte, denn sie war noch zu klein, um aus eigener Kraft mit den anderen mithalten zu können.

Der Bauernbursche machte seine Sache auf der Zither sehr gut und hatte seinen Spaß daran, die Melodien im passenden Augenblick abklingen zu lassen. Die Kinder lachten und kreischten vor Vergnügen.

Friedrich König kam und wurde von den Bewohnern des Schlosses mit herzlicher Freude, von den Dorfkindern mit Mißtrauen begrüßt. Aber alle fanden es ungemein lustig, daß er sich ohne zu zögern einen papiernen Zweispitz aufsetzte und am Spiel teilnahm, als wäre er einer von ihnen.

Sie waren mitten im schönsten Toben, als Ludwig meldete: »Baron und Baronin von Lingen!«

»Führen Sie sie nur herein!« rief Antoinette, deren Wangen sich gerötet hatten.

Wenig später traten Afra, ihr Söhnchen an der Hand, und Felix von Lingen in den kleinen Saal; sie blieben an der Tür stehen und sahen dem Spiel zu, Afra mit gerunzelter Stirn, Felix von Lingen mit amüsiertem Lächeln und der kleine Maximilian mit dem Daumen im Mund.

Erst als das Spiel beendet war und sie mit Christine den letzten Stuhl erobert hatte, lief Antoinette zu ihnen hin. »Wie schön, daß ihr gekommen seid!« rief sie. »Bitte, nehmt doch eine Erfrischung!« Zu den Kindern gewandt, fügte sie hinzu: »Jetzt sind wir alle beisammen, und jetzt gibt es auch zu essen und zu trinken!« Auf einen Wink von ihr begannen Baptist und Ludwig, Kuchen und Brote, Limonade und Wein anzubieten.

»Was sind denn das für Kinder?« fragte Afra und sah über Thomas, der sich wohlerzogen vor ihr verbeugte, naserümpfend hinweg.

»Weißt du das wirklich nicht?« Antoinette schob Sepp vor. »Das hier ist Sepp, er gehört zum Dragonerhaus ... und dies ist der Gotthardt vom Schuster ... und das ist Irmingard, eine meiner besten Schülerinnen!« Sie hatte deutsch gesprochen, damit die Kinder sie verstehen konnten.

Aber Afra verfiel sofort ins Französische. »Quel horreur!«

»Ich begreife nicht, was daran entsetzlich sein soll!« erwiderte Antoinette.

Afra sprach weiter französisch. »Aber das sind doch – ganz gewöhnliche Dorfkinder! Ich begreife nicht, wie du sie ins Schloß laden konntest.«

»Es ist Fasching, Afra, und was für einen Spaß hätte es mit Thomas, Christine und Maximilian allein geben können? Sie sind nur drei und im Alter viel zu weit auseinander.«

»Warum hast du nicht die Kaltenbachs oder die von Amertingens gebeten?«

»Afra, ich bin nicht die Hausherrin. Ich kann kein aufwendiges Fest veranstalten. Eine kleine Einladung an meine besten Freunde, das ist etwas anderes.«

Friedrich König beugte sich über ihre Hand. »Es ist sehr schmeichelhaft, daß Sie mich zu Ihren besten Freunden rechnen.«

Antoinette entzog ihm ihre Hand. »Daß Sie zu meinen besten Freunden gehören, sollten Sie wissen, ohne daß ich es aussprechen muß.«

Afras Lippen waren schmal geworden. »Jedenfalls wird mein Maximilian nicht mit diesen Kindern spielen.«

»Was für ein Unsinn!« sagte Antoinette. »Er ist ja noch so klein, er muß froh sein, wenn sie ihn überhaupt in ihren Kreis aufnehmen.« Sie ging in die Knie. »Grüß dich, Maximilian! Gibst du mir ein schönes Küßchen?«

Er lächelte sie an und drückte seine frischen Lippen auf ihre Wangen.

»Und was magst du essen? Ein Brot, ein Stück Kuchen? Oder ein Schälchen Gelee?« Sie wollte ihn an der Hand mit fortziehen.

Doch Afra hielt ihn eisern fest. »Maximilian bleibt hier. Ich wünsche nicht, daß er mit diesen Kindern spielt.«

»Aber, ich bitte dich, Afra, sie sind doch alle so brav.«

»Meine liebe Frau hat vergessen, woher sie kommt«, konstatierte Felix von Lingen maliziös lächelnd.

Afra fuhr zu ihm herum. »Es ist egal, woher man kommt! Wichtig ist nur, was man ist! Mein Sohn ist ein Baron von Lingen – und dies hier sind gewöhnliche Bauernkinder!«

Sepp, Gotthardt, Irmingard und Thomas hatten sich in eine Ecke des großen Raumes verzogen und beobachteten den Auftritt kauend und Limonade trinkend. Obwohl sie – außer Thomas – nicht wörtlich verstanden, um was es ging, spürten sie doch alle, daß die Festfreude gestört war. Nur Christine hielt sich an Antoinettes Hand fest und war bei den Erwachsenen geblieben. Der Bauernbursche nutzte die Gelegenheit, sich an den Speisen gütlich zu tun.

Die sanftmütige Antoinette war noch nie in ihrem Leben so zornig gewesen. »Du scheinst wirklich alles vergessen zu haben!« sagte sie, und ihre großen blauen Augen funkelten. »Unsere Kinderzeit und was du den Schloßbewohnern verdankst! Ich weiß noch, wie ich dich kennenlernte, dich mit deinem verfilzten schwarzen Haar, barfuß und schmutzig ...« Sie sprach jetzt auch französisch.

»Danke! Du bist wirklich sehr taktvoll!« Das Blut war aus Afras bräunlichem Gesicht gewichen, so daß es gelblich wirkte.

»Warum willst du nicht zulassen, daß andere Menschen auch eine Chance bekommen?« rief Antoinette. »Du bist als Kind tagtäglich auf dem Schloß gewesen! Wir haben dich behandelt wie unseresgleichen! Warum bist du dagegen, daß diese Kinder wenigstens an einem Tag im Jahr erfahren, daß das Leben auch anders sein kann!?«

»Weil es ihnen nicht guttut! Sie könnten auf die Idee kommen, hoch hinaus zu wollen, das Schloß niederzubrennen ...«

»Du lieber Himmel!« rief Antoinette.

»Es hat in Frankreich eine Revolution gegeben ...«

»Glaubst du, daß du mich daran erinnern mußt!?«

»Aber bei uns bestehen noch die alten Klassenunterschiede, und ich wünsche, daß sie respektiert werden!«

»Nun denn ...«, Antoinettes Augen flammten, »... ich habe es nie hervorgehoben, aber auch unter uns besteht ein Standesunterschied, der sich nicht wegwischen läßt: Ich bin die Comtesse de Beaujeux und du bist, von deiner Herkunft ganz abgesehen, nur eine Baronin Lingen. Wenn mein Bruder mit den Dorfkindern spielen kann, dann wird es dein Sohn wohl auch können.«

»Nein!«

Felix legte sich ins Mittel. »Sie müssen das verstehen, Antoinette, da Afras Adel noch recht jung ist, hat sie um so mehr Angst, ihn zu gefährden!«

»Sei du still!« fauchte seine Frau ihn an. »Wer bist du schon, daß du mitreden könntest?!«

»Immerhin dein Mann und von Stand.«

»Ein Nichts bist du und ein Niemand! Ohne mich und meines Vaters Geld wärst du schon längst vor die Hunde gegangen!«

»Nun«, entgegnete er achselzuckend und mit einem zynischen Lachen, »das bin ich ja doch auch mit dir und deines Vaters Geld.«

Antoinette holte tief Atem. »Wollen wir nicht friedlich sein?« bat sie. »Wir haben uns so auf das Fest gefreut.«

»Schick diese entsetzlichen Kinder weg!« forderte Afra. »Die Hofmarksherrin wäre entsetzt. Wenn sie wüßte ...«

»Laß Elisabeth aus dem Spiel! Nicht sie ist die Gastgeberin, sondern ich bin es!«

»Schick die Kinder fort.«

Antoinette wurde ganz ruhig. »Ich glaube, daß ich einen großen Fehler gemacht habe«, sagte sie, »ich hätte dich nicht einladen dürfen ... dich und deine Familie.«

»Wir können ja gehen!« trumpfte Afra auf, aber ihre Stimme war unsicher, denn es wurde ihr bewußt, daß Antoinette die einzige Freundin war, die sie je im Leben besessen hatte. Antoinette hatte ihr immer alles nachgesehen, und auch jetzt hoffte Afra inbrünstig, daß Antoinette sie zum Bleiben auffordern würde.

Aber sie sagte: »Ja, tut das! Vielleicht gelingt es uns dann, noch ein wenig vergnügt miteinander zu sein.«

Afra brachte die Kraft auf, sich abzuwenden. Ihren kleinen Sohn fest an der Hand, verließ sie den Saal. Felix von Lingen machte hinter ihrem Rücken eine verlegene, spöttische und um Entschuldigung bittende Geste, bevor er ihr folgte.

Antoinette sah ihnen nach. »Und ich hatte sie immer so gern«, sagte sie leise.

»Sie müssen das verstehen, Antoinette!« Friedrich König reichte ihr ein Glas Wein.

»Müßte ich das?«

»Sie ist wie ein Schwimmer auf hoher See, der sich einen Platz im Boot erkämpft hat, nun tritt und schlägt sie jeden, der in ihr Boot klettern möchte.«

»Aber es ist doch Platz für alle da!«

»Sie will etwas Besonderes sein, und wenn alle besonders sind, ist es keiner mehr.«

Antoinette fand ihr Lächeln wieder. »Sie haben recht, Frédéric, ich hätte mich nicht so hinreißen lassen dürfen.« Sie beugte sich zu Christine herab. »Du hast noch gar nichts gehabt! Was möchtest du? Ein Glas Limonade?« Dann rief sie den Kindern zu: »Eßt, so viel ihr mögt, aber seht zu, daß ihr fertig werdet, damit wir wieder spielen können!«

Auf ihren Wink hin legte der Bauernbursche das angebissene Stück Kuchen aus der Hand und griff wieder zum Federkiel, um ihn über die Saiten der Zither gleiten zu lassen. Es dauerte nicht lange, dann hatten die Kinder die Auseinandersetzung der Erwachsenen vergessen.

Aber Antoinette tat der Streit mit Afra noch lange weh.

Elisabeth hatte darauf bestanden, am Aschermittwoch in München zur Beichte zu gehen, aber das Bekenntnis ihrer Schuld hatte ihr Herz nicht erleichtert. Auguste hatte sie begleitet, aber nicht, weil es ihr ein Bedürfnis, sondern weil es eben so Sitte war. Jedenfalls hatten die Deinhartinger erst am Vormittag das gastliche Haus der Hollbergs verlassen können. Sie hatten den Weg durch das »Tal« genommen, noch einmal bei Beata hereingeschaut und sie mit der

Aufforderung, im Sommer nach Deinharting zu kommen, ein wenig aufgemuntert.

So kam es, daß sie unterwegs übernachten mußten und erst am späten Donnerstag das Schloß vor sich auftauchen sahen, in dem Antoinette noch einmal gründlich hatte putzen lassen und jetzt mit steigender Sorge auf sie wartete.

Die Wege waren nur noch streckenweise mit Schnee bedeckt, so daß die Räder der Kutsche sich durch ausgefahrene Furchen und von einem Schlagloch ins nächste bewegen mußten. Immer wieder sprang Anselm von Deinharting ab und lief neben dem Wagen her. Die Damen seufzten über die Strapaze. Die Spannung zwischen ihnen ließ kein ablenkendes Gespräch aufkommen.

Als sie durch die schnurgerade Allee, deren Linden ihre Äste schwarz gegen den fahlen Himmel streckten, auf das Schloß zufuhren, atmeten alle erleichtert auf. Das Anschlagen der Meute war Musik in ihren Ohren.

Parbleu kam herangeschossen und machte sich einen Spaß daraus, zwischen den Beinen der Pferde hin und her zu rasen. Der Kutscher schimpfte und versuchte, ihm mit der Peitsche eins überzuziehen. Anselm von Deinharting lachte.

Endlich hielt die Kutsche vor dem Portal. Der Hofmarksherr stieg vom Bock. Noch ehe er den Damen aus der Kutsche helfen konnte, waren Antoinette, Thomas und Christine im Hof erschienen; sie hatten immer wieder zum Fenster hinausgeschaut und waren schon zweimal vergeblich hinuntergelaufen.

»Da sind Sie ja! Endlich!« Antoinette warf sich dem Hofmarksherrn in die Arme, küßte ihn auf beide Wangen und begrüßte Elisabeth mit der gleichen Überschwenglichkeit.

Aber während er sie herzlich an sich gezogen hatte, blieb Elisabeth zurückhaltend.

Antoinette entschuldigte sich sofort. »Ich glaube, ich war ein wenig zu stürmisch, ma tante, aber die Freude ist so groß!«

Christine ließ sich erst von Anselm von Deinharting herzen und küssen – der große Mann schwang sie hoch in die Luft, was sie zum Kreischen und Jauchzen brachte – und umschlang dann, als sie wieder auf dem sicheren Boden stand, Elisabeths Beine.

Ihre Mutter strich ihr sacht über das Haar, legte ihr die Hand unter das Kinn und blickte ihr prüfend ins Gesicht. »Wie ich sehe, bist du frisch und munter.«

»Ja, und ich war auch brav, nicht wahr, Tonette?«

Antoinette nickte lächelnd. »Sie waren alle beide sehr brav.«

Thomas begrüßte Elisabeth und Anselm von Deinharting sehr ernsthaft mit Handschlag und tiefer Verbeugung.

Inzwischen war auch Auguste ausgestiegen und trat zu der kleinen Gruppe vor dem Portal. Der Wagen fuhr auf den Hintereingang zu, wo Henriette Striegel das Ausladen des Gepäcks überwachen sollte.

Antoinette wollte auch Auguste umarmen. Aber in den grünen Augen des jungen Mädchens lag ein so seltsamer Ausdruck von Kälte und Stolz, daß Antoinette es im letzten Augenblick dabei beließ, ihr die Hand entgegenzustrecken und herzlich zu sagen: »Willkommen zu Hause! Sie sehen wunderbar aus.«

Auguste entspannte sich ein wenig. »Ja, es ist schön, wieder da zu sein.« Die Kinder begrüßte sie sehr freundlich und küßte auch Thomas, der sich das ausnahmsweise gefallen ließ.

Antoinette spürte deutlich, daß etwas nicht stimmte. Der Aufenthalt in München war nicht so ausgefallen, wie die Damen es sich erhofft hatten. Sie schloß daraus, daß sich kein Bewerber für Auguste gefunden hatte.

Deshalb sagte sie, als sie in den steinernen Flur traten: »Ich fürchte, ich habe einen Fehler gemacht, ma tante …«

Elisabeth sah sie aus traurigen Augen an. »Ja?«

»Ich habe Frédéric für heute abend eingeladen!«

Elisabeth runzelte die Stirn. »Am Tag unserer Ankunft?«

»Ich weiß jetzt, daß es falsch war, aber er wollte so gern alle Neuigkeiten hören.«

Anselm von Deinharting, der ihnen, Christine auf den Schultern, vorausging, hatte das Gespräch mitangehört. »Sie brauchen sich nicht zu entschuldigen. Tonette, Sie konnten nicht annehmen, daß er stören würde.

Aber wenn dir seine Anwesenheit unerwünscht ist, Elisabeth, laden wir ihn einfach wieder aus.«

»Wie sollte das möglich sein, ohne ihn zu kränken?«

»Sehr einfach. Ich reite gleich zu ihm hin, nehme eine geräucherte Zunge und eine Flasche Wein mit, und wir veranstalten im Dragonerhaus ein zwangloses Herrenessen. Ich verstehe, daß er nach Neuigkeiten lechzt, und ihr seid dann ganz unter euch und könnt euch ausplaudern.«

Antoinette, die ein großes Essen vorbereitet hatte, war enttäuscht, daß der Hofmarksherr nicht daran teilnehmen wollte, unterdrückte aber jeden Einwand.

»Nach all den Strapazen willst du noch fort?« fragte Elisabeth.

Er lächelte ihr über die Schulter hin zu. »Um dir einen ungebetenen Gast vom Leibe zu halten, täte ich alles.« Er wurde sich seiner Heuchelei bewußt und sagte ehrlich: »Außerdem freue ich mich auf ein gutes Männergespräch.«

Er stieg, Christine auf den Schultern, die steinerne Treppe hinauf.

Der erste Abend auf Schloß Deinharting verlief bedrückend.

Zwar jubelten die Kinder über ihre Geschenke – Christine hatte eine wunderschöne Holzpuppe mit einem Gesichtchen aus Wachs bekommen, die ganz nach der Mode der Zeit gekleidet war, und Thomas ein in Wien erschienenes Buch über das deutsche Ritterwesen –, aber bei den Frauen wollte keine Freude aufkommen. Elisabeth und Auguste stocherten in den so liebevoll bereiteten Speisen und wußten nichts zu erzählen. Antoinette wagte keine Fragen zu stellen, weil sie fürchtete, einen empfindlichen Punkt zu berühren. So erzählte sie von den kleinen Ereignissen in Deinharting, dem Faschingsfest, das sie veranstaltet hatte und Afras Auftritt, fand aber so wenig Anklang, daß sie bald auch verstummte.

Alle waren froh, als die Mahlzeit beendet war, und Thomas wünschte sogleich gute Nacht, um sich in sein Zimmer zurückzuziehen – Christine hatte man schon früher ins Bett gesteckt.

»Mögen Sie noch einen Kaffee, ma tante?« fragte Antoinette.

»Dies ist eine Frage, die nur mir zusteht!« wies Elisabeth sie zurecht. »Wenn es Ihnen auch schwerfällt, Antoinette, Sie müssen sich klarmachen, daß ich hier die Hausherrin bin und nicht Sie!«

Antoinette ließ sich nicht anmerken, wie verletzt sie war; sie bewahrte Haltung. »Ich weiß sehr wohl, welche Rolle ich hier spiele«, erwiderte sie ruhig, »ich stehe zu Ihren Diensten. Ich versuchte nichts, als Ihren Wunsch zu erraten und das Nötige zu veranlassen.« Elisabeths Stimmung schlug um. »Entschuldigen Sie, Antoinette … Sie müssen mir verzeihen. Ich bin … ich bin so unglücklich! Ich glaube, ich gehe besser gleich zu Bett.« Sie eilte aus dem Zimmer.

»Was hat sie nur?« fragte Antoinette. »Ich habe sie doch nicht beleidigt?«

»Nein«, sagte Auguste, »sie ist gewiß nur unglücklich, weil sie wieder zu Hause ist.«

»Das verstehe ich nicht. Sie hat doch Deinharting immer geliebt.«

»Hat sie das wirklich? Diese Einsamkeit, in der es keine Männer gibt, die sie umschwärmen?«

»Aber, Auguste!«

»Ich weiß, wovon ich spreche. Haben Sie sich überlegt, warum sie Friedrich König heute nicht sehen wollte? Warum sie so kühl zu ihm ist? Weil er sie nicht mehr verehrt.«

Antoinette gab zu, daß zumindest ein Körnchen Wahrheit in dem war, was Auguste sagte. »Es ist in München etwas vorgefallen, nicht wahr?« fragte sie.

»Ja«, bestätigte Auguste.

Antoinette wartete ab, aber das junge Mädchen schwieg. »Ich verstehe, daß Sie mir jetzt nicht erzählen mögen«, sagte sie, »aber nach einiger Zeit ... Sie wissen, ich bin Ihre Freundin.«

»Beata ist sehr unglücklich geworden, viel unglücklicher, als Sie sich vorstellen können.«

Antoinette streckte Auguste die Hand hin. »Kommen Sie, gehen wir nach nebenan, und Sie erzählen mir von Beata. Ich bin zwar nicht die Schloßherrin, wie Elisabeth mir mit Recht zu verstehen gegeben hat, aber ich glaube, wir dürfen uns trotzdem zum Wiedersehen eine Tasse Kaffee gönnen. Zumal ich im Erkerzimmer schon habe einheizen lassen.«

Damit war Auguste gerne einverstanden.

Als Anselm von Deinharting heimritt, schien ein voller Mond vom Himmel. Die Umrisse des Schlosses zeichneten sich deutlich vom Hintergrund der Berge ab, deren Gipfel noch schneebedeckt waren. Nur unten, in der Jägerstube, brannte noch Licht.

Er ritt zu den Ställen. Die Meute schlug an, was in der Stille der Nacht besonders laut und erregend klang. Der Hofmarksherr fragte sich wieder, ob er die Hunde, die nur zu den zwei oder drei Sauhatzen im Jahr gebraucht wurden, nicht abschaffen sollte. Aber ohne Hunde war eine Jagd auf Wildschweine für ihn nicht denkbar.

Peter hatte ihn erwartet. Anselm von Deinharting stieg ab und überließ ihm sein Pferd.

»Sonst noch etwas, Herr?« fragte der Knecht.

»Nein. Sieh zu, daß du nach Hause kommst.«

Durch die Küche betrat er das Schloß. Im ungewissen Licht des Herdfeuers hatte ein Mädchen auf ihn gewartet. Sie war jung, aber gänzlich reizlos, mager, fast dürr, mit kleinen listigen Augen und einer großen Nase.

Als er eintrat, stand sie auf. »Kann ich etwas für Sie tun, Herr?«

»Danke, Dirn. Ich kenne dich noch nicht. Wer bist du?«

»Ich bin die Andrea vom Huber-Bauern. Margarethe Meyr hat mich eingestellt.«

»Nun, ich hoffe, du wirst ihr fleißig zur Hand gehn.«

»Das werde ich, Herr.«

»Aber jetzt zu Bett mit dir. Es ist schon spät.«

»Ja, Herr, aber ich dachte ...« Sie wies auf den riesigen Kessel mit kochendem Wasser.

»Nein, kein Bad«, wehrte er ab, »morgen früh vielleicht.« Er wandte sich ab. »Schlaf gut, Dirn.«

Während er die steinernen Treppen hinaufstieg, überlegte er, ob es Zufall oder Absicht war, daß Margarethe Meyr dieses häßliche Mädchen eingestellt hatte. Er empfand es als Beleidigung, war aber gleichzeitig erleichtert darüber, daß es kein weibliches Wesen mehr im Schloß gab, das ihn reizen konnte. So wurde unnötiger Ärger vermieden.

Es fiel ihm ein, daß er Licht in der Jägerstube gesehen hatte, und so ging er zur Vorderseite des Hauses.

Baptist trat, eine Kerze in der Hand, schlaftrunken in den Flur.

»Ich brauche dich nicht mehr«, sagte Anselm von Deinharting, »aber weck mich morgen früh bei Sonnenaufgang. Ich möchte ein Bad nehmen und dann zum Gut hinausreiten.«

»Ja, Herr«, sagte Baptist erleichtert, daß er zu Bett gehen konnte.

Anselm von Deinharting hatte aus der Küche kein Licht mitgenommen. Er hätte sich auch bei völliger Finsternis im Treppenhaus zurechtgefunden. Aber in dieser Nacht warf der Mond sein weißes Licht durch die hohen Fenster, so daß man, abgesehen von den dunkleren Biegungen, jede Stufe erkennen konnte. Das gotische Netzgewölbe hob sich plastisch ab.

Vor der Tür zum Schlafzimmer seiner Frau blieb er zögernd stehen. Zwar hatte er nicht das Bedürfnis, jetzt mit ihr zu sprechen, aber es kam ihm vor, als wäre es seine Pflicht. In den letzten Tagen war sie so verstört gewesen. Sie würde doppelt leiden, wenn keine Menschenseele sich um sie kümmerte.

Lautlos öffnete er die Tür und hoffte, daß sie, entgegen seinen Befürchtungen, schon schlief. Aber gleich bei seinem Eintritt merkte er, daß diese Hoffnung trog. Er hörte ihr leises, verzweifeltes Schluchzen.

»Elisabeth!« sagte er zärtlich.

Sofort wurde es still.

Er trat an ihr Bett. »Verzeih, daß ich ohne anzuklopfen bei dir eindringe ... aber ich mache mir Sorgen um dich.«

»Mir geht es gut«, sagte sie erstickt.

»Du weinst also aus reinem Wohlbefinden?«

»Ich habe nicht geweint.«

Das Feuer im gekachelten Ofen war erloschen, und es war kalt im Raum; durch den Spalt des nicht ganz zugezogenen Vorhangs fiel ein Streifen Mondlicht, der Elisabeths Haar aufschimmern ließ.

Er legte seinen Arm um sie und zog ihren Kopf an sich. »Elisabeth, was ist denn geschehen? Willst du dich mir nicht anvertrauen?«

Sie schluchzte auf.

»Ist es, weil Auguste den Antrag Egons abgelehnt hat? Ich bitte dich, das ist doch halb so schlimm. Im nächsten Jahr findet sie schon eine passende Partie.«

»Aber es war meine Schuld!«

»Sei nicht töricht, chérie! Du brauchst dir doch keine Vorwürfe zu machen, weil du den Männern besser gefällst als ein unreifes, unbeherrschtes junges Ding wie Auguste!«

Ihre Tränen versiegten; im Mondlicht war ihr Gesicht sehr blaß, die grauen, weit geöffneten Augen wirkten schwarz. »Woher weißt du?!«

»Aber, Liebling, so schwer ist doch eins und eins nicht zusammenzuzählen.«

»Haben es auch andere gemerkt?«

»Vielleicht. Ich weiß es nicht. Niemand hat ein Wort darüber verloren, wenigstens nicht mir gegenüber. Aber wennschon ... so etwas ist doch keine Schande.«

»Ich habe Auguste unglücklich gemacht.«

»Unsinn. Hätte sie ihm wirklich gefallen, so hättest du ihn mit deinen Reizen nicht betören können.«

»Wie du sprichst! So ... so leichtfertig!«

»Ich versuche nur dir klarzumachen, daß du dir überhaupt keine Vorwürfe zu machen brauchst. Niemanden trifft eine Schuld.« Er küßte sie auf die Stirn. »Versprichst du mir, jetzt mit dem Unglücklichsein aufzuhören? Damit ich ruhig schlafen kann? Es war ein langer Tag.«

»Auguste wird mir nie verzeihen.«

»Dann laß sie schmollen. Sie hat dir soviel zu verdanken. Du hast Mutterstelle an ihr vertreten ... glaub mir, du warst liebevoller, als ihre wirkliche Mutter es je gewesen wäre. Sie hat dir eine glückliche Kindheit zu verdanken. Wenn sie dir jetzt nicht verzeihen kann, spricht das nur gegen sie. Also schlaf jetzt, mein Liebling, und mach dir keine Gedanken. Was hat denn der Pfarrer zu deinen Untaten gesagt?«

»Er hat mir die Absolution erteilt.«

»Na, siehst du. Willst du strenger mit dir ins Gericht gehen als Gott!?« Er bettete ihren Kopf sacht in die Kissen und erhob sich.

»Anselm«, sagte sie leise und verzagt.

»Ja?«

»Du weißt das Schlimmste noch gar nicht.«

»Gesteh es mir nur. Ich kann es ertragen.«

»Ich ...«, flüsterte sie kaum hörbar, »... er hat mir gefallen.«

Er schwieg.

»Ich habe seine Neigung erwidert.«

»Hast du dich ihm hingegeben?«

»Nein, nein, natürlich nicht. Es gab ja auch keine Gelegenheit, und selbst wenn, ich hätte es wohl nicht getan.«

»Mein liebes Kind«, sagte er, »und deswegen quälst du dich so sehr?! Wir Menschen sind nun einmal keine Heiligen. Ich liebe dich von Herzen und, was glaubst du, wie oft ich trotzdem eine andere Frau begehrt habe. Auch jetzt noch, da du mich nicht mehr zurückstößt. Das ist die Natur. Sie ist stärker als unsere Vernunft und unsere moralischen Vorsätze.«

»Ist das wirklich so?« fragte sie erschüttert. »Bei allen Menschen!?«

»Das weiß ich nicht. Jedenfalls ist es so bei denen, die ich kenne. Bei einigen, die ganz in ihrer Aufgabe aufgehen, mag es anders sein, aber nein ... ein Begehren, und sei es nur flüchtig, wird immer einmal spürbar.«

»So sind denn alle Menschen treulos und schlecht?«

»Wären wir gut, so hätten wir Gottes Hilfe ja nicht nötig. Aber schlaf jetzt, Elisabeth, entspanne dich und vertrau mir ... selbst wenn du den jungen Mann geküßt hast, im Fasching ist das kein Verbrechen. Es gibt nichts, was du dir vorwerfen mußt. Wahrscheinlich hast du Auguste sogar vor einer Ehe, in der sie hätte unglücklich werden müssen, bewahrt.

Es wurde Frühling. Die Linden setzten zartgrüne Knospen an, die Bauern bearbeiteten mit Egge und Pflug das Land, und von Tag zu Tag ging die Sonne früher auf und blieb länger am Himmel. Der Schnee auf den Gipfeln der Berge schmolz und gab nackten Fels frei. Die Kinder kamen barfuß zur Schule, worum Thomas sie heiß beneidete. Aber Antoinette blieb hart: Ein Schloßbewohner mußte Schuhe tragen.

Im Dorf herrschte Hunger, denn die vergangene Ernte war so schlecht gewesen, daß die Vorräte nicht reichten, aber auch Hoffnung, denn schon ging die neue Saat auf.

Im Schloß litt man keine Not; die Abgaben der Bauern richteten sich nicht nach ihren Erträgnissen, sondern blieben gleich. Der Vogt hatte das Gut geschickt bewirtschaftet, und wenn er auch den Hauptteil des Erlöses in die eigene Tasche zu stecken pflegte, war er doch klug genug, die Schloßbewohner reichlich mit Lebensmitteln zu versehen, um allen Vorwürfen des Hofmarksherrn den Wind aus den Segeln zu nehmen. Lieber setzte er seiner Familie und seinem Gesinde ein ungebuttertes Mus vor, als die Schloßküche schlecht zu beschicken. Er wußte nur zu gut, daß er keineswegs unersetzlich war, und eine Kündigung des Pachtvertrages hätte für ihn und die Seinen eine Katastrophe bedeutet. So spürten die Schloßbewohner kaum etwas von der Unbill der Zeit. Höchstens daß Elisabeth, wenn sie im Dorf ihre Krankensuppen verteilte, mit besonderer Freundlichkeit aufgenommen wurde. Sie ahnte nicht, daß ihre milden Gaben oft gar nicht dem Kranken, besonders wenn er ohnehin schon aufgegeben war, zugute kamen, sondern daß die gesunden Mitglieder der Familie sich daran labten.

Je weiter die Frühjahrsbestellung der Felder voranschritt, desto leerer wurde Antoinettes Schule. Sie kränkte sich nicht darüber, denn sie wußte wohl, daß es nicht an der Qualität ihres Unterrichts lag. Die Kinder wurden jetzt zu Handreichungen in Haus und Stall gebraucht oder mußten die kleineren Geschwister beaufsichtigen, wenn die Eltern auf dem Feld arbeiteten. Irmingard, die so gern und gut gelernt hatte, erschien überhaupt nicht mehr, da ihre ledige Mutter und der Bauer, bei dem sie arbeitete, es nicht zuließen. Antoinette bedauerte das Kind, aber sie wußte, daß jeder Versuch, ihr zu helfen, gegen eine Mauer des Unverständnisses stoßen würde. Nur eine Handvoll Kinder fand sich regelmäßig ein, unter ihnen natürlich Thomas und der kleine Gotthardt. Bei Regenwetter waren es mehr, und dann hatte Antoinette ihre liebe Not, den Unterricht so zu gestalten, daß er für ihre ständigen Schüler interessant blieb, ohne daß diejenigen, die selten kamen, an ihren Lükken verzweifelten. So schwierig ihre Aufgabe auch war, liebte sie sie doch, schon deshalb, weil sie ihr die Möglichkeit gab, sich den größten Teil des Tages vom Schloß fernzuhalten.

Dort war die Atmosphäre gespannt. Anselm von Deinharting merkte es entweder nicht oder setzte sich darüber hinweg. Er verbrachte viel Zeit im Richterzimmer, wo er sich um die Belange seiner Bauern kümmerte, und mit Ausritten und Gesprächen mit Friedrich König. Im Kreise seiner Familie war er so dominierend, daß niemand es wagte, eine Mißstimmung aufkommen zu lassen.

Aber das Verhältnis zwischen Elisabeth und Auguste blieb nachhaltig gestört. Auguste zeigte nichts mehr von der zärtlichen Liebe und dem grenzenlosen Vertrauen, das sie Elisabeth vor dem Aufenthalt in München entgegengebracht hatte. Sie ließ es nicht an Höflichkeit fehlen, aber blieb kalt und ablehnend. Elisabeth träumte immer noch von Egon Graf Tannberg. Sie haßte sich dieser Träume wegen, in denen sie einen Verrat an Anselm von Deinharting beging, und konnte sich doch nicht von ihnen befreien. Fast haßte sie auch ihren Mann, weil er in so großer Überlegenheit darüber hinwegging. Sie hätte sich gewünscht, ernster genommen zu werden, und sehnte sich nach Auseinandersetzungen, in denen sie ihre Gefühle hätte entladen können. Aber dazu erhielt sie keine Gelegenheit.

Auch Antoinette gab ihr keine Möglichkeit, sich auszusprechen. Elisabeths Zurechtweisung am Tag ihrer Ankunft hatte sie zwar nicht ernstlich verletzt; sie wußte, daß die Menschen dazu neigen, einen anderen anzufahren, wenn sie mit sich selber nicht im reinen sind. Aber sie erlegte sich doch eine gewisse Reserviertheit auf. Ihr schien, als wüßte sie schon zuviel über die komplizierten Beziehungen der Deinhartinger zueinander und könnte sich nur Haß zuziehen, wenn sie noch tiefer in ihre Geheimnisse eindrang. Aber das Wissen um das, was in München geschehen war, blieb ihr nicht erspart. Auguste eröffnete es ihr auf einem sonntäglichen Spaziergang durch den Deinhartinger Forst zum Dragonerhaus. Es war inzwischen Mai geworden. Die Wiesen standen kurz vor der ersten Mahd, und die wilden Krokusse entfalteten ihre volle Pracht. Thomas war bei ihnen, aber er lief mit Parbleu ein gutes Stück voraus. Die Luft war mild, es wehte nicht der leiseste Windhauch.

»Wir hätten Christine mitnehmen sollen, statt sie ins Bett zu stecken«, sagte Antoinette, »ihr hätte der Spaziergang auch gutgetan.«

»Ach nein, ich bin froh, daß wir beide einmal allein sind!« widersprach Auguste. »Ich wollte Ihnen schon seit langem erzählen ... aber zuerst hatte ich einfach nicht die Kraft und dann ... ich habe immer darauf gewartet, daß Sie mich endlich danach fragen würden.«

»Man braucht nicht alles zu wissen.«

»Aber wir sind doch Freundinnen! Das haben Sie selber gesagt!«

»Und Sie meinen, eine Freundin muß alles von der anderen wissen?«

»Unbedingt.«

»Auch wenn es peinlich ist? Oder traurige Erinnerungen weckt? Nein, ich verstehe es durchaus, wenn man gewisse Dinge für sich behalten möchte.«

»Aber das will ich ja gar nicht!« Bei Auguste waren die Schleusen gebrochen, und sie sprudelte die ganze tragikomische Geschichte heraus.

Antoinette hörte ihr schweigend und teilnahmsvoll zu. »Es war richtig, daß Sie ihm einen Korb gegeben haben«, sagte sie, als Auguste geendet hatte.

»Meinen Sie wirklich?« Auguste blieb stehen. »Ich bin mir da gar nicht mehr so sicher. Es war ein Gefühl des Triumphes. Aber inzwischen habe ich es schon oft bedauert.«

»Das sollten Sie nicht. Halten Sie mich nicht für romantisch, Gustel. Ich bin mir durchaus darüber klar, daß man auch ohne Liebe heiraten kann, wenn man zusammenpaßt und beide Teile die Verbindung vom Standpunkt der Vernunft aus betrachten. Aber dann sollte man nicht verliebt sein und schon gar nicht in einen anderen.«

Auguste legte Antoinette die Hand auf den Arm. »Wenn Sie wüßten, wie sehr mich das erleichtert!«

»Sie wären unglücklich mit ihm geworden. Auch wenn Sie viel besser zu ihm passen als Elisabeth. Er hätte sich eingebildet, sie zu lieben und Einbildung ist genauso stark wie Liebe, wie ja die Liebe im Grunde nur Einbildung ist.«

»Das glaube ich nicht!«

»Ich habe jetzt nicht an die wahre Liebe gedacht, die zwei Menschen füreinander empfinden, die sich viele Jahre kennen und einander mit allen Schwächen und Fehlern akzeptieren, sondern nur an Verliebtheit, an dieses Gefühl, in Flammen zu stehen und nur den einen Wunsch zu haben: den oder keinen!«

»Als ich seinen Antrag ablehnte und er begriff, daß es endgültig war, da tat es ihm leid. Das müssen Sie mir glauben, Antoinette, es war wirklich so.«

»Aber wenn Sie ja gesagt hätten, würde er sich als Opfer gefühlt haben.«

»Sie haben recht. Aber – ich wäre verheiratet gewesen.«

»Um welchen Preis!«

Die beiden Mädchen wurden durch eine Lerche abgelenkt, die sich aus einer Furche hob und trillernd so hoch in den Himmel warf, daß sie ihren Augen entschwand.

Auguste seufzte, als sich ihr Blick wieder der Erde zuwandte. »Antoinette, wußten Sie, daß Männer nur des Geldes wegen heiraten?«

»Nun, ›nur‹ ist ganz sicher übertrieben.«

»Aber ich habe diese Erfahrung gemacht. Ein häßliches Mädchen mit Geld kommt unter die Haube, während ich …« Ihre Stimme erstarb; sie war nicht imstande, weiterzusprechen, denn die Demütigungen, die sie in München erlitten hatte, schmerzten noch immer.

»Häßliche Mädchen pflegen auch geringere Ansprüche zu stellen«, erwiderte Antoinette.

»Nein, nein, sagen Sie das nicht!« wehrte Auguste ab. »Bei mir ist von Anfang an alles falsch gelaufen … lange bevor Tante

Sophie die Begegnung mit Tannberg arrangiert hatte, die dann ja auch kein Erfolg war.« Mit größter Überwindung fügte sie hinzu: »Niemand interessierte sich für mich. Ich konnte das nicht verstehen. Hundertmal habe ich in den Spiegel gesehen und mich mit den anderen verglichen. Bis sie es mir sagten ... Tante Sophie, Beata ... und selbst Elisabeth konnte es nicht abstreiten. Es ist ja auch wahr: ein Hausstand kostet Geld. Niemand will ein Mädchen haben, das nichts mit in die Ehe bringt als eine Aussteuer.«

Antoinette legte dem jungen Mädchen den Arm um die Schultern. »Mein armer Liebling! Man hat dir grausam mitgespielt!« Unwillkürlich verfiel sie in das »Du« vergangener Jahre.

Auguste nickte stumm, bemüht, die Tränen zurückzuhalten.

»Eigentlich«, behauptete Antoinette, »war es nur ein Kompliment für deine Schönheit. Bei einem häßlichen oder auch nur durchschnittlich aussehenden Mädchen vermuten die Männer Tugenden wie Fleiß, Häuslichkeit, Sparsamkeit, Bescheidenheit. Aber deine Schönheit ist anspruchsvoll, sie fordert dazu heraus, mit Juwelen geschmückt zu werden.«

»Aber das erwarte ich ja gar nicht.«

»Ich weiß, chérie, doch ich glaube, so wirkst du auf die Männer. Wahrscheinlich hat manch einer bei deinem Anblick den Kopf verloren, dann aber die Frage, ob er sich eine so anspruchsvolle Schönheit leisten kann, verneinen müssen.«

Auguste errötete. »Jetzt übertreibst du!«

»Nein, gar nicht. Ich kann mir gut vorstellen, wie die Herren sich untereinander beraten haben: ›Wer ist dieses schöne Mädchen?‹ – ›Die Tochter des Hofsmarksherrn von Deinharting.‹ – ›Finger weg. Sie bringt nichts mit in die Ehe.‹ – ›Und seht nur diese stolze Haltung.‹ – ›Sie ist wunderbar!‹ – ›Sieh dich nur vor, sonst sitzt du in der Falle!‹«

Antoinette spielte die kleine Szene so komisch, daß Auguste trotz ihres Kummers lachen mußte. Sogar Thomas wurde aufmerksam und lief ihnen, Parbleu auf den Fersen, entgegen.

»Was gibt's Lustiges?« fragte er. »Weshalb lacht Gustel so?«

Antoinette fuhr ihm durch die dunklen Locken. »Wir haben uns nur über die Herren amüsiert, die sich in München um Auguste gerissen haben.«

»Aber es war ihr keiner gut genug?« fragte Thomas ernsthaft.

»Ganz richtig«, bestätigte Antoinette lächelnd, »aber jetzt lauf wieder. Für einen Buben ist das, worüber wir reden, nur langweiliges Zeug.«

Thomas stürmte davon und verwandelte sich sogleich aus dem Knaben ohne Herkunft in einen fahrenden Ritter, der mit seinesgleichen durch die Lande zog, überall Freunde und Gastfreundschaft fand, die Unterdrücker der Armen besiegte, Ungerechtigkeiten beseitigte und schöne Damen befreite. Die Geschichte des Ritterwesens hatte großen Eindruck auf ihn gemacht, und er wünschte sehnlichst, im Mittelalter gelebt zu haben.

»Thomas sieht dich auch so«, stellte Antoinette fest, »als eine anspruchsvolle Schönheit. Es müßte nur einmal jemand kommen, der sich eine Frau wie dich leisten kann. Paß auf, im nächsten Jahr ...«

Auguste schüttelte den Kopf. »Ein zweites Mal halte ich das nicht aus.«

»Rede dir doch so etwas nicht ein.«

»Du kannst dir nicht vorstellen, was ich durchgemacht habe. Dabei gehörte ich wenigstens zu den Jüngsten. Im nächsten Jahr werde ich schon ein altes Mädchen sein.«

Eine Weile schritten die beiden schweigend und tief in Gedanken versunken nebeneinanderher. Sie hatten jetzt den Deinhartinger Forst erreicht, und die Sonne schien durch die hellgrünen Blätter und warf leuchtende Kringel auf den moosigen Boden. Im Laub schwirrte es von Vögeln.

»Ich habe noch den Schmuck«, sagte Antoinette endlich, »den Schmuck meiner Mutter. Er ist prachtvoll. Das Wertvollste ist eine Garnitur aus nußgroßen Diamanten. Ein Kollier, ein Diadem und Ohrgehänge.«

»Davon habe ich noch nie gehört.«

»Alles ist vergraben. Der Kaiserlichen wegen. Als sie abzogen, habe ich nicht daran gedacht, die Juwelen zu holen. Was sollte ich auch damit?!«

»Aber, Antoinette, dann bist du ja reich!«

»Nicht ich, Liebling, du! Wir werden die Kassette ausgraben, wenn es Sommer ist. Du wirst die Diamanten tragen. Du wirst sehen, dann stehst du ganz anders da. Du wirst ein Mädchen sein, das etwas in die Ehe mitbringt ... einen kostbaren Schmuck, wenn dein Zukünftiger Geld genug hat. Oder er kann ihn verkaufen, um seine Schulden zu tilgen und ...«

»Niemals!« Auguste fiel Antoinette um den Hals. »Niemals ließe ich zu, daß dein Schmuck verkauft wird! Das würde ja heißen, daß ich nur des Geldes wegen geheiratet würde. Nein, niemals! Und nie werde ich dir vergessen, was du für mich getan hast!« So wild sie gerade gewesen war, so schnell wurde sie wieder ernst. »Hast du es dir auch gut überlegt, Tonette? Wirst du es wirklich über dich bringen?«

»Du Dummchen, mir liegt ja gar nichts daran!«

Auguste küßte Antoinette auf beide Wangen.

Sie fuhren auseinander, als sie eine männliche Stimme hörten.

»Es ist ein Vergnügen, wenn zwei junge Damen sich so gut vertragen!« sagte Friedrich König – er war zum Mittagessen im Schloß gewesen, später aufgebrochen und hatte sie mit seinen langen Schritten eingeholt.

»Ja, stellen Sie sich nur vor, Onkel Frédéric ...«, sprudelte Auguste hervor.

Rasch legte Antoinette ihr den Finger auf die Lippen. »Still! Auguste, schweigen Sie!« In Anwesenheit des jungen Gelehrten fand sie es passender, zu der förmlichen Anrede zurückzukehren. »Es soll so lange wie möglich ein Geheimnis bleiben.«

»Aber warum?« Augustes grüne Augen wurden groß. »Bereuen Sie es etwa schon?«

»Nein. Aber es könnte sein, daß jemand Einwände erhöbe.«

»Papa? Oder – ja natürlich – Mama!«

»Geheimnisse?« neckte Friedrich König. »Das will mir aber gar nicht gefallen. Ich glaube, ich werde es dem Hofmarksherrn sagen müssen, damit er Sie tüchtig ins Gebet nimmt!«

»Oh, Onkel Frédéric, bitte nicht!« rief Auguste erschrocken.

»Aber, Gustel, ich bitte Sie, merken Sie denn nicht, daß es nur Spaß ist!« Antoinette wandte sich an Friedrich König. »Sie würden uns doch gewiß nicht verraten!«

»Es freut mich, daß Sie eine so gute Meinung von mir haben! Aber warum teilen Sie Ihr Geheimnis dann nicht mit mir?«

»Wenn man eingeweiht ist, teilt man die Verantwortung und ... muß sich vielleicht später Vorwürfe anhören.«

»Das stimmt schon. Aber sind Sie auch sicher, daß Sie das Richtige tun?«

»Ganz sicher kann man nie sein«, behauptete Antoinette, »aber es ist das Beste, was mir im Augenblick eingefallen ist.«

»Ich weiß, Sie werden nichts Unüberlegtes tun.«

Inzwischen hatten sie den Ausläufer des Deinhartinger Waldes durchquert und waren vor dem Dragonerhaus angekommen, das inmitten eines großen Obstgartens stand, dessen Bäume Friedrich König mit Hilfe von Peter und Barbara schon beschnitten hatte. Das Haus wirkte ein wenig windschief, aber es war gut instand gehalten, und der geschnitzte Balkon, der sich um den ersten Stock zog, war ein schönes Zeugnis bäuerlicher Kunst. »Ich würde Sie gerne hinein bitten«, sagte Friedrich König, »und ich bin sicher, daß Barbara einen guten Kuchen gebacken hat. Aber leider kann ich den Damen meine Junggesellenwirtschaft nicht zumuten.«

»Werden Sie mir wenigstens Ihre Tiere zeigen?« fragte Thomas.

»Nein, Thomas, du könntest sie liebgewinnen ...«

»Und warum darf ich das nicht?«

»Weil sie ... nun, sie sind keine Spielgefährten, sondern Opfer.«

Thomas bekam große Augen. »Was machen Sie denn mit ihnen?«

»Ich bemühe mich, einen Impfstoff gegen Tuberkulose zu finden, und dazu muß ich sie mit dieser Krankheit infizieren und dann das Gegenmittel an ihnen ausprobieren.«

»Aber das klingt ja schrecklich!« rief Auguste.

»Ja, es ist nicht schön, die Tiere sterben zu sehen.«

»Aber warum tun Sie es dann?«

»Um der Wissenschaft zu einem Fortschritt zu verhelfen.«

»Sie sind doch Arzt! Warum begnügen Sie sich nicht damit, der Menschheit zu helfen?«

»Dazu haben wir viel zuwenig Möglichkeiten. Wir können Blutegel setzen, Rizinusöl eingeben, kalte und warme Umschläge verschreiben! Mir, liebe Auguste, fällt es viel schwerer, Menschen dahinsiechen zu sehen, ohne sie vor dem sicheren Tod retten zu können, als Tiere.«

Alle waren plötzlich sehr ernst geworden.

Antoinette schauderte in der warmen Frühlingssonne. »Das ist aber kein Gespräch für einen Sonntagnachmittag!«

»Verzeihen Sie vielmals!« Doktor König verbeugte sich vor ihr. »Es ist überhaupt kein Gespräch, das man mit Damen führen sollte.«

»Mir würde das nicht gefallen«, sagte Thomas, »den ganzen Tag im Haus zu hocken!«

»Das tue ich ja gar nicht. Ich gehe dann und wann spazieren ... wie eben jetzt zum Beispiel.«

»Können Sie auch reiten?«

»Ja.«

»Ich würde gerne reiten.«

»Aber, Thomas!« rief Antoinette. »Warum hast du das denn nicht gesagt? Wir wären doch mit dir ...«

»Mit Damen ist das nichts«, meinte er verächtlich.

»Und warum fragst du nicht den Hofmarksherrn?« meinte Friedrich König.

»Weil ich ihn um nichts bitten mag.«

Friedrich König begriff und wechselte einen raschen Blick mit Antoinette. »Ja, wenn das so ist ... ich würde gern mit dir ausreiten, aber meine alte Hulda ist nur ein Kutschpferd ...«

»Oh, Sie können meines haben!« rief Antoinette.

»Oder meines!« erbot sich Auguste.

»Dann laufen Sie nur schon zum Schloß zurück! Ich werde mir nur Reithosen und Stiefel anziehen. Aber ich hole Sie leicht ein!«

»Wenn nicht, werden wir schon die Pferde satteln!« rief Thomas glücklich. »Wir könnten zu Lingens reiten ... oder lieber zum Gut hinaus! Kennen Sie das eigentlich schon?«

»Nein.«

»Dann reiten wir zum Gut.«

Als Anselm von Deinharting beim Nachmittagskaffee erfuhr, daß Thomas mit Friedrich König ausgeritten war, runzelte er die Stirn. »Was für ein Einfall!« sagte er. »Ich verstehe das nicht.«

Antoinette sah ihn mit ihrem offenen Blick an. »Aber das ist doch ganz natürlich. Thomas hat das Bedürfnis nach männlicher Gesellschaft, und Sie kümmern sich ja nicht gerade viel um ihn.«

»Soll das ein Vorwurf sein?«

»Gewiß nicht. Dazu hätte ich kein Recht. Es ist nur eine Feststellung.«

»Wenn ich mich recht erinnere, bin ich im vergangenen Herbst verschiedentlich mit Thomas ausgeritten.«

»Ja, Papa«, sagte Auguste, »Sie voraus, und er hinterher. Ich glaube nicht, daß Sie sehr oft das Wort an ihn gerichtet haben.«

Der Hofmarksherr brauste auf. »Ja, habt ihr euch denn alle gegen mich verschworen?«

»Gewiß nicht, mein Lieber!« Elisabeth streckte über den Tisch die Hand nach ihm aus. »Auch ich empfinde diese – diese seltsame neue Freundschaft zwischen Thomas und Friedrich König als recht unpassend. Du solltest das verbieten.«

Antoinette und Auguste schlugen die Augen nieder, um sich ihre Gefühle nicht anmerken zu lassen.

Obwohl die Unterhaltung in französischer Sprache geführt worden war, hatte die kleine Christine etwas davon mitbekommen. »Mais oncle Frédéric«, rief sie, »est très charmant! Er ist lieb!«

Antoinette und Auguste mußten lachen.

Elisabeth sagte streng: »Kinder haben nur zu sprechen, wenn sie gefragt werden!« Aber sie blickte ihr Töchterchen liebevoll an.

»Auf alle Fälle wünsche ich Thomas bei den Mahlzeiten hier an meinem Tisch zu sehen«, erklärte Anselm von Deinharting.

»Aber ich habe ihn so rechtzeitig entschuldigt, Monsieur, daß nicht einmal für ihn gedeckt werden mußte«, verteidigte Antoinette ihn. »Gewiß wird er auf dem Gut ein Glas Milch und ein Stück Kuchen bekommen. Warum sollte man ihm ein so harmloses Vergnügen nicht gönnen?«

Die Ader an der Schläfe des Hofmarksherrn schwoll. »Weil noch immer ich hier der Herr im Haus bin!«

Antoinette ließ sich nicht einschüchtern. »Wer sollte Ihnen diesen Platz auch streitig machen?«

Darauf wußte er keine Antwort und erhob sich jäh; erst in der Tür drehte er sich um, um sich bei Elisabeth zu entschuldigen. »Es tut mir leid, ich habe zu arbeiten.«

Die Frauen blieben schweigend zurück. Keiner, außer Christine, wollte die Königstorte, die Margarethe Meyr persönlich gebacken hatte, noch so richtig schmecken.

»Sie sollten wirklich Schluß mit diesem Unsinn machen«, sagte Elisabeth endlich, »Friedrich König ist weder von Stand noch katholisch, zudem steckt er voll sonderbarer Einfälle ...« Elisabeth stockte.

»... was Sie nicht daran gehindert hat, ihn häufig auf dem Schloß zu empfangen!« ergänzte Antoinette.

»Ich glaube jetzt, daß es ein Fehler war.«

Auguste stieß Antoinette unter dem Tisch an, um sie an ihre Worte über die Beziehung zwischen Friedrich König und Elisabeth zu erinnern; sie kicherte in ihre Serviette.

»Daran ist gar nichts komisch!« behauptete Elisabeth. »Ich bin entschlossen, den Verkehr zwischen uns und diesem Herrn entschieden einzuschränken, ich möchte auf keinen Fall, daß ein Kind seinen Einflüssen ausgesetzt ist.«

»Ich bedaure sehr, ma tante«, erklärte Antoinette gelassen, »daß ich Ihre Ansichten nicht teilen kann. Friedrich König ist ein ehrenwerter und kluger Mann. Wenn er auch Ihre Gunst verloren hat, so weiß ich doch, daß der Hofmarksherr ihn nach wie vor hoch schätzt.«

»Aber er ist, genau wie ich, gegen diese Vertraulichkeit mit Thomas!«

»Thomas ist ein Junge, ma tante, er braucht Freunde. In der Schule findet er keine, denn die Buben aus dem Dorf stehen in jeder Hinsicht weit unter ihm. Aber er kann nicht ausschließlich unter Frauen aufwachsen. Sie müssen bemerkt haben, wie sehr Thomas sich um die Achtung oder wenigstens Beachtung des Hofmarksherrn bemüht hat, um doch nur immer wieder zurückgestoßen, übersehen oder wie ein lästiges Etwas behandelt zu werden.«

Elisabeth wußte nur zu gut, daß dieser Vorwurf berechtigt war, und so sagte sie ziemlich kleinlaut: »Ich habe ihn liebgewonnen.«

»Das weiß ich, ma tante, und ich bin sehr froh darüber. Wir alle haben ihn lieb ... Auguste, Christine und ich. Aber er braucht die Beziehung zu einem Mann, dem er nacheifern, der ihm die Fragen nach Dingen beantworten kann, mit denen er sich nicht an uns wenden würde und die wir gar nicht verstünden. Es ist doch nur natürlich, daß er sich Friedrich König anschließt. Wer käme denn sonst für ihn in Frage?«

»Sie tragen die Verantwortung für ihn.«

»Das weiß ich wohl, und ich trage sie allein. Deshalb bin ich froh und dankbar, daß Friedrich König mir ein wenig davon abnimmt.«

Elisabeth konnte sich Antoinettes Argumenten nicht verschließen, aber sie ärgerte sich über den Ton, in dem sie vorgetragen worden waren, und die selbstbewußte Haltung der jungen Französin. Es war ihr, als hätten Auguste und Antoinette sich gegen sie verschworen, worin sie ja auch nicht ganz unrecht hatte. So stand sie denn mit hochmütiger Miene auf.

»Komm, Christine, du kannst mir beim Stricken zusehen … ich werde dir Märchen erzählen.«

Das ließ Christine sich nicht zweimal sagen. »Oh, ja, Mama!« Sie hopste vom Stuhl.

Das Kind an der Hand, verließ Elisabeth den kleinen Saal, womit sie deutlich zum Ausdruck brachte, daß ihr an der Gesellschaft der jungen Damen nichts gelegen war.

Sie hätte ihnen keinen größeren Gefallen tun können.

Als Anselm von Deinharting das Richterzimmer betrat, führten seine Schritte sogleich zu dem mächtigen Renaissanceschrank; er holte die Flasche mit dem Obstler heraus, setzte sie an die Lippen und nahm einen kräftigen Schluck. Dabei war ihm bewußt, wie sehr Elisabeth sein Verhalten mißbilligt hätte, aber das war ihm in diesem Augenblick gleichgültig, erfüllte ihn sogar mit einer gewissen Genugtuung. Dann erst füllte er einen der Zinnbecher und stellte die Flasche fort. Er war aufgebracht und wußte selber nicht warum.

Was kränkte ihn so daran, daß Thomas mit Friedrich König ausgeritten war? Dem »Preußen«, wie er ihn jetzt in Gedanken verächtlich nannte, obwohl er im allgemeinen nichts gegen diesen deutschen Völkerstamm und noch weniger gegen den jungen Gelehrten persönlich hatte, der ihm in langen Jahren Freund und Gesprächspartner geworden war.

Unruhig wanderte er unter dem farbenprächtigen Deckengemälde, das das Wappen derer von Deinharting und Helios auf dem Sonnenwagen zeigte, hin und her. Er wußte selber nicht, was ihn in diesen Raum getrieben hatte, in dem seit über hundert Jahren die Schriften aufbewahrt wurden, in denen die Grundstücksvermessungen der Hofmark und die wechselnden Pacht- und Lehensverpflichtungen seiner Bauern aufgezeichnet wurden. Inzwischen gab es keine Leibeigenen und Lehnbauern mehr in Bayern, alle waren zu Pächtern geworden, und es war, das wußte Anselm von Deinharting, nur eine Frage der Zeit, bis sie als freie Bauern auf ihren Höfen sitzen würden. Ihm schien das nur gerecht, aber angesichts der ernsten Augen seiner Ahnen, deren vom Alter nachgedunkelte Bildnisse die Wände schmückten, überfiel ihn Unsicherheit. Durfte er sich auf seinen Sinn für Gerechtigkeit wirklich etwas zugute halten? Niemals wurde er das Gefühl los, daß seine Bauern ihm das als Schwäche auslegten. Der Vogt, der sein Gut verwaltete und das Schloß reichlich mit Lebensmitteln versorgte, ihn aber um den finanziellen Gewinn betrog, tat es gewiß. Das gleiche galt auch von dem dicken Schwaiger, dem Wirt des Gasthofes »Zur Post«, der wie die dazugehörige Brauerei dem Hofmarksherrn gehörte; sonst hätte er nicht reich genug werden können, um seiner Tochter ein Schloß zu kaufen.

Anselm von Deinharting zweifelte an sich selber. Was war mit ihm, daß er nicht kämpfen konnte? Ihm war klar, daß sich das Rad der Zeit nicht zurückdrehen ließ und auch bei heftigem Widerstand nicht viel mehr als hie und da ein paar Taler herausspringen würden. Aber das war doch keine Entschuldigung dafür, alles laufenzulassen und nur Wert darauf zu legen, die eigenen Hände nicht zu beschmutzen.

Hatte seine Familie nicht ein Anrecht darauf, daß er sie gut versorgte und das letzte aus seiner Hofmark herausholte? Er war sicher, daß es so war, und doch fühlte er sich außerstande, es zu tun.

Das war es, was ihm so zusetzte. Die Damen in seiner Familie verstanden nichts von der Realität, nichts von Wirtschaftlichkeit, Handel und Wandel – abgesehen vielleicht von Antoinette, die als einzige kein Recht darauf hatte, gut versorgt zu werden, nicht einmal auf dem Schloß zu leben, und die niemals auch nur in Gedanken einen Vorwurf erheben würde.

Seine Söhne waren ihm gegenüber nie kritisch gewesen, jedenfalls nicht, solange sie noch jung waren. Es waren die Verhältnisse in Bayern gewesen, der Mangel an Freiheit, der Anselm, seinen Ältesten, nach Amerika getrieben hatte. Aber war es wirklich nur das gewesen? In Bayern war ja die Freiheit auf dem Vormarsch. Die Vorrechte des Adels waren beträchtlich beschnitten worden, Menschen von niedriger Herkunft erhielten die Chance, in den Beamtenstand aufzusteigen – der junge Anselm hätte nur abzuwarten brauchen – und an dem neuen Bayern mitzuarbeiten, wie Utzschneider es ja tat, um die Verhältnisse zu ändern. War er nicht letztlich nur geflohen, weil der Vater ihm keine Sicherheit für die Zukunft bieten konnte? Und hatte er nicht auch Emanuel verloren, den er immer für einen Schwächling gehalten hatte und der jetzt als Leutnant bei den bayerischen Grenadieren durchaus seinen Mann stand?

Anselm von Deinhartings Gedanken waren trübe. Die Luft in dem großen Raum erschien ihm stickig. Er riß das eine der beiden Butzenscheibenfenster auf.

Was hatte ihn ausgerechnet an einem Sonntagnachmittag hierhergetrieben? Gewiß gab es manches aufzuarbeiten. Wie immer war er mit seinen Abrechnungen nicht auf dem laufenden. Es galt, einen Streit um das Holz im Gemeindewald zu schlichten. Feinhuber, sein Forstgehilfe, hatte einen jungen Mann wegen Wilderei bei ihm angezeigt. Aber alle diese Dinge würde er heute gewiß nicht erledigen.

Er leerte den Zinnbecher, füllte nach und ging unruhig auf und ab. In ihm bohrten die Vorwürfe, die Antoinette ihm wegen des Jungen gemacht hatte. Er wollte es nicht wahrhaben, daß er sich zuwenig um ihn kümmerte, und doch mußte er zugeben, daß sie recht hatte.

Der junge Anselm war in Amerika, Emanuel gewiß außerstande, dem väterlichen Willen Widerstand entgegenzusetzen – warum also setzte er nicht Himmel und Hölle in Bewegung, um dem Jungen seinen Namen zu geben?

Bisher hatte er sich stets damit entschuldigt, daß er Elisabeth nicht so verletzen könnte. Aber der Junge war in der Zeit gezeugt worden, als Elisabeth sich ihm beharrlich verweigert hatte. Unmöglich konnte sie ihm also einen Vorwurf daraus machen. Zudem hatte sie selber ein Kind, die kleine Christine, deren Vater er nicht war und die er doch ohne zu zögern anerkannt hatte. Er wußte, daß es nicht Elisabeths Schuld war, daß sie vergewaltigt worden war – aber selbst wenn es anders gewesen wäre, hätte er ihr beigestanden. Also konnte er die gleiche Haltung von ihr erwarten, zumal sie nicht so weltfremd sein konnte, nicht zu ahnen, wenn nicht gar zu wissen, daß Thomas sein Sohn war.

Es war etwas anderes, das ihn von diesem Schritt zurückhielt. Er hatte Angst vor Thomas. Eine drohende Gefahr für ihn schien von diesem Jungen auszugehen. Es war ihm bewußt, daß diese Furcht lächerlich war, aber sie war da.

Als Anselm und Emanuel in Thomas' Alter gewesen waren, hatten sie dem Vater bedingungslos gehorcht, respektvoll zu ihm aufgeblickt, und wenn sie, als sie größer wurden, hie und da ihren eigenen Willen hatten durchsetzen wollen, so war es ihm stets mühelos gelungen, sie nach seinen Wünschen zu leiten.

Bei Thomas war das anders. Nie war er ihm gegenüber unsicher oder eingeschüchtert, wie er es von seinen anderen Söhnen gewöhnt war. Immer, wenn er mit ihm sprach, waren die schwarzen Augen ernsthaft auf ihn gerichtet, und oft glaubte er, Kritik in ihnen zu lesen. Thomas war nicht ungezogen, er redete nicht ungefragt, aber wenn er zu Wort kam, pflegte er seine Meinung rückhaltlos zu vertreten. Unter Zwang gab er nach, aber seine ganze Haltung zeigte dann deutlich, daß er keineswegs überzeugt war.

Thomas war, das gestand sich Anselm von Deinharting ein, ein Sohn, auf den er hätte stolz sein können. Aber er war es nicht. Der Junge war ihm fremd – vielleicht, weil seine Mutter ihm fremd geblieben war? Sie war eine Abenteurerin gewesen, leidenschaftlich, wild und zügellos. Aber keine dieser Eigenschaften, die ihn an Lucille so sehr gereizt und gleichzeitig abgestoßen hatten, schien der Junge von ihr geerbt zu haben. Im Gegenteil, er war diszipliniert, beherrschte Geist und Körper, und vielleicht war es gerade das, was seinen Vater so verunsicherte.

Für ihn war Thomas der Vertreter einer anderen Generation, ja, eines neuen Menschenschlages, und er konnte den Zweifel daran nicht loswerden, ob sein Leben vor den Augen dieses Jungen bestehen würde.

Je mehr die Zeit verging, desto unruhiger wurde der Hofmarksherr. Es dauerte eine ganze Weile, bis er sich eingestand, daß er auf das Heimkommen des Jungen wartete. Aber diese Erkenntnis steigerte seine Nervosität noch.

Schon rötete sich die Sonne und drohte, zwischen grauen Wolkenbänken zu versinken, als er endlich das Klappern von Pferdehufen auf dem Pflaster des Vorhofs hörte, das auf dem gestampften Boden vor den Ställen dumpfer wurde.

Die Meute schlug an.

Anselm von Deinharting hoffte, daß sie nicht zu ihm hinaufschauen würden, aber er konnte nicht anders als den Kopf zum Fenster hinauszustrecken.

Thomas und Friedrich König ritten ein – Thomas kerzengerade, Zügel und Peitsche in korrekter Haltung. Hinter ihm Friedrich König lässig und entspannt. Als sie sich von ihren Pferden schwangen, kam Peter aus dem Stall, wo er auf dem Heuboden gedöst haben mochte. Er kümmerte sich um Friedrich Königs Pferd – er hatte Augustes sanften Apfelschimmel gewählt –, während Thomas es sich nicht nehmen ließ, seinen Haflinger selber abzusatteln und ihn von der Trense zu befreien. Es war ihm anzumerken, wie schwer ihm die Last fiel, aber auch dabei bewahrte er Haltung. Danach klopfte er seinem Pferd zärtlich den Hals, schien ihm zuzureden, fütterte es mit einer Brotkruste und führte es in den Stall.

Währenddessen hatte Friedrich König geduldig gewartet, während Parbleu, der vorausgelaufen war, sich zu Boden geworfen hatte.

Jetzt kam Thomas wieder auf den Hof hinaus, reichte Friedrich König die Hand, zog sie aber sogleich wieder zurück, da ihm wohl Zweifel an ihrer Sauberkeit gekommen waren.

Aber der junge Gelehrte streckte ihm seine Hand so freundschaftlich entgegen, daß Thomas erleichtert einschlug. Dabei verbeugte er sich höflich.

Anselm von Deinharting schloß das Fenster. Er hatte genug gesehen. Wenn er das Herz seines Sohnes gewinnen wollte, mußte er jetzt damit anfangen.

Aber er wußte, daß er die Kraft dazu nicht aufbringen würde, und seufzte schwer.

Zwischen Antoinette und Auguste entstand in der nächsten Zeit eine Vertrautheit, die Elisabeth kränkte und die sie als gegen sie gerichtet empfand.

Es dauerte nicht lange, bis Auguste der älteren Freundin alles über ihre Bekanntschaft mit Egon Graf Tannberg, seine Neigung zu Elisabeth und den Korb, den sie ihm gegeben hatte, erzählte. Antoinette verstand wohl, wie es Elisabeth hatte geschehen können, Herz und Verstand an einen jungen Mann zu verlieren, aber sie meinte doch, daß Elisabeth hätte fähig sein müssen, die Gefahr rechtzeitig zu erkennen und den Anfängen zu wehren. Sie sprach das Auguste gegenüber nicht aus, weil sie nicht beabsichtigte, sie gegen die Stiefmutter aufzuhetzen. Aber sie selber, die immer Dankbarkeit, Verehrung und Zuneigung für Elisabeth empfunden hatte, begann sie immer kritischer zu betrachten und sich innerlich von ihr zu lösen.

Obwohl sie es Elisabeth gegenüber keineswegs an Zuvorkommenheit fehlen ließ, trat eine gewisse Spannung in ihre Beziehungen zueinander. Elisabeth wußte, daß sie nicht unbeteiligt daran war. Sowenig, wie sie vor Jahren über die Vergewaltigung hatte sprechen können, vermochte sie Antoinette jetzt ihre Gefühle für den jungen Grafen anvertrauen. Dabei schätzte sie an Antoinette besonders – was sie allerdings auch manchmal irritierte – ihre Gabe, Verständnis für alles aufzubringen. Sie glaubte auch jetzt damit rechnen zu können, wenn sie nur den Mut aufbrachte, sich ihr anzuvertrauen. Aber es blieb ihr versagt, sich ihren Mitmenschen zu eröffnen; nur ihrem Mann gegenüber wagte sie schwache Versuche.

Antoinettes Verhalten und ihr Tagesplan ermutigten auch nicht gerade zu einem offenen Gespräch. Sie war am Vormittag in der Schule, bereitete sich nachmittags auf den Unterricht vor, kümmerte sich um Thomas und, wenn Elisabeth ruhen wollte, um die kleine Christine, versuchte Margarethe Meyr so viel wie möglich in der Küche abzusehen und versorgte den Kräutergarten. In der Zeit, die ihr bei alldem noch übrigblieb, zog es sie zu Auguste. Die beiden Mädchen tuschelten und lachten häufig, und ergriffen jede Gelegenheit, miteinander allein zu sein. Elisabeth glaubte, daß sie sich über sie lustig machten. Doch ging es den beiden nur um Augustes Zukunft, ihr nächstes Auftreten in der Münchner Gesellschaft und das Ausgraben der Schmuckschatulle.

Sie redeten gern und lange darüber, wie die Kassette unbemerkt aus der Erde geholt werden könnte. Antoinette wußte genau, wo sie lag: unter einem kleinen Beet mit Petersilie, die schon so ausgewachsen war, daß nicht viel dazu gehörte, Margarethe Meyr davon zu überzeugen, es wäre an der Zeit, die alten Pflanzen auszureißen. Überdies hatte Antoinette schon im Frühjahr junge Petersilie gesät.

Sobald der Boden frei war, mußte die Schatulle gehoben werden, und zwar innerhalb von zwölf Stunden, denn eine unbepflanzte Stelle in dem nicht gerade großen Schloßgarten mußte auffallen.

Die Mädchen hätten ihren Plan am liebsten am frühen Nachmittag durchgeführt, wenn die meisten Schloßbewohner der Ruhe pflegten. Es war auch nicht wahrscheinlich, daß die Köchin nach dem Essen eine der Mägde in den Garten schicken oder selber ein

Gewürzkraut holen würde, aber auch nicht vollständig auszuschließen.

Das war die Schwierigkeit, über die sie lange diskutierten. Sie kamen zu dem Ergebnis, daß es keinen Sinn hätte, wenn Auguste am Eingang Wache stünde, denn bei allem Nachdenken fanden die jungen Damen kein Argument, durch das jemand vom Betreten des Gartens hätte abgelenkt werden können. Natürlich war es nichts Ungewöhnliches, Antoinette in einem Beet graben zu sehen – aber nicht in einer Tiefe von einem Meter. Es galt ja auch nicht nur, die Kassette zu heben, sondern sie wieder so zu vergraben, daß kein Mensch das Versteck fand.

Schließlich sollte das Unternehmen nachts stattfinden, und zwar in einer Vollmondnacht im Juli.

Da Antoinette fürchtete, Thomas, mit dem sie das Zimmer teilte, könnte ihr Verschwinden bemerken und vielleicht sogar Alarm schlagen, beschloß sie, ihn einzuweihen.

Sie erklärte ihm die Situation. »Es besteht gar keine Gefahr«, versicherte sie, »wir brauchen nicht länger als eine Stunde für die ganze Sache.«

Thomas hatte heiße Ohren bekommen. »Kann ich nicht mitmachen? Oh, bitte, bitte, Tonette, nimm mich mit!«

»Du brauchst deinen Schlaf.«

»Ach was! Einmal kann man auch unausgeschlafen zur Schule gehen … und übermorgen sind sowieso Ferien!«

Antoinette mochte dem Jungen den Spaß nicht verderben; er erlebte ja auch nicht gerade viel Unterhaltsames.

Auguste war nicht begeistert. »Und wenn er den Mund nicht halten kann?«

»Thomas?! Du solltest ihn doch kennen. Er kann schweigen wie ein Grab.«

»Es geht um deinen Schmuck. Du hast zu entscheiden.«

»Sehr richtig, und ich habe mich entschieden.«

Augustes Miene erhellte sich plötzlich. »Wie dumm man manchmal sein kann! Weißt du, warum ich Thomas nicht dabei haben wollte? Um das Abenteuer nicht mit noch jemandem zu teilen.«

Antoinette streichelte ihr mit dem Handrücken die Wange. »So lustig wird es bestimmt gar nicht werden.«

Gegen Abend des großen Tages grub Antoinette die alte Petersilie aus und warf sie auf den Komposthaufen. Sie richtete die

Arbeit so ein, daß sie bis zum Essen mit dem Umgraben und Glätten des Bodens fertig war.

Bei der Abendmahlzeit war Auguste so aufgeregt, daß sie kaum einen Bissen hinunterbringen konnte.

Ihrem Vater, der, wie immer, die Teller gefüllt hatte, fiel es auf. »Was ist los mit dir? Du ißt ja gar nichts!«

»Ich ... ich weiß es auch nicht! Ich habe einfach keinen Appetit ... eine kleine Unpäßlichkeit ...«, stammelte Auguste, heiß errötend.

»Dann legst du dich am besten gleich hin, ich werde dann später nach dir schauen«, schlug Elisabeth vor.

Der Gedanke, daß Elisabeth nachts in ihr Zimmer kommen könnte, jagte Auguste einen panischen Schrecken ein. »Aber warum denn?! Wenn ich einmal keinen Hunger habe, heißt das doch nicht, daß ich krank bin.«

»Gesunde Leute essen mit Appetit«, entschied der Vater.

Antoinette kam der Freundin zu Hilfe. »Auguste ist ganz gesund«, versicherte sie, »sie hat nur – ach, verraten Sie es doch, Gustel – Sie sind ja kein Kind mehr, das man dafür strafen würde!«

Auguste wußte nicht, worauf Antoinette hinauswollte.

Elisabeth verstand sofort. »Sie hat genascht?«

»Ja«, sagte Auguste erleichtert, »von Margarethes guter Eiersahne! Bitte, verzeihen Sie mir – ich konnte nicht widerstehen.«

Anselm von Deinharting sah sie kopfschüttelnd an. »Du scheinst doch noch ein Kind zu sein.«

»Allzuviel Süßes ist ungesund«, konnte Elisabeth sich nicht enthalten zu sagen, obwohl ihr selber das Überflüssige dieser Bemerkung bewußt war.

Thomas hatte während der ganzen Mahlzeit stoische Ruhe bewahrt.

Später, in ihrem Schlafzimmer, sagte er zu Antoinette: »Du hast bei Tisch gelogen.«

»Ja, ich weiß.«

»Aber du sagst immer, man darf nicht lügen, und Pfarrer Reiter predigt es auch. Die deutschen Ritter haben auch ihre Wahrhaftigkeit beschworen.«

»Du hast ja recht, Thomas. Ich hasse Lügen. Aber Auguste hatte sich in eine schwierige Situation gebracht, das hast du doch sicher auch gemerkt. Sie hat noch nicht gelernt, ihr Temperament zu zügeln. Ich mußte etwas tun, wenn es nicht zu Tränen, bösen Worten oder Schlimmerem kommen sollte. Und mir ist eben nichts anderes eingefallen.«

Thomas dachte nach. »Eigentlich hast du das von dem Naschen ja auch gar nicht gesagt. Ausgesprochen haben es nur Tante Elisabeth und Auguste.«

»Ja, so könnte ich mich entschuldigen. Aber das wäre schon recht spitzfindig.«

»Es war eine Kriegslist«, meinte Thomas.

Antoinette lachte. »Ja, wir haben ein Scharmützel vor, das wir uns doch nicht schon im vorhinein durchkreuzen lassen wollen.«

Gegen zehn Uhr stand der Mond rund und schon am Himmel, aber die beiden wagten noch nicht, sich aus dem Schloß zu schleichen, weil sie nicht sicher waren, daß schon alle schliefen. Um elf Uhr entschied Antoinette, daß sie nicht länger warten könnten. Auf Zehenspitzen verließen sie das Schlafzimmer, pochten kaum hörbar bei Auguste, die, ein Tuch um Kopf und Schultern geschlungen, herauskam, und stiegen leise die steinerne Treppe hinunter. Parbleu schlug kurz an, als sie an dem Kinderzimmer vorbeikamen, aber das erregte keine Aufmerksamkeit, weil der kleine, stachelhaarige Vorstehhund oft recht lebhaft träumte.

In der Küche brannte noch Feuer. Die drei berieten flüsternd, ob sie eine Laterne daran entzünden sollten, beschlossen dann aber, darauf zu verzichten. Bei einem Blick aus dem Fenster würde man ihre Gestalten im Schloßgarten wahrscheinlich nicht sehen können, das Licht der Laterne könnte aber auffallen. Antoinette nahm den schweren eisernen Schlüssel und öffnete die Hintertür. Bevor die Mädchen das Schloß verließen, lief Thomas zu den Zwingern und sprach beruhigend auf die Hunde ein. Seine Stimme war ihnen vertraut, und sie schlugen nur kurz an, wie sie es auch taten, wenn ein Pferd in der Nacht wieherte oder eine Tür im Wind schlug.

Im Schloß blieb alles still.

Die Mädchen huschten über den Hof in den Garten. Die Mauern warfen im Mondlicht lange Schatten, aber der Fleck, den Antoinette am Abend gerodet hatte, war deutlich zu erkennen. Sie hatte, wie es sonst nicht ihre Art war, die Schaufel liegen gelassen und begann sogleich zu graben. Auguste sah ihr dabei zu, während

Thomas im Hof Wache hielt – er wußte, daß er nicht viel tun konnte, wenn wider Erwarten jemand auftauchen würde, aber immerhin konnte er die jungen Damen warnen. Für ihn war dieses Postenstehen mitten in der Nacht ungeheuer aufregend, und im tiefsten Innern wünschte er sich, daß etwas Unvorhergesehenes passieren möge. Aber er mußte zugeben, daß keine Gefahr der Entdeckung bestand. Im Schloß pflegte man an gewöhnlichen Tagen nicht mehr lange nach Einbruch der Dunkelheit aufzubleiben – der Hofmarksherr stand zeitig auf, und Elisabeth schlief gern lange. Peter, der Stallknecht, war nach des Tages Arbeit zu seiner kleinen Familie, die im Beihaus des Dragonerhauses lebte, heimgekehrt. Es war also nicht wahrscheinlich, daß irgend etwas geschah. Dennoch wachte Thomas in gespannter Haltung und mit gespitzten Ohren. Er fühlte sich ganz als Rittersmann, der zwei junge Damen beschützte.

Im Schloßgarten fragte Auguste: »Kann ich dich ablösen?« Dabei schauderte sie, nicht wegen der nächtlichen Kühle, sondern vor Aufregung.

Antoinette reichte ihr den Spaten. »Nur zu!«

Auguste war jung und kräftig, aber nicht gewohnt, sich körperlich zu betätigen. Sie tat ihr Bestes, weil sie sich bewußt war, daß das Ganze nur ihretwegen geschah, aber es dauerte nicht lange, bis sie zugeben mußte: »Ich kann nicht mehr!«

Um sie nicht zu demütigen, lobte Antoinette: »Du hast ein schönes Stück geschafft! Lös jetzt mal Thomas ab!«

Auch Thomas grub mit Feuereifer und hätte um keinen Preis zugegeben, daß seine Kräfte erlahmten.

Aber als Antoinette sah, wie seine Bewegungen immer langsamer wurden, sagte sie: »Danke, Thomas. Jetzt ist's genug. Den Rest schaffe ich allein!«

Fasziniert sah Thomas zu, wie sie tiefer und tiefer grub. Auch Auguste hielt es nicht länger auf ihrem Wachtposten, und sie trat an die Grube. Die drei bildeten eine seltsame Gruppe zwischen den tiefen Schatten im milchweißen Licht des Mondes.

Endlich stieß Antoinette auf etwas Hartes. Sie ließ sich auf die Knie nieder und begann, mit den Händen die Erde aufzuwühlen.

Sie fand den Griff der Kassette und zog sie, nach mehreren vergeblichen Anstrengungen, mit einem kräftigen Ruck aus der Erde und schloß sie auf. Als sich der Deckel hob und die schimmernde

Pracht der Smaragde, Rubine und Saphire freigab, stieß Auguste ein unwillkürliches »Oh!« aus.

Thomas preßte die Lippen fest zusammen.

Auch Antoinettes Herz schlug höher beim Anblick des Schmuckes, den sie so lange nicht mehr gesehen hatte. Erinnerungen wurden in ihr wach an ihre Mutter, die ein Opfer der Französischen Revolution geworden war, und an Lucille, die Zofe, die den Schmuck gerettet und unter falschem Namen ihr Glück zu machen versucht hatte. Es waren Erinnerungen an ihre Kindheit, und trotz Flucht und Not waren es seltsamerweise Erinnerungen an Geborgenheit, Zärtlichkeit und Liebe.

Sie nahm den Einsatz aus der Schatulle, und die Garnitur aus nußgroßen Diamanten kam zum Vorschein.

»Die sind ja ...« Auguste verschlug es die Sprache.

»Sind sie wirklich echt?« fragte Thomas, und seine Stimme geriet ein wenig ins Schwanken.

»Ja.« Antoinette bemühte sich, beherrscht zu bleiben. »Sie sind wunderschön, und ein Vermögen wert. Gib deinen Beutel her.«

Auguste hatte einen Hirschlederbeutel angefertigt, den sie jetzt öffnete und Antoinette hinhielt, die die kostbaren Diamanten mit beiden Händen hineinfüllte.

»Du kannst dich von ihnen trennen?« rief Auguste mit erhobener Stimme, alle Vorsicht außer acht lassend. »Du schenkst sie mir wirklich? Ich weiß nicht, wie ich dir je dafür danken soll!«

»Gib gut auf sie acht«, sagte Antoinette, »und versuche glücklich zu werden.«

»Oh, das werde ich! Das werde ich ganz gewiß!« Auguste umarmte Antoinette, die die beschmutzten Hände von sich streckte.

»Sei nicht so laut«, flüsterte sie, »sonst erwischt uns doch noch jemand.« Sie befreite sich aus Augustes Umarmung, kratzte noch ein wenig Erde aus der Grube, bevor sie die Schatulle wieder schloß und erneut versenkte. »Eigentlich könnt ihr jetzt schlafen gehen!« sagte sie.

»Brauchen wir dir nicht mehr zu helfen?« fragte Auguste.

»Nein. Das Loch zuzuschütten, geht ja leicht.«

»Dann gehe ich jetzt! Ach, Antoinette, du ahnst ja nicht, wie glücklich du mich gemacht hast!« Sie gab der Freundin einen raschen Kuß. »Kommst du mit, Thomas?«

Der Junge schüttelte stumm den Kopf.

Auguste eilte davon. Antoinette war sicher, daß sie es nicht erwarten konnte, sich im Schmuck der prachtvollen Steine vor den Spiegel zu stellen.

»Der Schatz hat deiner Mutter gehört, nicht wahr?« fragte Thomas.

»Ja«, sagte Antoinette.

»Aber deine Mutter war nicht meine Mutter.«

»Thomas, das habe ich dir doch schon alles erklärt.«

»Ich hätte also nie ein Recht auf – auf diese Diamanten gehabt?«

»Nein, Thomas.«

»Dann konntest du damit machen, was du wolltest?«

»Ja.«

»Du hast sie einfach weggeschenkt.«

Antoinette richtete sich auf. »Du gönnst sie Auguste nicht?«

»Warum hast du sie nicht selber behalten? Zu dir hätten sie viel besser gepaßt.«

»Wann hätte ich sie denn tragen sollen, Thomas? Ich bin doch hier ein Niemand.«

»Du bist eine Marquise.«

»Was ist das schon, wo Napoleon täglich neue Marquisen ernennen kann. Ich bin nicht mehr als du, Thomas. Wir sind beide Flüchtlinge in der Fremde.«

»Aber du hättest den Schmuck verkaufen können.«

»Ja, das hätte ich, Thomas.« Antoinette schaufelte weiter. »Doch ich habe ja hier auf Deinharting alles, was ich brauche. Auguste dagegen sucht einen Mann. Sie will heiraten, verstehst du? Das ist für ein Mädchen ohne Vermögen schwer. Monsieur hat die Hofmark, auf der wir alle gut und sorglos leben können. Aber er besitzt keine Reichtümer.«

»Aber willst du denn nicht heiraten?«

»Nein.«

»Du willst immer hier bleiben?«

»So sieht es aus.« Sie hatte das Loch im Boden zugeschüttet und machte sich daran, die Erde sorgfältig zu glätten. »Ich will für dich sorgen, bis du erwachsen bist!«

»Und dann? Später?«

»Ach, später, das ist noch lange hin. Das wollen wir dem lieben Gott überlassen, ja?«

Antoinette hatte den kostbaren Schmuck mit leichter Hand weggegeben, und ihr Herz war dabei von frohem Stolz erfüllt gewesen. Sie hatte nie geglaubt, daß dieser Besitz ihr etwas bedeuten könnte. Schon in ihren Kindertagen hatte sie ihn Lucille überlassen und belächelt, wie besessen die Abenteurerin von den Edelsteinen gewesen war.

Es war doch tote Materie, empfindungslos und kalt. Sie konnte weder wärmen noch trösten.

So traf sie der Schmerz des Verlustes völlig unvorbereitet. Sie verstand sich selber nicht mehr, aber während Thomas im anderen Bett schon längst ruhig und friedlich schlief, mußte sie in ihr Kopfkissen beißen, um nicht laut aufzuschreien vor Qual. Ihr war, als hätte man ihr ein Bein, eine Hand amputiert.

Antoinette begriff nicht, warum es ihr so weh tat, die Diamanten verloren zu haben. Aber erst jetzt verstand sie, daß es ihr immer leichtgefallen war, arm und abhängig zu sein, weil sie sich immer bewußt gewesen war, nur eine Rolle zu spielen. Der Schmuck war ja da, wenn auch versteckt, und sie hatte ihn nur auszugraben brauchen, um sich aus einem Aschenputtel in eine Prinzessin zu verwandeln.

Jetzt war ihr geheimer Schatz fort, und sie kam sich ausgeplündert vor. Wenn sie sich auch immer wieder sagte, daß noch genug Schmuckstücke für festliche Anlässe da waren – es nutzte nichts. Denn die weißen, fast blau schimmernden, haselnußgroßen Diamanten waren das Prunkstück ihres Schatzes gewesen. Jetzt waren sie fort. Sie gehörten ihr nicht mehr, sondern der schönen, verwöhnten Auguste.

Wie hatte sie nur so leichtfertig sein können, das Kostbarste hinzugeben, was sie besaß.

Antoinette schluchzte verzweifelt, und gleichzeitig schämte sie sich ihres Schmerzes. Er zog sie in Niederungen menschlicher Leidenschaft, über die sie sich stets erhaben gefühlt hatte. Kleinlich und gering kam sie sich vor. Sie fühlte sich wie eine entlarvte Heuchlerin, und das steigerte ihre Verzweiflung noch.

Dabei kam es ihr vor, als hätte sie ihr ganzes Leben für nichts weggeworfen. Sie verwünschte den Tag, an dem sie nach Deinharting gekommen war. Immer war sie voll Liebe und Dankbarkeit den Menschen gegenüber gewesen, die ihr eine zweite Heimat, eigentlich überhaupt erst eine Heimat gegeben hatten.

In dieser verzweiflungsvollen Nacht aber erschien ihr Elisabeth als eiskalte Person, die ihren Egoismus mit leeren Gesten zu tarnen wußte. Auch Auguste war auf nichts anderes als ihr eigenes Glück aus. Beata war noch schlimmer – sie hatte Ignatz von Müllern gezwungen, sie zu heiraten, obwohl sie gefühlt, ja, gewußt haben mußte, wie sehr er sich gegen diese Verbindung sträubte. Nicht eine Sekunde war ihr der Gedanke gekommen, ihn ihr, Antoinette, zu überlassen, die er wirklich liebte. An Afra, die sich mit dem Geld ihres Vaters den Titel einer Baronin erkauft hatte und nun ihren Mann und alle, die unter ihr standen, wie Abschaum behandelte, war kein Gedanke zu verschwenden.

Das schlimmste aber war, so dachte Antoinette, daß sie selbst auch nicht besser war als die anderen. Der Verlust einer Handvoll Diamanten, die sie doch freiwillig hergegeben hatte, zerriß ihr fast das Herz!

Die ganze Nacht über konnte Antoinette kein Auge zutun, sie warf sich von einer Seite auf die andere und fand keine Ruhe.

Als der erste matte Lichtschein des heraufziehenden Tages in ihr Zimmer fiel, stand sie leise auf, goß das eiskalte Wasser in die Schüssel und wusch sich das Gesicht. Sie sah in den kleinen, halbblinden Spiegel und erschrak. Ihre Augen waren gerötet und von tiefen Schatten umlagert. Zum erstenmal wurde ihr bewußt, daß sie nicht mehr jung war. Das Leben floß ihr durch die Finger, aber sie konnte es nicht aufhalten. Sie mußte sich mit ihrem Schicksal und ihrer Schwäche abfinden.

Thomas hatte nichts von ihrer Unruhe gespürt. Er schien fest und traumlos zu schlafen.

Sie betrachtete ihn voller Liebe und hätte ihm gern über die schwarzen Locken gestrichen. Sie unterließ es, um ihn nicht zu wecken.

Er lag entspannt da, die Lippen leicht geöffnet, die Wange in die Hand gebettet, ein Kind noch, aber – Antoinette empfand es zum erstenmal – ein fremder Mensch. Seit seiner Geburt hatte sie ihn gehegt und gepflegt, umsorgt und verteidigt. Ihre Gefühle für ihn hätten nicht herzlicher sein können, wenn er ihr leiblicher Bruder gewesen wäre. Aber auch dann – das begriff Antoinette in dieser Stunde – würde er nicht bei ihr bleiben, sondern sich von ihr fort entwickeln. Er war jetzt zehn Jahre alt, nicht mehr lange würde es dauern, bis er zum Mann heranreifte. Dann würde er ihre Liebe und Sorge nicht mehr brauchen, ja, sie würde ihm eine Last werden.

Draußen verwandelte sich das Grau des Morgens in das rötliche licht des Sonnenaufgangs.

Antoinette durfte keine Zeit mehr vertun, und das half ihr, mit ihren nachtschwarzen Gedanken fertig zu werden. Rasch zog sie sich ein einfaches Kleid über und eilte die steinernen Treppen des stillen Schlosses hinunter. Noch herrschte kein Leben in den Stuben, Kammern und Sälen, aber nicht lange würde es dauern, bis die Dienerschaft sich daranmachte, die Zimmer für den neuen Tag herzurichten, Margarethe Meyr würde den großen Herd in der Küche einheizen und das Frühstück bereiten.

Der Gedanke, daß das Leben weiterging, hatte etwas Tröstliches für Antoinette. Sie stieg in die Kellerräume hinab, wo sie in den kleinen Laden eines uralten, ausrangierten Schrankes die Sämereien aufzubewahren pflegte. Es war sehr dunkel hier unten; das Licht, das durch das winzige Fenster fiel, genügte nicht, um die Schatten zu erhellen. Aber Antoinette hätte auch bei völliger Finsternis die Schublade gefunden, in der sie die Zwiebelsamen aufbewahrte.

Sie zog sie heraus und trat durch die Küche ins Freie. Noch lag das Land in einem leichten Dunst. Aber der Tag versprach strahlend zu werden. Im Osten schimmerte noch das Morgenrot, im Süden hoben sich die Gipfel der Berge schon scharf gegen den Himmel ab.

Antoinette atmete tief durch. Die Erde, vom nächtlichen Tau erfrischt, strömte einen Geruch nach Fruchtbarkeit aus. Die bedrückenden Gedanken der Nacht verloren an Kraft, und sie fühlte sich wie von einer langen und schweren Krankheit genesen. Nie würde sie das, was sie durchlitten hatte, vergessen – aber sie würde damit leben können. Diese Gewißheit gab ihr neuen Mut.

Die Meute schlug an, als Antoinette in den Hof trat, und im Stall wieherte eines der Pferde. Sie sah Peter nicht, aber sie wußte, daß er sich bei den Tieren zu schaffen machte. Auch die Bauern waren schon wach und machten sich daran, auf die Felder zu gehen. Antoinette fühlte sich mit all diesen tätigen Menschen verbunden, die nicht nach Reichtum strebten, nach Ehre, Liebe oder einer guten Partie, sondern einfach danach, sich, krumm oder gerade, durch das Leben zu schlagen. Vielleicht, dachte sie, als sie den Schloßgarten betrat, ging es auch bei den anderen, den Vornehmen und Reichen, um nichts anderes, nur daß sie selber es nicht merkten. Als sie das Fleckchen Erde sah, aus dem sie in der Nacht die Schmuckkassette gegraben hatte, fühlte sie sich plötzlich erleichtert, die Diamanten verloren zu haben. Erst nachdem sie so sehr um sie gelitten hatte, wußte sie, welch eine Last sie in Wahrheit für sie gewesen waren.

Sie stellte die Lade neben das Beet, holte ein paar Schaufeln Pferdemist und zog ihn unter die Erde.

Dann säte sie ihre Zwiebeln, sehr sorgfältig und in wohl abgemessenem Abstand. Sie dachte bei der Arbeit daran, wie schön die blaue Zwiebelblüte gewesen war und daß aus ihren Samen die kleinen Steckzwiebeln werden würden, die überwintern mußten, bis sie sich, am Benediktstag gesetzt, zu Speisezwiebeln auswachsen würden.

Mit einemmal schienen ihr die unansehnlichen Samen geheimnisvoller und lebendiger als die Diamanten, deren Verlust sie so unerwartet tief getroffen hatte.

Ein Lächeln umspielte ihre Lippen, während sie ihre Arbeit tat, und ihre blauen Augen gewannen ihre Klarheit zurück. Der nächtliche Sturm war vorüber.

»Ein Brief aus Deinharting, gnädige Frau!« – Die junge Magd verkündete es strahlend; sie war nicht nur über jede Nachricht aus ihrem Heimatdorf glücklich, weil sie selber Heimweh hatte, sondern weil sie wußte, daß nur diese Nachrichten ihre Herrin noch an das Leben banden.

»Gib her!« Beata riß ihr den Brief förmlich aus der Hand, prüfte das Siegel und sagte: »Endlich einmal!«

Ohne Aufforderung brachte Marei das Papiermesser. Beata nahm es ihr ab und schlitzte den Umschlag auf. Sie las die ersten Zeilen, wurde sich der Neugier der Magd bewußt und erklärte:

»Er ist von meiner Schwester!« Sie las weiter, hob den Kopf und sagte: »Aber laß mich jetzt allein!«

»Sehr wohl, gnädige Frau!« Marei knickste und zog sich zurück.

Beata spürte ihre Enttäuschung und rief ihr nach: »Wenn etwas darin steht, was dich interessieren könnte, werde ich es dich wissen lassen!«

»Danke, gnädige Frau!« Die Magd verließ das weißgekalkte große Zimmer mit der niedrigen Decke und den so unpassend pompösen Stühlen; sacht zog sie die Tür hinter sich ins Schloß.

Beata las begierig, und der Verschwörerton von Augustes Brief berührte sie tief. »Ich muß Dir heute ein großes Geheimnis anvertrauen«, schrieb die junge Schwester und: »Schwöre mir, daß Du niemandem ein Sterbenswort verrätst!« – Und dann folgte eine Beschreibung des nächtlichen Abenteuers im Schloßgarten, des herrlichen Schmucks und Augustes Hoffnungen für die Zukunft.

Heftige Sehnsucht nach Deinharting überfiel Beata, Sehnsucht nach ihrer Jugend, Bedauern, nicht dabei gewesen zu sein, als der Schatz gehoben worden war. Wie glücklich waren doch Auguste und Antoinette, viel glücklicher, als sie selber wußten. Die Weichen ihres Lebens waren noch nicht gestellt, die Zukunft lag voller Verheißung vor ihnen, während sie eine Gefangene ihrer enttäuschten Hoffnungen geworden war.

Sie las den Brief wieder und wieder und ließ ihn dann sinken. Marei brachte ihre kleinen Töchter herein, die der Mutter gute Nacht sagen wollten. Beata küßte die Kinder zerstreut. Zu Marei sagte sie: » Fräulein Auguste will im nächsten Winter wieder nach München kommen.«

»Das ist schön, gnädige Frau!«

Beata lächelte ihr zu. »Aber vorher fahren wir, so hoffe ich, heim nach Deinharting!«

Mareis rundes Gesicht rötete sich; sie fand keine Worte, um ihre Freude zu äußern.

Statt ihrer fragte die kleine Elisabeth: »Zur Großmutter?!«

»Ja, Lieserl ... zur Großmutter, zum Großvater, zu den Tanten, den Pferden, den Hunden, den Bergen ... ach, es wird wunderbar sein.«

Als die Kinder sie längst verlassen hatten, saß Beata noch mit einem glücklichen Lächeln in ihrem Sessel – dem bequemsten, den es in der Wohnung gab – auf der Estrade, an einem der Fenster, den Brief in der Hand, ganz von ihren inneren Gesichten erfüllt.

So traf ihr Mann sie an, als er nach Hause kam. Wie immer auf seinen Streifzügen, trug er seine derben Stiefel, aber bei dem warmen Frühsommerwetter hatte er auf Mütze und Überrock verzichtet. Sein braunes Haar, das längst hätte geschnitten werden müssen, ringelte sich in die Stirn.

»Bleib so, wie du bist!« rief er und zückte schon Skizzenblock und Kohlestift. »Nein, beweg dich nicht! Du siehst wunderschön aus … sieh mich nicht an, sondern vor dich hin! Dein Lächeln … halte dies Lächeln fest!«

Beata wäre ihm gern zu Gefallen gewesen, aber sie spürte, wie sie sich innerlich verkrampfte. »In deiner Gegenwart vergeht mir das Lachen«, sagte sie und fühlte, wie ihr Blick starr wurde.

»Liebling! Nur eine Sekunde! Laß es mich einfangen!«

»Nun, es ist immerhin schmeichelhaft, daß ich dir wenigstens als Modell noch interessant bin.«

»Aber … das stimmt ja gar nicht …«

»Nicht einmal als Modell?« fragte sie und verzog spöttisch die Lippen; sie wußte, daß er es so nicht gemeint hatte, aber die Lust, ihm weh zu tun, um wenigstens dadurch seine Aufmerksamkeit auf sich zu lenken, war unwiderstehlich.

»Hör zu, Beata, du bist meine Frau, die Mutter meiner Kinder, ich habe dir Treue geschworen, bis daß der Tod uns scheidet …«

»Wenigstens behauptest du nicht mich zu lieben!«

»Beata!« Hilflos fügte er hinzu: »Was erwartest du denn von mir?«

»Daß du dich nicht ständig herumtreibst! Was weiß ich denn, mit wem! Daß du dich um mich kümmerst! Daß du mich nicht dauernd allein läßt … und in diesem Zustand!«

Sein von der Sonne gebräuntes Gesicht war blaß geworden. »Du findest also, daß dieser Zustand dich besonders anziehend macht?«

»Es ist der Zustand, in den Sie mich versetzt haben!« Beatas Feindseligkeit war so groß, daß sie die vertraute Anrede fallenließ.

»Beata, bitte …« Er versuchte einzulenken. »Wir sind verheiratet, und da ist es doch selbstverständlich … Sie können mir nicht die Schuld geben …«

»Wem sonst!?«

»Es ist das Schicksal der Frauen …«

»… sich wie Tiere behandeln zu lassen!? Was bin ich denn anderes für Sie als ein Tier, das Ihren Gelüsten dient?«

»Sie reden irre!« Ignatz von Müllern zerknüllte die angefangene Skizze und warf sie zu Boden.

»Nein, ich bin nur unglücklich … unglücklich … unglücklich!« Beata schlug sich mit der geballten Hand gegen die Stirn. »Begreifen Sie das nicht!? Oder ist es Ihnen einfach gleichgültig!?«

»Beata, bitte! Ich hatte mich so auf einen gemütlichen Abend zu Hause gefreut!«

»So? Hatten Sie das?« schleuderte Beata ihm haßerfüllt entgegen. »Und worauf soll ich mich freuen? Können Sie mir das sagen?«

»Aber ... Sie haben doch alles, was Sie brauchen! Ein schönes Heim ... die Kinder ... Sie haben mich!«

»Habe ich Sie denn wirklich?«

Ignatz schwieg und betrachtete seine schluchzende Frau. »Man kann einen Menschen wohl nicht so besitzen, wie Sie das wollen. Wir alle sind frei geboren ...«

»Lügen! Vorwände! Ich war niemals frei, niemals! In Deinharting war ich die Sklavin meines Vaters ... und was bin ich jetzt? Ihre Sklavin!«

Ignatz von Müllern richtete sich auf. »Ich habe mir geschworen, Sie nie daran zu erinnern, Beata, aber ich fürchte, jetzt muß ich es doch. Nicht ich war es, der diese Ehe wollte ...«

Beata sprang auf, so rasch, wie es ihr schwerfällig gewordener Körper erlaubte. »Werfen Sie mir vor, daß ich ihnen nachgelaufen bin!?«

»Sie haben mich in diese Ehe hineinmanövriert, mit Hilfe Ihrer hochverehrten Tante Sophie ... gegen meinen Willen. Ich spreche Ihnen jedes Recht ab, mir Vorwürfe zu machen.«

»Das ist ... das ist ...« Beata fehlten die Worte. Sie rang die Hände, und Augustes Brief war auf den glänzend polierten Estrich gefallen.

»Es ist die Wahrheit«, ergänzte er ruhig, »und ich bin froh, daß sie einmal ausgesprochen worden ist. Ich bin Ihrer ewigen Vorhaltungen müde, Beata, ja, ich bin Ihrer Person müde – um es genau zu sagen. Wir sind auf ewig miteinander verbunden, ich weiß es, und Gott sei es geklagt. Aber ich werde Mittel und Wege finden, dieser Hölle zu entfliehen ... oder ich werde wahnsinnig!« – Er stürzte aus dem Zimmer. Kurz darauf hörte Beata, wie die Wohnungstür hinter ihm ins Schloß fiel. Sie stand wie betäubt und spürte ein kaltes Hohngelächter in sich aufsteigen – ein Gelächter über sich selber. Er hatte recht, Ignatz hatte ja recht mit allem, was er über das Zustandekommen ihrer Ehe gesagt hatte. Er war in eine Falle gelockt worden, und doch ... sie hatte ihn so sehr geliebt. Sie war überzeugt gewesen, ihn glücklich machen, mit ihm glücklich sein zu können. Jetzt schien ihr das wie ein phantastischer Traum.

Marei erschien auf der Schwelle. »Gnädige Frau ...« Sie bückte sich, hob das zerknüllte Skizzenblatt auf und strich es glatt.

»Ich habe dich nicht gerufen!« Beatas Gesicht war starr.

»Entschuldigen Sie, bitte!« Marei reichte ihr die Zeichnung.

Unwillkürlich nahm Beata sie entgegen und betrachtete sie im Licht der Abendsonne, die golden in die Stube fiel; es war ein liebevoll skizziertes Bild, aber sie sah nichts als ihren angeschwollenen Leib.

»Das bin ich?« rief sie entsetzt. »Das soll ich sein!? Wirf es ins Feuer, Marei!« Mühsam bückte sie sich und hob Augustes Schreiben auf. »Und dies auch, Marei! Es ist nichts als ... als eine Nachricht aus einer anderen Welt. Sie betrifft mich nicht mehr, verstehst du? Ich ... wirf keinen Blick hinein, versprich es mir!«

»Aber das würde ich doch nie tun!« Marei war ganz erschrokken bei der Vorstellung, sich ein fremdes Geheimnis anzueignen; dann aber strahlte sie erleichtert auf. »Ich könnte es ja gar nicht, gnädige Frau ... ich kann doch nicht lesen.« Sie eilte in den Flur hinaus, von dem aus der große Kachelofen im Wohnzimmer mit Abfallholz aus der Schreinerei geheizt wurde und warf beides, den Brief und die Zeichnung, in die rote Glut. Sie hatte die Klappe noch nicht wieder verschlossen, als sie Beata schreien hörte.

Verstört eilte sie zurück.

Beata preßte die Hände an den Leib. »Die Wehen, Marei ... hol die Hebamme!«

»Aber ist es denn schon an der Zeit?«

»Tu, was ich gesagt habe! Die Hebamme! Schnell! Schau nicht so dumm! Oh, diese Schmerzen!«

»Soll ich der gnädigen Frau nicht erst helfen, sich auszuziehen und hinzulegen?«

»Nein, das kann ich allein. Lauf!«

Aber Beata schaffte es nicht. Als Marei mit der Hebamme zurückkam, fanden sie sie gekrümmt auf dem Boden des Wohnzimmers. Wenig später gebar sie einen kleinen Jungen. Aber er schrie nicht, und er reagierte auch nicht auf die Klapse der Hebamme. Seine Lungen zogen keine Luft ein. Es war, als weigerte er sich, in ein Leben einzutreten, das ihn so lieblos empfing.

Die Hebamme tat alles, was in ihren Kräften stand. Aber sie konnte am Ende nur seinen Tod feststellen.

Beata nahm es mit einer Gleichgültigkeit auf, die die Hebamme und die Magd erschreckte.

Ende Juli reiste Beata mit ihren beiden kleinen Töchtern und der jungen Magd zum väterlichen Schloß zurück, das sie einst so freudig verlassen hatte. Aber jetzt tat ihr das Gefühl der Geborgenheit wohl, und sie genoß sogar die väterliche Autorität, die in einem so starken Gegensatz zu der Sensibilität ihres Mannes stand, der auf jeden Eindruck so lebhaft reagierte. Allmählich erholte sie sich von den Strapazen der Schwangerschaft und Geburt. Elisabeth, die, ohne daß darüber gesprochen worden war, sehr wohl verstand, wie Beata zumute war, hatte ihr ein eigenes Zimmer zugeteilt, ein zweites Marei und den kleinen Mädchen, ein drittes Ignatz von Müllern, der nur gelegentlich dort schlief, ansonsten mit seinem Skizzenbuch ruhelos die Gegend durchstreifte.

Antoinette wich ihm nicht aus, sondern trat ihm, als sich die Gelegenheit ergab, ruhig entgegen. Es war ein Sommerabend. Sie hatte die Erde im Schloßgarten zu trocken gefunden. Mit der Gießkanne ging sie zur Pumpe im Hof.

Da tauchte er, von einer seiner Wanderungen zurückkommend, neben ihr auf. »Darf ich Ihnen helfen?«

Unwillkürlich blickte sie sich um. Sie waren allein. Nicht einmal der Stallknecht war in der Nähe, sogar die Küche war schon aufgeräumt. Dennoch wich sie nicht zurück, errötete auch nicht, sondern sah dem Gast offen in die Augen. »Ja, bitte!« sagte sie fröhlich. »Sie kommen mir sehr gelegen!«

Er war schwere Arbeit nicht gewöhnt, und sie beobachtete, wie er sich abmühte. Dabei rötete sich sein braungebranntes Gesicht, und Schweißtropfen bildeten sich auf seiner Stirn und der hübsch gewölbten Oberlippe. Er kam ihr plötzlich vor wie ein kleiner Junge. Dennoch empfand sie eine herzliche Zuneigung für ihn, die, da ihre Leidenschaft erstorben war, eher noch zugenommen hatte. Mit einem Gefühl unendlicher Erleichterung wurde sie sich dessen bewußt.

»Antoinette!« stieß er hervor, erschöpft, als die Gießkanne voll war.

»Ja, Ignatz?« fragte sie lächelnd.

Er stellte die Kanne hin und ergriff ihre Hände. »Ich möchte Ihnen so vieles sagen!«

»Aber wir können ja miteinander plaudern«, erwiderte sie, ihn absichtlich mißverstehend. »Bringen Sie mir die Gießkanne in den Garten, es wird nicht die letzte sein. Alle Beete brauchen Wasser.«

»Sie sind ... so verändert.«

»Das kann Sie doch nicht wundern, Ignatz. Wir alle ändern uns. Sie sind Familienvater geworden ...«

»Erinnern Sie mich nicht daran!«

»Diese Tatsache müßte in Ihr Bewußtsein eingegraben sein, auch wenn außer Ihnen niemand davon spricht oder daran denkt.«

»Antoinette, ich bin sehr unglücklich!«

»Mag sein, Ignatz ... kommen Sie, nehmen Sie die Kanne ... aber Sie würden sich gewiß besser fühlen, wenn Sie Ihrer Gattin wenigstens zu ein bißchen Zufriedenheit verhelfen könnten.« Sie wandte sich dem Garten zu.

Ignatz von Müllern folgte ihr. »Wie wäre das möglich?«

»Das ist nicht schwer. Sie brauchten Beata nur ein wenig mehr Beachtung zu schenken ... ihr das Gefühl zu nehmen, daß sie nichts ist als eine Fessel.«

»Ich soll mich also verstellen!?«

»Mein lieber Ignatz, haben Sie denn nie darüber nachgedacht, daß wir uns alle verstellen müssen, wenn wir unsere Mitmenschen nicht fortwährend verletzen wollen?«

»Ist das Ihr Ernst?«

»Oh, ja. Wer von uns könnte sonst vor der eigenen Kritik und der der anderen bestehen?« Sie nahm die Gießkanne auf und ging weiter zum Schloßgarten. »Hinter dem Stall finden Sie eine zweite. Sie können sie schon füllen, während ich gieße.«

Ignatz von Müllern tat, wie ihm geheißen, aber er kam sich erniedrigt vor. Das lag nicht daran, daß er wie ein Knecht arbeiten mußte, sondern an der Art, wie Antoinette ihn behandelte, so kühl und überlegen. Er begriff, daß sie nicht mehr das Mädchen war, für das er geschwärmt hatte, und seine Enttäuschung war tief.

Antoinette hingegen fühlte sich erleichtert, ihm und auch Beata gegenüber nun ganz unbefangen sein zu können. Sie dankte Gott, daß sie ihrer und seiner Leidenschaft nicht nachgegeben, sondern, wenn auch unter Schmerzen, verzichtet hatte. Wäre sie mit dem Maler geflohen, wie er es vor seiner Hochzeit mit Beata von ihr verlangt hatte, wäre ihre Liebe gewiß in Verachtung umgeschlagen. So aber konnte sie ihm eine schwesterliche und verständnisvolle Zuneigung entgegenbringen und die richtigen Worte finden, um Beatas schwer verletztes Selbstgefühl zu heilen.

Der Besuch der Dorfschule wurde immer spärlicher und unregelmäßiger, und Antoinette war froh, als sie die Pforten endlich schließen und die Sommerferien verkünden konnte.

Die meisten Kinder jubelten. Nur Irmingard und Gotthardt waren sichtlich bedrückt, während sie ihre Tafeln und Griffel wegpackten.

»Seht zu, daß ihr fortkommt!« rief Antoinette munter. »Und vergeßt nicht: Im November fangen wir wieder an!«

»Das ist aber lange hin«, seufzte Gotthardt.

»Ferien sind doch etwas sehr Schönes! Ihr habt alle fleißig gearbeitet, und unser guter Kurfürst will nun, daß ihr euch erholt. Jetzt könnt ihr mit gutem Gewissen wieder euren Eltern helfen.«

»Das ist aber langweilig«, murrte Irmingard.

Antoinette blickte das zarthäutige kleine Mädchen, das selten ohne Striemen in die Schule kam, liebevoll an. »Gerade für dich sollte es doch eine Erleichterung sein.«

»Ist es aber nicht. Wenn ich jetzt so lange Zeit nicht zu lernen brauche, wird meine Mutter meinen, daß ich es nicht mehr nötig habe.«

»Was redest du dir da ein! Es herrscht Schulpflicht in Bayern, und wenn deine Mutter dich nicht gehen läßt, wird der Hofmarksherr jemanden schicken, der dich abholen kommt, notfalls sogar mit Gewalt.«

»Ist das wirklich wahr?«

»Ja.«

»Aber warum haben Sie dann noch nie einen Schulschwänzer abholen lassen, Mademoiselle?« fragte Gotthardt skeptisch.

»Weil ich meine, daß es keinen Zweck hat, jemandem etwas beibringen zu wollen, der mit seinen Gedanken nicht bei der Sache ist. Aber bei dir und Irmingard weiß ich ja, daß ihr lernen wollt. Deshalb werde ich nicht zulassen, daß euch jemand von der Schule fernhält.«

»Das ist gut!« Irmingard tat einen tiefen Seufzer der Erleichterung.

Sie und Gotthardt waren die einzigen Kinder, die noch nicht aus der Klasse gestürmt waren.

»Dann also genießt eure Ferien!«

»Langweilig wird es aber doch.«

Antoinette blickte die beiden nachdenklich an. »Wer weiß, vielleicht fällt mir eine Ferienbeschäftigung für euch ein!«

»Was denn, Mademoiselle?« riefen die Kinder. »Bitte, verraten Sie es uns!«

»Nein, nein«, wehrte Antoinette ab, »erst muß ich meiner Sache sicher sein! Geduldet euch!«

Sie traten auf die Dorfstraße hinaus, wo Thomas, der inzwischen ihre Pferde gesattelt hatte, auf dem Haflinger sitzend, auf sie wartete. Antoinette stieg auf, winkte Irmingard und Gotthardt noch einmal zu, und dann trabten sie los. Obwohl sie gerne Unterricht gab, war sie ganz froh, einige Zeit pausieren und sich wieder mehr ihren häuslichen Pflichten zuwenden zu dürfen. Beata, Ignatz von Müllern und die Kinder machten den Tagesablauf anstrengender. Zwar bemühten sich die Deinhartinger, so zu leben wie immer, dennoch fühlten sie die Verpflichtung, den Gästen Unterhaltung zu bieten. Es war gar nicht leicht, Beata aus ihrem Selbstmitleid, in das sie immer wieder verfiel, herauszureißen. Jetzt sollte auch noch Emanuel zu Besuch kommen, und es erforderte viel Kraft, die Spannung, die immer noch zwischen ihm und seinem Vater bestand, auszugleichen.

Auch Theo Mayr, der Sohn des Vogts, wurde im Schloß erwartet. Er studierte jetzt in Landshut, wohin die Universität von Ingolstadt verlegt worden war, und kam nach Deinharting, weil er sich während der Sommerferien Geld verdienen mußte. So hatte Anselm von Deinharting ihn zur Betreuung von Thomas angestellt, den er auch, wenigstens ein paar Stunden am Tag, in Mathematik fördern sollte, einem Fach, in dem Antoinettes Kenntnisse nur zum Unterricht der Dorfkinder ausreichten. Dafür sollte Thomas während des Sommers der Lateinunterricht bei Pfarrer Reiter erspart bleiben.

Antoinettes Plan für Irmingard und Gotthardt war ganz einfach: Sie hatte sich ausgedacht, daß die beiden an den Mathematikstunden teilnehmen könnten.

Sie sprach auf dem Heimweg mit Thomas darüber, und er war durchaus einverstanden. »Ich bin gar nicht mehr gewöhnt, allein zu lernen«, behauptete er, »weißt du, ich fürchte, ich käme mir wie ein dressierter Pudel dabei vor.« Vergnügt stimmte er in Antoinettes Lachen über diesen Vergleich ein.

Antoinette konnte sich nur schwer zurückhalten, ihren Vorschlag vorzubringen. Aber bei den Mahlzeiten auf Deinharting durften grundsätzlich keine Probleme besprochen werden, und auch beim Kaffee im unteren Erkerzimmer hielt sie es für besser, dieses Thema nicht anzuschneiden, da sie von Beata und Auguste wenig Verständnis erwartete, von Elisabeth sogar Ablehnung.

Später zogen sich die Damen ins obere Erkerzimmer zurück, wo Elisabeth an einem großen Rahmen am Fenster an einem ihrer Gobelins arbeitete, während Auguste, Beata und Antoinette Kronen und Initialen in Augustes Aussteuerwäsche stickten.

Henriette Striegel, die so feine Arbeiten nicht mehr verrichten konnte, mußte im Nebenzimmer bügeln. Christine hatte man mit der kleinen Elisabeth und Sophie mit Marei, der Kinderfrau und Parbleu auf einen Spaziergang geschickt, während Thomas zum Gut geritten war, um Theo Mayr zu begrüßen.

Die Damen plauderten eifrig in dem hellen Zimmer mit der schönen Decke aus dem 17. Jahrhundert, die eine Mutter Gottes im Muschelwagen darstellte, der von einer Heilig-Geist-Taube gezogen wurde. Jetzt im Sommer war es angenehm kühl in diesem Raum, dessen prachtvoller weiß-blauer Porzellanofen im Winter tüchtig eingeheizt werden mußte, damit man sich hier aufhalten konnte.

Trotz des schönen Wetters hatte nur Antoinette Sehnsucht danach, sich im Freien aufzuhalten. Den anderen Damen waren ihre Handarbeiten weit wichtiger, auch fürchteten sie, daß die sengende Sonne ihren Teint verderben könnte. Fast so flink wie die Finger bewegten sich die Zungen, obwohl die Atmosphäre nicht mehr so entspannt war wie bei früheren Gelegenheiten. Zu viele Themen, die den Damen am Herzen lagen, mußten ausgespart bleiben: Mit keinem Wort durfte Beatas unglückliche Ehe erwähnt werden, wollte man nicht einen Strom von Tränen provozieren, genausowenig Augustes erste, enttäuschende Saison in München und vor allem nicht der Name Egon von Tannbergs.

So begnügte man sich damit, die neuesten Nachrichten vom Hof durchzuhecheln. Auguste Amalie, eine Tochter aus der ersten Ehe Max Josephs, sollte verheiratet werden. Der badische Kurfürst warb sich für seinen Enkel Karl um ihre Hand; Caroline, Auguste Amaliens Stiefmutter und selber Badenserin, unterstützte ihn darin. Dennoch schien die Waage zugunsten eines Vetters auszuschlagen, Georg von Strehlitz, Sohn Königin Luises von Preußen. Jetzt aber waren Gerüchte aufgekommen, daß Napoleon den Namen seines Stiefsohnes Eugen Beauharnais auf die Liste der Freier gesetzt hätte.

»Ich kann es nicht glauben!« ereiferte sich Beata. »Das wäre ja eine Unverschämtheit!«

»Du übertreibst!« Elisabeth zog einen grünen Faden durch den Stramin, prüfte seine Wirkung und löste den Stich wieder auf. »Immerhin ist er Vizekönig von Italien.«

»Von Napoleons Gnaden!« ließ Auguste sich vernehmen.

»Wir werden uns an diesen neuen Adel gewöhnen müssen«, meinte Antoinette, die die Ohren gespitzt hatte, um möglichst viel von den Vorgängen im Schloß außerhalb des oberen Erkerzimmers in sich aufzunehmen.

»Niemals!« rief Beata emphatisch.

»Man soll nie ›nie‹ sagen«, mahnte Antoinette, »man weiß nicht, was das Leben alles bringen kann.«

»Im übrigen tust du dem guten Eugen Beauharnais unrecht«, fügte Elisabeth hinzu, die sich inzwischen für einen Faden in warmem Braun entschieden hatte, »seine Familie läßt sich bis ins vierzehnte Jahrhundert zurückverfolgen. Sein Vater war ein Vicomte ...«

»Aber er hat sich der Französischen Revolution angeschlossen«, ergänzte Antoinette, »und wurde, soviel ich weiß, Anfang der neunziger Jahre hingerichtet, weil man ihn für die Übergabe von Mainz verantwortlich machte.«

»Das interessiert wohl kaum«, sagte Elisabeth, wie immer bemüht, das Gespräch nicht auf politische oder militärische Fragen kommen zu lassen, weil sie dies für ungehörig hielt.

»Ein Vicomte!« rief Auguste. »Wie konnte er nur! Er wurde ja zum Verräter seines Standes!«

»Unter dem er ja auch geheiratet hat«, fügte Beata hinzu. »Man sagt, seine Frau sei die Tochter eines Hafenkapitäns aus Martinique, Josephine de la Pagerie, eine Kreolin ...«

Antoinette konnte ein Lächeln nicht unterdrücken. »Ja, und jetzt ist sie die Kaiserin der Franzosen.«

»Das wird Afra in den Kram passen!« erklärte Beata nicht ohne Gehässigkeit. »Sie bildet sich ja immer noch ein, man könnte sich Adel erheiraten!« – Sie dehnte das letzte Wort, als handelte es sich um einen absurden Begriff.

»Wenn ich die Tochter des Kurfürsten wäre ...« begann Auguste.

Antoinette sollte erst bei anderer Gelegenheit erfahren – denn natürlich bot Auguste Amaliens bevorstehende Verlobung immer wieder ein interessantes Gesprächsthema für die Damen –, was Auguste von Deinharting über die Verbindung mit einem Anhänger Napoleons dachte. Jetzt legte Antoinette hastig das Nachthemd aus zartem Batist, das sie bestickt hatte, zusammen, sagte: »Entschuldigen Sie mich, bitte!« und war zur Tür hinaus, noch ehe jemand ihr eine Frage stellen konnte. Es war ihr, als hätte sich die Tür zum Richterzimmer ein Stockwerk tiefer geöffnet. Behende lief sie die Stufen der Steintreppe hinunter, die von dem jahrhundertelangen Auf und Ab leicht nach innen gewölbt waren. Tatsächlich gelang es ihr, den Hofmarksherrn zu erreichen, bevor er den Vorplatz unter dem gotischen Netzgewölbe verlassen hatte. »Monsieur!« stieß sie, ein wenig atemlos, hervor.

Im ersten Augenblick war Anselm von Deinharting nicht erfreut über diese Begegnung, die er als Störung empfand; er hatte bis jetzt gearbeitet und glaubte sich einen Ausritt zum Gut, vielleicht mit einem kurzen Aufenthalt im Wirtshaus, verdient zu haben. Aber Antoinettes Anblick erwärmte doch sein Herz. Er hatte sie immer gern gehabt. Schon als sie ein Kind war, hatten sie sich auf besondere, wortlose Weise verstanden. Erst in letzter Zeit, vielleicht aufgrund der außerehelichen Enthaltsamkeit, die er sich selber auferlegt hatte, war ihm bewußt geworden, daß sie nicht nur aufrichtig und verständig, sondern darüber hinaus ein höchst reizvolles weibliches Wesen war. Doch dies war ein Gefühl, das er nicht aufkommen lassen durfte. So kam es, daß seine abweisende Miene sich bei Antoinettes Anblick zunächst erhellte, um sich sogleich wieder zu verdüstern.

»Sie wünscht?« fragte er mit beherrschter Höflichkeit.

»Monsieur, es geht um die Kinder!«

Anselm von Deinharting hob nur die buschigen Augenbrauen.

»Theo Mayr soll nächste Woche seinen Unterricht beginnen ...«

»Damit erzählt sie mir nichts Neues!«

Die Anrede in der dritten Person machte Antoinette klar, wie unerwünscht ihr Auftritt war; dennoch fuhr sie tapfer fort: »Es ist gut, daß Thomas mehr lernen soll als die anderen, ich bin durchaus dafür. Aber könnten nicht noch andere Kinder von diesen Lektionen profitieren?«

»Nein«, sagte der Hofmarksherr.

Antoinette war nicht bereit aufzugeben. »Es gibt zwei Kinder in der Schule – Gotthardt, der Sohn des Schusters, und die kleine Irmingard –, die beide mit Feuereifer lernen und auch viel Begabung mitbringen ...«

»Nein«, sagte Anselm von Deinharting abermals.

»Aber die beiden verdienen es, gefördert zu werden! Es steckt mehr in ihnen, als ich Ihnen mit knappen Worten schildern kann!«

»Ich glaube Ihnen ja, Tonette«, sagte er milder, »aber denken Sie selber nach: Wollen Sie das Schicksal einer zweiten Afra heraufbeschwören?«

»Darum geht es ja gar nicht. Afra ist überaus ehrgeizig. Irmingard und Gotthardt ...«

Anselm von Deinharting preßte die Hände an die Ohren. »Ich bitte Sie, hören Sie auf!«

»Die beiden sind begabt!« Antoinette schrie es fast. »Und sie sind fleißig! Sie verdienen Unterstützung!«

Resignierend ließ der Hofmarksherr die Hände sinken. »Sie sind eine Närrin, Antoinette.«

»Weil ich den Kindern eine Chance geben will?!«

»Noch vor kaum zehn Jahren hatte niemand im Dorf die Chance, lesen und schreiben zu lernen ...«

»Wem erzählen Sie das!? Ich bin hier aufgewachsen, Monsieur!« Unwillkürlich ballte Antoinette die Hände. »Die Zeiten haben sich geändert, und ich bin froh darüber. Der Kurfürst hat die Privilegien des Adels beschnitten, das wissen Sie so gut wie ich. Auch ein Bürgerlicher kann heutzutage die Beamtenlaufbahn einschlagen und es zu höchstem Ansehen bringen ...«

Anselm von Deinharting lachte.

»... wenn er nur das nötige Rüstzeug dazu mitbringt!« fuhr Antoinette unbeirrt fort. »Aber wie sollen diese Kinder es schaffen, wenn man ihnen keine Gelegenheit gibt, zu lernen?! Was ich ihnen beibringen kann, sind nur die Grundlagen ...«

Er fiel ihr ins Wort und benutzte die vertraute Anrede vergangener Jahre. »Du siehst also unsere Irmingard, lediges Kind einer Magd, wenn ich recht verstehe, als Staatsbeamtin?«

»Sie machen sich über mich lustig, Monsieur, und das ist nicht recht! Natürlich weiß ich, daß wir Frauen den Männern niemals gleichgestellt sein werden.« Mehr zu sich selber fügte sie hinzu: »Warum eigentlich nicht?« Sie holte tief Atem. »Aber Lehrerin könnte sie werden, jetzt, da die Schulpflicht eingeführt worden ist, und da hätte sie eine Aufgabe ...«

»... die ihr als Magd beim Miststreuen fehlen würde?«

»Ich habe nichts gegen das Mistbreiten!« erklärte Antoinette. »Ich weiß, auch das muß sein, und ich wäre mir selbst nicht zu schade dazu ...«

»Na also.«

»... aber das sollte uns doch nicht daran hindern, bildungshungrigen Kindern zu helfen! Sie stehen den Armen des Dorfes bei, beraten Ihre Bauern, schlichten deren Rechtsstreitigkeiten, alle blicken voll Vertrauen auf Sie ...«

»Oh, nein, mein liebes Kind! Ich fürchte, die meisten wünschen mich zum Teufel!«

»Es kostet Sie doch nichts, Irmingard und Gotthardt am Unterricht teilnehmen zu lassen!«

»Was den beiden gelehrt wird, würde Thomas entgehen.«

»So ist es doch gar nicht, und Sie wissen das ganz genau!«

Anselm von Deinharting seufzte schwer. »Als ich jünger war ...«

»... waren Sie für die neuen Ideen aufgeschlossen! Sie haben mich, eine kleine Emigrantin aus Paris, in Ihre Familie aufgenommen, haben Afra, die Tochter des Dorfwirtes, an unserem Unterricht teilnehmen lassen, Sie waren ein Wegbereiter der neuen Zeit, die ja jetzt unter dem Kurfürsten Max Joseph begonnen hat! Warum wollen Sie dem einmal beschrittenen Weg nicht folgen!?«

»Weil er nichts als Unglück gebracht hat.«

»Das ist nicht wahr!« protestierte Antoinette.

»Wollen Sie behaupten, Afra sei glücklich geworden?«

Antoinette dachte sekundenlang nach. »Glücklicher immerhin, als wäre sie Kellnerin in der Schenke geworden und hätte einen Bauern geheiratet!«

»Und das genügt?«

»Was genügt schon auf dieser Welt? Wenn unsere Träume sich erfüllen, erkennen wir sie nicht wieder.«

»Ist es dann nicht besser, wir lassen die Träume Träume sein?« Anselm von Deinharting wandte sich zum Gehen.

»Nein, Monsieur!« Antoinette vertrat ihm den Weg. »Wir alle müssen unser Schicksal erfüllen. Und unsere Träume sind es, die unser Schicksal bestimmen.«

»Du magst recht haben, Antoinette. Die Kinder sollen ihre Träume haben und ihr Schicksal. Aber ich bin nicht der liebe Gott, daß ich sie ihnen erfüllen könnte.«

»Sie sind aber der Hofmarksherr!«

»Und als solcher ist es mein höchstes Anliegen, für Gerechtigkeit zu sorgen.« Er faßte sie zart unter das Kinn. »Verstehst du, was das heißt – Gerechtigkeit?«

Ihre großen blauen Augen hielten seinem durchdringenden Blick unerschrocken stand. »Ja: Lieber niemandem eine Chance geben als nur denen, die sie verdient haben!«

Nur mit Aufbietung äußerster Selbstbeherrschung unterdrückte Anselm von Deinharting den Impuls, Antoinette in die Arme zu reißen. »Wie genau du das erfaßt hast!« sagte er mit einer Stimme, die vor Erregung heiser war.

»Monsieur ...«

Er schob sie beiseite. »Lassen Sie mich gehen, Antoinette ... ich habe zu tun!«

Er hatte sie aus dem Gleichgewicht gebracht; sie taumelte. »Aber ... was soll ich Gotthardt und Irmingard sagen!?«

»Zum Teufel mit ihnen!« Er schritt schwer die Treppe hinunter.

»Monsieur, es würde Sie doch keinen Heller kosten!«

Er hatte den Absatz der Treppe erreicht und fühlte sich nun vor ihrer drängenden Gegenwart sicher. »Weißt du, warum die Chinesen es sich zehnmal überlegen, bevor sie einen Menschen aus Lebensgefahr retten?«

»Nein ...«

»Weil sie dann in Zukunft für ihn verantwortlich sind! Verstehst du endlich?! Ich habe Verantwortung zu tragen und bin zu alt, um mir noch mehr aufzuladen. Afra, die immer noch nicht ihren Platz gefunden hat, du, Thomas, Christine, Theo Mayr, Emanuel und Auguste – ihr alle erwartet, daß ich mit einem Zauberwort eure Konflikte löse.«

»Nur daß Sie uns helfen!«

Anselm von Deinharting fuhr sich mit der Hand über das Gesicht, als wollte er eine Maske abstreifen, die niemand als er selber kannte. »Wenn du, Tonette, eines Tages Hilfe brauchen würdest, wäre ich immer für dich da!«

»Ich brauche Hilfe für Gotthardt und Irmingard!«

»Nein, Tonette. Ich kann nicht meine Hand dazu reichen, sie von ihrem angestammten Platz zu reißen und wurzellos zu machen. Wenn sie zu Höherem bestimmt sind, wird der Himmel ihnen helfen. Wenn nicht, wäre alles, was ich für sie tun könnte, noch zu wenig.«

»Sie sind unbarmherzig!«

»Nur vernünftig.« Er rang sich ein Lächeln ab. »Du mußt älter werden, um das zu lernen.« Mit diesen Worten verschwand er um die Biegung der Treppe.

Antoinette biß sich auf die Unterlippe, um sich zu beruhigen. Sie war so enttäuscht, daß ihr Tränen in die Augen traten. Zum erstenmal im Leben war sie unfähig, einen Entschluß Anselm von Deinhartings zu begreifen.

Antoinette wußte nicht recht, wie sie Thomas die Entscheidung des Hofmarksherrn klarmachen sollte, aber sie versuchte es noch am gleichen Abend, um es hinter sich zu bringen. Er lag schon im Bett und blickte sie aus großen, dunklen Augen an, während sie ihm möglichst schonend von ihrer Unterredung berichtete.

»Aber warum?« fragte Thomas. »Warum will Monsieur nicht, daß Gotthardt und Irmingard mit mir lernen?! Es wäre doch viel lustiger.«

»Weil er meint ...« Antoinette suchte nach den passenden Worten. »... daß jeder Mensch vom Schicksal auf einen bestimmten Platz gestellt ist.«

»Dann kann man nicht vorwärtskommen im Leben?«

»Doch. Das leugnet er auch nicht. Aber man muß es aus eigener Kraft können.«

»Wie Napoleon?«

»So ungefähr.«

Thomas dachte lange nach. »Gotthardt und Irmingard werden nicht weiterkommen, wenn man ihnen nicht hilft«, sagte er dann.

»Wer weiß, vielleicht bekommen sie ein Stipendium für ein Münchner Gymnasium. So hat es Theo Mayr ja geschafft.«

»Ist ein Stipendium denn nicht auch eine Hilfe?«

»Doch. Eine Hilfe von oben.«

»Aber einander helfen darf man nicht?«

Antoinette wollte dieses fruchtlose Gespräch beenden. »Das ist die Meinung Monsieurs, Thomas. Ich teile sie nicht. Ich bin überzeugt davon, daß alle Menschen einander helfen sollten, wo und wann immer sie es können, wenn sie dadurch nicht ihr eigenes Leben zerstören.«

»Du würdest also Gotthardt und Irmingard am Unterricht teilnehmen lassen?«

»Das weißt du doch.«

»Dann verstehe ich Monsieur nicht mehr.«

»Er trägt eine große Verantwortung, für uns und die ganze Hofmark. Sie ist ihm wohl zu schwer geworden.«

»Auch ich?«

Antoinette hatte eine beruhigende Lüge schon auf den Lippen, entschied sich dann aber für die Wahrheit. »Du sicher auch. Er weiß nicht, was aus dir werden soll.«

»Und was wird aus mir?«

Sie strich ihm über die schwarzen Locken, obwohl sie wußte, daß er Zärtlichkeiten nicht mehr mochte. »Du wirst ein großer, starker und gottesfürchtiger Mann. Was kannst du dir Besseres wünschen?«

»Warum macht er sich dann Sorgen um mich?«

»Vielleicht gerade darum. Weil er fürchtet, daß du eines Tages stärker sein könntest als er und daß du Rechenschaft von ihm fordern könntest, weil er dich gezeugt hat, ohne dir seinen Namen zu geben.«

»Das werde ich auch, Tonette«, erklärte Thomas entschlossen, »das werde ich ganz gewiß.«

Seine Worte flößten ihr keinen Schrecken ein. »Ach, laß nur«, sagte sie besänftigend, »bis du groß bist, hat diese Frage längst kein Gewicht mehr. Es ist gleichgültig, ob man ein Deinharting ist oder ein Beaujeux. Der Name macht nicht den Mann ... und noch weniger den Menschen.«

»Aber die Baronin Lingen ist eine Gastwirtstochter gewesen ...«

»… und doch die gleiche geblieben. Sie ist nicht besser geworden, als sie einstmals gewesen ist, nein, das kann man nicht sagen.« Antoinette stand auf. »Wir sind früher einmal Freundinnen gewesen, weißt du.«

»Und jetzt?«

»Brauche ich all meine Kraft und mein Verständnis, um sie auch nur zu ertragen.« Sie nahm den Kerzenleuchter vom Nachttisch. »Schlaf gut, Thomas. Und grüble nicht. Sei dankbar, daß du auf der Welt bist und vertrau auf Gott.«

»Und auf dich, Tonette! Du wirst mich doch nicht verlassen?« Die Kerzenflamme ließ Licht und Schatten über sein Kindergesicht spielen.

»Nicht, solange du mich brauchst, Thomas! Ich werde immer bei dir bleiben.«

Am nächsten Tag traf Theo Mayr im Schloß ein. Obwohl er das Gymnasium bereits absolviert hatte, war er doch eher ein Junge als ein Mann. Das blonde Haar krauste sich um seinen kantigen Kopf, und er wirkte, gerade weil er sich um Würde bemühte, noch recht ungeschliffen.

Die Damen, die ja unter einem steten Mangel an männlicher Gesellschaft litten, fanden ihn trotzdem reizend. Thomas war aufmerksam im Unterricht, verhielt sich sonst aber zurückhaltend, fast mißtrauisch. Theo bekam einen Platz am Mittagsund Abendtisch der Familie, doch er trug wenig zur Unterhaltung bei. Er redete nur, wenn er direkt angesprochen wurde und schien ganz darauf konzentriert, alles richtig zu machen, die Ellbogen beim Essen nicht zu spreizen und das Besteck geschickt zu handhaben.

Auch als Anselm von Deinharting und Friedrich König ihn am Sonntagnachmittag zu einem Gespräch unter Männern beiseite nahmen, war nichts aus ihm herauszuholen. Der Hofmarksherr schloß daraus – und sagte es auch dem Freund –, daß Theo Mayr mit den bestehenden Verhältnissen sehr unzufrieden sei, es aber nicht wagte, eine freie Meinung zu äußern.

»Besteht dann nicht die Gefahr, daß er dem Jungen dumme Ideen in den Kopf setzt?« fragte der junge Gelehrte.

Anselm von Deinharting erwog diesen Gedanken. »Nein, ich glaube nicht«, erklärte er dann, »er kann sich dem Buben so wenig anvertrauen wie uns … Thomas hat seinen eigenen Kopf.«

»Ja, er begeistert sich für die alten Ritter – und für Napoleon!«

»Woher wissen Sie ...? Oh, ich vergaß, Sie haben sich mit ihm angefreundet.«

»Ja«, bestätigte Friedrich König ernst, »ich finde, er ist ein bemerkenswerter Bursche.«

Das Gespräch fand im Richterzimmer statt, und Anselm von Deinharting fühlte nicht nur die Augen seiner Ahnen aus den verdunkelten Ölgemälden auf sich gerichtet, sondern ihm war auch, als hörten sie mit.

Unruhig ging er auf und ab. »Mich macht Thomas, um die Wahrheit zu sagen, ein wenig nervös«, bekannte er.

»Es ist nicht der Junge, der Ihnen zusetzt«, sagte Friedrich König, »sondern ...« Er stockte.

Anselm von Deinharting hob den schweren Kopf und sah ihn an. »... mein Gewissen, meinen Sie?«

»Ja«, antwortete Friedrich König ehrlich.

»Ich habe mich als Vater in das Kirchenbuch eingetragen.«

»Aber Sie wissen, daß das nicht genügt.«

»Kann ich es denn Elisabeth antun?« Anselm von Deinharting verhielt den Schritt.

»Die Geschichte liegt doch weit zurück ... und da Sie nicht zögerten, sie zu betrügen, können Sie sich jetzt doch auch dazu bekennen.«

»Sie würde es mir nie verzeihen.«

»Unsinn. Ich bin sicher, daß sie es weiß. Wer außer Ihnen sollte denn sein Vater sein?«

»Dann braucht auch nicht mehr darüber gesprochen zu werden.«

»Anselm!« Friedrich König packte ihn beim Arm. »Es geht nicht um Sie und Elisabeth ... es geht um den Jungen! Um seinen Namen, seine Zukunft!«

»Dafür wird gesorgt werden.«

Wohl oder übel gab Friedrich König sich mit dieser ausweichenden Antwort zufrieden, da er begriff, daß es keinen Sinn hatte, den Hofmarksherrn weiter zu bedrängen. Doch er verstand nicht, was ihn davon abhielt, sich voll zu diesem so wohl geratenen Sohn zu bekennen.

Anselm von Deinharting hätte es selber nicht sagen können. Er sah in Thomas eine Herausforderung. Für seine anderen Söhne war er, als sie Kinder waren, ein Gott gewesen: für den jungen

Anselm einer, den man kritiklos anbetete, für Emanuel ein Gott, vor dem man zitterte.

Niemals zuvor war er einem so prüfenden, unerschrockenen Kinderblick ausgesetzt gewesen, und gerade das war es, was ihn verstörte. Er war sich seiner Unvollkommenheit nur zu sehr bewußt und fürchtete, daß kommende Generationen über ihn zu Gericht sitzen könnten.

An einem regnerischen Sommerabend Anfang August ritt Emanuel in den Schloßhof ein – sehr schmuck in seiner blauen Uniform mit den silbernen Knöpfen, die ihm Alfons, sein Bursche, täglich polieren mußte.

Die Meute schlug an, Peter, der dabei war, die Pferde für die Nacht zu versorgen, eilte aus dem Stall, und Thomas streckte seinen Kopf aus dem Fenster des Schulzimmers.

»Es ist der junge Herr!« rief er. »Darf ich ihn begrüßen, Herr Theo? Darf ich?«

Der Student, der begriff, daß er unter diesen Umständen keine Aufmerksamkeit für den Unterricht mehr erwarten konnte, nickte zustimmend.

Thomas stürzte hinaus, aber nicht in den Hof hinunter, sondern zuerst in das obere Erkerzimmer, in dem die Damen saßen. »Der junge Herr ist da!« verkündete er. »Er ist soeben eingeritten!«

Elisabeth steckte ihre Nadel in den Gobelin, und die jungen Frauen legten ihre Handarbeiten hastig beiseite, um Thomas so schnell wie möglich zu folgen. Der hatte sich noch die Zeit genommen, Christine und der kleinen Elisabeth Bescheid zu sagen, die er, rechts und links an der Hand, behutsam die ausgetretenen steinernen Stufen herunterführte, während die Kinderfrau, Sophie auf dem Arm, ihnen folgte.

Peter hatte die Pferde schon in den Stall geführt, als die kleine Schar zu Emanuels Begrüßung eintraf.

»Na, das nenne ich ja einen ganz großen Empfang!« sagte der junge Mann freundlich. Seit er bei den bayerischen Grenadieren unter Wrede diente, hatte er das Lorgnon aus Fensterglas abgeschafft und war bemüht, sich durch einen üppig wuchernden Schnurrbart, den er jetzt zwirbelte, eine besonders männliche Note zu geben.

Alfons, sein Bursche, zu faul, sich um die Versorgung der Pferde zu kümmern, war grinsend vor der Stalltür stehengeblieben. Parbleu, der durch den Aufbruch der Kinder alarmiert worden war, sprang kläffend an Emanuel hoch.

»Wen haben wir denn da?« fragte der junge Mann, wie meist nicht frei von Geziertheit. »Parbleu, wenn ich mich recht erinnere!« Er strich dem Hund über das stachelhaarige Fell. »Und du bist Thomas ...« Er reichte dem Jungen die Hand, der sich formvollendeter verbeugte, als es der Anlaß erforderte.

»Schwesterchen Christine ...«

Das kleine Mädchen drängte sich eng an Thomas und steckte den Finger in den Mund.

Emanuel blickte von Sophie auf Elisabeth. »Aber diese beiden da ...«

Inzwischen waren auch die Damen in den Hof heruntergekommen. »Das sind meine beiden Süßen!« rief Beata. »Deine kleinen Nichten!« Sie nahm Emanuels Kopf in beide Hände und küßte ihn auf die Wangen.

»Und ich dachte schon ...« Emanuel blickte Elisabeth an und räusperte sich verlegen.

»Das kommt davon, wenn man sich so lange nicht zu Hause blicken läßt!« rief Auguste und hob sich auf die Zehenspitzen. »Sieh mich an, Emanuel! Erkennst du mich überhaupt noch?«

»Nein«, behauptete er ernsthaft, »eine so bezaubernde junge Dame habe ich nie zuvor gesehen! Aber wenn ich überlege und genau nachrechne, dann ... müßtest du Auguste sein!«

»Getroffen!« Sie fiel ihm um den Hals.

Elisabeth und Antoinette begrüßten den Gast zurückhaltender und führten ihn dann durch die Küche, in der die Köchin und ihre Gehilfen Spalier bildeten, in das Schloß. Elisabeth gab Anweisung, Emanuels altes Zimmer zu richten, das er früher mit dem jungen Anselm geteilt hatte, und das keineswegs behaglicher oder komfortabler geworden war. Alfons sollte über dem Stall schlafen, wo Peter vor seiner Heirat gehaust hatte.

»Und wo ist Papa?« fragte Emanuel.

»Ausgeritten!« erklärte Auguste.

»Wahrscheinlich zum Gut«, fügte Antoinette hinzu. »Wenn Sie ein frisches Pferd nähmen, könnten Sie ...«

»Das denn doch nicht!« wehrte Emanuel ab; obwohl er glaubte, sie vergessen zu haben, wurden Erinnerungen an frühere Ausritte mit dem Vater in ihm wach, bei denen er erdrückt wurde von dem Gefühl, die in ihn gestellten Erwartungen nicht erfüllen zu können. Die Hände um Antoinettes und Augustes Schultern legend, fügte er hinzu: »Es sieht nicht so aus, als würde mir die Zeit ohne ihn lang werden!« Er zog die Mädchen leicht an sich, was Auguste sich voll schwesterlicher Zuneigung gefallen ließ, während Antoinette sich unauffällig aus Emanuels Griff befreite.

Als Anselm von Deinharting nach Hause kam, traf er seinen Sohn gewaschen und rasiert im Hausrock an. Der Anblick des jungen Mannes, der sich besser hielt als früher und in den Schultern breiter geworden war, erwärmte sein Herz und weckte zugleich den Schmerz um den Älteren, den Liebling, den er an die Neue Welt verloren hatte.

Im Gegensatz zu Theo Mayr brachte Emanuel Leben ins Haus: Er drängte zu Ausritten, Picknicks, Sommernachtsfesten, war galant, bemüht, den Damen zu gefallen und besonders auf Antoinette Eindruck zu machen, die sich ihm gegenüber jedoch sehr kühl verhielt. Es war nicht so, daß sie Emanuel ablehnte, aber sie konnte nichts anderes in ihm sehen als einen Pflegebruder. An Reife fühlte sie sich ihm weit überlegen.

Anselm von Deinharting genoß es, daß der Sohn morgens mit ihm ausritt. Sie holten die Post, kehrten ziemlich regelmäßig im Wirtshaus ein, ließen eine Maß des guten Deinhartinger Biers durch ihre Kehlen rinnen und trabten weiter zum Dragonerhaus, um mit Friedrich König die neuesten Ereignisse zu besprechen. Der junge Gelehrte hatte mehr Nachsicht mit Emanuel als der eigene Vater, weil er keinerlei Erwartungen in ihn gesetzt hatte.

Ende August schlug eine Nachricht aus München wie eine Bombe bei den drei Männern ein.

Anton Graf Hollberg schrieb: »... nach einer heftigen Auseinandersetzung im Bogenhausener Sommerhaus von Montgelas, bei dem sogar Tränen geflossen sein sollen, hat sich Max Joseph, wie es heißt, endlich überzeugen lassen, daß ein Bündnis mit Napoleon der einzige Ausweg für ihn ist ...«

Anselm von Deinharting ließ den Brief sinken und blickte von Emanuel zu Friedrich König.

Emanuel sprang auf. »Das bedeutet Krieg!« erklärte er. »Ich muß sofort zu den Waffen!«

»Krieg gegen Preußen«, stimmte Friedrich König ihm bei.

»Aber wäre ein solches Bündnis nicht …« sagte der Hofmarksherr langsam, »verzeiht, aber ich kann nicht so ohne weiteres glauben, daß es wirklich zustande gekommen ist –, wäre es nicht unnatürlich? Sollten wir denn nicht doch den Völkern unserer eigenen Zunge – Preußen, Sachsen, Österreich, auch den Hansestädten – näherstehen?!«

»Das ist doch ganz gleichgültig, Papa!« Emanuel zog seinen Rock glatt. »Wichtig ist nur, es gibt Krieg!«

»Das scheint dich auch noch zu freuen?«

»Gewiß. Ich bin Berufssoldat. Meine Kameraden und ich brauchen den Krieg, um uns zu bewähren.«

»Um befördert zu werden, meinst du!« Anselm von Deinharting sagte es nicht ohne Bitterkeit.

»Auch das!« gab Emanuel zu. »Wir haben das Kriegshandwerk gelernt! Was ist natürlicher, als daß wir es jetzt auch ausüben wollen?«

»Egal, gegen wen?«

»Durchaus nicht. Es ist immer besser, auf der Seite des Siegers zu stehen. Und das ist nun einmal Napoleon!«

»Du marschierst also lieber mit den Neufranken als in einem Bündnis der deutschen Staaten die Fremdherrschaft abzuwerfen?«

»Ja, Papa. Was sind schon die deutschen Staaten? Außer Bayern zählen sie nicht. Preußen hängt an seinen alten Zöpfen. Das Heilige Römische Reich Deutscher Nation ist zu Grabe getragen. Franz der Zweite hat sich selber zu einem Kaiser Franz der Erste von Österreich gemacht, aber was beweist das schon? Daß ihm das Reich aus der Hand geglitten ist. Er will die Würde behalten und hat sie doch nicht mehr. Napoleon ist der Mann von morgen. Er wird alle überrennen.«

Noch nie hatte Anselm von Deinharting seinen Sohn so entschieden und lange reden gehört; gegen seinen Willen war er beeindruckt.

Emanuel verbeugte sich knapp. »Sie entschuldigen mich, Papa … Herr Doktor … ich muß aufbrechen.«

Die Freunde blieben allein zurück.

»Ist das nun reiner Opportunismus?« fragte der Hofmarksherr. »Oder steckt doch mehr dahinter?«

Friedrich König schenkte ihm noch einmal Kaffee ein, behutsam darauf achtend, daß kein Satz in die Tasse kam, und reichte ihm dazu die Flasche Obstler. »Das große Leuchten des Erfolgs zieht alle kleinen Geister an wie das Feuer die Mücken! Nein, ich will nicht ungerecht sein, es steckt wohl mehr dahinter. Abenteuerlust, wie sie für junge Leute ganz natürlich ist, das Verlangen nach einer starken Hand, das Wissen darum, daß es sie gibt, daß diese große Persönlichkeit wirklich existiert – in unserer Zeit! Seien Sie doch ehrlich, Anselm: Max Joseph und Montgelas reformieren von oben herab ... aber alles, was sie tun können, sind doch nur kleine Schritte verglichen mit den weltweiten Plänen jenes Mannes!«

»Dafür werden ihre Reformer vielleicht von größerer Dauer sein.«

»Ja, vielleicht. Vielleicht werden aber auch die durch die Revolution zu neuem Selbstbewußtsein erwachten Franzosen all die europäischen Staaten, über die Ihr Sohn eben sprach, von der Landkarte hinwegfegen.«

»Ein einziges und geeinigtes Europa also?« Anselm von Deinharting schlürfte mit Bedacht seinen Kaffee. »Unter französischer Vorherrschaft?«

»Warum nicht? Wäre es denn undenkbar? Habsburg hat ja auch über Jahrhunderte hin Völkerstämme beherrscht, die nicht seines Blutes und seiner Sprache sind ... und tut es heute noch.«

»Sehr richtig«, stimmte Anselm von Deinharting zu, »nur erscheint selbst das mir als ein Anachronismus.«

»Sie meinen, daß die Völker frei sein sollten, um sich selber zu regieren?«

»Ja«, entgegnete Anselm von Deinharting schlicht.

»Das ist ein kühnes Wort in unserer Zeit.« Friedrich König lächelte. »Sie sollten es nicht laut sagen ... und schon gar nicht bei Hofe.«

»Ich würde es niemandem gegenüber auszusprechen wagen, außer Ihnen, Frédéric. Es sind die Ideen meiner Jugend. Merkwürdig, daß die Erfahrung eines ganzen Lebens mich nicht gelehrt hat, sie zu überwinden.«

»Weil Sie immer noch so ketzerisch sind wie in Ihren jungen Jahren.«

»Mag sein. Andererseits ... ein geeintes Europa, das wäre schon etwas, nicht wahr? Auch wenn es die Eisenfaust eines Usurpators brauchte, um es zusammenzuschmieden. Stehen wir jetzt nicht schon in Bayern viel besser da, nachdem die Kleinstaaten, die Bistümer, die unzähligen Zollschranken ausgemerzt sind? Stellen Sie sich dieses System auf ganz Europa übertragen vor! Und ist nicht in Wahrheit die französische Nation uns anderen weit voraus? Durch ihre Revolution? Durch Sprache und Kultur?«

»Nicht zu vergessen, ihre Küche und ihre Mode«, ergänzte Friedrich König lächelnd. »Anselm, Sie ereifern sich.«

»Es ist die Idee, die mich begeistert!« Nüchterner fügte der Hofmarksherr hinzu: »Wenn man diesem Korsen nur trauen könnte!«

Am 24. August stellte Max Joseph sein Heer unter französischen Oberbefehl. Die Österreicher unter Feldmarschall Mack marschierten in Bayern ein und besetzten München.

Max Joseph wich mit seinen Truppen nach Würzburg aus, wo er sich mit dem aus Hannover anrückenden Korps Bernadottes vereinigte.

Auch Dorf und Schloß Deinharting, das Gut und die anschließenden Ländereien wurden von den Kaiserlichen eingenommen, sehr zum Unwillen des Hofmarksherrn. Die Bevölkerung stand den fremden Truppen völlig ablehnend gegenüber. Es war kein Gedanke mehr daran, daß die fremden Offiziere an der Familientafel mitessen könnten. Sie wurden wie Aussätzige behandelt.

Die Bauern trieben die Schweine, die noch nicht fett genug zum Schlachten waren, in die Wälder, um sie den Blicken der feindlichen Soldaten zu entziehen. Die Ernte war noch nicht eingebracht, und man demonstrierte den Truppen Hungersnot, um sie nur ja nicht ernähren zu müssen. Die Österreicher wiederum verbannten jedes verwandtschaftliche Gefühl für die Bayern aus ihren Herzen, sie nahmen sich, was sie kriegen konnten, und auch ihre Offiziere dachten nicht mehr daran, Übergriffe zu verhindern. Noch nie war die Situation so gespannt gewesen.

Als Thomas eines Nachmittags mit Theo Mayr von einem Ausritt ins Schloß heimkehrte, begegneten sie den kaiserlichen Offizieren; vier Männer hatte man als Einquartierung aufnehmen müssen. Lässig erwiderten sie den Gruß des Studenten. Thomas hielt den Kopf hocherhoben und tat, als wären sie Luft für ihn.

»Hast du nicht gelernt zu grüßen?« fuhr Theo ihn an.

»Ich grüße nur Freunde und Menschen, vor denen ich Achtung habe!«

»Die Österreicher sind unsere Nachbarn, sie sprechen die gleiche Sprache wie du ...«

»Ja, und sie wollen uns erobern!« Thomas funkelte Theo aus seinen schwarzen Augen an. »Oder wollen Sie mir weismachen, daß sie das nicht vorhaben?«

»Sie sind aufgebracht über das unnatürliche bayerisch-französische Bündnis.«

»Was soll daran unnatürlich sein? Alle Völker müssen dem Kaiser der Franzosen zuströmen!«

»So sprichst du? Ein deutscher Jüngling?«

»Ich bin Franzose, Monsieur!« erklärte Thomas und war sich nicht bewußt, daß er sich zum erstenmal in seinem Leben als solcher empfand; er war froh, Franzose zu sein, froh, daß seine Mutter keine Marquise, sondern eine gewöhnliche Frau aus dem Volk gewesen war, froh, weil das Leben mit allen seinen Möglichkeiten noch vor ihm lag.

»Stimmt. Du bist ein Franzose!« Theo Mayr blickte ihn plötzlich an wie etwas Fremdes, Sonderbares.

»Wollen Sie mich jetzt nicht mehr unterrichten?« fragte Thomas herausfordernd.

»Auch wenn ich es nicht wollte ... ich muß.«

»Nun, so mußte auch Max Joseph ein Bündnis mit dem Korsen eingehen, weil er seine Neutralität nicht wahren konnte.«

»Du scheinst ja eine Menge zu wissen.«

»Ich höre zu, wo ich etwas erfahren kann.«

»Und ich sage dir: Es ist eine Affenschande, daß sich die deutschen Lande nicht verbünden und den Usurpator über seine Grenzen zurückjagen!«

»Man tut immer nur, was man kann«, erklärte Thomas mit einer Sicherheit, die seinem Alter nicht zustand, »wahrscheinlich tun sie es nicht, weil sie es nicht können. Napoleon ist eben stärker.«

»Ja, dein Napoleon.«

»Ich hoffe nur, daß er noch Krieg führt, wenn ich erwachsen bin und unter ihm kämpfen kann!«

»Deinen Phantastereien stehen die Wünsche von Nationen entgegen.«

»Warten wir ab, was mehr Gewicht hat«, entgegnete Thomas gleichmütig.

Schweigend ritten sie durch die Lindenallee auf das Schloß zu.

Am 20. Oktober erzwang Napoleon die Kapitulation der österreichischen Armee unter General Mack. Die Kaiserlichen räumten München und ganz Bayern zum Jubel der Bevölkerung. Thomas konnte sich nicht genugtun, den Sieg des bewunderten Idols zu feiern. »Ich habe es euch immer gesagt«, rief er, »Napoleon kann niemand widerstehen! Er wird sie alle niederwerfen … alle!«

Anselm von Deinharting beobachtete seinen jüngsten Sohn mit Skepsis, aber auch uneingestandenem Neid, weil er solch ungebrochener Gefühle schon lange nicht mehr fähig war.

»Nicht so laut«, mahnte Elisabeth.

»Ist es nicht ein Grund zum Feiern, daß wir die Besatzung wieder los sind?« kam Antoinette Thomas zu Hilfe.

»Aber doch nicht so laut!« wiederholte Elisabeth und preßte ihre rechte Hand auf die Wange; seit einiger Zeit litt sie an einer Erkrankung, die eben so banal wie quälend war. In ihrem rechten Eckzahn war ein Loch, das bohrend schmerzte. Um dieses Leiden loszuwerden, gab es nur die Möglichkeit, den Zahn ziehen zu lassen. Friedrich König hatte ihr dringend dazu geraten. Aber sie konnte sich nicht dazu entschließen, denn eine Zahnlücke hätte für sie den Beginn des Matronenalters bedeutet. Lieber nahm sie die Schmerzen, schlaflosen Nächte und mühsamen Mahlzeiten auf sich und versuchte, die Schmerzen mit heißen Kamillepackungen zu betäuben. Sie war immer noch schön mit ihrem hellblonden Haar, der reinen Haut, den klaren grauen Augen und feinen Zügen. Aber der dauernde Schmerz hatte ihr Gesicht verkrampft und ihr Lächeln seiner Anmut beraubt.

Anselm von Deinharting, den die Natur mit einem prachtvollen Raubtiergebiß bedacht hatte, konnte nicht nachfühlen, was seine Frau litt, um so weniger, da sie bemüht war, ihr Leiden, das ihr erniedrigend schien, vor ihm geheimzuhalten. Er hielt Frauen grundsätzlich für launisch und dachte nicht weiter über Elisabeths zusammengepreßte Lippen und ihre verzerrten Züge nach.

»Ich hoffe nur, daß Emanuel nichts zugestoßen ist«, meinte Beata.

»Wie ich meinen Sohn kenne«, sagte Anselm von Deinharting, »wird er, wenn es wirklich hart auf hart geht, Vorsicht walten lassen.«

»Aber wie können Sie so etwas sagen, Papa!« rief Auguste. »Emanuel hat doch gewiß seinen Mann gestanden!«

Das Gespräch hatte sich beim Mittagessen ergeben, und in eine plötzliche Stille hinein erklärte Theo Mayr: »Ich muß fort. Das neue Semester hat schon begonnen.«

Anselm von Deinharting hob die Brauen. »So von heute auf morgen? Hätte Er das nicht früher ankündigen können?«

»Ich dachte, Sie hätten es gewußt, Monsieur.«

»Im November beginne ich ja auch wieder mit dem Unterricht in der Dorfschule«, erklärte Antoinette.

»Komm Er dann nachher zu mir ins Richterzimmer«, beschied der Hofmarksherr den jungen Mann.

Am Nachmittag leistete Thomas dem Studenten Gesellschaft beim Packen. »Es ist trotz allem schade, daß Sie fortgehen«, meinte er.

»Trotz allem?«

»Ja, weil Sie gegen Napoleon sind!«

»Wie kann man für ihn sein?« fuhr Theo Mayr den Jungen an. »Nun gut, du bist Franzose, das halte ich dir zugute. Aber Napoleon hat die Französische Revolution zunichte gemacht … alles das, was sich das Volk mit Blut und Tränen erkämpfte, hat er vernichtet, indem er sich selber zum König und Kaiser machte! Als hätten die Leute am alten Adel nicht genug zu tragen, hat er neue Könige, Prinzen, Herzöge, Grafen und Barone aus dem Boden gestampft! Er hat sich zum Ziel gemacht, die Welt zu erobern und alle Völker zu unterjochen!«

»Ich weiß«, sagte Thomas unbeeindruckt, »aber gerade das beweist seine Größe!«

»Wenn Größenwahn und Mißachtung aller Menschenrechte für dich Größe hat … ja, dann besitzt er sie! Aber ich sage dir, größer ist derjenige …« Theo Mayr stockte.

»Wer?« fragte Thomas und sah, die Ellbogen auf den Holztisch, das Kinn in die gefalteten Hände gestützt, wie ein dunkler kleiner Engel aus.

»… der die Welt von diesem Ungeheuer befreit!«

»Und wer könnte das?« fragte Thomas.

»Ich! Und ich werde es tun!«

Thomas sah, wie er einen in ein Tuch eingeschlagenen Gegenstand in sein Ränzel schob. »Das ist eine Pistole, nicht wahr?« fragte er.

»Wie kommst du darauf?«

»Ich erkenne sie an der Form. Und was sollten Sie sonst vor mir verstecken müssen?«

Theo Mayr war blaß geworden. »Ich bitte dich, Bub«, sagte er. »Ich muß dir das Versprechen abnehmen: zu niemandem ein Wort.«

»Warum nicht?«

»Weil es ein Geheimnis ist.«

»Daß Sie Napoleon umbringen wollen?«

»Das habe ich nicht gesagt.«

»Doch. Sie wollen es. Wozu brauchten Sie sonst eine Pistole? Und warum müßten Sie sie vor mir verstecken?«

Theo Mayr nahm Thomas bei den Schultern und schüttelte ihn. »Zu niemandem ein Wort, hörst du?!«

»Au! Sie tun mir ja weh!«

»Schwöre! Sonst töte ich dich! Und mich dazu!«

Thomas begriff, daß ihm nichts anderes übrigblieb als nachzugeben. »Ich schwöre!« sagte er. »Aber Sie sind ja gefährlich! Vor Ihnen kann man Angst bekommen.«

»Ich verlange nichts von dir, als daß du den Mund hältst. Das ist doch nicht viel.« Theo Mayr riß Socken und Tücher aus einer Schublade und stopfte sie in sein Ränzel. »Bald wirst du sagen können: Der Mann, der die Welt von einem Ungeheuer befreit hat, war mein Lehrer!«

Thomas betrachtete ihn kritisch. »Sie sehen gar nicht aus wie ein Mörder.«

»Das werde ich auch nicht sein ... sondern ein Held!«

Thomas verbrachte eine unruhige Nacht. Er lauschte auf Antoinettes friedliche Atemzüge und fragte sich, warum er sie nicht weckte, um ihr seine Sorgen anzuvertrauen. Er kannte Antoinette als einen Menschen, der durch nichts aus der Bahn zu werfen war und für jedes Problem eine Lösung fand. Doch sie war eine Dame, und er fand, daß es unmännlich wäre, sich ihr in einer solchen Situation anzuvertrauen.

Erst in den Morgenstunden schlief er ein, und so verpaßte er auch Theos Aufbruch. Antoinette, die ihm das Frühstück ans Bett brachte – eine ungewöhnliche Verwöhnung –, erzählte ihm, daß der Student sich schon davongemacht hatte.

Es wunderte Thomas, daß er sich das dick mit Butter bestrichene Milchbrot – erst in der Frühe von Margarethe Meyr gebakken –, das Geselchte, den Käse, die Marmelade und das wachsweich gekochte Ei schmecken lassen konnte, obwohl ihm das Herz so schwer war. Aber anscheinend war es möglich, das Genießen und das Denken mühelos miteinander zu verbinden. Er kam zu dem Schluß, daß er Hilfe brauchte, männliche Hilfe, und es lag nahe, daß ihm Friedrich König als einziger Mensch einfiel, dem er sich anvertrauen konnte.

Am liebsten hätte er sich gleich nach dem Aufstehen seinen Haflinger satteln lassen. Doch obwohl alle Deinhartinger bei jeder Gelegenheit ritten, war das doch nicht etwas Selbstverständliches. Eine Ausfahrt oder einen Ausritt pflegte man anzukündigen. Gerade das aber wollte Thomas nicht.

So sagte er so beiläufig wie möglich zu Antoinette: »Ich gehe ein bißchen nach draußen, ja?«

»Willst du nicht Christine mitnehmen?«

»Jetzt nicht. Sie ist so langsam, weißt du. Ich möchte ein bißchen laufen.«

Antoinette glaubte ihn zu verstehen. »Schon gut. Tob dich nur aus.«

Thomas, gekleidet wie ein Erwachsener, in weißem Jabot mit geschlungener Schleife, einer langschößigen Jacke und enganliegenden Hosen, die in gelben Stulpstiefeln endeten, sprang die steinernen Treppen hinunter auf den Schloßhof hinaus, kümmerte sich nicht um das Anschlagen der Meute und schlug den nächsten Weg über die Wiesen und Felder zum Dragonerhaus ein. Allerdings war er durchaus nicht unbekümmert, sondern sah immer wieder über die Schulter zum Schloß zurück, das ihm aus seinen in der Sonne blinkenden Fenstern nachzublicken schien.

Kühe, die auf den fast abgefressenen Wiesen weideten, glotzten ihn großäugig an. Erst als er das Waldstück erreichte, fühlte Thomas sich unbeobachtet. Obwohl seine Gedanken wie ein Uhrwerk liefen, ließ er sich den Spaß nicht entgehen, mit den Stiefeln das welke Laub aufzuwühlen. Das gehörte nun einmal zu einem Spaziergang im Herbst.

Als Thomas auf die Wiese vor dem Dragonerhaus hinauslief, auf der noch die letzten Herbstzeitlosen blühten, trat ihm Sepp, der Sohn des Pferdeknechtes, sein früherer Widersacher, entgegen, stark, einen guten Kopf größer als Thomas, und ausgeruht – er hatte in den Ferien keinen Unterricht gehabt.

Sepp freute sich höchlichst, dem Jungen vom Schloß zu begegnen, denn das war doch einmal eine Abwechslung. »Was willst du denn hier?« fragte er grob und ohne zu grüßen.

Thomas, der nicht an ihm vorbei konnte, blieb stehen. »Das geht dich nichts an!« erklärte er mit fester Stimme.

»Ich wohne hier!«

»Ja, im Zuhaus!« Thomas bemühte sich, Verachtung in seine Stimme zu legen. »Das Land gehört nicht dir!«

»Dir etwa?«

»Nein. Aber meinem Vater!« – Es war das erste Mal in seinem Leben, daß Thomas den Hofmarksherrn als seinen Vater bezeichnete. Die Behauptung war ihm herausgerutscht, weil sie ihm Schutz versprach. Danach wurde ihm heiß und er fühlte sich recht elend.

Aber auf Sepp hatten Thomas' Worte die erhoffte Wirkung; ihn erinnerten sie an die Prügel, die er einmal bezogen hatte, und wortlos gab er den Weg frei. Zwar hatte sein Vater schon seinen Dienst im Schloß angetreten, aber aus Erfahrung wußte Sepp, daß auch die Mutter eine sehr harte Hand haben konnte.

Thomas wußte nicht recht, wie er sich verhalten sollte. Er entschied sich dafür, Sepp versöhnlich zuzulächeln und weiterzulaufen.

Die Tür zum Dragonerhaus war, wie die aller Häuser im Dorf, tagsüber nicht abgeschlossen; er drückte die Klinke nieder, stand in dem düsteren, kühlen Flur und pochte an die Tür des ehemaligen Wohnzimmers, das Friedrich König inzwischen in ein Labor umgewandelt hatte.

Thomas mußte zweimal klopfen, ehe ihm aufgemacht wurde, dann erschien der junge Gelehrte auf der Schwelle, sehr salopp gekleidet, ohne Jacke, mit aufgerollten Hemdsärmeln, das blonde Haar zerzaust.

»Du?!« fragte er überrascht. »Was willst du hier? Etwa mich zu einem Ausritt abholen? Aber ich …«

Thomas fiel ihm ins Wort. »Ich bin zu Fuß gekommen.«

»Ohne dein Pferdchen? Na, so etwas. Da fühlst du dich doch bestimmt nur als halber Mensch.«

»Nein«, erwiderte Thomas ernsthaft, »ich bin immer ich. Auf dem Pferd reite ich nur. Es ist kein Teil von mir.«

»Ich bin froh, daß du das so siehst. Komm herein. Natürlich bist du mir jederzeit willkommen. Ich fürchte nur, ich habe nichts, was ich dir anbieten kann.«

»Ich möchte auch nichts«, erklärte Thomas, »ich habe sehr gut gefrühstückt, Antoinette hat mir das Frühstück sogar ans Bett gebracht.«

Friedrich König hatte den Jungen in seinen kleinen Wohn- und Schlaf räum geführt; jetzt drückte er ihn in den Sessel, in dem gewöhnlich der Hofmarksherr Platz nahm. »Aber du hast ihr nicht erzählt, was du auf dem Herzen hast?«

Thomas leugnete nicht und fragte auch nicht, wie Friedrich König zu diesem Schluß kam.

Er sagte nur: »Nein.«

Der Preuße hatte begonnen, sich gemächlich eine Pfeife zu stopfen. »Aber mir wirst du es doch anvertrauen.«

»Es geht um eine Frage«, sagte Thomas. »Wenn jemand einen zwingt, etwas zu schwören, muß man diesen Schwur dann halten?«

»Ich sehe nicht ein, wie jemand einen dazu zwingen kann, etwas zu schwören! Man sagt einfach: ›Nein, das beschwöre ich nicht!‹, und die Sache ist ausgestanden.«

»Aber wenn jemand einem droht: ›Falls du mir das nicht schwörst, bringe ich erst dich und dann mich um!‹?«

»Das wäre schon starker Tobak.«

»Aber das hat jemand getan, und die Frage ist nun ...«

»Selbstverständlich bedeutet ein erzwungener Schwur überhaupt nichts. Er ist nur eine Kriegslist. Du kannst dich ganz ungebunden fühlen. Was hast du denn schwören müssen?«

Thomas kämpfte trotz allem gegen das Gefühl, einen Freund zu verraten. »Theo Mayr ist fort.«

»Ja, ich weiß. Er geht zurück auf die Universität. Das war ja so ausgemacht.« Ohne den Jungen anzusehen, stocherte er in seiner Pfeife. »Hat dein Schwur etwas mit ihm zu tun?«

»Ja.«

»Wenn ein Lehrer seinen Schüler unter Druck setzt, ist das ganz und gar nicht anständig.«

»Theo Mayr ist anständig«, erklärte Thomas mit Nachdruck.

»Aber er hat dich schwören lassen ...«

»Weil es ihm furchtbar wichtig war!«

»Was? Nun rück endlich heraus mit dem großen Geheimnis!«

»Er haßt Napoleon!«

»Damit steht er nicht allein. Das tut etwa die Hälfte der Menschheit. Die eine Hälfte haßt ihn, die andere liebt ihn.«

»Und Sie?«

»Ich beobachte ihn.« Friedrich König hatte sich einen Kienspan an der Glut des kleinen Ofens angesteckt und brachte den Tabak in seiner Pfeife zum Glühen.

»Ist das genug?«

»Wahrscheinlich nicht. Man müßte sich wohl entscheiden. Aber um die Wahrheit zu sagen: Ich fühle mich nicht dazu fähig. Wenn du ein gläubiger Mensch bist – und wahrscheinlich bist du es –, wirst du wissen, daß alles, was auf dieser Welt geschieht, von Gott gewollt ist. Auch die Revolutionen, die Kriege und die Napoleons.«

Thomas zog die Augenbrauen zusammen. »Oder vom Teufel?«

»Gott läßt dem Teufel bestimmt nur gerade soviel Macht, wie er sie ihm zugesteht, damit er die Menschen triezen kann. Er ist doch sehr viel mächtiger, meinst du nicht auch?«

»Ja, und Napoleon hat seine Macht nicht vom Teufel, sondern von Gott. Ist er nicht herrlich?!«

»Darüber kann man geteilter Meinung sein.«

»Ja, das weiß ich«, gab Thomas ernüchtert zu. »Theo haßt ihn.«

»Habt ihr euch etwa wegen Napoleon gestritten?«

»Nein!« Thomas blickte düster auf den einfachen Bretterboden. »Theo Mayr ist ja mein Lehrer. Ich kann nicht mit ihm rechten.«

»Jedenfalls teilt er deine Begeisterung für Napoleon nicht?«

Thomas blickte Friedrich König offen an und erklärte, obwohl es ihm sehr schwerfiel: »Er will ihn umbringen.«

Der Gelehrte verstand nicht gleich. »Er wünscht ihn sich tot, wie? Das tun viele.«

»Nein, er will ihn umbringen. Er hat eine Pistole in sein Ränzel gepackt. Mit der will er ihn erschießen.«

»Und jetzt fürchtest du um deinen heißgeliebten Napoleon?«

»Nein. Der wird sich schon zu wehren wissen, immer sind Soldaten um ihn herum und Offiziere, alle in Waffen. Ich habe Angst um Theo Mayr. Napoleon wird ihn erschießen lassen, wenn er versucht …«

»Du hast recht!« Friedrich König stand auf. »Es war richtig, mir die Sache zu erzählen, obwohl ich mich schäme, daß ich so lange gebraucht habe, um dich zu verstehen. Natürlich muß jemand diesen Unfug verhindern, und dieser Jemand werde ich sein. Seit wann ist Theo fort?«

»Ich habe noch geschlafen.«

»Jedenfalls ist er zu Fuß unterwegs.« Friedrich König öffnete die Ofentür und klopfte die Pfeife aus. »Mit einem Pferd kann ich ihn einholen. Was meinst du?«

»Sicher können Sie das, Monsieur le docteur. Nach München gibt es nur eine Straße und bestimmt wird er über München wandern.«

»Also ... worauf warten wir dann noch?« Friedrich König öffnete die Stubentür und rief laut: »Barbara! Sattle mir mein Pferd!« Er lächelte Thomas ermutigend zu. »Mach dir keine Sorgen, Junge, ich werde das schon richten!«

Thomas blickte ihn voll Vertrauen an. »Das weiß ich, Onkel Frédéric!«

Als Anselm von Deinharting eine Stunde später zum Dragonerhaus kam – nach dem gewohnten Umweg über die Post –, war Thomas längst wieder im Schloß, und Friedrich König hatte das Dorf bereits hinter sich gelassen.

Es war das erste Mal, daß er den Freund nicht vorfand, und es bestürzte ihn. Auch Barbara wußte nicht zu sagen, wohin der Doktor geritten war und wann er vorhatte zurück zu sein.

Der Hofmarksherr fand sich selber lächerlich, doch war ihm, als hätte seine Welt mit dem unerklärlichen Verschwinden des jungen Gelehrten einen neuen Riß bekommen. Dieser wurde um so schmerzlicher, als Friedrich König auch später nie verriet, wohin er so plötzlich aufgebrochen war, und Anselm von Deinharting, aus Angst, noch tiefer verletzt zu werden, nicht wagte, danach zu fragen.

Lange bevor die Türme der großen Stadt in Sicht kamen, hatte Friedrich König den Studenten eingeholt. Der schritt zwar kräftig aus, doch die Pferdebeine kamen, obwohl der junge Gelehrte nicht gerade ein glänzender Reiter war, sehr viel schneller voran. »Theo!« rief Friedrich König und zerrte an dem Zügel; seine Stute bäumte sich auf und kam dann zum Stehen.

Der Student machte einen halbherzigen Versuch, die Situation zu verharmlosen. »Guten Morgen, Herr Doktor!« Er zog seine Mütze. »Unterwegs nach München?«

»Unterwegs zu dir!« berichtigte Friedrich König grimmig.

Theo wurde blaß und rot. »Ich verstehe nicht ...«

»Oh, doch, sogar sehr gut! Du willst Lehrer sein und schreckst nicht davor zurück, den dir anvertrauten Zögling einzuschüchtern und zu ängstigen!?«

»Ich weiß nicht, wovon Sie sprechen!«

»Nimm dein Ränzel ab! Los! Wird's bald?! öffne es!«

»Sie haben kein Recht ...«

»Wenn es dir lieber ist, kann ich auch einen Gendarmen holen!«

Die Stute tänzelte und trieb Theo, da er zur Straße hin nicht ausweichen konnte, in den Graben. Er suchte nach Ausflüchten und blickte Friedrich König finster an, da er aber den sonst so ausgeglichenen Mann noch nie so zornig gesehen hatte, gehorchte er endlich.

Der junge Gelehrte sah ihm auf die Finger, während er den Inhalt des Ränzels auspackte, und entdeckte die in ein Tuch gehüllte Pistole sofort. »Her damit!«

»Sie gehört mir! Sie war nicht billig und ...«

»Wer bist du, daß du das Recht hättest, eine Pistole bei dir zu tragen?! Selbst wenn ich deine finsteren Pläne nicht kennen würde, müßte ich es dir verbieten!«

»Es ist gefährlich, allein unterwegs zu sein ...«

»Erzähl mir nichts. Du bist ein kräftiger Bursche und wirst dich auch ohne Waffe zu wehren wissen!«

Die Umhüllung löste sich von der Pistole, und plötzlich lag sie in Theos Hand; von einer Sekunde zur anderen fühlte er sich stark. Er zielte auf Friedrich König und schrie: »Sie haben mir nichts zu befehlen!«

Der andere kniff die Augen zusammen. »Du würdest es wirklich fertigbringen, mich zu erschießen?«

»Warum nicht?«

»Weil du mich seit Jahren kennst und ich dir nie ein Leid getan habe!«

»Aber jetzt sind Sie mein Feind!«

Eine Kutsche holperte vorüber und hüllte beide in grauen Staub.

»Ich meine es gut mit dir, Theo!« versicherte Friedrich König. »Auch Thomas macht sich nur Sorgen um dich ... nicht um den Korsen. Mit Recht geht er davon aus, daß der sich schon zu schützen wissen wird. Laß die Dummheiten, Theo! Oder glaubst du wirklich, du hättest das Format, Geschichte zu machen?«

»Ich bin entschlossen ...« Die Waffe in der Hand des Studenten zitterte, aber sie war immer noch auf Friedrich König gerichtet.

Der Gelehrte erkannte, daß dem jungen Mann mit Vernunft nicht beizukommen war. Er erwog die Möglichkeiten, ihn entweder ziehen zu lassen oder die Gendarmen auf ihn zu hetzen, entschloß sich dann aber zu einem Schritt, der ihm unter einigermaßen normalen Umständen zuwider gewesen wäre: Blitzschnell holte er mit der Reitpeitsche aus und schlug ihm quer über das Gesicht.

Theo ließ die Pistole fallen.

Friedrich König glitt vom Pferd, hob sie auf und steckte sie in die Satteltasche. »Na also, Theo«, sagte er freundlich, »wenn du wieder bei Sinnen bist, wirst du mir dankbar sein!« Er saß auf, brachte die Stute dazu, auf der Stelle zu wenden und ritt im leichten Trab zurück.

»Niemals!« Zornig, mehr noch auf sich selber als auf den Mann, der ihn entwaffnet hatte, blickte Theo ihm nach.

Es war nicht so sehr der unerwartete Angriff oder der Schmerz gewesen, die seine Finger vom Lauf der Pistole gelöst hatten, als die aufgebrochene Erinnerung an frühere Peitschenschläge, denen er immer hilflos ausgeliefert gewesen war: Sein Vater hatte ihn, seine Geschwister, die Knechte und Mägde auf dem Gutshof und sogar seine Mutter so behandelt und ihnen damit ständig vor Augen gehalten, daß er der Herr war und alle anderen nichts als Gewürm. Theo hatte diese Demütigungen aus ganzer Seele gehaßt, und sie hatten ihn dazu getrieben, verbissen zu lernen und zu studieren, nur um frei zu werden.

Dennoch brauchte auch heute nur jemand mit der Peitsche zu knallen, um ihn zum Kuschen zu bringen!

Mit den Zähnen knirschend, packte er seine Siebensachen wieder zusammen, entschlossener denn je, sich und die Welt durch eine Tat zu befreien.

Der Herbst wurde, allen politischen Auseinandersetzungen zum Trotz, für die bayerischen Lande wieder zu einer Zeit der Entspannung. Die Ernte war eingebracht, die Kaiserlichen waren fort, und so konnten die Bauern zu Hackbrett und Zither greifen und in Ruhe ihren Hausrat mit schönen Ornamenten verzieren. Die

Bäuerinnen und Mädchen holten Spinnrad und Webstuhl hervor, und man besuchte sich gegenseitig im »Heimgarten«, um Geschichten zu erzählen und miteinander zu musizieren.

Die großen Adelshäuser hielten es nicht viel anders; auch ihre Familien besuchten sich gegenseitig.

Die Deinhartinger fuhren zu den Grafen Kaltenbach auf Hochstedt, der Baron von Amertingen erschien mit seiner Frau auf Schloß Deinharting, Anton Graf Hollberg und Tante Sophie rafften sich zu einem längeren Besuch auf dem Lande auf und kehrten reich mit Lebensmitteln versorgt in die Stadt zurück. An einem sonnigen Sonntagnachmittag trafen Afra Baronin Lingen, ihr Mann und der kleine Maximilian bei den Deinhartings ein.

Es war Thomas, der den Damen die Nachricht brachte, die wie üblich, im oberen Erkerzimmer beisammensaßen. »Es ist Afra!« rief er. »Sie ist mit einer sechsspännigen Kutsche gekommen!« – Im Familienkreis wurde von der Baronin Lingen immer noch nur als von »Afra« gesprochen.

»Auch das noch!« Auguste rümpfte die Nase.

»Bitte, entschuldigt mich!« Elisabeth steckte die Nadel in den Gobelin, an dem sie arbeitete. »Mir ist nicht gut!«

»Dann werden wir sie empfangen müssen«, sagte Beata mit einem Blick zu Antoinette.

»Ja, das werden wir!« Antoinette legte ihre Näharbeit zusammen und stand auf. »Kommen Sie! Ziehen Sie kein Gesicht, Gustel, es ist doch eine Abwechslung!«

Dieser Ansicht war Anselm von Deinharting auch; Friedrich König und Pfarrer Reiter, die zu Mittag dagewesen waren, hatten das Schloß schon verlassen, und so fing er jetzt Felix von Lingen ab, um seine Ansichten von der politischen Lage Bayerns und Europas zu hören.

Beata, Antoinette und Auguste empfingen die Baronin Lingen und ihren kleinen Sohn im Musikzimmer, in das Babette den Besuch geführt hatte. Es gab förmliche Umarmungen, gezwungene Herzlichkeit und mühsam verborgene Feindseligkeit bei der Begrüßung. Antoinette beugte sich, um dem Blick der ehemaligen Freundin nicht standhalten zu müssen, rasch zu Maximilian. »Wie reizend er geworden ist!«

»Ja«, bestätigte Afra, einen verkniffenen Zug um den Mund, »er gleicht immer mehr seinem Vater.«

»Nun, da sein Vater ein schöner Mann ist …« Auguste vollendete den Satz nicht. »Sie sehen auch sehr gut aus, Afra!«

Das tat sie wirklich, wenn auch nicht auf eine Art, die dem Geschmack der Zeit entsprach. Ihre Haut war leicht gebräunt – sie hatte die Knechte und Mägde bei der Landarbeit beaufsichtigt –, ihr starkes schwarzes Haar war spröde, und der Blick ihrer dunklen Augen war herausfordernd. Augustes Schmeichelei entlockte ihr nur ein Achselzucken.

»Ach, Ihr Kleid ist entzückend …« meinte Beata.

»Ich beziehe meine Garderobe auch direkt aus Paris!«

»Sie Glückliche!« rief Auguste. »Wir lassen immer noch bei der Hausschneiderin arbeiten!«

Babette brachte auf einem silbernen Tablett Mokkageschirr und eine Schale mit Kuchen, die eine Spezialität der Köchin waren.

Noch ehe der Kaffee eingeschenkt war, griff Afra nach dem knusprigen Backwerk. »Marktortelettes!« rief sie. »Wie lange ich die nicht mehr gegessen habe!«

»Ich kann dir das Rezept geben«, erbot sich Antoinette.

»Was würde mir das nützen! Niemand bäckt sie wie Margarethe Meyr!«

»Da hast du wohl recht«, gab Antoinette zu.

Afra blickte sich um, als entdeckte sie erst jetzt, daß Elisabeth fehlte. »Wo ist die Hofmarksherrin?«

»Meine Mutter läßt sich entschuldigen«, sagte Beata rasch, »sie fühlt sich nicht wohl.«

Afras Züge verhärteten sich.

»Du darfst das nicht als Affront auffassen«, mischte Antoinette sich rasch ein, »sie fühlt sich wirklich schlecht.«

»Ist sie bettlägerig?«

»Das nicht gerade …«

»Aber dann könnte sie doch …«

Auguste wurde das Gespräch unbehaglich. »Darf ich Maximilian zu den anderen Kindern bringen? Dort würde er sich weniger langweilen … und gewiß bekommen sie auch gerade ihren Sonntagskuchen.«

Afra starrte sie an. »Wer sind die anderen Kinder?«

»Thomas natürlich«, sagte Auguste erstaunt, »Christine, Lieserl und Sophie …«

»Keine Bauernkinder?«

»Natürlich nicht.«

»Jetzt übertreibst du wirklich, Afra!« meinte Antoinette. »Nur weil ich einmal im Fasching ... das heißt doch nicht, daß sich ständig Bauernkinder im Schloß tummeln!«

»Wie soll ich das wissen? Jedenfalls lege ich Wert darauf, daß mein Sohn standesgemäß ...« Sie betonte das Wort übertrieben. »... erzogen wird!«

Auguste nahm den Buben bei der Hand. »Komm mit, Kleiner! Bei uns wird dir gewiß kein Zacken aus der Krone fallen.«

»Was fehlt Elisabeth?« forschte Afra. »Was ist das für ein Gerede, daß sie krank ist?«

»Es steht uns nicht zu, uns über den Gesundheitszustand der Hofmarksherrin zu verbreiten, Afra«, erklärte Antoinette, »das sind Dinge, über die man nicht spricht. Du solltest das wissen.«

»Sie wird älter und menschlicher, nehme ich an?« bohrte Afra weiter.

Sie erhielt keine Antwort.

»Möchtest du vielleicht einen Likör?« fragte Antoinette statt dessen. »Oder einen Cognac? Emanuel hat uns im Sommer eine Flasche echten französischen mitgebracht ... mag der Himmel wissen, wo er ihn aufgetrieben hat!« Sie war aufgestanden.

Afra schüttelte ablehnend den Kopf. »Nein, danke.«

»Mir können Sie ein Gläschen geben!« bat Beata.

Afra richtete den Blick ihrer schwarzen, schräg über den ausgeprägten Backenknochen liegenden Augen auf sie. »Wieso sind Sie eigentlich immer noch hier?«

Beata blickte sich hilflos um, aber Antoinette war aus dem Zimmer gegangen, und so war sie mit Afra allein.

»Dies ist mein Elternhaus!«

»Aber Sie sind eine verheiratete Frau! Ich würde es für absurd halten, auch nur für kurze Zeit in mein Elternhaus zurückzukehren.«

»Das würde ich wohl auch, wenn ich aus einer Gastwirtschaft stammte!« parierte Beata gereizt den Angriff.

Antoinette kam, die Cognacflasche und ein zartes, böhmisches Glas in den Händen, zurück.

Afra hatte nicht mit der Wimper gezuckt und war auch nicht bereit, das Thema fallenzulassen. »Ich habe Beata gefragt, wieso sie immer noch hier ist«, erklärte sie, »sie konnte mir keine befriedigende Antwort darauf geben.«

»Aber das ist doch ganz einfach!« Antoinette goß die goldbraune Flüssigkeit in das zierliche Glas. »Beata hat den größten Teil ihrer Kindheit auf dem Land verbracht ... was Wunder, daß es sie immer wieder hierher zurückzieht.«

»Ihr Gatte übt also weniger Anziehungskraft auf sie aus als das Landleben?«

»Das eine hat mit dem anderen gar nichts zu tun«, erwiderte Antoinette kühl. »Oder wußtest du nicht, daß Herr von Müllern den Sommer über hier sein Hauptquartier hatte? Daß er immer wieder mit Skizzenbuch und Kohlestift ausschwärmt, bringt sein Beruf mit sich.«

»Und wo ist er jetzt?« fragte Afra.

Antoinette und Beata wechselten einen Blick; beide empfanden die Frage als äußerst taktlos.

»Wenn man verheiratet ist, muß man sich um seinen Mann kümmern«, verkündete Afra, »obwohl ich zugeben muß, daß ich mit Felix nicht gerade einen Haupttreffer gemacht habe ...«

»Durch ihn bist du immerhin Baronin geworden«, erinnerte Auguste.

»Was ihr mir alle nie vergessen, sondern bis zum Ende meines Lebens unter die Nase reiben werdet!«

»Das würden wir gewiß nicht, wenn du weniger herausfordernd auftreten würdest.«

»Ich!? Herausfordernd?«

»Ganz gewiß. Beata ist hier zu Hause. Wie kannst du sie fragen, warum sie immer noch hier ist?«

»Weil eine verheiratete Frau bei ihrem Mann sein sollte! Was ist daran abwegig? Ich will nicht behaupten, daß ich meinen Felix umschmeichle, aber ich sorge doch dafür, daß er gute Mahlzeiten bekommt, in einem gemachten Bett schlafen kann, kurzum, daß es ihm nicht an dem Nötigen fehlt!« Sie schob den Kopf vor, Beata fixierend. »Und was tun Sie?«

»Also, Afra, das geht nun aber doch entschieden zu weit!« rief Antoinette.

»Das sehe ich nicht ein. Wir alle kennen uns von Kindesbeinen an! Warum sollen wir nicht offen miteinander sprechen?«

»Weil es Dinge gibt, die man zwar seiner besten Freundin anvertraut, wenn einem das Herz überläuft, aber nicht aus sich herauspressen lassen will.«

»Die Wahrheit ist …«, Beata hatte eine Schluck Cognac genommen, und ihr Gesicht rötete sich, »… warum soll ich sie nicht eingestehen? Jeden Abend nehme ich mir vor, nach München zurückzukehren … ich sage mir, daß es die höchste Zeit ist. Aber morgens fehlt mir dann die Entschlußkraft.«

»Sie brauchen sich nicht zu rechtfertigen«, sagte Antoinette energisch.

»Der Sommer hier war so schön und sorglos … auch meine kleinen Mädchen sind so gut gediehen …«

»Aber das hier ist nicht Ihr Heim!« erklärte Afra rücksichtslos. »Es ist das Ihrer Stiefmutter! Sie sind hier nur noch geduldet.«

»Ich weiß nicht, wie ich mich Ignatz gegenüber verhalten soll«, gab Beata plötzlich zu, »ich liebe ihn sehr. Wenn ich ihn mit anderen Männern vergleiche … er ist wirklich reizend. Aber er benimmt sich so … ich kann es nicht erklären …«, mit einer hilflosen Gebärde hob sie die Hände, »… als hätte er gar keine Familie. Er kommt nur dann heim, wenn es ihm paßt, und nimmt keinen Anteil an meinen Sorgen! Mir kommt es manchmal vor, als wäre er ein Bub … und noch gar kein Mann.« Sie schaute mit tränenschimmernden Augen auf.

Antoinette drückte ihren Arm. »So wird es sein, Beata, er war noch sehr jung, als er heiratete. Jetzt müssen Sie ihm Zeit lassen, erwachsen zu werden.«

»Und bis dahin sind Sie längst verblüht!« rief Afra.

Beata senkte den Blick. »Ich weiß, daß ich nicht mehr so bin wie damals, als er um mich freite.«

»Und woher rührt das?!« rief Afra. »Sie sind jetzt fünf Jahre verheiratet, und ich wette, Sie hatten in dieser Zeit nicht weniger als vier Schwangerschaften!«

Wortlos nickte Beata.

»Das ist es, was Sie unglücklich macht! Er kommt zu Ihnen, frönt seinen niederen Gelüsten und geht wieder. Sie müssen allein sehen, wie Sie mit einer neuerlichen Schwangerschaft fertig werden.«

»Aber, Afra!« sagte Antoinette. »Du hast eine Ausdrucksweise …«

»Es stimmt ja«, gestand Beata leise, »genauso kommt es mir vor. Er benützt mich. Ich bin ihm ausgeliefert.«

»Das brauchen Sie nicht zu sein!« Afra beugte sich noch weiter vor. »Sie müssen sich ihm verweigern! Keine Hengstsprünge mehr und keine Schwangerschaften! Sie werden sehen, das hilft.«

»Aber ich bin seine Frau«, sagte Beata zaghaft, »die ehelichen Pflichten …«

»Pfeifen Sie einfach darauf! Machen Sie es wie ich! Ich habe einen Sohn, und mehr Kinder will ich nicht!«

»Du versündigst dich!« sagte Antoinette.

»Ach was! Bevor ich sterbe, werde ich wohl noch Gelegenheit zu beichten haben!«

»Und wenn nicht?«

»Fahre ich eben zur Hölle!« Lachend entblößte Afra ihre gesunden Raubtierzähne. »Mir ist das Leben hier wichtiger, als das, was danach kommt …«

»Sie verweigern sich also Ihrem Mann?« vergewisserte sich Beata staunend, weil sie dergleichen noch nie gehört hatte.

»Gewiß! Mit dem Ja vor dem Traualtar hat er meine Hand, mein Geld, ein behagliches Zuhause erworben, aber doch nicht mich mit Leib und Seele.«

»Du irrst dich, Afra«, sagte Antoinette, »die Ehe verlangt deine ganze Hingabe.«

»Was ist denn das … die Ehe!?«

»Eine von Gott eingesetzte Institution.«

»Ach, Unsinn. Die Ehe ist von den Männern erfunden worden, damit sie es behaglich haben. Sie erlaubt ihnen, zu tun, was sie wollen … ihren Geschäften nachzugehen, Politik zu machen, zu kämpfen oder anderen Weibern nachzusteigen … und das alles in der Gewißheit, daß ihr angetrautes Weib zu Hause sitzt und auf sie wartet, ständig bereit, ja verpflichtet, sie mit offenen Armen aufzunehmen, wann immer sie zu erscheinen geruhen. Ehe!« Afra schnaubte verächtlich.

»Und was ist mit der Frau, die sich verirrt? Hat sie nicht in der Ehe einen Halt …«

»Um Gottes willen, welche Frau verirrt sich schon? Wer von uns hat zwischen Schwangerschaften, Fehlgeburten und Geburten schon Gelegenheit, sich zu verirren? Wir leben in einer Gesellschaft, deren Gesetze von den Männern gemacht sind – zu ihren Gunsten, versteht sich – und uns verpflichtet man, sie zu befolgen.«

»Ich dachte immer …« Beata blickte verwirrt zu Antoinette, »… es wären göttliche Gesetze.«

»Und Gott ist auch ein Mann! Wollen Sie denn nicht verstehen?! Wenn wir uns nicht wehren, sind wir verraten und verkauft.«

»Und was ist mit deinem Maximilian? Wenn er später eine Frau trifft, die denkt wie du?«

»Sein Pech. Mir jedenfalls wird eine Schwiegertochter, die die Zähne zeigt, willkommener sein als eine, die sich duckt und ihrem Ehemann die Füße küßt.«

Es war dämmrig geworden, und Baptist kam herein, um die Kerzen in den Leuchtern zu entzünden.

»Ich muß heim!« erklärte Afra. »Es war anregend bei euch, wie immer ...«

»Oh, mir scheint, du bist mit deinen ausgefallenen Ansichten sehr viel interessanter, als wir es je sein könnten!« fiel ihr Antoinette ins Wort.

Afra ließ sich nicht unterbrechen. »... und richten Sie, bitte, der Hofmarksherrin aus, wie sehr ich es bedauert habe, sie nicht anzutreffen. Ich jedenfalls bin immer für sie da, wenn sie mich besuchen möchte.«

»Wie reizend von dir!« sagte Antoinette mit unverhüllter Ironie.

»Im übrigen wollen wir diesen Winter in München verbringen. Falls sich die Verhältnisse in irgendeiner Art stabilisieren.«

»In diesen Zeiten?«

»Wenn du auf ruhige Zeiten warten willst, Schätzchen«, sagte Afra obenhin, »kannst du Großmutter werden, ohne etwas erlebt zu haben.«

Sie war aufgestanden, und die beiden anderen folgten ihrem Beispiel.

»Bitte, holen Sie den jungen Baron, Baptist!« ordnete Antoinette an. »Seine Mutter will sich verabschieden.«

»Sehr wohl, Mademoiselle!« Baptist ließ die letzten Kerzen unangezündet und verließ den Raum.

»Aber am Weihnachtstag kommt ihr doch?« fragte Antoinette.

»Ganz sicher! Wir haben auch vor, an einigen eurer Jagden teilzunehmen! Das wird eine hübsche Abwechslung für Felix sein ... und für mich natürlich auch. Stehen die Daten schon fest?«

»Dein Mann wird sie sicher mit dem Hofmarksherrn besprochen haben.«

»Wollen wir es hoffen! Die Männer sind zuweilen ein bißchen weltfremd, findest du nicht auch?«

Sie küßten sich zum Abschied. Babette brachte den kleinen Maximilian herein, der die Welt mit großen Augen ansah, ohne sich noch in ihr zurechtzufinden. Eben war er von zärtlichen, lästigen kleinen Mädchen umgeben gewesen, die bestimmt hatten, wie er sich verhalten sollte, und jetzt erwartete man von ihm, daß er, ohne eine Miene zu verziehen, in die Einsamkeit seines Zuhauses zurückkehrte. Es war ihm nach Weinen zumute, aber da er spürte, daß Tränen unpassend gewesen wären, hielt er sie zurück.

Als die Baronin Lingen den Raum verlassen hatte, stellte Antoinette mechanisch das Geschirr zusammen.

»Diese Afra«, sagte Beata, die Hände im Schoß, »sie ist schon eine tolle Person, nicht wahr?«

»Ja«, sagte Antoinette, »sie bringt einen immer wieder zum Staunen.«

»Meinen Sie, daß sie recht hat?« Beatas weißes, leicht gedunsenes Gesicht verfärbte sich. »Sich ihrem Mann zu verweigern, meine ich?«

»Ich bin keine Expertin in Ehefragen.«

»Alles, was sie gesagt hat, kommt mir höchst ketzerisch vor! Aber vergleichen Sie uns beide. Sie ist zwei Jahre jünger als ich … und ich sehe zehn Jahre älter aus.«

»Sie übertreiben.«

»Und es ist nicht nur äußerlich«, fuhr Beata fort, ohne auf Antoinettes Einwand einzugehen, »ich fühle mich auch alt, uralt und verbraucht. Ich habe die Lust verloren … an allem. Afra dagegen wirkt so jung, erwartungsvoll … als läge noch ein ganzes Leben voll Überraschungen vor ihr.«

»Sie ist einen steilen Weg gegangen.«

»Das ist nicht alles. Sie scheint ein hohes Ziel zu haben.«

»Die Frage ist nur, ob sie es erreicht, Beata!« Antoinette nahm die Hand der jungen Frau. »Ich glaube, Zufriedenheit mit dem Leben, wie es uns geschenkt worden ist, ist weit besser als Afras brennender Ehrgeiz, der doch die Menschen, die ihr am nächsten stehen, verkümmern läßt.«

»Sie finden, Maximilian verkümmert?«

»Ja. Er ist ein lieber Bub. Könnten wir ihn nur drei Monate auf Deinharting haben, würde er sich ganz anders entwickeln.«

»Warum glauben Sie das?«

»Er würde bei uns mehr Zuwendung, mehr Ansprache, vor allem mehr Wärme als bei Afra haben. Ich will sie nicht anklagen, aber ich finde, man merkt Maximilian an, daß er in einer Welt der Erwachsenen lebt ... einer kalten Welt noch dazu, denn das Äußerste, was Afra und Felix von Lingen noch füreinander aufbringen, ist doch eisige Höflichkeit.« Sie lächelte Beata aufmunternd zu. »Ist das wirklich die Art Ehe, die Sie führen möchten?«

»Jede Ehe scheint mir besser als die meine.«

Darauf wußte Antoinette nichts zu sagen; es war ihr zwar längst klargeworden, daß es zwischen Beata und Ignatz von Müllern nicht so war, wie es sein sollte, aber für so schlimm hätte sie die Situation nicht gehalten.

»Ich bedeute ihm nichts«, gestand Beata, »ich und die Kinder, wir sind ihm nur noch eine Fessel. Afra hat wenigstens das Heft in der Hand. Sie ist die Stärkere, sie kann ihn leiden lassen ... aber was bin ich?«

»Eine schöne Frau und Mutter zweier Töchter.«

»Ach, seien Sie doch ehrlich, Tonette ... erweisen Sie mir die Achtung, ehrlich zu mir zu sein! Schön, das war ich einmal ... und was zählen Töchter? Hätte ich ihm wenigstens einen Sohn geschenkt!«

»Würde er Sie dann mehr achten?«

»Ich mich selber. Mutter eines Sohnes ... das wäre etwas. Ich hätte jemanden, auf den ich meine Sehnsüchte und Hoffnungen übertragen könnte. Was kann ich für Lisei und Sopherl schon wünschen?! Daß sie es nicht allzu schlecht treffen mögen!«

Wortlos legte Antoinette den Arm um die Schultern der Jüngeren.

»Ich habe gekämpft, Tonette«, gestand Beata, »um seine Liebe, seine Achtung, ein bißchen Aufmerksamkeit. Aber es hat nichts genützt und wird nie etwas helfen. Auch, was ich in die Ehe gebracht habe ... das Haus in München, das Gut in Niederbayern, eine sorglose Existenz ... sie bedeuten ihm nichts.«

»Er ist eben ein Künstler!«

»Sind Menschen in den Augen eines Künstlers ... nichts?«

Antoinette hätte vieles dazu sagen können: daß Beata sich ihre Ehe ertrotzt hatte, daß sie Ignatz von Müllern dazu gezwungen hatte, obwohl sie wußte, daß sein Herz nicht ihr gehörte, daß sie nicht das Zartgefühl, die Sanftmut und Großherzigkeit besaß, die er bei einer Frau ersehnte, und daß ihr hitziges, besitzergreifendes Temperament ihn abstoßen mußte. Sie sparte sich alle diese

Hinweise, weil sie wußte, daß sie Beata damit nicht helfen konnte.

»Sie müssen viel Geduld mit ihm haben«, sagte sie statt dessen.

»Geduld!« fuhr Beata auf.

»Wissen Sie eigentlich, wo Ihr Mann jetzt ist?«

»Seit Wochen hat er nichts mehr von sich hören lassen. Wäre er in München ...« Beata stockte.

»Ja, was wäre dann?« drängte Antoinette.

»In der leeren Wohnung würde er sich vielleicht nach mir sehnen. Aber sicher ist er nicht dort. Wer weiß, wo er sich herumtreibt.«

»Was könnte ihn denn auch nach Hause ziehen, wenn weder Frau noch Kinder auf ihn warten?«

»Sie meinen also, ich sollte nach München zurück?«

»Das wäre das Normale, Beata. Aber ich will mich keineswegs in Ihr Leben einmischen. Das steht mir nicht zu, und wie Sie wissen, fehlt es mir auch gänzlich an Erfahrung.«

»Aber Sie finden, ich sollte heimkehren«, wiederholte Beata, »vielleicht haben Sie recht. Jedenfalls habe ich mich sehr gut erholt. Mir geht es weit besser als bei meiner Ankunft. Nun gut, dann werde ich den Kampf wiederaufnehmen. Was ist mit Marei?«

»Sie wird Sie leichteren Herzens begleiten als im vergangenen Jahr. Jetzt kennt sie sich ja schon aus in der großen Stadt.«

»Ich dachte, sie wollte heiraten.«

»Ja, wollen wird sie das schon. Aber der Vater ihres Bräutigams ist noch nicht bereit, den Hof zu übergeben, und da sind noch zwei jüngere Töchter, die erst aus dem Haus müssen. Nein, um Ihr Kindermädchen brauchen Sie sich wirklich keine Gedanken zu machen. Die wird Ihnen noch eine gute Weile erhalten bleiben.«

Indessen saß Ignatz von Müllern in Augsburg im Gasthof »Zu den Drei Mohren« und skizzierte das bleiche Profil des Kaisers von eigenen Gnaden, die markanten Züge seiner Generäle, deren Nachrichten Napoleon aufmerksam zu lauschen pflegte, um ihnen, ohne einem Rat zugänglich zu sein, seine Anweisungen zu geben, und die hin und her eilenden Kuriere.

Er verstand nicht mehr, wieso er früher die Bewegungen von Eisläufern, Tänzern, jungen Mädchen hatte festhalten können – erst hier, in der Nähe des großen Korsen, fühlte er sich am Puls der

Zeit, im Mittelpunkt aller Bewegungen, die die Welt bersten lassen oder zusammenhalten mochten.

Niemand beachtete ihn, und er war froh darüber. Obwohl die Szene sich in einem Gasthof abspielte und manche der Offiziere von weither kamen, atemlos, auf zuschanden gerittenen Gäulen, dachte niemand daran, sich eine Mahlzeit, Bier oder ein Glas Wein zu bestellen. Die Atmosphäre ließ es nicht zu, jene äußerste Spannung, die alle Anwesenden gleichsam pulsieren fühlten.

Ignatz von Müllern war weder ein Anhänger Napoleons noch irgend jemandes, sondern verstand sich als freier Künstler. Dennoch hatte die Persönlichkeit des Kaisers ihn gegen seinen Willen in Bann geschlagen, diese Ausstrahlung eines mächtigen Willens, der andere, gewiß nicht weniger kluge und starke Männer vor ihm zittern ließ.

Fast wie im Rausch ließ Ignatz von Müllern seinen Kohlestift über das leicht gerauhte Skizzenpapier gleiten, und es kümmerte ihn nicht, ob seine Arbeiten der achtlosen Hand einer Putzfrau zum Opfer fallen oder ob sie Ewigkeitswert erlangen würden. Er war besessen von dem Wunsch, dies alles festzuhalten: die Nüchternheit des Herrschers, die Begeisterung seiner Generäle, das Kommen und Gehen, das nicht enden wollte und Zeichen setzte für eine Welt, die im Aufbruch begriffen war.

Als am Eingang ein Tumult entstand, wurde er aufmerksam, nicht der Kriegsherr, der in ein Papier – eine Geländeskizze oder einen Schlachtplan – vertieft war.

Zwei Soldaten stießen einen jungen Mann, ihn rechts und links festhaltend, in den kargen Raum, so heftig, daß er das Gleichgewicht verlor und vor dem Tisch Napoleons auf sein rechtes Knie fiel.

»Qu'est-ce que c'est ...« fragte Napoleon, durchaus nicht beeindruckt, sondern eher zerstreut, und fügte, sich der Anwesenheit einer unbekannten und unerwünschten Person erst nachträglich bewußt werdend, hinzu: »... cet homme?!«

In diesem Augenblick aber hatte Ignatz von Müllern den verstörten Jüngling erkannt. »Ein Knecht meines Schwiegervaters!« rief er, die Stellung Theo Mayrs bewußt vereinfachend.

»Gewiß wollte er zu mir ... eine Botschaft ...« Er umfaßte die Schultern des jungen Mannes und zog ihn ins Freie, so daß seine Häscher ihn unwillkürlich freigaben.

In der engen, mit Kopfsteinen gepflasterten Gasse unter dem Wirtshausschild herrschte der Maler Theo an: »Wie kommst du hierher? Was zum Teufel willst du?«

»Ihn töten!« gestand der Student und konnte nicht verhindern, daß seine Zähne hörbar aufeinanderschlugen.

»Bist du wahnsinnig?!«

»Ich habe erkannt, was not tut.«

»Du glaubst, das ist so einfach? Du zückst eine Pistole, und schon ist das Rad der Weltgeschichte herumgeworfen?«

»Ich habe ja gar keine Pistole.«

»Dein Glück!«

»Nur ein Messer!«

»Mit dem du dein Brot schneidest! Menschenskind, dank deinem Herrgott auf Knien, daß ich gerade da war und daß alles so glimpflich abgelaufen ist! Hätte man dich als Attentäter erkannt, wärst du erschossen worden.«

»Und wennschon!«

»Du zitterst nicht um dein Leben, wie? Versuch das jemand anderem weiszumachen. Du bist ja weiß wie die Wand! Troll dich, Junge! Und laß dich nie wieder in der Nähe des Kaisers blicken! Der ist ein paar Nummern zu groß für dich!« Er gab Theo Mayr einen leichten Stoß, von dem er, mitgenommen von der ausgestandenen Anspannung, taumelte.

Die französischen Soldaten, die vor dem Wirtshaus Wache standen und den Vorgang beobachtet hatten, lachten.

Tags darauf brach Napoleon nach Böhmen auf, und Ignatz von Müllern kehrte vorübergehend nach München zurück. Er war durchaus nicht erstaunt, sondern nahm es als selbstverständlich hin, daß Beata und seine kleinen Töchter ihn dort empfingen. Mit gutem Appetit nahm er das Abendbrot ein, ließ sich einen Krug Bier aus dem nahe gelegenen Pschorr-Bräu bringen, fuhr sich mit dem Finger über die Oberlippe und erklärte: »Zu Hause ist es doch am schönsten!«

»Nur daß du davon wenig Gebrauch machst«, erwiderte Beata.

Er lachte. »Es steht dir schlecht an, mir Vorhaltungen zu machen. Du warst ja selbst den ganzen Sommer fort.«

»Ja, und es war schön.«

»Das glaube ich dir. Du weißt, ich hege große Bewunderung für deine Familie! Dein Vater ist ein wirklicher Herr, deine Stiefmutter eine bezaubernde Frau, und deine jüngere Schwester hat sich zu einer vollkommenen Schönheit entwickelt ...«

»Du vergißt Antoinette!« sagte Beata spitz.

»Aber durchaus nicht. Nur ... gehört sie denn zur Familie? Ich hielt sie stets für eine hereingeschneite Emigrantin!«

»Die sich allerdings auf Deinharting ganz schön festgesetzt hat.«

»Hattest du Schwierigkeiten?« fragte er, jetzt wirklich interessiert.

»Mit Antoinette, meinst du? Nein. Es gibt niemanden, dem es so gelingt wie ihr, alle Schwierigkeiten auszuräumen, noch ehe sie recht entstanden sind.«

»Das macht ihren Charme aus.«

»Findest du? Nun, was ihren Charme betrifft ... er ist immer noch da, aber allmählich beginnt sie eine alte Jungfer zu werden.«

Er legte seinen Arm um ihre Schultern und zog sie leicht an sich. »Im Gegensatz zu dir«, sagte er schmeichelnd, »die zu einer schönen jungen Frau erblüht ist!«

»Du mußt mir keine Komplimente machen.«

»Darf ich es denn nicht, wenn ich gern möchte?«

Sie standen eng beieinander in der Wohnstube des alten Hauses »Im Tal«. Es duftete von der Schreinerei her stark nach frischem Holz, auch der blankpolierte hölzerne Fußboden strömte einen angenehmen Geruch aus, und die letzten Strahlen der Abendsonne warfen ihren Glanz in den Raum. Alles war dazu angetan, eine Atmosphäre des Friedens zu schaffen, den Willen zur Versöhnung zu fördern. »Wir zwei«, sagte Ignatz von Müllern, »es ist doch gut, daß wir uns gefunden haben.«

»Gut ... wozu?« fragte Beata mit einer Aggression, die sie keine geringe Anstrengung kostete.

»Nun«, versuchte er, ein wenig hilflos, zu erklären, »unsere Ehe, die Kinder, unser Zuhause ... es stimmt doch alles!«

»Findest du?«

»Ja, gewiß. Ich gebe zu, ich bin ziemlich viel unterwegs – wie es mein Beruf so mit sich bringt –, aber ich kehre doch immer wieder gerne zu dir zurück. Und daran merke ich, wie sehr ich dich liebe.«

»Wirklich mich? Oder ist es nur der hausgemachte Schweinsbraten mit Knödeln und Kraut? Das gute Bier? Dein Daunenfederbett?«

Er umarmte sie lachend. »Alles zusammen, chérie! Du bietest mir eben alles, was sich ein Mann wünschen kann!«

»Und du hast dich nie gefragt, was mich das kostet?«

»Was kann es dich schon kosten, mir das Bett warmzuhalten?«

»Meine Würde!«

Er lachte.

»Mich selber!« fuhr sie fort. »Die Achtung, die ein Mensch vor sich haben muß ... ohne die er nicht leben kann ... meine Gesundheit, meine Schönheit! Das alles habe ich dir geopfert, und du nimmst es wie einen Krug Bier!«

Er ließ sie los und trat einen Schritt zurück. »Anscheinend fühlst du dich nicht wohl.«

»Anscheinend nicht!«

Er sah so hübsch aus mit seinen zerzausten Locken, der frischen, vom Aufenthalt im Freien geröteten Haut, den klaren braunen Augen, mit den dichten, leicht gebogenen Wimpern – er wirkte wie ein Junge, der, guten Willens, von seiner Mutter wegen einer Tolpatschigkeit getadelt worden war und nun die Welt nicht mehr verstand. Beata fühlte den heftigen Wunsch, ihn zu schlagen, wagte es jedoch nicht.

»Ich fühle mich nicht mehr wohl, seit wir verheiratet sind!« sagte sie heftig. »Ist dir das entgangen?«

»Aber du warst es doch, die wollte ...«

»Ja, nur zu! Gib mir die Schuld! Aber wie konnte ich etwas wollen, wovon ich nichts wußte? Ich hatte keine Ahnung, was es heißt, verheiratet zu sein!«

»Und ich?«

»Du mußtest es wissen! Erzähl mir nicht, daß du unerfahren in mein Bett gestiegen bist! Du hattest deine Abenteuer hinter dir! Du wußtest, wie es ist, wenn sich Geschöpfe ... Tiere oder Menschen ... paaren.«

»Du bist auf dem Land aufgewachsen! Du hättest es auch wissen müssen.«

»Nein! Nicht wenn man in einem Schloß geboren ist. Ich hatte keine Ahnung ... und du hast meine Ahnungslosigkeit mißbraucht.«

»Aber, Beata!« Er wandte sich zur Tür. »Nun mach es nicht so dramatisch. Du tust gerade so, als wäre ich ... ich weiß nicht, was! Dabei bin ich ein ganz normaler Mann. Manchmal glaube ich sogar, daß ich geringere Bedürfnisse habe als andere Männer. Wenn ich ganz in meine Arbeit vertieft bin, fühle ich nämlich gar kein Verlangen. Ich kann nicht finden, daß ich dich mißbrauche ...«

»Du benutzt mich!«

»Jeder Mann benutzt seine Frau. So ist nun einmal das Leben. Man gebraucht sein Bett, ißt sein tägliches Brot ...«

»Aber ich will nicht dein tägliches Brot sein!« Beata wurde rasend vor Zorn, und sie genoß diesen Zorn, weil er ihr Kraft gab. »Ich bin mehr als das ... verstehst du das denn nicht?! Ein Mensch, eine Persönlichkeit ... nicht ein Loch, in das man von Zeit zu Zeit hineinschlüpft!«

»Aber, Beata!« Jetzt war er schockiert.

»Beata, Beata, Beata! Mehr kannst du nicht sagen! Bist du ein Papagei oder mein Mann!?«

»Beata, ich ...« Er wollte sie umarmen.

Sie stieß ihn mit aller Kraft zurück. »Rühr mich nicht an!«

»Ach, Beata, vielleicht hast du recht ... vielleicht bin ich etwas zu lange fortgeblieben. Doch ich hatte zu tun, das weißt du genau. Und ich wußte dich ja auf Deinharting gut aufgehoben!«

»Bei Papa und Mama, wo ich hingehöre, nicht wahr?«

»Das stimmt ja gar nicht. Du gehörst zu mir. Wir gehören zusammen und haben uns vor dem Altar fürs Leben miteinander verbunden. Beata, sei doch wieder gut!«

Die Sonne war hinter den niederen Häusern untergegangen, und Finsternis verbreitete sich in dem schön geschnittenen Raum. Aus allen Winkeln krochen die Schatten auf die beiden jungen Leute zu.

Beata war sich nicht darüber im klaren, aber hätte ihr Mann nur ein einziges Mal davon gesprochen, daß er sie liebte, so wäre das Eis sicher geschmolzen. So aber verhärtete sich ihr Herz immer mehr und mehr.

»Es wird Winter«, sagte er, »wäre es nicht an der Zeit, wieder näher zusammenzurücken?«

»Damit ich wieder ...«, es kostete sie Überwindung, es auszusprechen, »... in andere Umstände komme?! Sieh mich doch an!

Bin ich noch das Mädchen, das du geheiratet hast?« Unwillkürlich preßte sie ihre Hände auf die erschlaffte Bauchdecke. »Ich bin eine verbrauchte Frau.«

»Durch meine Schuld?«

»Durch wessen sonst!?«

Unten auf der Straße zündete der Laternenanzünder das Licht an; fast gleichzeitig brachte Marei einen Kerzenleuchter herein.

»Laß uns allein!« fuhr Beata sie an.

Erschrocken wollte das Mädchen sich zurückziehen.

»Das Licht kannst du uns lassen!« Ignatz von Müllern schenkte ihr sein liebenswürdiges Lächeln, nahm ihr den Leuchter aus der Hand und schloß die Tür hinter ihr. »Mir scheint, ich bin in einem ungünstigen Augenblick heimgekehrt.«

»Du bist mir immer willkommen ...«

»Das war dein erstes gutes Wort!«

»... wenn du mir versprichst, dein Verlangen zu unterdrücken.«

»Aber du bist meine Frau! An wen könnte ich mich sonst wenden? Soll ich mir etwa eine Geliebte suchen?«

Sie wirbelte zu ihm herum. »Ist es denn so schwer für dich, deine tierischen Instinkte zu unterdrücken?«

»Du verlangst allen Ernstes, daß ich wie ein Mönch neben dir lebe?«

»Nicht für immer, Ignatz ... nur bis ich mich erholt habe.«

»Du siehst erholt genug aus!«

»Bis ich genügend Kraft aufbringe ...«

»Ich möchte bloß wissen, wieviel Kraft dazu gehört, die Beine breit zu machen!«

Nie zuvor hatte er so zu ihr gesprochen. Sie hätte wissen müssen, daß er den Jargon der Straße kannte, aber nie hätte sie es für möglich gehalten, daß solche Worte über seine Lippen kommen könnten.

Sie holte aus und schlug ihm mitten in das hübsche, unschuldsvolle Gesicht. Er packte ihr Handgelenk, verdrehte ihren Arm, und sekundenlang fürchtete sie, daß er sie zu Boden werfen und mit Gewalt nehmen würde.

Aber er ließ sie los – so plötzlich, daß sie den Halt verlor und auf den Fußboden stürzte.

Er stand über ihr und sah auf sie hinunter. Auf seiner linken Wange zeichnete sich das flammende Mal ihres Schlages ab, doch der Blick seiner dunklen Augen war schon wieder gleichmütig. »Vielleicht ist es besser so«, sagte er.

»Was meinst du? Wovon redest du?«

»Napoleon hat mir ein Angebot gemacht ... ein sehr ehrenvolles. Ich soll als Militärzeichner bei ihm bleiben!«

»Du willst in den Krieg?«

»Als Maler ... nicht als Soldat.« Er kräuselte die Lippen zu einem verächtlichen Lächeln. »Dennoch besteht Hoffnung für dich, Beata. Eine verirrte Kugel könnte mich treffen. Dann bist du mich los mitsamt meinen tierischen Instinkten.« Er verließ das Zimmer.

Sie erhob sich langsam, spürte erst jetzt, daß sie das Knie und den Ellbogen aufgeschlagen hatte. Ein Impuls trieb sie, ihm nachzulaufen. Aber sie wußte, wie diese Szene enden mußte. Sie würde ihn im Schlafzimmer vorfinden, wo er achtlos frische Wäsche und warmes Unterzeug für seinen Aufbruch zusammensuchte. Wenn sie ihn bat, zu bleiben, würde es damit enden, daß er sie nahm.

Lieber aber wollte sie die Einsamkeit als eine erneute Schwangerschaft.

Er kam bald zurück, auf dem einen Arm die kleine Elisabeth, auf dem anderen Sophie; die Mädchen strahlten vor Glück, bei ihrem Vater sein zu dürfen, waren aber doch ein wenig scheu, weil sie ihn so selten zu Gesicht bekamen. »Lebt wohl, ihr beiden Süßen, wenn ich zurückkomme, bringe ich euch etwas Schönes mit!«

Nachdem er die Kinder geküßt hatte, stellte er sie auf den Boden.

»Und wann kommst du wieder, Papa?« fragte die kleine Elisabeth.

»Das steht in den Sternen!« Er war schon bei der Tür und griff nach dem Mantelsack, den die Magd ihm reichte.

»Ignatz!« Beata trat einen Schritt auf ihren Mann zu. »Wir wollen doch nicht im Zorn auseinandergehen!«

»Was erwartest du? Von Liebe kann zwischen uns ja wohl kaum die Rede sein.«

Mit diesen Worten verließ er sie. Sie hörte, wie seine Schritte über die Stufen der hölzernen Treppe verhallten. Obwohl sie sich dafür haßte, konnte sie es nicht lassen, ans Fenster zu treten und zu warten, bis ihr Mann wenig später, lässig im Sattel sitzend, davontrabte.

Weder für sie noch für seine Töchter, die ihm nachwinkten, hatte er noch einen Blick.

Das bayerische Heer war unter dem Oberbefehl Deroys und Wredes in sechs Brigaden geteilt. Jede Brigade war aus zwei Linienregimentern, einem Bataillon leichten Fußvolks und einem Regiment Reiterei zusammengesetzt. Jedes Linienregiment bestand aus zwei Bataillonen, das Bataillon aus einer Grenadier- und drei Füsilierkompanien, die Kompanie aus 255 Feuergewehren. Ein leichtes Bataillon umfaßte ebenfalls vier Kompanien.

Emanuel von Deinharting war nach der Neuordnung der Truppen der 4. Brigade unter Generalmajor Karg als Leutnant zugeteilt worden, und zwar den zweiten Cheveauxlegers vom Regiment Kurfürst. Er machte die meisten Schlachten dieses denkwürdigen Herbstes 1806 mit, in dem die Bayern zum erstenmal an der Seite Napoleons kämpften.

Emanuel wie den meisten jüngeren Offizieren war es gleich gewesen, daß Marschall Bernadotte – auf Befehl Napoleons – Generalleutnant Wrede zwang, die bayerischen Truppen durch das neutrale Ansbach zu führen, das zu dem ehemals verbündeten Preußen gehörte, welches in der Vergangenheit mehr als einmal Bayerns Selbständigkeit verteidigt hatte.

Wrede hatte gegen diesen Plan gekämpft, und selbst der Kurfürst legte sich ins Mittel. Beide bekamen bitter zu spüren, daß für den französischen Usurpator taktische Erwägungen vor moralischen durchaus einen Vorrang hatten.

Der Zug war über Forchheim durch das preußische Gebiet aufgebrochen. Generalleutnant Wrede hatte, wenn auch mit Ingrimm, den Vortrab der Bayern geführt. Beinahe hunderttausend Mann zogen durch das Gebiet von Ansbach und richteten, sosehr auch gerade die Bayern in Zucht genommen wurden, beträchtlichen Schaden in diesem bisher friedlich verwalteten Ländchen an.

Doch in der Sache behielt Napoleon trotz der rücksichtslosen Verletzung des Völkerrechts recht. Da er die Engpässe des Schwarzwaldes, die das Heer sonst hätte überwinden müssen, vermieden hatte, war die Niederlage der Österreicher schon im vorhinein besiegelt. Napoleon hatte seinen rechten Flügel nicht den Bedrohungen aus den Tiroler Bergen ausgesetzt, sondern das Heer vielmehr unversehrt nach Bayern und dem Feind in den Rücken geführt.

So war der Sieg bei Ulm militärisch glänzend vorbereitet, durch den das Vertrauen der bayerischen Soldaten und Offiziere in die geniale Überlegenheit ihres obersten Kriegsherrn erheblich gestärkt wurde. Emanuel von Deinharting war es mit seinen Cheveauxlegers gelungen, einen feindlichen Posten von fünf Husaren und einem Ulanen auszuheben, eine Tat, die sein Selbstvertrauen erheblich stärkte. Auch daß ihm bei einem Gefecht das Pferd unter dem Leib weggeschossen wurde, machte ihm nichts aus, im Gegenteil, es bestätigte noch seine trügerische Gewißheit, unverwundbar zu sein. Wie die meisten Soldaten schöpfte er seine Tapferkeit, die sich bis zum Heldenmut steigern konnte, aus der Überzeugung, daß es jeden andern erwischen könnte, nur nicht ihn selber.

Nachdem München glücklich befreit, französische und bayerische Soldaten von der Bevölkerung lebhaft gefeiert worden waren, ging es weiter auf Wien zu. Napoleon wollte den schon gewonnenen Sieg nicht wieder verlieren. So ließ er die Heerhaufen des Marschalls Ney gegen Tirol vorrücken, der, unterstützt von Marschall Augereau, das Gebirgsland und sein streitbares Volk besiegen sollte. Alle übrigen Brigaden setzten sich in Richtung auf die Isar und später den Inn in Marsch, langsam, aber unaufhaltsam nach Österreich vorrückend.

Trotz Widerständen und Hindernissen gelang der Plan. Es kam dahin, daß alle Heeresteile gegen Wien als gemeinschaftlichen Mittelpunkt andrängten. General Wrede mit seinen Bayern rückte von Lambach nach Steyr und dann, der allgemeinen Bewegung folgend, nach Ulmerfelden vor. Ihm war die Wahrung strenger Manneszucht wichtiger als allen anderen Feldherren, und er bestand streng darauf, Plünderungen und Übergriffe zu vermeiden, wie groß die Entbehrungen auch immer waren, die sein Kriegsvolk erleiden mußte. Ihm war es darum zu tun, durch die Haltung seiner Truppe die Anschuldigungen der Österreicher zu widerlegen, die Bayern allein wären es, die das Land verwüsteten, das in Wahrheit von Freunden wie Feinden gleich stark verheert wurde. Der erbliche Nachbargroll zwischen den Österreichern, besonders den Tirolern, und den Bayern war zur damaligen Zeit besonders stark.

Der österreichische Kaiser sandte den Feldmarschall Leutnant Graf Giulay mit einem Friedensvorschlag nach Lienz, wo Napoleon seit Anfang November sein Hauptquartier aufgeschlagen hatte. Doch die harten Bedingungen, die der Sieger vorschlug, waren unannehmbar – und sollten es auch sein, denn Napoleon wollte den Krieg weiterführen.

So konnte schon am 11. November Murat bei Hüttelsdorf vor Wien den Schlüssel der Hauptstadt entgegennehmen, die von ihrer Besatzung völlig verlassen worden war.

Am 13. November um elf Uhr zog Murat in Wien ein. In seinem Gefolge war Ignatz von Müllern, dem eindrucksvolle Zeichnungen der siegreichen Soldaten gelangen, die ihrer übermütigen Laune freien Lauf ließen, der flatternden Fahnen, der ermüdeten Pferde, aber auch der düster ablehnenden der Bevölkerung mit, ihren verkniffenen Lippen und bösen Blicken.

Jenseits der Donau stand eine ansehnliche Abteilung österreichischer Soldaten mit aufgefahrenen Batterien, bereit, die Donaubrücke zu verteidigen oder zu zerstören. Nur eine List konnte dies verhindern: Die Marschälle Murat und Lannes begaben sich zu dem österreichischen Befehlshaber und behaupteten, der Krieg sei aus; zwischen Frankreich und Österreich sei nicht nur der Friede, sondern sogar ein Bündnis geschlossen. Daraufhin befahl der österreichische General, entgegen den Warnungen seiner Offiziere, die Donaubrücke nicht nur nicht zu zerstören, sondern die Franzosen als Bundesgenossen zu empfangen. Kaum aber waren die Abteilungen Murats und Lannes' über die Brücke marschiert, verteilten sie sich auch schon am linken Donauufer, umzingelten die österreichischen Verbände und entwaffneten sie. Ohne sich eine Rast zu gönnen, eilten sie weiter nach Mähren. Die Russen und Österreicher beschleunigten, durch das unerwartet schnelle Auftauchen des Feindes erschreckt, ihren Rückzug so stark, daß sie dabei Kriegsvorräte aller Art zurückließen.

Napoleon hielt sich nur kurz in Wien auf. Als ihm von der Größe der russischen Kriegsmacht in Mähren berichtet wurde, brach er sofort auf. Er erkannte, daß das Zusammentreffen des russischen und des österreichischen Kaisers in Olmütz für ihn zu einer Bedrohung werden konnte.

So entschloß er sich, die mährische Stadt Znaym zu seinem Hauptquartier zu machen und beorderte alle Truppen, die durch die vergangenen Kämpfe noch zerstreut waren, nach Mähren.

Die Division des Generals Wrede stand schon auf der Znaymer Straße bei Itzelsdorf, als die gesamte Reiterei den Befehl erhielt, über Znaym hinaus zum Fuß des böhmischen Gebirges nach Iglau zu eilen. Napoleon hatte erfahren, daß die Russen ihre gesamte Reserveartillerie und die dem tollkühnen General Mortier abgenommenen Gefangenen ins Innere Böhmens führten. Obwohl sie vier Tagereisen voraus waren, glaubte Napoleon dennoch den Versuch wagen zu können, den Zug einzuholen, die Gefangenen zu befreien und die Geschütze entführen zu lassen. Dies war die Aufgabe, die er General Wrede und den bayerischen Brigaden gestellt hatte.

In Znaym sah Napoleon zum erstenmal bayerische Soldaten als Verbündete an sich vorüberziehen.

Es war übrigens auch das erste Mal, daß Emanuel von Deinharting seinen obersten Kriegsherrn von Angesicht zu Angesicht sah. Er fand den Kaiser durchaus nicht so kalt, wie er allgemein geschildert wurde, vielmehr legte er große Herzlichkeit an den Tag. Der junge Mann konnte zwar nicht beurteilen, ob diese Herzlichkeit echt oder geheuchelt war, aber das konnte man ihm nicht zum Vorwurf machen, weil Napoleon es verstand, nicht nur seine Soldaten, sondern auch die Heerführer mitzureißen.

Ignatz von Müllern, der schräg hinter dem Kaiser stand, gelang es sehr gut, den Ausdruck der Begeisterung auf Emanuels trotz des Schnurrbarts immer noch nicht sehr ausgeprägten Zügen festzuhalten – auf einer Zeichnung, mit der er den Deinhartingern eine Freude machen wollte.

Emanuel dagegen bemerkte seinen Schwager gar nicht; er hatte nur Augen für Napoleon.

Laut äußerte der Kaiser seinen Beifall über die kriegerische Haltung der bayerischen Soldaten – kein Wunder, daß den Männern, die von ihren früheren Bundesgenossen stets mit leiser Verachtung behandelt worden waren, bei diesen anerkennenden Worten die Brust schwoll. Mit Wärme sprach Napoleon über die Zukunft Bayerns unter den anderen Staaten Europas, die weit bedeutender werden sollte als die Vergangenheit. Er kannte das menschliche Herz und wußte, daß die Soldaten, die an ihm vorbeizogen, nicht Kinder der Revolution waren, wie seine Franzosen, daß nicht Eroberungslust sie antrieb, sondern nur die Liebe zum eigenen Vaterland. Deshalb fand er ehrenvolle Worte für Bayern und ließ

15 000 Gewehre nebst Munition austeilen, die die Österreicher den Bayern in früheren Kriegen abgenommen hatten und die im Wiener Zeughaus aufbewahrt worden waren.

So kam es, daß Wrede und seine Scharen freudig dem Feind entgegenzogen. Als sie die Brücke über die Taja zerstört fanden, zögerten sie nicht, sich mit ihren Pferden in die Fluten zu stürzen. Noch am gleichen Tag stellten sie ihre Vorhuten bis nach Freittersdorf auf.

Schon am 22. November erreichte Wrede Deutsch-Budweis. Emanuel von Deinharting war ihm unter Führung des Majors Graf Rechberg schon weit voraus. Mit hundert Pferden überfielen sie die Stadt Iglau, um die Verbindung zwischen dem Erzherzog Ferdinand, der einen Teil der österreichischen Truppen in Böhmen führte, und dem feindlichen Heer in Mähren zu stören. Es war ein kriegerischer Ausfall, der Emanuel, seine Kameraden und die Soldaten begeisterte und von dem die Überlebenden noch ihren Kindern und Kindeskindern erzählten.

Rechberg, ein Mann von Umsicht, Geistesgegenwart und Mut, nahm fünf Offiziere und 134 Mann gefangen, erbeutete 89 Kavalleriepferde und ein reiches Magazin von Früchten, Mehl und Hafer. Emanuel von Deinharting führte dabei die Avantgarde und zog durch seinen Einsatz die besondere Aufmerksamkeit seines Befehlshabers auf sich.

Wenige Tage später rückte Wrede mit der übrigen Truppe in Iglau ein und besetzte auch die Umgebung. Seine ursprüngliche Aufgabe, die russische Artilleriereserve und die französischen Gefangenen zu erreichen, hatte er allerdings nicht erfüllen können. Jetzt aber blieb ihm Wichtigeres zu tun. Er hatte Nachricht, daß Erzherzog Ferdinand aus Böhmen anrückte, und so galt es, die französischen Stellungen in Mähren gegen feindliche Unternehmungen von dieser Seite zu decken.

Es wurde ein harter Kampf, der vierzehn Tage dauerte und vollen Erfolg hatte. Der ermüdete Feind wagte es nicht, länger anzugreifen. Die Bayern hatten 130 Offiziere, 791 Mann und 56 Pferde an Toten, Verwundeten und Vermißten verloren. Emanuel von Deinharting hatte Verwundete vor Schmerz schreien gehört und hilflos sterben sehen. Er selber war wie durch ein Wunder, das ihm jedoch ganz selbstverständlich erschien, wohlbehalten geblieben. Der Feind hatte nach seinen eigenen Angaben 756 Mann verloren und kein einziges Ehrenzeichen der Bayern erobern können.

General von Wrede war tief befriedigt, einen überlegenen Feind so anhaltend und mit geringen Streitkräften in einer wichtigen Stellung aufgehalten und den Erzherzog Ferdinand von der Hauptschlacht entfernt zu haben, die das Schicksal des ganzen Feldzugs entschied. Am Morgen des 6. Dezember führte er sein Heer nach Budweis. Hier erreichten ihn zwei Kuriere, die sich durch Umwege, die sie hatten machen müssen, stark verspätet hatten. Sie brachten die Nachricht vom Sieg Napoleons in der Drei-Kaiser-Schlacht bei Austerlitz und dem am 4. Dezember geschlossenen Waffenstillstand. So war denn, tragisch genug, in Iglau noch Blut geflossen, als der Krieg schon beendet gewesen war.

In einer zweistündigen Unterredung mit Kaiser Franz bei Sarachitz waren die Grundlagen für den Frieden gelegt worden, den auch Kaiser Alexander wohl oder übel anerkannte. Er verpflichtete sich, binnen fünfzehn Tagen mit seinen Truppen aus Mähren und Ungarn und im Laufe eines Monats aus Galizien ins Innere Rußlands zurückzuziehen. Die französische Armee hielt Österreich bis nach Ungarn und Istrien hinein besetzt.

Die bayerische Infanterie hatte schon vor diesem Feldzug die Besetzung des von französischen Truppen eroberten Tirol übernommen. Vier Brigaden kehrten unter General Wrede aus Böhmen und Mähren zurück. Von Braunau am Inn aus verteilten sie sich in ihre Friedensquartiere, und überall, ob in Augsburg, Straubing, Landshut, Ingolstadt, Bamberg oder Ulm, bereitete ihnen die Bevölkerung einen freudigen Empfang.

Alle glaubten fest an einen Frieden, der um so länger dauern sollte, je schwerer und blutiger er erkauft war.

»Sie müssen nach München kommen!« schrieb Anton Graf Hollberg Mitte Dezember. »Es zeichnen sich große Ereignisse ab! Ihnen auszuweichen, wäre ein Versäumnis, das Sie sich nie verzeihen würden!«

»Bitte, kommt!« schrieb auch Beata. »Mir geht es wieder gut. Ich fühle mich sehr wohl. Aber ohne Euch bin ich ein wenig verloren. Auch Lisei und Sopherl reden viel von Euch.«

Sophie endlich ließ die Katze aus dem Sack: »Ganz München ist in Aufruhr! Stellt Euch nur vor, das schon lang umlaufende Gerücht hat sich bestätigt! Napoleon hat den Namen seines Stiefsohnes auf die Liste der Freier um die Hand der Kurfürstentochter gesetzt! Natürlich sträubt sich der besorgte Vater, Caroline ist ganz und gar gegen diese Verbindung, Ludwig natürlich auch. Aber man braucht nicht allzuviel von den politischen Verhältnissen zu verstehen – und ich einfältige Frau bin darin gewiß nicht beschlagen –, um zu wissen, daß der Kaiser seinen Willen durchsetzen wird. Ein Mann, der ganze Länder zerschlagen, andere zu Bundesgenossen gezwungen, Österreich und Rußland zu Boden geschmettert hat, wird sich gewiß auch in einer Familienangelegenheit durchsetzen können. Was könnte unser guter Kurfürst ihm entgegenhalten? Daß Eugen Beauharnais nicht von Stand ist? Er ist ja der Stiefsohn eines Kaisers und soll sogar von ihm adoptiert werden! Kann der Kurfürst behaupten, daß diese Kaiserschaft ihm, der von altem Adel ist, nichts gilt? Das hieße Feindschaft und offene Mißachtung zeigen, gerade das Gegenteil dessen, was unsere Regierung anstrebt: Freundschaft, Anerkennung und Frieden.

So unmöglich diese Verbindung auch dem Gefühl und Verstand scheinen mag, es ist nicht daran zu zweifeln, daß sie zustande kommt. Wie könnte denn auch Auguste Amalie die Hand des Vizekönigs von Italien ausschlagen? Vergessen wir nicht, daß ihr Vater nur durch eine Reihe von glücklichen Zufällen, sprich Sterbefällen, auf den Thron Bayerns gelangt ist.

Man erzählt sich hier – beschwören kann ich es nicht, aber an dem, was geraunt wird, ist doch erfahrungsgemäß immer auch etwas Wahres –, daß der Kurfürst es nicht gewagt hat, seiner Tochter diesen Bewerber zu empfehlen. Sie ist, wie alle Welt weiß, durch eine stolze Mutter zum Stolz erzogen. Zudem ist der gute Eugen Beauharnais gut doppelt so alt wie seine Braut – ja, ich nenne sie bereits so, und Ihr werdet sehen, daß ich mich nicht täusche! Er ist ein richtiger alter Haudegen, gilt aber als Ehrenmann. Immerhin etwas. Der Kurfürst soll ausgerechnet seinen Sohn Ludwig, von dem man weiß, wie sehr er sich gegen die Politik des Vaters gesträubt hat – er verstand schon nicht, wie Max die Erblande aufgeben konnte, um Bayern abzurunden, noch weniger den Eintritt in den Rheinbund und die ganze ›Französelei‹, wie er es nennt –, zu der geliebten Schwester schicken, um ihr die Werbung des Kreolen schmackhaft zu machen. Und Ludwig gehorcht, allen seinen Grundsätzen zum Trotz. Was ihn dazu trieb? Niemand weiß es. Gehorsam? Gewiß nicht allein. Es mag doch mehr das

Versprechen Napoleons gewesen sein – jetzt, bitte, haltet Euch fest, denn dies habt Ihr gewiß nicht erwartet: Napoleon versprach dem Kurfürsten als Dank für die Hand seiner Tochter nicht nur einen riesigen Landgewinn – Länder genug hat er ja erobert, so daß er sie nicht halten kann, ohne sich endlich den Magen daran zu verderben –, sondern auch die Königswürde! Ja, Ihr habt richtig gelesen: Unser guter Kurfürst soll König werden! Und damit zugleich die schöne, stolze Caroline Königin! So sehr kann sie Napoleon gar nicht hassen, als daß ihr das nicht schmecken würde. Auguste Amalie Prinzessin und bald Vizekönigin von Italien, und der brave Ludwig Kronprinz und späterer König.

Ich weiß nicht, welch alter Zyniker das Wort geprägt hat: Jeder Mensch hat seinen Preis. Mit der Königswürde kann man aber wohl eine ganze Familie kaufen. Mich wundert es nicht. Auguste Amalie, als guterzogene Tochter, wird diesen Preis wohl oder übel zahlen müssen. Das arme Kind. Aber wir leben in einer Welt der Männer, wo das Glück der Frauen nichts gilt. Und wer weiß schon, wie sie es mit Georg von Strehlitz getroffen hätte? Er soll ein wenig degeneriert sein, wie man hört.

Es heißt, daß Napoleon auf dieser Verbindung besteht – kommt sie nicht zustande, würde er Bayern mit Österreich und Rußland gleichsetzen, die er auf die Knie gezwungen hat –, und wieviel leichter würde ihm das mit unserem Vaterland gelingen.

Ihr müßt jetzt wirklich in die Hauptstadt kommen. Ich verstehe, daß Ihr – oder soll ich besser sagen, Du, lieber Bruder? – Eure ländliche Abgeschiedenheit liebt, und auch wir haben den Aufenthalt bei Euch sehr genossen. Wenn auch mein guter Anton nicht mehr mit auf die Jagd ziehen konnte, da sein Blick sich getrübt hat, seine Hände zittern und der Aufenthalt im Freien ihm Gliederreißen verursacht, so haben wir doch die unübertrefflichen Rehrücken, Hasenpfeffer und Wildschweinbraten über alle Maßen goutiert. Jetzt aber ist es an der Zeit, daß jeder Patriot in die Hauptstadt eilt. Ich versichere Euch, die Ereignisse werden sich überstürzen – Ihr würdet es ein Leben lang bereuen, nicht dabeigewesen zu sein!«

Anselm von Deinharting las diesen Brief, dessen Inhalt er natürlich schon kannte, beim sonntäglichen Kaffee im kleinen Saal vor. Anwesend waren Elisabeth, Auguste, Antoinette, Friedrich König und Pfarrer Reiter.

»Wir fahren, Papa? Nicht wahr, wir fahren?« rief Auguste, kaum daß ihr Vater geendet hatte. »Sie haben mir eine zweite Saison in München versprochen … und all dies ist doch erst recht ein Grund dazu!«

»Seltsam«, sagte Pfarrer Reiter, »ein Kaiser, der sich selber die Krone aufs Haupt gesetzt hat, macht jetzt Könige.«

»Ja, das ist wohl das Ende der Herrscherwürden von Gottes Gnaden«, meinte Friedrich König, »falls es die je gegeben hat. Aber ich nehme an, die Fürsten haben sie uns, und wahrscheinlich auch sich selber, nur eingeredet.«

»Diesmal kommen Sie aber mit nach München, Tonette!« Auguste gab Antoinette einen raschen Kuß auf die Wange. »All diese Neugeadelten müßten Sie als eine Dame von echtem blauen Blut doch anbeten!«

»Ich nehme eher an, daß das blaue Blut, da man es jetzt sozusagen in der Retorte herstellen kann, längst seinen Wert verloren hat«, entgegnete Antoinette lächelnd.

»Ich möchte auch nicht nach München«, erklärte Elisabeth.

»Aber, Mama, ich brauche Sie doch!«

»Du weißt sehr gut, daß ich mich seit längerem nicht wohl fühle!«

»Elisabeth, ich bitte Sie«, mischte Friedrich König sich ein, »Sie leiden doch an keiner wirklichen Krankheit.«

»Für mich ist sie wirklich genug.«

»Es ist doch nur der dumme Zahn!«

Elisabeth errötete und funkelte ihn an. »Es ist sehr ungehörig, in aller Öffentlichkeit über ein solches Gebrechen zu sprechen.«

»Wir sind hier nicht in der Öffentlichkeit, sondern im Kreis Ihrer Familie und engsten Freunde, und ein schlimmer Zahn ist noch längst kein Gebrechen.«

»Anselm!« Mit einem flehenden Blick bat Elisabeth ihren Mann, den jungen Gelehrten in seine Schranken zu weisen.

Aber Anselm von Deinharting dachte nicht daran. »Frédéric ist Arzt, chérie, ich glaube, du tätest gut daran, auf ihn zu hören.«

»Erwartest du wirklich, daß ich mir den Zahn ziehen lasse?! Dann wäre ich ja für mein Leben verunstaltet!«

»Liebe verehrte Elisabeth«, sagte Friedrich König, »schon Paracelsus wußte, daß der Mensch kein Gebilde aus voneinander unabhängigen Einzelteilen ist, sondern ein großes Ganzes! Und das heißt: Ein Krankheitsherd im Körper, und sei es auch nur ein fauler Zahn, kann eine Menge anderer Gebrechen nach sich ziehen: Migräne, zum Beispiel. Falls die Wurzel vereitert ist – Sie lassen mich ja nicht in Ihren Mund sehen –, kann es zu einem Versagen der Nieren kommen ...«

Elisabeth sprang auf. »Das ist nun doch zu undelikat! Ich will nichts davon hören. Kein Wort mehr.«

Pfarrer Reiter verzog sein feines, zerknittertes Kindergesicht zu einem Lächeln. »Ich werde in der heiligen Messe für Ihr Wohlbefinden beten ...«

»Tut mir leid, Hochwürden«, entgegnete Friedrich König, »obwohl ich weiß, daß Sie mich ohnchin für einen Sünder und Ungläubigen halten, muß ich Ihnen widersprechen: Nur ein wahres Wunder könnte einen angegriffenen Zahn retten, und, seien Sie ehrlich, wieviel echte Wunder haben Sie zeit Ihres Lebens gesehen? Der Zahn müßte gezogen werden, und wenn die gnädige Frau sich weiter dagegen sträubt, wird er eines Tages absterben. Dann werden die Schmerzen vorbei sein, aber er wird sich dunkelbraun verfärben. Jeder Dorfbader könnte Ihnen das sagen.«

»Ich habe längst nicht mehr alle meine Zähne«, sagte der Pfarrer.

»Zähne, Zähne!« rief Elisabeth aufgebracht. »Das ist doch kein Thema in einer guten Gesellschaft!«

Anselm von Deinharting streckte die Hand nach ihr aus und zog sie zu sich heran. »Du selber hast das Gespräch darauf gebracht, erinnere dich! Glaube mir, ich weiß, daß du leidest. Obwohl du sehr tapfer bist, habe ich ein fröhliches Lächeln lange nicht mehr auf deinem Gesicht gesehen. Dennoch bitte ich dich, uns nach München zu begleiten. Vielleicht ist es für dich die letzte Gelegenheit, in der Gesellschaft zu glänzen ... solange dein böser Zahn noch nicht gezogen und verfärbt ist«, fügte er lächelnd hinzu, »beides würde für dich wohl ein Schicksal bitterer als der Tod bedeuten.«

Elisabeth riß sich von ihm los und brach in Tränen aus. Antoinette stand auf, lief zu ihr hin und legte ihr voll Mitleid den Arm um die Schultern.

»Wir fahren also, Papa?« fragte Auguste, ganz in ihre eigenen Wünsche versponnen.

»Gleich nach Weihnachten.«

»Oh, wie wundervoll!« Auguste schlang ihre Arme um den Hals des Vaters und küßte ihn herzhaft.

Die Herren, selbst Pfarrer Reiter, der sich von allem Weltlichen längst abgewandt oder es, besser gesagt, nur vom Beichtstuhl her gekannt hatte, betrachteten voll Wohlgefallen ihr glühendes Gesicht; mit ihrer schlanken Figur, dem kupferfarbenen Haar, den strahlendgrünen Augen und der milchweißen Haut war sie eine wirkliche Schönheit.

Dennoch löste sich Anselm von Deinharting rasch aus ihrer Umarmung. »Es wird Zeit, daß du dir solche Überschwenglichkeiten abgewöhnst!« mahnte er und erhob sich. »Ich denke, wir lassen die Damen jetzt allein. Sie werden über ihre Garderobe zu sprechen haben. Und wie ich Sie kenne, lieber Frédéric, werden Sie sich schon recht nach Ihrem Pfeifchen sehnen.«

Die Herren verließen, nach knappen Verbeugungen vor den Damen, den kleinen Speisesaal. Sie überquerten den behaglichen Vorplatz mit dem mittelalterlichen Netzgratgewölbe und dem roten Ziegelfußboden.

Im Richterzimmer trat Anselm von Deinharting sofort auf den mächtigen Renaissanceschrank zu und öffnete eine der Türen, die mit kostbaren Intarsienarbeiten geschmückt waren. Hier wurden die Unterlagen aufbewahrt, in denen die Grundstücksvermessungen der Hofmark, die wechselnden Pacht- und Lehensverhältnisse, die Urkunden über die Aufhebung der Leibeigenschaft und die Protokolle über Streitigkeiten, Konflikte und Säumnisse niedergeschrieben waren. In einem besonderen Fach dieses inhaltsträchtigen Schrankes bewahrte er aber auch eine Flasche seines geliebten Obstlers und einige Zinnbecher auf. Er nahm die Flasche und zwei Becher heraus – er hätte sie auch im Dunkeln auf den ersten Griff gefunden.

Pfarrer Reiter hatte auf einem der Sessel Platz genommen, während Friedrich König sich auf die mit rotem Brokat überzogene Ottomane gesetzt und sofort darangemacht hatte, seine Pfeife zu stopfen.

Anselm von Deinharting schenkte sich und dem Freund ein und fragte den Pfarrer: »Und wie steht es mit Ihnen?«

»Ein Likörchen wäre mir schon recht«, antwortete der alte Herr und rieb sich fröstelnd die Hände.

Anselm von Deinharting betätigte den Klingelzug, und Baptist erschien so rasch, als hätte er darauf gewartet – da er den Aufbruch der Herren aus dem Speisesaal beobachtet hatte. Anselm von

Deinharting musterte ihn flüchtig. Die elegante blau-gelbe Livree des Dieners war in Ordnung, und sein Gesicht war, wie immer, von einem Ausdruck beleidigter Würde geprägt.

»Bringe Er eine Flasche Likör und ein Glas für Seine Hochwürden!«

»Sehr wohl, gnädiger Herr!«

Nach kurzem Zögern fügte Anselm von Deinharting hinzu: »Und sage Er Ludwig, daß er nachlegen möge!« Mit diesem Befehl zeigte er seine Rücksicht auf die Gefühle des alternden Dieners, zu dessen täglichen Pflichten es zwar gehörte, Öfen und Kamine einzuheizen, der dies aber nicht gerne unter den Augen der Anwesenden getan hätte.

Pfarrer Reiter durchschaute diese Absicht sofort. »Sie haben ein gutes Herz, mein Sohn.«

»Vielleicht ist es auch nur Schwäche.«

»Wenn Sie etwas bedrückt ... vielleicht sollten wir uns im Beichtstuhl darüber unterhalten.«

Friedrich König lächelte in sich hinein. Er kannte dieses Spiel seit Jahren. Der Dorfpfarrer kränkte sich, weil der Hofmarksherr, falls er überhaupt beichtete, doch nie zu ihm kam.

»Sie wissen mehr über mich als jeder andere Mensch«, wehrte Anselm von Deinharting auch jetzt ab.

»Wie könnte ich?«

»Alle meine Damen beichten regelmäßig bei Ihnen, und so werden sie Ihnen jeden Ärger über mich zugetragen haben!«

Pfarrer Reiter errötete heftig, wodurch sein feines Gesicht fast jugendlich wirkte. »Die Beichte sollte niemals eine Anklage sein ...«

»Es ehrt Sie, daß Sie erröten!« fiel ihm Anselm von Deinharting ins Wort. »Aber ich weiß sehr gut, was die Beichte sein sollte und in Wahrheit ist: die Gelegenheit, einem guten verschwiegenen Zuhörer das Herz auszuschütten.«

»Sie sind wirklich sehr rücksichtsvoll«, sagte Friedrich König.

Alle drei Herren wußten, was er damit meinte, aber allen war zuviel am Frieden dieser sonntagnachmittäglichen Stunde gelegen, um es auszusprechen: daß nämlich die Beichte den Seelsorgern die Geheimnisse ihrer Schäfchen verriet und ihnen damit Macht über sie gab.

Baptist servierte den Likör, und sie tranken sich zu. Ludwig öffnete die Klappe des reichverzierten, gelb-schwarzen Kachelofens und schob dicke, trockene Buchenscheite in die Flammen, die hoch aufprasselten.

Als sie wieder allein waren, sagte Anselm von Deinharting, immer noch an seinen Schrank gelehnt: »Unser guter Kurfürst wird also König … und seine Tochter soll Napoleons Stiefsohn heiraten!«

»Was wollen Sie?« Friedrich König lehnte ungezwungen auf der Ottomane unter dem goldenen Baldachin. »Nachdem Bayern als erstes Land dem Rheinbund beigetreten ist, entwickelt sich alles doch ganz folgerichtig.«

Pfarrer Reiter nippte noch einmal an seinem Glas. »Im vorigen Jahrhundert war Bayern schon zweimal eng mit Frankreich verbunden.«

»Ja, ich weiß. Sie denken an siebzehnhundertzwei und siebzehnhundertzweiundvierzig, aber beide Male ist es tief gefallen.«

»Helfen Sie mir nach«, bat Friedrich König, »ich bin nicht sehr stark in Geschichte, und in bayerischer schon gar nicht.«

»Sie wissen aber doch wohl, daß Max Emanuel – man nannte ihn den Blauen Kurfürsten – immer wieder an der Seite Habsburgs die Einfälle der Türken abgewehrt hat?«

»Wobei Ihr Ahnherr sich hervorgetan hat und zum Lohn dafür die Hofmark und den Titel übertragen bekam? Ja, ich lebe lange genug in Deinharting, um das zu wissen.«

»Aber die Habsburger haben es Max Emanuel schlecht gedankt. Seine Kassen erschöpften sich durch die ewigen Kämpfe, und da die Habsburger ihm keine finanzielle Entschädigung boten, geriet er an den Rand des Ruins. Er bekam statt dessen nur die Lieblingstochter Kaiser Leopolds, die Erzherzogin Maria Antonia, zur Frau. Da sie aus der ersten Ehe des Kaisers mit Margarete von Spanien stammte, eröffneten sich Max Emanuel durch diese Verbindung die Aussichten auf das spanische Erbe. Sie trieben ihn zu immer neuen Taten gegen die Türken an.«

»Muß ein toller Bursche gewesen sein«, sagte Friedrich König und erntete dafür von dem Pfarrer, der diese saloppe Art, über einen Herrscher zu sprechen, mißbilligte, einen verweisenden Blick.

»Ja, das war er.« Unwillkürlich hob Anselm von Deinharting den Blick zu dem farbenprächtigen Deckengemälde, es war in der Zeit Max Emanuels von Melchior Steidl geschaffen worden. »Ein wahrer Barockmensch … beschwingt, energiegeladen, leichtsinnig und verschwenderisch, ein geborener Soldat und feuriger Reiter. Es ist nicht verwunderlich, daß einer solchen Natur der Sinn für die Realitäten fehlte. Er nahm seine Träume für die Wirklichkeit.« Anselm von Deinharting leerte sein Glas, setzte sich zu den anderen und schenkte sich noch einmal ein.

»Dabei reichten seine Einnahmen nie für den bayerischen Weltmachtstraum«, fuhr Pfarrer Reiter fort, »und als die Kurfürstin und ihr Sohn starben, verlor er auch noch den letzten Anspruch auf die spanische Erbfolge.«

»Na ja, und der Sonnenkönig war nicht so knickerig wie die Habsburger. Er warb großzügig um den Kurfürsten, und so kam es zum Versailler Bündnisvertrag. Im Spanischen Erbfolgekrieg, der damals die Welt in Bewegung setzte, kämpfte er nun an der Seite Frankreichs gegen Habsburg, England, Holland, Portugal – und verlor dabei sein Land an Habsburg. Danach kämpfte er in Flandern weiter, aber noch im Tod träumte er von der Kaiserkrone für seinen Sohn Karl Albrecht, der deshalb noch einmal in das Spiel der Großmächte verwickelt wurde. Er wagte es, Erbfolgeansprüche auf Österreich zu erheben und verursachte dadurch den habsburgischen Erbfolgekrieg. Tatsächlich gelang es ihm, mit Hilfe Frankreichs die Kaiserkrone zu erringen. Er war der dritte deutsche Kaiser aus dem Hause Witteisbach. Diese Würde trug seinem ohnehin schon gänzlich ausgeplünderten Land aber nur die Schreckensherrschaft habsburgischer Panduren- und Kroatenregimenter ein …«

»Ja und sie sind im Volk noch nicht vergessen!« warf der Pfarrer ein. »Ich höre oft, wie man im Dorf ein unartiges Kind: ›Du Pandur!‹ oder ›Du Krowat!‹ schimpft.«

»So ist es«, bestätigte der Hofmarksherr.

»Und Sie meinen, weil ein Bündnis mit Frankreich Bayern zweimal schlecht bekommen ist, müßte es jetzt wieder so sein?« fragte Friedrich König. »Diesen Pessimismus halte ich denn doch für unberechtigt.«

»Ich kann einfach nicht glauben, daß Napoleon sich mit dem Status quo, und wenn er auch noch so günstig für ihn ist, zufriedengeben wird«, sagte der Hofmarksherr grüblerisch.

»Sie sollten sich das Herz nicht schwer mit Dingen machen, an denen Sie nichts ändern können!« riet der Pfarrer. »Übersehen Sie nicht, daß die Bayern und Franzosen sich in ihren Ursprüngen sehr nahegestanden haben. Die Urbevölkerung sind in beiden Ländern ganz sicher Kelten gewesen, und der keltische Charakter hat beide deutlich geprägt. Nein, seit Frankreich zur Religion zurückgefunden hat, kann ich in einem solchen Bündnis nichts Schlechtes sehen.«

»Da wir uns wohl darüber einig sind, daß wir nicht in die Zukunft sehen können«, stellte Friedrich König fest, »noch eine Frage zur Vergangenheit: Wie ist es denn weitergegangen mit den Panduren und Kroaten und dem deutschen Kaiser bayerischer Herkunft?«

»Karl Albrecht starb schon drei Jahre später ... zum Glück für sein Volk, kann man wohl sagen«, erklärte Anselm von Deinharting. »Sein Sohn Max III. Joseph verzichtete im Frieden von Füssen auf alle Erbansprüche, mußte also jede Großmachtpolitik aufgeben. Sein Land aber erhielt er ungeschmälert zurück.«

»Bravo!« rief Friedrich König. »Großmachtpolitik ist ja unter anderem auch immer ein teurer Spaß.«

»Sehr richtig«, pflichtete der Hofmarksherr seinem Freund bei. »In der folgenden Zeit des Friedens gesundete das Land wieder, ein neuer Geist regte sich. Der Kurfürst wandte sich vom Absolutismus ab. Wigulaeus von Kreittmayr ordnete die bayerische Rechtspflege. Die Bayerische Akademie der Wissenschaften rief er als die große Institution aufgeklärter Wissenschaft ins Leben ... Das waren Zeiten!«

»In denen Sie hätten leben mögen?« ergänzte Friedrich König verständnisvoll. »Nein, nein, machen Sie sich doch nichts vor. Das alles ist gut und schön. Aber das, was Maximilian und Montgelas für Bayern geleistet haben, geht weit darüber hinaus. Denken Sie nur daran, daß der Kurfürst seinem Volk zuliebe einen Trennungsstrich zwischen seinem privaten und dem staatlichen Vermögen ziehen will. Damit ist er allen Herrschern Europas weit voraus.«

»Nun, vielleicht bin ich eben ein rückständiger Mensch«, räumte der Hofmarksherr ein.

»Nein, nein, das sind Sie nicht! Sie denken nur zuviel!« Dabei dachte Friedrich König: Sie haben zuviel Zeit zum Denken, denn Ihre Pflichten sind eigentlich nur Beschäftigungen. Was Ihnen fehlt, ist eine Tätigkeit, die Sie voll in Anspruch nimmt. – Aber er sprach es nicht aus, denn er wollte den Freund nicht kränken und wußte genau, daß Anselm von Deinharting nicht mehr jung genug war, um sich und sein Leben zu ändern.

Antoinette hatte vorgeschlagen, Afra zu besuchen.

Elisabeth war entschieden dagegen, nicht nur, weil sie die junge Frau mit dem erheirateten Adelstitel nach wie vor als nicht standesgemäß ablehnte, sondern mehr noch, weil sie fürchtete, ihr kranker Zahn würde in der Kälte noch mehr schmerzen.

Auguste jedoch war von der Idee sehr angetan. Wenn auch nur um der Langeweile zu entfliehen. »Legen Sie sich derweil ein wenig hin, Mama!« riet sie.

»Wir werden sehen, daß wir zum Diner wieder zurück sind«, versprach Antoinette.

Sie eilten davon, um sich umzukleiden und ließen Elisabeth allein zurück. Die Hofmarksherrin fühlte sich abgeschoben.

Mehr noch als der Schmerz quälte sie die Verunstaltung, die der verdorbene Zahn für ihre Schönheit – es war ausgerechnet der linke obere Eckzahn- bedeuten würde. Es wäre nicht zuviel verlangt gewesen, wenn Antoinette oder wenigstens Auguste tröstend bei ihr geblieben wären. Die Mädchen aber hatten die Lust dazu verloren, weil jeder Versuch, ihr zu raten oder sie zu beruhigen, bisher gescheitert war.

Elisabeth war erst 33 Jahre, und dennoch hauchte an diesem Sonntagnachmittag des Dezember die Einsamkeit des Alters sie an.

Indessen suchte Antoinette zuerst Thomas, den sie im unteren Erkerzimmer, auf dem Bauch ausgestreckt dicht an dem lodernden Kaminfeuer fand, wieder einmal in seine »Geschichte des Ritterwesens« vertieft.

»Kommst du mit uns?« fragte sie ihn. »Wir reiten aus.«

»Wohin?« – Er blickte auf.

»Zur Baronin Lingen!«

»Ach, da ist es langweilig. Mit Maximilian ist ja noch nichts anzufangen.«

»Es täte dir aber gut, an die frische Luft zu kommen.«

»Das werde ich schon noch. Ich warte nur, bis Doktor König sich verabschiedet, dann werde ich ihn zum ›Dragonerhaus‹ begleiten. Vielleicht erklärt er mir etwas von seinen Experimenten.«

»Auch gut. Dann nimm aber, bitte, Parbleu mit.«

Auguste hatte schon Anweisung gegeben, die Pferde zu satteln, und wenig später schwangen die jungen Damen sich in ihre Damensättel, während die Meute, wie immer wenn sich bei den Ställen etwas zutrug, wild kläffte. Durch den Schloßhof und den

Berg hinab ließen sie die Pferde im Schritt gehen, aber kaum hatten sie den Beginn der Lindenallee erreicht, trabten sie los. Die alten Bäume waren jetzt völlig entlaubt, so daß sie den Blick auf das ziegelgedeckte Pfarrhaus und den Zwiebelturm der Kirche freigaben. Es lag noch kein Schnee, und es war auch nicht allzu kalt. Das Wetter war gerade richtig für einen langen Spaziergang oder einen guten Ritt. Es lag etwas Prickelndes in der Luft, das den Mädchen das Gefühl gab, sie wären jung und stark und das Leben läge voller Verheißungen vor ihnen. Auguste hatte ihre Enttäuschungen überwunden, und Antoinette dachte nicht daran, daß sie mit ihren zweiundzwanzig Jahren auf dem besten Weg war, eine alte Jungfer zu werden.

Ihr Äußeres entsprach ihrer heiteren Stimmung. Hübsch sahen sie aus, wie sie da so aufrecht und sicher in den Sätteln saßen, während der Wind in den Schleiern ihrer Hüte spielte. Beide trugen weiße Blusen mit weißen Schleifen um den Hals, dazu enge, lange Hosen mit breitem Bund in der Taille und Stiefeln an den Füßen. Darüber erst saßen der lange, weich fallende Rock und die kurze Jacke. Vielleicht trug auch dieses Kostüm, das fast einer Verkleidung glich und eine recht männliche Note hatte, dazu bei, ihnen ein trügerisches Gefühl von Freiheit zu vermitteln.

Die Wege waren fest und nicht mehr staubig wie im Sommer; sie erreichten Schloß Karpfing schneller als sonst, mit glühenden Wangen, und gratulierten sich selber zu der guten Zeit.

Es war niemand da, um ihnen aus dem Sattel zu helfen, aber als sie abgestiegen waren, erschien ein Knecht, dem sie die Pferde anvertrauten, wobei sie ihn mit vielen guten Ermahnungen versahen. Der Mann brummte etwas in seinen Bart, weil die beiden jungen Damen taten, als wüßte er nicht, wie man schnell gerittene Pferde zu behandeln hatte. Antoinette und Auguste rafften ihre Röcke und liefen die breite Außentreppe hinauf.

Afra bekam nicht viel Besuch, deshalb wurde sie sofort neugierig, als sie die Hufe der herantrabenden Pferde und gleich darauf die lachenden Stimmen vor dem Schloß hörte. Am liebsten wäre sie Antoinette und Auguste entgegengelaufen, aber sie unterdrückte diesen Impuls, weil er ihr unschicklich schien. So wartete sie denn, steif aufgerichtet in ihrem Salon, einem wohlproportionierten sechseckigen Raum, der, wie das ganze Schloß, mit teuren, aber sehr unkonventionellen Möbeln im Empirestil eingerichtet war.

Josef, weißhaarig und würdig in Livree, nahm den Besucherinnen in der Halle Reitgerten und Handschuhe ab, bevor er in den Salon trat und ihre Ankunft meldete.

»Bitten Sie die Marquise und das Fräulein von Deinharting zu mir herein!« befahl Afra hoheitsvoll.

Aber als die beiden dann hereinstürmten, in ihren weiten Röcken und Hosen mit längeren Schritten als gewöhnlich, konnte sie ihre Freude nicht länger verbergen. »Wie schön, daß ihr zu mir kommt!« Sie sprang auf, umarmte Antoinette und küßte sie auf die Wangen. »Meine liebe Tonette!« Auch Auguste wurde flüchtig umarmt, dann aber trat Afra einen Schritt zurück und unterzog ihr Aussehen einer langen und anerkennenden Prüfung: »Sie sind sehr schön geworden!« stellte sie nicht ohne Neid fest und wandte sich Antoinette zu. »Du übrigens auch! Ihr wißt gar nicht, ihr beide, wie glücklich ihr seid ... ohne Mann und Kind, ohne häusliche und eheliche Verpflichtungen!«

Antoinette lächelte. »Du bringst uns nicht dazu, dich zu bemitleiden! Wir wissen doch, daß du alles darangesetzt hast, dich zu verheiraten.«

»Ja, weil ich als Wirtstochter ein Nichts gewesen wäre«, bekannte Afra, »du aber bist und bleibst die Marquise de Beaujeux ...«

»Lassen Sie uns das Thema wechseln!« fuhr Auguste dazwischen. »Das sind doch alte Geschichten. Ich habe es längst herausgefunden: Alle Ehefrauen jammern, und dennoch wollen alle jungen Mädchen heiraten!«

Antoinette lachte. »Ja, das ist ein Widerspruch, mit dem man sich wohl abfinden muß.«

Afra mißbilligte Augustes kecke Art, aber sie wollte auf keinen Fall noch einmal eine gereizte Stimmung zwischen sich und Antoinette aufkommen lassen, und so unterdrückte sie eine unfreundliche Bemerkung. Sie hatte aus ihren Fehlern gelernt. Die Deinhartinger waren ihre einzige Verbindung zur guten Gesellschaft. Auch in diesem Jahr waren sie und ihr Mann wieder zu den Jagden eingeladen gewesen, und als Gäste des Hofmarksherrn hatte man sie immerhin dulden müssen.

»Außerdem«, fuhr Auguste fort, »haben wir interessante Post bekommen. Stellen Sie sich nur vor ...« Munter begann sie von den großen Neuigkeiten aus der Hauptstadt zu plaudern.

Afra lauschte so hingerissen, daß sie nicht einmal daran dachte, ihre Besucherinnen aufzufordern, endlich Platz zu nehmen.

»Der Kurfürst soll König werden?« rief sie begeistert. »Seine Tochter heiraten? Das wird eine Saison! Ich muß nach München!« Ihre Nasenflügel bebten und ihre schwarzen Augen nahmen einen Ausdruck an, als blickte sie in eine lockende Ferne.

Es war Antoinette, die sie in die Wirklichkeit zurückholte. Sanft, aber mahnend rief sie ihren Namen.

Afra zuckte zusammen. »Oh, verzeiht!« rief sie. »Verzeiht vielmals! Ich habe keine Erfrischung kommen lassen … nicht einmal Platz habe ich euch angeboten! Wie konnte ich nur!« Es war ihr anzusehen, wie peinlich dies undamenhafte Verhalten ihr war.

»Das kommt nur, weil Auguste so mit der Tür ins Haus gefallen ist!« entschuldigte Antoinette sie. »Und außerdem hat es uns ganz gutgetan, nach dem langen Ritt eine Weile zu stehen.«

»Wollt ihr zum Abendessen bleiben? Ihr könntet in meiner Kutsche heimfahren. Ich werde gleich in der Küche Bescheid sagen …« Afra hätte alles getan, um ihr schlechtes Benehmen wiedergutzumachen.

»Leider nein«, erklärte Antoinette. »Elisabeth erwartet uns, und du kennst sie. Aber eine Tasse Tee könnten wir schon vertragen … was meinen Sie, Auguste?«

»Ja, Tee wäre schön.«

Afra zog an der Klingelschnur. »Ich habe eine wunderbare ›Wiener Torte‹ …«

»Bitte nicht, Afra!« wehrte Antoinette ab. »Du kennst die Sonntagsmahlzeiten in Deinharting!«

»Und wie steht es mit Ihnen?« – In früheren Jahren hatte sie Auguste geduzt, aber jetzt schien sie ihr so erwachsen geworden, daß es ihr nicht mehr ziemlich schien.

»Ein Stückchen könnte ich schon vertragen!« bekannte das junge Mädchen munter.

Joseph trat ein und nahm die Befehle entgegen.

Die Damen machten es sich in einer Plauderecke bequem.

»Wie geht es Maximilian?« erkundigte sich Antoinette.

»Zum Glück ist er gesund. Ich werde ihn nachher holen lassen. Leider ist er ein so zartes Kind. Jeder Windstoß bläst ihn um.«

»Ich glaube, das ist mit allen kleinen Kindern so«, meinte Antoinette, »man kann gar nicht genug aufpassen.«

»Es sterben ja so viele«, fügte Auguste zutreffend, aber wenig taktvoll hinzu.

Afra funkelte sie an, schlug aber sofort die Augen nieder.

»Und wie geht es deinem Mann?« fragte Antoinette weiter.

»Ich denke gut. Es gibt wohl nichts, worüber er sich beklagen könnte.«

»Und wo ist er jetzt?«

»Ich weiß es nicht.«

»Afra«, sagte Antoinette, »es ist deine Ehe, und ich will mich nicht einmischen ... aber solltest du dich nicht ein wenig mehr um Felix kümmern?«

»Du solltest dich wirklich nicht einmischen!« wehrte Afra ab, heftiger, als es notwendig gewesen wäre. »Es ist schlimm genug für mich, mit einem Mann zu leben, der zu nichts zu gebrauchen ist.«

»Aber Sie brauchen ihn ja doch!« rief Auguste, die Felix sehr mochte. »Wie könnten Sie es wagen, als Dame ohne Ihren Gatten nach München zu fahren?«

Afra war recht froh, daß der Eintritt Josefs sie einer Antwort enthob. Beim Tee sorgte Antoinette dafür, daß keine allzu persönlichen Themen mehr zur Sprache kamen.

Die Deinhartinger Damen konnten nicht lange bleiben, denn sie wollten vor Einbruch völliger Dunkelheit zu Hause sein. Der Abschied war herzlich, aber doch von unterschwelliger Spannung beeinträchtigt.

»Oh, diese Afra!« sagte Auguste, kaum daß sie außer Hörweite des Knechtes waren, der ihnen in die Sättel geholfen hatte.

»Sie waren aber auch ganz hübsch keck!« bemerkte Antoinette.

»Ich?« rief Auguste unschuldsvoll.

»Ja, Sie! Und sollten Sie es nicht selber gemerkt haben, ist es um so schlimmer. Aber zum Glück bin ich nicht Ihre Erzieherin, also benehmen Sie sich, wie Sie wollen.«

»Mit Ihnen kann man sich nicht streiten«, sagte Auguste erleichtert.

»Streit ist ja auch meist unnötig. Und es war doch ein interessanter Nachmittag, nicht wahr? Man kann über Afra denken, wie man will: Gesprächsstoff bietet sie immer!«

Afra war begeistert von der Idee, nach München zu fahren. Sie hatte es gründlich satt, auf Schloß Karpfing zu sitzen und darauf zu warten, daß die gute Gesellschaft sie eines Tages akzeptierte. Das Bündnis zwischen dem Kurfürsten und Napoleon erschien ihr wie ein Geschenk des Himmels: Wenn der alte bayerische Adel den von Napoleon aus dem Boden gestampften Adel akzeptierte, dann mußte er endlich doch auch sie, die Gattin eines echten österreichischen Barons, anerkennen. Günstiger hatten die Chancen niemals für sie gestanden.

Obwohl der späte Nachmittag gewöhnlich die Zeit war, in der sie sich mit dem kleinen Maximilian beschäftigte, schickte sie ihn heute mit seinem Kindermädchen nach oben – er war geholt worden, um sich von den Deinhartinger Damen herzen und küssen zu lassen.

»Aber, Mama, Mama ...« versuchte er zu protestieren.

»Du hattest Besuch, nicht wahr?« schnitt sie ihm das Wort ab. »Das war Aufregung genug. Sei jetzt schön brav und geh hinauf. Ich komme nachher noch zu dir und gebe dir ein Bussi!« Sie beugte sich nieder und küßte ihren Sohn, auf den sie stolz war, obwohl er seinem Vater auffallend glich.

Aber wäre es ihr lieber gewesen, er hätte ihrem Vater, dem Dorfwirt, geähnelt? Oder ihrer jüngst verstorbenen Mutter, die sie nur als kränkelnde, bettlägerige und jammernde Frau in Erinnerung hatte? Gewiß nicht. Sie hoffte nur, daß der kleine Maximilian neben dem Charme des Vaters ein wenig von ihrer Charakterstärke geerbt hatte.

Ihr Blick, mit dem sie ihm nachsah, wie er an der Hand des Kindermädchens die Doppeltreppe hinaufstapfte, war liebevoll. Aber noch bevor das Kind die Empore erreichte, wandte sie sich ab. Wenn sie wirklich nach München reisen wollte, waren eine Menge Vorbereitungen zu treffen. Sie konnte sich ihr Auftreten auf dem hauptstädtischen Parkett nur in großer Toilette vorstellen. Ihre Herkunft war gering; was sie an Schmuck besaß, war wenig genug – ein Kreuz aus Granaten, das sie von ihrer Mutter geerbt hatte, ein Paar goldene Ohrringe –, also mußte sie, um Eindruck zu machen, wenigstens elegant gekleidet sein.

Noch besaß sie die großartige rote Pariser Robe, in der sie – das war jetzt auch schon ein Jahr her – ihre Gäste empfangen hatte. Aber das Kleid hatte ihr kein Glück gebracht. Sie mußte neue Toiletten haben, die ihr Selbstsicherheit gaben.

Afra war einsichtig genug, um zuzugeben, daß sie mit einem schönen jungen Mädchen aus gutem Hause wie Auguste ohnehin nicht konkurrieren konnte. Afra war ein wenig zu derb für den Geschmack der Zeit, ihre Hände waren zu kräftig, die Taille war nicht mehr schmal genug. Aber sie war ja auch nicht mehr auf der Suche nach einem Ehemann, wie sie sich aufseufzend klarmachte. Als Frau eines Landedelmannes, als Gattin des Barons von Lingen, war sie jemand – nur mußte sie auch entsprechend auftreten können.

Die Ernte in diesem Jahr war gut gewesen, sie hatte günstig verkaufen können und wußte genau, wieviel Geld sie besaß. Aber jetzt erfaßte sie das Bedürfnis, die Gulden durch die Finger gleiten zu lassen. Es genügte ihr nicht, mit Zahlen zu spielen – sie mußte die harten Münzen spüren und sehen können.

So ging sie zurück in den Salon, in dem sie die Deinhartinger Damen empfangen hatte und wo auch ihr Schreibtisch stand, an dem sie die Abrechungen zu erledigen pflegte. Den Schlüssel zu der Kassette, in der Afra ihr Geld aufbewahrte, trug sie an einem goldenen Kettchen um den Hals. Jetzt nahm sie es ab und schloß auf – die Gulden, die sie zu kleinen Türmchen gestapelt hatte, waren fort. Der Kasten war leer.

Es war wie ein Alptraum. Sie brauchte einige Sekunden um zu begreifen, daß sie bestohlen worden war.

Afra untersuchte das Schloß. Es wies keinerlei Kratzer oder Beschädigungen auf. Das bedeutete, daß der Dieb ihren, den einzigen Schlüssel, benutzt haben mußte. Die Möglichkeit dazu hatte aber nur ein einziger Mensch: ihr Mann, Felix von Lingen. Afra wurde erst heiß vor Zorn, dann kalt vor Wut. Wenn er in diesem Augenblick hereingekommen wäre, hätte sie ihn ermorden können.

Aber er tat ihr nicht den Gefallen.

Afra verzichtete auf das Abendessen. Sie ging auch nicht nach oben, um ihrem Sohn den gewohnten Gutenachtkuß zu geben. Sie setzte sich in einen Sessel, der zwischen der Doppeltreppe stand und beobachtete den Eingang Stunde um Stunde.

Zweimal fragte Josef besorgt, ob sie etwas brauche. Sie schickte ihn fort und wies ihn endlich energisch an, zu Bett zu gehen. Er gehorchte, nicht ohne vorher noch einmal neue Kerzen aufgesteckt zu haben.

Der Morgen dämmerte schon, als Felix von Lingen heimkam, leichten Fußes und leichten Herzens, wie es schien. Er trug rehlederne Handschuhe und eine elegant über die Schultern geworfene Pelerine. Da er nicht darauf gefaßt war, daß seine Frau ihn erwartete, bemerkte er sie zuerst gar nicht.

Erst als sie ihn anfuhr: »Wo bist du gewesen?!« verhielt er den Schritt. »Ah, mein liebendes Weib!« sagte er leichthin. »Seit wann interessierst du dich für mein Tun und Treiben?«

»Seit du mein Geld gestohlen hast!«

Er blieb völlig gleichmütig. »Du bist mir deswegen doch hoffentlich nicht böse. Ich hatte die allerbeste Absicht. Ich wollte es nämlich vermehren.«

»Du hast es verspielt!« Sie spie ihm die Anklage förmlich ins Gesicht.

»Was sonst? Du weißt doch nicht erst seit heute, daß ich ein Spieler bin.«

»Aber ich habe dich nicht für einen Dieb gehalten!«

»Bin ich das denn?! Wir sind verheiratet, mein Schatz. Was mein ist, ist auch dein ... und umgekehrt. Das solltest du doch wissen.«

Sie stand auf und trat auf ihn zu, den Rücken gerundet wie eine fauchende Katze. »Ich habe ein ganzes Jahr für dieses Geld geschuftet ...«

»Und ich brauchte nur wenige Stunden, um es zu verlieren. Das ist eben der Unterschied zwischen uns.«

»Du Hundsfott, du Lump, du Schwein ...«

»Bitte, nicht!« wehrte er ab. »Werde nicht vulgär! Halte mir zugute, daß ich mich bemühe, deine Herkunft zu vergessen.«

Sie wollte ihn anspringen, aber er packte ihre Handgelenke und hielt sie auf Abstand, so daß selbst ihre Fußtritte ihn verfehlten.

Er konnte sogar noch lächeln, als er sagte: »Wenn du nur einmal solches Temperament im Bett entwickeln würdest!«

»Wie ich dich hasse!«

»Also bin ich dir zumindest nicht gleichgültig! Welch ein Kompliment!«

»Ich könnte dich umbringen!« sagte sie, aber die Kraft, die sie gar nicht in ihm vermutet hatte, machte sie unsicher.

»Das glaube ich dir«, entgegnete er ruhig, »aber du wirst es nicht tun, weil du nicht als Mörderin gebrandmarkt sein möchtest. Also laß mich in Ruhe. Das Geld ist fort, und wenn du noch so tobst, du wirst es nicht wieder herbeischaffen.«

Überraschend stieß er sie zurück, so daß sie in den Sessel fiel, in dem sie auf ihn gewartet hatte. Mit lässiger Anmut stieg er die Treppe hinauf.

Afra blieb sitzen, wie versteinert, und umkrampfte die Lehne; sie konnte nicht einmal weinen.

In den nächsten Tagen sprachen Afra und Felix von Lingen kaum noch ein Wort miteinander. Am liebsten hätte sie ihn aus dem Haus gewiesen. Aber sie mußte einsehen, daß sie sich das nicht erlauben konnte. Auguste hatte völlig recht gehabt: Ohne den Gatten an ihrer Seite war ein gesellschaftliches Auftreten in München gänzlich ausgeschlossen. Also mußte sie ihn dulden, obwohl sie ihn inzwischen nicht nur verachtete, sondern geradezu verabscheute.

Es gab nur einen Weg, wie sie an das Geld für die Reise kommen konnte: Sie mußte sich wieder einmal an ihren Vater wenden. Sie hatte keine andere Wahl. Dabei war sie so stolz gewesen, nach der guten Ernte endlich auf eigenen Füßen zu stehen.

Als sie sich zu dieser Einsicht durchgerungen hatte, ließ Afra anspannen. Es hatte inzwischen zu schneien begonnen, so daß sie den leichten Schlitten nehmen konnte. Sie ließ den kleinen Maximilian warm anziehen, hüllte ihn selber noch in eine Felldecke und setzte ihn neben sich. Aus Erfahrung wußte sie, daß nichts imstande war, das Herz ihres Vaters stärker zu rühren, als sein Enkelsohn. Er, dessen Wunsch nach einem Stammhalter sich nicht erfüllt hatte, war tiefer noch als von dem gesellschaftlichen Aufstieg seiner Tochter durch die Existenz eines männlichen Erben beglückt.

Afra kutschierte selber. Sie tat es mit leichter Hand, denn sie hatte es von kleinauf gelernt. Die Schlittenfahrt, obwohl sie in die entgegengesetzte Richtung ging, erinnerte sie an die Fahrten, die sie als Kind vom Gasthof »Zur Post« in Deinharting Tag für Tag zum Schloß unternommen hatte, wo sie am Privatunterricht der Kinder hatte teilnehmen dürfen. In übelster Laune war sie aufgebrochen, aber als die Kufen so glatt durch den knirschenden Schnee glitten, das Pferd unbekümmert vorwärts trabte und die kleinen Glocken zum Klingeln brachte, fühlte sie sich wieder frei und jung.

Was machte es schon aus, daß ihr Mann ein Taugenichts war! Er hatte ihr zwar das schwer erarbeitete Geld gestohlen, aber ihm verdankte sie immerhin, daß sie nicht mehr Afra Schwaiger, die Tochter des Dorfwirtes war, sondern die Baronin Lingen. Es war in ihrem Leben aufwärtsgegangen, und es würde weiter aufwärtsgehen.

Liebevoll beobachtete sie den jauchzenden kleinen Jungen neben sich, der sich bemühte, mit geöffnetem Mund die vereinzelten Schneeflocken aufzufangen, die vom Himmel fielen. Seine Wangen brannten, und die blauen Augen, die mit ihren dichten, schön geschwungenen Wimpern so sehr denen seines Vaters glichen, leuchteten.

»'neller, Mama, 'neller!« rief er.

Afra lachte, als er jubelte: »Oh, was für ein schöner 'nee!«

Mochte der Junge äußerlich auch noch so sehr seinem Vater gleichen, ließ sie sich doch durch nichts von der Überzeugung abbringen, daß er im Charakter ihr ähnlich war. Selbst wenn es ihr nicht gelingen sollte, festen Fuß in Adelskreisen zu gewinnen, er, da war sie sicher, würde es gewiß fertigbringen.

»Halt dich nur fest, Maxi!« mahnte sie. »Gleich geht es in eine Kurve … es wäre doch schlimm, wenn du kopfüber in den Schnee fielst!«

»Grad lustig wär's!« rief Maximilian, befolgte aber doch vorsichtshalber den Rat seiner Mutter.

Das Dorf Deinharting tauchte vor ihnen auf, die Rückwand des Gasthofes mit den angebauten Scheuern, daneben die Bierbrauerei, der Zwiebelturm der Pfarrkirche und über allem thronte, am Ende der langen, schnurgeraden Lindenallee, Schloß Deinharting. Während der Gasthof und die Kirche wirkten, als duckten sie sich unter der Schneelast, schien sich das Schloß stolz dagegen zu stemmen. Afra empfand ein Gefühl der Rührung bei seinem Anblick, das sie selber als Schwäche empfand; aber es war eben doch ihre zweite Heimat gewesen.

Sie ließ das Pferd im Schritt gehen, als sie auf den Dorfplatz einbog und zog vor dem Gasthof die Zügel an.

»He, hallo, Wirtschaft!« rief sie laut und recht undamenhaft.

Sepp, der Wirtsknecht, kam vom Stall herangelaufen. Er war immer noch ein kräftiger Bursche, aber das Alter hatte ihm schon den Buckel gekrümmt.

»Grüß dich, Seppel!« sagte Afra freundlich. »Versorg mir das Pferd, dieweil ich den Vater besuche.«

Der Knecht, noch mundfauler als früher, nickte nur. Er war stolz auf Afras Aufstieg, der, so spürte er, seinen Glanz auch auf das alte Wirtshaus und alle, die mit ihm zu tun hatten, warf. Aber er war auch verlegen der jungen Frau gegenüber, die er noch als barfüßiges Kind gekannt hatte und die jetzt Baronin war. Diese Anrede brachte er nicht über die Lippen.

»Ist ein schönes Stück gewachsen, der Bub«, brachte er mühsam mit einem Blick auf Maximilian heraus.

»So geht's nun einmal zu in der Welt, Sepp«, entgegnete Afra lachend, »die Kinder werden größer, und die Alten werden älter!« Leichtfüßig schwang sie sich aus dem Schlitten auf die breite Treppenstufe vor der Wirtshaustür, die den Postkutschengästen das Aussteigen erleichtern sollte.

Maximilian befreite sich von seiner Felldecke und krabbelte ihr nach. Sie hob ihn mit beiden Armen heraus, schwang ihn kurz durch die Luft, nahm ihn bei der Hand und führte ihn die steinernen Stufen zu der Tür aus schwerer, altersdunkler Eiche hinauf.

Sie öffnete sich, bevor sie sie noch erreicht hatte.

Der alte Schwaiger erschien im Rahmen und bot den ihr so vertrauten Anblick: Die lodene Weste mit den Silberknöpfen war neu, die alte hätte der noch dicker gewordene Bauch gesprengt, um den, wie seit eh und je, eine grüne Schürze gebunden war. Die Ärmel seines grobleinenen Hemdes waren, trotz des Winterwetters, hochgekrempelt, damit die Manschetten nicht zu schnell verschmutzten, und gaben muskulöse Arme und kräftige Hände frei. Die runde Kappe saß leicht verrutscht auf dem blanken Schädel. Das Gesicht des alten Mannes war alles andere als schön: seine Lippen waren schlaff, die Augen, in dicke Wülste eingebettet, blickten listig.

Aber für Afra war er der Mann, der ihrem Ehrgeiz, hochzukommen, zwar skeptisch gegenüber gestanden, aber doch alles dazu getan hatte, ihr den Weg zu ebnen. Selbst wenn es mit ihm zu kämpfen galt, sah sie in ihm den besseren Partner als ihren Mann.

»Läßt sich die gnädige Frau auch wieder einmal zu uns herab«, begrüßte er sie mit einem Spott, unter dem er seinen Stolz auf sie verbergen wollte.

Afra ließ sich nicht erschüttern. »Ja, und ich hab' dir auch jemanden mitgebracht! Gib dem Opa das schöne Händchen, Maxi!«

Maximilian tat es vertrauensvoll und versuchte sich auch in einer noch etwas ungeschickten Verbeugung.

»Scheinst ihn ja zum Lackaffen zu erziehen!« sagte der Wirt, hielt aber die kleine Hand viel länger in seiner mächtigen Pranke, als es notwendig gewesen wäre.

»Zum Baron, Vater! Willst du uns nicht hineinlassen?«

»Wenn ihr euch nicht zu fein seid ...«

»Hör schon auf, Vater! Gib Ruh! Wenn zwei sich kennen, dann sind es doch wohl wir!«

Der Wirt gab den Weg in den düsteren Hausflur frei. Die Wirtsstube, niedrig und mit altersdunklem Holz getäfelt, war verlassen. Afra hatte den Zeitpunkt ihres Besuches mit Bedacht so gewählt, daß er nicht mit der Ankunft einer der Postkutschen zusammentraf. Jetzt schälte sie erst ihren kleinen Sohn aus den warmen Übergewändern, dann legte sie selber den schweren Bärenpelz und die dazu passende Mütze ab.

»Magst ein Bier?« fragte der Wirt.

Afra zögerte mit der Antwort. Einerseits galt es als unschicklich für eine Dame, in einem Dorfgasthof Bier zu trinken, andererseits wußte sie, daß sie ihren Vater um so günstiger beeinflussen konnte, je derber sie sich gab. »Sei so gut«, sagte sie deshalb.

»I mog Würschtel!« verlangte der kleine Maximilian in dem breiten Bayerisch, das er von seinem Kindermädchen gelernt hatte.

Der Wirt strahlte. Seine Schweinswürste waren weithin berühmt, und kaum einer der Reisenden, die tagtäglich bei ihm Station machten, ließ sich diesen Genuß entgehen. Dennoch schmeichelte es ihm, daß sein Enkelsohn, der doch in einem Schloß aufwuchs, sie zu schätzen wußte.

»Kannst mir auch ein Paar bringen«, sagte Afra.

Sie ließ sich mit Maximilian an dem Tisch nieder, der zunächst dem Kachelofen stand, in dem ein kräftiges Feuer bullerte. Der Wirt schrie seine Befehle in die Küche, zapfte selber Bier vom Faß und nahm die Gelegenheit wahr, sich auch eine Maß einzuschenken. Dann stellte er die beiden tönernen Krüge auf Afras Tisch und nahm sogleich einen kräftigen Zug.

»Ich auch, Opa, ich auch!« schrie Maximilian.

Der Wirt schob ihm den Krug hin. »Steig eini!«

Der Junge war im Wirtshaus und in der Nähe seines Großvaters ganz verwandelt, und Afra gefiel diese Veränderung nicht schlecht, wenn sie es auch verurteilte, daß ihr Vater dem Kinde bedenkenlos Bier zu trinken gab. Trotz ihres Strebens nach Adel und Vornehmheit setzte sie doch mehr Vertrauen in das Blut der Schwaiger als in das derer von Lingen.

Es wurde hin und her geredet, bis Marei die Schüssel mit den dampfenden Würsten brachte. Obwohl die Magd nie ein Kind gehabt hatte, war ihr Körper erschlafft von Fehlgeburten und Abtreibungen, die jedoch ihr Gewissen, da sie stets fleißig gebeichtet, bereut und Umkehr geschworen hatte, nicht bedrückten. Aber die Erkenntnis, daß Armut und Dienstbarkeit ihr Los bleiben und sich ihr nie ein Mann mit ehrlichen Absichten nähern würde, hatte sie bitter und böse gemacht. Sie war das geworden, was man noch heute im südlichen Deutschland einen »ledigen Unwillen« zu nennen pflegt. So setzte sie auch jetzt die Schüssel mit unnötigem Nachdruck auf den Tisch und knallte das Senftöpfchen daneben.

Auch der Charme des kleinen Maximilian prallte an ihr ab.

»G'üß dich, Ma'ei!« sagte er fröhlich.

Ihre Antwort war nur: »Sei staad! Du wirst auch so einer!« Sie schlurfte hinaus.

»Na, die überschlägt sich ja nicht gerade vor Liebenswürdigkeit«, stellte Afra fest.

»Es wird immer schlimmer mit ihr«, sagte ihr Vater, »sie vergrault mir noch die Gäste. Ich werde sie fortschicken müssen.«

»Was wird dann aus ihr?«

»Was kümmert's mich?! Vielleicht findet sie auf einem der Höfe Arbeit ... oder sie muß eben betteln gehen.« Er fischte ein Paar Würste aus dem fast noch siedenden Wasser, riß sie auseinander und reichte sie seiner Tochter und seinem Enkelsohn. Maximilian ließ seine Wurst auf die dicke hölzerne Tischplatte fallen und versuchte, sie durch Blasen abzukühlen, während Afra die Wurst sogleich in den Senf tunkte, mit kräftigen Zähnen davon abbiß und einen Schluck Bier nahm.

»Ah«, sagte sie, »so etwas Kräftiges tut gut!«

»Nach all den Delikatessen, die ihr auf dem Schloß gewohnt seid«, spottete ihr Vater.

»Was du dir denkst! Wir leben ganz schlicht. Wie sollten wir auch anders?«

»Nun, du wirst diesen Herbst Geld genug gemacht haben!«

»Das ist für mich kein Grund, es aus dem Fenster zu werfen.« Es kostete Afra unendliche Überwindung, aber sie begriff, daß sie das Stichwort aufnehmen mußte. »Ich komme auch wegen Geld.«

»Du hast schlecht gewirtschaftet?«

»Nein, und das weißt du ganz genau. Du hast überall deine Spitzel ... oder etwa nicht?«

»Man muß doch erfahren, wie es in der Welt zugeht.«

»Ich mach dir ja keinen Vorwurf daraus, Vater, nur solltest du mir dann auch keine Vorwürfe machen, von denen du weißt, daß ich sie nicht verdient habe!«

»Ich verstehe nur nicht, wozu du Geld brauchst.«

»Weil ich diesen Winter nach München will. Da soll es hoch hergehen ...«

»Ja, ja, unser Kurfürst paktiert mit Napoleon und wird König!«

»Das weißt du auch schon?!«

»Man muß seine Ohren offenhalten.«

»Dann mußt du verstehen, daß ich Geld brauche.«

»Ich denke, du hast genügend eingenommen.«

Während der kleine Maximilian seine Wurst gerade erst in Angriff nahm, hatte Afra ihre schon aufgegessen. »Gibst du mir noch eine?« bat sie und leckte sich die fettigen Finger ab; sie wußte, wie sehr sich ihr Vater freute, daß sie bei aller Eleganz noch natürlich sein konnte.

Sie nahm die Wurst, die er ihr reichte, in die Hand, biß hinein und erklärte mit vollem Mund: »Ich will bei Hofe vorgestellt werden. Dazu gehört ein gewisser Aufwand. Du mußt mir helfen, Vater.«

»Warum gibst du nicht zu, daß dein Mann sich an deinen Einkünften vergriffen hat?«

Afra wurde blaß; daß ihr Vater auch dies wußte, hatte sie nicht geahnt. Das Stück Wurst, das sie abgebissen hatte, blieb ihr fast im Hals stecken. Sie mußte husten, und es dauerte lange, bis sie sich, während ihr Vater ihr auf den Rücken klopfte, von dem Anfall erholte.

»Mama, was hast du?« rief Maximilian erschrocken.

»Nichts«, behauptete sie, unter Tränen lächelnd, »ich habe mich bloß verschluckt. Nimm deine Wurst ... du kannst sie jetzt schon essen ... und lauf damit in die Küche. Leiste Marei Gesellschaft. Sei lieb, ja?« Sie wußte, daß die Magd, wenn sie mit dem Jungen allein war, lieb und freundlich sein konnte.

Er hatte diese Erfahrung auch gemacht, nahm die Wurst in die Hand, hopste bereitwillig von seinem Stuhl und lief in die Küche, wo Marei gewiß noch andere Leckerbissen für ihn haben würde.

Der dicke Schwaiger faltete die Hände über dem Bauch. »Dein Mann ist ein Spieler«, sagte er, »du solltest besser auf ihn aufpassen.«

»Ein zweites Mal wird mir das nicht passieren«, versicherte Afra. »Daß er spielt, ist schlimm genug ... aber warum muß er auch immer verlieren?«

»Alle Spieler verlieren«, erklärte ihr Vater, »wenn sie ehrlich sind ... nur die Betrüger haben eine Chance.«

»Ein Betrüger ist er nicht.«

»Aber ein Dieb.«

Afra verstand selber nicht, woher ihr das Bedürfnis kam, ihren Mann zu verteidigen. »So darfst du das nicht sehen«, sagte sie, »er hat wohl gemeint, was mir gehört, das gehört auch ihm. So ist es doch in der Ehe, nicht wahr?«

»Ja, so ist es. Einer trage des anderen Last. Also wirst du auf deinen Aufenthalt in München eben verzichten müssen.«

Afra war tief enttäuscht. »Du willst mir nicht helfen?«

»Ich habe genug für dich getan, will ich meinen. Ich habe auch gar nicht die Mittel. Seit der Münzwert vereinheitlicht ist ... die Biersteuer ständig steigt ...«

»Aber Vater, du wirst mir doch nicht weismachen wollen, daß du keine Geschäfte mehr machst!«

»Schlechte, mein Kind, schlechte. Du weißt, ich habe den Gasthof und die Brauerei nur gepachtet ... alles gehört eigentlich dem Hofmarksherrn ...«

»... den du ständig übers Ohr haust! Vater, du kannst mir doch nichts erzählen!«

Der dicke Schwaiger kniff die Lippen zusammen. »Du bist jetzt eine Baronin und willst womöglich noch höher hinaus ... aber ein bißchen Respekt vor mir solltest du schon haben!«

»Den habe ich doch, gewiß ... ich weiß, wieviel ich dir zu danken habe ...«

»Dann wirst du auch verstehen, daß ich diesmal den Geldbeutel zugeschnürt lassen muß.«

»Nein, das verstehe ich nicht! Für wen raffst du denn und sparst, wenn nicht für mich?! Wen hast du denn außer mir auf der Welt?! Was nutzt es dir, wenn ich nach deinem Tod über den Schatz jubele, den du mir hinterläßt?!«

»Ich hinterlasse keine Schätze.«

»Ach, geh weiter! So gut, wie du über mich, weiß ich auch über dich Bescheid. Du hast dich darauf verlegt, Geld zu verleihen.«

Jetzt war es an dem dicken Schwaiger, blaß zu werden; da er auf diese Anschuldigung nicht sogleich eine Antwort wußte, versenkte er die Nase erst einmal in seinen Bierkrug.

»Du weißt, daß das für einen Christenmenschen verboten ist«, fuhr Afra unbarmherzig fort, »eine schwere Sünde, die der Hofmarksherr gewiß nicht durchgehen ließe, wenn er darüber Bescheid wüßte. Der Herr Pfarrer noch dazu. Du müßtest Haus und Hof verlassen. Hoffentlich hast du genug beisammen, daß du auch dann in Saus und Braus weiterleben kannst.«

»Das sind schlimme Vorwürfe«, verteidigte der Wirt sich schwach.

»Um so mehr, als sie stimmen, Vater! Wieviel Zinsen nimmst du denn, sag es mir? Wenn du mich schon nicht unterstützen willst, dann leih mir wenigstens das Geld bis zur nächsten Ernte. Ich werde dir ebensoviel Zinsen zahlen wie die anderen.«

»Mit meiner Tochter mache ich keine Geschäfte.« Seine Stimme klang dumpf.

»Und warum nicht, wenn du sonst nicht davor zurückscheust?«

»Weil es dich ruinieren würde.«

»Die anderen ruiniert es also?«

»Wenn man kein Geld hat, muß man den Gürtel enger schnallen. Da hilft nur arbeiten und sparen. Geld leihen bringt den Menschen immer tiefer in die Not. Das versteht ein jeder, der eins und eins zusammenrechnen kann. Wenn einer ein Loch in der Hosentasche hat, hilft's nicht, es weiter zu machen, bis man mit der Faust hindurch kann; man muß es zusammennähen.«

»Und warum sagst du das nicht auch denen, die in der Not zu dir kommen?«

»Warum soll ich ihnen sagen, was sie selber wissen müßten?!«

»Um sie nicht zugrunde zu richten!«

»Das tue nicht ich, das tun sie selber. Wenn sie von mir kein Geld bekommen, gehen sie zum Juden. Und warum soll ich denen alle Geschäfte überlassen? Es lebt sich nun einmal besser vom Profit als von der Arbeit.«

Afra beugte sich über den Tisch. »Du wirst mir helfen, Vater. So oder so. Schenk's mir oder borg's mir ... du bekommst es zurück, aber ohne Zinsen. Sonst zeige ich dich an.«

»Das würdest du tun? Deinen eigenen Vater?«

»Einen Blutsauger, ja. Felix spielt, das ist schlimm ... aber was du tust, ist tausendmal schlimmer.«

»Und dennoch würdest du Geld von mir nehmen?«

»Weil ich's brauche, und weil ich's will.«

»Das ist ein seltsamer Standpunkt.«

»Den du besser als jeder andere verstehen solltest.«

Sie starrten sich in die Augen, nicht wie Vater und Tochter, sondern wie Todfeinde, die ihre ganze Kraft gegen den anderen einsetzten.

Es war der Wirt, der nachgab. »Du bekommst das Geld. Wann willst du es haben?«

»Die Hälfte jetzt. Ich muß mir Garderobe anschaffen.«

Der kleine Maximilian kam in die Gaststube zurückgelaufen, als sein Großvater goldene Türmchen aus neuen bayerischen Gulden aufbaute.

»Will haben, will haben!« rief er sofort.

Der Wirt gab ihm eine der Münzen. »Da hast du, aber halt ihn fest. Es wird lange dauern, bis du dir selber einen Gulden verdienst.«

Das Weihnachtsfest auf Schloß Deinharting verlief harmonisch – jedenfalls würde es einem Außenstehenden so vorgekommen sein. In Wahrheit wurden die inneren Spannungen durch freundliches und herzliches Gebaren nur übertüncht.

Es gab, wie es der Brauch war, schwere und wohlschmeckend Mahlzeiten, am Heiligen Abend fuhren die Erwachsenen und zum erstenmal auch Thomas, mit Schlittengeläut über den knirschenden Schnee zur Weihnachtsmesse ins Dorf. Am ersten Feiertag zelebrierte Pfarrer Reiter noch einmal eine heilige Messe in der Schloßkapelle, und am Tag darauf kam Afra mit Mann und Sohn zum Mittagessen. Natürlich war auch Friedrich König dabei. Es gab die üblichen Scharaden, Antoinette und Auguste hatten mit den Kindern ein Krippenspiel eingeübt, bei dem auch Parbleu mitwirkte – in der Rolle eines Schäferhundes, der er, lebhaft wie er war, nicht gerade entsprach. Zur Belustigung der Erwachsenen mußte er von Christine, die eine Hirtin spielte, immer wieder zurechtgewiesen werden.

Äußerlich war es ein schönes Weihnachten. Früh genug war der Schnee vom Himmel gefallen, so daß man Schlitten fahren und Schneebälle werfen konnte. Wichtiger noch: Es herrschte Frieden im Lande.

Aber alle hatten das Gefühl, daß diese Feiertage nur eine Atempause seien, die das Schicksal ihnen gegönnt hatte. Auguste und Afra waren in Gedanken schon aufgebrochen; sie sahen sich in München in einem Wirbel von Bällen, Redouten und Theateraufführungen. Elisabeth litt unter ihrem schadhaften Zahn, der nicht aufhören wollte zu schmerzen. Sie konnte nicht davon lassen, die kranke Stelle immer wieder mit der Zungenspitze zu berühren und wagte kaum noch zu lächeln.

Friedrich König beobachtete sie und verstand nicht mehr, wie er so verliebt in sie hatte sein können. Immer häufiger fragte er sich, warum er nach Deinharting gekommen war und was ihn hier hielt.

Anselm von Deinharting litt unter der Enthaltsamkeit, die er sich Elisabeths wegen auferlegt hatte, und die doch seinem Naturell so wenig entsprach. Er bedauerte seine Frau wegen ihrer Schmerzen, konnte sie ihr aber nicht nachfühlen, weil er etwas Ähnliches nie empfunden hatte. Er war manchmal verletzt worden, auf der Jagd, durch einen Sturz vom Pferd, den Biß eines Hundes. Aber bei diesen Wunden hatte er den ersten jähen Schmerz mit Mannhaftigkeit ertragen und in dem sicheren Bewußtsein, daß die Zeit ihn lindern würde. Er liebte Elisabeth immer noch und hatte den heftigen Wunsch, ihr jedes Leid zu ersparen. Aber er konnte ihr um so weniger helfen, als sie versuchte, ihre Schmerzen vor ihm zu verbergen. Daß sie sich schlecht fühlte, bekam ihre Umgebung nur durch eine gewisse Gereiztheit und Niedergeschlagenheit zu spüren.

Der einzige, der ihre Qual wirklich erkannte, war Friedrich König, auf dessen gutgemeinten ärztlichen Rat sie jedoch nicht hören wollte.

Unwillkürlich wandte sich Anselm von Deinharting von ihr ab, ohne es selber zu merken, und immer öfter verfolgten seine Blicke Antoinette. Er hatte sie schon als Kind liebgehabt, und zwischen ihnen hatte immer ein besonders vertrautes Verhältnis bestanden. Inzwischen aber war sie zu einer schönen jungen Frau erblüht, die vor Gesundheit und Lebenskraft strahlte. Ihre großen blauen Augen, aus denen sie früher so ernst und über ihre Jahre hinaus verständig in die Welt geblickt hatte, funkelten jetzt oft vor Vergnügen, ihr braunes Haar lockte sich in natürlichen Wellen um ihr herzförmiges Gesicht, ihre Bewegungen waren rasch und anmutig, der Körper straff, und ihr Geist von großer Lebhaftigkeit.

Kein Wunder also, daß sie die bewundernden Blicke der Männer auf sich zog und jeder gern eine Gelegenheit wahrnahm, sie in die Arme zu nehmen und zu berühren, ganz besonders der Hofmarksherr.

Antoinette wehrte sich nicht dagegen. Da nichts heimlich geschah, sondern immer unter den Augen der andern, fand sie es harmlos. Dennoch war sie froh, daß das Ende dieses Beisammenseins abzusehen war, denn schon in der Frühe des 27. Dezember sollte der Aufbruch nach München stattfinden.

Emanuel hatte über Weihnachten keinen Urlaub bekommen. Anselm von Deinharting nahm es als schlechtes Zeichen. Für ihn bedeutete es, daß die Truppen in ihren Quartieren zusammengehalten wurden, weil man ihrer bald wieder bedurfte. Aber er sprach zu niemandem darüber, denn er wollte die anderen nicht beunruhigen.

In München ging es hoch her. Die Straßen und Plätze der bayerischen Residenz konnten die Massen kaum fassen, die sich einfanden, um den Sieg von Austerlitz zu feiern.

Noch nie zuvor war die Kutsche der Deinhartinger so langsam zum Gräflich-Hollbergschen Stadthaus vorgedrungen. Sie hatten die Fahrt in Loisheim unterbrochen, so daß es heller Mittag war, als sie eintrafen. Trotz der winterlichen Kälte konnte Auguste es nicht lassen, den Kopf zum Fenster hinauszustrecken; zu vergnüglich war es, die frohen Menschen zu beobachten, zumal, wenn man aus einem stillen Dorf kam.

Anselm von Deinharting hatte noch am gleichen Tag eine Audienz bei dem allmächtigen Staatsminister Montgelas in dessen Landhaus in Bogenhausen. Anders als früher mußte er lange warten, bis er vorgelassen wurde, aber dann gab sich der Freund aus Jugendtagen so freundlich wie immer, vielleicht ein wenig gönnerhaft. Die große, gebogene Nase schien förmlich aus seinem schmalen Gesicht zu springen, und die intelligenten dunklen Augen sprühten in ihrem alten Feuer.

»Mein lieber Deinharting«, begrüßte Montgelas den Hofmarksherrn, »das sind Zeiten ... große Zeiten!« Er sprach französisch, nicht nur, weil es in den höheren Ständen so üblich war, sondern weil er die deutsche Sprache nur unvollkommen beherrschte. »Aber nehmen wir doch Platz!« Er rieb sich die großen, langfingrigen Hände. »Ich hoffe, unsere Entscheidung für ein Bündnis mit Frankreich hat Sie nicht allzu sehr schockiert. Aber wir hatten tatsächlich keine Wahl. Ohne den Pakt wäre der Kurfürst entthront und Bayern zu einer französischen Provinz degradiert worden. Wie denkt man auf dem Lande darüber?«

»Ich glaube, man hat die Situation verstanden.«

»So sind wir also eine Stufe hinaufgefallen ... Auch die Prinzessin hätte eine schlechtere Partie machen können. Frau des Vizekönigs von Italien und Schwiegertochter des Kaisers von Frankreichs ... das ist doch etwas.«

»Wird Napoleon aber jetzt nicht erwarten, daß wir die französische Verfassung annehmen?« Anselm von Deinharting hatte sich in einem der bequemen alten Sessel niedergelassen; das private Arbeitszimmer des Ministers war altmodisch, mit Möbeln verschiedener Stilrichtungen eher bescheiden eingerichtet.

Montgelas, der auf und ab gegangen war, blieb unmittelbar vor dem Gast stehen. »Ich merke schon, Sie haben immer noch Ihren klugen Kopf. Zu schade, daß Sie ihn auf dem Land brachliegen lassen. Ja, Sie haben recht, ich erwarte, daß der Kaiser diese Forderung stellen wird. Doch wir werden sie unterlaufen.«

»Und wie das?«

»Mein lieber Deinharting ... es gibt Mittel und Wege ...«

»Denken Sie etwa an eine neue eigene Verfassung?«

»Ich sage nichts ... kein Wort mehr ... Sie sind mir zu klug ...« Montgelas warf einen Blick auf die Pendule.

Anselm von Deinharting spürte, daß er die Unterredung abzubrechen wünschte, verstand auch, daß es für den großen Mann Wichtigeres zu tun gab, als sich mit ihm zu unterhalten. Aber er hatte versprochen, sich für Afra einzusetzen.

»Ich habe eine große Bitte«, sagte er deshalb rasch, »vielleicht könnten Sie es ermöglichen, daß eine bestimmte junge Dame, an deren Fortkommen mir sehr gelegen ist, bei Hofe eingeführt wird.«

»Wenn es sich um ein Mitglied Ihrer Familie handelt ... jederzeit!«

»Die junge Dame stammt aus einfachen Verhältnissen ... ich will es nicht verheimlichen, sie ist die Tochter des Dorfwirts ... aber sie ist mit meinen eigenen Kindern zusammen unterrichtet und erzogen worden.«

»Das klingt gut, doch werden Sie verstehen, daß ich ein altmodischer Mann bin. Ich setze noch auf Adel und Rasse. Aber heutzutage wird manches nach oben geschwemmt ... wobei man sich wundern muß, was für helle Köpfe aus dem Volk kommen. Wie heißt denn die Dame?« Er trat an sein Stehpult und griff schon zum Federkiel.

»Baronin Afra von Lingen ...«

Montgelas blickte sich über die Schulter um. »Eine Baronin? Wie das?«

»Durch Heirat.«

»Ja, natürlich. Das liegt auf der Hand. Daran hätte ich denken müssen. Wer ist ihr Mann? Bayerischer Landadel?«

»Nein, er ist Österreicher. Ehemaliger Offizier.«

Montgelas legte den Federkiel aus der Hand. »Mein lieber Deinharting ...«

»Aber Felix von Lingen lebt in Bayern. Er ist hier ansässig und will Bayer werden.«

»Dann gibt es für ihn einen sehr einfachen Weg: Er soll sich beim bayerischen Militär melden. Da er Offizier war, wird er sicherlich schnell Karriere machen. Dann steht auch seiner Gattin der Weg zum Hof offen.«

»Aber man kann von diesem Mann doch nicht verlangen, daß er gegen sein Vaterland kämpft!«

»Dazu wird es wohl gar nicht kommen, zunächst jedenfalls nicht. Ganz im Vertrauen gesagt, alter Freund: Der nächste Feldzug führt nach Preußen, und sich mit denen zu schlagen, kann doch wohl keinem Österreicher etwas ausmachen.«

In Deinharting feierte Antoinette mit Friedrich König und Pfarrer Reiter ein stilles, heiteres Silvesterfest. Am Nachmittag hatte sie den kleinen Maximilian von Lingen mit seinem Kindermädchen holen lassen und mit ihm und Christine allerlei Spiele veranstaltet, bei denen ihr Thomas mit der Großmutter eines sich überlegen fühlenden Jungen assistiert hatte.

Zum Lohn durfte er bis Mitternacht aufbleiben. Es gab Backwerk und Punsch, und man versuchte, wie es der Brauch war, mit Kartenlegen und Bleigießen in die Zukunft zu blicken. Als die Kirchturmuhr die zwölfte Stunde einläutete, veranstaltete Antoinette eine Polonaise durch das ganze Schloß, Pfarrer Reiter an der Spitze, an der auch die Bediensteten teilnahmen.

Es ging sehr fröhlich zu, aber unter aller Lustigkeit verspürte Antoinette eine Wehmut, deren Ursache sie sich nicht erklären konnte. Ihr war, als ginge in ihrem Leben etwas zu Ende.

Der Jubel der Bayern steigerte sich ins Ungemessene, als am ersten Tag des Jahres 1806 morgens um zehn Uhr der Landesherold Stürzer seinen Ritt durch die Straßen der Hauptstadt begann, begleitet von der prächtig uniformierten bürgerlichen Kavallerie, und Maximilian Joseph als König von Bayern und aller dazugehörigen Länder ausrief. In den Straßen drängten sich die Leute, in den Bierlokalen war schon vor Mittag kein Platz mehr zu finden. Menschen, die sich vorher nie gekannt hatten, diskutierten, schrien und jubelten durcheinander.

Die Nachricht vom Frieden bei Preßburg, der schon im Vormonat geschlossen worden war, erreichte jetzt die Residenz. Der Vertrag hatte für Bayern reichen Landgewinn gebracht: im Süden ganz Tirol und Vorarlberg, im Westen die österreichisch-schwäbische Markgrafschaft Burgau, die Reichsstadt Augsburg und das Gebiet um Lindau, im Fränkischen das von Napoleon den Preußen abgetauschte Ansbach, dazu noch Eichstätt und das Passauer Illstal. Bei diesem Preis tat es nicht weh, daß man das weit entfernte rheinische Berg abtreten mußte. Nur wenige Querköpfe maulten darüber, daß Bayern den Kurfürsten von Salzburg-Toscana mit Würzburg hatte entschädigen müssen.

Die Zeit packte die Geister wie ein Wirbelwind. Vor aller Augen war ein völlig neuer, starker bayerischer Staat herangewachsen, so daß die Zeitgenossen an die königsgleiche Stellung der alten Bayernherzöge erinnert wurden.

Napoleon traf auf der Rückreise von Preßburg mit einem Troß von Offizieren in München ein. In den Kirchen tönten Dankgebete, und die Luft erzitterte von Glockengeläute, Kanonendonner und den Rufen: »Unser allergnädigster König Maximilian Joseph und unsere allergnädigste Königin Caroline, sie leben hoch! Vive Napoleon!« Der ganze Hofstaat, von der Spitze bis zu den niedersten Chargen, war eitel Freude und voller Betriebsamkeit. Es war eine Pracht wie nie zuvor, ein wahrer Zauber von Farben und Licht. Die Silberknäufe der Degen, die Hellebarden der Trabanten leuchteten, die spanische Gala der Hartschiere, die verzierten Uniformen der Hofmusiker, der Kammerhusaren, der Lakaien und Heiducken boten ein farbenprächtiges Bild. Dazu kam die exotische Pracht des Hofmohren und des Hofzwerges, das Schimmern der Juwelen an den Gewändern der Fürstinnen, der Prunk von Kaiser und König, von Prinzen, geistlichen und weltlichen Würdenträgern. Der Nimbus Napoleons war übermächtig, und die Hofherren waren beglückt, wenn ein Strahl seiner Gnade auf sie fiel.

Das Volk feierte begeistert mit. Der Enthusiasmus durchzog das ganze Königreich, am stärksten war er in München zu spüren. Überall gab es Festgottesdienste und Essen, Triumphbogen und Feuerwerk. Im Empirestil wurde das Bildnis des Königs zwischen Mars und Apollo gezeigt, oder es erschienen zwei gekrönte Herzen mit einem Lorbeerkranz umschlungen und der Unterschrift:

»Napoleons und Max Josephs Herzen
schließen sich fest aneinander,
Verschaffen Bayern Ruh und Fried
vor Franz und Alexander.«

In einem Brillantfeuerwerk prangte Napoleon auf einer Pyramide und Max Joseph an einem Opferaltar. Ceres schüttete ihr Füllhorn aus, Minerva, Merkur und Vulkan brachten als Sinnbilder der Wissenschaft, des Handels und Gewerbes ihre Huldigungen dar, und die Bürgermiliz stellte sich in Formation und sang ein Lied mit dem schönen und beruhigenden Refrain:

»Sammelt euch in frohen Kreisen,
Singt's dem Kinde, sagt's den Greisen,
Max ist König, es ist Fried!«

In all dem Überschwang, von dem auch die Deinhartinger mitgerissen wurden, war der Neujahrsempfang des Königs ein schöner Ruhepol.

Im Residenzsaal nahm der Herrscher die Gratulationen seiner begeisterten Untertanen mit einem fast scheuen Lächeln entgegen und erklärte wieder und wieder: »Aber wir bleiben die alten!« – ein Versprechen, das sicher ernst gemeint war, denn er änderte auch als König seinen eher bürgerlichen Lebensstil nicht.

Noch aber mußte auch er die große Zeit des Feierns durchstehen. Kaiser Napoleon war in jenen Münchner Tagen äußerst aufgeräumt. Am 2. Januar wohnte er an der Seite der bayerischen Majestäten in der Residenz einem Hofkonzert bei.

Auch dem Hofmarksherrn war es gelungen, zu diesem Konzert Plätze für sich und seine beiden Damen zu bekommen, was durchaus nicht einfach war, weil ganz München dorthin drängte, nur um Napoleon aus der Nähe zu sehen. Die Hollbergs gehörten nicht zu den Glücklichen, und sie ärgerten sich darüber, taten aber so, als hätten sie kein Interesse daran, ihre Aufmerksamkeit einem »Parvenü« zu schenken. Für Afra und Felix von Lingen war kein Gedanke daran, in diesen bevorzugten Kreis einzudringen, und so hatten sie es erst gar nicht versucht.

Auguste hatte das Ereignis zum Anlaß genommen, zum erstenmal ihren neuen Schmuck anzulegen. Sie trug ihn zu einem schlicht geschnittenen, unter dem Busen taillierten und tief dekolletierten Kleid aus weißem Mousselin. Sie sah hinreißend darin aus, und als sie vor dem Aufbruch den Salon betrat, wandten sich ihr alle Blicke zu.

Elisabeth gab es bei ihrem Anblick einen heftigen Stich, den sie fast körperlich spürte und der sie für den Augenblick sogar ihre bohrenden Zahnschmerzen vergessen ließ.

Tante Sophie war über das Alter weiblicher Rivalität längst hinaus. »Du siehst prachtvoll aus, Mädchen!« lobte sie. »Du wirst sehen, in diesem Winter hast du Chancen.«

»Das will ich hoffen«, erklärte Auguste mit lächelndem Selbstbewußtsein.

»Süperb, wirklich süperb!« sagte der Graf bewundernd.

Anselm von Deinharting schmunzelte vor Stolz über die Schönheit seiner Tochter, schwieg aber, um sie nicht noch eitler zu machen.

Als Elisabeth ihre Sprache wiedergefunden hatte, fragte sie scharf: »Woher hast du diesen Schmuck?«

»Antoinette hat ihn mir geschenkt.«

»Antoinette!? Du hättest ihn nicht annehmen dürfen!«

»Aber warum nicht, Mama?«

»Er ist … zu kostbar. Er steht dir nicht zu.« Elisabeth war außer sich; von uraltem Adel, war sie arm in die Ehe gegangen, und ihr Gatte hatte nie daran gedacht, sie mit teurem Schmuck zu beschenken, hatte auch nie die nötigen Mittel dazu besessen.

Unerwartet kam ihr die Schwägerin zu Hilfe. »Ja, für ein junges Mädchen ist er ein wenig zu anspruchsvoll. Nußgroße Diamanten … Es ist ja ein wahres Vermögen, das du da am Leibe trägst.«

»Das ist ja gerade der Sinn!« Auguste machte eine Drehung, die die Diamanten in ihren Ohren, an ihrem Hals und in dem glatten kupferfarbigen Haar aufblitzen ließ. »Ich habe meine Lektion gelernt. Da ein armes Mädchen keine Partie ist, versuche ich es jetzt einmal als reiches.«

»Wie ordinär«, sagte Elisabeth.

»Finden Sie?« fragte Auguste leichthin. »Und wennschon! Wir leben in einer Zeit, in der ordinäre Menschen erfolgreich sind. Was sagen Sie, Papa?«

Anselm von Deinharting legte seiner Frau die Hand auf die schmale Schulter. »Kränk dich nicht, Elisabeth! In Augustes Alter warst du tausendmal schöner und lieblicher als sie … auch ohne Schmuck.«

Das war nun gerade das falsche Wort, denn was Elisabeth ärgerte, war ja das Bewußtsein, nicht mehr jung und begehrenswert, sondern vom Alter bedroht zu sein. Mit Mühe hielt sie die aufsteigenden Tränen zurück. »Ein solcher Schmuck steht nur einer verheirateten Frau zu!«

»Aber Antoinette hat ihn nun einmal mir geschenkt und nicht Ihnen!«

»Wie kommt sie eigentlich dazu?« fragte Sophie.

»Es ist ihr Familienschmuck. Sie hat ihn seinerzeit aus Frankreich retten können.«

»Nein, ich meine, wie kommt sie dazu, ihn dir zu schenken?«

»Antoinette ist eben ein grundgütiges und selbstloses Mädchen«, erklärte der Hofmarksherr.

»Bist du da so sicher?« fragte Elisabeth und schämte sich, weil ihre Stimme schrill klang.

»Du etwa nicht?«

»Nun, ich finde, daß sie sich reichlich aufspielt. Manchmal glaube ich, sie möchte nur zu gern selber Hofmarksherrin sein, und sag nur nicht, du merkst nicht, wie sie mit dir kokettiert. Den Schmuck hat sie gewiß auch nur hergegeben, um mir Augustes Herz zu entfremden ... wie sie es mit dem deinen ja auch getan hat!«

Dieser Ausbruch kam so unerwartet, daß zunächst alle nur Elisabeth anstarren konnten und kein Wort der Entgegnung fanden.

»Aber Mama!« rief Auguste endlich. »Das ist doch alles nicht wahr! Ich habe Antoinette immer schon liebgehabt ... und glauben Sie denn, meine Freundschaft sei ein solches Opfer wert?! Zumal der Schmuck dazu dienen soll, von Deinharting wegzuheiraten?«

Der Hofmarksherr, der spürte, daß zumindest ein Funken Wahrheit in der Anschuldigung Elisabeths lag, zog die goldene Repetieruhr.

»Ich fürchte, wir müssen die Auseinandersetzung auf später verschieben«, erklärte er, »sonst kommen wir zu spät. Oder möchtest du lieber zu Hause bleiben, Elisabeth?«

Das hatte sie zwar vorgehabt, aber da der Vorschlag von ihrem Mann kam, reagierte sie heftig. »Du ziehst es vor, mit deiner Tochter allein auszugehen?«

»Gewiß nicht. Aber ich möchte dich auch zu nichts zwingen, was dir zuwider ist. Du scheinst mir heute abend nicht bei Laune zu sein.«

Elisabeth erhob sich. »Vielleicht wird mich die Musik auf angenehmere Gedanken bringen.«

Aber sosehr Elisabeth es sich auch wünschte, sie konnte an diesem Abend so wenig wie die anderen Besucher des Hofkonzerts Entspannung in der Musik finden. Zu aufregend war die Tatsache, daß man sich mit dem berühmten und berüchtigten, dem faszinierenden Kaiser in einem Raum befand. Lauschte er anscheinend aufmerksam den musikalischen Darbietungen, so war das vornehme Auditorium nur Auge.

Mit Spannung beobachteten alle Napoleons blasses Gesicht und tuschelten erregt, sobald er mit den neben ihm sitzenden bayerischen Majestäten sprach. Was mochte er gerade gesagt haben? Was denken? Planen?

Aber die Kaiserin Josephine erregte lebhaftes Interesse; ihre immer noch schönen Züge waren ebenso beeindruckend wie ihr prachtvoller Schmuck, ihr einfaches, aber elegant geschnittenes, reichbesticktes Kleid.

»Ob ihre Büste wirklich aus Wachs ist?« flüsterte Auguste ihrer Stiefmutter zu; denn das war es, was man sich über sie erzählte.

Aber sie erntete auf diese Frage nur einen abweisenden Blick, wie sie sich hätte denken können. Elisabeth liebte solche indiskreten Themen nicht.

Anselm von Deinharting beobachtete mit besonderem Interesse, wie freundlich sich der Kaiser dem zwanzigjährigen Kronprinzen Ludwig zuwandte, von dem man wußte, daß er ganz deutsch fühlte. Er erwiderte dies Werben nur mit steifer Höflichkeit.

Der Ausspruch, den der junge Thronfolger im vergangenen Jahr in Straßburg getan hatte, als die Franzosen dort ihren Sieg über Österreich feierten, war weithin bekannt geworden. »Das sollte mir die teuerste Siegesfeier sein, wenn diese Stadt, in der ich geboren worden bin, wieder eine deutsche Stadt sein würde«, hatte er gesagt.

Zweifellos kannte auch Napoleon die Einstellung des jungen Mannes, und gerade deshalb wollte er mit ihm Freundschaft schließen.

Auguste bereute, daß sie gerade an diesem Tag zum erstenmal ihren Schmuck angelegt hatte, denn nicht wie sonst schweiften die Blicke der jungen Männer suchend über die Logen, um zu sehen, ob eine der jungen Damen ihrem Geschmack oder ihren Vorstellungen entspräche. Aller Aufmerksamkeit richtete sich nur auf die hohen Herrschaften, und auch sie selber konnte den Blick nicht von der Königs löge lassen.

Sie interessierte sich vor allem für ihre Namensvetterin, die Prinzessin Auguste, und verglich sich mit ihr. Auguste Amalie, nur ein Jahr jünger als sie selber, zart, blond und blauäugig, war zweifellos eine Schönheit. Aber sie wirkte so kindlich – Auguste kam sich ihr gegenüber wie eine erfahrene Frau vor –, daß ihre bevorstehende Verheiratung, zudem mit einem Mann, den sie nie zuvor gesehen hatte, unvorstellbar schien.

Auguste fragte sich, wie es ihr gefallen würde, wenn der Vater ihr einen Unbekannten zum Gatten aufzwingen wollte. Sie, so glaubte sie, würde mit einer solchen Situation schon fertig werden – aber welch ein Schicksal war das für die zarte, kindliche Prinzessin.

Man hatte sich erzählt, daß Max Joseph, damals noch Kurfürst, es nicht gewagt hatte, ihr diesen Entschluß zu eröffnen. Er hatte Ludwig zu ihr geschickt – ausgerechnet ihn, von dem alle Welt wußte, daß er gegen eine Verbindung mit den Franzosen war. Dennoch hatte er den bitteren Auftrag ausgeführt. Was waren das für Verstrickungen! Ihr eigenes Leben erschien Auguste daneben einfach und problemlos.

Hinter dem Sessel der Prinzessin stand ein dunkelhaariger Mann in französischer Uniform. Er wirkte kraftvoll, fast derb, und sein Gesicht war entstellt durch eine Narbe, die sich vom Jochbogen bis zum Kinn über seine rechte Gesichtshälfte zog. Auguste fragte sich, ob dies wohl Eugen Beauharnais sei, um sich gleich darauf selber eine verneinende Antwort zu geben. Der Stiefsohn Napoleons war noch gar nicht in München eingetroffen.

Selbstvergessen betrachtete Auguste den französischen Offizier, der ganz gewiß ein Kriegsheld war, das war ihm anzusehen, und sonst hätte ihn Napoleon auch wohl kaum in seiner Nähe geduldet. Auguste malte sich aus, wie die Wunde wohl ausgesehen hatte, als sie noch frisch war, überlegte, wieviel Verletzungen er noch davongetragen und wie viele Hiebe er ausgeteilt haben mochte. Es war ihr, als hätte er seinen Weg über einen Berg von Leichen gemacht. Unwillkürlich schauderte sie.

Plötzlich sah sie die Augen dieses Mannes auf sich gerichtet. Das kam so überraschend, daß sie unwillkürlich über die Schulter zurückblickte, um sich zu vergewissern, daß die Aufmerksamkeit des fremden Offiziers wirklich ihr und nicht jemand anderem galt. Aber hinter ihr saß nur ein älteres Ehepaar, das wie gebannt auf den Kaiser starrte.

Auguste folgte der Richtung ihrer Augen und – sah geradewegs in das Gesicht des französischen Offiziers, der ihr jetzt sogar zulächelte. Sie errötete über und über, sein Lächeln wurde breiter, dann zwinkerte er ihr auch noch zu. Sie wußte nicht mehr, wohin sie blicken sollte und schlug die Augen nieder.

Elisabeth war der Zwischenfall nicht entgangen. »Dégoutant!« sagte sie in der Pause. »Dein Benehmen läßt wirklich zu wünschen übrig, Auguste.«

»Aber ich habe doch nichts getan.«

»Du mußt diesen Menschen fixiert haben, wenn er es wagte, dir so frech zuzulächeln.«

»Laß es gut sein, Elisabeth«, legte Anselm von Deinharting sich ins Mittel, »ich meine, wir alle sind heute in ganz besonderer Stimmung. Man hätte doch annehmen sollen, daß wir selbstbewußt und gut erzogen genug wären, um uns durch die Gegenwart eines Kaisers ... eines selbsternannten noch dazu ... nicht aus der Fassung bringen zu lassen. Aber selbst ich war ganz aus dem Häuschen. Wie kannst du da Auguste einen Vorwurf machen?«

»Du bist ein Mann, aber sie ist zur Dame erzogen worden.«

»Und was war mit dir?« neckte er sie. »Gib es doch zu, du hast dich auch mehr für den Korsen und seine Josephine interessiert als für die Musik. Ich möchte wetten, du hast darüber sogar deine Zahnschmerzen vergessen.«

»Denk dir, er tut mit einemmal gar nicht mehr weh!« rief sie, überrascht von dieser Entdeckung, die ihr jetzt erst bewußt wurde.

»Wie schön für dich!« sagte er lächelnd. Wenn er auch Friedrich Königs Prophezeiung nicht vergessen hatte, daß sich der Zahn nach Nachlassen des Schmerzes verfärben würde, mochte er sie doch nicht daran erinnern.

Elisabeth verdrängte diesen Gedanken. Ohne Schmerzen war sie heiter wie lange nicht mehr. Anders als sonst hatte sie nach dem Konzert noch Lust dazubleiben, ein Glas Wein zu trinken, mit dem Schwager und der Schwägerin zu plaudern und ihnen ausführlich von den Geschehnissen des Abends zu erzählen. Auguste dagegen mochte ihr Erlebnis mit niemandem teilen und ging bald zu Bett.

»Dieser Korse ist wirklich beeindruckend«, behauptete Elisabeth, »selbst wenn man nicht wüßte, wer er ist, würde er faszinieren.«

Anselm von Deinharting stand nahe am Kamin der Bibliothek und hatte sich einen Obstler eingeschenkt. »Die Wirkung seiner Persönlichkeit und die seiner Taten lassen sich nicht voneinander trennen«, widersprach er. »Du würdest ihn mit anderen Augen sehen, wenn du nichts über ihn wüßtest.«

»Es geht eine solche Hoheit von ihm aus!«

»Ja, aber die hat er sich verdient. Er ist der Sieger. Sieger haben immer eine besondere Anziehungskraft auf Frauen.«

»Aber das ist nicht wahr!« protestierte Elisabeth. »Wie kannst du mir das unterstellen! Ich habe ihn gar nicht als Mann betrachtet, sondern als Persönlichkeit.«

»Anselm hat recht«, sagte Graf Hollberg, »Napoleon ist der Sieger. Deshalb beugt sich alles vor ihm, die Hofherren und Minister und sogar unser guter König von Napoleons Gnaden. Aber sie alle wissen, daß er eben doch nur ein Emporkömmling ist.«

»Ein Parvenü, du sagst es«, stimmte Sophie zu und hob hochmütig ihre gemalten Augenbrauen, »wie sehr muß es Max Joseph schmerzen, die Hand seiner Tochter dem Stiefsohn eines solchen Mannes zu geben.«

»Und wie sehr erst die stolze Caroline«, meinte Elisabeth voll Mitgefühl.

»Da nützen auch die herrlichen Geschenke nichts, die er mitgebracht haben soll«, sagte Sophie, »die wundervollen Pariser Gobelins, der Kamin aus Carraramarmor mit römischem Mosaik und der Tisch mit Tiermotiven in Porzellanmalerei ...«

»Woher wissen Sie das so genau?« erkundigte sich Elisabeth.

»Es ist nur ein ›Ondit‹«, erklärte Sophie, »aber es wird schon stimmen. Prunk und Pracht und protzige Geschenke liegen nun einmal in der Art der Parvenüs.«

»Da Bayern sich nun einmal mit ihm verbündet hat«, meinte Anselm von Deinharting, »sollten wir besser nicht so über ihn herziehen. Damit machen wir uns nur kleiner. Ich jedenfalls nehme mir das Recht dazu nicht heraus. Die Hollbergs sind von altem Adel, und deine Familie, Elisabeth, von noch älterem. Aber du und ich, Sophie, sind erst die dritte Generation. Denk also einmal daran, daß die Gesellschaft auch unsere Großeltern als ›Parvenüs‹ verachtet hat. Unser Ahnherr hat sich Land und Titel durch Kriegsglück erworben. Wenn du es recht betrachtest, liegt da kaum ein Unterschied.«

»Da kann ich dir nicht zustimmen!« rief Sophie erregt. »Ob eine Familie seit hundert Jahren von Stand ist oder erst seit gestern ...«

»Ist völlig gleichgültig«, fiel ihr der Hofmarksherr ins Wort. »Vor Gott sind tausend Jahre wie ein Tag.«

Gleich nach Neujahr gab Sophie Gräfin Hollberg einen Ball zu Ehren der Gäste, in der eingestandenen Absicht, Auguste zu einer guten Partie zu verhelfen.

Antoinettes Schmuck tat seine Wirkung. Auguste, die trotz ihrer Schönheit ein Aschenputteldasein hätte führen müssen, wenn ihr die finanziellen Mittel gefehlt hätten, geriet in den Mittelpunkt der Aufmerksamkeit.

Sie genoß es, strahlte, kokettierte und ließ sich bewundern. Elisabeth, der gegenüber die Herren nur noch höflich waren, fühlte sich tief verletzt. Sie hatte keine Schmerzen mehr und war dennoch unglücklich.

»Was ist mit Ihnen, Elisabeth?« fragte Sophie nicht ohne Bosheit. »Sie sehen unzufrieden aus. Dabei sollten Sie sich doch am Erfolg Ihrer Tochter weiden.«

»Sie ist nicht meine Tochter!« stieß Elisabeth hervor.

»Ja, aber man behandelt sie so, nicht wahr? Das kommt davon, wenn man einen so viel älteren Mann heiratet. Aber Sie hatten damals ja wohl keine Wahl.«

Sophie genoß es, daß auch der schönen, kühlen Elisabeth nun bald nichts mehr übrigbleiben würde, als sich zu ihr in den Kreis der Matronen einzufügen. Elisabeth, die früher dem Alter und Verfall gelassen entgegengesehen hatte, ertrug es nur schwer, im Schatten ihrer Stieftochter zu stehen. Es lag ihr nichts daran, von vielen bewundert zu werden, aber sie sehnte sich nach Anselm von Deinhartings Liebe. Doch sie mochte sich nicht länger etwas vormachen: Er begehrte sie weniger als früher. Bisher hatte sie sich damit getröstet, daß es sein Alter sei, das ihn müde machte. In dieser Nacht, da sie ihn im Kreise junger Mädchen scherzen sah, mußte sie sich eingestehen, daß sie womöglich ihre Anziehungskraft auf ihn verloren hatte.

Noch vor Mitternacht zog sie sich zurück und weinte, weil niemand kam, um sie zum Fest zu holen. Tatsächlich war ihr Abgang im allgemeinen Trubel gänzlich unbemerkt geblieben. Anselm von Deinharting hatte den Kreis der jungen Damen auch längst verlassen und sich in die Bibliothek zurückgezogen, wo er mit einigen Herren politisierte. Elisabeth wünschte, sie wäre standhaft geblieben und nicht mit in die Stadt gekommen.

Anselm von Deinharting empfand kein schlechtes Gewissen Elisabeth gegenüber. Auch als er feststellte, daß sie schon zu Bett gegangen war, nahm er nur an, daß sie müde geworden wäre oder sich gelangweilt hätte. Am nächsten Morgen neckte er sie sogar deswegen und merkte nicht einmal, daß das Lächeln, das sie sich abrang, sehr mühsam war.

Druck übte auf ihn nur die Verpflichtung aus, Afra von seinem fehlgeschlagenen Vorstoß bei Montgelas zu berichten. Er hatte diese unangenehme Angelegenheit bisher vor sich hergeschoben, wollte sie aber heute endlich erledigen.

»Ich werde Afra besuchen!« verkündete er und fragte seine Frau: »Kommst du mit?«

»Lieber nicht«, erwiderte Elisabeth nach kurzem Zögern und unterdrückte die Erklärung, die ihr schon auf der Zunge lag: Ich fühle mich nicht ganz wohl. Sie begriff, daß sie ihn damit noch weiter von sich entfernen würde, und sagte statt dessen: »Ich möchte mich um Auguste kümmern!«

Anselm von Deinharting lachte. »Ich wette, die kommt ganz gut ohne dich zurecht – wenn sie erst einmal aufwacht. Sie hatte großen Erfolg gestern nacht.« Er wischte sich den Mund und stand auf.

Elisabeth lächelte zu ihm auf. »Und jetzt braucht sie jemanden, mit dem sie über alles sprechen kann!«

Er beugte sich zu ihr nieder und küßte sie auf die Stirn. »Du bist doch die Allerbeste!«

Da die Anwesenheit Napoleons und seines Gefolges die Menschen von weit und breit in die Stadt gezogen hatte, waren alle Herbergen überfüllt. Afra und Felix von Lingen hatten durch Glück und klingende Münze Quartier in dem sogenannten »Schmidgärtschen Anwesen« vor dem Neuhauser Tor bekommen, für das 1608 der damalige Besitzer, ein Thomas Bremauer, die Genehmigung erhalten hatte, eine sogenannte »Tafernwirtschaft« zu errichten mit der Bestimmung, Reisende, die aus pestverdächtigen Orten kamen, zu beherbergen.

Das Haus war sehr alt und unbequem, die meisten Gäste mußten neben der Wirtsstube in einem großen Raum zu ebener Erde schlafen. Afra hatte sich mit einem gewaltigen Aufwand an Energie eine kleine, eigentlich für die Dienstboten bestimmte Stube im oberen Geschoß erkämpft.

Als der Hofmarksherr eintraf – mächtig von Gestalt im Vergleich zu den Anwesenden und mit einem von dem scharfen Ritt geröteten Gesicht –, fand er Afra und ihren Mann mißmutig in der Wirtsstube bei einem späten Frühstück sitzend. Er mußte sich ducken, um durch die Tür zu kommen.

»Endlich, Monsieur!« rief Afra aufspringend. »Wir dachten schon, Sie hätten uns vergessen!«

»Keineswegs!« Er zog sie kurz an sich, empfand ihren straffen, fast harten Leib angenehm und das in ihm erwachende männliche Begehren als ausgesprochen erfreulich. »Mein liebes Kind!« Er küßte sie auf die Wange. »Wie könnte ich Sie vergessen!«

Ungeniert schmiegte Afra sich, ihrer weiblichen Waffen bewußt, an ihn. »Wollen Sie mit uns frühstücken?«

Felix von Lingen beobachtete die beiden aus seinen schön bewimperten Augen, deren Blick so wissend war wie der eines Hundertjährigen.

»Danke, das habe ich schon hinter mir.« Anselm von Deinharting klopfte Afra auf das Hinterteil, wie er es auch bei seinen Mägden gemacht haben würde. »Aber ein Obstler täte mir schon passen.«

»Bestellen Sie lieber keinen hier, Monsieur«, warnte Afra, »ich fürchte, die haben nur minderwertiges Zeug. Aber ich habe eine ganze Flasche aus Deinharting mitgebracht. Lauf, Felix, und hol sie aus unserem Zimmer! Sie steht hinten im Kleiderschrank.«

»Gutes Mädchen.« Der Hofmarksherr ließ sich an dem altersdunklen Tisch nieder, an dem die beiden bisher allein gesessen hatten. »Nun, wie gefällt es dir …« Er verbesserte sich. »… wie gefällt es Ihnen in München?«

»Wir sitzen hier ja draußen vor der Stadt!« beklagte sich Afra. »Das Wirtshaus ist abscheulich. Die ›Post‹ in Deinharting ist eine Luxusherberge dagegen. Wirklich, ich hätte gute Lust, nach Hause zu fahren.«

»Das wäre vielleicht gar keine schlechte Idee«, meinte Anselm von Deinharting bedächtig.

Afra gab es einen Stich. »Ist das Ihr Ernst?«

»Ja, Afra.« Er legte seine große Hand auf ihre kräftigen Hände. »Bitte, machen Sie es mir nicht unnötig schwer. Ich habe mein Bestes getan.«

»Sie haben mit dem Kurfürsten … ich meine, mit dem König gesprochen?«

»Nein, aber mit dem Staatsminister Montgelas, und wenn Sie nur ein wenig orientiert sind, müßten Sie wissen, daß er ausschlaggebend ist.«

»Er ist doch ein alter Freund von Ihnen?« fragte Afra, Hoffnung schöpfend, wo es keine mehr gab.

»Wir waren beide in unserer Jugend in einer verbotenen Vereinigung, ›Illuminaten‹ nannten wir uns, die Erleuchteten. In Wahrheit waren wir nichts als Dummköpfe, die sich haben ausnutzen lassen. Aber das sind alte Geschichten.«

Felix kam mit der Flasche an den Tisch zurück.

»Gut, daß Sie da sind, Baron!« sagte der Hofmarksherr.

»Ein Glas, Felix!« forderte Afra. »Du kannst doch nicht einfach die Flasche …«

»Doch, kann er!« Anselm von Deinharting nahm dem jungen Mann die Flasche aus der Hand, zog den Korken mit den Zähnen heraus und nahm einen kräftigen Schluck. »Kurz und gut«, erklärte er, »die Österreicher stehen zur Zeit nicht hoch im Kurs bei Hof. Aber Montgelas legt Ihnen nahe, Felix, sich beim bayerischen Militär einzureihen. Der nächste Feldzug führt nicht gegen Österreich«, fügte er mit Nachdruck hinzu.

»O Felix, ja!« rief Afra. »Das wäre wunderbar! Vielleicht könntest du sogar wieder Offizier werden!«

»Montgelas stellt das in Aussicht.« Anselm von Deinharting lächelte Afra zu. »Ihm scheint an einer Ehe mit einer bayerischen Dorfwirtstochter nichts Unehrenhaftes.«

»Hör nur, Felix, hör nur!« Sie packte ihn beim Arm. »Das wäre deine Chance!«

Nun endlich, da beide, seine Frau und Anselm von Deinharting, ihn erwartungsvoll ansahen, öffnete Felix von Lingen die Lippen. »Mir scheint, ich habe viele Chancen in meinem Leben gehabt – und alle verpatzt.«

»Ach, Unsinn«, sagte Afra schroff, »jetzt kannst du noch einmal ganz von vorne anfangen.«

»Es wird Krieg geben«, sagte der Hofmarksherr, »Gelegenheit also, für einen Soldaten, sein Glück zu machen.«

»Halten Sie dieses Hauen, Stechen, Schießen und Morden wirklich für eine gute Sache?« fragte der junge Mann.

»Nein«, gab der Hofmarksherr zu.

»Und würden Sie sich gern zum Krüppel machen lassen?«

»Auch das nicht.«

»Da haben Sie meine Antwort.«

»Aber, Felix«, rief Afra, »das kannst du doch nicht vergleichen. Der Hofmarksherr hat es nie nötig gehabt, zu kämpfen! Er stammt aus einer anderen Zeit …« Erschrocken über ihre eigene Kühnheit blickte sie Anselm von Deinharting an. »Sie sehen das doch nicht als Beleidigung an?«

Der Hofmarksherr schüttelte, ein Lächeln in den Augen, den Kopf.

»Ich will nur sagen: Er mußte seine Heimat nie verlassen, ist als Adliger in einer Zeit aufgewachsen, in der er noch verbriefte Rechte besaß! Wie kannst du dich mit ihm vergleichen?«

»Wahrscheinlich gar nicht«, sagte Felix von Lingen.

»Siehst du! Wir müssen etwas tun, um vorwärtszukommen!«

»Aber wer sagt dir denn, daß ich das überhaupt will! Vielleicht bin ich so, wie ich jetzt lebe, ganz zufrieden.«

»Zufrieden? Hier in diesem miserablen Wirtshaus? Ohne Zugang zum Hofe?«

»Aber ich habe doch immerhin eine entzückende Frau, um die mich jeder Mann beneiden würde«, erklärte Felix von Lingen mit offenem Zynismus.

Afra stand auf und stemmte die zu Fäusten geballten Hände auf den Tisch. Laut und ohne sich um die Neugier der anderen Gäste zu kümmern, die schon durch Anselm von Deinhartings Ankunft aufmerksam geworden waren, fragte sie: »Warum willst du nicht kämpfen?«

»Mir liegt nichts daran«, entgegnete er gelassen.

»Du Memme!« schrie sie ihn an.

»Ruhig, Afra, ruhig«, versuchte der Hofmarksherr sie zu besänftigen, »regen Sie sich doch nicht auf! Ich habe Ihrem Gatten ja nur einen Vorschlag übermittelt … es sollte keinesfalls eine Empfehlung sein.«

Aus glühenden Augen sah sie ihn an. »Und was soll aus uns werden, wenn er Ihren Vorschlag nicht annimmt!?«

»Es gibt viele Wege in jedem Leben …«

»Zeigen Sie uns einen anderen!«

»Sie können auf Ihr Schloß heimkehren, friedlich Ihre Äcker bestellen, Kinder gebären …«

»Dann wäre ich nichts anderes als eine Bäuerin!«

»Eine Baronin Lingen immerhin.«

»Nein, das bedeutet mir nichts. Ich will anerkannt werden ... Mein ganzes Leben habe ich um nichts anderes gekämpft als um Anerkennung. Ich bin nicht bereit, jetzt aufzugeben, nur weil mein Mann sich als Feigling erwiesen hat.«

Anselm von Deinharting erhob sich. »Bitte, entschuldigen Sie mich jetzt, Afra ...« Er verbeugte sich zu Felix hin. »Baron ...«

»Aber wie soll es nun weitergehen?« fragte Afra verzweifelt.

»Das müssen Sie mit Ihrem Mann ausmachen. Ein Dritter kann Ihnen da nicht raten.« Aus einem Impuls heraus fügte er hinzu: »Darf ich Sie beide abholen lassen? Am Montag? Da werden die Kanonen und Fahnen, die die Österreicher nach Wien mitgenommen haben, zurückgebracht. Ganz München wird auf den Beinen sein, aber meine Damen sicher nicht. Sie werden ausschlafen wollen.«

»Das sehe ich mir gerne an«, sagte Afra sofort.

»Ich freue mich.« Er reichte ihr seine große Hand. »Um Punkt neun Uhr wird meine Kutsche bei Ihnen sein.«

Die Deinhartinger Kutsche traf pünktlich vor dem »Schmidgärtschen Anwesen« ein, aber es war nur Afra, die einstieg. Ihr Mann hatte sich unter einem Vorwand geweigert, sie zu begleiten. Voller Verachtung, hatte sie auf seiner Gesellschaft auch nicht bestanden.

Sie entschuldigte ihn auch nur mit einem Nebensatz, als Anselm von Deinharting auf dem Marienplatz zu ihr einstieg.

Wie er schon vorausgesagt hatte, waren die Damen nicht mit ihm gekommen. Der Hofmarksherr und Afra fanden einen guten Platz vor dem mächtigen alten Haus, in dem die bayerischen Landstände zu tagen pflegten.

Es war für beide, bei aller Skepsis, ein erhebendes Gefühl, als die mit Blumen und Laubwerk umwundenen Metallkolosse auf reichverzierten Wagen in die Stadt gefahren wurden. Ihnen voraus marschierte das bürgerliche Militär, die erbeuteten Fahnen schwenkend, in ihren sauber gebürsteten Uniformen und frisch gewichsten Stiefeln, und ihnen folgte die gesamte Schuljugend der Hauptstadt. Die Jugendlichen zeigten strahlende Gesichter. Der Anlaß begeisterte sie, der schulfreie Tag und das Bewußtsein, in einer großen Zeit zu leben. War es denn nicht eine große Zeit, in der Bayern Königreich geworden war und ein siegreicher Kaiser in ihrer Stadt weilte?

Anselm von Deinharting schoß es durch den Kopf, wie viele von diesen ahnungslosen Kindern wohl Opfer dieser Zeit werden würden – die Jungen, weil der Krieg sie verschlingen, die Mädchen, weil sie männerlos weiterleben mußten.

Aber er verwarf diesen Gedanken sogleich. Nein, selbst ein Ungeheuer wie Napoleon – und für ein Ungeheuer hielt er ihn in der Tiefe seines Herzens – konnte nicht so lange weiterkämpfen, bis diese Kinder erwachsen sein würden. Eines Tages, schon in absehbarer Zeit, würde er genug Macht erobert – oder man würde ihm die Zähne gezeigt haben.

»Ich verstehe die Franzosen«, sagte Afra, »sie ziehen in den Krieg, um Macht und Ehre zu gewinnen. Ich würde es ihnen gleichtun, wenn ich ein Mann wäre.«

»So kriegerisch!?« fragte er, lächelnd und ein wenig abgestoßen.

»Ja«, entgegnete sie hart, »das Leben ist ein Kampf. Dies nicht zu sehen hieße, sich etwas vorzumachen.«

»Und wie steht es mit Felix?«

»Ich verstehe ihn nicht.«

»Ich will mich nicht in Ihre Angelegenheiten mischen, Afra, aber wenn eine Frau zu hart ist, muß der Mann sie zerbrechen oder, wenn er das nicht kann, zum Weichling werden.«

»Warum kann er nicht sein wie ich?«

»Dann hätte er Sie nie zur Frau genommen.«

Afra schwieg nachdenklich. Dann sagte sie: »Ich kann ihn nicht achten, und ich kann ihm auch keine Achtung vorheucheln. Er ist es nicht wert.«

»Sie sind es, die mit ihm leben müssen.«

Sie lächelte zu ihm auf und drückte einen zärtlichen Kuß auf seine Wange. »Es wäre leichter, wenn ich nicht in Ihrem Bannkreis aufgewachsen wäre!«

»Aber, Afra«, sagte er neckend, »du willst mich doch wohl nicht verführen? Das würde ja an Inzest grenzen!«

Aber er konnte der Versuchung nicht widerstehen, sie in die Arme zu nehmen und leidenschaftlich zu küssen. Sie verstand, wie es gemeint war, als Ausdruck einer tiefen Sympathie und eines Verstehens, das immer unter ihren bisher sehr oberflächlichen Beziehungen geschlummert hatte.

Für sie bedeutete dieser Kuß Befreiung.

Felix von Lingen war am gleichen Vormittag »in Geschäften« unterwegs. Sie bestanden in dem Versuch, sich Geld zu leihen. Nach vielen Bemühungen war es ihm gelungen, einen Termin bei Baron Eichstädt, dem vormaligen Herrn Seeligmann, zu bekommen, der sich den Adel wie kein zweiter, wenn auch nicht auf dem Schlachtfeld, verdient hatte: Denn er war es, der nicht nur den königlichen Hof, sondern auch den Aufbau des bayerischen Staatswesens finanziert hatte.

Er empfing Felix von Lingen in seinem Landhaus in Bogenhausen, wo er in nächster Nachbarschaft zu Montgelas lebte, ein gewichtiger Mann mit einem Bauchansatz, den die seidene Hausjacke nicht verbergen konnte.

Gleich nach der Begrüßung bot der Baron Felix von Lingen einen Cognac an, den sich der junge Mann dankbar von einem hochmütigen Diener einschenken ließ, denn er hoffte, der Alkohol würde ihm Mut geben.

Baron Eichstädt selber trank nichts; er musterte Felix von Lingen schweigsam, aus dunklen, wissenden Augen unter schweren Lidern.

Felix von Lingens Wangen hatten sich gerötet, in seinen strahlenden blauen Augen unter den dichten Wimpern zeigte sich jener einschmeichelnde Ausdruck, den er sonst nur Frauen gegenüber in seinen Blick zu legen pflegte. »Ich weiß nicht, was ich über mich erzählen soll ...«, begann er.

»Sie brauchen Geld«, erklärte Baron Eichstädt kurz angebunden.

»Woher wissen Sie?«

»Alle, die zu mir kommen, brauchen Geld. Sie wollen es entweder haben oder anlegen ... und Sie sind keiner von denen, die etwas anzulegen haben.«

»In der Tat, das ist richtig, aber ich habe einen schönen Besitz ...«

»Nicht Sie, sondern Ihre Frau. Der Vater Ihrer Frau hat ihn zur Zeit der Säkularisation billig erstanden.«

Felix von Lingen spürte, wie ihm das Blut aus dem Gesicht wich.

»Auch das wissen Sie?«

»Ich habe Erkundigungen eingezogen. Ich pflege immer Erkundigungen einzuziehen, wenn jemand mit mir ins Geschäft kommen will.«

»Aber«, stammelte Felix von Lingen, »was meiner Frau gehört, das gehört doch auch mir, wer immer es erstanden hat. Wenn Sie mir Geld borgen, muß sie mit ihrem Besitz dafür haften.«

»Das wollen Sie Ihrer Gattin zumuten?«

»Warum nicht? Ich habe sie schließlich geheiratet.«

Baron Eichstädt blickte nachdenklich auf seine sorgfältig polierten Fingernägel. »Sie sind ein Spieler«, sagte er, »wenn ich Ihnen Geld leihe, würden Sie es nur verspielen.«

»Aber ich könnte doch auch gewinnen.«

»Nein, das können Sie nicht, und das wollen Sie auch nicht. Ich kenne Ihre Art. Sie sind ängstlich ... nun, das ist keine Schande, wir alle haben unsere Ängste ... und Sie spielen nur, um zu verlieren. Damit glauben Sie, dem Schicksal Ihren Tribut zu leisten und sich von anderen Schlägen freizukaufen. Ich muß Ihnen in aller Offenheit sagen: Diese Theorie ist falsch.«

»Ich bin nicht zu Ihnen gekommen, um mich belehren zu lassen oder einen Blick in die Zukunft zu tun!« rief Felix, tief getroffen. »Ich will nichts, als eine bestimmte Summe Geldes aufnehmen, für die ich bereit bin, hohe Zinsen zu zahlen und Sicherheit zu bieten.«

»Wovon wollen Sie denn die Zinsen zahlen?«

»Wir könnten sie gleich der Schuld zuschlagen.«

»Mein lieber Junge, wofür halten Sie mich? Oder ich könnte auch fragen: Wie wenig kennen Sie sich selber? Sie gehören zu denen, die den traurigen Mut besitzen, sich in einer aussichtslosen Situation die Pistole an die Schläfe zu setzen. Soll ich dann hingehen und Ihre Frau von ihrem Gut verjagen? Solche Dinge tut Seeligmann nicht.«

Felix von Lingen stand auf. »Wenn Sie mir das Geld nicht geben, treiben Sie mich in den Tod.«

»Der direkte Weg, mein Junge, ist oft besser als der Umweg. Leben Sie wohl, Herr von Lingen.«

»Ich flehe Sie an!«

»Meine Zeit ist bemessen.« Baron Eichstädt betätigte den Klingelzug.

Der Diener erschien, und wohl oder übel mußte Felix von Lingen ihm in die Diele folgen, wo er seine Überkleider empfing. Kurz darauf fand er sich im Freien wieder, unter einem grauen

Januarhimmel, in der Ferne, aber deutlich sichtbar, stand die Silhouette Münchens mit dem Frauendom, dem Alten Peter und der Residenz, wo es zur gleichen Stunde hoch herging. Er fühlte sich vernichtet.

Am gleichen Tag machte auch Antoinette de Beaujeux in Deinharting eine böse Erfahrung; war es Schicksal oder Zufall, das wird niemand je sagen können.

In der Schule hatte sich ein Inspektor angesagt, der Prälat Berger. Entgegen allen anderen modernen bayerischen Gepflogenheiten waren nämlich die neuen Schulen nicht dem Staat, sondern der katholischen Geistlichkeit unterstellt worden, was zu einer Kette von Querelen zwischen der Lehrerschaft und den Aufsichtshabenden führte.

Antoinette hatte dieser Inspektion gelassen entgegengesehen und führte den Unterricht wie immer durch, ohne sich um den beleibten Herrn in schwarzem Gewand und purpurner Schärpe in der letzten Reihe zu kümmern. Der saß recht unbequem, denn Tisch und Bank waren für Kinder gezimmert, und der schmale Holzsitz war hart.

Die Schüler waren zuerst gehemmt durch den stummen Beobachter, aber Antoinette gelang es, sie aus ihrer Verschüchterung zu lösen. Zuerst warf sich nur Thomas, um sie zu unterstützen, ins Zeug. Bald nahmen auch die anderen wieder lebhaft am Unterricht teil, wie sonst auch, stellten Fragen und redeten zuweilen auch munter durcheinander. Antoinette war mit sich und den ihr anvertrauten Zöglingen sehr zufrieden.

Als sie zur Pause rief, erhob sich Prälat Berger und sagte: »Ich erwarte Sie dann später im Pfarrhaus, Fräulein!«

Dieser Ausdruck »Fräulein« verletzte Antoinette. Sie war es gewohnt, daß sie in der ganzen Hofmark als »Mademoiselle« angesprochen wurde, was ja auch nichts anderes hieß. Sie wußte, daß die Leute dadurch der Tatsache Ausdruck geben wollten, daß sie eben doch eine Fremde war, und akzeptierte es. Aber von einem fremden Geistlichen als »Fräulein« bezeichnet zu werden, ärgerte sie sehr.

»Ich bin die Comtesse de Beaujeux«, gab sie so hochmütig zurück, wie sie sich höchst selten zeigte.

Der Prälat schnalzte nur mit der Zunge und verließ, ohne sich zu entschuldigen, das Schulzimmer. Antoinette und die Kinder zogen sich ihre Mützen über die Ohren und liefen in den Hof hinaus. Es war zwar schneidend kalt, und die meisten waren nur ungenügend für den Winter ausgestattet, aber die junge Lehrerin hatte die Erfahrung gemacht, daß ihre Schüler nach einem Aufenthalt an der frischen Luft aufnahmefähiger waren. Sie trieb die Kinder zum Laufen und Springen an und achtete darauf, daß keiner in der Ecke stand. Thomas übte sich mit den anderen großen Jungen im Bockspringen, und Antoinette stellte mit Freude fest, daß er an körperlicher Kraft und Gewandtheit gewonnen und es auch gelernt hatte, sich durchzusetzen.

Als sie nach dem Unterricht zu ihm in den Schlitten stieg, bat sie ihn, beim Pfarrhaus zu halten.

»Soll ich warten?« fragte er.

Sie überlegte. »Lieber nicht. Ich weiß nicht, wie lange es dauern wird. Ihr könnt auch ruhig anfangen zu essen. Ihr habt sicher Hunger, und Margarethe kann mir später etwas aufwärmen.«

Aber dazu sollte es nicht kommen, denn die Pfarrersmagd hatte für den hohen Gast aus München ein Mahl vorbereitet, zu dem auch Antoinette geladen wurde. Das Essen war kräftig und gut, wenn es sich auch nicht mit den Mahlzeiten auf Deinharting vergleichen ließ. Nach einer starken Bouillon gab es Karpfen auf böhmische Art. Zwar war kein Fasttag, aber die Köchin hatte sich wohl gedacht, daß für einen geistlichen Würdenträger eine Fischspeise immer passend wäre.

Prälat Berger sprach dem Essen kräftig zu und pries das Los der Landbevölkerung, für die solche Genüsse alltäglich seien, während die Menschen in der Stadt darbten.

Antoinette nahm sich heraus, ihm zu widersprechen. »Dies ist ein Festmahl, Herr Prälat. Es wäre ganz falsch, zu glauben, daß unser guter Herr Pfarrer immer so gut speist.«

»Und warum nicht, Comtesse?« Der Prälat breitete die Arme aus. »Hier gibt es doch alles in Hülle und Fülle.«

»Der Herr Pfarrer hat nicht die Mittel dazu«, erklärte Antoinette nüchtern.

Der Prälat sah Antoinette mit einem solchen Ausdruck des Erstaunens und Unglaubens an, daß es schien, als wollten ihm die Augen aus dem Kopf springen. »Wollen Sie damit sagen, daß die Dörfler nicht alles ins Haus bringen, was der Pfarrer zum Leben braucht?«

»Unsere Dörfler sind arm, und sie geizen mit allem und jedem, das ist nur natürlich.«

Pfarrer Reiter, dem es unangenehm war, wenn über ihn gesprochen wurde, errötete mehr und mehr. »Ich brauche sehr wenig zum Leben, Monsignore; ich komme aus mit dem, was ich erhalte.« – »Sie müssen schärfer hinter den Leuten her sein«, forderte der Prälat. »Ein gutes Teil ihrer Frömmigkeit sollte darin bestehen, daß sie ihre Abgaben liefern.«

»Das tun sie ja auch. Dafür sorgt schon meine Magd. Sie scheut sich nicht, auf das Feld zu gehen und meinen Anteil zu fordern. Aber wenn ein schlechtes Jahr ist ...« Er hob die schmalen Schultern, um sie resigniert wieder fallen zu lassen. »... hungere ich mit. Das gehört zu den Prüfungen, die Gott uns auferlegt.«

Durch dieses Gespräch hatte sich die Laune des Prälaten, der wohl wußte, daß die Kirche ihre Diener schändlich gering entlohnte, nicht verbessert. Aber er ließ es sich nicht nehmen, sich zum drittenmal den Teller vollzuhäufen. Pfarrer Reiter schenkte ihm von dem Rotwein ein, der eigentlich als Meßwein diente und den er von einem Kloster der Benediktiner in Südtirol bezog. »Essen«, sagte er, »bedeutet mir nichts. Mag auch sein, daß meine Magd dies weiß und sich deshalb gewöhnlich nicht viel Mühe macht. Es genügt mir, sonntags im Schloß gut zu speisen. Das genieße ich dann als einen Höhepunkt.«

»Ach ja, das Schloß!« Der Prälat wischte sich den Mund ab. »Ich glaube, es wäre angebracht, wenn ich auch dort meine Aufwartung machen würde. Man weiß, daß der Hofmarksherr sich während der Säkularisierung, diesem bedauerlichen Eingriff in die Kirchenrechte, für uns eingesetzt hat.«

Antoinette bestätigte es, fügte aber hinzu: »Ein Besuch im Schloß wird wenig Nutzen haben, Monsignore. Sie werden nur mich und die Kinder dort vorfinden. Der Hofmarksherr, seine Frau und ihre erwachsene Tochter halten sich zur Zeit in München auf ...«

»Ich verstehe. Die großen Ereignisse. Sie leben auch im Schloß, Fräulein ...?« fragte er, um sich gleich zu verbessern: »Comtesse?«

Doch Antoinette hatte den deutlichen Eindruck, daß er sich mit Absicht versprochen hatte. »Ja«, sagte sie nur.

»Sind Sie mit der Familie des Hofmarksherrn verwandt? Wenn ich recht verstehe, sind Sie doch Französin?«

»Ich bin als kleines Mädchen während der Revolution hierher gekommen. Der Hofmarksherr hat mich zusammen mit seinen Kindern erziehen lassen.«

»Aber wieso sind Sie noch hier? Die meisten Emigranten sind doch längst nach Frankreich zurückgekehrt.«

»Ich habe hier eine neue Heimat gefunden«, erklärte Antoinette und fragte sich wieder einmal, ob das auch stimmte; in Wahrheit war sie doch, trotz aller Sympathien, die man ihr entgegenbrachte, eine Fremde geblieben.

»Nun, das geht mich nichts an. Ich muß mit Ihnen über die Schule reden.«

»Es gibt noch ein Dessert«, erinnerte Pfarrer Reiter, der sich das gute Essen nicht durch unliebsame Gespräche stören lassen wollte; er stand auf, holte seine Magd herein, die das Lob des hohen Herrn aus München strahlend vor Stolz entgegennahm und sich sogleich daranmachte, den Tisch abzuräumen und den Nachtisch zu servieren.

»Schön«, sagte der Prälat kostend, »sehr schön ..., aber ich glaube, wir können auch während des Essens reden.«

Antoinette, die ohnehin kaum Appetit gehabt hatte, ließ sogleich den Löffel sinken, während Pfarrer Reiter, der das Süße liebte, tüchtig zulangte und versuchte, seine Ohren gegen das, was nun kommen würde, zu verschließen.

»Sie haben sich der Schule in dankenswerter Weise ..., ich hebe hervor, in äußerst dankenswerter Weise angenommen«, erklärte der Prälat schmatzend, »wir verkennen das nicht. Aber die Art Ihres Unterrichts ist doch, wie ich heute feststellen mußte, ein wenig zu ungezwungen.«

»Die Kinder lernen gut und mit Freude«, erklärte Antoinette mit fester Stimme.

»Das ist es eben, was ich auszusetzen habe. Sie machen den Kindern das Lernen zu einer vergnüglichen Sache, will mir scheinen. Dabei soll die Schule die jungen Herzen doch zur Pflichterfüllung hinführen.«

»Was Pflichterfüllung ist, brauchen die Kinder von mir nicht zu lernen. Da ist keines, das nicht schon auf dem elterlichen Hof mitarbeiten müßte.«

»Deshalb muß es doch nicht in der Schule zugehen, wie ... na, sagen wir ... auf einem Jahrmarktsfest. Die Kinder fragen, ohne daß sie aufgefordert sind, es kommt sogar vor, daß sie durcheinander reden. Mir will scheinen, Sie machen äußerst selten von Ihrem Züchtigungsrecht Gebrauch.«

Antoinette blickte den Geistlichen gerade und herausfordernd aus ihren blauen Augen an. »Nie, Monsignore«, erklärte sie mit fester Stimme.

»Nie!?« rief der Prälat, als hätte er etwas ganz Unglaubhaftes gehört, und schlug die molligen Hände zusammen.

»Ein Züchtigungsrecht«, fuhr Antoinette unerschrocken fort, »kann ich einzig den Eltern zugestehen, und das nicht einmal leichten Herzens. Zu oft habe ich erlebt, daß eines der Kleinen grün und blau geschlagen zum Unterricht erschien.«

»Und was ist dagegen einzuwenden?«

Auf diese Frage gab Antoinette keine Antwort, streifte den Prälaten nur mit einem Blick, der einem feinfühligen Menschen die Röte ins Gesicht getrieben hätte, doch er bemerkte ihn gar nicht, weil er eifrig damit beschäftigt war, die Nachspeise zu löffeln. »Noch ein wenig?« fragte Pfarrer Reiter, als der Teller leer war.

»Gern!« Der Prälat ließ sich noch einmal auftun.

»Antoinette?« fragte Pfarrer Reiter.

Sie schüttelte stumm den Kopf.

Erleichtert nahm er sich selber den Rest aus der Schüssel.

»Im Schloß«, fragte der Prälat mit vollem Mund, »werden die Kinder wohl nicht gezüchtigt?«

»Nein«, sagte Antoinette.

»Ob das gut … ob das von Gott gewollt ist?« zweifelte der Gast.

»Der Hofmarksherr ist gegen jede Gewalt und besonders gegen jene, die Schwächeren gegenüber ausgeübt wird.«

»Scheint ein seltsamer Herr zu sein!«

Jetzt hielt es Pfarrer Reiter doch für an der Zeit, sich einzumischen. »Die Deinhartinger sind eine gute, christlich-katholische Familie, Monsignore. Sie besuchen regelmäßig die Messe.«

»Kommen sie auch zur Beichte?«

»Ja«, behauptete Pfarrer Reiter mit fester Stimme.

Antoinette hätte ihn für diese Lüge küssen mögen, denn sie wußte wohl, wie sehr er darunter litt, daß zwar die Frauen vom Schloß regelmäßig zu ihm in die Beichte kamen, der Hofmarksherr selber aber darauf verzichtete.

»Nun, darum geht es ja auch gar nicht.« Der Prälat schob den geleerten Teller von sich und faltete die Hände vor dem Bauch. »Ich bin gekommen, um Ihnen für Ihre freiwillige Arbeit zu danken, Comtesse. Sie haben sicher getan, was in Ihren Kräften stand. Nur waren Sie für eine solche Arbeit ... Sie erlauben doch, daß ich ganz offen mit Ihnen spreche ... in keiner Weise qualifiziert. Es ist überdies einer jungen Frau kaum zuzumuten, eine Bande von Dorfkindern in Zucht und Ordnung zu halten. Dies kann nur Aufgabe eines Mannes, eines ausgebildeten Lehrers sein.«

»Wir konnten keinen Lehrer bekommen, Monsignore«, erinnerte der Pfarrer, während Antoinette den Prälaten sprachlos anblickte, »deshalb ist die Comtesse eingesprungen.«

»Besser als gar nichts, ganz sicher. Es wäre unrecht, an der Art ihres Lehrens zu mäkeln, und es erübrigt sich ohnehin.« Der Prälat griff zum Mundtuch, um sich noch einmal die Lippen zu wischen. »Ich kann Ihnen die frohe Botschaft bringen, daß spätestens zu Ostern ein Lehramtskandidat in Deinharting Einzug halten wird.«

»Damit bin ich also entlassen?« fragte Antoinette und hatte dabei das Gefühl, als wäre ihre Kehle völlig ausgetrocknet.

»Sie waren niemals von der Schulbehörde angestellt«, erinnerte der Prälat.

Antoinette blieb beherrscht. »Es ist richtig, daß ich diese Aufgabe freiwillig übernommen habe, da dem Hofmarksherrn viel an der Bildung der Dorfkinder liegt und er nicht länger warten wollte.«

»Um so mehr werden Sie, so hoffe ich, sich freuen, daß Sie endlich abgelöst werden.«

»Es war eine Aufgabe, die ich gern erfüllt habe.«

»Zu der Sie aber doch nicht recht geeignet waren, Comtesse, wie ich schon andeutete. Dennoch danke ich Ihnen.« Der Prälat hob sein Glas und trank ihr zu.

Pfarrer Reiter wagte nicht aufzublicken; er war empfindsam genug zu fühlen, wie Antoinette darunter leiden mußte, so kalt verabschiedet zu werden. »Es wird niemals einen besseren Lehrer in Deinharting geben«, murmelte er.

»Was sagten Sie?« fragte der Prälat.

Der Pfarrer wagte nicht, seinen Ausspruch zu wiederholen.

Aber Antoinette hatte ihn verstanden und strich ihm leicht über die Hand. »Dann kann ich wohl gehen.« Sie stand auf. »Sie sind selbstverständlich im Schloß willkommen, Monsignore, nur, wie gesagt, die Herrschaften sind nicht da. Jedoch kann ich Ihnen mit einem Kaffee oder einer guten Mahlzeit aufwarten.«

Prälat Berger war für den Spott in ihren Worten nicht empfänglich. »Mein liebes Kind, das wird nicht nötig sein«, sagte er selbstzufrieden, »so wie die Dinge liegen, werde ich, sobald ich mich ein wenig ausgeruht habe, weiterfahren. Deinharting ist nicht der einzige Ort, den ich aufsuchen muß.« Gnädig reichte er ihr seine Hand zum Kuß.

»Nur Mut, liebes Kind«, sagte der Prälat, »es dauert nicht mehr lange, dann werden Sie zu Ihren natürlichen Aufgaben zurückkehren dürfen.«

»Die wären?« fragte Antoinette.

»Sie scherzen, Comtesse!«

Antoinette war nahe daran, eine Szene zu machen, dem Prälaten die Maske der Selbstgefälligkeit vom Gesicht zu reißen und ihrer Empörung über die Art, wie sie behandelt wurde, Ausdruck zu geben. Sie tat es nicht, denn die früh geübte Beherrschung war stärker. Auch wußte sie sogar in diesem Augenblick, daß nur die Kinder darunter leiden würden, wenn sie jetzt alles hinwarf. Mit Haltung verabschiedete sie sich von Pfarrer Reiter, schenkte ihm sogar ein Lächeln, weil sie spürte, daß auch er unter der Behandlung, die sie erfuhr, litt.

Wenig später schritt Antoinette leichtfüßig durch die Lindenallee auf das Schloß zu. Im Hausflur sprang ihr Parbleu entgegen, und Thomas, durch die lebhafte Begrüßung des Hundes aufmerksam gemacht, kam die Treppe herabgelaufen.

»Endlich!« rief er. »Wo bist du so lange gewesen?«

»Ich habe bei Pfarrer Reiter zu Mittag gegessen.«

»Warum?«

»Der Herr Prälat wollte mit mir sprechen.«

»Und was hat er gesagt? Gewiß hat er dich gelobt, weil die Kinder so viel Freude am Lernen bei dir haben.«

»Nein.« Antoinette mußte sich zwingen, mehr zu sagen. »Denk dir, gerade das findet er schlecht.«

»Schlecht?« Thomas blieb vor Staunen buchstäblich der Mund offenstehen.

»Lernen soll Pflichterfüllung sein, meint er.«

»Du mußt also in Zukunft strenger sein? Und vielleicht sogar prügeln?«

»Ja, das möchte er. Aber das werde ich niemals tun.« Ganz gegen ihre Art versuchte sie dem fragenden Blick des Jungen auszuweichen. »Dazu wird es auch gar nicht kommen. Zu Ostern bin ich entlassen.«

»Wie schade!« rief Thomas spontan. »Da werden aber alle traurig sein!« Er lief zu ihr hin und umschlang sie.

Der Hund umtanzte beide mit freudigen Sprüngen.

Dies war der Augenblick, in dem Antoinette, die sonst so gelassene, stets beherrschte, in Tränen ausbrach. Ihr Leben schien ihr sinnlos und vertan.

Aber als sie am gleichen Abend den Deinhartingern schrieb und über die Entwicklung der Dinge berichtete, fand sie heitere Worte der Selbstironie und konnte die Szene im Pfarrhaus so schildern, daß die Empfänger darüber lachen konnten.

Am 10. Januar 1806 zog Eugen Beauharnais mit seinem kriegerischen Gefolge in München ein, und die Bürger standen am Straßenrand, um ihn zu begrüßen, schwenkten die Hüte und ließen ihn hochleben.

Er war ein stattlicher Mann, mit einem von Natur her leicht gebräunten Gesicht, das er dem kreolischen Blut seiner Mutter verdankte. Er erwiderte die enthusiastische Begrüßung der Münchner mit großer Freundlichkeit und einer lächelnden Bescheidenheit, die die Herzen um so mehr für ihn einnahm.

Auguste, die seinen Einzug vom Fenster des Hollbergschen Stadthauses in der Theatinerstraße beobachten konnte, erschauerte bei dem Gedanken, daß die Prinzessin diesen ihr völlig Unbekannten schon in wenigen Tagen würde heiraten müssen; aber es war ein süßer Schauer, den sie bei dieser Vorstellung empfand.

Man wußte inzwischen, daß die Familie Beauharnais von altem Adel war, der sich bis ins vierzehnte Jahrhundert zurückverfolgen ließ. Alexandre Vicomte de Beauharnais, Eugens Vater, war auf Martinique geboren und hatte sich schon während der amerikanischen Unabhängigkeitskriege ausgezeichnet. Später hatte er sich durch seine Fähigkeiten und einnehmende Persönlichkeit in Paris wichtige Verbindungen geschaffen. Beim Ausbruch der Revolution war er Major gewesen. Er hatte zu den ersten Adligen der Nationalversammlung gehört, die zum dritten Stande übergetreten waren, das heißt, er hatte freiwillig auf den angeborenen Titel verzichtet. Eine Berufung ins Kriegsministerium hatte er abgelehnt, statt dessen 1792 den Oberbefehl über die Rheinarmee übernommen, den er niederlegen mußte, als ein Regierungsdekret die Entfernung der Adligen vom Heer verfügte. Später warf man ihm vor, die Übergabe der Stadt Mainz mitverschuldet zu haben. Er wurde nach Paris zurückbeordert und dort guillotiniert.

Anselm von Deinharting empfand eine starke Sympathie für jenen Mann, der sich aus besten Kräften und wohl auch aus Überzeugung der neuen Zeit anzupassen versucht hatte, deren Opfer er dennoch geworden war.

Man erzählte sich auch, daß er am Tag vor seinem Tod einen sehr tapferen Brief an seine Frau Josephine, geborene Tasche de la Pagerie, geschrieben und ihr die Sorge für seine Tochter Hortense und seinen Sohn ans Herz gelegt hatte.

Seine letzten, schweren Gedanken hatten sich als überflüssig erwiesen. Die kleine Familie hatte ihren Weg gemacht. Josephine hatte Napoleon Bonaparte geheiratet, Hortense dessen tatkräftigsten und intelligentesten Bruder, Ludwig Bonaparte. Der junge Eugen hatte unter seinem Stiefvater die militärische Laufbahn mit Erfolg eingeschlagen, ihn nach Italien und Ägypten begleitet und bei der Eroberung Maltas die ersten Lorbeeren errungen. Auch nach seiner Rückkehr nach Europa hatte er glänzende Waffentaten vollbracht, namentlich in der Schlacht bei Marengo. Immer wieder hatte er sich durch umsichtige Klugheit ausgezeichnet. Bei der Gründung des französischen Kaiserreiches war er in den Fürstenstand erhoben worden, zum Staatskanzler von Frankreich und Vizekönig von Italien.

Diese Tatsachen, die auch im Volk bekannt waren und die man sich gegenseitig erzählte, ausschmückte und wohl auch verfälschte und übertrieb, verliehen seinem Namen und seinem Auftreten einen gewaltigen Nimbus.

Es gab wohl kaum eine junge Münchnerin, die nicht mit der jungen Prinzessin Auguste Amalie fühlte, ihre Ängste durchlebte und sie doch, im geheimen, um die Verbindung mit diesem Exoten beneidete.

Schon vier Tage später fand die Trauung der beiden jungen Menschen, die sich gerade erst kennengelernt hatten, in der königlichen Hofkapelle statt. Auguste Amalie war 17, ihr Gatte 25 Jahre alt. Die bayerischen und französischen Majestäten, die

Prinzen, Prinzessinnen und ihr Gefolge entfalteten ihre volle Pracht. Kein gewöhnlicher Sterblicher fand Zugang zu der Zeremonie. Doch immerhin hatte Anselm von Deinharting für sich und seine Damen Plätze im königlichen Hof- und Nationaltheater sichern können.

Es wurde Abt Voglers »Kastor und Pollux« gegeben, und wie erwartet, erschien das Brautpaar zu dieser Aufführung, natürlich in Begleitung von Maximilian und Caroline, Napoleon und Josephine, Ludwig und Hortense samt riesigem Gefolge, das mindestens die Hälfte der Logen für sich beanspruchte. Es war ein großer Abend. Augustes Herz war voll tiefer Dankbarkeit für Antoinette, die es ihr ermöglicht hatte, sich mit ihrem prächtigen Diamantschmuck der glänzenden Umgebung würdig zu fühlen. Sie sah wieder den französischen Offizier mit der auffallenden Narbe, und wieder entdeckte auch er sie und lächelte ihr zu.

Elisabeth fühlte sich blaß und unbedeutend neben Augustes strahlender Schönheit, und sie litt. Sie ließ ihre schmale Hand hilfesuchend in die starke ihres Mannes gleiten, und als er sie fest umschloß, fühlte sie sich ein wenig getröstet.

Nach dem Ende der Oper, als das Publikum noch frenetisch klatschte – es war ungewiß, ob der Beifall der Aufführung oder den Majestäten galt, wahrscheinlich hätte keiner der Besucher es gewußt –, flogen von der Mitte des Plafonds gedruckte Exemplare des Vermählungsliedes herab. Der Vorhang öffnete sich wieder, und auf der Bühne erschien Madame Renner. Als Genius Bayerns stand sie an einem Opferaltar und trug, vom Orchester begleitet, dieses Festgedicht Voglers vor. Beim Refrain fiel das Publikum ein, und der improvisierte Gesang brachte alle in eine noch euphorischere Stimmung. Um Napoleon eine besondere Aufmerksamkeit zu erweisen, wurde er diesmal nicht, wie gewohnt, als Jupiter, sondern als »Unüberwindlicher Pollux« gepriesen.

Auf die Deinhartinger, die nicht mitsingen konnten, weil sie, in einer Seitenloge sitzend, keines der Textblätter hatten erhaschen können, machte der allgemeine Überschwang großen Eindruck. Beim Heimweg bot eine verschwenderische Illumination der Stadt den freudig Erregten eine besondere Augenweide. Auguste war davon überzeugt, nie etwas Schöneres gesehen zu haben als den flammenübersäten Obelisken im Hof der königlichen Residenz.

Am 16. Januar wurde durch »Allerhöchste Verordnung« eine blau-weiße Kokarde auf dem Hut der Staatsdiener eingeführt und allen Untertanen jeglichen Standes gestattet, sich auf gleiche Weise zu schmücken.

Da jeder Bayer im Überschwang der Zeit den Wunsch hatte, als solcher zu erkennen zu sein, war die Nachfrage nach diesen Kokarden riesig, und schon am folgenden Tag, bei der Abreise Napoleons, zierten sie große und kleine, spitze und runde Hüte.

Es braucht wohl nicht gesagt zu werden, daß Herren wie Anselm von Deinharting, Graf Hollberg und natürlich auch Felix von Lingen für solche Spielereien nicht zu haben waren. Doch Ignatz von Müllern, der mit Napoleon nach München gekommen war und – ohne sich vom feindlichen Schweigen seiner Frau stören zu lassen, ohne sie aber auch zu einer der zahlreichen Veranstaltungen mitzunehmen –, in Beatas Haus im Tal übernachtet hatte, trug die Kokarde unbekümmert, als er im Gefolge Napoleons die Stadt verließ, um mit dem Kaiser und seiner Gemahlin über Dachau nach Augsburg und weiter nach Paris zu reisen. Die königliche Familie gab ihnen das Geleit bis zum Schwabinger Tor, wo vier bürgerliche Korps und die italienischen königlich-kaiserlichen Gardisten zur Parade angetreten waren.

Diese triumphale Abreise wurde von einer begeisterten, sich drängenden, stoßenden und jubelnden Menge verfolgt.

Auguste hielt nur Ausschau nach ihrem französischen Kavalier; aber diesmal sah sie ihn nicht.

Da Hochzeitsreisen damals nicht üblich waren, blieb Eugen Beauharnais mit seiner »heißgeliebten Auguste« noch bis Ende Januar in München, die Phantasie der Höflinge und des Volkes beschäftigend. Aber jeder, der die beiden beobachtete, konnte den Eindruck gewinnen, daß die Ehe ein Erfolg werden würde. Auguste, am Hochzeitstag noch sehr blaß und steif, schien aufzublühen und suchte, auch in der Öffentlichkeit, immer wieder den Blick ihres Mannes. Sein Stolz auf die zarte, blonde Prinzessin, die der Stiefvater für ihn erobert hatte, war unverkennbar. Es war kaum zu glauben; diese beiden jungen Menschen, von so verschiedener Herkunft und Lebensweise, die nur Staatskalkül, Machthunger und Berechnung zusammengebracht hatten, schienen miteinander glücklich zu werden. Klatsch und Tratsch zogen daraus reichlich Nahrung und ergaben auch Stoff genug für die Briefe nach Deinharting.

Friedrich König machte seine Aufwartung im Schloß. Er war für Antoinette ein vertrauter Gast, aber sein unangemeldetes Erscheinen an einem Mittwochabend war doch eine Überraschung. Sie hatte mit Thomas und Christine vor dem Kaminfeuer im unteren Erkerzimmer gespielt, und alle drei empfanden es als Störung, als der Diener Ludwig das Eintreffen Friedrich Königs meldete. »Ja, bitte, führen Sie den Herrn Doktor herein«, sagte Antoinette nach kurzem Zögern, »natürlich sind wir für ihn zu sprechen.«

»Entschuldigen Sie, daß ich Sie so überfalle«, sagte er ein wenig verlegen, als er eintrat.

»Aber das macht doch nichts! Sie sind jederzeit willkommen!« rief Antoinette. »Wir haben schon gegessen, doch ich nehme an, Sie trinken einen Cognac, nicht wahr? Bitte, Ludwig, bringen Sie Cognac und ein Glas ... nein, zwei Gläser. Ich habe Lust, einen Schluck mitzutrinken. Und bringen Sie auch von den Mandelspänen!«

Thomas ging Friedrich König entgegen, machte eine höfliche Verbeugung und erkundigte sich ernsthaft nach dem Fortgang der Experimente des jungen Gelehrten. »Haben Sie den Erreger der Tuberkulose endlich gefunden?«

»Ich bedaure, nein«, entgegnete Friedrich König.

»Sind Sie dem Erfolg wenigstens ein Stück nähergekommen?«

»Selbst das könnte ich nicht sagen. Man braucht Geduld, viel Geduld ... vielleicht ein ganzes Leben lang.«

»Und wenn Sie Ihr Ziel überhaupt nicht erreichen?«

»Dann werde ich doch in der Gewißheit sterben, daß ich mein Leben an eine gute Sache verschwendet habe.«

»Aber Erfolg ist doch auch wichtig, oder nicht?«

»Für mich nicht. Was ist schon Erfolg? Eine weit überschätzte und flüchtige Angelegenheit.« Er beugte sich zu Christine und hob sie hoch. »Und wie geht es dir, meine Süße?«

»Gut, Onkel Fédéic!« Das hübsche, blonde grauäugige Kind, eine Miniaturausgabe Elisabeths, konnte den Buchstaben »r« in schwierigen Wörtern nicht aussprechen. »Wir haben so schön gespielt!«

»Und ich bin jetzt der Störenfried, nicht wahr? Ich dachte, ihr wäret längst im Bett.«

»Wenn Papa und Mama nicht da sind, läßt Tonette uns länger aufbleiben.«

»Das sind ja schöne Geschichten!« Friedrich König stellte Christine wieder auf den Boden.

»Ja«, bekannte Antoinette freimütig, »wir machen uns eine gute Zeit!«

Ludwig kam herein und stellte ein silbernes Tablett mit einer Flasche Cognac, zwei böhmischen Gläsern und einem Körbchen mit Gebäck auf den marmornen Tisch mit den Löwenfüßen.

»Danke«, sagte Antoinette freundlich, »ich schenke selber ein.« Anmutig goß sie die goldgelbe Flüssigkeit in die Gläser, sich selber weniger als dem Besucher, und sagte: »Nehmt euch von den Mandelspänen, Kinder, aber laßt uns auch etwas übrig!«

Antoinette und Friedrich König stießen miteinander an, während die Kinder das knusprige Gebäck knabberten.

»Wenn es nicht zu unbescheiden ist ... ich möchte Sie gern unter vier Augen sprechen, Antoinette!« bat Friedrich König.

»Warum? Christine kann Gesprächen noch nicht folgen ...«

Die Kleine protestierte sofort: »Tu ich doch! Bin ja schon vier Jahre!«

»... und vor Thomas habe ich keine Geheimnisse.«

»Trotzdem!«

»Wie Sie wünschen. Also, Thomas, Christine, ihr habt gehört, sagt gute Nacht und dann zu Bett mit euch. Ja, ihr dürft euch noch von den Mandelspänen nehmen.«

Die Kinder verzogen sich, die Hände voll Gebäck, ohne zu murren; sie spürten, daß etwas Besonderes in der Luft lag. Vor Friedrich König hatten sie Respekt.

»Nun denn, wir sind allein«, sagte Antoinette und schloß lächelnd die Tür, »heraus mit dem großen Geheimnis.«

»Ich habe eine Berufung als Professor der Medizin an die Münchner Universität erhalten.«

»Frédéric!« Sie lief auf ihn zu. »Wie schön für Sie! Ich denke, Sie werden annehmen, nicht wahr?«

»Ja. Es ist mir seit langem, als wäre mein Zeit in Deinharting abgelaufen.«

»Für uns wird das ein großer Verlust sein.«

Er faßte ihre Hände. »Meinen Sie das ehrlich?«

»Aber ja, Frédéric! Warum sollte ich Ihnen etwas vormachen!«

»Antoinette ... es fällt mir unendlich schwer, es auszusprechen ...« Sein Gesicht hatte einen angespannten Ausdruck angenommen, die Haut schien sich noch straffer über seine hohen Bakkenknochen zu spannen, und die grünen Augen hatten sich verdunkelt. »Antoinette, lachen Sie mich nicht aus ... ich liebe Sie!«

»Was soll daran zum Lachen sein?«

»Weil es im Grunde eine Selbstverständlichkeit ist. Alle lieben Sie ... und Sie sind liebenswert!«

Sie entzog ihm ihre Hand. »Ich versuche, gut zu sein, das ist alles. Aber ich weiß durchaus, daß ich nicht besser bin als die anderen. Sonst könnte ich die Menschen gar nicht verstehen.«

»Haben Sie überhaupt eine einzige Schwäche?«

»Oh, es gibt so viele.«

»Nennen Sie mir nur eine.«

Antoinette dachte nach. »Nun zum Beispiel: Ich habe Auguste einen kostbaren Schmuck geschenkt, den ich von meiner Mutter hatte. Er lag vergraben im Schloßgarten, und niemals hatte ich vor, ihn zu tragen. In meiner Stellung würde sich das auch gar nicht schicken.« Sie winkte ab, als er sie unterbrechen wollte. »Ich gab ihn mit leichter Hand ... und nachher wollte mir darüber fast das Herz brechen. Können Sie das verstehen?«

»Nur zu gut«, meinte er lächelnd, »Sie verlangen zuviel von sich, Tonette. Aber ich bin nicht gekommen, Ihnen die Beichte abzunehmen, sondern Sie um Ihre Hand zu bitten.«

»Sie wollen mich heiraten?« fragte sie ganz verdutzt.

»Ich wage es, weil mich Ihre Unvoreingenommenheit in Standesfragen immer beeindruckt hat. Aber wenn nur die geringste Gefahr besteht, daß auch der Verlust Ihres Titels Ihnen Schmerz bereiten könnte ...«

»Gewiß nicht. Adel ohne Ansehen und Besitz bedeutet nichts. Aber da ist Thomas ...«

»Gerade für Thomas wäre es eine gute Lösung. In der Stadt könnte er das Gymnasium besuchen, Kameraden finden und sich entwickeln. Ich möchte ihm meinen Namen geben, der zwar nicht gut bayerisch, aber doch deutsch ist.«

»Das wollen Sie tun?«

»Er ist ein famoser kleiner Bursche.«

»Ja, das ist er.« Antoinette biß sich auf die Lippen.

»Was haben Sie noch für Bedenken? Hegen Sie andere Hoffnungen? Jetzt ist er elf, und der Hofmarksherr hat sich immer noch nicht entschlossen, ihn zu adoptieren.«

»Nein, das ist es nicht.« Sie wandte ihm ihr Gesicht zu, das die Erregung rosig überhaucht hatte. »Ich müßte Ihnen ein Geheimnis anvertrauen.«

»Das dürfen Sie. Sie kennen mich lange genug, um zu wissen, daß ich ein verläßlicher und verschwiegener Mensch bin.«

»Frédéric!« Es klang wie ein Hilferuf, und mit großer Überwindung fügte sie hinzu: »Thomas ist nicht mein Bruder!«

»Nein?« fragte er sehr beherrscht, aber sein Ausdruck zeigte deutlich, wie überrascht er war.

»Lucille, die Frau, mit der ich aus Frankreich geflohen bin, war nicht meine Mutter. Sie gab sich als Marquise de Beaujeux aus, war aber ein einfaches Mädchen vom Lande, das meiner Mutter als Zofe gedient hatte. Sie glaubte, so leichter ihr Glück zu finden … und ich unterstützte sie dabei. Ich hatte sie gern. Sie war der einzige Mensch, der mir geblieben war. Mein Vater war unter der Guillotine gestorben, meine Mutter im Gefängnis.«

»Eine Abenteurerin also«, sagte Friedrich König nachdenklich.

»Ja«, bestätigte Antoinette und hob den Kopf.

»Jetzt verstehe ich, weshalb der Hofmarksherr Thomas nicht seinen Namen geben will.«

»Der Hofmarksherr hat keine Ahnung. Ich sagte Ihnen doch: Es ist ein Geheimnis. Ich habe es ihm nicht anvertraut, um Thomas' Stellung hier nicht noch schwieriger zu gestalten.«

»Und der Junge selber?«

»Er weiß es. Ich hielt ihn für alt genug, um die Wahrheit zu erfahren.«

»Wie hat er sie aufgenommen?«

»Mit Haltung!«

»Wie nicht anders zu erwarten.«

Friedrich König war nach Antoinettes Eröffnung auf und ab gegangen, den Kopf gesenkt, die Hände auf dem Rücken verschlungen; jetzt blieb er vor ihr stehen. »Ein Grund mehr, daß er von hier fortkommt«, erklärte er entschlossen. »Anselm von Deinharting tut sich nicht viel zugute auf seinen Adel, und er glaubt, vorurteilsfrei zu sein. Aber er ist es nicht. Wenn er je erführe, daß Thomas nur der Sohn einer einfachen Person ist, würde er nicht mehr in ihm sehen als in einem seiner anderen unehelichen Kinder, die in der Hofmark herumlaufen. Eher würde er ihm noch weniger wert sein.«

Ähnliche Gedanken hatte Antoinette auch schon selbst gehegt, dennoch sagte sie: »Ich weiß es nicht.«

»Ich will sein Vater sein, Antoinette ... auch wenn Sie mich nur aus diesem Grunde nehmen, würde es mir genügen. Wichtig ist für mich nur, daß Sie beide mich nach München begleiten.«

»Sie sind Protestant ...«

»Dank einer aufgeklärten Regierung darf ich als solcher jetzt auch in München leben.«

»Aber ob man uns trauen wird?«

Er blickte ihr lächelnd in die Augen. »Für Sie, Tonette, wechsle ich auch die Konfession. Das ist für mich nur eine Äußerlichkeit. Wichtig sind Sie für mich ... und Thomas.«

»Darf ich es mir überlegen?«

»Gewiß. Ich habe keine spontane Antwort erwartet.«

Antoinette klingelte nach Ludwig und bat ihn, Holz nachzulegen. Sie setzten sich an das prasselnde Kaminfeuer und plauderten, um die Spannung zu lösen, über dies und jenes, tranken noch ein Glas Cognac, und Antoinette gestattete Doktor König, sich eine Pfeife anzuzünden. Viele Abende hatten sie schon so verbracht. Antoinette war zwar nicht verliebt in den jungen Gelehrten, aber sie konnte sich sehr gut vorstellen, als seine Frau mit ihm zu leben.

Später betrat sie, so leise wie möglich, die Hand abschirmend vor der Kerzenflamme, das Schlafzimmer.

Aber der Junge war noch wach; er hatte auf sie gewartet. »Was wollte Onkel Frédéric?«

Antoinette erzählte es ihm. »Ich wollte mich nicht entscheiden, bevor ich mit dir gesprochen habe.«

»Ich bin einverstanden«, erklärte Thomas überraschend schnell.

»Es würde eine große Veränderung für uns bedeuten«, machte Antoinette ihn aufmerksam, »wir würden in die Stadt ziehen, fort vom Schloß. Und sicher auch kein Haus haben, sondern nur eine Wohnung. Wir beide würden dann nicht mehr in einem Zimmer schlafen, sondern ich mit meinem Mann zusammen.«

»Das macht nichts«, sagte Thomas heftig, »immer noch besser, als wenn er dir nachstellt!« – Er betonte das »er« auf besondere Art.

»Wen meinst du damit?« fragte sie, obwohl sie die Antwort ahnte.

»Monsieur! Wie er dich anblickt und anfaßt! Sag nur nicht, daß das nichts zu bedeuten hätte.«

Antoinette widersprach nicht. »Du bist ein guter Beobachter«, gab sie zu, »und das ist wirklich ein Grund für mich, von hier wegzugehen. Aber es ist kein Grund, Onkel Frédéric zu heiraten. Wir könnten uns auch etwas ganz anderes ausdenken.«

»Was denn, zum Beispiel?«

»Wir könnten nach Frankreich zurückgehen. Die meisten Emigranten leben ja längst wieder in der Heimat.«

»Für mich wäre es keine Rückkehr.«

»Ja, das stimmt.« Antoinette konnte einen leichten Seufzer nicht unterdrücken; sie hatte während des Wortwechsels einen Wandschirm zwischen sich und Thomas geschoben, hinter dem sie sich ausgezogen hatte, und goß nun kaltes Wasser in die Porzellanschale auf der Kommode, um sich zu waschen.

»Ich verstehe nicht, warum du Onkel Frédéric nicht heiraten willst. Ich mag ihn. Er ist klug und ein guter Mensch.«

»Richtig«, stimmte Antoinette zu, »er ist ein guter und kluger Freund. Aber Ehe ist etwas anderes als Freundschaft.«

»Du magst nicht heiraten?«

»Nein, das ist es nicht!« Antoinette trocknete sich ab, zog das lange dicke Nachthemd über, nahm die Kerze und setzte sich zu Thomas auf den Bettrand. »Aber ich fürchte, es könnte schwierig werden. Natürlich würde er niemals den Vater oder Erzieher dir gegenüber herauskehren, aber du könntest eifersüchtig werden, wenn wir uns Abend für Abend in unser gemeinschaftliches Schlafzimmer zurückziehen. Wenn ich womöglich ein Kind erwarte.«

»Du bist nicht meine Mutter, und du bist nicht einmal meine Schwester. Welches Recht könnte ich denn haben, eifersüchtig zu sein?«

»Es bedarf keines Rechtes, um so zu empfinden.«

Er faßte ihre Hand. »Nein, Tonette, mach dir deshalb keine Gedanken. Ich bin ja schon bald erwachsen. Und bis dahin würde ich gern Onkel Frédérics Sohn sein. Er kann mich vieles lehren.«

»Das kann er sicher!« Sie küßte ihn auf die Stirn, schlüpfte in ihr Bett und blies die Kerze aus. »Überschlafen wir die Sache, ja? Gute Nacht, Thomas!«

Aber auch am nächsten Morgen hatte Thomas seine Ansicht nicht geändert. Da es Antoinette nicht recht erschien, Friedrich König, da der Entschluß gefaßt war, warten zu lassen, fuhren sie schon am gleichen Nachmittag mit dem Schlitten zum Dragonerhaus.

Friedrich König freute sich herzlich, und es war ihm anzumerken, daß er beide liebte und achtete: Antoinette und den ernsthaften kleinen Jungen, an dem sie Mutterstelle vertrat.

Die Deinhartinger saßen mit ihren Gastgebern beim nachmittäglichen Kaffee im kleinen Salon, als der Diener die Post hereinbrachte; weißbehandschuht und auf silbernem Tablett.

Graf Hollberg nahm jeden der versiegelten Umschläge in die Hand, hielt ihn weit von sich, um Anschrift und Absender lesen zu können, und gab dabei seine kurzen Kommentare ab. »Aus Paris … sehr interessant! Aus Straßburg … wir werden sehen! Ein Brief aus Deinharting … für Sie, mein Lieber!«

Anselm von Deinharting nahm den Brief in Empfang, und auf einen Blick von ihm eilte der Diener in die Bibliothek und kam mit dem elfenbeinernen Brieföffner zurück.

Nachdem er den Umschlag aufgeschlitzt hatte, reichte der Hofmarksherr das Papiermesser an Graf Hollberg weiter.

»Sie können gehen!« sagte der Graf, ohne aufzusehen.

Der Diener zog sich zurück, die Herren begannen, sich in ihre Post zu vertiefen, und die Damen sahen ihnen erwartungsvoll zu.

»Eine Nachricht von Frédéric«, sagte Anselm von Deinharting, während er den Bogen mit der nicht eben kleinen, aber präzisen Handschrift überflog.

»Hoffentlich ist nichts passiert!« rief Elisabeth.

»Nein, nein!« Anselm von Deinharting schüttelte den Kopf. »Alles ist in Ordnung.«

»Aber warum schreibt er dann?«

»Ja, es ist recht sonderbar. Er wendet sich an mich in meiner Eigenschaft als Ziehvater Antoinettes.« Ein seltsames Lächeln umspielte seine Lippen. »Er bittet sozusagen um ihre Hand.«

Elisabeth wurde blaß. »Nicht möglich.«

»Es ist so, meine Liebe«, sagte Anselm von Deinharting, »du wirst dich an den Gedanken gewöhnen müssen. Die beiden sind sich längst einig. Meine Erlaubnis kann nur noch eine Formsache sein. Auch wenn ich nein sage, werden sie sich nicht darum kümmern.«

»Nein!« sagte Elisabeth.

»Ich finde es großartig!« rief Auguste. »Daß Antoinette es doch noch geschafft hat! Ich sah sie schon als alte Jungfer.«

»Sie ... sie will ins Dragonerhaus ziehen?« fragte Elisabeth, und ihre Hände umklammerten die Sessellehne.

»In diesem Punkt kann ich dich beruhigen. Frédéric hat einen Lehrstuhl in München bekommen.«

»Ein Preuße mehr!« ließ sich der Graf vernehmen, der, obwohl mit einem anderen Brief beschäftigt, zugehört hatte.

»Aber das ist ja wunderbar!« rief Auguste begeistert. »Wenn sie schon keine Marquise wird, dann doch eine Frau Professor.«

Elisabeth stand auf; sie zitterte. »Würdet ihr mich entschuldigen?« bat sie. »Mir ist nicht gut. Mein Kopf. Ich möchte mich ein wenig hinlegen.«

Kaum hatte sie das Zimmer verlassen, sagte Auguste: »Arme Mama! Ich hätte nicht gedacht, daß es sie so hart treffen würde!«

»Was ist das für eine kindische Bemerkung«, tadelte die Gräfin sie.

»Gar nicht kindisch! Jeder weiß, daß Frédéric sie verehrt hat. Ich war noch ein Kind, aber ich erinnere mich gut daran, wie er ihr in Karlsbad den Hof machte. Und jetzt ist er abgesprungen.«

»Leichtfertiges Gerede«, sagte die Gräfin, aber das Funkeln in ihren Vogelaugen verriet, daß sie den Klatsch genoß.

Anselm von Deinharting schenkte sich ein Glas Obstler aus der Karaffe ein und trank es in einem Zug aus. »Wie dem auch sei«, sagte er, stand auf und steckte den Brief in die Tasche, »ich muß mich um Elisabeth kümmern.«

Alle sahen ihm nach, als er, ein wenig gebückt, um sich nicht am Türrahmen zu stoßen, das Zimmer verließ.

Er fand Elisabeth weinend über das Bett geworfen. Wie ein unglückliches Kind lag sie da, das Gesicht im Kopfkissen verborgen. »Laß mich!« rief sie, als er sie in die Arme nehmen wollte. »Laß mich! Ich will allein sein!«

Er ließ sich nicht beirren, setzte sich zu ihr und bettete ihren Kopf in seinen Schoß. »Ich verstehe ja, was in dir vorgeht.«

»Nichts verstehst du! Glaube nur nicht, er hätte mir etwas bedeutet!«

»Natürlich nicht! Aber er war da, und er betete dich an.«

»Schon lange nicht mehr.«

»Ja, sieh es nur so. Und er war dir ja auch schon seit langem ein Dorn im Auge. Seien wir also froh, daß wir ihn auf so gute Art loswerden.« Seine großen Hände streichelten sie beruhigend. Elisabeth atmete tief durch, um die Tränen zurückzuhalten. »Es ist nur ... ich werde alt. Ich spüre, wie die Kälte des Alters in mich eindringt. Alles verändert sich allmählich.«

»Das ist das Leben, Elisabeth. Wir müssen es durchstehen, so wie es ist. Es ist stetige Veränderung. In unserem stillen Deinharting können wir uns zeitweise darüber hinwegtäuschen. Aber so ist es nun einmal. Durch die Starrheit unserer Gewohnheiten können wir das Leben nicht beständig machen.« Er zog sie hoch, so daß ihr Kopf jetzt an seiner Schulter lag. »Aber ich werde dich lieben bis zum Tode.« Er küßte sie.

Sie schloß die Augen. »Was werden wir ohne Antoinette anfangen?« murmelte sie, als er ihre Lippen wieder freigab.

»Es ist auch früher ohne sie gegangen, und es wird wieder ohne sie gehen.« Er schaukelte Elisabeth in seinen Armen. »Du allein wirst von nun an die Schloßherrin sein. Sie war ein wenig anmaßend geworden in letzter Zeit.«

»Ich habe es mir nicht eingebildet?« rief sie, fast getröstet. »Du hast es auch bemerkt?«

»Ja, mein Liebling. Nun wird sie bald eigenes Personal haben, das sie dirigieren kann. Das wird besser sein.«

»Wieviel verdient ein Professor?« Elisabeth wischte sich, wie ein Kind, mit dem Handrücken die Tränen vom Gesicht.

»Das ist gleichgültig. Er hat ja auch eigenes Vermögen. Auf jeden Fall: Unseren Lebensstil werden sie sich nicht leisten können.«

»Die guten Mahlzeiten auf dem Schloß werden ihnen fehlen, meinst du nicht auch?« Elisabeth konnte schon wieder lächeln.

»Ich glaube, er hat mehr unsere Gesellschaft genossen als das Essen. Er ist eine ziemlich bedürfnislose Natur.«

Sie schmiegte sich an ihren Mann. »Es ist gut, daß du bei mir bist.«

»Elisabeth«, sagte er, »da ist noch etwas ...«

»Ja?« fragte sie alarmiert und blickte ihm ins Gesicht.

»Friedrich König will Thomas adoptieren.«

»Und mitnehmen?«

»Ja.« Seine Miene war undurchdringlich.

Es kostete sie große Überwindung zu fragen: »Ist das sehr schlimm für dich?«

Damit verriet sie ihm, wieviel sie wußte.

»Es hat weh getan!« gab er zu, fügte aber sogleich einschränkend hinzu: »Im ersten Augenblick.«

»Du brauchst es nicht zuzulassen«, sagte sie leise.

»Du hast recht: Ich brauchte es nicht. Aber ich möchte den Jungen nicht zum Zankapfel machen, auch nicht, daß Antoinette hin und her gerissen wird zwischen ihrer Neigung zu Frédéric und ihrer Liebe zu Thomas. Vielleicht ist es besser so, daß er endlich ein richtiges Zuhause findet.«

»Er ist ein guter Junge, trotz allem. Er steckt voller Fähigkeiten. Es hat lange gedauert, bis ich ihn liebgewonnen habe. Aber jetzt wird er auch mir fehlen.«

»Sie ziehen ja nur nach München. Wir können sie in den Ferien einladen und zu den Jagden und den Bällen, aber ...«, gab er mit einem Seufzer zu, »... still wird es doch werden auf Deinharting.«

»Solange wir beisammen sind«, behauptete sie, »werde ich glücklich sein!«

Er küßte sie mit zärtlicher Leidenschaft; nie zuvor hatten sie sich so verbunden gefühlt wie an diesem Nachmittag in dem niedrigen, dämmrigen Schlafzimmer im Hollbergschen Stadthaus.

In keiner anderen Situation hätte sie auch die Kühnheit gehabt zu fragen: »Sag, hast du nie daran gedacht, Thomas deinen Namen zu geben?«

»Oft«, gestand er, froh, einmal offen mit ihr darüber sprechen zu können.

»Hast du es meinetwegen unterlassen?«

»Ja. Ich wollte dich nicht verletzen. Aber es gab noch andere Gründe. Meine anderen Söhne. Es schien mir nicht recht, Thomas ihnen gleichzustellen, ihr Erbe zu schmälern. Vielleicht wird Emanuel als Krüppel entlassen ... vielleicht kehrt Anselm als geschlagener Mann aus Amerika heim ...«

»Du hoffst also noch immer?«

»Nicht, daß das Schicksal ihn zermalmt. Nein, das wünsche ich keinem Mann, am wenigsten einem meiner Söhne. Aber daß er zur Einsicht kommt.«

»Zu welcher Einsicht?«

»Daß man nichts damit ändert, indem man davonläuft ... daß es überall Freiheit und Unfreiheit, Gerechtigkeit und Ungerechtigkeit, Glück und Bitterkeit gibt.«

Noch lange sprachen sie so miteinander über Dinge, die sie bisher nie mit Worten zu berühren gewagt hatten, und verwandelten durch diese ganz neue Intimität den Schmerz über den Verlust von Menschen, die ihnen viel bedeutet hatten, in das Glück der Zweisamkeit.

Am 21. Januar reiste Eugen Beauharnais mit seiner jungen Gattin nach Italien ab. Es wurde ein festlicher Auszug. Das hohe Paar wurde von der Bevölkerung nicht ganz so stürmisch, aber mit weit größerer Herzlichkeit gefeiert als Napoleon und Josephine. Vielen Leuten stiegen die Tränen in die Augen beim Anblick der schmalen, blonden Vizekönigin, die trotz der Kälte das Fenster ihrer Kutsche geöffnet hatte, um der Bevölkerung zuwinken zu können. Der Kronprinz, zu Pferde, begleitete seine Schwester weit über die Stadtgrenze hinaus.

Damit war die Hauptmacht der Franzosen abgerückt, aber es blieben immer noch genügend in München – Offiziere, die die Verbindung zwischen Napoleon und den bayerischen Truppen aufrechterhalten und stärken sollten –, so daß auf den zahlreichen Festen dieses Winters an Tänzern kein Mangel war.

Afra und Felix von Lingen konnten zwar nicht an den offiziellen Bällen, Redouten und Konzerten in der Residenz teilnehmen, aber es gab auch genügend bürgerliche Festivitäten in der Landeshauptstadt. Wo immer sie auch auftraten, erregte Afra Aufsehen: durch ihren prachtvollen Wuchs, das üppige Haar und bräunliche Gesicht mit den leidenschaftlichen Augen. Ihre dunkle Schönheit kam an der Seite ihres eleganten, blonden und blauäugigen Gatten voll zur Geltung und wurde noch durch ihre kostbare Garderobe unterstrichen.

Doch Felix von Lingen machte sich nichts daraus, mit seiner Frau zu glänzen, und fand es nicht einmal der Mühe wert, dies vorzutäuschen. So hatte es sich stillschweigend zwischen ihnen ergeben, daß er sie zwar zum Ball begleitete, Wein bestellte und auch die ersten zwei-, dreimal mit ihr tanzte. Sobald sie aber von anderen Herren aufgefordert wurde und er feststellen konnte, daß sie sich auch ohne ihn amüsierte, pflegte er sich zurückzuziehen. Immer gab es in einem Nebenzimmer einige Herren, die sich zu einem Spielchen zusammenfanden und zu denen er sich gesellte. Afra hielt zwar die Reisekasse sorgfältig vor ihm verschlossen, stattete ihn aber, um ihn bei guter Laune zu halten, mit einem großzügig bemessenen Taschengeld aus. Für ihn bedeutete Spiel das ganze Leben: der Rausch des Gewinnens und der Schock des Verlierens.

Es kümmerte ihn nicht, daß seine Frau Verehrer gefunden hatte, denen es ganz offensichtlich um mehr zu tun war als um einen Tanz. Die hartnäckigsten und leidenschaftlichsten waren zwei französische Offiziere: Pierre de Savant, ein schöner Junge mit gelocktem Haar und großen glänzenden Augen, und der Baron Albert de Limon, der mit seiner Stirnglatze, Hakennase und den vorquellenden Augen eher häßlich war. Trotzdem zog Afra ihn, wenn sie es sich auch nicht anmerken ließ, Pierre de Savant vor. Einen schönen Mann hatte sie schon zu Hause, und die harte, kalte, zupackende Art des Barons imponierte ihr viel mehr als Pierre de Savants anbetende Schwärmerei. Sie genoß es, mit dem Feuer zu spielen, um so mehr, als es ganz ungefährlich schien. Wenn der Ball seinem Ende zuging, pflegte ihr Mann aus dem Nebenzimmer aufzutauchen, mit Afras Geld zu zahlen, und gemeinsam fuhren sie dann zum »Schmidgärtschen Anwesen« hinaus, wo sie bis in den hellen Mittag hinein schliefen.

Eines Abends – es war auf einem Ball in der Wirtschaft »Zum Schimmelwirt« in der Dachauer Straße, gleich vor dem Karlstor – brachte der Baron Afra, kaum daß Felix sich fortbegeben hatte, zu ihrem Platz zurück.

»Ich möchte nicht länger tanzen«, erklärte er und goß ein Glas Wein hinunter.

Afra war bestürzt, ließ es sich jedoch nicht anmerken. »Nun denn«, sagte sie, »Sie sind nicht der einzige Mann im Saal!« Sie hob den Blick, um sich nach einem anderen Tänzer umzusehen, und einem der weniger dreisten Herren ein Zeichen zu geben, daß sie frei wäre.

»Sehen Sie gefälligst mich an!« forderte der Baron heftig.

»Wenn Sie es unbedingt wollen«, sagte Afra mit einem Unterton, der ihn verletzen sollte.

»Sie glauben wohl, die Männer nach Ihrer Pfeife tanzen lassen zu können?« fragte er.

»Niemand zwingt Sie dazu.«

Selbstverständlich sprachen sie französisch, und Afra war noch nie so dankbar dafür gewesen, daß sie in ihrer Kindheit Gelegenheit gehabt hatte – im Gegensatz zu den bürgerlichen Mädchen und Frauen –, diese Sprache zu lernen; das gab ihr einen unschätzbaren gesellschaftlichen Vorteil. »Sie erwecken in mir Leidenschaft, brennende Begierde, und Sie wissen es genau. Sie freuen sich über das Feuer, das Sie in mir entfachen. Aber gleichzeitig haben Sie Angst, sich zu verbrennen.«

»Ich fürchte mich vor gar nichts.«

»Warum bleiben wir dann hier?« Er packte ihr Handgelenk und zog sie hoch. »Kommen Sie! Wo wohnen Sie? Ich bringe Sie nach Hause.«

»Was fällt Ihnen ein?« Sie versuchte ihre Hand loszureißen. »Ich bin eine verheiratete Frau!«

»Mit einem Mann, dem seine Karten sehr viel wichtiger sind als Sie!«

Sie wußte, daß der Baron recht hatte, aber sie empfand es als Beleidigung, daß er es aussprach. »Das ist nicht wahr!«

Er lachte und gab sie frei. »Beweisen Sie es mir!«

»Wie könnte ich das!?«

»Höchst einfach. Suchen Sie ihn auf und bitten Sie ihn, Sie jetzt schon in Ihren Gasthof zu bringen. Denken Sie sich irgendeinen Grund aus, sagen Sie, daß Ihnen nicht gut ist, besser noch die Wahrheit, daß ich Sie bedrängt habe. Versuchen Sie, ihn dazu zu bringen, sein Spiel abzubrechen.«

»Und wenn ich es nicht tue?« Afra massierte ihr schmerzendes Handgelenk.

»Können Sie mich aus der Liste Ihrer Anbeter streichen. Sie sind schön, Afra, Sie sind stark, Sie sind sehr begehrenswert. Aber ich bin kein Narr, der sich nach etwas verzehrt, das er nie erreichen wird.«

Afra überlegte; ihr wurde klar, daß der Baron ihr viel bedeutete, die Verabredungen mit ihm und die Erwartung, ihm auf dem nächsten Fest zu begegnen, den Reiz ihres augenblicklichen Lebens ausmachten. »Eines Tages werden Sie mich ja doch vergessen.«

»Gewiß. Nichts im Leben dauert ewig«, entgegnete er, ohne mit der Wimper zu zucken, »gerade deshalb heißt es den Augenblick genießen. Ich bin ein Kriegsmann, vergessen Sie das nicht! In jeder Schlacht muß ich dem Tod ins Auge sehen.«

Sie hatte sich schon entschlossen, nahm das Tuch aus roter Seide, legte es um die Schultern und ergriff den Pompadour. »Warten Sie beim Ausgang! Entweder werde ich allein kommen ... oder mit meinem Gatten.«

»Sie kommen allein«, behauptete er mit zynischer Sicherheit.

»Das werden wir ja sehen!«

Um das Spielzimmer aufzusuchen, mußte sie den kalten Hausflur überqueren; sie empfand die eisige Luft als wohltuend. Sie riß die Tür auf. In dem kleinen, schäbig eingerichteten Raum saßen vier Männer an einem Kartentisch, dessen grünes Tuch zerschlissen war. Neben jedem und in der Mitte stapelten sich Türmchen aus bayerischen Goldgulden. Drei weitere Herren standen hinter den Spielern und blickten ihnen in die Karten.

»Attention!« rief einer von ihnen, als Afra hereinkam, und die Gulden verschwanden wie durch Zauberei, so daß sie geglaubt haben könnte, sich getäuscht zu haben, wenn sie nicht gewußt hätte, daß Felix um Geld spielte.

Er saß mit dem Rücken zur Tür, und sie erblickte ihn sofort. »Felix!« rief sie und packte ihn bei der Schulter. »Bitte, bring mich nach Hause!«

»Geh, mach mir keinen Tanz!« wehrte er sie ab.

»Aber so hör doch, Felix, ich fühle mich nicht wohl!«

»Du kannst die Kutsche haben«, erklärte er gleichgültig.

»Spielen wir nun, oder spielen wir nicht, Baron?« fragte ein schmalgesichtiger spitznasiger Herr, der Felix gegenübersaß.

»Merkst du denn nicht, daß du störst?« fragte er.

»Der Baron de Limon belästigt mich!«

Felix lachte kurz auf. »Als wenn du nicht mit jedem Mannsbild fertig werden könntest!«

Afra reckte sich hoch auf. »Ist das dein letztes Wort? Nun gut, aber beklage dich nicht, es ist deine eigene Schuld.«

Afra verließ das verqualmte kleine Zimmer, vielmehr, sie rauschte hinaus und hinterließ bei den Herren, obwohl sie ganz ihrer Spielleidenschaft ergeben waren, doch einen starken Eindruck.

Baron de Limon lachte, als er sie kommen sah, mit funkelnden Augen, geblähten Nasenflügeln und vorgerecktem Kinn. »Sie sind noch schöner, wenn Sie zornig sind!«

»Dieser Schurke!«

»Na, na, er ist sicher nicht so schlecht, wie Sie glauben. Er ist wohl nur schwach.« Er hüllte sie in ihren Pelz.

»Es gibt nichts, was ich mehr hasse als Schwäche!« fauchte Afra.

»Das glaube ich Ihnen sogar!« Der Baron legte mit einer besitzergreifenden Geste den Arm um ihre Schultern.

Sie schüttelte ihn ab. »Haben Sie anspannen lassen?«

»Ich nahm mir die Freiheit.«

»Ausgezeichnet.«

Als der Kutscher sie aus dem Gasthof treten sah – er war ein junger Mensch, der auf dieser Reise zum erstenmal nach München gekommen war und sich sehr bemühte, alles richtig zu machen –, fuhr er sofort vor, brachte die Pferde zum Stehen, sprang vom Bock und klappte die Stufen herunter.

»Zum ›Schmidgärtschen Anwesen‹, Schorsch!« befahl Afra.

»Sehr wohl, Frau Baronin!« sagte der Kutscher gehorsam, musterte den stattlichen Franzosen an der Seite seiner Herrin aber doch mit einem forschenden Blick.

Afra hielt es nicht für nötig, eine Erklärung abzugeben. Wortlos ließ sie sich beim Einsteigen helfen, und Baron de Limon folgte ihr, als wäre das selbstverständlich. Als die Tür geschlossen war und das Gefährt sich rumpelnd in Bewegung setzte, wollte er sie in die Arme reißen.

Doch sie stieß ihn zurück. »Nicht doch! Wenn dieser Mann etwas merkt!?«

»Was wäre dann?«

»Er würde die Achtung vor mir verlieren.«

»Niemals!« Baron de Limon lachte auf. »Kein Mann würde je die Achtung vor Ihnen verlieren! Sie würden sich immer und in jeder Situation mit Peitsche oder Pistole Respekt zu verschaffen wissen.«

»Auch Ihnen gegenüber?«

»Ganz gewiß. Ich achte Sie sehr, sonst hätte ich mich nicht um Sie bemüht. Sie dürfen mir glauben: Zu einem Abenteuer mit einer weniger achtbaren Frau wäre ich schon längst gekommen.«

Da endlich ließ sie sich in die Arme nehmen und erwiderte seine Küsse mit der rückhaltlosen Leidenschaft, die sie so lange hatte unterdrücken müssen und die Felix nur erschreckt haben würde. Ihre Glut wurde noch durch den Zorn über ihren Mann gesteigert. Wild und hemmungslos gab sie sich ihrem Liebhaber hin, noch während der kurzen Fahrt zum Neuhauser Tor, und erlebte eine Lust, wie sie sie nie zuvor empfunden hatte. Doch als sie ausstieg, war sie wieder ganz die große Dame, hatte Kleider und Haar geordnet. »Fahren Sie zurück, Schorsch«, befahl sie dem Kutscher, der ihr behilflich war, »und warten Sie, bis der Herr Baron Sie braucht!«

Ungeniert nahm sie den Arm des Offiziers und betrat die Herberge.

Felix von Lingen hatte Afras Auftritt doch nicht unberührt gelassen. Als sie ihn verlassen hatte, konnte er sich nur noch schlecht auf das Spiel konzentrieren. Ihre drohenden Worte, deren Sinn er nicht verstand, spukten in seinem Kopf.

Auch die anderen Herren vergaßen die Szene nicht gleich.

»Eines muß Ihnen der Neid lassen«, erklärte der blasse, spitzgesichtige Herr in einer kleinen Spielpause, während er mit langen, ungemein geschickten Händen die Karten mischte, »Ihre Gattin hat Rasse.«

Die anderen stimmten zu.

»Ja, sie ist eine bemerkenswerte Frau.« Mit plötzlichem Entschluß stand Felix auf. »Wenn Sie mich, bitte, entschuldigen wollen.«

»Aber wieso denn?« – »Wo wollen Sie hin?«

»Ich glaube, ich muß mich jetzt doch um meine Frau kümmern.« Mit dem ihm eigenen charmanten Lächeln fügte er hinzu: »Ich würd' eh kein guter Spieler sein, bin mit meinen Gedanken nicht bei der Sach'.« – Er strich sein restliches Geld ein und verabschiedete sich mit einer kurzen Verbeugung.

Als er den Gasthof verließ, war der Kutscher gerade dabei, die Pferde auszuspannen.

Felix trat an den Wagen. »Laß das, Schorsch, wir fahren gleich los. Dir wird's auch guttun, mal eine Nacht früh ins Bett zu kommen.«

»Mir macht das lange Aufbleiben nichts aus, Herr Baron«, versicherte der junge Mann, »wir haben ja auch unsern Spaß in der Kutscherstube.«

»Auf den wirst du also heute verzichten müssen. Zum ›Schmidgärtschen Anwesen‹.«

Der Knecht zögerte. Er überlegte, ob er Felix von Lingen berichten sollte, daß seine Frau nicht allein zurückgefahren war.

Aber dann entschied er, daß es besser sei, sich nicht in die Angelegenheiten der Herrschaften zu mischen. Was ging es ihn auch an. Mit großer Wahrscheinlichkeit würde die Frau Baronin ja mit dem Franzmann bei einem Glas Bier in der Wirtsstube sitzen, wenn sie eintrafen. Krank oder müde hatte sie jedenfalls nicht ausgesehen, und es war gerade erst zehn Uhr – in Deinharting eine späte Stunde, aber hier in der Stadt ging um diese Zeit der festliche Trubel erst richtig an.

Felix von Lingen fand seine Frau nicht in der Wirtsstube. Um sich für die Szene, die sie ihm wohl machen würde, zu stärken, ließ er sich einen Schnaps einschenken und leerte das Glas in einem Zug. Dann eilte er, einen Kerzenleuchter in der Hand, die enge schmale Stiege hinauf.

Allzu viele Gedanken machte er sich nicht. Er fühlte sich auch nicht wirklich schuldbewußt. In seinen Augen war es eine allzu ausgefallene Idee, schon zu Beginn eines Festes aufbrechen zu wollen, nichts als eine törichte Laune, der ein Mann durchaus nicht verpflichtet war nachzugeben. Daß er es, wenn auch verspätet, nun doch tat, geschah nur aus dem Gefühl seiner Abhängigkeit.

Vor der Tür zu ihrem gemeinschaftlichen Schlafzimmer blieb er stehen, zog sich die Jacke glatt, hielt den Atem an und versuchte, sich eine witzige kleine Rede zurechtzulegen, mit der er seine Frau vielleicht zum Lachen bringen würde.

Da hörte er von drinnen Geräusche. Deutlich vernahm er ein tiefes Stöhnen. Schon war er nahe daran, die Tür aufzureißen, aber eine Überlegung hielt ihn zurück. Afra war nicht der Mensch, sich selber ein Leid anzutun. Ein Selbstmordversuch war bei ihrer starken Persönlichkeit ganz undenkbar.

Felix hielt das Ohr dichter an die Tür und begriff, daß es ein Stöhnen der Lust war. Dazu das Knarren des Bettes, gemurmelte Liebesworte einer Männerstimme: die Situation war eindeutig.

Wäre Felix nicht der gewesen, der er war, wäre er in das Zimmer gestürmt. Er war sich auch bewußt, daß jeder andere Mann so gehandelt hätte.

Aber er zwang sich dazu, ruhiges Blut zu behalten, und dachte erst einmal darüber nach, was geschehen würde, wenn er seine Frau mit ihrem Liebhaber überraschte. Afra würde ihm womöglich ins Gesicht lachen und erklären, daß sie ihn ja gewarnt hatte.

Sie war keine Frau, die sich bestrafen ließ. Er stellte sich den Baron de Limon vor: Der Franzose war zwar älter, aber wesentlich stärker als er selber und hatte etwas von einem Haudegen an sich.

Natürlich hätte er ihn zum Duell fordern können. Aber Felix haßte Duelle und wollte weder einen anderen Menschen töten noch selber getötet werden. Wahrscheinlich würde de Limon ihn gar nicht für satisfaktionsfähig halten, weil er sicher schon erfahren hatte, daß er unehrenhaft aus der österreichischen Armee ausgeschieden war.

Sehr ernsthaft erwog Felix von Lingen den Gedanken, dem Rat des Hofmarksherrn zu folgen und in das bayerische Heer einzutreten. Durch einen solchen Schritt würde er seine Ehre wiederherstellen, Afra imponieren und sich zugleich während der nächsten Jahre von ihr fernhalten können.

Doch mit Schaudern erinnerte er sich an die Schlachten, in denen er selber gekämpft hatte, an nasse, klamme, scheuernde Uniformen, an Blut, Tränen, Schmerzensschreie und Tod, an Gestank und Übelkeit, an das langsame und grauenvolle Sterben von Kameraden.

Nein, dieser Preis war zu hoch, um seine Ehre wiederherzustellen. Sollte Afra sich doch vergnügen, mit wem sie wollte. Es lag ihm ja längst nichts mehr an ihr. Vielleicht würde sie sogar umgänglicher werden, wenn sie ihren Spaß gehabt hatte.

Felix verfluchte sich, weil er ihr nachgeeilt war. Es wäre besser gewesen, wenn er von ihrem Ehebruch nichts gewußt hätte. Dann kam ihm ein rettender Gedanke: Er brauchte ja nichts davon zu wissen. Es war ganz einfach.

Er drehte sich auf dem Absatz um und stieg leise die Treppe wieder hinunter, stellte den Kerzenleuchter auf die unterste Stufe und eilte ins Freie. Er brauchte knappe zehn Minuten, um in die Gastwirtschaft »Zum Schimmelwirt« zurückzukehren, und fand seine Spielkumpane noch vor, wie er sie verlassen hatte.

»Ich hab's mir überlegt«, erklärte er leichthin und warf seine Pelerine über einen Stuhl, »wo kämen wir hin, wenn wir uns von den Weibern den Spaß verderben lassen wollten!«

Die anderen lachten und schrien »bravo«. Bald saß er wieder zwischen ihnen, und wenn er auch sein Erlebnis nicht vergessen oder verdrängen konnte, fand er es doch im Grunde belanglos.

Da er sie selber längst nicht mehr begehrte, war es unwichtig, daß sie bei einem anderen ihr Vergnügen fand. Er gefiel sich sogar mit dieser zynischen Einstellung.

Auguste genoß die Saison in München – sie genoß sie so sehr, daß sie nicht einmal wie im vergangenen Jahr darauf aus war, einen Mann für das Leben zu finden, sondern sich durchaus vorstellen konnte, auch noch einige Winter als ledige junge Dame durchzutanzen.

Sie sah die Welt nicht mehr als naives Mädchen, sondern auch sie hatte eine recht zynische Haltung gewonnen. Es wäre leicht gewesen, sich selber zu belügen. Aber gerade das wollte sie nicht. Ihr war ganz klar, daß man sie links liegengelassen hatte, weil sie nichts war und nichts hatte. Im vergangenen Jahr war sie genauso schön und liebenswert gewesen wie in diesem. Es war der kostbare Schmuck, der ihre Reize plötzlich so anziehend machte. Diese Erkenntnis machte die Männer, die sich jetzt um sie bemühten, in Augustes Augen eine Spur lächerlich.

Natürlich trat auch Egon Graf Tannberg wieder auf den Plan. Aber je mehr er sie umwarb, desto kühler wurde sie. Es tat ihr wohl, daß er sich um sie bemühte, sie genoß den Triumph Elisabeth gegenüber, die neben ihrer selbstbewußten Schönheit nun so völlig verblaßte. Nur deshalb kokettierte sie heftig mit ihm. Es geschah aus Rache, nicht aus Liebe.

Nun, da sie keine Zuneigung mehr für Tannberg empfand, betrachtete sie ihn kritisch und fand, daß er auch nur ein verwöhnter Junge war, der sich darauf verließ, daß ihm alles im Leben zuflog. Seine verkrüppelte Hand schützte ihn davor, je zur Waffe greifen zu müssen. Das war ein Vorteil, wenn man sich nach einem sicheren Heim sehnte. Aber sie hinderte ihn auch daran, dachte Auguste, je zu einem echten verantwortungsbewußten Mann zu werden. Für ihn gab es auf der Welt keine Gefahren, und so würde er immer weich und empfindsam bleiben.

Hinzu kam, daß das Leben in seiner Grafschaft wohl kaum anders verlief als in der Hofmark. In Auguste aber brodelte eine Sehnsucht nach etwas ganz Neuem, Unerhörtem, nie Dagewesenem. Sie wußte selber nicht, was sie wollte. Aber sie genoß es, nicht mehr das kleine Mädchen zu sein, die Welt so zu sehen, wie sie war, und sich ganz einfach zu vergnügen.

Es war bei einem Ball in der Residenz, als jener französische Offizier, dessen Blick sie schon bei mancher Gelegenheit begegnet war, plötzlich vor ihr stand und bat, sich in ihre Tanzkarte eintragen zu dürfen. Ein Gefühl der Schwäche überfiel sie, für das sie sich haßte, die Knie drohten unter ihr nachzugeben, und das Schlimmste war: Eine flammende Röte stieg ihr ins Gesicht. Es schien Auguste, als würde sein dunkler, spöttischer Blick sie völlig durchschauen, ja entblößen, und mit zitternden Händen reichte sie ihm ihre Karte.

Er nahm den Kohlestift, strich mit einem einzigen Zug alle anderen Namen durch und setzte den seinen quer darüber: »Prince d'Alambert«. Ein Fürst war er also, ein Fürst von Napoleons Gnaden, soviel war sicher, aber immerhin doch ein Fürst.

Diese Nacht tanzte sie nur mit ihm, erwiderte seine charmanten kleinen Komplimente zwar in französischer Sprache, aber mit sehr bayerischer Zurückhaltung.

»Sie gefallen mir«, sagte er, als sie sich in einer Tanzpause an einer Schale Sorbet erfrischten, »Sie gefallen mir sehr, Auguste.« Er sprach ihren Namen französisch aus.

Darauf wußte sie keine Antwort und senkte den Blick.

Er legte ihr die Hand unter das Kinn und zwang sie, ihn anzusehen; die Narbe, die sich quer über die rechte Hälfte seines sehr männlichen, fast häßlichen Gesichts zog, glühte. »Wie wäre es mit uns beiden?«

Ihre grünen Augen funkelten ihn an, und sie schlug seine Hand beiseite. »Ich bin nicht auf ein Liebesabenteuer aus, mon prince, ich bin ein anständiges Mädchen!«

»Mais naturellement! Daran habe ich nie gezweifelt.« Er beugte sich zu ihr. »Auguste, wollen Sie meine Frau werden?«

»Ich ... ich kann doch keinen Franzosen heiraten«, stammelte sie.

»Und warum nicht? Unsere Völker sind doch Freunde. Würde es Ihnen denn keine Freude machen, nach dem Krieg mit mir nach Paris zu ziehen?«

Paris – das war ein Name voller Zauberklang für Auguste. Trotz der Revolution war es immer noch die Stadt der Mode; nach den Gewändern, die in Paris kreiert wurden, kleideten sich die Damen ganz Europas. »Paris«, wiederholte sie versonnen.

»Ja, Paris! Das ist die Stadt, in der ich lebe. Ich bin nicht als Fürst zur Welt gekommen, das gebe ich zu. Aber was spielt das für eine Rolle? Unsere Kinder werden Prinzen sein. Napoleon wird ganz

Europa beherrschen, und wir werden ein wunderbares Leben haben.«

»Ich muß Ihnen etwas gestehen!« Auguste stellte ihre leere Schale auf das Tablett eines der vorbeigehenden Diener.

»Sie lieben einen anderen?«

Es tat ihr gut, zu sehen, daß er blaß wurde. »Nein, aber ... Sie halten mich wahrscheinlich für ein reiches Mädchen. Nur ... ich bin es nicht.«

»Sie scherzen! Ihre Diamanten allein sind ein Vermögen wert.«

»Mehr als diese Diamanten und eine Aussteuer habe ich aber nicht«, gestand sie, »und den Schmuck hat mir meine Freundin und Ziehschwester geschenkt, aus Mitleid und gutem Herzen.«

»Nun, das nenne ich ein sehr großzügiges Geschenk.«

»Antoinette ist sehr großzügig. Sie ist eine Landsmännin von Ihnen, aber von altem Adel.«

»Da sie so großherzig Ihnen gegenüber war, bin ich bereit, ihr das zu verzeihen. Aber Sie irren sich, Auguste, wenn Sie glauben, daß ich Sie wegen des Geldes will ... das Sie, wie ich jetzt weiß, nicht haben. Was ist schon Geld? Wir leben in einer Zeit, wo jeder Mann, wenn er nur ein wenig beherzt ist, sein Glück machen kann. Ich habe mir im Krieg schon ein kleines Vermögen verdient, und es wird mehr werden, immer mehr. Sehen Sie nur!« Er griff in seine Hosentasche und holte ein Armband aus nußgroßen Diamanten heraus. »Es paßt genau zu Ihrem Schmuck ... wie ich zu Ihnen!« Er wollte es ihr anlegen.

Sie ließ es nicht zu. »Das ist unmöglich. Sie müssen zuerst mit meinem Papa sprechen.«

»Wenn es weiter nichts ist.« Er steckte den Schmuck wieder ein.

Da sie fürchtete, daß er sich mit den Sitten der feinen Kreise nicht auskannte – und gleichzeitig wunderte sie sich darüber, daß ihr das nichts ausmachte –, fügte sie hinzu: »Zwischen elf und zwölf Uhr vormittags.«

»Ich tue alles, was Sie wünschen, Auguste. Aber das eine sage ich Ihnen vorweg: Auch wenn Ihr Papa Einwände hat, ich werde Sie trotzdem heiraten.«

»Dazu gehören zwei.«

»Ja, Sie und ich. Mehr sind auch nicht nötig.«

Graf Tannberg hatte sich ihnen unbemerkt genähert und verbeugte sich vor Auguste. »Diese Française gehört mir.«

Fürst d'Alambert sah ihn nicht einmal an. »Da irren Sie sich sehr, Monsieur! Heute nacht bin ich der Tänzer des gnädigen Fräuleins.«

Auguste ließ Graf Tannberg in ihre Tanzkarte blicken.

Dies war die Minute der Wahrheit. Er hätte jetzt auf seinem Recht bestehen oder den napoleonischen Fürsten zum Duell fordern müssen. Doch er tat weder das eine noch das andere, sondern zog sich nach einer knappen Verbeugung mit dem Blick eines geprügelten Hundes zurück.

»Wie bin ich froh, daß ich ihn nicht genommen habe!« rief Auguste mit einer Spontaneität, die in keinem Einklang mit ihrer damenhaften Erziehung stand.

Fürst d'Alambert merkte es und lachte. »Ich hätte es zu verhindern gewußt, Auguste. Seit meiner Ankunft in München habe ich Sie nicht aus den Augen verloren.«

»Und warum bemühen Sie sich erst jetzt um mich?«

»Ich wollte meiner Sache zuerst sicher sein. Wissen Sie, ein überzeugter Junggeselle wie ich gibt seine Freiheit nicht so leicht auf. Erst wenn er weiß, daß er die Richtige gefunden hat!«

Sie gesellten sich zu den Tanzenden, drehten und wendeten sich in den komplizierten Figuren, beide bemüht, sich dabei nicht aus den Augen zu lassen. Auguste war es, als würden ihre Füße das blankgebohnerte Parkett kaum berühren. Noch nie war sie sich ihrer Schönheit so voll bewußt gewesen. Die Flammen der gerade wieder neu aufgesteckten Kerzen ließen ihre Diamanten aufblitzen und zauberten Reflexe in ihr kupferfarbenes Haar.

Ihr Herz schlug diesem dunklen, abenteuerlichen Mann, über den sie fast nichts wußte, mit einer glühenden, blinden Leidenschaft entgegen, die zu erleben, sie nicht mehr gehofft hatte.

Gleich am nächsten Tag machte der Fürst seine Aufwartung im Hollbergschen Stadthaus. Wohl um den privaten Charakter seines Besuches zu unterstreichen, kam er nicht in Uniform, sondern in einem Straßenanzug nach dem neuesten Schnitt: die langen, eng anliegenden, safrangelben Hosen gingen in Gamaschen über, das gestärkte Hemd in einen hohen Kragen, unter dem ein seidenes Halstuch hervorlugte, das zu einer Schleife gebunden war.

Trotz dieses eleganten Aufzugs wirkte er nicht wie ein Herr. Seine Schultern waren zu breit, seine Hände zu kräftig und seine Miene zu bekümmert.

Es klang recht komisch, als er »Monsieur l' 'ofmarks'err« zu sprechen wünschte, und Stephan, der Diener, gab sich gar keine Mühe, ein Grinsen zu unterdrücken, als er ihn anmeldete.

»Fürst d'Alambert?« fragte Anselm von Deinharting verwirrt. »Müßte ich den kennen?« Er hatte mit seiner Familie im Salon gesessen und geplaudert, als der Diener eintrat.

»O ja, Papa!« rief Auguste, stark errötend. »Sie kennen ihn gewiß! Er hat bei ›Kastor und Pollux‹ hinter Napoleon gestanden.«

»Daran erinnere ich mich nicht.«

»Er hat verschiedentlich mit mir getanzt.«

»Er kommt also deinetwegen?«

Auguste senkte den Blick.

»Nun ja, ich werde mit ihm sprechen. Sie haben ihn wahrscheinlich in die Bibliothek geführt?« fragte er den Diener.

»Jawohl, Monsieur.«

Der Fürst stand, die Hände auf dem Rücken, nahe dem Kamin, der nicht angezündet war. Er verbeugte sich knapp.

»Was verschafft mir die Ehre?« fragte der Hofmarksherr.

Die Männer musterten einander, und beiden gefiel, was sie sahen.

»Ich bitte um ein kurzes Gespräch«, sagte der Besucher.

»Machen Sie Feuer!« befahl Anselm von Deinharting Stephan, der ihm gefolgt war.

Bisher war französisch gesprochen worden, aber seine Anweisung gab der Hofmarksherr in deutscher Sprache, und wenn Fürst d'Alambert auch nur über einige Brocken Deutsch verfügte, das Wort »Feuer« verstand er doch.

»Nicht für mich«, wehrte er ab.

»Dann eben meinetwegen. Ich bin es nicht gewohnt zu frieren. Darf ich Ihnen einen Schnaps anbieten?« – Auf französisch hieß das »eau de vie«: Lebenswasser.

»Immer«, entgegnete der Fürst freimütig.

Stephan hatte die Bibliothek verlassen, war mit einem brennenden Kienspan zurückgekommen und kniete jetzt vor dem Kamin. Das trockene Holz prasselte sofort auf und strahlte einen Hauch von Wärme aus.

»Den Obstler, Stephan«, befahl Anselm von Deinharting, »und zwei Gläser!«

»Sehr wohl, Monsieur!« Der Diener beeilte sich beflissen, die Herren zu bedienen, denn Anselm von Deinharting galt nicht nur als Respektsperson beim Gesinde, sondern er war auch beliebt, weil er weder launenhaft noch nörglerisch war und großzügig Trinkgelder verteilte.

Anselm von Deinharting und Armand Fürst d'Alambert, der als schlichter Armand Dupont zur Welt gekommen war, tranken einander zu. Der Hofmarksherr schenkte sich gleich noch einmal ein, und der Fürst schob ihm auch sein Glas mit einer unmißverständlichen Geste zu. Anselm von Deinharting füllte es. »Sie können uns jetzt allein lassen«, sagte er zu dem Diener, der in abwartender Haltung neben der Tür gestanden hatte, und fragte im gleichen Atemzug den Besucher: »Ich denke, an Kuchen ist Ihnen nichts gelegen?«

»Ganz recht.«

Der Diener zog sich zurück.

Der Fürst nahm noch einen Schluck, ohne daß sich sein Gesicht rötete oder der Obstler sonst eine Wirkung zeigte. »Verdammt gut!« sagte er, das Glas in Augenhöhe haltend.

»Ich habe eine eigene Schnapsbrennerei.«

»Alle Achtung. Aber ich bin nicht gekommen, um Ihnen Ihren ausgezeichneten Schnaps wegzutrinken.« Der Fürst stellte sein Glas mit einem Ruck auf das Tablett zurück. »Ich möchte um die Hand Ihrer Tochter Auguste anhalten.«

Einen Augenblick lang fand Anselm von Deinharting keine Worte. Dann sagte er: »Das kommt ein wenig überraschend! Aber bitte, setzen wir uns doch.«

Sie nahmen Platz, Anselm von Deinharting so nahe wie möglich am lodernden Kaminfeuer, der Besucher ein Stückchen davon entfernt.

»Falls Sie Einwände gegen mich haben sollten«, sagte d'Alambert mit ruhiger Offenheit, »es stimmt, daß ich erst von Napoleon in den Fürstenstand erhoben worden bin. Aber ich schäme mich dessen nicht. Ich habe mir diese Erhebung redlich verdient, im Gegensatz zum alten Adel, der nichts mehr leistet und nur auf seine ererbten Titel pocht. Das soll natürlich kein Angriff gegen Sie sein, Monsieur l' 'ofmarks'err.«

»Ich verstehe genau, was Sie sagen wollen«, erklärte Anselm von Deinharting.

»In hundert Jahren wird auch mein Adel alt sein!«

Der Hofmarksherr sah die Sache skeptischer; er war nicht sicher, was, wenn Napoleon stürzte, aus dem von ihm aus dem

Boden gestampften Adel werden würde. »Das ist kein Thema für mich«, winkte er ab, »ich würde meine Tochter auch einem Bürgerlichen zur Frau geben, aber nur, wenn sie damit einverstanden ist. Zwingen mag und will ich sie nicht.«

»Aber sie ist einverstanden. Ich habe schon mit ihr gesprochen.«

»Ziemlich ungehörig«, sagte Anselm von Deinharting leicht schockiert.

»Was wollen Sie? Das ist der Geist der neuen Zeit!«

»Mag sein, daß ich altmodisch bin.«

»Ob man erst mit der Tochter oder mit dem Vater spricht, bleibt sich doch gleich. Ich denke mir, kaum jemand wird zum Vater gehen, ohne sich der Einwilligung der Tochter, sei sie nun ausgesprochen oder nicht, sicher zu sein. Wer will sich schon einen Korb holen?«

Anselm von Deinharting mußte an Egon Graf Tannberg denken, der im vergangenen Jahr von Auguste so brüsk abgewiesen worden war. »Sicher niemand.«

»Ich kann Ihnen versichern, daß ich für Ihre Tochter eine durchaus passende Partie bin. Ich trage nicht nur den Fürstentitel, sondern mein Kaiser hat mir ein dazu gehöriges Fürstentum verliehen. Ich verfüge über große Ländereien in der Normandie und besitze ein komfortables Stadthaus in Paris, bin gesund, achtundzwanzig Jahre alt ...«

Anselm von Deinharting winkte ab. »Schon gut, schon gut.«

»Stört es Sie etwa, daß ich Franzose bin?«

»Wie könnte es das, wir sprechen doch die gleiche Sprache und verdanken der französischen Kultur so viel. François de Cuvilliés war Franzose und hat unseren schönen bayerischen Barock zumindest mitgeschaffen. Selbst Montgelas, der allmächtige Staatsmann, ist der Herkunft, wenn auch nicht dem Gefühl nach Franzose.«

»Weshalb zögern Sie dann?«

»Mein lieber Fürst, ich will es Ihnen sagen. So merkwürdig es klingt: Es ist für einen Vater immer schwer, eine Tochter herzugeben. Es ist wohl so, daß man als Mann Frau und Töchter als einen kleinen Harem betrachtet und ihn als Besitz empfindet. Sie lachen, aber Sie werden es eines Tages selbst erleben, spätestens dann, wenn sich ein Mann um die Hand Ihrer Tochter bewirbt.«

Der Fürst lachte herzlich. »Verzeihen Sie, ich will Sie gewiß nicht auslachen, aber so etwas habe ich noch nie gehört!«

»Es ist mir auch in diesem Moment erst bewußt geworden.« Der Hofmarksherr leerte sein Glas.

Fürst d'Alambert tat es ihm gleich. »Ich habe also Ihr Wort?«

»Da Sie Augustes haben ... ja!«

Die Männer schüttelten sich die Hände, und Anselm von Deinharting schenkte noch einmal ein.

»Wann?« fragte er.

»Bald. Sobald das Brautkleid fertig ist.«

»Unmöglich.«

»Impossible?« wiederholte der Fürst. »Das ist ein Wort, das in meinem Sprachschatz nicht existiert.«

»Aber es sind Vorbereitungen zu treffen ...«

»Was für Vorbereitungen? Auguste braucht ein Brautkleid, sonst nichts. Ich pfeife auf die Mitgift, und eine Aussteuer braucht sie auch nicht ...«

»Die hat sie.«

»Sehr schön. Ich habe eine Wohnung in der Residenz, die für zwei groß genug ist, eine Zofe ist rasch engagiert, und im Sommer ziehen wir mit den Majestäten nach Nymphenburg.«

»Aber warum so rasch? Warum diese Eile? Das scheint mir unnötig und unschicklich zugleich.«

»Mon cher beau-père ...« Es war das erste Mal, daß Fürst d'Alambert den Hofmarksherrn Schwiegervater nannte, »... ich bin Soldat, das heißt, ich bin es gewohnt, jeden Augenblick voll auszunutzen, sei es nun zum Kampf, Schlaf oder Essen, zum Trinken, zum Spiel und zur Liebe. Nichts hat Bestand. Die Situation ändert sich unentwegt. Es hat lange genug gedauert, bis ich den Entschluß gefaßt habe, mich Ihrer Tochter zu nähern. Aber da ich sie will und sie mich, sehe ich keinen Anlaß, auch nur eine Minute länger zu warten als nötig. Ganz im Vertrauen gesagt: Es würde mich nicht wundern, wenn schon morgen aus Paris ein Befehl zu einem neuen Feldzug käme.«

»Aber damit geben Sie doch zu, daß dies keine Zeit für eine Heirat ist.«

»Au contraire! Je mehr Männer in den erbarmungslosen Schlachten fallen, desto mehr Söhne müssen gezeugt werden. Damit will ich nicht sagen, daß ich vorhabe, Auguste zur Witwe zu machen. Es müßte schon ausgesprochenes Pech sein, wenn das geschähe. Einem Feldmarschall pfeifen nicht mehr die Kugeln um die Ohren.«

Gegen dieses Argument wußte Anselm von Deinharting nichts einzuwenden; er gab sich geschlagen. »Ich werde mit den Damen sprechen«, sagte er.

»Ja, tun Sie das!« stimmte Fürst d'Alambert vergnügt zu; er wußte, daß er gewonnen hatte.

Elisabeth war bestürzt und verwirrt, als ihr der Hofmarksherr von dem Antrag des frischgebackenen Fürsten berichtete, Auguste reagierte hoch erfreut. Graf und Gräfin Hollberg lächelten ein Lächeln, das alles zu wissen schien und nichts besagte.

»Sie sind doch einverstanden, Papa?« Auguste fiel ihrem Vater um den Hals. »Ich bin ja so glücklich!«

»Glücklich, von Deinharting fortzukommen?«

»Ach, Sie wissen doch, wie ich es meine!«

»Du hast ja keine Ahnung, was die Ehe bedeutet!« Über Augustes Kopf wechselte Elisabeth einen Blick mit ihrem Mann.

Auguste wandte sich ihr zu. »Ihr alten Geheimniskrämer, ich schaffe es schon! Was Generationen von Frauen vor mir gekonnt haben, das kann ich auch!«

»Nun denn ...« Anselm von Deinharting öffnete die Tür zur Bibliothek. »Mon prince ... Ihre Braut!«

Später, als der größte Trubel sich gelegt, der Fürst sich verabschiedet hatte und die Damen auf ihre Zimmer gegangen waren, sagte Anselm von Deinharting zu seinem Schwager: »Ich habe keine Einwände gegen den jungen Mann. Ohne Zweifel schwimmt er auf den Wogen der neuen Zeit und wird seinen Weg machen. Mit dieser Verbindung hat Auguste Anschluß an eine Entwicklung gefunden, von der wir ausgeschlossen bleiben müssen.«

Graf Hollberg lächelte. »Das klingt gut, aber Sie sagen es allzu ernst.«

»Was mir an dieser Geschichte nicht paßt, ist die Eile, mit der alles geschieht. Die beiden kennen sich ja kaum. Warum können sie sich nicht Zeit lassen?«

»Weil sie ihrer Sache sicher sind.«

»Wer kann sich schon irgendeiner Sache sicher sein auf dieser Welt?«

»Mein lieber Anselm, das wissen Sie und ich, aber doch nicht die Jugend!«

Das Gespräch fand im Salon statt, und während Graf Hollberg, die dünnen Beine in den nach längst vergangener Mode unter den Knien gebundenen Hosen lässig übereinandergeschlagen, ruhig dasaß, ging Anselm von Deinharting unentwegt auf und ab wie ein in einen zu kleinen Käfig gesperrtes Tier, das nicht genügend Auslauf hat. »Warum nur muß alles so schnell gehen? So überstürzt?«

»Wir leben in einer sehr bewegten Zeit. Jeder will sein Stück vom Glück erwischen und hat Angst, es könnte ihm entgehen.«

»Bekommt nicht jeder das, was ihm bestimmt ist?«

»Das ist eine sehr philosophische Frage, auf die ich die Antwort verweigern muß!«

»Anton, im Ernst!« Anselm von Deinharting blieb vor seinem Schwager stehen. »Diese Geschichte bringt mich in eine sehr schwierige finanzielle Lage.«

»Aber wieso denn?«

»Das liegt doch auf der Hand. Da Auguste in München heiraten will, kann das nicht in aller Stille geschehen, zumal sie in die Residenz ziehen will. Es muß eine große Hochzeit werden.«

»Na und?«

»Ich habe nicht das Geld dazu!«

Graf Hollberg verzog seine schmalen Lippen zu einem Lächeln. »Wer hat das schon?«

»Sie haben leicht spotten!«

»Das tue ich gar nicht, ich sehe nur die Realität. Wer hat schon Geld heutzutage? Meinen Sie etwa ich? Oder unser guter König? Woher sollte er es wohl haben? Denken Sie doch einmal nach! Montgelas hat die ›Sporteln‹ in Bayern abgeschafft, die Korruption, um die Sache beim Namen zu nennen, von der so viele Menschen auf Kosten anderer leicht und bequem gelebt haben. Statt dessen bekommt jeder Richter, jeder kleine Beamte ein ausreichend hohes Gehalt, während die alten Inhaber von sogenannten juristischen ›Pflegschaften‹, zu denen auch Sie gehören, mein Freund, ihre Einkünfte weiter beziehen. Eine gerechte, menschliche und gute Lösung … aber wer kommt dafür auf! Wer bezahlt sie?«

Anselm von Deinharting blieb vor seinem Schwager stehen. »Ja, wer?« fragte er.

»Der Jude Seeligmann!«

»Baron Eichstädt?!«

»Ja, so darf er sich seit neuestem nennen.«

»Aber was hat das mit meinen Sorgen zu tun?«

»Mein lieber Freund, wenn der ganze, jüngst erstarkte Staat Bayern von Schulden leben kann, werden Sie es wohl auch können. Lassen Sie anschirren, fahren Sie zum Seeligmann nach Bogenhausen, schildern Sie ihm Ihre Situation und borgen Sie sich Geld.«

»Ich müßte Land verpfänden.«

»Ganz Bayern ist verpfändet, alter Freund, wir haben uns mit dem Erzgegner Habsburgs verbündet, und sollte Österreich siegen, haben Sie Ihr Land ohnehin verloren.«

»Dahin wird es nicht kommen.«

»Hoffen wir. Wenden Sie sich an Seeligmann. Der wird glücklich sein, einem seriösen Mann zu helfen, und nach einer guten Ernte sind Sie die Schulden los.«

»Und nach einer schlechten?«

»Aber wer wird denn so schwarzsehen! Außerdem sollten Sie wissen: Nach einer schlechten Ernte steigen die Preise ins Unermeßliche. Der Landwirt macht also so oder so sein Geschäft!«

Die Nachricht von Augustes bevorstehender Hochzeit rührte die Deinhartinger auf. »Warum kann sie nicht hier heiraten?« fragte Thomas. »Und warum sind wir nicht eingeladen?«

»Laß es gut sein«, besänftigte Antoinette ihn, »es hat sich so ergeben. Wenn wir erst in München sind, werden wir viel Umgang mit ihr haben!« Sie ordnete Augustes Aussteuerwäsche in Kisten und Kasten, die nach München geschickt werden sollten, und dachte dabei, warum niemand, auch sie selber nicht, je auf den Gedanken gekommen war, daß auch sie eine Aussteuer benötigen könnte.

»Ich bringe gar nichts mit in die Ehe«, sagte sie klagend zu Friedrich König, »außer dem Schmuck meiner Mutter oder, besser gesagt, außer dem, was davon übriggeblieben ist.«

»Du bringst dich selbst!« erwiderte er und küßte sie zärtlich.

»Das ist ein bißchen wenig, wenn man einen Haushalt zu führen hat.«

»Wir werden alles kaufen, was nötig ist. Mach dir darüber keine Gedanken, Liebste. Ich lege keinen Wert auf kunstvoll gestickte Monogramme, im Gegenteil: Die Vorstellung würde mich wahnsinnig machen, in jedem Wäschestück eine Grafenkrone zu finden.« Sie lachte erleichtert auf. »Du hast ja recht.«

»Ich habe immer recht.« Er nahm sie zärtlich in die Arme. »Wenn wir erst verheiratet sind, wirst du dich an diesen Gedanken gewöhnen müssen!«

Thomas stürzte aus einem Winkel auf das umschlungene Paar zu und machte »peng« mit einer imaginären Pistole. Antoinette und Friedrich König fuhren in gespieltem Schrecken auseinander, und dann lachten sie alle drei.

Die Verehelichung Auguste von Deinhartings mit dem neuernannten Fürsten Armand d'Alambert fand, wie es dem Stil der Zeit entsprach, im großen Rahmen statt.

An der Trauungszeremonie, die in der Theatinerkirche vollzogen wurde, nahmen der König, seine Gemahlin und der junge Kronprinz teil, und sie waren auch die ersten, die dem Brautpaar gratulierten, nach ihnen verbeugte sich der Staatsminister Montgelas vor dem jungen Paar.

Die Gräfin Hollberg hatte einen Empfang in ihrem nur wenige hundert Meter von der Kirche entfernten Stadthaus vorbereitet, zu dem außer den Majestäten und ihrem Gefolge die gesamte Gesellschaft Münchens kam. Bezahlt für den Aufwand an Delikatessen und Spirituosen hatte der Hofmarksherr, der einen großzügigen Kredit bei Baron Eichstädt aufgenommen hatte.

Auguste war schöner denn je an diesem Tag, in einem Kleid aus Brüsseler Spitze; ihre grünen Augen strahlten und das kupferne Haar leuchtete. An der Seite ihres eindrucksvollen Gatten mit der breiten, an Krieg und Tod gemahnenden Narbe auf der Wange kam ihre anmutige Weiblichkeit erst voll zur Geltung. Anselm von Deinharting war ein würdevoller Schwiegervater und Elisabeth eine zarte, jugendliche Mutter; an diesem Tag konnte sie sich endlich einmal wieder jung fühlen.

Sie standen im großen Ballsaal, der eigens für diesen Tag geöffnet und beheizt worden war, grüßten, lächelten, schüttelten Hände und gaben Komplimente zurück, wünschten, daß die Zeremonie bald überstanden sein würde, und wußten doch, daß sie an langen Winterabenden von diesem Tag sprechen würden, dem Tag, an dem Auguste heiratete.

Es war gegen zwei Uhr, als das königliche Paar und der Kronprinz sich verabschiedeten, und danach verzogen sich allmählich auch die anderen Gäste.

Auguste lief zu Sophie und fiel ihr um den Hals. »Ich danke Ihnen so sehr, ma tante! Sie haben alles wunderbar arrangiert.«

Sophie klopfte der jungen Frau, die wesentlich größer war als sie, zärtlich und leicht verlegen bei so viel Überschwang den Rücken. »Nur arrangiert, ma petite, die Kosten hat dein Vater getragen.«

»Ich bin glücklich, glücklich, glücklich!« Auguste ergriff die Hand ihres Mannes. »Und du?«

»Ich werde versuchen, dich glücklich zu machen«, erklärte er sehr ernst.

Auguste wandte sich zu Elisabeth. »Ich danke auch Ihnen, Mama, für all die Liebe, die Sie mir gegeben haben. Von seiner leiblichen Mutter erwartet man sie ganz selbstverständlich. Aber zwischen Ihnen und mir, da war es doch etwas anderes, nicht wahr?«

Elisabeth lächelte, während Tränen ihr in die Augen stiegen. »Ja, etwas ganz anderes.«

Auguste umarmte sie. »Ich werde Sie immer liebhaben. Immer!«

»Warum eine Hochzeit stets Anlaß zu Tränen geben muß?!« fragte Anselm von Deinharting. »Komm her, Gustel, gib deinem alten Vater einen Kuß und sieh zu, daß du fortkommst.«

Auguste warf sich ihm in die Arme. »Papa, o Papa!«

»Du bist verheiratet, und du hast es so gewollt. Das ist überhaupt kein Grund, sentimental zu werden. Sag deinem Onkel adieu, und dann schleich dich.« Er reichte, Auguste an seiner Brust, dem Schwiegersohn die Hand. »Ich weiß, Sie werden gut zu unserem Liebling sein. Ich verlasse mich auf Sie.«

»Wer ein Kleinod errungen hat, wird es nach Kräften festhalten«, versicherte der Franzose.

Wenig später war alles vorbei. Das Haus, das eben noch voller Leben war, von mehr Menschen gewimmelt hatte, als es eigentlich aufnehmen konnte, war leer. Die Dienerschaft machte sich daran, die eigens für diesen Tag geöffneten Zimmer auf- und auszuräumen. Sophie Gräfin Hollberg und ihr Mann hatten sich zurückgezogen. Elisabeth und Anselm von Deinharting blieben allein im Salon. »Ein schönes Fest, nicht wahr?« fragte Elisabeth und konnte nicht verhindern, daß ihr wieder die Tränen in die Augen stiegen. »Wie schade, daß die Kinder es nicht miterleben konnten!«

»Die hätten uns gerade noch gefehlt! Gib zu, daß es ohnehin schon zuviel für dich war!«

»Aber wenigstens Antoinette ...«

»Sie wird bald ihre eigene Hochzeit feiern.« Er ergriff ihre Hand. »Es wird ziemlich einsam werden auf Deinharting.«

»Anselm«, sagte sie und errötete leicht, »ich wollte es dir schon seit ein paar Tagen sagen. Aber all diese Aufregungen, ich fand keine Gelegenheit ...«

»Das kann doch nicht wahr sein!« Er war hin und her gerissen zwischen dem Gefühl des Vaterstolzes und der Belastung, noch einmal ein Kind großziehen und versorgen zu müssen.

Aus schwimmenden Augen blickte Elisabeth ihn lächelnd an. »Doch, mon cher, ich bin ganz sicher.«

Weil er wußte, wieviel Kämpfe es sie gekostet und wie sehr sie es sich gewünscht hatte, verbarg er seine Besorgnis vor ihr. »Etwas Schöneres hättest du mir nicht sagen können!« Er streckte die Hand nach ihr aus und zog sie auf seinen Schoß. »So werden wir denn auf unsere alten Tage nicht allein sein.«

»Alt?!« protestierte Elisabeth. »Ich bin doch nicht alt, und du bist es auch nicht!«

»Einverstanden.« Er schaukelte sie wie ein Kind. »So sind wir denn jung, und wollen es bleiben.«